시적 인간과 생태적 인간

인간 · 흙 · 상상력에 관한 에세이

시적 인간과 생태적 인간
인간 · 흙 · 상상력에 관한 에세이

1999년 7월 20일 초판 1쇄 발행
1999년 12월 20일 개정증보판 1쇄 발행
2013년 3월 15일 개정증보판 6쇄 발행
2018년 3월 20일 3판 1쇄 발행
2020년 9월 25일 3판 2쇄 발행

펴낸곳 (주)도서출판 **삼인**

지은이 김종철
펴낸이 신길순

등록 1996.9.16 제 25100-2012-000046호
주소 03716 서울시 서대문구 성산로 312 북산빌딩 1층

전화 (02) 322-1845
팩스 (02) 322-1846
전자우편 saminbooks@naver.com

표지디자인 (주)끄레어소시에이츠
제판 문형사
인쇄 수이북스
제본 은정제책

© 김종철, 1999

ISBN 978-89-6436-138-2 03800

값 18,000원

동시대인 총서 2

시적 인간과 생태적 인간

인간 · 흙 · 상상력에 관한 에세이

김종철 비평집

삼인

책머리에

소년 시절에는 시인이 되는 게 꿈이었다. 시가 무엇이며, 시인의 운명이 어떤 것인지 이해할 수 있는 나이는 물론 아니었지만, 나는 비교적 일찍부터 시인이라는 게 단지 감상적인 말들을 잔뜩 늘어놓기 좋아하는 사람들이 아니라는 것에 대해서는 어느 정도 이해하고 있었는지 모른다. 아마도 철없는 소견으로도 시인이란 보통 사람들과는 다른 것을 섬기는 사람이라는 느낌을 나는 갖고 있었는지 모르며, 그러한 시인의 존재에 까닭 모를 흥미를 느꼈는지 모른다.

그러나, 결국 나는 시인이 되지는 못하고, 겨우 다른 사람들이 쓴 시를 읽고 해석하고 이해하는 일을 업으로 해 올 수 있었을 뿐이다. 더구나 타고난 둔재와 게으름으로 그 직분에 대한 최소한의 충실도 기하지 못한 채, 허송세월이었다. 적어도 그것이 8년 전 『녹색평론』을 시작하기 이전까지의 내 삶의 모습이었다.

지금 시와 문학에 관해 산발적으로 쓰거나 말했던 어설픈 기록들을 모아 한 권의 책으로 묶어 내려고 하니 곤혹스러운 심정을 떨쳐 버릴 수 없다. 1978년에 문학과지성사를 통해 첫 평론집 『시와 역사적 상상력』이 나온 이후 내가 새로운 평론집에 담아 세상에 내놓을 만한 쓸모 있는 비평 작업을 해 온 것으로 생각되지 않기 때문이다. 더욱이 지난 8년간 나의 시간과 에너지는 대부분 『녹색평론』을 펴내는 일에 바쳐져 왔고, 따라서 문학 공부는 거의 작파하고 지벌 수밖에 없었다. 그러한 처지에 이미 대부분 낡아 버린 것으로 보이는 기록들을 모아서 새삼스럽게 평론집이라는 걸 엮어 낸다는 건 암만 해도 엉터리짓으로 여겨지는 것이다.

그럼에도 불구하고, 망설임 끝에 책을 내기로 결정하였다. 내게는 이 책을 묶어 냄으로써 어떤 맥락을 발견할 수 있을지도 모른다는 기대가 있었다. 다시 말하여, 나는 근년에 내가 열중해 온 생태학적 관심이 기왕에 문학 공부를 하면서 살아온 자신의 내면적 삶에서 어떤 의미를 갖는지 그 맥락을 좀더 객관적으로 볼 수 있을지도 모른다고 생각하였다. 나의 생태학적 관심이 과연 뿌리가 있는 것인지, 있다면 그것은 어떤 토양에 가 닿아 있는지—거의 20년에 걸친 생각의 편린들을 한 군데 묶어서 보면, 그런 것이 좀더 확실한 윤곽을 드러내지 않을까 하고 생각한 것이다. 이것은 물론 일차적으로 개인적인 문제이지만, 어떻게 보면 개인의 범위를 넘어서는 의의를 갖는지도 모르는 일이기도 했다.

지금은 생태학적 관심을 중심에 두지 않는 어떠한 새로운 창조적인 사상이나 사회 운동도 있을 수 없는 상황이라고 나는 믿는다. 세계 전역에서 뭉게구름이 사라지고, 여름이 되어도 제비를 볼 수 없게 된 지금 우리는 아무런 일이 없는 것처럼 종래의 관행을 되풀이하고 있을 수는 없는 것이다. 인간의 삶과 문화는 이제 인간 자신의 존재의 궁극적인 근거에 대한 뼈저린 성찰 없이는 지속 불가능한 현실에 직면하였다.

그러나, 오늘날 환경 위기에 대한 인식은 광범위하게 퍼져 있다고는 하나, 문제는 그것이 아직도 대부분 단순한 정보와 지식의 차원에서 머물기만 할 뿐 내면적으로 깊이 침투되어 있는 인식은 아니라는 데 있다. 그리하여 첨단 기술과 자본의 힘으로, 정책의 변화로 환경 위기를 극복할 수 있으리라는 안이한 믿음이 활개치고 있을 뿐이다.

필요한 것은 지옥으로 가는 길을 포장하는 것이 아니라 근본적인 방향 전환이다. 그러니까 이 시점에서 좀더 절실한 것은 결국 내면화의 과정, 생태적 존재로서의 우리 자신의 본성을 깊이 느낄 수 있는 능력일 것이다. 우리가 아무리 입으로 환경 위기와 생태적·사회적 파국에 관해 말하고, 그것을 머리로 이해한다고 하더라도, 그것이 우리의 깊은 내면에 충격을 주지 않는 한 모든 것은 부질없는 잡담에 지나지 않는 것이다. 심리학자 융은 북아메리카의 오랜 토착 사회의 하나인 푸에블로 인디언 마을을 방문했을 때, 그 인디언들에게서 "왜 백인들은 가슴으로 생각하지 않고 머리로 생각하느냐?"라는 질문을 받았던 일을 그의 회고록에서 이야기하고 있지만, 이것은 생태학적 사유의 본질이 무엇인가를 암시하는 이야기라고 할 수 있다. 아마도 오늘의 산업 사회의 치명적인 약점이라고 할 수 있는 생태학적 사유의 빈곤은 오랜 세월 '어머니 대지'를 섬기며, 생태적으로 지극히 지혜로운 삶을 살아온 토착 민족들이 보여 주는 것과 같은 정신적 균형을 상실한 데 따른 불가피한 귀결일지 모른다.

오늘날 우리의 영혼마저 표준화, 상품화가 강요되고 있는 상황에서 우리가 토착 민족들에게서 보는 생태학적 지혜를 희미하게나마 감지할 수 있는 거의 유일하게 남아 있는 공간은 시적 감수성의 세계일 것이다. 그러기에, 일찍이 시인 김수영은 혼란이 없는 발전소의 건설보다는 발전소가 없는 혼란이 더 소망스럽다고 갈파할 수 있었던 것이다. 김수영의 이러한 발언의 배후에서 느껴지는 것은 인간다운 삶의 핵심에 곧장 다가가는 시적 직관의 힘이다. 무엇이 근본이고 무엇이 허상인지를 대뜸 알아보는 이런 직관이 가능한 것은 시인의 마음이 세상의 온갖 다른 것을 포기하더라도 결코 양보할 수 없는 궁극적인 핵심을 놓치지 않기 때문일 것이다. 요컨대, 시적 사유의 본질에는 어떠한 인공적인 조작물로도 대체할 수 없는 세계의 근원적인 아름다움과 풍요로움에 대한 본능적인 인식이 내재해 있는 것이다. 시인은 바로 이러한 근원적인 아름다움에 예민하게 반응하면서, 그것을 보존하기 위한 싸움에 헌신하는 사람이라고 할 수 있다. "인간의 손으로 건드려서는 안 될 것이 있는" 데 대한 근본적 감각이야말로 모든 진정한 시가 태어나는 모태이며, 그런 의미에서 모든 진정한 시인은 본질적으로 가장 심오한 생태론자일 수밖에 없는 것이다.

우리는 물질적 권력을 확대하기 위해서는 아무런 주저없이 불경(不敬)을 저지르게 하는 병든 제도와 구조를 진보와 문명의 이름으로 받아들여 왔다. 그리하여 지금은 자연적인 종간(種間)의 벽도 간단히 무시하는 생명 조작이 일상화된 현실이 되었다. 우리가 잊어서 안 될 것은, 오늘날 생태적 위기 속에서 돌이킬 수 없이 손상되어 가는 것은 우리의 삶터만이 아니라 우리의 인간성 그 자체이기도 하다는 사실이다.

이 가공할 생태적 · 사회적 · 실존적 위기 앞에서 우리가 무엇을 어떻게 할 것인가? 그 대답이 어떻게 되든, 우리 자신이 살찐 돼지나 로봇의 처지로 떨어지지 않으려면 우리가 다른 무엇보다 시적 존재로서의 자기 자신을 재발견하고 강화해야 할 필요가 있다는 것은 부정할 수 없는 일일 것이다.

3부로 나뉘어진 이 책의 내용을 간단히 언급하면, 제1부와 제2부는 비교적 최근에 내가 열중해 온 생태학적 관심에 결부된 문화 내지 문학적 논의를 드러낸다고 할 수 있고, 제3부는 생태학적 시각이 중심을 차지하기 이전 단계의 생각의 흐름을 담고 있다고 할 수 있다. 그러나 오래 전에 씌어진 제3부의 글들은 대개 그 당시의 시점에서 제3세계의 문화의 의미를 찾아보려는 과정을 보여 주고 있지만, 이미 그 과정 속에는 좀더 본격적인 생태학적 관점으로 발전할 수 있는 생각의 싹이 자라고 있었다고 할 수 있을지도 모른다.

그러나 제3부에서의 제3세계에 대한 논의는 물론 지금에 와서 볼 때 낡은 논리처럼 보일 수도 있지만, 단지 참고 자료 이상의 의미를 가질 수도 있다는 점을 간과하고 싶지는 않다. 근년에 들어서 우리 사회에서 제3세계에 대한 관심과 논의는 거의 자취를 감추고 있는 듯하지만, 어떻게 보면 제3세계의 의미는―이 책의 제3부에서의 논의가 미처 고려하지 못한 차원을 포함하면서―앞으로 갈수록 더 큰 중요성을 띠게 될지도 모른다. 그렇다는 것은 오늘의 세계에서 가장 선진적인 사회 운동의 형태로서 빠뜨릴 수 없는 것의 하나가 멕시코 토착 농민들의 해방 투쟁, 즉 사빠띠스따 농민 운동이라고 생각되기 때문이다. 이 운동은 종래의 사회주의 혁명 운동이나 계급 운동의 연장으로만 볼 수 없는 본질적으로 새로운 차원을 드러내고 있음이 분명하다. 그 새로운 차원이란 이 책의 뒤에 붙여진 글에서 김우창 선생이 말하는 '자연의 정치'라는 개념으로 요약될 수 있을지 모른다. 사빠띠스따 농민들의 투쟁은 단순한 정치적 억압으로부터의 해방이 아니라, 무엇보다 그들의 땅과 문화를 지키기 위한 투쟁이다. 그들이 죽음을 무릅쓰고 투쟁하는 것은 전통적으로 영위해 온 생명 중심의 땅에 뿌리 박은 삶의 방식을 훼손 없이 유지하려고 하기 때문인 것이다. 그들의 투쟁에서 생태학적 고려는 부차적인 중요성을 갖는 것이 아니다.

멕시코의 농민을 포함하여 세계 도처에서 지금 토착 민족들은 그들의 전통적인 삶터와 문화가 절멸될 위기에 처해 있다. 그러나 산업 사회의 일원으로 편입되기를 거부하고, 목숨을 걸고 싸우고 있는 그들의 투쟁 속에서야말로 어쩌면 앞으로의 인류 사회의 구원의 가능성이 있을지도 모른다.

이 책의 출간 계획이 실행으로 옮겨진 데에는 『당대비평』의 문부식 편집위원의 간곡한 권유의 힘이 컸다. 여러 해 동안 슬픔과 분노와 당혹스러움 속에서 어설프게 드러내 온 나의 생태학적 관심의 흔적에 대하여 그가 보여 준 반응은 너무도 과분한 것이었다. 나는 책보다도 책을 빌미로 한 우정에 대하여 생각하였고, 결국 그의 권유에 따르기로 하였다. 『당대비평』과 도서출판 삼인 여러분들에게 감사한다.

1999년 6월
김종철

증보판에 부쳐

지난 7월 초판 이후 이 책은 뜻밖에도 분에 넘치는 대접을 받았다. 많은 독자들이 이 보잘것없는 20년 만의 때늦은 비평집을 비웃음이 아니라 반가움으로 대해 주었던 것이다. 더욱이 이 책이 제7회 대산문학상 평론 부문 수상작으로 선정된 것은 너무도 의외의 일이었다. 그러나 책의 저자로서 무엇보다 기쁨을 느낀 것은 이른바 전문적인 문학이론이나 문학비평과는 인연이 먼 사람들 가운데서 이 책을 찾는 사람들이 적지 않다는 사실이었다. 대산문학상 심사위원회도 이 책에 대한 평가에서 "『시적 인간과 생태적 인간』은 단순 소박한 사람들의 마음에서 미래의 비전을 보고 있는 책"이라고 지적하였다. 이러한 해석에 오늘날 생태적 위기 상황 속에서 무엇보다 긴급한 일—사람과 사람 사이의 교감의 가능성을 높여 나가는 데 이 책이 다소나마 기여하는 바가 있다는 암시가 들어 있는 것이라면, 부끄러움 가운데서도 얼마간 기운이 생기는 것도 사실이다.

그러나 단순한 재판이 아니고 지금 증보판이라는 이름으로 다시 이 책을 내놓게 된 구차한 사정을 말해야겠다. 초판을 편집·제작하는 과정에서 출판사로 원고를 건네 줄 때 그만 실수로 나로서는 중요한 원고 하나를 빠뜨렸다. 그 원고의 제목은 「제3세계 문학과 리얼리즘」인데, 오래 전에 쓴 글이기는 하지만 내가 생태학적 비전이라는 것에 접근하는 과정에서 내게는 빠뜨릴 수 없는 징검다리의 의미를 갖는 글이라고 생각하였고, 그래서 이 원고가 누락된 사실도 모른 채 초판의 서문에서 나는 주로 이 글을 염두해 두고 이 책의 제3부의 성격에 대해서 조금 군소리를 했던 것이다. 이 책이 나온 뒤 이 글이 빠져 있다는 것을 알았을 때 심히 당혹스러웠지만, 어쩔 도리가 없었다. 그러나 행인지 불행인지 이제 책의 재판을 찍게 되었고, 출판사의 호의로 처음에 빠졌던 글을 추가할 수 있게 되었다. 그래서 거창하게 증보판이라는 이름을 달게 된 것이다. 큰 돈을 들여 초판을 이미 구입하신 독자들께 심심한 사죄를 드린다.

1999년 12월
김종철

차례

제¹부

교양 체험과 욕망의 교육

여러분 반갑습니다. 금년에 학생생활연구소에서 연속적인 교양 강좌를 시작하면서 절더러 얘기를 해보라고 하여 여기 나왔습니다. 기왕 이렇게 되었으니 교양이라는 것이 과연 무엇인지 한번 생각을 정리해 보는 것도 의미 없지는 않으리라 생각합니다.

실제 교양이란 말은 지금 굉장히 많이 사용되고 있습니다. 특히 대학생이 되면 그 말은 아주 일상적인 말의 하나가 되지요. 교양 과목, 교양 강좌 등등 말입니다. 그런데 우리가 흔히 쓰는 교양이란 말의 일상적인 쓰임새를 보면서 교양 개념을 한번 정리해 보는 것도 가능할 것 같아요. 우선 교양이 있다 없다 할 때 우리는 일반적으로 어떤 물건을 소유하는 것을 표현하는 방법과는 조금 다르게 하는 것 같습니다. 무슨 말이냐 하면 어떤 사람을 보고 저 사람은 교양이 있다 또는 없다라고는 하지만 교양이 적다 교양이 많다라고는 안하거든요. 교양 있는 태도, 교양 있는 말씨, 교양 있는 사람 이렇게 씁니다. 우리 말에서 있다 또는 없다라는 말은 물론 소유 개념을

이 글은 1989년 4월 영남대 학생생활연구소 주최 공개 강좌의 내용을 정리한 것임.

나타낼 때도 있지만 본래 있다라는 말은 존재 개념입니다. 그러니까 우리가 얼핏 생각하기에 교양이란 말은 지식이라는 것과 관계가 있기는 합니다만, 앎이란 뜻에서의 지식이 아니라 단순한 정보를 갖는다는 뜻에서의 지식과는 일치하지 않는 개념이라고 볼 수 있습니다. 그런 경우의 정보 또는 지식은 양적 과다로서 표현되는 것이니까요. 그래서 일단 교양이라는 것은 존재 개념이다, 이렇게 말해 볼 수 있습니다.

아주 비근한 예로서 요즘 어린 시절부터 피아노를 배우는 아이들이 많이 있지요. 그런데 피아노라든지 이런 것은 무엇인가 교양하고 관계 있는 것 같은데, 타자를 배운다든지 요리법을 배운다든지 하는 것에 관련해서는 교양이라는 말이 그다지 어울리지는 않는다는 느낌을 가지고 있지 않습니까. 다시 말하면 어떤 구체적이고 실제적인 목적이나 용도를 가진 일을 배우는 것은 굳이 교양이란 말로써 표현하지 않는 것이 우리의 일상적인 어법인 듯합니다. 그러니까 일반적으로 어떤 직접적인 실제적 생활의 용도와 상관없이 수행하는 문화적 · 정신적 활동, 혹은 감수성이나 감정상의 체험—이런 것을 두고 교양이라고 하지 않는가 생각됩니다. 그리하여 좀더 절박한 생활상의 혹은 공리적인 목적이 추구되어야 하는 상황에서는 교양이란 것은 제쳐두어도 괜찮지 않은가 하는 것이 많은 사람들의 생각인 것 같습니다.

금년에 서울대학교의 어느 계열에 수석으로 입학한 한 학생이 신문기자와의 인터뷰에서 이렇게 말했다고 합니다. 자기는 중학교 2학년 때 헤밍웨이의 『노인과 바다』를 읽고 그 뒤로 지금까지 단 한 권의 교양 서적도 읽은 것이 없는데, 지금부터는 교양을 높이는 일에 주력하여 대학 생활을 시작하겠다고 말입니다. 자기는 교양이 부족하니까 이제 그것을 보충해 보겠다는 이 학생의 말에서 우리는 많은 얘기를 끌어 낼 수 있습니다. 얘기를 하자면 우선 거의 파탄에 이른 우리의 학교 교육의 문제부터 건드려야 하겠지만 지금 이런 얘기는 접어 두고, 이 학생의 발언을 통해서 많은 사람들이 가지고 있는 교양에 대한 상투적인 관점을 한번 따져 보기로 합시다.

이 학생은 자기가 헤밍웨이의 소설과 같은 것을 계속 읽지 못했으니까 자기는 교양이 없다고 단정 짓습니다. 이런 생각은 이 학생만의 것이라기보다 아마 거의 일반적인 것이라고 보아도 무방하리라 싶습니다. 소설을 못 읽었으니 나는 교양이 없다고, 더구나 헤밍웨이와 같은 외국 작가의 이름이 등장하고 있는 것도 시사하는 바가 있습니다. 그러나 이런 얘기도 오늘은 접어 둘 수밖에 없습니다.

하여튼 자기가 소설을 못 읽었다고 교양이 없는 사람으로 스스로를 묘사하는 것이 과연 옳은 일일까요? 사실은 우리의 생활 자체가 가장 큰 교육이고 교양의 과정입니다. 사람들은 대개 학교 교육만을 교육이라고 착각하고 있지만 제일 중요한 것은 생활 교육입니다. 사람은 생활의 실제 속에서 감정적인 훈련을 경험하며 지적인 능력을 연마해 나갑니다. 생활은 끊임없이 우리들로 하여금 무엇인가 판단과 선택을 하도록 강요하는 것입니다. 판단과 선택을 하자면 어떤 가치 평가 기준이 있어야 하고, 그것은 또 무의식중으로나마 어떤 보편적이고 객관적인 척도에 대한 끊임없는 호소를 통해서 이루어질 수밖에 없습니다. 이러한 간단 없는 과정이 총체적으로 한 인간을 위하여 교육의 내용을 구성하고 교양을 이루는 것입니다. 그런데 아까 그 학생은 아무리 왜곡된 고등학교 시절이었을망정 자기 나름대로의 생활이 분명히 있었을 텐데 그것을 다 부정하고 있다는 것이 주목할 만하다는 얘기입니다. 그는 이제부터 본격적으로 교양을 쌓아 보겠다고 합니다. 자기 장래 문제를 해결하는 좀더 긴급한 일은 따로 있고, 거기에 부수적으로 교양도 있다는 말을 들으면 값이 더 나가니까 이제 조금 여유가 생겼으니까 교양의 증진에 시간을 할애해 보아야 하겠다는 이러한 생각—그 학생의 간단한 말 속에는 우리 사회 속에서 영위되는 일반적인 생활 방식, 교육의 관행, 혹은 극히 속물적인 인생관 같은 것들이 다 함축되어 있다고 할 수 있습니다.

아까 말했듯이 교양이란 것은 긴급한 공리적인 필요로부터는 조금 떨어진 정신적·문화적 활동, 그것도 주로 심미적 활동에 결부된 것이라고 보는 것이 일반적인 관점인 듯합니다. 사실 지금 얘기한 그 학생이 문학 작품을 들어 교양의 유무를 거론하고 있지만, 문학이나 예술적인 것과 교양을 바로 연결시켜 생각하는 것은 그렇게 어색하다고는 할 수 없겠지요. 우리가 예컨대 교량공학이라든지 혈액학에 관한 책 또는 화학 교과서를 가지고 교양 독서라고는 안하거든요. 대개는 문학이나 예술 작품의 감상에 관련하여, 교양 독서 운운한단 말이지요. 어쨌든 우리가 교양이라고 할 때 그것은 대체로 인문적인 독서나 예술적인 감상이나 취미 활동 같은 것에 결부시켜 이해하는 것은 아주 자연스럽게 느껴집니다.

교양 개념의 출처

그런데 왜 우리가 이렇게 교양에 대해서 상투적인 관점을 갖게 되었는지 한번 생각해 볼 필요가 있습니다. 저는 엄밀하게 따져 보지 않았지만, 제 짐작으로는 교양이란 말이 우리 나라에서 사용되기 시작한 것은 일제 식민지 시대가 아닌가 싶습니다. 사실 교양이란 말은 서구어의 번역이거든요. 어떤 말이건 중요한 말은 그 나름의 사회적·시대적 기원을 가지고 있게 마련입니다. 다시 말해서 그 말 자체는 오래 전 옛날부터 있어 왔다 하더라도 그 말이 어떤 특정한 의미를 가지고 보편적으로 사용될 때는 그만한 역사적 원인과 배경이 있는 것입니다.

　서구에서 본격적으로 교양이란 말이 쓰여지는 것은 18세기 동안에 시작되었다고 할 수 있는데, 영어에서는 컬처(culture), 독일어에서는 빌둥(Bildung)이라고 하는 말입니다. 서구에서 비롯된 이 말이 일본을 통해서 식민지 조선 사회에, 특히 중등 학교 이상의 교육을 받았던 지식인들 속에 전파되었다고 볼 수 있습니다. 실제로 좋은 의미에서든 나쁜 의미에서든 오늘의 지나치게 공리주의 일변도로 치우쳐진 우리의 학교 교육의 형편으로는 상상도 하기 어려울 정도로 일제 시대의 중등 학교 혹은 그 이상의 전문 학교나 대학에서 강조되었던 것이 바로 교양과 교양 과목이었습니다. 어느 모로 보든지 당시의 현실로서는 특권적이라고 할까 적어도 식민지 체제에 타협적일 수밖에 없었던 계층이 주로 이러한 인문적 교육의 수혜자였다는 사실에 연유해서이겠지만, 오늘날 우리가 쓰는 교양이란 말 속에는 어딘가 현실 순응적이거나 적어도 근본적인 현실 체제를 묵인하는 정신적인 성향을 반영하고 있는 듯한 뉘앙스가 풍기고 있는 것이 사실입니다. 예컨대 우리는 이광수 같은 인물을 교양인으로 쉽게 생각할 수 있지만, 당시에 전투적으로 또는 혁명적인 노선을 좇아서 민족 해방 투쟁에 직접 참여했던 사람들을 두고 교양인이라는 말을 쓰기가 어쩐지 어색하다는 느낌을 받거든요. 식민지 체제를 마음속으로 지지하지는 않는다 하더라도 어쨌든 그 테두리 속에서 안주했던 지식인의 일부, 이런 사람들을 교양인으로 보는 것이 훨씬 자연스러운데 그것이 어쩌면 일제 식민지 교육 정책의 숨은 의도의 한 결과인지도 모르지요. 독립 투쟁의 의지나 열기를 어느 정도나마 둔화시키는 데 교양이란 무기가 적절했을는지도 모릅니다. 모차르트나 베토벤을 듣는 데 익숙해지고 셰익스피어나 보들레르 등등 서양 예술 작품에 탐닉하게 되면 실제로 젊은 사람들의 사회 · 정치 의식이 마비될 가능성도 없지 않습니다. 그래서 신채호 선생이 말씀한 것이 있지 않습니까? 조선에서 문예 운동이 활발해지면 질수록 청년들의 독립 의기가 꺾인다고 말입니다. 일제 식민지의 상황에서 이 말이 유입된 역사적인 경험 때문에 우리나라에서는 특히 교양이란 말에 개량주의적이고 현실 순응적인 태도를 암시하는 부정적인 이미지가 많이 내포되어 있다는 것은 부인하지 못할 사실로 생각됩니다.

그런데 따지고 보면 이런 류의 비혁명적·현실 순응적 함축은 우리 말의 교양만이 아니라 이미 서양의 교양 개념 속에도 내포되어 있었던 것 같아요. 본래 서구에서 지식인이라는 개념이 18세기를 통해 성립되고, 하나의 사회 집단으로서의 인텔리 계층의 형성과 더불어 교양이란 말도 널리 쓰이게 됩니다. 대개 상식적으로 말해서 교양 개념에 관한 본격적인 논의는 독일인들 속에서 활발하게 이루어져 온 것 같고, 그것도 주로 빌헬름 훔볼트나 헤겔 또는 괴테와 쉴러 같은 18세기 고전주의 작가들에 의해서 이 문제가 주로 얘기된 것 같습니다.

'아름다운 영혼'

이야기를 쉽게 하기 위해서 『빌헬름 마이스터』라는, 세계 문학의 역사에서 교양 소설의 고전으로 평가되어 온 괴테의 작품을 들어보는 것이 좋겠습니다. 사실 교양 소설이라고 하는 새로운 범주의 소설은 따지고 보면 이 작품에 의해서 선구적으로 규정되었다고 할 수 있습니다. 교양 소설이라고 하는 것은 사회에 있어서 그의 위치가 일정하게 규정되기 전에 한 젊은이가 경험하는 인간적인 성장, 특히 내면적 성장의 과정에 초점을 두고 있는 문학이기 때문입니다.

괴테의 이 작품은 유럽의 근대사에서 우리가 시민 계급이라고 부르는 상인 가계의 청년 빌헬름 마이스터라는 인물이 시민 계급의 진보적인 사회 이상은 그것대로 받아들이면서, 다른 한편으로 자본주의적 논리에 의해 필연적으로 확산될 수밖에 없는 이기심과 세계관적 편협성을 어떻게 극복해 나가면서 원만하고 균형 잡힌 인간 이상에 도달할 수 있겠는가를 탐구하는 데 바쳐져 있습니다. 빌헬름 마이스터는 여행과 독서를 통하여 많은 인물들을 만나면서, 특히 연극의 경험을 통하여 일종의 인간적인 수련의 과정을 겪는데, 그러한 경험 끝에서 어떤 종류의 정신적 높이에 다다르는 모습을 보여 줍니다.

그런데, 오늘 우리의 주제인 교양 개념에 관련하여 괴테는 빌헬름 마이스터의 교육 과정에서 흥미있는 에피소드를 마련하고 있습니다. 이 소설의 후반에서 빌헬름의 말하자면 정신적 스승이라고도 할 수 있고, 이 작품에서 교양인의 모습의 전형을 보여 준다고 할 만한 인물로 로타리오라는 귀족이 나옵니다. 우리가 잘 알고 있는 것처럼 18세기 후반의 독일의 상황이라는 것은 아직도 영국이나 프랑스에 비하여 봉건적인 틀이 완강하게 버티고 있었고, 영국이나 프랑스에서 보는 것과 같이 중산 계급이 강력한 세력으로서 사회를 주도할 수 있는 그러한 입장에 있지 못했던 시대입니다. 역사적으로 독일의 지체된 상황, 혹은 독일적 비참—이런 식으로도 종종 언급되는 독일의 역사적인 후진성이었습니다. 그러니까 귀족들의 활동 영역이 아직 넓고 영향력이 여전히 강할 때였다고 할 수 있습니다. 이러한 상황을 배경으로 하고 로타리오라는 귀족이 교양인의 전형으로 묘사되어 있다는 것은 의미심장합니다.

이 소설의 시대적 배경은 조금 전에 말한 것처럼 자본주의 사회로의 발전이 거의 돌이킬 수 없이 진행되던 때입니다. 그래서 시장 경제와 분업화의 심화와 더불어 사람들이 일반적인 사회 생활을 통하여 말하자면 고전적인 인문주의적 이상, 다시 말해서 균형 잡힌 조화로운 인간에 도달하기 위해서는 점점 불리한 상황이 전개되고 있다는 괴로운 인식이 작품의 기초를 이루고 있습니다. 분업 사회가 심화되면 조화로운 개성의 발달이란 것은 원천적으로 부인되게 마련이지만, 이런 시대의 도래에 직면하여 그러한 사회가 끼칠 수 있는 파멸적인 영향, 인간적인 재난을 누구보다도 선구적으로 예민하게 볼 수 있었던 작가였기 때문에 괴테는 위대한 작가라고 할 수 있습니다만, 그럼에도 불구하고 그러한 전체적인 상황의 틀 안에서나마 인격의 완성 혹은 르네상스적인 휴머니즘의 이상을 부분적으로라도 실현하는 것이 완전히 불가능하지는 않을 것이라는 신념을 괴테는 포기할 수 없었던 작가였습니다.

그런 믿음의 결과였겠지만 귀족인 로타리오는 자기를 중심으로 몇몇 사람들—사회 전체로 보면 외딴 섬 같은 조그만 교양 집단을 형성합니다. 전체적으로는 틀려먹었다 하더라도 그 속에서 일부나마 각성된 교양인들끼리만이라도 뜻있는 공동체를 구성해 볼 수 있지 않을까 하는 꿈을 꾸었던 것이지요. 로타리오는 자발적으로 자기의 재산을 털어서 농장을 만들어 그것을 자기 주변 인물들이 다 같이 대등한 자격으로 경영하자고 제안을 합니다. 이것은 물론 상업적인 이익을 목적으로 하는 농장이 아니라, 말하자면 인간적인 수련과 인격 완성을 향하는 교육의 장소, 도량이라는 의미가 더 강하지요. 로타리오는 자기가 기왕에 가지고 있었던 귀족으로서의 특권을 완전히 포기하고 다른 사람들과 평등한 자격으로 참여하겠다는 것입니다. 이것은 물론 싸구려 감상주의가 아닙니다.

우리는 흔히 인간 행동을 이해하고 평가할 때 대개의 인간 행동은 자기 자신의 물질적 이해 관계를 반영한다고 보는 것이 과학적인 태도라고 듣고 있고, 또 그것이 대부분 맞습니다. 자기 개인의 이해 관계든 자기가 속한 계급의 이해 관계든 이해 관계라는 틀 속에서 흔히 사람은 행동한다는 것이지요. 그런데 로타리오는 이러한 일반적인 테두리를 흔쾌히 벗어나는 하나의 본보기를 보여 주고 있거든요. 그의 이러한 행동은 결국 사심 없는 행동이고, 그래서 이 경우에 '아름다운 영혼'이라는 말도 쓰이게 되는 것이지요. 말하자면 이렇게 사심 없이 행동할 수 있는 영혼의 소유자가 다름 아닌 교양인이라고 할 수 있다는 얘기가 됩니다.

자기 초월의 능력

교양이나 교양인을 자기 자신의 좁은 사적인 이해 관계를 넘어서서 자기를 초월할 수 있는 능력으로 보는 관점은 훔볼트가 이미 보여 준 바 있고, 또 누구보다도 철학자 헤겔이 분명하게 언급한 것이기도 합니다. 헤겔은 19세기 초에 뉘른베르그의 인문계 고등학교의 교장을 지내면서 교양이란 무엇인가라는 제목을 걸어 놓고 몇 차례 학생들에게 강연을 행하였습니다. 그 강연에서 헤겔이 강조했던 것은 사람의 인간적인 성숙과 자기 실현에 필수적인 자질은 자기를 넘어 다른 것을 수용할 수 있는 정신적 개방성과 거기에 따르는 보편성의 획득이라는 것이었습니다. 사람의 교육은 이질적인 요소의 흡수 과정이며 부단한 자기 초월로 이루어진다는 것입니다. 그래서 구체적인 학습 방법의 하나로서 헤겔이 학생들에게 특히 권하는 것은 외국어 학습, 특히 희랍의 언어와 문화의 학습이었습니다. 우리가 외국어를 배우는 것은 단순히 새로운 언어 기능을 습득하는 것보다 더 근본적인 의미가 있습니다. 예컨대 독일 학생이 희랍어의 문법과 어휘를 익혀 나가는 것은 그런 훈련 과정에서 기왕에 자기의 것이 아닌 다른 새롭고 이질적인 요소들을 자기의 것으로 수용하는 훈련이며, 그런 훈련을 통해 자기를 객관화할 수 있는 성숙한 인격으로 자란다는 것을 의미하는 것입니다. 헤겔은, 결국 괴테와 마찬가지로, 사람의 자기 초월 능력이라는 자질 속에서 교양의 원천을 보았다고 할 수 있습니다.

아까 우리가 우리 말의 일상적인 쓰임새에서 교양이라고 하면 직접적이고 실제적인 용도를 가지지 않은 어떤 것과 결부하여 흔히 얘기된다고 말했습니다만, 이것도 헤겔이나 괴테 같은 사람의 기준에 비추어 볼 때 거의 비슷하게 맞아들어가는 듯합니다.

독일의 경우만 이런 것이 아니고 영국의 경우에도 사정은 비슷하다고 할 수 있습니다. 영국에서는 블레이크, 워즈워드, 코울릿지 등등 낭만주의 시대의 시인들을 통해 교양이란 말이 전면으로 등장합니다. 영국에서는 독일처럼 '빌둥'이라는 말 대신에 '컬처'라는 말이 교양이라는 뜻으로 쓰이지요. 영국에서 이 '컬처'라는 말에 좀더 본격적인 개념 규정을 시도했던 사람은 19세기 중엽의 매슈 아놀드라는 문인이었습니다. 그는 시도 썼고 문학비평가로서 그리고 사회철학자로서 문필 활동을 했던 그 무렵의 대표적인 인문적 지성인이었는데, 그는 한 마디로 '컬처'라는 것은 사심 없는 행동을 할 수 있는 정신적 자질이라고 정의 내립니다. 사람이 자기 자신의 좁은 이해 관계를 벗어나서 공명정대한 입장에서 객관적으로 처신할 수 있는 능력이 교양이라는 것이지요. 그리고 이 사람은 문인 취향이 더 강해서인지, 교양 개념을 특히 고전적 문화 예술의 섭취에 상당히 많이 연관시키고 있는 점이 주목할 만합니다. 인류가 지금까지 이루어 낸 가장 최선의 문화적 업적을 연구하고 모방하는 것이 교양의 바탕을 이룬다고 주장하는 겁니다. 아놀드가 이렇게 말할 때 그가 염두에 두었던 것은 고전 희랍의 문화, 그리고 르네상스 시대의 문화적 성취였습니다. 하여튼 이 경우에는 교양이

라는 개념 속에 문인 혹은 지식인 위주의 입장이 강하게 반영되어 있음이
틀림없습니다.

교양과 정치적 현실주의

그런데 아까 저는 교양이란 말 속에는 체제 순응적이라 할까 어떻든 타
협적인 요소가 함축되어 있고, 이것은 독일이나 영국 말에서도 마찬가지라
고 말했습니다만 이 문제에 관해 좀 얘길 하고 넘어가겠습니다. 지금까지
얘기해 온 것처럼 헤겔이나 괴테나 아놀드에게 있어서 교양 개념은 자기
초월 내지는 이해 관계로부터의 벗어남이라는 각도에서 주로 이해되고 있
다는 점에서 공통하게 정의되고 있다고 할 수 있습니다. 그런데 이 사람들
의 의식적인 생각은 아니었을지 모르지만, 그들의 거의 엇비슷한 교양 개
념이 형성된 배경에는 본질적으로 역사적인 경험의 공통성이라고 할 만한
것이 있었습니다.

예를 들어, 아까 독일의 후진성에 관해 언급했습니다만, 괴테나 헤겔의
시대는 프랑스 혁명의 시대였던 것입니다. 프랑스에서는 대혁명을 통하여
봉건 세력의 역사적인 패퇴가 돌이킬 수 없는 것으로 되어 가고 있었지만,
독일에서는 그러한 혁명을 주도할 만큼 시민 세력이 성장해 있지 않았습니
다. 이 시대의 독일 지식인들에게는 그러니까 프랑스에서와 같은 방식으로
시민 민주주의 혁명을 성취할 수는 없다는 뼈저린 현실 인식이 있었고, 결
국 이러한 현실 인식이 그들로 하여금 교양에 대하여 강한 관심을 갖게 하
였다고 할 수 있습니다.

괴테와 같은 지식인들은 당대에 가장 선진적인 세계관을 소유한 사람들
이었습니다. 그들의 기준에서 볼 때 봉건 세력이 아직 활개를 치고 있는 독

일의 상황은 도저히 참을 수 없었습니다. 일반적인 빈곤, 정치적 억압, 인권 유린, 권위주의의 만연—이러한 자기 사회의 현실을 실감하면서 프랑스 혁명에서 고무된 영감을 가지고, 적어도 사상적으로 어떻게 현실 극복을 할 것인가 하는 것을 그들은 고민하지 않을 수 없었습니다. 각 시대의 지식인의 역할이 그런 것 아니겠습니까? 하여튼 괴테나 쉴러나 헤겔 같은 사람들은, 사회 전체적으로 보면 극히 일부에 지나지 않겠지만 결국 지식인이나 교양 계급의 교양에 호소하는 수밖에 없겠다고 생각했고, 이것이 확대되어 귀족 계급에 교양이 침투되어 귀족 계급 스스로가 교양 계급으로 탈바꿈함으로써 프랑스에서 본 것과 같은 피의 혁명을 거치지 않고, 즉 피를 흘리지 않고 그러나 결과적으로는 프랑스 혁명의 성과와 같은 것을 가져 볼 수는 없을까—하는 생각이 그들의 교양 개념의 배후에 있었다는 이야기입니다.

그러면 독일과는 상황이 판이한데 영국에서 아놀드 같은 지식인이 어째서 독일인들과 비슷하게 교양 개념을 들고 나왔는가 하겠지만, 그것도 생각해 보면 비슷한 사고 방식이 여기에 작용하고 있었음을 짐작할 수 있습니다. 영국에서는 산업 혁명이 선진적으로 실현되었지만, 프랑스에서처럼 아주 딱 부러진 정치적인 시민 민주주의 혁명을 경험하지 못했습니다. 물론 17세기에 우리가 흔히 청교도 혁명이라고 부르는 사건이 일어났고, 그것이 시민 혁명다운 요소를 많이 내포하고 있는 것은 사실이지만, 그러나 그 이후 왕정 복고를 경험하면서 오히려 옛날 봉건 계급과 신흥 부르주아 계급이 연합을 하는 전통이 확립되고, 그러한 역사적 전통은 계속적으로 일반 민중에 대한 억압 체제를 유지 강화하는 데 효과적인 메커니즘으로 되어 왔으며, 결과적으로 문화적으로는 봉건 계급의 문화가 오늘날까지 지배적인 문화로 존속되고 있는 형편입니다. 그래서 영국 노동 계급이 가장 일찍이 자본가에 대하여 자기들의 상대적인 계급 의식을 자각했던 사회 집단이었으면서도 오늘날 결과적으로 보면 가장 보수적인 성향을 보여 주는 노동 계급으로 전신해 온 것도 영국에 있어서의 시민 혁명의 왜곡된 전개에 그 원인이 있는 것으로 파악하는 역사가들도 있습니다.

　말하자면 그러한 왜곡이랄까, 프랑스의 것과 같은 결정적인 시민 혁명이 일어나지 않았던 역사적 경험의 모순이랄까 하는 것이 19세기 중엽에 크게 나타났다고 볼 수 있겠지요. 이 무렵의 영국의 사회 현실은 당대의 소설을 읽어 보아도 실감이 나지만, 거의 모든 진지한 지식인들이 두 개의 나라로 나누어져 있다고 말했던 상황입니다. 자본가와 노동자, 또는 유산자와 무산자로 분열되어 마치 두 개의 이질적인 사회가 한 나라 안에 형성되어 있는 것과 같다는 것이지요. 영국의 사회 문제에 관심을 가지고 있던 사람은 누구나 다 그렇게 말했습니다. 그래서 19세기 동안 영국에서 폭력적인 혁명이 왜 안 일어났는지, 그것은 기적이라고 말합니다. 그만큼 산업 자본주의가 발달하면서 거기에 상응하는 정치적 민주주의의 신장이 뒤따르지 못한 결과로 나타나는 모순적인 증상이 아주 예각적으로 드러난 것이 19세기 중엽의 영국이었던 셈이지요.

　그런데 책임 있는 지식인으로서 아놀드 같은 사람이 그러한 사회를 볼 때 그것은 붕괴 직전의 사회였습니다. 각 계급을 초월해서 하나의 국민으로 통합되게 하는 정신적인 구심점이 없다고 아놀드는 보았던 것입니다. 그렇게 해서 생겨난 것이 아놀드의 교양이라는 개념이었습니다. 그는 자기 자신이 중산 계급 출신이지만 중산 계급을 굉장히 비판합니다. 너무나 속물적이고 이기적이며, 이 사회를 지도해 나갈 아무런 정신적·지적·도덕적 자질을 구비하지 못한 무자격 집단이라고 공격합니다. 그렇지만 그의 본심은 중산 계급말고는 사회를 이끌어 나갈 세력이 없다고 보았기 때문에 사실은 자기 계급에 대한 엄청난 공격을 했던 것이지요. 그래서 『교양과 무질서』라는 제목이 붙은 책을 썼습니다. 이것은 아놀드의 가장 중요한 저서이기도 한데, 이 책의 성격은 제목을 보면 대개 짐작할 수 있습니다. 교양과 무질서라고 했으니까 교양은 여기서 무질서의 반대 개념으로 사용되어 있습니다. 무질서라는 말에는 이 사람의 계급적인 편견이 담겨 있습니다. 무슨 말인가 하면 노동 계급이 갖가지 분규·소요를 통하여 영국을 완전히 무질서 상황으로 빠뜨려 가고 있다는 진단입니다. 그러한 난국을 어떻게 타개할 것인가? 그것은 중산 계급이 교양 계급으로 탈바꿈하는 수밖에 없다고 생각한 것입니다. 교양 있는 사람으로 변모하여 자기네의 탐욕적인 이기심, 이해 관계를 초월할 수 있는 사회적 존재가 되어야 한다, 그렇게 하여 노동자들이 인간다운 삶을 영위해 나아갈 수 있는 조건을 만들어 내는 일에 협력해야 한다는 것이었습니다. 이런 식으로 보면 아놀드에게 있어서 교양이라는 개념은 일종의 정치적인 무기인 셈이지요. 민중의 움직임에 대하여 까닭 모를 공포를 가지고 있는 중산층 지식인이 피를 흘리지 않고, 폭력을 통하지 않고 자기 사회가 어떤 질서 있는 문명 사회로 발전해 나아갔으면 하는 그 나름의 사회적 소망이 아놀드의 교양 개념에 반영되었다고 볼 수 있습니다.

교양 개념의 유효성

그러니까 결국 정치적 현실주의 혹은 개량주의라고 할 만한 것이 서구에서의 교양 개념의 형성에 사상적인 기초가 되었다고 하겠는데, 그렇다고 해서 교양이란 말이 가지고 있는 창조적인 의미를 부정해야 하고 우리가 교양 개념 그 자체를 거부해 버려야 할 것인가—하는 문제는 별개의 문제입니다. 왜냐하면 아까 말씀 드렸듯이 사람들의 무의식적인 동기가 어떠했든지 간에 그리고 역사적인 계기가 어떤 것이었든지 간에 실지로 교양 개념을 정립해 나아가는 과정에는 다만 허위 의식이라고만 보기 어려운 진정한 도덕적 정열과 높은 수준의 인문적 지혜가 동원되고 있었다는 사실을 부인할 수 없을 것이기 때문입니다.

따지고 보면, 보편적인 인간 완성, 즉 자기 혼자만의 완성이 아니라 모든 사람, 공동체 전체가 지적으로 총명하고 도덕적으로 각성된 그러한 균형 잡힌 인간과 사회를 염원하는 사람이라면 그 누구도 인정하지 않을 수 없는 자질―인간으로서 마땅히 갖추지 않으면 안 될 기본적인 자질을 교양 개념이 규정하고 있는 것입니다.

그러한 의미에서의 교양에 도달하는 것을 방해하고 좌절시키는 어떤 세력이라든지 어떤 사회 체제라든지 그런 것이 무엇인가를 판별해 내고 분석하는 일은 멈추어져서는 안 되겠지만, 교양 개념 그 자체의 가치는 버릴 수 없는 것입니다. 사실 이것을 우리가 버리겠다고 해서 버려지는 것도 아니지요. 실제로 늘 쓰고 있거든요. 여하튼 그 기원이나 형성 과정에 교양이란 말에 어떤 부정적인 함축이 있는 것은 틀림없지만 이것은 또 창조적인 수단으로서 유효하게 사용될 수 있는 개념이 아닐까 하는 생각입니다.

그런데 제가 이야기하는 동안에 여러분도 생각을 하고 있었을 것으로 봅니다만, 그러면 교양이라는 말이 18세기 후반부터 크게 쓰이기 시작했다고 할 때 그 이전에는 왜 많이 보편적으로 쓰여지지 않았겠는가 하는 문제입니다. 물론 지금까지 장황하게 정치적 · 역사적인 배경을 들어 설명을 시도했습니다만, 그러나 어떻게 보면 그러한 설명보다도 더 근본적으로 교양이란 말이 옛날에는 일상적으로 사용되지 않은 이유가 있을 것 같습니다. 아까 저는 교양이란 것은 근본적으로 지식이 많고 적고의 문제도 아니고 예술적 기량이나 감상 능력 혹은 어떤 특수한 정신적 능력이나 감수성에 국한되는 것이 아니라 기본적으로 생활 전체가 교양이라고 했습니다. 그 말의 한 가지 근거는 옛날에는 사람들의 생활 방식이나 관습 자체가 바로 교양 과정을 이루고 있었다는 사실입니다.

우리가 교양을 이해 관계에 연연하지 않고 사심 없이 행동할 수 있는 자기 초월의 능력이라고 정의할 때, 예컨대 서구에서도 옛날에는 사심 없음을 강조해야 할 만큼 생활이 철저하게 이기심의 논리에 의해 지배되고 있지는 않았다는 것을 말하는 것이 아닐까요? 물론 낮은 생산력 때문에 물질적 빈곤 상태가 만연해 있었고, 봉건적인 질곡이 있었던 것은 사실이지만, 넓은 뜻에서 너그러운 인간 관계가 어느 정도 유지될 수 있는 체제는 아직 붕괴되지 않았던 상황이었다고 볼 수 있습니다. 다시 말해서 자본주의 시대가 본격화되고 산업화가 본궤도에 오르면서 교양이란 말이 특히 강조되기 시작했다는 사실 자체는 산업화나 자본주의적 논리에 의해 강요되는 생활 방식이 본질적으로 인간의 사회적 관계를 긴장되게 하고 상호 적대적으로 만들며 극심한 경쟁, 이기심의 발로 이런 것을 제도적으로 유발하는 사회 체제를 만든다는 인식이 들어간 것이라고 할 수 있거든요. 이러한 인간성에 어긋나는 새로운 생활 방식에 맞서기 위한 방편의 하나로 교양 개념이 형성된 것으로 볼 수도 있습니다.

'보살핌'의 문화

제 이야기가 자꾸 설명적으로 되니까 여러분이 굉장히 지루하리라고 생각되는데, 예를 들어보는 것이 좋겠습니다. 지금까지의 설명에 걸맞게 서양에서 예를 구해 와야 하겠지만 서양이나 어디나 결국 인간 사회의 살아

가는 이치는 마찬가지가 아닌가 하는 뜻에서, 그냥 편의상 우리 작가의 작품을 가지고 생각해 봅시다. 박완서 선생의 작품에 단편으로「해산 바가지」라는 것이 있습니다. 어떤 이야기인가 하면 이 작품 첫머리에는 누군가 출산한 사람이 있어서 병원으로 축하 인사를 간 한 중년 부인의 눈에 비친, 오늘날 흔하게 보는 산부인과 입원실의 풍경이 묘사되고 있습니다. 거기에 젊은 사람들이 출산 축하를 하러 와서는 사람 생명에 관한 경박한 이야기들을 거침없이 주고받는 모양을 보면서 이 부인이 옛날 자기가 해산하던 시절을 회상하는데 이것이 작품의 알맹이를 이루고 있습니다.

그런데 지금 이 중년의 부인은 자식들은 출가시키고 남편과 시어머니와 함께 살고 있다고 합니다. 그 시어머니는 늙어서 단순히 노망한 것이 아니라 치매 환자입니다. 상황 설정 자체가 매우 고통스럽습니다. 시어머니는 거의 백치와 다름없는 행동을 하는데 가령 배설을 시간과 장소를 가리지 않고 합니다. 뿐만 아니라 어린애처럼 보채기도 하고 아들 내외의 침실에까지 들어와 벌거벗고 드러눕기도 하고, 이러니 도저히 견딜 수가 없는 형편입니다. 그래서 마침내 부부는 의논을 해서 어머니를 기도원에 맡기기로 결정을 봅니다. 그런 다음에 이 사람들이 근본적으로 착한 사람들이니까, 양심에 꺼림칙한 것을 조금 모면해 볼 요량이었던지 기도원이 과연 거처할 만한 곳인지 어떤지 한번 구경하려고 사전 방문을 시도했습니다. 기도원을 찾아가던 도중 어느 주막 앞에서 잠시 쉴 참이었는데, 그때 마침 가을철이었는지 시골 초가지붕 위에 박이 열려 있는 것을 보았습니다. 그것을 보는 순간 기도원 방문을 취소하고 되돌아와 버립니다. 초가지붕의 박이 옛날 일을 상기시켜 주었던 것입니다.

시어머니가 지금은 병이 들어서 저렇게 되었지만 건강하던 젊은 시절에는 그렇지 않았다는 사실을 새삼스럽게 떠올렸던 것입니다. 무슨 얘기인가

하면, 자기가 예전에 아들이 귀한 이 집에 시집 와서 아기를 갖게 되었을 때 출산일을 앞두고 시어머니가 사람들을 시켜 시골에 가서 깨끗하고 모양 좋은 여러 개의 박을 구하게 하는 것이었습니다. 해산시에 첫국을 끓일 때 쓰기 위한 것입니다. 이것이 어느 지방 풍습인지는 모르지만, 옛날에는 이와 비슷한 사람살이의 근본적인 법도랄까 하는 것이 살아 있었던 것이 분명합니다. 새로 태어나는 아기를 대하는 사람들의 마음씨가 여기에 나타나 있는 것이지요. 이것이 허구적인 소설이니까 그렇다고도 하겠지만, 하여튼 작품 속에서는 아들이 귀한 집안에 딸을 낳아서 민망해 죽겠는데 그런 며느리를 나무라면서도 새로 태어난 딸아이를 극진히 맞이하면서 깨끗한 샘물에서 물을 길어 그 바가지를 가지고 국을 끓이고 밥을 지어 산모한테 먹입니다.

아기를 맞이할 때 좋은 박으로 만든 바가지에 정결한 물을 담아 준비를 한다는 것은 아마 전통 사회에 고유한 풍습이었을 겁니다. 그것은 작가가 단순히 지어 낸 이야기는 아니지요. 어떤 전통 사회에서도 그런 종류의 사람과 생명을 대하는 법은 있게 마련입니다. 여기에 비하면 아기의 어디가 어떻게 생겼느니 서구형이니 동양형이니 하는 식으로 지껄이는 요즘의 부박하기 짝이 없는 풍조는 그 자체 무교양의 극치를 이룬다고 할 만합니다. 중요한 것은 박완서 선생의 소설에 등장하는 시어머니, 즉 이른바 정규의 학교 교육이란 전혀 받지도 않았고 글자도 모르는 무식한 사람이 생명을 어떤 식으로 대접해야 한다는 것을 본능적으로 알고 있다는 사실입니다. 물론 엄밀히 따지자면 본능적인 것은 아니지요. 그 시어머니가 오래 몸담고 살아 왔던 하나의 인간 공동체의 전체적인 생활 방식, 다시 말하여 그 시대의 문화가 자기 자신도 모르게 그것을 체득게 한 것이라고 보아야 할 것입니다. 정말 진정한 의미에서의 문화는 이런 것입니다. 그러한 생활 방식이 전체로서 하나의 문화이며 교양인 셈입니다.

이런 생활이 계속 유지되는 상황이라면 문화니 교양이니 하는 말을 굳이 쓸 필요는 없겠지요. 자본주의와 산업 사회의 체제가 깊어지고 확대됨에 따라 교양이란 말이 부쩍 많이 사용된 것은 간단히 말하여 위의 작품 속의 어머니가 보여 주었던 그런 삶의 태도가 전반적으로 와해되었기 때문입니다.

오늘날에 있어서 사람다운 가치가 구조적으로 억눌림을 당할 수밖에 없게 된 것은 우리가 다 아는 것과 같습니다. 이윤 동기에 의해서 인간 행동이 거의 전적으로 규정되고, 아주 내밀한 정신적 가치조차도 모든 것이 다 상품으로서만 대우를 받을 수밖에 없을 뿐더러 인격적인 가치는 완전히 멸시·조롱당하며 오직 도구로서 물건으로서만 사람값이 시장에서 결정되는 이러한 세상에서 갓 태어난 아기를 정성을 다하여 맞이하는 정신적 기술이나 윤리가 존속한다는 것은 불가능한 일입니다. 지식인들이 일일이 의식해서 의도적인 발언을 한 것은 아니겠지만 이와 같은 방향으로의 사회의 발전을 목격하면서 전반적인 파괴의 현상에 직면하여 무엇인가 진정으로 인간적인 가치를 방어할 필요를 느꼈고, 그것을 교양이라는 새로운 개념 속에 담아 온 것이라고 해석되는 것입니다.

산업주의 문명의 파괴성

지금까지 자본주의 체제와 산업화에 의한 기본적인 생활 방식의 변화에 대응하여 교양 개념이 형성된 배경을 언급하였고, 그 과정에서 교양 개념의 잠재적인 효용성은 살아 있는 것으로 볼 수 있다는 것을 암시했습니다. 그렇게 말할 수 있는 제일 중요한 근거는 18세기 말이나 19세기에 서구의 지식인들이 고통스러운 근심 속에서 경험하였던 것이 오늘날 우리들에게 옛날에는 아마 짐작도 하기 어려웠을 비극적인 형태로 심화·확대되어 전개되고 있기 때문입니다. 이것은 제가 일일이 여기서 열거할 필요가 없는 이야기입니다. 우리들 대부분이 그저 막연하게 느끼고 있거나 정리를 제대로 안하고 있을 뿐이지 우리가 일상 경험하는 것이 생명과 인간에 대하여 끊임없이 공격적이고 파괴적이며 낭비적인 생활인 것입니다.

그래서, 지금은 앞으로 몇십 년 후일지 모르지만 자원 고갈, 생태계의 파손 같은 것을 서양의 공식적인 국가 기관에서도 공공연하게 발표하고 있는 형편입니다. 게다가 지금 지구상에는 지구 생물들을 일곱 번이나 괴멸시키고도 남을 막대한 핵무기가 있고, 발전소의 안전 문제뿐 아니라 그 폐기물에 대한 합리적인 처리 방안이 없는 상태에서 핵발전소가 우리 나라에서도 에너지의 주공급 수단으로 되어 가고 있습니다. 우리는 한 잔의 물을 안심하고 마실 수 없게 되었고, 숨쉬기가 겁날 만큼 탁해진 공기를 마시면서, 저 오염된 토양에서 화학 비료와 농약의 대량 살포에 의존하여 거두어들이는 농작물이 과연 인간 생명과 생태계 전체에 대하여 어떤 영향을 끼칠 것인지 깊은 우려를 가지지 않을 수 없게 되었습니다. 병원은 나날이 커지고 막대한 이윤 획득의 수단이 되어 가지만, 전대미문의 질병이 활개를 치고 사람들은 대부분 매우 건강치 못한 일상을 영위합니다. 먹을 것 입을 것은 넘쳐나지만 우리들이 진정으로 사는 행복을 느끼지는 못합니다. 쓰는 것보다 버리는 것이 더 많은 생활, 그것을 강요하는 문명, 그것이 산업 문명입니다. 생산력의 확대에 의하여 유례없는 물질적 부를 인간에게 제공하게 된 산업 문명은 과학 기술에 패권을 부여하여 폭발적으로 스스로를 확대하고 재생산하는 과정을 거침없이 수행한 결과 지금 걷잡을 수 없을 만큼 팽배해진 낭비의 구조화, 생명 파괴적인 체제로 되었고, 드디어 가공할 만한 파국에 직면하게 된 것입니다.

저는 톨스토이의 「사람은 얼마나 많은 땅이 필요한가」라는 우화가 오늘날 산업 문명의 팽창 과정과 그 근본적인 어리석음을 말해 주고 있는 이야기로 생각됩니다. 톨스토이의 이 이야기는 여러분도 잘 알겠지만, 이야기의 진행을 위해서 한번 되풀이한다면, 어느 마을에 농부가 있었습니다. 그는 자기 땅을 가져 보는 게 소원이었습니다. 그런데 어느 때 어디선가 누구에게나 공짜로 땅을 나누어 주고 있다는 소문을 듣고 거기로 찾아갔습니다. 비옥한 땅이었습니다. 주인과 약속이 이루어졌습니다. 해뜰 때 출발해서 해가 지기 직전까지 돌아오는 지역 안의 땅은 모두 자기 것이 된다는 것이었습니다. 그러나 어떻게 되었어요? 조금만 더 조금만 더 하면서 욕심을 내고 땀을 뻘뻘 흘리며 달음박질하여 더 넓은 땅을 차지하려다가 끝내 농부는 출발 지점에 당도하기 직전에 쓰러져 죽었습니다. 그 사람이 죽은 자리에 묻어 주니까 땅이 여섯 자가 필요했습니다. 이러한 기막힌 어리석음을 지금 우리는 산업과 진보와 과학 기술이라는 이름 밑에서 집단적으로 거대하게 구조적으로 자행하고 있는 것입니다.

지금 멈출 줄 모르고 절제를 모르는 이 소비 사회 체제의 끝없이 팽창해 가는 구조 속에서 우리는 우리의 생활에 진정으로 필요한 것이 아닌 물건에 대한 끊임없는 욕망을 키우고 있습니다. 생물학적으로 또 실존적으로 인간에게 필요한 것보다는 인위적으로 자극을 받아 결핍을 느끼고, 그것을 구입하기를 강요당하면서 낭비를 일상화하고 있는 것입니다. 자기의 궤도를 수정하지 않는 한 그것이 유지되기 위해서라도 무엇인가 끊임없이 팔아먹지 않으면 안 되고, 따라서 인위적인 수요를 끝없이 창출해 내지 않으면 안 되는 것이 자본주의 산업 문명의 기본적인 논리입니다. 그러다 보면 자연에 대한 공격과 파괴와 죽임은 당연한 것이 되고, 사람들 자신의 사회적 관계는 적의에 가득 찬 긴장의 관계가 되는 것을 피할 수 없는 것입니다. 이런 상황에서 사람들을 쉽게 지배하는 것은 편의주의의 논리일 뿐입니다. 삶의 정신적 차원이나 궁극적 인생 목적과 같은 것은 철저히 도외시되고, 목전의 조그마한 이익, 편의성에 영혼을 파는 것입니다.

지금 자동차가 범람하는 것을 보십시오. 전에는 개인 자동차는 사치품이었는데 모두가 편의성을 취하다 보니 누구든지 교통 수단을 사유화하는 것을 당연시하게 된 것입니다. 자동차가 이런 식으로 불어 나가면 결국 어떻게 될까요? 이런 사회에서 개인이 자기의 생활 방식을 창조적으로 선택한다는 것은 점점 더 어려워지고 있습니다. 대부분의 사람들이 개인 자동차를 소유하면, 공공 교통 수단은 도태될 것이 뻔합니다. 그러면 싫어도 개인 자동차를 소유할 수밖에 없게 되겠지요. 미국에서 2차대전 이후 자가용 자동차가 급속히 불어나갈 때 자동차 재벌들이 지방 도시들에서 버스나 전차와 같은 공공 교통 수단을 독점적으로 사들여 그것을 점차적으로 폐쇄시킴으로써 시민들이 스스로 의식하지 못하는 사이에 개인 승용차를 구입하도록 강요했던 사실은 현대 산업 사회에 있어서 욕망과 그 충족의 메커니즘이 어떤 성질의 것인가를 알려 주는 한 가지 예에 지나지 않습니다. 하여튼 거지가 동냥을 하려 해도 자동차가 필요해진 사회가 오늘의 미국이고, 고도 산업 사회이며, 이른바 근대화를 추구하는 모든 나라들의 목표인 것입니다.

지금 우리 나라 사람들 가운데는 "아직까지 우리는 ……" 운운하는 사람들이 더러 있습니다만, 그것은 우스운 이야기입니다. 아직 우리는 성장 위주로 나아가야 한다느니, 아직 우리는 더 큰 빵을 만들어야 할 때라느니, 아직 우리는 고기와 지방질 섭취를 많이 해야 할 수준이라고 한다든지, 그런 말은 정말 아직도 심심찮게 들립니다. 1970년대에 동유럽의 생활 수준은 우리보다 못했습니다. 그럼에도 그쪽 지식인들은 자기네 사회를 고도 산업 사회로 규정했습니다. 아직까지라고 하는 것은 정신의 태만을 드러내는 것밖에 아무것도 아닙니다. 물론 경제가 종속적이고, 현재 이 사회를 움직이는 자본이 어떤 자본이냐—이런 내용적인 차이는 있겠지만, 어찌되었든 지금 제가 여기서 강조하는 것은 우리가 현재 영위하고 있는 생활 방식의 근본 구조입니다. 일상 생활의 구조 그 자체가 우리들을 생명 파괴적인 산업 체제의 항구적인 포로로 만들고 있거든요. 오늘날의 소위 선진 산업 사회, 예컨대 세계 자원의 반 이상을 세계 전체 인구의 십이분지 일에 해당하는 미국 사람들이 소모하고 있는데, 그런 미국 사람들식의 생활 방식 혹은 생활 수준을 인류 전체가 다 누릴 수 있을까요? 그리고 누릴 수 있게 된다 하면 이 지구가 견디어 내겠습니까?

우리의 생명의 태반이라고 할 수 있는 지구는 유한 체계입니다. 지속적인 인류의 생존뿐만 아니라 지구상의 생명계 사이의 평화로운 공존을 위해서도 인간의 무한히 팽창하는 욕망을 줄이는 수밖에 없습니다. 그리고 그렇게 할 때 그것은 단지 금욕적인 생활의 고통을 받아들여야 한다는 뜻은 아닙니다. 욕망을 절제하는 것이야말로 사람다운 삶의 전제라고 생각되기 때문입니다. 우리들이 모델로 하고 있는 미국과 같은 선진 산업 사회에서의 소비라는 것은 한 마디로 낭비라고 해야 마땅한 것입니다. 그런 사회에서의 삶이 창조적이거나 인간적으로 수긍할 수 있는 것이 못 된다는 것은 말할 필요가 없는 일입니다. 오늘날 미국에 있어서 인간 관계의 현실을 주목해 보십시오. 지금 통계로 볼 때도 미국에서 결혼한 사람 가운데 반은 자기들의 생애 동안 반드시 한 번 이상 이혼을 하는 것으로 되어 있습니다. 또 어마어마한 생산력의 팽창에도 불구하고 빈곤과 인간 불평등은 결코 해소되고 있지 않습니다. 산업 사회는 본질상 사람과 사람 사이의 차별 대우를 구조화하는 체제입니다.

어떻든 일일이 예를 들 필요도 없이 엄청난 문제를 안고 있는 것이 오늘날 우리가 영위하고 있고 또 앞으로 얼마간일지 그것을 받아들이지 않고는 살 수 없는 산업 문명인 것입니다. 그런데 이러한 체제를 조금이라도 생각이 있는 인간이라면 어떻게 고분고분하게 순응할 수 있겠습니까? 사람을 공동체의 유대 속으로 결속하면서 진정한 삶과 노동의 의미를 체험하게 하는 문명이 아니라 끊임없이 사람들을 갈라 놓고 의미 없는 상품 소비자로서만 기능할 수밖에 없게 하는 문명은 결코 긍정될 수 없는 겁니다. 그래서 그 동안 역사적으로 이러한 체제를 변혁시키려는 많은 시도가 있었지요. 19세기에 이미 대중적인 운동이 시작되었고, 20세기에 와서 러시아 혁명, 중국 혁명 그리고 제3세계에 있어서의 민족 해방 운동도 이런 맥락에서 이해할 수 있는 것입니다.

그러나 문제는 정치적인 혁명이나 사회적인 변혁을 겪은 사회에 있어서도 실제로 그 사회를 움직이는 기본적인 논리가 성장의 논리라는 데 있습니다. 예를 들어 오늘날 생태학적 문제가 일어나는 곳은 반드시 자본주의 세계뿐만이 아닙니다. 정보의 공개 여부를 고려하면, 소련이나 그 밖의 사회주의 국가에서의 환경 파괴는 아마 엄청난 규모의 것이라고 생각됩니다. 오늘날 소련의 과학자들이 생태학에 관해 언급하는 것을 보면, 이들은 과학 기술의 발전이 모든 문제를 해결해 줄 것이라고 낙관하고 있습니다. 그들이 추구하는 것은 결국 더 많은 산업화, 더 많은 욕망의 물량적 충족인 것입니다. 아마 오늘의 소련이 지향하는 사회 목표라는 것은 소련 시민이 모두 승용차를 가지는 것이 아닌가 싶습니다. 그러니 명색이 사회주의라고는 하지만 자본주의 사회나 본질적으로 다른 것이 없다고 할 수밖에 없습니다. 시민들이 영위하는 일상 생활의 구조, 문화는 근본적으로 아무 차이가 없기 때문입니다. 사람에게 중요한 것은 추상적인 정치나 경제 제도가 아닙니다. 중요한 것은 일상 생활이 영위되는 방식과 틀인 것입니다.

물론 섬세한 분별이 필요하고, 여기에 잘못되면 오해가 생기고 논쟁의 여지가 많은 얘기라고 생각되지만, 하여튼 오늘에 있어서 동서 양진영은 일상 생활의 면, 문화의 양식에 있어서 근본적 일치를 보이고 있는 것이 분명합니다. 다 똑같은 방향으로 나아가고 있어요. 소련에서도 중국에서도 모두 코카콜라를 즐겨 마십니다. 코카콜라가 들어간 것은 벌써 오래되었습니다. 물론 사회주의적 생산에서는 사회적으로 불필요한 물건을 끊임없이 만들어 내어야 할 논리적인 이유는 없지요. 사적 이윤을 추구해야 하는 것은 아니니까요. 이론적으로 보아서 이런 차이가 있는 것은 분별해 보아야 겠지만, 그러나 현실에 있어서 어쩌면 오늘의 사회주의는 과학 기술에 대한 맹목적인 신앙에 더 빠져 있는지도 모릅니다.

요즘 신문에서 지구 표면이 점점 더워진다거나 오존층이 파괴되어 가고 있다는 우울한 소식에 접할 기회가 많아졌습니다. 며칠 전 외국 잡지를 보니까 뉴질랜드 같은 데서는 벌써 오존층의 훼손에 의한 인명 피해가 명백히 나타나고 있는 모양입니다. 종래에 비해 눈에 뜨이게 피부암 환자가 늘고 있다고 합니다. 오존층에 구멍이 뚫리고 파괴되면 결국 인간만이 못 살게 되는 것은 아닙니다. 생태계라는 것은 고도로 미묘하고 복잡한 유기적 조직인 탓으로 아무리 정교한 과학 기술의 힘이 있다 해도 인위적으로는 어떻게 통제해 볼 수 없는 상호 의존의 기막하게 복잡하면서 물샐 틈 없는 역동적인 구조를 가지고 있는 것입니다. 지금 이 순간에도 지구상의 어떤 생물종들이 사멸되고 있습니다만, 하나의 생물종이 사멸당하면 결국 그 영향은 다른 생물들에게로 파급되게 되어 있습니다. 하다못해 말라리아 모기를 박멸해도 그 여파로 다른 질병이 생겨납니다. 그 천적이 살 길이 없으니까요. 이러한 긴밀한 상호 의존, 상호 연관 속에 생을 영위하도록 되어 있는 것이 자연 생태계의 법칙이고 자연의 일부로서 인간도 이 체계에서 예외일 수는 없습니다. 옛날부터 상상력이 풍부한 사람들과 시인들, 혹은 인디언이라고 불리는 미국의 토착민들에게는 생태계의 그러한 상호 연관 관계가 분명하게 인식되었습니다. 오늘날 생물학이라든가 첨단 과학을 하는 사람들이 깊이 들어가 보니까 고대인들이나 시인들이나 인디언들이 했던 생각이 맞다는 것이 점차로 밝혀지고 있습니다. 지구도 하나의 유기체이고 생명입니다. 이것을 무시하는 과학 기술은 그것이 진보하면 진보할수록 파멸을 서둘러 이끌 뿐입니다.

가짜 욕망을 넘어

그러나 정말 비극적인 것은 오늘의 과학 기술이 지배 권력에 알게 모르게 예속되어 있다는 점에 있습니다. 모든 경제적·정치적 권력은 항상 단기적인 이해 관계에 입각해 있게 마련입니다. 정치하는 사람들은 유권자의 표가 절실한 법입니다. 지금 저의 이야기는 정치가 비교적 민주주의적으로 움직이고 있는 경우라 하더라도 그렇다는 것을 말씀 드리자는 것입니다. 하물며 권력의 공공연한 독과점이 자행되고 있는 국가의 경우는 더 말할 필요가 없을 것입니다. 지금 석유라는 지하 자원은 유한한데도 마치 그것이 무한한 것인 양 절제 없이 기름을 소모하는 산업과 생활이 지배합니다. 지금 기름이 풍부해서 기름값이 내려갑니까? 석유 재벌들과 그들과 이해를 같이하는 정치 권력에 의한 농간 때문에 석유값이 정해지는 것입니다. 그런데 이러한 일은 결국 사람들의 일상 생활의 요구에서 출발한 것입니다. 사람들이 한겨울에도 내복을 입지 않고 실내 온도를 이십도 이상으로 유지하려고 하고, 저마다 개인 자동차를 움직이려면 더 많은 기름이 필요합니다. 에어컨을 설치하고 가사의 편의를 추구할수록 전기 수요는 증가하게 마련입니다. 그러면 발전소를 더 지어야 하고, 그것을 위해서 막대한 연료를 써야 합니다. 아니면 원자력 발전소를 건설해야지요. 그러한 과정에서 자연에 대하여 돌이킬 수 없는 훼손이 가해지고, 민중에 대한 억압의 구조는 강화되는 것입니다. 사람이 에어컨에 익숙해지고, 편의주의적 생활에 길들여지면, 그것에서 빠져나오기는 어렵습니다. 더위나 추위를 견디는 힘은 더 약해지고 기계 의존도는 갈수록 심해집니다. 그리하여 악순환은 다시 되풀이될 수밖에 없습니다. 정치 권력자가 지구의 장래를 생각하고 인간 공동체의 근본적인 운명을 고려하는 일은 없습니다.

어떤 철학자는, 우리는 우리의 선조로부터 자연을 이어받은 것이 아니라 우리들의 후손으로부터 잠시 빌려 받은 것이라고 했습니다만, 이것은 맞는 얘기지요. 생각해 보면 지금 우리는 기가 막힌 시대에 살고 있습니다. 우리는 언제일지 모르지만 아마도 불원간 우리들의 후손이 존재하지 않을지도 모른다는 근본적인 불안 속에 살고 있습니다. 미국에서의 통계인데, 아동들한테 조사를 해 보니까 자기들이 살아 있는 동안 반드시 핵 전쟁이 일어나 인류가 멸망한다고 믿고 있는 아동이 70퍼센트라고 합니다. 미국도 그렇고, 소련에서도 그렇고, 유럽에서도 아동들이 핵에 대한 심각한 공포감을 가지고 있다는 사회 조사는 여러 번 나왔습니다. 그런데 우리 나라에서는 너무 태평스러운 것 같아요. 인구 밀집 지역에 이렇게 많은 핵발전소가 들어차는 나라도 드물 텐데 말입니다. 남쪽 어디에 원자력 발전소가 있는 동네에는 목욕탕 이름도 원광목욕탕이라는 것이 있다고 합니다만, 핵발전소가 있다는 것이 무슨 큰 발전이고 자랑거리라고 생각하는 모양입니다. 그런데 아까의 얘기로 돌아가서, 70퍼센트의 아동들이 그런 생각을 가지고 있다는 사실은 참으로 두려운 이야기입니다. 설사 전쟁이 일어나지 않는다 하더라도 그 아이들은 평생 동안 가위 눌려 지내게 될 것이고 깊은 허무감 속에서 살게 될 것입니다.

사람은 본래 잠재 의식중에 훗날의 후손들, 뒤에 다가올 인간 공동체의 존재를 의심치 않기 때문에 지금 의미 있고 창조적인 일을 하는 것입니다. 그런 각도에서 생각하면, 오늘날 20세기 후반의 많은 예술이나 지적 노력이 진정으로 창조적이지 못하고 퇴폐적이거나 기계적인 노동으로 되어 버렸다고 할 때, 그것은 인류의 미래에 대한 믿음이 결여되어 있는 점에 직결되어 있다고 볼 수 있습니다. 지금 당장 생태학적 파국에 직면해 있지 않다 하더라도 불을 보듯이 뻔한 임박한 위기에 대한 의식은, 그것이 아무리 잠재적인 의식일지라도 지금 바로 여기서의 우리의 사고와 행동에 심각한 영향을 끼치는 법입니다.

우리의 장래를 늘 단기적인 이해 관계에 매달려 있는 정치 권력에 맡겨 놓을 수는 없습니다. 그들에게 심리적으로 의존해 있는 동안 사태는 점점 악화될 것이 분명합니다. 확실한 것은, 우리의 일상 생활의 구조에 질적인 변화가 초래되지 않는다면 어떤 정치적 변혁을 통해서도 본질적인 방향 전환은 이루어지지 않을 것이라는 사실입니다. 사람이 사람답게 사는 전제 조건으로서 모든 생명 있는 것들과의 공생의 관계를 회복시키기 위해서는 무엇보다 일상 생활에서의 혁신이 있지 않으면 안 됩니다. 일상 생활이란 습관이고 욕망의 거미줄입니다. 우리 자신의 참다운 생활을 위해서 무엇이 진정으로 필요한 욕망이며 무엇이 가짜 욕망인지를 슬기롭게 분별해 낼 수 있기 위한 교육이 지금처럼 절실한 때가 일찍이 없었습니다.

'사람이 살 수 없는 곳'

  오늘 이야기의 끝을 내면서 결론을 대신하여 조그마한 에피소드를 소개
할까 합니다. 지금부터 지도 공부도 하면서 여행을 해 보기로 합시다. 남대
서양에 트리스탄 다 쿤하라는 작은 섬이 있습니다. 여러분들이 이 섬을 아
시는지 모르지만 저는 전에 몰랐습니다. 보통 지도에는 나타나 있지 않고
큰 군사 지도에나 나온다고 합니다. 이 섬의 위치는 중부아프리카 서쪽의
해안에 있는 케이프 군도로부터 이천 마일 정도 떨어져 있고, 나폴레옹이
귀양 간 섬으로 잘 알려진 세인트 헬레나 섬에서 남서쪽으로 일천 마일 부
근에 있는 굉장히 작은 섬이랍니다. 전체 면적이 20평방마일이라고 하니
보통 지도에서 보기 어려울 법합니다. 이 섬은 본래 16세기에 포르투갈 사
람이 발견한 모양인데, 그 뒤 영국 사람들이 차지해서는 수비대가 오랫동
안 주둔해 있었습니다. 영국 정부는 이 절해 고도가 어느 땐가 어떤 쓸모가
있으리라고 생각하고 군인들을 보내 놓고 있었던 모양인데, 점차로 아무
소용이 없다는 것을 느꼈습니다. 화산으로 이루어진 이 조그마한 섬은 거
의 전체가 불모지이고 섬의 가장자리에 약간의 경작 가능한 땅이 있어서
거기에 감자나 옥수수를 조금 심어 먹을 수 있을 뿐이고, 주변의 바다는 험
하고 배를 안전하게 정박시킬 만한 지형 조건도 아니었고, 게다가 풍광마
저 보잘것이 없다고 합니다. 요컨대 사람이 살 수 없는 곳이었습니다. 그래
도 군사적인 용도가 있지 않을까 하고 기대하며 일 세기 이상 있어 보았지
만 비용만 들 뿐 그런 군사상의 중요성도 없다는 것을 발견했습니다. 그래
서 드디어 1817년에 영국 해군은 이 섬에서 철수하기로 했습니다. 그런데
모두 철수하는데 스코틀랜드 출신의 하사관으로 글라스라는 이름의 한 군
인이 자기와 자기 가족은 그대로 섬에 남아서 살아가겠다고 고집을 부렸습

니다. 그 사람이 왜 영국으로 돌아가기를 거부했는지 모르겠어요. 여하튼 그 군인은 아내와 아이 셋과 함께 남았습니다. 그 후 세월이 흘러 10년 뒤 그 근처를 지나가던 선박들 중에 파선한 배들이 있어서 거기서 헤엄쳐 온 몇 사람의 남자가 이 섬의 새로운 주민이 되었습니다. 여자가 절대적으로 부족하였으니까 배를 만들어 세인트 헬레나 섬까지 근 한 달이나 걸리는 항해를 하여 흑인 여자 몇 사람을 데리고 왔습니다. 그러나 당시 그 누구도 이 여자들의 피부 빛깔에 관해 특별한 관심을 표하지는 않았습니다. 얼마 간 세월이 더 지난 뒤에 이곳 주민들은 이 세상에서 아마도 가장 간결한 헌법을 만들었습니다. 그것은 단 한 줄로 "아무도 다른 사람보다 우월한 권리를 누려서는 안 된다"라는 구절이었습니다. 이런 헌법말고는 관습에 따라 살아갔습니다. 그들에게 지식 문화라고 할 수 있는 것은 영어로 된 성경책 한 권이 있었고, 학교 같은 것은 물론 없었습니다. 그들은 18세기 영어를 쓰면서 살았습니다.

그런데 이 섬과 그곳 주민에 관한 이야기가 국제적으로 알려지게 된 것은 1961년이었습니다. 아마 영국 해군 당국이 이 섬에 대하여 관측을 계속하고 있었던 모양인데, 1961년에 이 섬에 화산 폭발이 재개되었고, 어디까지나 영국 왕의 신하들인 만큼 그곳 주민들을 안전하게 소개시키는 것이 해군의 임무였던 것 같습니다. 화산 폭발에 의한 용암의 분출로 몰살을 면하기 위해서 트리스탄 섬의 주민 270명이 해군 함정을 타고 잉글랜드로 소개되었습니다. 18세기 영어를 사용하는 사람들이 갑자기 산업 문명 사회의 한복판으로 들어와서 살게 되었습니다. 그들은 단순 노동자, 청소원 같은 직업 이외에 달리 생계 수단을 발견할 수 없었습니다. 그러다가 2년 후에 해군 당국으로부터 통지가 있었습니다. 이제는 화산 폭발이 중단되었고, 더 이상 폭발의 염려는 없는 것 같지만, 그 동안 섬은 완전히 망가져서 돌아가 보아야 도저히 살 수는 없게 되었다는 것이었습니다. 농토는 괴멸되고, 가축들도 몰살당하고, 집들은 모두 파손되었다는 것입니다. 정기적으로 회합을 가져 왔던 트리스탄 섬 주민들은 해군으로부터의 통보를 받은 직후 주민 회의를 열었습니다. 그 사이 영국 본토의 남자들과 결혼을 했던 6명의 여자를 제외한 주민 전원이 모여서 의논한 결과 그들은 고향으로 돌아가자는 데 의견의 완전한 일치를 보았습니다.

영국에 그대로 남아도 괜찮다는데 돌아가겠다는 것입니다. 이것이 놀라운 뉴스거리가 되었고 사람들의 호기심을 끌었던 모양입니다. 그래서 누군가가 쓴 어떤 책에서 저도 이 이야기를 읽게 되었습니다만, 하여튼 그때 트리스탄 섬 사람들이 영국에서 일하면서 받은 임금이라는 것이 당시 영국의 독신자의 최저 생활비의 삼분의 일에 해당하는 금액이었다고 합니다. 그런데 그런 임금을 가지고 평균 네 명으로 된 가족이 2년 동안 생활했을 뿐만 아니라 고향에 돌아갈 때는 상당한 저축이 있었다는 것입니다. 낚시 도구도 마련하고, 트랜지스터 라디오도 장만하고, 곡물 종자도 구하고, 또 섬 생활의 재건에 필요한 각종 물자를 구입했다고 합니다. 상상하기 어려운 일이지요. 독신자 최저 생활비의 삼분의 일을 가지고 네 식구가 생활도 하고 돈이 남았다는 것 말입니다. 이것을 보면 오늘날 우리가 흔히 말하는 이른바 생활 수준이라는 것이 무엇을 의미하는지 근본적인 반성이 필요합니다.

뿐만 아니라 도저히 살 수 없는 곳으로 돌아가겠다는 이해하기 어려운 결정을 내린 사람들에게 왜 돌아가려느냐고 물었을 때 그들의 답변이 무엇인 줄 압니까? 그들의 생각으로는 영국은 사람이 살 수 없는 곳이라는 겁니다. 사람이 일을 하고 싶을 때 하고 쉬고 싶을 때 쉬어야 하는데 이 곳에서는 시간 정해 놓고 보스 밑에서 간섭받으면서 일을 해야 하니 죽을 지경이라는 것입니다. 트리스탄 사람들은, 자기들의 고향에는 시간표도 없고, 해고 위협도 없고, 착취하는 사람도 착취받는 사람도 없고, 부자도 가난뱅이도 없으며, 유식한 사람도 무식한 사람도, 경찰도 도둑도 학교도 세금도 없다고 했습니다. 이 이야기는 산업 문명이라는 것이 인류의 진보를 가리켜 주는 것이라고 순진하게 믿는 사람들에게는 충격적인 이야기가 될지 모릅니다.

지금까지 저는 장황하게 이야기를 늘어놓았습니다만, 결국 우리가 우리 자신의 사소한 일상 생활에서부터 출발하는 작업도 굉장히 중요하다는 말씀을 드리고 싶습니다. 일상 생활은 구조화되어 있기 때문에 우리의 헛된 욕망의 하나를 문제삼기 시작하면 모든 것이 따라오게 되어 있습니다. 오늘날 우리는 민족 민주 운동의 투쟁적인 열기 속에 살아가고 있지만, 이러한 운동이 좀더 실질적인 삶을 위한 변혁, 다시 말하여 참으로 생명 있는 문화를 되살리려는 노력으로 연결되기 위해서는 우리의 일상 생활에 내포된 반생명의 구조를 간과해서는 안 될 것입니다. 우리는 일상의 비근한 욕구, 하다못해 식탁에서 설탕과 조미료와 가공 식품을 추방하는 일도 궁극적으로는 자연을 살리고, 인류를 살리는 길과 통하는 것임을 깨닫지 않으면 안 됩니다. 우리가 건강해야 하는 것도 중요하지만, 그 밖에 오늘날 우리들이 일용하는 식품들이 어떤 구조 속에서 어떤 경로로 생산·유통·판매되고 있는지도 생각해 보아야 하는 것입니다. 이것은 물론 한 가지 예에 불과합니다. 우리가 거짓 욕망의 노예가 되어 있는 한 독점 자본과 다국적 기업의 노예임을 면치 못하고, 그리하여 비극적인 파국을 모면한다는 것은 불가능할 것입니다. 오늘 저의 이야기의 전체적 논지는 한 개인의 사소한 욕망이 바로 공동체의 문제로 직결되어 있다는 것을, 오늘날의 당면한 생태학적 위기의 상황에서는 더욱 절박하게 깨닫지 않을 수 없다는 것, 그래서 지난 세기에 비할 바 없이 교양의 의미는 더욱 심각하게 숙고되어야 할 것이라는 것이었습니다. 오랜 시간 경청해 주셔서 고맙습니다.(1989년)

시의 마음과 생명 공동체

여러분 반갑습니다. 제가 특별히 아는 것도 없고 말주변도 없는 사람인데 『문화비평』 쪽의 간곡한 부탁 때문에 이 문학의 밤 행사에 나오기는 나왔습니다. 오늘 저녁 귀중한 시간에 여러분들이나 저에게 무언가 좀 보람 있는 이야기가 되어야 할 것 같은데 퍽 걱정스럽습니다.

오늘 말씀 드리려고 하는 이야기는 제목을 '시의 마음과 생명 공동체'로 하였습니다. 조금 전에 사회 보시는 분의 소개 말씀에도 나왔습니다만, 요즘 생명 운동이니 생명 사상이니 하는 말이 별로 낯설지 않게 쓰이고 있습니다. 저 자신도 이런 용어를 가끔 사용할 때가 있기는 합니다만, 실은 스스로 이런 말에 약간 거부감을 느끼고 있습니다. 우리가 목숨을 가진 존재들로서 산다는 것 자체가 근원적인 현상인데, 생명이라는 용어의 새로운 유행은 모든 것이 자칫하면 소비 상품으로 떨어지기 쉬운 이 자본주의 사회에서 정말 상품으로 되어서는 곤란한 생명의 문제조차 그렇게 되어 버릴 염려도 있고, 또 우리의 삶 자체가 부단한 움직임이고 운동일 것인데 새삼

이 글은 1991년 7월 대구에서 발행되는 교양지 『문화비평』 주최의 '문학의 밤' 행사에서 행하였던 강연을 정리한 것임.

스럽게 우리 삶의 어떤 절박한 위기를 생명 운동이라는 말로써 분리·부각 시키는 것이 과연 합당한가 하는 의문이 있기 때문입니다. 저는 차라리 녹색 운동이나 녹색 사상이라고 하는 것이 조금 더 겸손하게 들리기도 하고, 어떻든 좀더 적절한 용어가 아닐까 싶습니다만, 그러나 녹색이라는 말에 대하여 아직 우리 주변에는 약간의 저항이 있는 모양입니다. 아무래도 그 것은 구미 쪽에서 건너온 말이 틀림없는데요.

아무튼 지금 생명 운운하면 누구든지 그것이 무엇을 의미하는 것인지 대개 알아차릴 수 있게 되었는데, 실은 이렇게 되어 버린 상황 자체가 정말 두려운 것이지요. 우리가 사는 세상이 어쩌다가 이 지경이 되었는지 모르지만, 참 기가 막히게 대규모로, 조직적으로 그리고 쉴 새 없이 우리의 일상 생활은 생명에 대한 파괴를 자행하지 않고는 영위될 수 없게 되었습니다.

제 생각으로는 이제 생명 공동체라는 개념이 퍽 절실한 것이 아닌가 싶습니다. 이것은 기왕에 우리가 흔히 얘기해 온 그냥 공동체라는 개념과는 조금 다른 내용을 포함하는 것입니다. 대개 언어 습관상 우리가 공동체라고 할 때 뜻하는 것은 인간 공동체 또는 사회 공동체이기 쉽지요. 요컨대 인간 중심의 공동체라는 테두리를 벗어나지 않는다는 이야긴데요. 그런데 지금 인간 공동체나 사회 공동체가 불필요해졌다는 것이 아니라, 그런 개념만으로는 우리의 당면한 위기를 극복하는 데 굉장히 미흡하지 않을까 하는 것입니다. 이것은 우리가 직면하고 있는 상황으로부터 바로 나오는 요구라고 생각됩니다. 제가 보기에는 지금 우리에게는 사람마다 정도의 차이는 있겠지만, 오늘날 환경이나 생명에 가해지고 있는 엄청난 위협에 대하여 마음속 깊은 곳에서 어떤 불길한 느낌이나 두려움이 있습니다.

오늘 저녁에도 여기로 오면서 석간을 훑어보니까 어김없이 환경 재해에 관한 보도가 또 나와 있더군요. 경북 지방 공장 노동자들의 직업병에 관한 기사인데, 심각하게 중금속에 오염되어 있다는 통계가 발표되어 있었습니다. 하여튼 이런 종류의 기사는 요즘 와서 하루도 빠지는 날이 없게 되었습니다. 그저께에는 어떤 것을 읽었느냐 하면, 작년 한 해 동안 우리 나라에서 자동차 사고로 사망한 사람이 일만 삼천 명, 부상당한 사람이 이십오만 명에 이른다고 하는 것이었습니다.

여러분 한번 냉정하게 생각해 봅시다. 우리는 십여 년 전에 있었던 광주 사태로 인하여 그 동안 굉장한 마음의 고통을 겪어 왔습니다. 지금도 그 고통은 그대로 남아 있는데요. 그런데 다른 것은 일단 괄호 속에 묶어 두고 인명이 변칙적으로 폭력에 의해서 박탈된다는 점만을 고려한다면, 자동차 사고로 인한 사상자의 수효로 보면 우리가 광주 사태를 끊임없이 경험하고 있다는 얘기가 됩니다. 그런데도 대부분의 사람들은 그것을 천재지변이듯이 별로 문제삼지 않고, 기껏해야 도로 확장의 필요성을 이야기하는 정도입니다. 자동차, 특히 개인 승용차의 사회적 · 생태학적 비용은 실로 엄청난 것인데요. 과연 우리 사회가 그러한 교통 수단을 보편적인 것으로 하면서 살아 남을 수 있는 사회인지 어떤지에 대해서 진지하게 따져 보는 노력한 번 없이, 그런 생활이 진보이고 선진화나 되는 듯이 무턱대고 확산되고, 자동차 기업은 번창하고, 자동차 기업의 이익을 보장하기 위해서 정부는 그나마도 비좁은 국토에 어지럽게 도로망을 뚫어 놓고 있습니다.

그런데 또 한편 생각해 보면, 광주 사태 때는 말이지요. 그때는 인명은 크게 손상되었지만 자동차로 인한 재해에서 보듯 사람 아닌 다른 생명체에 대한 손상은 그다지 큰 것이었다고 할 수 없는지도 모르지요. 자동차라는 것은 사람도 사람이지만 생명 일반에 대하여 치명적인 해를 끼치거든요. 대개 승용차 한 대가 일 년 동안 내뿜는 유독성 오염 물질이 1톤에 이르고,

자동차를 한 대 생산하는 공정에 소모되는 물이 4톤 정도나 된답니다. 지금 물이 점차 귀해지고 있고, 생수값은 실제로 석유값보다 비싼 셈입니다. 물이나 공기 같은 것을 단순히 화학적 물질 구조로 생각하기 쉽지만, 따지고 보면 물이나 공기나 모두 생명입니다. 거기다가 눈에 안 보이는 무수한 미생물, 작은 풀, 나무들, 날벌레, 새들, 산성비와 독가스로 인하여 죽어 가는 토양과 숲과 강물, 이 모든 것이 생명입니다. 근원적으로 볼 때 사람보다 대우를 못 받아야 할 이유가 없는 목숨붙이들입니다. 신문이나 방송에 보도되는 것과 같은 자동차 사고로 인한 생명의 피해 옆에는 항상 이와 같은 중생들의 억울한 죽음이 있는 것입니다. 이런 문제에 대하여 우리는 대개 생각하지 않고 지내지요. 자기들 당장에 괴로운 것만, 자동차가 정체되고 도로가 비좁은 사실에만 열을 내고 비판도 하고 그럽니다. 불과 십 년 전에 개인 자동차를 소유하고 있던 사람들은 극소수였음에도 불구하고 이제 우리 대부분은 자가용 없이는 못 살 것처럼 생각하고 있거든요.

그런데 이것이 이제 보통 심각한 문제가 아니라는 것은, 이 추세대로 가면 우리에게 미래가 없다는 것입니다. 우리 자식들이 성장해서 자기 생애들을 개척하고 결혼을 하고 아이들을 가지고, 또 그 아이들이 커서 이번에는 자기 자식들을 낳고…… 이런 식으로 인류 생활은 지속되어야 하는 것인데, 우리 자식들에게 그러한 기회가 과연 주어질 것인지 점점 불투명해져 가고 있습니다. 옛날부터 인류의 종말은 흔히 이야기되었습니다만, 그것은 일반적으로 종교적 열정에 바탕을 둔 종말론이었습니다. 그런데 지금의 상황은 과학적인 근거에서 종말이 이야기되고 있단 말입니다. 우리 자식들에게 미래가 없다면 그것은 바로 우리들에게 미래가 없다는 이야기가 됩니다. 지금 우리의 가장 비참한 실존적 위기는 우리에게 미래가 없다는 데서 주로 연유하는 것이라고 저는 생각합니다. 그러니까 사람들이 비록 말은 안하지만 마음속으로는 커다란 공포를 느끼고 있음이 분명합니다. 사태가 보통 심각한 문제가 아닌 만큼 정면으로 보지 않으려 하고 될 수 있으면 회피하고자 하는 심리도 작용하고 있겠지요.

하이데거라는 철학자가 이런 얘기를 했습니다. 어떤 시대이든 그 시대를 지배하는 주도적인 분위기 혹은 기분이라는 것이 있는데, 고대 사회에서는 세계에 대한 경탄 혹은 외경의 기분이 있었고, 17세기 이래 특히 데카르트 이후에 서양에서 지배적인 기분은 확실성이었다고 합니다. 사람들의 합리적인 기획과 실천에 의해서 말하자면 지상천국의 건설이 가능하다는 확실한 믿음이 존재했다는 말이지요. 그런데 제2차 세계대전 이후, 그러니까 히틀러에 의한 유태인 학살과 히로시마 원폭 투하라는 끔찍스러운 재난이 있은 뒤부터는 인류 사회를 지배하는 주된 분위기는 공포와 권태라는 것입니다. 공포와 권태의 감정은 실은 표리일체의 관계에 있는 것이라는 겁니다. 실로 형언하기 어려운 두려운 사태에 직면하여 자기 운명에 눈을 감고자 하는 근원적인 무책임과 무관심이 여기에 작용하는 것일 테지요. 여러분이 짐작하다시피, 하이데거는 현대 기술 문명에 커다란 반감을 느끼는 철학자인데요.

그런데 물고기가 떼죽음당하고 있다는 보도를 그저께도 보았습니다만, 지난 번 페놀 오염 사건 같은 것 말입니다. 이런 것이 자본이나 기술의 투입에 의해서 어느 정도 땜질이 가능할지 모르지만, 날이 갈수록 생태계 위기가 심화되고 있는 것은 틀림없습니다. 이런 이야기를 지금 새삼스럽게 예를 들어가며 할 필요는 없겠지만, 기본 방향이라 할까 지금과 같은 추세가 지속된다면 어떻게 될지 조금 말할 필요는 있으리라고 생각됩니다. 제 생각으로는, 아마 가장 난감한 문제는 쓰레기 처리 문제가 아닐까 싶습니다. 요즘 언론에서는 지역 이기심을 버려야 할 필요성을 강조하고 있지요.

각 지역에서 쓰레기 처리장이나 매립지를 건설하거나 유지하는 데 따른 피해를 예상하고 지역민들이 단결된 투쟁을 전개하기 시작한 상황을 두고 이기심을 벗어나야 한다고 설득하려고 하는 것이지요. 그런데 이런 주장을 하는 논자들도 쓰레기 문제의 심각성을 과연 얼마나 철저히 인식하고 있는지는 의문입니다. 도대체 쓰레기나 각종의 산업 폐기물이 단순히 매립되거나 불태워진다고 해서 해결되느냐 하는 것입니다.

아폴로 우주선이 달에 갔다온 사실로 해서 인류에게 어떤 기여가 있었다면 아마 인류 역사상 처음으로 외계에서 인간이 지구를 볼 수 있었다는 점에 있으리라고 생각됩니다. 그때 탑승했던 우주선 조종사 한 사람의 증언에 의하면, 달에서 돌아오면서 지구를 보니까 너무 아름답고, 작고, 가냘프게 보인다는 것이었습니다. 지구에서 달을 볼 때와 같이, 달 쪽에서 지구를 보면 우리가 살고 있는 지구라는 별은 허공에 외롭게 떠 있는 작은 공에 불과한 겁니다. 그런데 그 우주선 조종사의 말에서 주목되는 것은 그러한 별을 작고 가냘프다고 말하는 표현 방식입니다. 특별히 시적 감수성이 예민한 사람도 아닌 한 우주선 조종사로 하여금 그러한 표현을 할 수 있도록 한 것은 무엇일까요? 그는 지구라는 별을 하나로 볼 수 있었던 것입니다. 그는 그 위에 자기의 가족, 친구, 사랑하는 사람들이 생명을 영위하고 있는 터전으로서의 지구가 허공 중에 아슬아슬하게 떠 있는 것으로 보았던 것입니다. 요컨대 그는 전지구적인 관점에 자연스럽게 설 수밖에 없었던 것이 아닐까요?

우리는 대체로 전지구적인 관점에 서서 사물을 파악하는 순간을 드물게밖에 가지지 못하는 것 같습니다. 우리들 개개인은 사회적 인간 관계의 복잡한 연관 속에 살면서 갖가지 모순, 갈등을 일으키면서 살아가기 때문에 지구적인 관점은커녕 작은 공동체 입장에 서기도 어려운 형편입니다. 그런데 이 우주선 조종사는 마치 어머니가 어린 자식의 안위를 걱정하는 심정과 같은 것으로 외계로부터 지구를 보고 있는 것입니다. 저는 아폴로 계획의 유일한 성과가 바로 이런 것이라고 생각합니다만, 그런데 돌이켜 보면 옛날부터 현명한 사람들이나 시인, 예술가들, 예언자들, 신비가들, 그리고 아메리카 인디언들은 늘 이러한 관점을 지니고 있었습니다. 그것을 이 과학 기술 시대에 순전히 과학 기술의 현대적 성과에 힘입어 이루어진 아폴로 계획의 실현 속에서 한 조종사가 확인했을 뿐입니다.

지구는 하나라는 것, 그리고 그것은 우리의 생존의 절대적인 터전이면서 어디까지나 유한한 체계라는 것이 아폴로 계획을 통하여 과학적으로 입증된 것으로 볼 때, 아까 얘기로 돌아가서 이러한 유한한 체계 속에서 쓰레기를 치워 보았자 어디로 보낼 데가 없다는 사실이 분명해집니다. 어느 잡지에서 읽은 기억이 납니다만, 1970년대에 캘리포니아에서 일본까지 요트로 단독 항행한 경험이 있는 어떤 사람이 1980년대에 다시 그 항로를 거쳐 여행을 하면서, 태평양이 온갖 오물로 뒤덮여 있는 것을 보고 크게 낙담했다고 합니다.

결국 쓰레기 문제의 근본적인 해결책은 분해되기 어려운 쓰레기를 생산하지 않는 것뿐입니다. 그런데 지금 우리 생활은 너나 없이 쓰레기투성이거든요. 어쩌다가 우리 생활이 이 지경으로 산적한 쓰레기더미 속에 허우적거리지 않으면 안 되게 되었는지 모르지만, 지금 여러 가지로 강구되는 대책이라는 것들, 예를 들어 분리 수거라든지 썩는 비닐 제품의 연구 개발이라든지 하는 것들은 임시적으로 약간 도움이 될지 모르지만 궁극적으로는 문제의 본질을 흐려 놓기가 쉽다고 봅니다. 모든 것을 새로운 기술의 도움으로 해결하고자 하는 한 또다시 새로이 불거지는 문제에 끊임없이 직면해야 할 것입니다. 썩는 비닐만 하더라도 그것이 천연물이 아닌 합성품인

한 그것이 생태적으로는 더욱 유독한 것일지 모르고, 지하수 오염을 비롯하여 어떤 예측하지 못하는 부정적 결과를 초래할지 모르는 것입니다.

환경 오염에 대하여 우리는 피해자이면서 가해자입니다. 이렇게 말하면 책임 소재를 분명하게 하지 않는 양비론이라면서 반박하는 사람들도 있겠지만, 사실대로 말해서 기업이나 정부의 책임 못지 않게 우리 자신의 욕망의 문제가 궁극적인 책임을 져야 하는 것은 부정하지 못할 것입니다. 우리는 합성 세제를 대량 생산하는 자본가나 이것을 묵인 혹은 보호하는 정부를 비난하는 것과 동시에 우리 자신의 욕망의 구조도 냉정하게 들여다보아야 합니다. 사회 정치적 변화와 동시에 우리 자신의 인격적 쇄신이 이루어짐으로써만 비로소 오늘의 위기 변화를 극복할 수 있는 가능성이 열릴 것이라고 저는 생각합니다.

오늘날 경제와 정치 권력의 결합은 막강한 것으로 보입니다. 오늘날 우리들의 일상 생활을 규정하는 산업적 생활 방식에서 거의 절대적인 비중을 차지하고 있는 것은 자동차, 발전소, 컴퓨터 같은 현대 산업의 복잡하고 대규모적인 기술 체계라고 할 수 있는데, 이러한 기술 체계는 권력의 중앙 집중 없이는 불가능하고, 또 권력의 중앙 집중을 끊임없이 확대하는 데 이바지합니다. 요컨대 우리들이 지금 찬연한 과학 기술의 성과라고 찬탄하면서 편의주의적 생활의 안락을 도입하고 있는 기술 문명은 그 자체 인간을 부단히 소외시키는 중앙 집중적 권력을 기초로 한다는 사실을 주목해야 한다는 것입니다. 오늘날 보는 것과 같은 산업적 생활 방식과 참된 민주주의적 생활은 결코 양립할 수 없습니다.

우리가 인간답게 사는 것은 물론 생태적 위기를 극복하기 위해서 필요한 것은 분권적 산업을 발전시키는 것입니다. 원자력 발전소가 아니라 풍력과 조력과 태양열 발전소가 지역마다 설치되어서 우리가 검소한 생활을 영위하는 데 필요한 에너지를 공급할 때 그러한 대체 에너지는 단순히 생태학적으로 지탱 가능한 에너지원을 유지한다는 차원을 넘어서 우리가 외부적인 강제나 통제 없이 우리 생활을 자치적으로 꾸려 나갈 수 있는 산업적 기초를 확보한다는 중요한 의미를 갖는 것입니다.

쓰레기는 영어로 웨이스트, 그러니까 낭비라는 말인데, 이것은 결국 따져 보면 인생의 낭비를 말하는 것이라고 볼 수 있겠지요. 그렇게 볼 때 쓰레기 문제는 단순히 우리의 생활에서 나오는 부산물 찌꺼기라는 정도에 그치는 문제가 아니라, 우리 삶을 근본적으로 규정하는 오늘의 지배적인 산업 체제 자체가 인생의 낭비를 구조적으로 강제한다고 생각되는 것입니다. 그러므로 가령 실업 문제라든가 노인 문제 같은 요즘 흔히 이야기되고 있는 사회 문제 등과 쓰레기 문제는 본질적으로 같은 뿌리에서 연유하는 것으로 볼 수 있습니다.

이른바 노인 문제를 두고 생각해 보면, 사람이 단순히 늙었다는 것 때문에 문제가 된다는 것은 인류 역사상 일찍이 없었던 일이지요. 이것은 산업 사회의 비극이라고 할 수 있습니다. 전통적인 농경 사회에서는 노인 문제라는 것은 성립할 수 없는 말입니다. 전통 사회에서 노인들을 포함한 모든 사람들은 저마다 자기들에게 맡겨진 보람있는 사회적 역할이 있었다고 할 수 있습니다. 다시 말해서 일거리가 있었다는 얘기지요. 지금 중요한 사회적 문제로 논의가 분분한 이른바 여성 문제만 하더라도 그 문제의 본질은 산업 문명과의 관련 속에서 보아야 한다고 저는 생각하는데요. 흔히 산업화 내지는 근대화를 통해서 여성들의 지위가 봉건적 질곡에서 많이 벗어나옴으로써 크게 향상된 것으로 평가하는 줄로 알고 있습니다만, 이것은 매우 피상적인 관찰이라고 생각됩니다. 지금 여기서 이 문제에 대하여 길게 언급할 여유가 없지만, 한 마디만 한다면 오늘날 여성 문제는 본질적으로 여자들에게 보람있는 일거리가 주어져 있지 않다는 점과 깊은 연관이 있는 것으로 볼 수 있습니다. 예전 농업 사회에서는 농사일과 같은 기본적인 생산 활동은 가족 단위의 노동에 의해서 이루어진 사실을 기억해 보면 됩니다. 그러한 상황에서 노동으로부터의 소외라는 현상은 생겨날 수 없지 않을까요? 예전 농사일이 고통스런 중노동이었다는 주장도 있겠지만, 과연 그렇게만 볼 수 있는지도 의문이고, 그것이 사실이라 해도 안락과 편의가 비교할 수 없을 만큼 증대된 오늘의 상황이 오히려 노동 소외와 거기에 따른 비참을 구조적으로 만들어 내는 것이 사실이라고 할 때, 이 문제를 어떤 식으로 보아야 할지는 건강한 상식을 지닌 사람으로서는 자명하다고 여겨집니다. 인간은 생활 수준의 향상이라는 어리석은 욕망을 추구하다가 이제 가장 비참한 재난에 봉착한 것입니다.

우리는 노동이 인간 행복에 대하여 갖는 관계를 새롭게 조명할 필요가 있을 것 같습니다. 보통 노동이란 고통스러운 것이라는 도식이 통하지만, 실은 일 없이 안락하게 지내는 것보다는 조금 고통스럽더라도 일을 가지고 사는 것이 참다운 행복에 이른다는 것은 두말 할 필요가 없겠지요. 그런데 여기서 생각해야 할 것은 사람이 창조적인 노동을 누리는 것은 도덕적 설교를 통해서 되는 것이 아니라는 것입니다. 무엇보다 생활이 그것을 요구해야 합니다. 공동체적인 삶이 가능하려면 공동체적인 노동을 필요로 하는 생활상의 긴요한 요구가 있어야 하는 것입니다.

요즘 많은 사람들이 할 일 없이 텔레비전이나 보면서 시간을 보낸다고 합니다. 텔레비전이 있어서 외로움을 달래 준다고 생각하는 경향이 있지만, 뒤집어 생각해 보면 텔레비전이 있는 세상이기 때문에 우리들이 별 수 없이 소외되고 외로운 생활을 강요당하는 것인지도 모릅니다. 오늘날 인간성의 황폐를 암시하는 사례들이 수없이 나타나고 있지만, 이런 것을 개탄

해 보았자 아무 소용 없습니다. 사람이 사람끼리 뜻있는 관계를 맺을 수 있는 사회적 환경을 만들어야 하는 것입니다. 이것을 위해서는 무엇보다 사회 경제 구조에 있어서의 혁신이 있어야 하고, 삶을 선택하고 결정하는 정치적 행동의 구조가 충분히 민주적으로 개변되는 것이 선결 조건이라고 해야 하겠지요. 그런데 이와 같은 혁신적 노력에 있어서 핵심적인 것은 아마 가능한 한 자치와 자율의 생활을 보장하는 구조로의 발전, 즉 권력의 분산, 소규모 경제 생활 단위, 협동적 공동체가 존중되어야 할 거라는 점입니다. 그러나 이 문제는 굉장히 중요한 사회 정치 철학에 관한 문제이니만큼 여기서 길게 논하지 않겠습니다.

쓰레기 문제에서 보듯이 지금 우리가 당면한 위기는 기술이나 자본의 힘으로 결코 극복될 수 없는 인생의 낭비의 문제인데, 이러한 낭비는 물론 이것을 강제하는 사회 경제 체제의 문제이지만, 더 깊이 생각하면 이것은 본질적으로 문화적 위기라고 할 만합니다. 왜냐하면 이것은 결국 가해자나 피해자가 따로 확연히 분리될 수 없을 만큼 거의 대부분의 현대인들이 공통하게 나누어 가지고 있는 삶에 대한 기본적 가정, 기대에 근거하는 것이기 때문입니다. 다시 말해서 삶이란 무엇인가, 도대체 어떻게 사는 것이 참다운 삶이냐 하는 것에 대한 관점의 문제 혹은 감수성의 근본 문제라는 것입니다. 우리가 다음 세상이야 알 바 없고 지금 당장 안락과 편의를 누리면 그만이라고 생각하고 산다면, 아무리 구조를 개혁하고, 사회 경제 공학을 정교하게 적용해 본들 사태가 나아지는 것은 아닐 것이 분명합니다.

제가 자꾸만 문화적 위기에 대하여, 문화적 가치의 혼란에 대하여 언급하는 것은 까닭이 있습니다. 오늘날 우리 주변에서 보면, 정치적으로는 매우 진보적이고 체제 비판적인 사람들 중에서도 환경 문제나 기술 공학의 문제에 있어서는 굉장히 둔감한 것을 자주 목격하게 되는데요. 하다못해 합성 세제 문제만 해도 그렇습니다. 이런 문제에 관심을 표하면 체면에 손상이 된다고 생각하는지, 별로 이렇다 할 발언도 없을 뿐만 아니라 이런 문제에 진지한 관심을 보여 주는 사람들을 소시민 취급하기 일쑤인 듯합니다. 저는 결국 이 모든 것이 세계관과 감수성의 문제라고 생각합니다.

하여튼 환경 문제에 대한 일반적인 인식만은 종전보다 높아진 게 사실입니다. 이제는 합성 세제가 강물을 오염시키고, 그 물이 수돗물로 되돌아와서 자기 가족과 자기 자식들의 건강에 문제를 일으킬 거라는 인식까지 할 수 있게 된 사람들도 적지 않은 것으로 보입니다. 예전에 비해 확실히 이것은 진일보한 것이라고 볼 수 있지만, 그러나 이것이야말로 이기주의적 고려가 아닐까요? 나아가서는 지나치게 인간 중심의 사고 방식이라고도 말할 수 있습니다. 제가 보기에는 그러한 수준 정도로는 문제 해결이 극히 어렵지 않을까 싶습니다. 강물 오염으로 인하여 무엇보다 단순히 수소 분자 두 개와 산소 분자 하나로 이루어진 물질이 아니라 생명을 가진 물이라는 생명체가 죽고, 강에 서식하는 모든 크고 작은 생물들과 강 주변의 오랜 세월에 걸친 문화가 죽는다는 것을 생각해야 합니다. 문제는 만물이 하나이고 형제라는 생각이 있어야 하고, 나아가 생각보다는 감수성으로 이를 받아들여야 할 것입니다. 인간 공동체나 사회 공동체라는 것으로는 어림도 없는 그러한 상황이 되었다는 자각이 필요하고, 감수성의 대전환이랄까, 하여튼 이제는 생명체 전체를 하나로 보는 생명 공동체의 개념이 절실하다 하겠습니다.

자연 현상이란 참 신비스럽습니다. 여러분 중에도 기억하실 분이 계시겠지만, 얼마 전에 신문에서 보니까, 연어 말인데요. 북미 쪽에서 잡히는 연어들이 말입니다. 그 동안 사람들이 키가 큰 놈들만 잡아가는 것을 알아차린 연어들이 이제는 아무리 나이가 들어도 일정한 길이 이상으로 더 자라지를 않는다고 합니다. 상대방의 마음을 읽어 낸다는 것은 사람이나 짐승이나 다를 게 없다는 이야기입니다. 식물들도 그렇다고 하지요. 난초 같은 것뿐만 아니라 일반적으로 집에서 키우는 화초들이 키우는 사람에 따라서 성장을 잘하거나 못하거나 하는 것은 우리들이 늘상 경험하는 일입니다. 말없는 식물들도 자기에게 애정을 가진 사람과 그렇지 않은 사람을 구별하는 법입니다. 이런 예는 사실 수두룩하지요.

제가 오늘 제목에서 그냥 '시'라고 하지 않고 '시의 마음'이라고 한 것은, 지금 중요한 것은 문학 형식으로서의 시가 아니라 누구나 갖고 있는 시적 마음이라고 생각했기 때문이고, 이것을 말해 보고 싶었기 때문입니다. 저는 실제로 시 작품을 읽거나 쓰거나 하는 일과 관계없이 시적 마음이라는 것은 인간 누구나가 소유하고 있는 근원적 심성이라고 생각하는데요, 언젠가 미국 노동사를 읽다가 재미있는 얘기를 접한 기억이 있습니다. 미국 노동사에서 19세기 말이면 탄압이 극심하던 때였는데요, 기아 임금을 받던 이 무렵 보스턴 근교의 어떤 공장 노동자들이 파업을 일으켰습니다. 그 시절의 미국 노동자들이 얼마나 형편없는 대우를 받고, 노동 쟁의가 얼마나 혹독하게 규제되고 있던가는 지금 상상하기 어려울 정도였습니다. 바로 그런 시절인데, 이번에는 임금 투쟁도 아닌 아주 특이한 색다른 이유로 파업이 단행되었고, 그 때문에 미국 노동 문화사에 중요하게 기록된 것입니다. 무엇이냐 하면, 그때 공장의 마당에 한 그루 오래된 느릅나무가 있었는데 이것을 공장 증축을 이유로 기업주가 베어 버리려고 하는 것을 노동자들이 반대하여 파업을 결행하면서까지 그 나무를 지키려고 한 겁니다. 이 사건은 노동자들은 밥만 해결해 주면 된다고 생각하는 사람들에게 충격을 주었습니다. 그때 파업을 했던 노동자들 자신은 그들이 그 느릅나무를 지키려고 했던 이유를, 우리는 저 나무를 볼 때마다 우리들이 죽는 존재라는 사실을 깨닫는다는 말로써 밝혔습니다. 제가 시적 마음이라고 부르는 것은 결국 이러한 노동자들의 말 속에 담겨 있는 마음이 아닐까요?

사람이 생리적 순환만 원활히 하면 인간 문제는 대체로 해결된 것이라고 보는 것은 산업 문화의 지배적인 가정입니다. 그래서 먹는 것의 크기를 최대한으로 하려거나 그것을 고르게 나누고자 하는 일이 그 동안의 근대 사회 발전 과정에서 집중적인 과제로 인식되어 왔던 것입니다. 그러나 보스톤 근처 노동자들이 대탄압 속에서 관철시키고자 했던 저 정신적·철학적 요구야말로 실제로 눈에 보이지 않는 것이면서 인간 생존에 불가결한 요소를 구성한다는 것은 말할 필요가 없습니다. 이것은 어떤 상황에서도 다른 것에 의해 대체될 수도 없고 억누를 수도 없는 근원적인 욕구라고 생각됩니다.

나무 한 그루가 상처를 입으면 자기 자신의 아픔으로 느끼고 고통을 같이하는 감수성이 중요합니다. 얼마 전 서울의 방학동에서 오래 묵은 은행나무를 지키기 위하여 단식 투쟁을 한 사람도 있지만, 그런 사람의 마음을 우리가 한번 생각해 볼 필요가 있지 않을까요? 저는 위대한 시인들의 마음이 대개 그러한 것이 아니었을까 싶습니다. '위대한' 이라는 말이 거슬린다면, 일반적으로 좋은 시에서 우리가 느끼는 마음이 그런 것이라고 생각합니다. 실은 시적 사고라는 것은 본질적으로 모든 생명을 하나로 보는 사고 방식이거든요. 우리는 시의 사고는 주로 은유적 사고에 의존한다는 것을 주목해야 합니다. 아까 어느 노시인께서 낭독하신 시 구절 가운데, 늙은 호박이 다리 밑에서 자기를 물끄러미 바라본다는 대목이 있었습니다. 노경에 접어든 시인의 감정이 무엇인가 손에 잡힐 듯이 느껴지는 대목이었습니다. 그런데 거기서 늙은 호박이라는 하나의 사물은 흔히 하는 말로 나와 그것의 관계가 아니라 나와 그대의 관계로 포착되어 있는 것입니다. 모든 것이

상호 의존의 빈틈없는 관계 속에 존재하는 것일 뿐 아니라 궁극적으로 모두 한 뿌리를 공유하고 있고, 그러므로 본질적으로 만물은 형제라는 관점이야말로 모든 시적 은유의 근거를 형성하는 것입니다. 상호 이질적인 사물들 사이에 유사성이나 일치성을 발견하는 능력이 은유적 사고라고 한다면, 은유라는 것은 원래 만물을 하나로, 형제로 보는 마술적 사고 혹은 신비적 직관에 뿌리를 둔 것이라는 것을 이해하는 것은 어렵지 않습니다. 신라 향가 중에 「제망매가」(祭亡妹歌)를 보면, 죽은 누이를 추모하면서, 한 가지에 난 두 개의 잎사귀로서 남매간의 관계를 보고 있습니다. 이것은 단지 그럴듯한 비유가 아니라 실제 향가를 지은 시인의 직관이 아니었을까요? 우리는 시적 비유를 다분히 형식적인 것으로 보는 습관에 젖어 있지만, 그것은 사물들간의 내재적 친연성을 직관적으로 파악하는 마음을 전제로 하지 않고는 성립하기가 불가능한 것이니까요.

언젠가 김범부(金凡夫) 선생이 쓰신 「음양론」이라는 글에서 재미있는 대목을 읽은 기억이 납니다. 영국 철학자 러셀이 만년에 평화 운동에 헌신한 것은 잘 알려진 사실입니다만, 이 러셀이 북극의 빙하를 녹여서 인류의 산업 복지를 위해 이용하자는 제의를 한 적이 있다는군요. 저는 금시초문이지만, 하여튼 러셀의 그와 같은 제의를 두고 김범부 선생은 그것이 얼마나 우매한 생각인가를 지적합니다. 즉 지구의 북극에 두텁게 얼음이 덮여 있는 것은 범부 선생의 말로는 '태양계의 약속'이라는 겁니다. 이러한 사고 방식이야말로 바로 오랜 세월 동안 시인들이 늘 보여 준 은유적 사고의 바탕이 아닌가 싶습니다. 하다못해 가을날 나뭇잎 하나가 떨어지기 위해서도 온 우주의 힘이 필요하다는 이야기가 있지 않습니까? 모든 것이 조화와 균형 속에 하나로 맺어져 있다는 생각이 여기에 들어 있는 셈입니다. 이것이 시적 감수성의 본질이고, 시의 마음의 핵심이라고 저는 생각합니다. 그렇기 때문에 일견 다른 존재, 다른 생명으로 보이는 것들이 결코 나와 상관없는 존재가 아니라 내 생명의 일부라고 보고, 시인은 생명에 가해지는 상해에 마음 아파하고 고통을 함께 나누는 것이라고 생각되는데요.

그런 의미에서 보자면, 아메리카 인디언은 모두가 시인이라고 할 만합니다. 인디언의 문화는 어떤 의미에서 거의 완전히 시적 은유 체계로 구성되어 있다고 해도 과언이 아닌 것 같아요. 인디언의 언어 습관에 따르면, 예를 들어 자기 자식이 아프면 자기가 아프다라는 뜻으로 말을 한다고 해요. 우리는 동양 사람들이고 그래서 서양 문화에 있어서보다는 훨씬 비폭력적인 토착 문화 전통을 누려 왔지만, 그런 우리들에게도 내 자식이 아플 때 그것을 자기 자신의 아픔으로 표현하는 습관은 없거든요. 그런데 영어로 번역된 인디언의 말을 다시 우리 말로 번역하면, 인디언은 이런 경우 어떻게 말하느냐 하면, 내 아들에 관계해서 내가 아프다—이렇게 말한답니다. 그러니까 아픈 것은 어디까지나 자기이고, 참조 사항이 자기 아들이라는 것이지요.

지난 번 인기를 끈 영화 「늑대와 춤을」에서도 잠시 엿볼 수 있었지만, 인디언은 짐승을 죽일 때 결코 불필요하게 남획하지 않는다고 합니다. 버팔로 같은 것을 사냥하게 될 때 그들은 반드시 제사를 지냅니다. 버팔로의 영혼이 인간의 영혼과 별개의 것이라고 생각하지 않습니다. 인디언들은 사냥한 버팔로의 살을 먹은 사람에게는 바로 버팔로의 영혼이 들어온다는 믿음을 갖고 있고, 먹는 행위를 통해 버팔로와 인간이 일체화된다는 경험을 갖게 된다는 것이지요. 겉으로는 백인의 경우와 다를 것이 없는 잔인한 사냥으로 보일지 모르지만, 내면적으로는 이와 같은 자연관, 우주관, 생명관에 있어서 엄청난 차이가 있는 것입니다.

인디언 문화는 여러 모로 참으로 흥미로운 게 많은 것 같아요. 평원 인디언의 어떤 부족의 풍습에는 말이지요. 집을 지을 때, 집도 생명체니까 뿌리가 있어야 된다고 생각하고, 그래서 집터 바닥에 선인장 몇 뿌리를 반드시 먼저 파묻는다고 합니다. 그러니까 그들은 집이라는 것을 단순히 사람이 거처하는 물리적인 공간 정도로 생각하는 것이 아닙니다. 이러니 인디언들이 거대한 콘크리트로 빌딩을 세우는 일이 가능하겠습니까? 그들이 과학 기술의 빈곤으로 빌딩을 세우지 못하고 거대한 도시 문화를 건설하지 못했다고 보는 것은 사물의 핵심을 놓치는 관점입니다. 아메리카 인디언은 어떠한 반생명적인 테크놀로지나 문명도 원천적으로 차단하는 세계관과 감수성에 깊이 뿌리를 내리고 살았던 것입니다.

인디언들이 집을 짓기 위해 선인장을 심는 행위를 두고 이것을 비합리적인 미신이라고 할 수 있을까요? 우리는 인디언의 문화에는 거의 경탄할 수밖에 없는, 자연과 세계에 대한 근원적인 겸손과 외경이 깔려 있다는 것을 보지 않으면 안 됩니다. 현대 과학 기술 문명은 따져 보면 부분적 합리성의 추구가 총체적인 비합리성에 직결된 대표적인 경우라 할 수 있는데, 그런 점에서 우리는 합리성이니 과학성이니 하는 용어를 근본적으로 재검토해야 할 것으로 생각합니다. 아까 말씀 드린 대로 우리가 근본적인 반성 없이 이른바 통속적인 합리성이나 찾고 기술주의적 해결을 고집한다면 인디언식의 감수성이나 시적 세계관은 아무 의미를 갖지 못하겠지요. 그러나 오늘의 이 가공할 위기를 진지하게 돌아볼 때 지금 도처에서 불거지고 있는 환경 재난은 산업 문화의 퇴폐성과 직결되어 있고, 뿐만 아니라 그것은 또 우리 자신의 개개인의 인간성이 극도로 피폐해져 버린 것과 완전히 내면적으로 일치하고 있다는 것을 부인할 수 없는 것입니다. 이와 같이 환경 파괴와 문화와 인간성의 문제가 근본적으로 동일한 문제임을 인식할 때, 철저히 변혁되어야 하는 것은, 다시 한 번 말하지만, 사회의 외면적인 구조가 아니라 우리 자신의 내면의 구조, 즉 감수성과 욕망이라는 것은 분명합니다. 감수성의 변혁이 가능할까라고 회의적인 사람도 많겠지만, 중요한 것은 그럴 용의를 갖느냐 안 갖느냐 하는 문제라고 저는 생각합니다. 저로서는 그렇게 하는 길만이 활로라고 한다면 우리 자신이 인디언식으로 느끼고 사는 것도 불가능하지는 않을 거라고 봅니다. 어떻든 오늘날 산업 문화가 우리 생활을 거의 완벽하게 지배하고 있는 상황에서 이런 이야기는 잠꼬대 같은 소리로 들릴지 모르지만, 인간 누구에게나 결정적인 마음의 변환, 일종의 정신적 개종의 가능성은 열려 있는 것으로 우리는 믿어야 하지 않을까요?

그런데 그러한 믿음이 근거 없는 것이 아니고 현실적인 타당성이 있다고 생각되는 것은, 우리 모두가 조금씩 정도의 차이는 있을지라도 시를 좋아하고 시적인 분위기를 향수할 수 있는 기회를 원한다는 사실입니다. 시라는 것은 우리 시대에 아까 본 것과 같은 인디언식의 사고 방식이나 감수성을 그 편린이나마 간직하고 있지 않으면 불가능한 세계이거든요. 어떤 점에서 산업 문화의 압도적인 지배 밑에서 우리가 시라는 형식을 유지하고, 그것을 통해서 우리 자신의 인간으로서의 근원적인 감수성을 습관적으로 확인하고 있다는 것은 하나의 구원인지도 모릅니다. 오늘날 전대미문의 엄청난 위기를 헤쳐 나아감에 있어서, 정말 필요한 나침반은 은유적 사고를 본질적인 생명으로 하는 시적 사고, 시적 감수성이라고 해도 되겠지요.

그런데 오늘 이 이야기를 준비하기 위해서 근년에 발표된 우리 나라 시작품들을 조금 훑어보았습니다만, 어쩐 일인지 특히 지난 1980년대 이후 작품들에서 여기서 인용하는 데 적합한 것들이 별로 풍부하게 눈에 뜨이지 않았습니다. 이것은 오늘의 우리 문화 전반에 비추어 조금 깊이 들여다보아야 할 문제점이 아닌가 생각되는데, 여하튼 시인들조차도 이른바 과학주의라거나 하는 메마른 합리주의에 깊이 감염되어 있는 것이 아닌지 모르겠습니다. 그러나 이 문제는 굉장히 중대한 논의를 필요로 하는 것이고, 여기서 무책임한 얘기를 늘어놓아서는 안 되겠지요. 어쨌든 제가 학생 시절부터 즐겨 읽어 온, 한 세대 전의 시인들이 제게는 더 풍부한 인용 자료를 제공하는 것으로 생각되는데요. 가령 다형(茶兄) 김현승의 시 「무등다」(無等茶)를 읽어 봅니다.

가을은
술보다
차 끓이기 좋은 시절……

갈가마귀 울음에
산들 여위어 가고

씀바귀
마른 잎에
바람이 지나는,

남쪽 십일월의 긴 긴 밤을,

차 끓이며
끓이며
외로움도 향기인 양 마음에 젖는다.

김현승 선생께서는 술을 전혀 안하시면서 커피를 굉장히 즐겨 드셨다고 하는데요. 늦가을에 차를 끓이면서 시인은 외로운 심정을 이야기하고 있습니다. 전형적으로 부르주아적인 시라고 해야 할까요? 하기는 지금 그런 지적이 무슨 중요한 의미가 있는지 저는 잘 모르겠습니다만, 이 작품이 특별히 감동적이라기보다 누구에게나 대체로 별반 거부감 없이 받아들여질 수 있는 근원적인 정서를 바탕으로 하고 있는 것으로 보이기 때문에 여기 인용해 보았습니다. 특히 "갈가마귀 울음에/ 산들 여위어 가고"라는 구절을 보면, 시인의 마음이 본질적으로 어떻게 움직이는가를 우리가 엿볼 수 있습니다.

자, 조금 자세하게 한번 보십시다. 가을, 그것도 깊은 가을입니다. 새들이 이동하는 계절이고, 산들로서는 자기 품에 데리고 있던 새들을 떠나보내는 계절입니다. 갈가마귀는 지금까지의 보금자리를 떠나면서, 울면서, 어디론가로 갑니다. 그들을 떠나보내는 산의 마음이 여위어 간다고 했습니다. 상심하고 있다는 얘기지요. 이것은 물론 합리적인 산문의 언어로는 넌센스인지도 모릅니다. 산이 어떻게 여위어 간다고 말할 수 있겠습니까? 하기는 잎사귀가 다 떨어지고 나무들이 벌거벗으면 산도 여윈 모습으로 비칠 수는 있겠지요. 그러나 이 시에서 언급되고 있는 것은 그런 산문적인 수준은 아닌 것 같아요. 갈가마귀가 우는 소리를 들으며 여위어 가는 산(山)— 이 때 그 산은 어느 새 어머니가 되어 있습니다. 물론 모든 시가 다 그런 것도 아니고, 또 그래야 하는 것도 아니지만, 그러나 시의 오랜 역사를 통해서 보면, 대개 시인들이 어머니의 마음을 표현해 왔던 것은 틀림없는 것 같습니다. 오늘날 우리를 살릴 수 있는 것은 결국 이러한 어머니의 마음이 아닐까요?

살아 있는 생명을 돌보고 보살피면서, 어느 하나도 상처받지 않게 마음 쓰며, 상처받은 것은 깊이 위무하고 품 속으로 거두어들이려고 하는 태도,

그리고 무엇보다도 생명 가진 존재들 사이의 조화로운 관계의 유지를 늘 중시하는 정신—이것은 예전 전통 문화에 풍부했던 요소라고 할 수 있습니다. 그런데 산업 문화가 발달하면서, 특히 한국 사람들의 경우에는 개화 이래 서양 문화에 대한 깊은 열등감에 사로잡혀 오면서 우리 자신의 토착 전통 문화를 깡그리 내던지면서, 결정적으로 잃어버린 것이 바로 그런 정신입니다. 우리 나라뿐만 아니라 어느 곳이든지 토착 문화 전통에서는 자연 생태계와의 조화로운 관계를 유지시키는 생활 방식이 지켜지고 있었고, 그러한 문화의 내면에서는 거의 예외 없이 비폭력적인 사회 관계의 원칙들이 보존되고 있었던 것입니다. 어머니의 마음이란 간단히 말하여 비폭력의 정신이고, 겸손과 자기 희생의 마음이겠지요.

아까 하이데거의 말을 잠시 소개했습니다만, 하이데거는 현대 기술 문명의 바탕에는 기술주의적 사고 방식이라는 것이 완강하게 버티어 있는데, 그 기술주의적 사고에는 본질적으로 타자를 자기의 의지 밑에 종속시키려는 지배와 권력의 의지가 내재되어 있다고 보았습니다. 산업 문명을 발전시켜 온 원동력인 테크놀로지에 내재한 기본적 경향이란 권력에의 의지의 끊임없는 확대였다는 것입니다. 이러한 권력과 지배의 욕망은 끝이 없는 것이어서 다른 사람, 다른 생명체와 물건은 말할 것도 없고 드디어는 죽음조차도 지배하려 든다는 것입니다. 죽음이라는 것은 아무리 인간이 이 세상의 주인이 된다고 해도 회피할 수 없는 근원적인 인간 조건이라 할 수 있는데, 이것도 테크놀로지에 의해서 극복이 가능할 것처럼 생각한다는 것이지요.

요즘 우리 주변을 보더라도 죽음을 맞이한 사람이 인간적 품위를 유지하면서 자손들에게 무언가 기억할 만한 유언도 남기고 삶의 불가피한 일부로서의 죽음을 성숙하게 받아들이는 경우란 현저하게 줄어들고 있는 것이 사실이거든요. 우리들 가운데 자기가 현재 살고 있는 집의 어딘가에 돌아가신 분의 임종의 기억이 서려 있는 방을 가진 사람은 매우 드물다고 생각합니다. 집이라면 적당히 물건을 쌓아 두고 살다가 적당한 시기에 또 다른 곳으로 이사를 가야 하는 재산 증식의 수단으로 변화되어 버린 사회에서 집은 이제 인간에게 아무런 정신적인 의미를 갖지 못합니다. 집의 의미가 이런 식으로 전락했다는 것과 오늘날 사람들이 점점 신비로부터 멀어지고 삭막한 정신 공간 속에 살며 풍부한 인간성으로부터 소외되어 버린 것은 내밀한 직접적인 관련을 갖는 것으로 보입니다.

우리가 죽음에 임박한 가족이나 사랑하는 사람을 서둘러서 병원으로 옮기고 단 몇 시간, 며칠이라도 목숨을 연장하려고 기도하는 것은 사랑하는 사람에 대한 애정 때문이라고 편리하게 변명되고 있지만, 실은 죽음을 정당하게 대할 수 있는 능력을 우리들이 대개 잃어 가고 있기 때문이라고 보는 것이 옳겠지요. 우리는 우리의 삶 속에서 가급적 죽음에 대한 의식을 배제하려고 합니다. 회피하기가 절대로 불가능한 것을, 마치 그것이 불상사이기나 한 듯이 될 수 있는 대로 죽음을 외면하려고 하는 겁니다. 생각해 보면 결국 그것은 우리들이 지나치게 물질주의적 가치만을 가치로 인정하는 생활 방식, 다시 말해서 산업 문화를 전적으로 받아들였기 때문입니다. 이런 문화에서는 죽음을 삶의 불가결한 요소로서 파악할 수 있는 정신적 능력이 길러질 수 없음이 분명합니다. 죽음이란 그냥 불안스러운 어떤 재난으로 인식될 뿐입니다. 우리는 우리가 소유한 것들, 사회적 성공, 명예, 이런 것들에 집착하면 할수록, 죽음은 단순히 두렵고 자꾸만 외면하고 싶은 대상이 될 뿐입니다. 사람이 성숙하게 된다는 것은 죽음을 받아들일 수 있는 능력을 가지고 있다는 것이 아니겠습니까? 우리는 우리의 삶의 유한성을 인정하고, 인간은 죽는 존재라는 사실을 냉철하게 자각할 수 있을 때만 아마 죽음을 수용할 수 있는 성숙한 인격에 도달하는 것이 가능하고, 또 우리의 나날의 삶에 대한 우리 자신의 태도가 좀더 관용적인 것으로 변할 수 있을지 모릅니다.

조금 역설적이지만, 그러니까 결국 현대 산업 기술 문명 속에서 사람들이 죽음을 받아들이지 못하고 막연한 불안이나 공포를 느끼는 것은 지배하고 복종시키려는 기술주의적 사고의 확대에 기인한다는 것입니다. 자연에 대한 지배와 장악의 크기가 확대되면 될수록 인간은 자유를 느끼기는커녕 도리어 죽음이라는 순수한 자연 앞에 과거 어느 때의 인간보다도 더 무력한 겁에 질린 불쌍한 인간으로 떨어져 버린다는 것은 참으로 아이러니컬합니다.

비겁한 마음이 폭력을 불러들이는 것처럼, 죽음을 있는 그대로 받아들일 수 있는 능력의 쇠퇴는 죽음에 대한 맹목적인 두려움을 증가시키고, 그 결과 안팎의 자연에 대해서뿐만 아니라 인간 상호간에도 폭력이 난폭하게 행사되는 것이 당연한 삶의 관행으로 굳어지게 합니다. 개인적인 차원에서나 사회적인 차원에서나 진정한 평화를 유지할 수 있기 위해서는 우리들의 죽음에 대한 태도가 훨씬 더 성숙한 것으로 바뀔 수 있어야 할 것으로 생각됩니다.

하여튼 오늘에 있어서 죽음조차도 하나의 상품이 되어 버린 것 같고, 생명의 신비라든지 죽음에 대한 명상이라든지 하는 것은 우리의 지배적인 삶의 운용 방식 속에서는 극히 이색적인 체험이 되고 만 것은 분명합니다. 오히려 그러한 명상적인 태도의 원천적인 거부를 진보나 선진화의 표지로서 받아들이는 것이 일체의 자연의 도(道)를 근원적으로 무시하는 것을 생리화하고 있는 산업 문화 속에 깊이 세뇌되어 있는 대부분의 사람들의 습관인 것입니다.

죽음의 문제에 관련하여, 시인 김수영의 명상을 조금 생각하면서 제 얘기를 마치도록 하겠습니다. 김수영 선생이 1968년에 돌아가시기 몇 해 전부터 죽음에 대한 심상치 않은 많은 발언을 남기고 있는 것에 대하여 저는 그 동안 상당히 궁금하게 생각해 왔습니다. 지금에 와서 이 궁금증이 해소되었다는 얘기는 아니지만, 이 분이 그 무렵 하이데거를 집중적으로 읽고 있었다는 점과 결부하여 생각할 만한 일이 아닌가 싶습니다. 김수영 선생의 말년에 쓴 산문들을 보면, 현대 기술 문명의 기본 노선에 대한 깊은 우려가 담긴 생각들이 여기저기 나타나 있는 것이 주목됩니다. 가령, 그는 혼란이 없는 발전소의 건설보다는 발전소가 없는 혼란이 더 바람직스러운 세상이라고 말하고 있습니다. 이것은 또 하나의 단순한 문명 혐오증의 표현이라고 가볍게 대할 수 있는 생각은 아닐 것 같습니다. 제가 보기로는 지배와 군림의 욕망에 기초하고 있는 것으로 하이데거가 파악한 현대적 테크놀로지의 기본 노선이 품고 있는 인간 및 생명 파괴 경향을 김수영 선생 나름대로 간파하고 있는 발언으로 생각됩니다.

　김수영 선생은 그 동안 한쪽에서는 참여시, 민중시의 선배라고 주장되고, 다른 한쪽에서는 자유로운 정신의 옹호자였다고 주장되어 왔습니다만, 제 생각으로는 그런 주장들이 옳다 그르다 하는 것과는 상관없이 죽음에 대한 그의 명상을 깊이 고려하지 않는 한 별로 큰 의미가 없을 것 같습니다. 죽음에 대한 치열한 관심으로 미루어 보건대, 시인 김수영은 말년에 이르러 점점 더 가열하게 비인간화를 반드시 수반하는 근대화, 산업화, 혹은 산업 문화의 문제를 그의 사상적·시적 주제의 중심으로 삼고 있었던 게 아닐까 싶어요. "모든 시는, 맑스주의 시가지도 포함해서, 어떻게 자기 나름으로 죽음을 완수했느냐의 문제를 검토하는 방법이라고 생각해도 된다"라고 했고, "이 시에서는 죽음의 음악이 울리고 있다"라는 말로써 좋은 시를 평가하는 척도로 삼기도 했습니다. 이 밖에도 물론 죽음의 문제를 정면으로 다루고 있는 실제 작품도 있습니다. 어느 시에서는, 이제 나에게 남아 있는 확실한 유일한 질서는 죽음의 질서라는 선언도 보입니다. 저로서는 단정적으로 말할 수는 없습니다만, 이러한 죽음에의 관심을 어떻게 해석해야 하는가 할 때, 그것이 결국 하이데거적인 사고 방식과 매우 가까운 근거에 연유하는 것이라는 점은 부인되기 어려울 듯싶습니다. 그러니까, 하이데거적인 의미의 기술 문명이란 끊임없이 인간 조건의 원천적인 테두리인 죽음을 부정하려는 것이고, 그런 점에서 인간의 인간됨의 마지막 거점의 수호는 이 죽음에 대한 의식에 있다는 것이 김수영 선생의 생각이었을 거라는 말입니다.

우리는 오늘날 어처구니없는 생명 파괴, 생태계 위기의 한가운데에 살고 있습니다. 이 위기의 본질을 바로 보기 위해서는 이것이 단지 외면적 환경의 재난이 아니라 근원적으로는 우리 자신의 인간다운 자질 자체의 어떤 심각한 결손과 직결된 문제라는 것을 철저히 자각하지 않으면 안 된다고 생각합니다. 하이데거나 김수영과 같은 시인이 현대적 상황 속에서 죽음의 의미에 관해 보여 준 치열한 명상은 결국 자연과 인간을 수단화, 대상화하려는 근대적 유물론적 산업 문화에 맞서서 궁극적인 인간 가치를 수호하고자 하는 노력이었다고 할 수 있습니다.

만물을 정복하고 지배하려는 교만의 정신이야말로 모든 위기와 파국의 진정한 원인이라고 할 때, 또 그것이 현대적 과학 기술의 억제를 모르는 자기 확장의 가공할 원리라고 할 때, 우리가 단지 살아 남기 위해서도 이제 무엇보다 필요한 자질은 겸손을 배우려는 태도일 것입니다. 인간은 자연의 일부로서의 자기 위치를 깨닫지 않으면, 돌이킬 수 없는 파국에 직면할 수밖에 없는 듯합니다. 그런데 이 겸손이라는 것은 오랜 옛날부터 인류의 스승들이 끊임없이 이야기해 왔고, 따져 보면 모든 진정한 시적 노력의 근본에 있는 감수성이었는지도 모릅니다. 아마 김수영 선생이 되풀이하여 죽음을 언급했을 때 그는 죽음을 삶의 제일의적(第一義的) 질서로 수용하는 겸허한 마음이야말로 바로 보람있는 인생과 시의 중심적 원리가 되어야 한다고 생각하고 있었던 게 아닐까 싶습니다. 오랜 시간 경청해 주셔서 고맙습니다.(1991년)

인간, 흙, 상상력

　시나 소설이나 우리가 문학 작품을 읽고 즐길 때 우리는 스스로 자유롭게 작품에 접근한다고 생각하기 쉽지만, 실은 항상 심각한 제약을 자기도 모르게 받고 있습니다. 물론 이런 제약이 반드시 의식되는 것이라고는 할 수 없고 대체로 부지불식간에 어떤 문학적 경향에 대한 무조건적인 선호를 유도하는 선입관으로 작용하기 쉽다고 할 수 있겠지요. 말할 것도 없이 이 것은 문학 작품의 수용에서만 볼 수 있는 특별한 현상이라고는 할 수 없습니다. 사람이 무엇인가를 인식한다는 행위 자체는 불가피하게 선택적일 수밖에 없고, 선입관이나 편견의 작용을 배제할 수 없는 것이니까요. 어떻게 보면 편견이 있기 때문에 인식 작용이 가능하다고 할 수도 있는데요. 그러니까 문제는 편견이나 선입관을 완전히 제거하는 것이 아니라, 우리의 인식 행위는 그 자체가 편견이라는 토대를 출발점으로 하고 있다는 사실을 늘 의식하려고 하는 자세일 것입니다.

　지금 생각해 보고 싶은 것은 오늘날 우리의 문학 상황에서 우리들 각자

이 글은 1991년 11월 경북대 영문과 학생회 주최의 문학 강연 내용을 정리한 것임.

의 주체적인 판단을 넘어서 있는 어떤 강력한 의견의 틀이 있다고 할 때, 대체로 무의식중에 받아들여지거나 지나쳐 버리게 되는 그러한 틀을 우리가 한번 의식적으로 검토해 볼 필요가 있지 않을까 하는 것입니다.

사람은 특정한 문화적 환경 속에서 인문적인 교양을 습득하고, 한 시대의 지배적인 의견의 풍토에 부지중에 깊은 영향을 받기 때문에, 개인적인 차이에도 불구하고 같은 시대에 교육받고 살아가는 사람들 사이에는 문학에 대한 공통한 선호가 있게 마련입니다. 가령 1960년대 후반에 학교를 다녔던 사람과 1980년대 이래의 민족 민중 운동의 일부로서 문학의 역할이 강조되어 온 상황에서 문학적 습관이 형성되었다고 할 수 있는 세대간에는 개인적인 체질을 떠나서 문학적 감수성에 상당한 차이가 있을 것은 쉽게 짐작되는 일입니다. 물론 이런 차이를 인정한다는 것은 두 경우가 똑같은 비중을 가지고 있다는 것을 의미하는 것은 아니고, 또 그렇게 되어야 할 필요도 없는 일이지요. 여기서 말하고자 하는 것은 그 동안 우리 주변에서 가장 주목받아 온 문학 활동은 민족 민중 운동과의 관련 속에서 논의될 수 있는 일련의 작업들이 아닌가 하는 것이고, 그런 만큼 감수성이 예민한 젊은 세대의 문학적 교양이 주로 이 계열의 문학 경향을 통해 형성된 것이 아닌가 하는 것입니다.

하기는 세대간의 차이도 별로 큰 의미는 없는 것이 아닐까 싶어요. 우리가 너무나 역사적으로 사회적으로 큰 풍파를 겪으면서 살아왔기 때문에 민족 민중 운동이 표방하는 대의는 아무도 부정할 수 없는 것이라고 할 수 있고, 양심적인 사람들이라면 여기에 동조하거나 공감하지 않을 수 없었다고 생각됩니다. 물론 시대의 양심에 동참한다는 것과 그러한 양심의 표현을 문학 속에서 어떻게 이루어 내는가 하는 문제는 반드시 같은 문제가 아니지요. 그것은 감수성과 체질과 미적 이념에 따라 얼마든지 다양하게 될 수 있는 것이거든요. 그렇기는 하지만, 현실에 있어서 이런 의미의 다양화는 그 동안 별로 실현되지 못했고, 많은 작가나 시인들은 거의 대동소이한 관심과 기법에 의존해 온 것으로 보입니다. 이런 의미의 상투성에 대해서는 요즘 여러 각도에서 반성이 시도되고 있는 것 같아 반가운 느낌이 들어요.

최근에는 시에 있어서의 리얼리즘 문제가 거론되고 있습니다만, 이것은 지난 십여 년의 이른바 민족 민중시 계열의 문학적 작업이 어떤 심각한 한계에 직면했음을 인정하는 자기 반성적 노력의 하나일 수도 있고, 어떤 점에서는 그 동안 축적된 성과를 근거로 또 한 번의 변증법적 종합을 시도하려는 노력인지도 모릅니다. 아무튼 이 리얼리즘이라는 말은 참 적절한 것 같아요. 시인들 각자의 개성에 따른 약간씩의 편차를 접어 두고 포괄적으로 볼 때, 그 동안 이 계열의 문학 활동에서 한결같이 이야기되어 온 한 가지 뚜렷한 주장이 있다면 그것은 사회적 리얼리즘에 충실한 작품이 되어야 한다는 것이었지요. 이제 우리는 바로 이러한 사회적 리얼리즘이라는 기준이 오늘날 우리가 근본적으로 다시 음미할 필요가 있다고 생각되는 시의 본질적 의미에 연관하여 얼마나 타당한 기준으로 살아 남을 수 있는가를 검토해 보아야 하지 않을까 합니다. 물론 리얼리즘이라는 말은 굉장히 폭넓게 쓰이고 있기 때문에 이것을 어떻게 정의하느냐에 따라 이야기는 크게 달라질 수 있습니다. 그러나 지금 우리가 리얼리즘이라는 말에 따라 연상하는 것은 이런 논의에 익숙한 사람들 사이에서는 대개 비슷한 것이라는 가정을 가지고 이야기를 계속하는 수밖에 없을 것 같군요.

섬진강의 시인으로 알려진 김용택과 지난 해에 『마음속 붉은 꽃잎』이라는 시집을 낸 송기원의 작품은 이야기의 진행을 위해 좋은 실마리를 제공해 주는 것 같습니다. 길게 설명할 필요가 없이 이 두 시인은 고은 씨나 신경림 씨 같은 선배 시인들과 더불어 그 동안 민족 민중적 문학 운동에 중요한 기여를 해 온 것으로 평가될 수 있는데요. 그런데 이 두 시인에게는 말이지요, 요즘 흔히 보기 어려운 귀중한 자질이 풍부하게 드러나 있는 것으로 제게는 보입니다. 그 자질이라는 것은 따져 보면 적어도 시인이라면 누구에게나 구비되어 있어야 할 그러한 자질인데요, 그런데도 어쩐 일인지 그것은 근년에 우리 시들에서 많이 사라져 버린 것으로 보이는 것입니다. 조금 구체적으로, 그러면 그런 자질이 도대체 무엇인가, 이것을 말하는 것이 오늘 저의 주제라고 해도 좋겠습니다.

김용택의 최근 시집 『꽃산 가는 길』에 보면, 대개는 오늘날 나날이 피폐일로를 걷고 있는 농촌의 현실이 생활 현장의 실감으로 풍부하게 그려져 있습니다. 물론 이런 작품들은 대단히 중요한 것이고, 그 작품들의 시대 현실과의 관련성은 아무리 강조되어도 모자란다고 생각됩니다만, 지금은 조금 다른 문제에 초점을 두려고 합니다. 이 시집은 오늘의 비극적인 농촌 현실에 관한 뼈아픈 시적 증언을 보여 주는 것인 만큼 종래의 리얼리즘의 기준으로도 손색이 없다고 해야 하겠지만, 흥미로운 것은 이 시인을 지배하는 것은 단순히 사회 의식만이 아니라는 겁니다. 그런 사회 의식의 수준을 넘어가는 좀더 근원적인 의식이라 할까, 또는 자연 질서와의 본능적인 교감에 대한 의식 같은 것이 이 시인의 내면에 깊이 작용하고 있는 것으로 보입니다.

예를 들어보면, 이 시집에 「뒤를 보며」라는 재미있는 작품이 있는데요. 이것은 촌사람이 똥누는 이야기를 다루고 있는데, 냄새 나는 이야기가 뭐 그리 재미있을까 싶겠지만, 한번 볼까요? 어두운 저녁입니다. 저녁밥을 먹고 난 뒤에 이 농촌 시인은 똥이 마려운 것을 느끼고는 어슬렁어슬렁 강변으로 뒤를 보러 갑니다. 거기 물가 바위에 걸터앉아 "어둠 속에 박힌 풀꽃들이랑/ 캄캄한 앞산 뒷산이랑 둘러보다가/ 소쩍새 소리 간간히 들으며/

턱괴고 세상만사도 생각하면서" 흡족하게 볼일을 보고 있는데 말이지요, 그런데 아까부터 무엇인가가 자기의 엉덩이를 스물스물 근질이는 게 느껴졌습니다. 그래서 뭔가 하고 고개를 돌려보니까 다른 것이 아니고 그것은 달빛이었습니다. "엉! 달이구나/ 저 산 삐죽이 얼굴 내미는 늦달과 반가운 물결이구나" 하는 것입니다. 지금 막 산등성이 위를 솟아오른 달이 자기의 엉덩이를 슬슬 간질였다는 것이지요. 여러분은 이런 대목을 어떻게 받아들이는지 궁금한데요, 나는 이런 대목에서 설명하기 어려운 어떤 평화 같은 것을 느낍니다. 여기에는 사람과 자연이 하나가 되어 친밀한 상호 교감이 이루어지고 있는 현장이 포착되어 있거든요. 오늘날 우리는 이런 순간을 아주 드문 순간에만 경험할 수밖에 없게 되었지만, 그것은 인간이 인간으로서 근원적인 행복에 도달하는 데 필수적이라고 생각되는 원초적 조화의 경험이 아닐까 싶어요. 조금 한가로운 이야기로 들릴지 모르지만, 모든 진정한 시의 주요한 기능은 결국 이런 식의 경험을 끊임없이 환기하는 것이 아닐까요?

그런데 이런 이야기는 나중에 더 하기로 하고, 지금 주목하고 싶은 것은 오늘날 우리 주변에서 대체로 이런 종류의 경험이 어떤 식으로 받아들여지고 있는가 하는 점입니다. 그런데 마침 평론가 김명인 씨가 이 시집의 발문을 쓰고 있는데, 안성맞춤이라 할까 바로 이 작품에 관해 직접 언급을 하고 있어요. 그것을 단서로 하는 것이 편할 것 같아요. 발문의 제목이 「우리 용택이 형님」이라고 되어 있는데요. 이걸 보면 두 사람 사이에는 돈독한 우애가 있는 모양입니다. 그러나 개인적인 친교는 어떻든간에 「뒤를 보며」라는 이 작품에 한해서만은 김명인 씨는 심히 불만스러운 모양입니다. 그는 조금 전에 우리가 본 바로 그 대목을 들어 비판적인 견해를 말하는데, 뒤를 간질이는 것이 달빛과 같은 그런 정겨운 것이 아니라 독점 자본이나 외세와 같은 것으로 지목되는 것이 마땅하다고 말합니다. 오늘의 농촌 현실을 고려할 때 좀더 철저한 사회 의식을 가져야 할 필요성을 말하는 것이지요. 민중이 만신창이로 고통당하고 있는 시대에 시인이 달빛 타령을 하고 있어서야 되겠느냐 하는 이야기라고 짐작됩니다. 우리는 이러한 생각에 쉽게 공감할 수 있습니다. 서양의 어떤 시인은 파시즘이 활개를 치는 상황에서 나무의 아름다움을 노래하는 것은 죄악이라고 말한 바 있는데, 아마 이런 식으로 생각하는 습관은 지금 우리 사회에서 상당히 뿌리가 깊지 않을까 싶습니다. 특히 지난 십여 년간의 우리의 지배적인 문학적 사고 경향이 그런 습관을 심화시켜 온 것으로 보이는데요. 김명인 씨는 사회적 리얼리즘을 강하게 요청하는 문학관의 영향 속에서 교육받고 그 자신 그러한 문학관의 보급에 상당한 기여를 해 왔다고 할 수 있습니다. 그러니만큼 그의 발언은 특별히 개성적인 것이라기보다 일반적으로 오늘날 진보적 시각을 가진 많은 사람들의 생각을 어느 정도까지 대변하는 것으로 볼 수 있을 겁니다. 그런데 이런 사고 경향은 젊은 세대의 문학도들에게만 국한되어 있지 않은 것 같습니다.

사회적 리얼리즘이라는 기준이 얼마나 압도적인가를 보여 주는 예로서 또 들어볼 만한 것은 송기원의 어떤 작품에 대한 고은 선생의 접근 태도입니다. 먼저 시인 송기원에 관해 조금 얘기한다면, 저는 이 시인의 살아온 내력을 자세하게는 모릅니다만, 같은 세대의 문학도로서 늘 마음속으로 경의를 느끼는 시인입니다. 저 같은 일개 서생으로서는 감히 상상도 하기 어려운 고난을 그는 겪어 왔고, 이 시대의 억압받고 버림받은 사람들과 늘 호흡을 함께 나누어 왔습니다. 그뿐만 아니라 그러한 고난의 경험을 통해 그는 드높이 순화되는 정신의 세계를 시작 속에서 표현해 왔는데, 이런 과정은 이번의 시집에서 특히 잘 볼 수 있는 게 아닌가 싶어요.

시집의 후기에서도 밝혀져 있듯이, 어느 잡지사의 부탁으로 「뒷골목 기행」이라는 연재물을 집필하면서 이곳저곳을 돌아보고 새로이 얻은 경험들이 이 시집의 바탕이 되어 있어요. 그는 이 시대의 많은 풀뿌리 인생에 마주친 경험을 털어 놓고 있습니다. 그 사람들은 민중 가운데서도 주변으로 밀려난 사람들, 예를 들어 등짐장수, 넝마주이, 하급 선원, 창녀들, 이른바 진보적인 사회과학에서도 잘 언급되지 않는 소외된 사람들인데요. 시인은 깊은 애정과 공감으로 이들과의 사귐을 얘기하고, 이들의 삶의 내부에 접근하고 있습니다. 많은 작품들이 대개 그런 작품들이지만, 그 중에서도 특히 인상적인 것이 있는데 그것은 어떤 늙은 창녀에 관한 시 「살붙이」라는 작품입니다. 이 여자는 열 여덟 살 때 사창가로 들어와 마흔이 넘은 지금까지 그곳을 떠나지 못했는데, 이제는 오히려 자기에게 밥을 먹여 준 이곳이 정이 들었을 뿐만 아니라 찾아오는 손님들도 모두 남 같지 않은 느낌이 되었다고 합니다.

나이가 마흔이 넘응께
이런 징헌 디도 정이 들어라우.
열여덟살짜리 처녀가
남자가 뭔지도 몰르고 들어와
오매, 이십년이 넘었구만이라우.
꼭 돈 땜시 그란달 것도 없이
손님들이 모다 남 같지 않어서
안즉까장 여기를 못 떠나라우.
썩은 몸뚱아리도 좋다고
탐허는 손님들이

인자는 참말로 살붙이 같어라우.

여러분은 이런 작품에서 어떤 느낌을 받는지요? 처음 이 시를 읽고 저는 어떤 충격적인 느낌, 지극히 슬프면서도 아름다운 느낌이라 할까요. 사람 살이의 깊이와 위대함에 맞닥뜨리는 느낌이 들었습니다. 이 시에서 우리가 보는 것은 가장 큰 고통과 수모를 겪은 인생이 그러한 고통의 경험을 통해서 가장 큰 사랑으로 삶을 포옹하는 모습입니다. 대체 이런 일이 가능하다는 사실은 우리가 피상적으로 생각하는 것보다 삶이란 너무나 깊고 신비스러운 것임을 말해 준다고 하겠지요.

아마 여러분도 좋아하는 시인일 것으로 믿는데, 천상병 선생의 시에 이런 것이 있지요. 추석이 되었는데, 시인은 객지에서 떠돌면서 워낙 가난하기 때문에 고향이나 형제들이 있는 곳으로 갈 여비 마련이 없어 탄식합니다. 그러면서 문득, 저승가는 데에도 여비가 든다면 나는 죽지도 못하는가 하고 시인은 생각하게 되고, 그런 생각의 끝에 "아, 인생이란 얼마나 깊은 것인가" 하는 탄성이 나옵니다. 저는 이런 심리적 움직임의 경과를 어떻게 분석해야 할지 모르겠습니다. 그러나 우리가 이런 대목에서 감동을 느끼는 것은 그것이 여하한 합리적인 언어로도 포착할 수 없는 온전한 진실을 떠올리기 때문이라는 것은 분명합니다. 감동은 결국 진실의 힘에서 비롯하는 것이고, 진실에 이르게 하는 수단은 시인의 순정한 마음이라고 생각됩니다. 천상병 선생의 시에서 우리가 느끼는 것은 무엇보다 철저한 무욕과 무소유의 마음이 드러내는 순정한 삶의 진실이라고 할 수 있겠는데요.

반드시 같은 것이라고는 할 수 없겠지만, 「살붙이」와 같은 작품의 내면에서 작용하고 있는 것도 결국은 그런 순정한 시인의 마음이 아닐까 싶어요. 제가 여기서 말하고자 하는 것은 마흔이 넘은 창녀의 이야기가 감동적인 것은 이것을 대하는 시인의 마음이 진실되기 때문이라는 것입니다. 시인은 어떤 상투적인 공식으로 세상을 보려고 하지 않기에 이런 이야기를 발견하는지도 모릅니다. 이 작품의 내력에 관해서 송기원은 시집 후기에서 다음과 같이 말하고 있는데요. "늙은 창녀와 내가 처음 만나던 때의 욕지기를 나는 지금까지 잊을 수가 없다. 반 평쯤 될까 싶은 골방의 얇은 요에는 숱한 사람들이 밤마다 흘렸을 체액이며 분비물의 흔적 따위가 고리타분한 냄새를 풍기고 있었는데, 바로 그 요 위에 앉아서 서로의 얼굴을 바라보는 순간 나는 그만 창자가 뒤꼬이는 듯한 걷잡을 수 없는 욕지기를 당해야 했던 것이다. 분명한 것은 그녀가 더러운 싸구려 사창가의 늙은 창녀였기 때문은 결코 아니었다. 나는 적어도 그렇게 살아오지는 않았다. 그때 나를 뒤흔든 욕지기는 분명히 근친 상간과도 같은 도덕적 감정이었다." 여기서 주목할 것은 그 감정이 근친 상간적이었다는 겁니다. 다시 말해서 시인은 그 창녀를 자기의 누이로 느꼈다는 거지요. 송기원은 이것을 도덕적 감정이었다고 말하고 있는데, 물론 도덕적이라는 말도 해석하기 나름이지만 우리가 일반적으로 말하는 사회 규범적 체계로서의 도덕적 의식이 이 경우에 작용했다고는 할 수 없겠지요. 여기서 시인이 느낀 것은 그런 단순한 도덕적 의식이나 동정심과는 좀더 본질적으로 다른, 보다 근원적인 우애와 일치의 느낌이라고 하는 것이 더 정확할 듯해요. 자기에게 찾아오는 손님들이 마치 자신의 살붙이 같다고 생각하는 창녀와 그런 말을 듣기도 전에 먼저 욕지기를 느낄 만큼 어떤 '근친 상간적인' 감정을 느끼는 시인 사이에는, 개인주의적 자아 의식만 비상하게 발달하여 이웃과의 단절을 당연하게 생각하는 사람들로서는 도저히 짐작도 하지 못할 근원적인 교감이 흐르고 있었던 것입니다.

결국 「살붙이」에 제시되어 있는 것은 우리가 보통 일상적으로 취하고 있는 것과는 근본적으로 다른, 사람과 사물을 대하는 마음의 움직임이라고 할 수 있는데, 우리는 이것을 아주 특수한 경험으로 취급해 버리고 지나쳐 버려서는 안 될 것 같습니다. 그것은 비록 오늘의 현실에서 특별한 경험일지 모르지만, 그 이야기는 모든 목숨 지닌 것들의 관계에서 마땅히 우리가 추구해야 할 전범인지도 모릅니다. 우리가 이런 작품에서 감동을 느끼는 것은 잠재적으로 이런 식의 관계에 대한 우리 자신의 갈망이 크기 때문인지도 모르지요. 생각해 보면, 그런 드물게나마 성취되는 우애와 일치의 마음이 있고, 그런 마음을 향한 많은 사람들의 갈망이 있기 때문에 이 세상이 무너지지 않고 이만큼이라도 지탱되고 있는 게 아닐까요?

그런데, 또 한 번 발문을 빌미로 해야겠군요. 아까 말씀 드렸듯이, 이 시집의 발문은 고은 선생이 집필한 겁니다. 이 발문은 송기원이라는 후배 시인과의 각별한 우정의 내력이 자상하게 언급되어 있는 것을 포함해서 그자체로도 읽을 만한 좋은 산문인 것 같아요. 그런데 대체로 시인 송기원에 대하여 찬미와 공감의 말로 되어 있는 이 발문에서 거의 유일하게 비판적인 언급이 나오는데, 그것이 바로 「살붙이」를 두고 행해지고 있다는 것이 흥미롭습니다. 물론 비판이 무차별적으로 이루어지는 것은 아니고, "우리는 이런 시를 통해서 너무 성급하게시리 버림받은 이 땅의 여자에 대한 여권 운동적인 측면이나 민중 생존권의 도덕적 요청 문제를 강요할 수는 없는 노릇"이라고 고 선생 자신이 말하고 있어요. 그는 누구보다도 송기원을 잘 알기에 그런 문제를 거론한다는 것이 적절치 못하다는 것도 암시합니다. 그러면서도 「살붙이」를 그냥 지나쳐 버리기에는 뭔가 거북한 모양입니다. 고 선생은 결국 "그런데도 한 처녀가 처음으로 매춘을 시작하는 공포와 이를 에워싼 객관적 사회 모순에 대한 일단의 저항 없이 이를 하나의 서정으로 처리하고 마는 이면을 잘 헤아릴 수 없다"고 말합니다. 실제로 아마 많은 사람들이 이런 시를 읽을 때 고은 선생과 비슷한 생각을 하지 않을까 싶어요. 결국 여기서 강조되는 것은 오늘에 있어서 시인의 진정한 노력은 사회적 양심에 입각해야 하고, 그것을 표현하기 위해서 리얼리즘의 원칙에 따라야 한다는 생각이겠지요. 이것은 지금 우리 문학계에서 항거하기 어려운 지배적인 관념이 되어 있는 것으로 보입니다.

지금까지 김용택과 송기원의 작품들에 관련하여 한 젊은 평론가와 중진 민족 시인의 비판적인 발언을 소개했습니다. 물론 이들이 오늘의 우리 문단에서 중요한 역할을 한다고 해서 그들의 사소한 발언까지 다 경청해야 하는 것은 아닐 것이지만, 위에서 살펴본 두 사람의 관점은 공통한 요소를 가지고 있을 뿐만 아니라 이야기의 내용으로 보아도 단순히 지엽적인 비판에 머무는 것은 아닌 게 확실합니다. 그러니까 이것은 무엇인가 좀더 창조적인 논의를 위해서 작으나마 꼬투리가 되는 것 같은데요. 구구하게 얘기할 것도 없이, 김명인 씨나 고은 선생의 비판은 대단히 정당한 것이라고 인정해야 할 것 같습니다. 시대 현실의 참담함을 생각할 때 문학의 사회적 책임이라는 명제는 아무리 강조해도 모자랄 것입니다. 우리는 그 동안 문학예술의 사회 참여 문제에 대하여 귀에 못이 박히도록 들어 왔지만, 날이 갈수록 기승을 부리는 상업 문화, 소비 문화의 위세 밑에서 참으로 진지한 문학과 예술을 위한 노력이 점점 더 발붙이기 어려워져 가는 것을 볼 때, 새로운 차원에서 좀더 깊이 있게 이 문제가 탐구되어야 할 필요성은 오히려 더 커졌다고 할 수 있습니다.

그런 논의의 성숙을 위해서도 우리는 조금 더 솔직해질 필요가 있지 않을까 합니다. 김명인 씨나 고은 선생의 발언을 가지고 자꾸 얘기가 길어져서 미안하지만, 이들의 생각이 어떤 전형적인 의미를 갖는 것이라면, 조금 따져 볼 것은 따져 보아야 할 것 같아요. 많은 유보가 있어야 하고, 훨씬 더 섬세하게 얘기를 진행해야 하겠지만, 지금 그럴 만한 여유도 없고 해서 간단하게 결론부터 말한다면, 나는 사회적 리얼리즘에 충실하라고 하는 주장에 담겨 있는 그런 종류의 사고 방식을 융통성 없이 자꾸 고집하면 결국 시적 가능성을 위축시키고, 또 그만큼 삶의 가능성을 줄인다고 생각합니다. 블레이크는 시적 상상력의 억압은 삶의 억압을 의미한다고 했습니다.

　고은 선생이 「살붙이」라는 작품에 비판을 가할 때, 객관적 사회 모순에 대한 저항 없이 서정시를 쓰는 것은 잘못이라고 지적했습니다만, 실은 이런 식의 비판은 논리적으로도 약간 문제가 있는 듯한데요. 무엇보다 사회적 저항과 서정이라는 것이 그렇게 분명하게 갈라질 수 있는 것인지 의심스럽습니다. 이것은 단지 용어의 적절한 선택 여부의 문제가 아니고, 이런 구분 방식에 은밀하게 내포된 어떤 형태의 습관적인 사고 방식이나 편견이 문제라는 것입니다. 그리고 결국 같은 문제라고 생각되는데, 객관적 사회 모순에 대한 저항이라면 그것이 시에서 과연 어떻게 구현되는 것인지 하는 문제도 누구에게나 분명한 것은 아닐 겁니다. 사실 저 자신도 포함해서, 우리 문학계의 병폐 중의 하나는 추상적인 수준에서 논의가 활발하게 이루어지는 반면에, 구체적으로 작품 속에서 어떻게 되는 것인지에 대한 자상한 해명은 별로 없다는 점인데요. 1980년대의 이른바 민족 문학 주체성에 관한 논쟁이 좀더 창조적인 토론으로 발전하지 못했다고 생각되는 가장 큰 원인도 그것이 대개 추상적인 논리의 전개로 시종한 데 있는 것으로 보이고, 저도 그 중의 한 사람이지만 많은 사람들이 그 논쟁에 심각한 흥미를 느끼지 못한 것도 그런 점과 부분적으로 관계가 있을 거라고 봅니다. 하여튼 저와 같은 인문적인 체질이 강한 사람에게는 구체적으로 느낌이 오는 것이 굉장히 중요한데, 그런 의미에서 도식적인 사회과학 이론 등으로 문학적 논의를 대신하려고 하는 노력들은 결국 아무 감동도 일으키지 못하고, 따라서 진실성에도 문제가 있는 것이 아닌가 싶어요.

고은 선생의 경우는 논리적으로 조금 문제가 있다 해도 아주 상식에 어긋나는 것이라고는 할 수 없는데, 김용택의 시를 두고 달빛이 무엇이냐고 힐난하면서 제국주의를 들먹이는 김명인 씨의 비판은, 그 취지를 우리가 받아들이지 못하는 것은 아니지만, 작품의 상황을 고려할 때 거의 넌센스에 가까운 지적이라고 생각되는데요. 한 명석한 평론가가 왜 이런 넌센스를 말하게 되는지, 그 이유를 짐작해 보는 일이 실은 중요할지 모릅니다. 이른바 사회과학적 관점의 지배, 또는 더 간결하게 말하여 과학주의의 지배라는 분위기를 떠나서 해명하기 어려운 문제인 것 같습니다.

저는 우리의 생활이 개인적으로나 사회적으로나 좀더 과학적인 것으로 되어야 한다고 생각하는 사람들에 저 자신도 속하기를 바랍니다만, 그러나 여러 해 동안 우리 주변에서 목격해 온 이른바 과학적 실천과 이론에 대한 강한 정열은 지나치게 단순하고 기계적이며 독단적이었다고 할 수 있고, 그런 만큼 무책임한 태도를 배제하지 못한 것으로 보입니다. 참다운 과학이란 무엇보다 도그마의 지배를 벗어나려는 정신을 떠나서 존재하기 어려운 것일 텐데 말입니다.

말이 나온 김에 하는 말이지만, 요즘 우리 주변에서 그냥 실천이라고 해도 좋을 경우에도 반드시 과학적 실천 운운하는 사람들이 적지 않습니다. 과학적이라는 수사를 덧붙이는 까닭은 대개 짐작할 수 있지요. 사회적 모순을 타개하는 데 사회과학적 이론에 입각해야 한다는 것이고, 이런 경우 사회과학이란 어떤 특정의 이념적 분석틀을 의미한다는 것은 책을 보는 사람이라면 누구나 짐작하는 겁니다. 그런데 유감스럽게도 대체로 사람들은 과학적이라는 말을 사용함으로써 자기 자신의 개인으로서의 인간적인 책임 문제는 회피하려는 것이 아닌가 하는 인상을 적어도 저는 자주 받으니다. 사회 구조가 중요하지 개개인의 차원은 부차적이고 지엽적이라는 시각이 늘 거기 개입되어 있거든요. 구조가 혁파되어야 한다는 생각에 잘못이 있는 것은 아니지요. 그러나 구조에 대한 강조가 개인적 책임 문제를 호도하는 데 기여한다면, 그런 경우 과학적 실천을 운위한다는 것은 결국 불성실한 태도이고 자기 기만이 아닐까요?

제 말은 과학을 하지 말자는 것이 아니라 정말 과학을 하자는 것입니다. 그러기 위해서는 무엇보다 우리가 좀더 겸손해야 하고, 아는 것보다는 모르는 것이 더 많다는 것을 사실로서 인정해야 합니다. 지금 생태적 위기가 심화되고 있는 시점에서 가만히 생각해 보면, 인간이 자기의 부분적이고 피상적인 지식을 가지고 마치 전지전능한 존재라도 되는 것처럼 행세해 온 교만성이 이 모든 위기의 진정한 원인이 아닌가 생각됩니다. 산업 문화의 비극성은 신비로운 경험이나 세계를 인정하지 않으려 하고, 무엇이든 직접 눈으로 확인하고 조작하려는 욕망에 지배된 인간을 양산한다는 데 있다고 할 수 있습니다.

아인슈타인은 인간이 경험할 수 있는 가장 아름다운 감정은 신비적인 것이며, 그것이야말로 모든 참다운 예술과 과학의 원천이 된다고 했습니다. 그의 말을 조금 더 인용해 볼까요? "신비의 감정에 낯선 인간은 죽은 것이나 다름없다. 우리가 이해할 수 없는 것이 존재하고, 그것은 가장 높은 지혜와 가장 찬란한 아름다움으로 그 모습을 나타내며, 우리의 둔한 능력으로는 그것을 가장 원시적인 형태로만 알 수 있다는 사실을 알고 느끼는 것—그것은 모든 종교성의 중심을 이룬다. 이런 의미에서만이 나는 경건하게 종교적인 인간에 속하고 있다. 인간 존재는 전체의 일부이다. 자기 자신을 분리된 존재로서 생각하고 느끼는 경험은 일종의 의식의 광학적 착각이라고 할 수 있다. 이 착각은 일종의 감옥인데, 거기서 우리는 개인적 욕망의 세계만으로 제한되고, 우리 주변 가장 가까운 몇 사람에게만 애정을 갖게 될 수 있을 뿐이다. 우리의 과제는 우리 자신을 이 감옥으로부터 해방시키는 것이라야 한다. 우리는 우리의 자비심의 권역을 넓혀서 살아 있는 모든 것, 모든 자연을 그 아름다움 속에 포옹해야 한다. 누구도 이것을 완전히 성취하기는 어려울 것이다. 그러나 그러한 성취를 위한 노력은 그 자체로 해방의 일부가 되며, 내면적 안전의 토대가 된다."

신비의 감정을 느끼는 것이 과학의 포기가 아니라 그 반대로 진정한 과학의 출발이라는 아인슈타인의 생각은 결코 예외적인 것이 아니고 모든 뛰어난 과학적 지성들에 공통한 것임이 분명합니다. 실제로 세계의 근본 구조에 대한 인간의 자기 무지의 고백은 사람이 사람답게 살 수 있는 불가결한 조건일 것입니다. 옛날부터 인류의 스승들이 늘 경계한 것은 인간의 교만성이었고, 이것이 모든 비극의 근원이라고 가르쳐 왔던 게 아닌가요? 모르는 것을 모른다고 인정할 줄 아는 것도 결국 고결한 덕성임이 분명한데요. 하여튼 우리가 삶과 세계의 신비를 수용할 수 있는 능력을 기른다는 것은 우리 자신의 감수성의 한계를 넓혀 가는 일이고, 그렇게 함으로써 우리의 내면이 좀더 윤택하고 화평한 것으로 되지만, 그와 동시에 우리의 삶에서 폭력을 최대한도로 줄이는 데 크게 기여하는 것입니다. 전체와의 조화와 균형을 무시하고 부분적으로 일시적으로 합리성을 추구할 때 폭력이라는 현상이 빚어진다고 볼 수 있거든요. 지금 산업 문명이 바로 그런 폭력성의 전형이지요. 생존의 토대인 지구 생태계의 운명은 아랑곳하지 않고 눈앞의 조그만 이익을 챙기는 데 골몰하다가 이런 어처구니없는 상황까지 왔단 말입니다. 매일매일의 생활 자체는 그 나름의 합리성에 따라 영위되는 것이 틀림없는데, 전체적인 조화의 문제는 고려되지 않기 때문에 이렇게 되는 게 아니겠어요?

아까 얘기로 돌아가서, 문학과 과학은 전혀 별개의 것이라고 볼 수 없습니다. 문학도 설득력이 있으려면 충분히 과학적이어야 한다는 것은 이론이 없겠지요. 그런데 이런 경우 진정으로 과학적인 인간 이해나 세계와 자연에 대한 지식이라는 것은 지금 흔히 과학적 실천과 이론을 내세우는 사람들이 생각하는 것과는 상당히 다른 방식으로 추구되는 것이라는 것을 유의해야 할 것 같아요. 문학은 설득력이 있어야 리얼리즘도 성취할 수 있는데요. 문학의 설득력은 오로지 진실을 그리는 힘에서 나오는 것이고, 진실이란 충분히 철저한 과학적 태도, 즉 아인슈타인이 말하는 신비적 경험을 수용하는 바탕 위에서 가능한 것이라고 생각합니다. 어떻게 보면, 극히 환상적인 시인들의 직관이 이른바 과학주의적—과학적이 아닌—합리성이 접근할 수 있는 것보다는 훨씬 온전한 진실에 이를 수 있는지 모릅니다.

문학이 좀더 과학적으로 되어 자기의 설득력을 높여야 한다는 것은 옳은 생각이라 해도, 지금 유행하는 과학주의로는 안 된다는 것이 저의 소견인데요. 이렇게 말하는 것은, 말이 과학이지 실제로 과학적 실천을 운위하는 사람들의 문학이나 인간에 대한 이해의 폭과 깊이는 도저히 과학적이라고 보아 줄 만한 것이 아니라고 생각하기 때문입니다. 물론 우리의 사회적 양심에 충실하자고 하는 주장에 담긴 성실성을 얕잡아 보아서는 안 됩니다. 그런데 여기서 중요한 것은, 문학이나 예술은 단순한 성실성만으로 이루어지는 것이 아니라는 겁니다.

문학이나 예술은 물론 윤리적인 동기와 지향을 떠나서 존재할 수는 없다고 봅니다. 그렇지만, 여기서 문학이나 예술에서 구현되는 윤리성이란 과연 어떤 것인가를 생각해 보아야 합니다. 제가 보기로는, 문학이나 예술에서 시도되는 윤리성은 인간의 총체적인 진실을 밝히려는 노력에 결부되어서만 의미를 가질 수 있는 것인데, 이런 경우에 총체적 진실이라는 것은 통속적으로 운위되는 그런 종류의 윤리적 성실성과는 질적으로 다른 차원에서의 인간 이해를 전제로 하는 것이 아닌가 싶어요.

문학에 있어서 성실성의 문제가 과연 어떤 것인지 검토해 보는 데 편리한 방법의 하나가 진정성이라는 개념과 비교해 보는 것입니다. 이것은 지금은 생존해 있지 않은, 20세기 미국 비평가로서 중요한 역할을 했던 라이오넬 트릴링이라는 사람이 제시한 기준입니다. 트릴링은 성실성(sincerity)과 진정성(authenticity)을 대조적인 개념으로 설정하였습니다. 이 대조 속에서 성실성은 요컨대 말과 행동이 일치된 상태를 뜻하는 것인데요. 물론 이것은 우리가 늘 유지하기 어려운 윤리적 덕목이지만, 그러나 어떻든 우리의 의지의 작용에 의해서 이루어 낼 수 있는 그러한 자질입니다. 그에 비해서, 진정성이라는 것은 우리 자신의 의도나 의지의 힘만으로는 도달할 수 없다는 특성을 가지고 있는 것으로 트릴링은 보고 있는 것 같아요. 그러니까 우리의 마음속 깊은 내부에 있는 어둡고, 비합리적이며, 무의식적인 자아의 요구와 합치하거나 적어도 근접할 때 진정성이 확보될 수 있다는 겁니다. 그런 점에서 진정성의 개념은 성실성의 가능성 자체를 묻는 것이라고 할 수 있습니다.

성실성이라는 자질은 어느 정도 우리 자신의 의지적 노력으로 도달할 수 있는 것이라면, 진정성은 결국 우리 각자의 전인적인 인격 또는 총체적인 인간성을 전제로 하는 개념이라고 할 수 있습니다. 다시 말해서 우리가 그러기를 원한다고 해서 쉽게 진정성이 확보되는 게 아니라는 겁니다. 우리의 의지나 두뇌 작용의 차원이 아니라 이성적인 언어로는 도저히 도달할 수 없는 저 깊은 무의식의 세계, 근원적인 욕망의 세계까지 가 닿을 때만이 다소간에 문학적 진정성이 이루어진다는 것입니다. 이것은 물론 성실성에 대한 노력을 포기하는 것이 좋다는 말이 아니지요. 그것은 문학에서 총체적인 진실은 우리가 피상적으로 생각하는 것보다는 훨씬 깊은 마음으로만 접근 가능하다는 것을 뜻하는 것입니다. 시인 김수영의 용어로 하면, 문학은 온몸으로 하는 것이라는 말이겠지요. 여기서 온몸이라고 하는 것은 물론 이 껍데기 육신을 말하는 것일 리 없습니다. 단순한 두뇌 작용도, 성실하고자 하는 의지도, 실존적인 선택도 모두 문학적 진정성에 이르기 위해서는 아직 부족합니다. 그야말로 온몸, 온마음으로 전인격이 투입됨으로써만, 그래서 상투적인 윤리나 세계관을 넘어서는 진실이 드러날 때, 문학은 비로소 진정한 것이 되고 설득력을 갖게 되는 것이라고 할 수 있습니다. 아일랜드의 시인 예이츠는 시의 세계는 지성과 피와 상상력이 동시에 함께 움직이는 세계라고 말하였지요. 오늘날 사회 문제를 정면으로 다루는 우리의 많은 문학 작품들이 일반적으로 우리 자신의 사회적 양심을 깨우는 일에 적지 않게 이바지해 온 것은 부정할 수 없지만, 그러나 작품으로서 설득력이 약하고, 우리의 전인적인 인격에 호소하는 힘이 대체로 미약하다는 것은 사실입니다. 이렇게 되는 것은, 노동자의 시각에 철저히 서 있지 않다거나 투쟁 정신이 부족하기 때문이라거나 하는 데 진정한 원인이 있다기보다는, 본질적으로 총체적인 인간성의 구조에 대한 통찰이나 참다운 과학적 인식이 모자라기 때문이 아닐까요?

총체성이라는 개념은 실은 리얼리즘론에서 핵심적인 것인데, 바로 이것이 리얼리즘을 표방하는 작품이나 이론에서 모자란다고 하면 조금 의아스럽게 생각할지 모르겠는데요. 그런데 여러분이 아다시피, 리얼리즘론에서 늘상 이야기되는 것은 개인의 사회적 연관, 개인적 삶의 역사와의 관계에 대한 구조적 인식을 겨냥한다는 의미에서 총체성이라는 것이지요. 현대 문학 비평의 아마도 가장 중요한 업적에 속한다고 할 수 있는 이 총체성의 개념은 고립화된 원자적 개인이라는 개념에 기초하여 배타적인 욕망 충족의 경쟁을 구조적으로 강요하는 자본주의적 사회 관계에 대한 철저한 비판을 함축하고 있습니다. 그러니까 총체성의 이념은 온전한 인간이라는 르네상스적 인본주의 이상과 분리할 수 없는 관계에 있다고 할 수 있는데요.

그럼에도 불구하고 제가 여기서 그런 총체성의 개념에 약간 유보적인 태도를 취하는 것이라면, 그것은 리얼리즘에서 말하는 구조적·역사적 인식 자체가 문제라기보다 정말 총체적인 것이 되려면 그 인식의 지평이 좀더 확대되어야 한다고 믿기 때문입니다. 무슨 말이냐 하면, 종래 리얼리즘론에서는 인간 생존의 문제를 순전히 사람과 사람 사이의 사회적 관계에서만 보아 왔고, 좀더 근원적인 인간 생존의 테두리라고 할 수 있는 자연이나 우주적 연관에서 삶과 세계를 보는 일은 경시되거나 도외시되어 왔다는 말입니다. 그렇게 보면, 여기서 제시되는 관점은 지나치게 인간 중심적인 것이라고 할 수 있을 것 같고, 그런 만큼 그것은 도리어 인간의 총체적인 진실로부터 거리가 있는 것이 아닌가 싶어요. 왜냐하면 우리는 사회적인 존재일 뿐만 아니라 무엇보다 자연적 존재이며, 끊임없이 우주적 생명 활동이라는 거대한 움직임 속에 참여하고 있는 존재이기 때문입니다.

오늘날 우리들 대부분은 근대 합리주의의 유물론적 세계관에 세뇌되어 우리 자신들의 삶의 테두리를 다만 물질적 구조와 육신의 질서에 한정하여 보는 습관에 익숙해 있는데요. 진보적인 관점이라고 하는 것이 대개는 사회 공동체와의 연관에서 개인의 의미를 생각하는 정도이지요. 제가 보기에 오늘날에는 종교조차도 많은 경우 이러한 합리주의적 세계관의 지배에 종속되어 있는 것 같습니다. 우리 주변에서 종교가 많은 경우 세속적인 욕망 충족의 수단으로 기능하고 있다는 것은 새삼스럽게 말할 필요도 없겠지요. 나아가서 믿음이 깊다고 하는 사람들도 가만히 보면 그가 믿는 종교의 가르침을 경험주의적 과학에 의해서 보증받고자 합니다. 이런 것을 보면 지금 절대적인 우위권을 가지고 있는 것은 이른바 근대적 합리주의 과학 사상임이 분명합니다. 그러니까 인간 존재의 궁극적인 근원이나 절대적 지평에 대한 초월적 인식은 배제되어 버립니다. 사실, 근대 합리주의적 사고라는 것은 산업 사회의 물량 위주의 문화와 생활 방식에 매우 적합한 것이거든요. 그런 사고는 수량화되거나 물리적으로 측정될 수 있는 것만이 가치 있는 것으로 인정받는 세상을 유지하는 데 필수적이라고 할 수 있습니다.

저는 리얼리즘론이 이 문제를 외면하고 진정하게 총체적인 인간의 이념에 도달한다는 것은 어렵지 않을까 생각합니다. 피상적인 물질주의적 시각으로 볼 때는 짐작도 할 수 없을 만큼 인간이란 깊고 복잡한 존재라는 것은 의심할 수 없습니다. 총체성을 말하면서 단순히 경제적 이해 관계에 기초한 사회 역사적 구조에 대한 인식에 머문다면, 그런 인식을 바탕으로 하는 문학이 충분히 철저한 인간 이해를 수행하고 있다고는 보기 어렵고, 따라서 크게 감동적일 수는 없을 것이 분명합니다. 아까도 말했지만, 우리는 단지 우리 자신의 의지나 두뇌 작용으로 제어할 수 있는 영역보다 훨씬 방대하고 깊은 자아의 구조 또는 세계의 구조 속에 살고 있습니다. 현대의 위대한 지적 업적 중의 하나는 인간 행동을 근원적으로 규정하는 것은 표피적인 의식의 수준이 아니라 자기도 모르는 심층의 심리 구조라는 가정에서 출발하는 정신분석학의 성과가 아닌가 싶은데요. 프로이트는 히스테리 환자들이나 노이로제에 시달리는 사람들의 경우에 그러한 질환은 환자 자신의 유아기의 어떤 경험, 프로이트적인 의미의 성적 경험에 기인한다는 것을 발견하였습니다. 그런데 프로이트가 대체로 그런 질환의 원인을 개인 차원에서만 탐구하였고, 그런 점에서 철저히 서구 부르주아 과학의 기본 가정을 초월하지 못했다고 할 수 있음에 반하여, 프로이트의 후학이면서 프로이트와는 상당히 다른 길을 간 융의 경우는 문학하는 사람들에게 훨씬 흥미로운 관점을 제공하고 있습니다. 아다시피, 융은 집단 무의식이라는 개념을 이야기한 사람이지요.

융이 쓴 「땅과 마음」이라는 글을 보면 재미있는 이야기가 있는데, 현대 미국 백인들의 심층 심리를 면밀히 분석해 보면, 뜻밖에도 그들이 내심으로 가장 존경하는 인물이 누구냐 하면 인디언들이라는 것입니다. 자기네가 사람 이하로 보면서 야만적인 폭력으로 거의 멸종시키다시피 해 온 바로 그 인간 종족이 백인들 자신도 모르게 심층 심리의 가장 내밀한 곳에서는 외경의 대상이 되어 있다는 거지요. 백인들로서는 이해할 수 없는 문화를 가지고 있었던 사람들, 백인들의 무자비한 무력 행사 앞에서 죽어가거나 쫓겨갈 수밖에 없었던 사람들이지만, 거의 완전한 패배속에서도 의연히 위엄을 잃지 않았던 인디언들에게 백인들은 어쩌면 심한 열등감을 느꼈는지도 모릅니다. 물론 그것은 깊은 심층 심리의 내부에서 일어난 일이니까 백인들 자신이 이것을 인정할 리는 없겠지요. 이런 이야기를 통해서 짐작되지만, 실제 사람은 자기를 잘 모른다고 할 수 있어요. 그리고 자기라는 것도 정말 어디서부터 어디까지가 자기인지 분명한 것이 아니거든요.

융이 말하는 집단 무의식이라는 개념을 조금 더 밀고 나가면 하나의 종(種)으로서의 인류가 이 지구상에서 겪어 온 생명 진화의 전체 역사가 각 개인의 심층 심리 속에 담겨 있다는 것을 뜻한다고 할 수 있는데요. 그러니까 인간으로서 이렇게 직립하기 이전에 하나의 포유류로서, 또 그 이전에는 파충류, 그 이전에는 단순한 세포…… 이런 식으로 거슬러 올라가서 맨 처음 이 지구상에 생명이 싹틀 때의 기억, 또는 좀더 뿌리까지 간다면 생명을 잉태시켜 온 흙이나 물, 바람, 햇빛, 그리고 이 모든 것을 포함하는 우주 생성의 근원적 기운과 같은 것이 내 기억의 까마득한 심층에 자리 잡고 있다고 할 수 있고, 그렇게 본다면 나의 자아라는 것과 자아 아닌 것은 엄격히 분리될 수 있는 것이 아니지요.

　그런데, 서양에서는 융과 같은 뛰어난 심리학자에 의해서 이번 세기에 와서야 이런 탐구가 가능해졌지만, 동양의 불교권 문화에서는 훨씬 예전부터 융이 말하는 집단 무의식보다도 오히려 더 철저한 심층 심리에 대한 통찰이 있어 왔단 말입니다. 불교의 유식학에서는 서양에서처럼 의식과 무의식의 세계로 간단하게 구분하는 수준이 아니고 제1식에서 제8식까지 나누어 이야기해 왔는데요. 대개 우리의 오관을 통한 감각적 체험이 제5식까지의 내용이라면, 그 다음 단계가 우리의 의지적 작용, 감정 생활, 이지적 체험을 관장하는 것이라고 할 수 있고, 그 다음의 제7식부터가 이른바 무의식이나 잠재 의식의 영역이라고 할 수 있다고 합니다. 그런데 여기서부터가 재미있는데, 같은 무의식의 차원이지만 정도의 차이를 분명하게 인정하는 7, 8식으로 구분해 놓았다는 점입니다.

　제7식의 범위는 말이지요, 이를테면 생존 본능의 심리라 할까요. 여러분이 잘 아는 죠지 오웰이 쓴 어떤 글에 보면 어느 사형수에 관한 이야기가 있는데요. 이것은 아마 오웰이 젊은 시절 버마에서 영국 식민지 경찰 노릇을 할 때의 실제 체험이었던 것 같습니다. 어느 날 아침에 사형수 한 사람이 사형 집행을 당하기 위해서 간수들을 따라 교수대로 가는데, 전날 내린 빗물로 땅이 질퍽해져 있었던 모양입니다. 그런데 그 사형수는 될 수 있는 대로 그런 곳을 피해서 마른 땅을 골라 걸어가는 것입니다. 생각해 보면, 곧 목숨이 끊어질 처지에 있는 사람이 바짓가랑이나 신발에 흙물이 튀지 않도록 조심한다는 것은 우스운 행동이지만, 그러나 자기도 모르게 취하는 그런 행동이야말로 진실한 행동인 셈이지요. 어떻든 불교에서 말하는 제7식이라고 하는 것은 이런 식의 무의식적인 행동에 드러나는 생존 본능을 가리키는 것이 아닌가 합니다.

그런데 한 걸음 더 나아가 이 본능의 단계보다 더 지독한 차원이 있다고 유식학에서는 보고 있어요. 그것이 제8식, 다른 말로는 알라야식이라고도 하고 또는 종자식이라고도 하는 모양인데요. 이것은 무엇이냐 하면 우리 각자의 전생, 금생을 통틀어서 내가 사념으로나 실제 행동으로나 지었던 모든 업이 씨앗이 되어 지금의 내게 영향을 미친다는 것입니다. 여기에는 윤회 사상이 바탕에 깔려 있고, 우리가 통상적으로 이해하는 자아 개념으로는 도저히 짐작할 수 없는 인간관과 세계관이 전제되어 있는데요. 우리가 보통 갖고 있는 자아 개념, 즉 나라는 존재에 대한 생각은 이 육신을 경계로 하여 나와 나 아닌 것의 분별을 기초로 하고 있거든요. 그렇게 보면, 이런 식의 분별심에 기초한 자아 개념이 가장 철저하게 지배하는 것은 서구 근대 부르주아 문화의 개인주의적 세계관이라고 할 수 있습니다. 불교에서는 우리가 늘상 들어 왔듯이 자기라고 하는 실체가 있는 것이 아니라고 하지요. 모든 것은 인연에 의해서, 연기의 법칙에 따라 상호 의존적 관계 속에서 생멸한다는 것이지요. 저 자신 옳게 이해하고 있는지 모르지만, 연기법이라는 것은 결국 나와 세계와의 불가분리성을 뜻하고 근원적인 일체화를 뜻하는 것이 아닌가 해요. 내 마음 가운데 우주가 있고, 우주는 내 몸, 내 마음이라는 생각도 거기서 비롯하는 것으로 짐작되는데요.

하여튼 융의 관점이든 불교적 생각이든 어느 쪽의 관점에서 보더라도, 우리의 총체적 인격의 구조를 간단히 어떤 결단이라든가 양심이라든가 정의감이라든가 하는 이지적·의지적·합리적 언어에 의해 다 통제하고 포착할 수 있다고 믿는 것은 상당히 우직한 착각인 것 같아요. 인간성의 구조의 깊이와 복잡성에 대한 탐구가 깊어짐에 따라 "세계의 합리적 조직화에 대한 순진한 믿음"을 더 이상 가질 수 없게 되었다고 융은 술회한 바가 있습니다. 이것은 물론 삶의 이성적 기획 자체를 포기해야 한다는 것을 뜻하는 것은 아니고, 인간 능력의 한계를 겸허하게 받아들일 줄 알아야 한다는 뜻이라고 보아야겠지요.

아까도 말했지만, 일찍이 김수영 선생이 시는 온몸으로 쓰는 것이라고 한 것은 참으로 적절한 말이라는 생각이 듭니다. 우리는 우리의 몸을 가지고 세계의 아름다움을 느끼고, 그러한 심미적 경험을 통해서 우주적 생명의 자기 전개라는 거대한 운동에 동참합니다. 그런데 이 경우 온몸이라는 것은 동시에 온마음을 말합니다. 서양의 기독교 문화에서는 마음과 몸을 분리하는 경향이 있지만, 근원을 찾아가면 우리의 몸은 자연과 하나이고, 자연이라는 것은 몸과 마음이 분리되어 있는 것이 아니지요. 저는 사람은 본래 흙으로 만들어졌다고 하는 말이 조금도 과장이 아니라고 생각하는데요. 그렇다면 흙의 마음이 우리의 마음속에 들어와 있는 것도 틀림없다고 봅니다. 어떤 책에서, 어느 땐가 몹시 불안하고 마음이 편치 않았을 때 우연히 흙을 만지작거렸더니 어느 새 마음이 평온해지는 경험이 이야기되고 있는 것을 읽은 적이 있는데, 이런 일은 실제로 사람의 존재가 흙에 뿌리박고 있다는 사실을 떠나서는 설명이 안 될 겁니다.

우리는 시가 제공하는 감동을 제대로 수용하려면 우리 자신이 흙이나 자연 또는 우주와 떨어져 있는 존재가 아니라는 자각에 철저해야 할 것으로 생각합니다. 우리가 사회 공동체의 일원이라는 인식을 확실히 한다는 것도 물론 대단히 필요하지요. 우리가 개인적 이기심을 인간 행동의 중심적 동기로 하는 부르주아적 세계관을 극복하지 않으면 이 세상은 지옥이 됩니다. 그런데 지금에 와서 아직도 사회 공동체의 테두리에서만 머문다는 것은 우리가 현재 당면한 생태적 위기 상황으로 보아도 미흡할 것 같다는 게 제 생각입니다.

지금은 우리가 사회의 일부일 뿐만 아니라 자연과 우주의 일부라는 사실에 정말 투철하지 않으면 단순히 살아 남을 수도 없게 되었다고 생각되기 때문입니다. 그런데 이런 깨달음은 무엇보다도 살아 있는 감수성으로 작용하는 것일 때만 진정한 것이 되지 않을까 싶어요. 무슨 일에서든지 논리적으로 따져서 수긍하는 일도 중요하지만, 그보다 확실한 것은 마음으로 느낌이 와야 되거든요. 요즘 말이지요, 환경 문제가 심각해졌다는 사실을 모르는 사람은 아무도 없으리라고 생각되는데, 그럼에도 불구하고 이것을 자기 자신의 절실한 문제로 받아들이고 이 사태를 극복하기 위해서 무엇인가 의식과 행동의 변화를 추구하는 사람은 너무나 부족한 것 같아요. 그것은 여러 가지 이유가 있겠지만, 아마 가장 중요한 것은 이런 위기를 단순히 지식이나 두뇌 작용을 통해서가 아니고 정말 마음으로 느끼지 못하기 때문이 아닐까요? 하늘과 강과 흙이 더럽혀지는 것을 보면서 정말 마음이 아프고, 가슴이 미어지는 고통을 느낀다면 강 건너 불 보듯이 한가로운 소리만 하고 앉아 있지는 못할 겁니다. 그러니까 감수성의 변화가 절실히 필요하다고 생각되고, 이런 점에서 시나 시적 상상력의 역할은 과거 어느 때보다도 중요해진 것이 아닌가 생각됩니다. 모든 시인들이 언제나 의식적인 자각을 가지고 있었다고는 할 수 없겠지만, 시는 기본적으로 자연이나 우주적 연관에서의 인간 존재의 의미를 명상하는 데 가장 긴요한 수단으로서 발달되어 온 것은 틀림없어 보입니다. 고대 시인들의 경우는 말할 것도 없고, 가령 현대 칠레의 민중 시인으로 널리 알려진 파블로 네루다의 시에 이런 것이 있습니다.

내 생명은 흙,
흙이 우리의 핏줄 속에서 자랄 때
우리는 자라고

흙이 우리의 핏줄 속에서 죽으면
우리도 죽는다.

　이것이 무슨 잠꼬대 같은 소리냐고 할 사람이 있을지 모릅니다. 흙덩이
하고 나하고 무슨 상관이 있느냐고 하겠지요. 이런 식으로 생각한다는 것
은 오늘날에는 아주 당연할지 몰라요. 지금 발전이니 개발이니 하는 것의
구체적 내용이라는 것은 시멘트 콘크리트나 아스팔트로 흙을 덮어 버리는
것을 뜻한다는 것은 우리가 다 알고 있습니다. 그리고 흙으로 상징될 수 있
는 농업 문화의 포기를 사회적 진보로 간주하도록 우리는 세뇌되어 왔지
요. 그러나 우리는 흙이 없으면 살 수가 없어요. 단순히 먹을거리의 생산지
로서 흙이나 땅의 중요성을 생각하는 공리주의적 태도는 너무나 천박하게
느껴집니다. 흙은 만물을 기르는 어머니이며, 우리 자신도 흙에서 나왔다
고 하는 옛날부터의 이야기는 지금이야말로 귀담아 들어야 할 때인 것 같
습니다. 네루다의 또 다른 작품 「여인의 육체」라는 것에 이런 구절이 있습
니다.

그대의 하얀 언덕과 하얀 허벅지
그대의 알몸을 내게 내맡길 때 그대는 우주,
나는 우악스런 농부가 되어 그대 속으로 깊이 파들어가면
땅 한가운데로부터 아기가 솟아 나온다.

　이 매우 감각적인 구절이 담고 있는 것은 물론 남자와 여자의 성적 교섭
에 의해서 아기가 탄생한다는 이야기이지만, 우리는 여기서 여자의 몸이
땅의 이미지로 표현되어 있는 것을 단순한 시적 비유로만 볼 수는 없습니

다. 여자의 몸은 문자 그대로 땅이며, 땅이 바로 사람을 생산해 내는 겁니다. 만물이 하나의 유대로 이어져 있고, 만물이 나의 형제라는 생각에 익숙지 않은 서양의 비평가들은 네루다식의 표현에 당혹을 느끼는 모양입니다. 그들은 네루다의 이와 같은 시들을 설명할 때 초현실주의 또는 환상적 리얼리즘이라는 용어를 사용하는데요. 그것은 그들이 이런 작품의 바탕이 되어 있는 상상력을 이해하지 못했다는 증거라고 생각됩니다. 제게는 네루다식의 표현 방식은 조금도 이상할 것이 없고, 정말 사실 그대로를 말하는 것으로 보입니다. 대개 우리는 단순히 남녀간의 육체적 교섭을 통하여 생명이 잉태된다고 생각하는 기계적인 사고에 젖어 있지만, 실은 그렇지 않고 우주적인 뜻이 없다면 생명의 탄생이라는 현상은 불가능한 겁니다. 생명의 탄생은 굉장한 자연의 선물이라는 거지요. 대지의 품은 바로 우리 어머니의 가슴입니다. 이것은 모든 큰 시인들이 예전부터 되풀이하여 개진해 온 통찰이며, 이러한 통찰이 바로 항구적인 시적 상상력의 본질을 구성한다고 할 수 있습니다.

시적 상상력이라는 것은 어떤 점에서 원시적 사고의 잔영이라고도 할 수 있습니다. 그런데 지금 '원시'라고 하면 무슨 야만적인 상태로 보고 아주 우습게 아는 사람들이 많지요. 그런 원시적 생활과 문화를 아직도 보존하고 사는 아메리카 인디언들에 관한 여러 조사를 읽어 보면, 그들이야말로 본질적으로 지혜롭고 건강한 삶을 누려 왔다는 것을 알게 됩니다. 무엇보다도 인디언들의 문화의 특색은 자연과의 평화를 늘 추구하고 있다는 것입니다. 그러니까 한없는 욕망의 추구라는 방식에 의해서 생존의 근거 자체의 한계를 무시하는 산업적 문화 생활과는 반대로, 인디언들의 문화는 아무리 오래 지속되어도 생존의 바탕인 자연 세계에 대해서 어떠한 훼손이 가해지지 않는 생활을 끊임없이 재생산해 냈다는 겁니다. 지금 우리가 인디언들의 생활 방식을 조금이라도 모방할 수 있다면 우리의 생활은 전체적으로 굉장히 평화롭고 비폭력적인 것이 될 수 있지 않을까 싶군요.

그런데 인디언들의 문화에서 보는 비폭력성은 실은 근대 서구 문명의 침투를 받기 이전의 토착적 전통 사회에서는 다소간 형태는 다를지언정 어디서든지 유지되고 있었던 것이라고 할 수 있어요. 서구의 근대 과학 사상이라고 하는 것이 인류 생활의 지배적인 원리가 되기 이전에는 인간은 어디에서나 하늘과 인간 사이에 마음의 교류가 있다는 믿음 속에서 살았다고 할 수 있는데요. 그런 믿음이 가령 연금술의 기초이기도 한데, 연금술이라는 것이 단지 금속들의 결합에 의한 금의 획득을 꾀하는 시도는 아니고, 하늘과 땅과 인간의 관계를 유기적으로 파악하는 세계관의 표현이라고 볼 수 있거든요.

산업 문명의 출현은 이러한 하늘과 땅과 인간 사이의 살아 있는 유기적 관계를 우습게 여기는 기계론적인 합리주의 과학 사상이 패권을 차지한 결과라고 할 수 있습니다. 근대 과학의 관점에서는 세계나 우주가 살아 있는 마음도 생명도 아니고 그저 우발적인 물질과 에너지의 작용에 의하여 움직이는 기계적인 조직일 뿐입니다. 그러니까 여기서는 사물들간의 상호 의존적이고 유기적인 관계보다는 분리, 고립되어 있는 하나하나의 개별적인 실체를 궁극적인 존재의 기초로 보고, 이러한 기초들이 전체적 질서의 단위가 된다고 보는 것입니다. 이러한 기계론적 관점에 따르면, 우주나 자연 또는 우리의 삶에 어떤 보이지 않는 의미가 있다는 생각은 받아들이기 어렵습니다. 그냥 만물이 존재하는 것은 시계가 존재하는 것과 같이 기계 부품들끼리의 어떤 우연한 배열에 지나지 않는 것으로 됩니다. 인체에 대한 현대 의료의 관점을 보면 이것은 명백합니다.

근대 의학의 근본 가정에 따르면, 인체와 기계가 본질적으로 구별되어야 할 합리적인 근거가 없는 셈입니다. 몸의 어딘가에 고장이 생기면, 그것만 따로 떼어 보고, 그것을 떼어 내거나 동일한 기능을 하는 다른 부품으로 갈아끼우면 된다고 생각하지요. 장기 이식 수술 같은 것이 바로 그런 생각을 토대로 한 것이라고 하겠는데요. 그런데 인디언들을 포함하여 토착 문화 전통에서는 그런 식의 수술 개념은 전혀 생소한 것일 뿐만 아니라 용납할 수 없는 것이거든요. 가령 어떤 장기가 제 기능을 하지 못한다면 그것은 몸의 전체적인 상황에 문제가 생겼다는 것을 뜻하는 신호일 따름입니다. 유기적 문화의 관점에서 볼 때, 신체의 이상은 환경과의 사이에 조화를 잃었다는 것을 뜻하는 것입니다. 그러니까 잃어버린 조화를 어떻게 회복시키는가 하는 것이 올바른 치유 방법이 되는 것이고, 따라서 질병의 문제는 독한 약이나 수술 같은 공격적 수단에 의해 단번에 격파해야 하는 어떤 것이 아니라, 개인이나 집단이 자연의 섭리에 맞도록 삶의 평형을 강구해야 하는 넓은 의미의 문화적·정신적 문제가 되는 것입니다.

최근에 미국 잡지에서 읽은 내용입니다만, 어떤 부인이 말이지요, 백혈병으로 죽어가고 있는 자기 딸을 위해서, 그 딸에게 골수를 제공할 사람을 얻어 보려고 새로 임신을 했다고 합니다. 하기는 이 세상에 무슨 기술이라도 그것이 자기 아이를 구하는 데 도움이 된다면 그걸 마다할 어머니는 없지요. 그런데 우리는 이런 이야기를 접하면서 현대 의학의 기술적 발전을 경탄하고 있어야 할까요? 이런 이야기는 우리의 인간으로서의 삶이 이제 참으로 어려운 상황으로 들어가고 있다는 것을 알려 주는 것으로 제게는 생각됩니다. 우리는 고도로 발달된 기술 소비 사회에 살면서 기술적으로 가능한 것을 거부하기는 굉장히 어렵습니다. 그러나 이러한 과정을 통해 우리는 결국 근본적인 인간성을 잃어갈 것이 분명합니다. 이 자연 속에 사는 존재로서 사람에게는 해서 될 것이 있고 또 해서는 안 될 것이 엄연히 있을 것인데, 이것을 무시하고 기술적으로 가능하다고 해서 다 한다면, 참다운 의미의 생명의 신성함에 대한 감각은 결국 제거될 것이고, 자연의 한계 내에 존재의 근거를 두고 있다는 근원적인 느낌으로만 유지될 수 있는 인간다운 삶은 불가능해질 것입니다.

산업 기술 문명은 이 지구상에서 인간의 올바른 역할이 무엇인가에 대한 이해를 갈수록 어렵게 하는 것이 아닌가 합니다. 인간다운 삶이 있기 위해서는 존재의 근원에 대한 인식이 있어야 하고, 생명의 신성함과 신비를 느끼는 마음의 능력이 필수적일 것인데요. 그런데 오랫동안 이런 것을 망각하고 심지어 고의적으로 제거하는 것을 사회 발전이며 진보의 과정으로 생각하도록 우리들이 쭈욱 세뇌되어 왔단 말입니다. 이 문제에 있어서 저는 오늘날 리얼리즘론이 어떤 태도를 갖고 있는지 궁금합니다. 저의 편견인지 몰라도, 오늘날 리얼리즘론의 입각점은 흔히 근대화와 산업화를 사회 발전으로 보는 직선적인 진보관에서 그리 멀리 떨어져 있는 것은 아니지 않은가 싶은데요.

역사는 진보한다는 믿음은 필요한 것이라 하더라도 어떤 식의 진보인가 하는 것은 이 기술 문명 시대에는 끊임없이 날카롭게 물어져야 할 것이라고 봅니다. 저는 지금까지 우리가 흔히 말해 온 그런 식의 진보라면 차라리 진보 개념 자체를 폐기하는 것이 인간다운 삶의 재건을 위해서는 더 유익하지 않을까 하는 소견입니다. 일반적으로 진보라는 개념의 배경에는 산업 사회는 농업 중심 사회보다도, 농업 사회는 수렵 채취 사회보다도 더 사회적 진보가 이루어졌다고 하는 선입견이 깔려 있습니다. 그러니까 역사라는 것은 미개로부터 문명으로 직선적인 발전의 궤도를 그려 보여 준다는 관점인데요. 이 다분히 유태 기독교적인 선형적 사관에는 이와 같은 발전이나 진보의 경로를 드러내지 않은 사회는 정체되거나 낙후된 사회이고, 따라서 바깥으로부터의 충격에 의해서 강제적으로 변혁되어야 할 필요가 있다는 제국주의적 사고가 쉽게 개입하는 것입니다. 요컨대 서구 중심적 사고이고, 서구 근대 사회를 주도해 온 기계론적이고 패권주의적 세계관이라는 것입니다.

인류사의 전개가 과연 직선적인 진보의 모양을 기록해야 하는 것인지는 모르지만, 지구상의 온갖 토착 문화가 가지고 있는 다종다양한 문화들의 존립을 원칙적으로 부정하는 이러한 제국주의적 태도의 관철은 그것이 설사 근대적 물질 문명의 향유 기회를 널리 퍼뜨리는 데 이바지한다 해도 그 치명적인 배타성으로 인하여 끊임없이 폭력을 유발하는 원천일 수밖에 없는 것입니다.

앞에서 평론가 김명인 씨가 김용택 시인의 달빛에의 관심을 거부하면서 제국주의라든가 독점 자본에 대하여 오늘의 시인이 마땅히 말해야 한다고 주장하는 것을 보았습니다. 그런데 돌이켜 보아 이러한 주장을 하는 논리적인 바탕이 서구 근대 문화의 기저를 이루는 이른바 기계론적 사고와 직선적인 진보관에서 명쾌하게 벗어난 것이 아닌 한, 이런 맥락에서의 제국주의 비판이라는 것은 매우 피상적이고 부분적인 것이 될 수 있지 않을까 생각됩니다. 제국주의에 대한 핵심적인 비판은 제국주의의 근간에 있는 직선적 진보관과 기계론적 세계관을 철저히 문제삼아야 하고, 거기에 뿌리를 둔 산업 기술 문명에 대하여 마땅히 비판적이어야 합니다. 그렇게 보면, 가장 근본적인 제국주의 비판은 정치 경제적 종속 관계에 대한 이론적·분석적 공격에 못지 않게 오늘날 우리의 비근한 일상 생활로부터 사회 조직에 이르기까지 온갖 국면에서 우리를 지배하고 있는 이 산업 기술 문명의 폭력성과 파괴성을 분명하게 인식하는 것일 겁니다. 산업 사회가 제공하는 편익에 중독되고, 사소한 물질적 이득에 마비되어, 코카콜라를 아무 생각없이 마시고, 텔레비전의 존재를 근본적으로 긍정하고, 개인 승용차에 의한 대중 교통 수단의 대체를 사회 발전이라 보는 생각에 묵종하면서 제국주의를 따로 비판한다는 것은 근본을 망각한 처사라 아니할 수 없습니다.

참으로 한심스러운 것은 제국주의라고 하면 경제나 정치적 문제에서 심각하게 따질 줄 알면서 일상 생활이나 문화적인 차원에서는 무감각한 태도입니다. 실은 우리가 정치나 경제 문제에 관심을 갖는 것도 그러한 것이 궁극적으로 우리의 일상적 삶의 성격에 중대한 변화를 초래할 것이라는 점 때문일 텐데, 빈번히 문화의 문제는 단지 부수적인 관심으로 밀려난다는 것은 유감스러운 일입니다. 서구 제국주의는 그냥 무력으로 경제의 힘만으로 들어오는 것이 아니고, 토착 사회가 가진 고유의 문화에 대한 강한 경멸과 서구 근대 문화에 대한 선망을 유도하면서 들어옵니다. 오늘날 이 시점에서 우리들에게 주어진 가장 중요한 역사적 과제는 지금까지 모든 다른 문화를 경멸하고 폭압적으로 파괴하거나 억눌러 온 서구 중심의 산업 문화를 어떻게 극복하느냐 하는 것입니다. 이제 인류가 살아남기 위해서라도 그 산업 문화의 전진은 더 옹호되어서는 안 되는 것입니다. 그 동안 있어 온 주요한 사회 변혁 운동에서는 자연에 대한 인간의 관계는 사실상 생각할 겨를이 없었거나, 또는 아직도 낮은 생산성과 기술의 미비로 자연 파괴가 그다지 큰 것은 아니었기 때문에 그 문제가 중심적인 것으로 부각될 필요가 없었다고 할 수 있을지 모릅니다. 그러나 이제 지구 생태계는 너무나 무지스런 산업 기술 문화의 패권적 지배의 결과로 거의 파국 직전에 이르고 있습니다.

오늘날 우리 나라의 많은 문학하는 사람들이 이야기하고 있는 리얼리즘이라는 것도 따지고 보면 그 개념이 산업 문화를 지지하는 세계관과 뿌리를 같이하는 것이 아닌지 생각해 보아야 할 것입니다. 지금 우리가 사용하는 리얼리즘이라는 용어는 사실상 서양에서 빌려 온 것이고, 그 중에서도 특히 루카치와 같은 이론가의 논리가 뼈대를 이루고 있다는 것은 누구도 부인하기 어려울 것입니다. 그런데 루카치를 비롯한 서양의 주요 리얼리즘 이론가들의 이념적 고향은 르네상스적 인본주의 전통이라고 할 수 있는데, 이 전통은 18세기의 계몽 사상, 그리고 나중의 진보적인 사회 변혁 사상으로 이어지는 서구 근대사의 가장 창조적인 지적 흐름을 대변한다고 할 수 있습니다. 그런 점에서 이 전통은 물론 역사적으로 긍정적으로 평가되어야 마땅하지만, 그러나 무엇보다 생명 공동체의 개념이 절실한 것으로 부각된 오늘날의 시점에서 볼 때, 그러한 전통에 내포된 어떤 한계는 간과할 수 없는 것이 되었습니다. 무엇보다 그것은 인간 중심적인 관점을 벗어나지 못하고, 따라서 그것은 사람과 다른 생물체들과의 관계를 단지 기능적이고 공리주의적인 각도에서만 파악해 온 전통이라고 할 수 있기 때문입니다.

저는 지금 와서 리얼리즘이라는 개념이 폐기되는 것이 좋겠다고 생각하는 것은 아닙니다. 그것은 인간에 의한 인간의 억압을 반대한다는 기본적 입장을 줄기차게 견지해 왔고, 그런 점에서 역사적으로 창조적인 역할을 해 왔음이 분명하니까요. 그리고 그러한 역할의 필요성이 아직도 계속된다는 것은 길게 말할 것이 없습니다. 다만 리얼리즘의 역할이 부분적인 것이 아니고 총체적이고 본질적인 것이 되려면, 인간과 자연간의 관계에 대한 새로운 인식을 위한 노력이 있어야 한다는 겁니다. 이러한 노력은 물론 지금까지 있어 온 기존의 사상 체계의 뼈대를 온전히 그대로 두고 이른바 생태학적 고려를 부분적으로 추가한다는 방식을 통해서는 이루어질 수 없음이 분명합니다. 르네상스적 인본주의에 연원하는 지적 전통에 내포된 인간 중심 사상은 따지고 보면 그것이 생물권 내의 인간의 배타적 지배권을 인정하는 한, 인간에 의한 다른 인간의 지배도 암묵적으로 동의하는 이념 체계라는 것을 이제 명확히 하는 것이 선결 문제일 것 같습니다. 그것은 제국주의를 비판할 수 있는 사상적 근거를 제공해 왔지만, 동시에 제국주의를 배태한 사상적 거점이었다는 것도 주목되어야 할 것입니다.

결국 핵심적인 것은 인간 중심주의적 시각의 극복인 것 같아요. 달리 말하여 우리 자신의 존재가 근원적으로는 일개 자연적 존재이며, 따라서 만물이 우리의 형제라는 사실을 겸허하게 받아들이는 것이 관건이라는 말입니다. 옛사람은 하늘과 땅이 한 뿌리에서 나왔고, 만물이 한몸이라고 했지만, 이것을 이제 우리가 한갓 시적 비유로서, 또는 특수한 신비 체험으로 간주한다면 그것은 우리 자신의 재앙을 초래할 뿐이라는 것을 자각하지 않으면 안 됩니다. 오늘의 이 갈기갈기 찢겨진 세상에서 만물이 형제라는 생각을 받아들인다는 것은 굉장히 어려운 일일지 모릅니다.

그러나 사람 사이는 말할 것도 없고 우리의 자아라는 것이 궁극적으로 세계 전체에 미친다는 것은 우리의 비근한 일상적 경험을 통해서도 얼마든지 확인할 수 있어요. 우리는 타인이나 다른 생물의 마음을 말없이 이해하는 경우를 실제로 흔히 경험하면서 살고 있거든요. 불교에 염화미소에 관한 유명한 일화가 있지만, 사실상 말을 통해서는 오히려 진실한 마음의 교류가 방해받는 경우도 적지 않다고 할 수 있지요. 그런데 어째서 사람이 타인이나 다른 존재들의 마음을 이해하는 것이 가능할까요? 그것은 우리들이나 자연의 모든 것이 근원에 있어서 모두 하나의 마음으로 연결되어 있기 때문에 그렇다고 하는 것밖에 달리 이유를 찾을 수 없습니다. 블레이크는 한 알의 모래와 한 송이 들꽃 속에 온세계와 무한이 들어 있다고 했지만, 이것은 결코 특이한 환상적 체험을 말하는 것이 아니라 오히려 생명의 실상을 바르게 언급한 것으로 볼 수 있습니다. 예전부터 뛰어난 시인들은 자주 이런 체험에서 우러나온 세계 인식을 말해 왔지요. 시인들이 특히 이러한 체험을 두드러지게 언급해 왔다는 것은 역사적으로 시라는 매체는 인간이 그의 존재의 근원을 지각하고 명상하는 주요한 도구로 사용해 왔기 때문일 겁니다. 이것은 오늘날에도 변함없는 시의 궁극적인 존재 이유라 할 수 있는데, 이러한 원초적인 시의 기능을 부인한다는 것은 시를 포기하고, 모든 것을 기계적 언어로 말하면서 거기에 만족해야 하는 끔찍한 세상을 우리가 받아들여야 한다는 것인지 모르겠습니다. 그러나 인간은 기계가 아니기 때문에 기계적 접근 방법을 통해서는 참다운 진실에도 이르지 못하고 깊은 평화와 행복에 이르지도 못할 것이 분명합니다.(1992년)

시적 인간과 생명의 논리

구모룡 선생님, 안녕하십니까? 이렇게 귀한 만남의 시간을 허락해 주셔서 감사합니다. 선생님은 1991년 창간 이래 한 호도 거르지 않고 『녹색평론』을 발간해 오셨습니다. 선생님께서 하시는 일을 두고 생명 운동이라고 포괄적으로 요약해도 될는지 모르겠습니다만, 저희는 선생님의 신념과 실천에 깊은 감명을 받고 있습니다. 그런데 『녹색평론』이 격월간으로 발간되는 것이어서 많이 바쁘시겠습니다. 선생님의 일과는 어떠하십니까?

김종철 여러분 반갑습니다. 처음 김우태 시인이 대담을 요청하였을 때, 여러 가지 바쁜 일도 있었지만, 내가 무슨 뜻있는 얘기를 할 수 있을 것 같지가 않아 사양했습니다. 나는 요즘 주로 『녹색평론』 편집실에서 대부분 시간을 보내고 있습니다. 학교에서의 강의 시간을 제외하고는 이 사무실에서 잡지 편집에 관계된 일을 하는 게 일과의 전부라 할 수 있습니다. 여러분들이 『시와 생명』이라는 잡지를 창간하면서 이야기를 나누어 보자고 하니, 요즘 거의 문학 공부는 중단하고 지내는 처지에 좀 당황스러웠습니다. 그러

이 글은 1999년 4월, 계간지 『시와 생명』 창간에 즈음하여 문학평론가 구모룡 씨와 나눈 대담 기록임.

나 꼭 문학 얘기만 하자는 것도 아닌 만큼 끝까지 거절할 수도 없었습니다.

구모룡 마산에서 『시와 생명』을 창간하는 몇 시인들(김보한, 김우태, 이진욱 등)이 저를 매개로 하여 선생님의 말씀을 이끌어 내고자 한 것은, 크게 시 운동을 생명 운동의 차원에서 전개해 보자는 취지를 가졌기 때문입니다. 일찍이 선생님께서 선구적인 입장에서 생명 운동을 전개해 오셨기에, 선생님께서 해 오신 작업과의 연관성 속에서 시 전문 계간지를 창간하려는 것 같습니다. 이 점은 잡지 표제를 '시와 생명' 이라고 한 데서 엿볼 수 있는 것이지요. 선생님께서도 이미 오래 전에 "시인은 생태학자, 생명 운동가다" 라고 규정한 바 있습니다.

그런데 요즘 시인들이 쓰는 시를 보면 시가 문화 산업의 일부가 되어 버린 것은 아닌가 하는 의심이 들 때가 많습니다. '시의 적이 된 시' 가 많이 양산되고 있는 모습이 보이고 있습니다. 그만큼 현대의 시인들이 대중 문화와 기술주의에 편승하고 있다는 것입니다. 이런 반시적 상황에서 『시와 생명』의 창간이 나름대로 의의가 있지 않나 생각됩니다. 그리고 잡지 창간과 더불어 시가 가지는 생명 운동적 차원이 전제될 필요가 있다고 봅니다. 이미 선생님께서 『녹색평론』에 발표하신 몇 편의 글에서 시와 생명, 시 운동과 생명 운동의 상호 연관성에 대하여 지적해 두신 바도 있습니다. 차제에 다시 한 번 이러한 문제를 풀어 주시면 고맙겠습니다.

김종철 어렵고 포괄적인 질문인데 뭐라고 대답을 해야 할지 모르겠군요. 대담 요청을 받고 머리 속에서 조금 생각을 정리해 두었어야 하는 건데, 그동안 경황도 없었고, 그냥 만나서 자유롭게 잡담을 나누면 되지 않을까 하고 편하게 생각하고 있었어요. 지금 말한 그 문제에 대해서는 명쾌한 대답을 드리지 못하겠고, 다만 이번에 『시와 생명』을 시작하면서 새로운 시 운동을 생명 운동의 한 형태로 전개하겠다는 여러분의 창간 의도는 무척 반갑게 들립니다. 시가 딱 부러지게 이런 것이다라고 규정할 수는 없겠지만, 나는 시적인 생각, 시적인 감수성은 근본적으로 생태적인 사고, 생태적인 감수성과 분리하여 생각할 수 없는 것이라고 봅니다. 이것은 시의 역사를 보더라도 확인이 가능하지만, 특히 지금은 시의 그러한 본질을 좀더 집중적으로 의식화할 필요가 있다고 봅니다. 인류사 전체를 돌아보더라도 지금처럼 생태적 의식이나 각성이 절실한 때가 없었으니까요. 아마 그래서 잡지의 이름을 그렇게 붙인 것 같은데, 요즘 나오는 시집들을 내가 충실히 읽어 왔더라면 뭔가 좀 내용 있는 얘기를 할 수 있을 텐데, 유감이군요.

기술 사회와 인문학의 위기

구모룡 대부분의 근대시들이 근대에 저항한 것이 사실이지만, 근대에 편승한 것도 또한 틀린 것이 아닙니다. 모더니즘적 경향도 저는 그 부정성이 고갈되어 이미 그 한계가 드러났다고 봅니다. 그런데 요즘 와서 시의 근대 편승이 더욱 심해져 시 쓰기를 유희로 생각하는 부류가 많아졌습니다.

김종철 그런데 시라고 발표되는 것을 전부 우리가 관심을 가질 필요는 없는 것이지요. 우리 시대에 그래도 뜻있는 발언이 될 만하다고 생각되는 작품들이나 그런 작품들이 드러내는 경향이 화제가 되어야 하는데, 요즘은 시인들이 너무 많아져서 그런지 시 같지 않은 시들이 양산되는 게 아닌가 하는 느낌이 들어요. 요즘 문단에서 특별히 주목받는 시인들이 있는지 나는 알지 못해요. 그런데 구 선생이 최근 시가 문화 산업의 일부가 되어 가고 있다고 지적하셨는데, 이것이 사실이라면 문제가 크지요.

학생들을 가르치면서 나도 요즘에 와서 절실히 느끼는 것은 젊은 세대가 진지한 이야기를 견디는 힘이 굉장히 약해졌다는 겁니다. 이것은 물론 우리 생활이 갈수록 소비 중심의 생활로 되어 가고, 기술 사회 속으로 깊이 들어가고 있는 점과 관계가 크지요. 요즘 아이들이 자라면서 경험하는 것은 생생하고 직접적인 체험 혹은 인간적이거나 자연적인 체험보다 전자 매체를 통한 간접적인 가상 체험에 집중되고 있고, 또 전자 매체는 그 내재적인 특성상 사람으로 하여금 생각을 깊게 하고 시적이거나 심미적인 체험을 갖기 어렵게 합니다. 그러니까 이러한 살아 있는 체험의 결핍 때문에 자라나는 세대들의 감수성의 교육이 제대로 이루어지기 어려워지는 것이지요.

여기에다 상품 소비 사회의 논리라는 것이 저항할 수 없을 정도로 사람들을 붙들어 매고 있어요. 십 년 전만 하더라도 우리에게는 저항할 대상이 뚜렷이 존재했는데, 지금은 실제로 더 무시무시한 상황인데도 저항할 생각들을 못하고 있는 것 같아요. 예를 들어, 오랜 군사 독재 치하에서는 정치적 독재에 대하여 우리가 뚜렷한 방향 감각을 가지고 저항해 왔단 말입니다. 그때는 생각할 줄 아는 사람이라면 누구나 독재 체제에 대해 혐오감을 갖고 있었거든요. 그런데 지금은 실은 정치적 독재보다 더 가공할 기술 독재의 시대라고 할 수 있어요. 정치적 독재가 노골적으로 인권을 유린하고 억압하는 것이라면, 기술의 독재는 뿌리로부터 사람을 비인간으로 만들어 버려요. 이런 기술의 독재라는 것은 보이지 않게 우리의 내면을 지배하고 있어서 그런지 모르지만, 이것을 명확히 의식하고 있는 사람도 드문 것 같고, 설사 있다고 하더라도 이에 대하여 저항하는 사람이 없는 것 같아요. 물론 한 사람도 없다는 것은 거짓말이 되겠지만, 사회 속에서 주목할 만한 목소리로서, 문화적인 세력으로서 드러나고 있지 않다는 것입니다.

구 선생도 대학에 계시니까 잘 아시겠지만, 단순한 교육부의 정책 차원의 문제가 아니라, 우리 나라뿐만 아니라 전세계적으로 인문 교육이 파산 지경에 이르렀어요. 인문적 가치라는 건 원래 돈 되는 물건이 아니니까 오

래 전부터 변두리로 밀려나고 있었지만, 지금은 세계화 경제니 신자유주의
니 하는 아주 노골적인 약육강식의 논리가 국가 정책으로 활개 치는 현실
에서 문자 그대로 숨쉴 틈이 없게 되었어요. 자연과학 중에서도 어느 정도
인문적 요소가 포함되어 있는 분야는 모조리 괄시를 당하고 있어요. 그런
데 정작 더 곤혹스러운 것은 이런 상황에서도 인문계 학자들이나 지식인들
이 별로 저항하는 기색이 없다는 사실입니다. 내가 학교 연구실을 뛰쳐나
와 『녹색평론』을 시작한 것은 물론 여러 가지 동기가 있지만, 그 중에서는
학교 생활에서 점점 의미를 느끼기 어렵게 되어 간다는 점이 있었을 거예
요. 우리가 학교에서 논문을 정기적으로 써 내 보았자 그것을 읽는 사람은
논문의 필자 자신과 지도받는 학생들 몇 사람밖에 없어요. 대학 선생의 연
구 활동이 사실 그것으로 족하고 그것이 전부라고도 할 수 있지요. 그게 쌓
이고 쌓여서, 옆으로 옆으로 퍼져 다른 사람들이 그것에 관련된 논문을 또
써 내고 학생들과 함께 돌려 읽고 하는 동안에 인문주의적인 가치가 전승
되고 유지되는 거라고 볼 수 있습니다. 그러니까 그런 학구적인 생활 자체
가 무의미하다고 할 수는 없지요. 그러나 이러한 순진한 학문 활동도 가만
히 보면 갈수록 산업 문화라는 기본 틀 속에서 움직이고 있다는 게 문제라
는 것입니다. 다시 말해서 오늘날에는 인문적 연구도 기본적으로는 문화
산업의 하나로 되었다는 겁니다. 소위 좌파적 시각에 서 있다고 하는 학자
들의 연구도 근본적으로는 산업 체제의 테두리 안에서 그 체제를 강화하는
데 이바지할 뿐만 아니라, 심지어는 그러한 테두리를 즐기는 것이 아닌가
하는 생각이 든단 말이에요. 우리가 세미나에 참석하고, 심포지엄을 개최
하는 게 정말 절실하게 아파서 하는 일이 아니라 그저 학자나 지식인으로
서의 자기 확인을 위한 습관적인 형식일지도 몰라요. 그런데도 걸핏 하면
연구비 타령이에요. 우리가 언제 연구비 받고 공부했는지 모르지만요. 지

금 이공계에서는 억 단위의 연구비가 보통인데, 인문계에서는 가뭄에 콩나듯 하는 연구비라는 게 기껏 몇백만 원이에요. 그래서 지금 인문학이나 인문 교육이 죽어간다고 하는 것을 순전히 연구비 문제로 이해하는 인문계 교수들도 적지 않아요. 가만 보면 인문 교육 종사자나 인문계 전공 교수들도 결국은 기술주의 논리의 틀 속에서 자기 삶을 규정하고 있고, 그 틀에 대한 아무런 근본적인 도전 없이 타성적으로 일해 나가는 게 아닌가 해요. 분명 예전보다 정보의 양도 많아지고 새로운 지식에 접할 기회도 많고, 또 교수들이 대체로 전보다 더 열심히 공부하고 있는 것은 틀림없어요. 그런데 그러한 노력 속에 뭔가 우리의 심중을 때리는 것이 없어요. 생산성이 높아진 것은 분명해요. 다들 부지런하여 논문도 일 년에 몇 편씩 내고 책도 매년 내는 사람도 많아졌잖아요. 그런데 분량이 많아지고 생산성이 높을수록 근본적인 질문과 충격적인 힘이 없어지는 것 같단 말입니다. 그러니까 산업 사회의 생산과 소비의 유통 구조 속에서 이 체제의 불가결한 구성 요소의 하나로서 지금 인문과학이 존재하는 것인지도 몰라요. 우리의 삶이 근본적으로 어떻게 잘못 돌아가고 있는지, 진정한 행복의 비전이 무엇인지에 대한 진심에서 우러나온 물음과 갈망이 오늘의 지식 사회에 과연 있는지 의심스럽다는 얘깁니다.

　시의 문제도 본질적으로 지금 말한 문제와 결부시켜 볼 수 있지 않을까 해요. 무엇보다 양이 많아지면 발언이 약해질 수밖에 없어요. 예전에 냉전 체제였을 때 동유럽으로 여행했던 사람들이 서유럽으로 나오면, 동유럽은 침묵의 사회니까 말 하나하나가 큰 무게를 가지고 있는 데 반해 서유럽에는 말이 너무나 범람하다 보니까 하나도 중요한 말이 없는 것 같다고 하는 얘기가 있었어요. 우리가 군사 독재 시절에 말하기가 조심스럽고 자기 검열까지 하면서 글을 쓰고 했는데, 지금은 적어도 말 잘못해 가지고 붙들려

가고 핍박을 당하는 그런 상황은 아니잖아요. 그 대신에 정보 과잉이 되고 정보 포만의 시대가 되고 보니 말에 대한 신념들이 약해진 것이 아닌가 해요. 말에 대한 주의집중이라 할까 공경심이 없어요. 그러니 함부로 말을 하게 되고 그에 대해 책임도 안 지고 그러는 것이죠. 시라는 건 결국 말을 극도로 줄여서 말에 대한 경의를 최대한 표시하는 예술 형식이라고 할 수 있잖아요. 말에 주의를 기울인다는 것은 말에 대한 공경심 없이는 불가능해요. 그리고 그 공경심은 결국 삶에 대한 공경심이란 말이에요. 그러니 시인들은 근본적으로 도인(道人)들이라 할 수 있습니다.

그런데 말의 힘에 대한 신념이 약해지고 있다는 것은 여러 원인이 있을 겁니다. 조금 엉뚱하게 들릴지 모르지만 내 생각으로는 적어도 1970년대나 1980년대까지 우리 문화에서 문학은 어떤 의미에서든지 중심적인 자리에 있었어요. 그리고, 당대에 가장 재능 있는 인재들이 문학판에 결집되어 있었다고 할 수 있어요. 우리 근현대사에서 보더라도 실제로 총 들고 싸우거나 독립 운동을 했던 사람들을 제외하고는 그래도 조선 사람으로서 민족의 맥을 이어 온 사람들은 문인들이었다고 해도 과장이 아닐 겁니다. 일제 치하, 해방 후, 6 · 25 그리고 적어도 1970, 80년대까지만 해도 정치적 · 사회적으로 우리가 거쳐 온 세월은 파란만장한 세월이었어요. 그런 세월을 거치면서 우리가 한 인간 집단으로서 자신들이 경험해 온 것에 대한 이해와 설명을 하지 않을 수 없었는데, 이런 역할이 우리의 경우에는 대체로 문인들에게 맡겨졌다고 할 수 있어요. 우리의 근대적인 역사 자체가 일천했으므로 근대적인 제도와 의식을 서양으로부터 빌어 와야 했기 때문에도 그랬겠지만, 소위 근대적인 학문과 문화의 각 분야에서 유능한 인재들이 드물 수밖에 없었는데, 그런 상황에서도 옛날부터의 인문적 전통은 어떤 형태로든 이어져 오고 있었고, 거기다가 문학이라는 것은 구체적인 학문적

숙달이나 분석 도구 없이도 인간 경험과 사회 현상을 직관적으로 종합할 수 있는 힘이 있으니까 자연히 상대적으로 우수한 창조적인 에네르기가 문학 쪽으로 결집될 수 있었던 게 아닌가 합니다.

그런데 내 경우를 말하면, 언제부터라고 정확히 말할 수는 없지만, 1990년대 초 혹은 1980년대 말쯤부터 나는 문학에 대해 더 이상 큰 흥미를 느낄 수 없었어요. 물론 이건 내 개인적인 문제입니다. 그러나 문학이나 문학을 둘러싼 상황에 문제가 있는 것도 사실인 것 같아요.

시의 도(道), 도(道)의 시

오늘날 우리 사회에서 문학은 더 이상 최전선에 있는 것 같지 않아요. 덜 절박한 자리에 있는 것 같다는 말입니다. 그러니까 춥고 배고프더라도 자기가 제일 중요하고 필수적인 일을 하고 있다는 자의식이 있었을 때는 문학하는 사람에게 비상한 열정이 있게 마련이지만, 이러한 것이 없을 때는 팔아먹자는 생각밖에 들 게 없지요. 21세기로 넘어가는 이 인류사적 위기의 시점에서 오늘날 문학을 업으로 하는 사람들이 자기들이야말로 시대의 가장 핵심적인 맥박을 짚고 있다는 의식과 책임감을 얼마나 가지고 있는지 모르겠어요. 이것은 문학이 문화 산업 속의 일부로 깊이 편입되어 가고 있는 것하고도 관계가 있지 않을까 싶습니다. 이러한 문제는 사실 우리만의 문제가 아니고 전세계적인 현상입니다.

지난 번에 김우태 시인과 통화하면서도 말했지만, 지금 내 머리 속에 들어 있는 가장 최근의 작가는 여전히 박경리, 박완서 같은 분들이에요. 그 분들은 지금 모두 60이 넘은 노작가들인데도 내게는 젊은 작가들의 작품보다는 뭔가 더 핍진하게 들어오는 느낌이 있어요. 거기에는 우리 삶의 보편적인 문제에 대한 문제 제기가 실감으로 느껴지고, 그래서 자연스럽게 공감할 수 있는 공간이 있어요. 하기는 요즘 작가들의 작품을 제대로 읽지도 못한 주제에 내가 이런 말을 할 자격이 있는지 모르겠습니다만…… 그런데 최근의 작가들의 경우에는 베스트셀러 작가가 아니고는 사람들이 별로 기억을 하지 못하는 거 아니에요? 가령 1980년대까지만 하더라도 누가 진지한 작가냐 하는 것으로 주목을 끌었는데 말이에요. 지금은 진지한 작가가 문제가 아니라 사람들 입에 자주 오르내리는 베스트셀러 작가가 최고예요. 이런 작가들에 대하여 이야기할 때는 사람들이 텔레비전 탤런트들 이야기하듯이 해요. 점점 작가들 자신들도 스스로 정신적 엘리트라는 의식이 사라져 가는 게 아닌지 모르겠어요.

그런데, 시라는 것은 어느 시대든 상품이 될 수 없는 것이잖아요. 내 생각으로는 소설은 망해도 시는 그렇지 않을 것 같아요. 시는 아예 돈이 될 수 없는 물건이니까, 모든 것이 돈으로 평가되는 시대에는 오히려 인간을 정직하고 진실되게 나타내는 마지막 장르가 되지 않을까 하고 보는 것이죠. 그러나 어떻든 좋은 시, 좋은 시인이 있으려면 그것을 뒷받침할 만한 하부 구조가 있기는 있어야 해요. 이건 꼭 경제력의 문제는 아니에요. 아까도 말했지만, 결국 말이 존중받는 사회적 토양의 문제일 겁니다.

내가 좋아하는 시인들이 많이 있지만 요즘 가끔 박용래 시인에 대해 생각해 보곤 해요. 그분은 돌아가신 지도 꽤 되었고, 생전이나 사후에도 크게 주목받은 시인은 아니지만, 말에 대해서 이분처럼 치열한 자세를 보여 준 시인이 드문 게 아닌가 싶어요. 그분은 너무 말을 아껴서 문단에서 민족시, 민중시가 유행할 때 변두리로 비켜나 있었는데, 지금 다시 이분의 시를 꺼내 읽어 보면 이분이 시를 통해 참선(參禪)한 사람이라는 것을 알 수 있어요. 말 하나하나가 지극히 소중하게 다루어지고 있거든요. 조금도 말의 허비가 없어요. 말을 이렇게 다루었다는 것은 결국 사물에 대한 깊은 존중심을 드러내는 것이고, 시인의 마음이 늘 생명의 거룩함을 깊고도 생생하게 느끼고 있었다는 것을 의미하는 것입니다.

우리가 지금은 박용래 선생과 같은 시인들에게 좀더 주목할 필요가 있지 않을까 합니다. 요즘 시인들의 작품을 일률적으로 말할 수는 없지만, 예전에 비해 시를 쉽게 쓰고 말의 낭비가 많으며 간사스러운 것이 틀림없어요.

소설은 이제 별 수 없이, 우리가 원하든 원하지 않든 간에 결국 끝나 가는 것 같아요. 지금 특수한 몇몇 사람들이나 대학의 문과 학생들 그리고 소설 전공자들을 빼고는 소설을 읽는 사람들이 없을 거예요. 그 동안도 그래 왔고 앞으로는 더욱 그럴 것입니다. 그런데 참으로 묘한 것은 소설이 존재할 수 없는 상황이 심화되면 될수록 소설의 길이가 더 길어져요. 이건 마지막으로 죽으려고 그러는지 모르겠지만(일동 웃음), 아마 상업적인 차원과 연관이 있을 겁니다. 19세기 소설의 전성기에도 상업성이라는 한쪽 바퀴와 문학성이라는 또 다른 한쪽 바퀴가 어우러져 발달해 온 것이 소설이고, 19세기만 하더라도 그것이 대표적인 장르였고, 영화가 생기기 이전에 중산층들이 즐길 수 있는 유일한 장르였기 때문에 소설이 유행했는데, 지금은 영상 매체가 엄청나게 발달하고, 또 다른 통속적인 대중 장르가 많아져서 사람들에게 있어 독서 행위라는 고전적인 습관이 더 이상 지속되기 어렵지 않나 싶어요. 그러니까 소설 쪽에서는 앞으로 큰 재능을 가진 사람들이 모이기 어려울 거라고 생각됩니다.

그러나 시는 달라요. 아무리 컴퓨터 시대, 전자 시대가 온다고 하더라도, 시가 그 동안 양을 가지고 경쟁해 왔던 것도 아니고 또 상업성에 의존해 발달해 온 것도 아니므로, 아마도 상품성과 공리주의적 유용성의 기준에 의해 삶이 규정되는 상황이 깊어지면 질수록 사람들은 역설적으로 쓸모 없는 것에 대한 관심을 더 많이 갖게 될 가능성이 있어요. 왜냐하면 그게 인간성 속에 내재해 있는 근본 욕구의 하나이기 때문입니다. 인간은 먹어야 사는 존재이지만, 동시에 정신적·미학적 존재이기도 하니까요. 시의 활로는 그것이 쓸모 없는 것이라는 데 있다는 생각이 들어요. 세상이 점점 비인간적으로 되고, 기술 사회가 깊어지고, 인간 관계가 망가지고, 자연이 황폐화하고, 우리의 내면의 위기가 심화되면 될수록 시에 대한 욕구는 더욱 강렬해질지도 모른다는 말입니다. 사실 이것은 이미 18세기 말에 서양에서 산업화가 막 시작될 때 위기를 예민하게 느끼기 시작한 시인들이 했던 생각입니다. 시는 인간성을 지키는 마지막 보루라고 했지요. 워즈워드라든가 셸리 같은 시인들이 그런 말을 했어요. 그때 그 사람들은 산업화의 초기 단계인데도 그런 것을 직관적으로 느꼈는데, 지금은 그때 상황에 비할 수 없는 엄청난 위기 상황이에요.

기술의 세상, 시의 마음

시가 인간성을 지키는 마지막 보루라고 했습니다만, 나는 요즘 생명공학에 대해 조금 관심을 가지고 책을 읽고 자료를 검토하고 있는데, 앞으로 세상이 어떻게 될 것인지, 종래 우리가 이해해 왔던 인간성이라는 것이 보존될 수 있을 것인지, 참으로 무서운 세상이 다가오는 것 같아요. 아무리 경종을 울리고, 이러다간 인간성이 황폐해진다, 인간의 존엄성이 사라진다라고 해도 막무가내로 가고 있어요. 생명을 조작하는 것이 자유자재로 되어가는 이런 상황에서는 생태적 파국도 파국이지만 인간성이라는 것이 온전한 의미를 유지할 수 있겠어요? 지금 세계를 지배하고 있는 것은 다국적 기업이고 자본의 논리인데, 그러한 기업들이 이익이 생기는 일이라면 못할 일이 없을 텐데, 앞으로는 생명공학 산업만큼 막대한 독점적인 이익을 뽑아 낼 수 있는 분야가 없을 거라고 하잖아요. 그러니 이 막강한 기업들이 하는 일을 누가 막아 낼 수 있겠어요? 그러나 결국은 우리들이 막아 내는 도리밖에 없어요. 막아 내지 못한다면 인간의 삶은 끝장나니까요.

우리 아버지나 할아버지들은 험난한 세월을 힘들게 살아왔지만, 지금 우리처럼 이렇게 정신적으로 당혹스러운 상황에 직면하지는 않았어요. 우리 앞세대들은 자기 조상들이 살아온 모습 그대로, 아이들 잘 기르고 땀 흘려서 가족 먹여 살리면서 이웃 사람들과 친하게 지내고, 평화롭고 윤택한 사회를 만든다는 것 외에 무슨 다른 고민이 있었겠습니까. 그래서 스스로 성실하게 노력한다면 이 세상이 언젠가는 좋은 세상이 될 것이라는 믿음은 자명한 것으로 받아들여졌을 겁니다. 지금 우리처럼 세상이 망할지도 모른다는 가능성 앞에 기막혀 하지는 않았을 거 아니에요? 생각해 보면 볼수록 지금은 너무나 터무니없는 상황이에요. 지난 번에 환경 호르몬이라는 것 때문에 잠시 떠들썩한 적이 있지만, 그 문제를 깊이 있게 다루고 있는 사람들의 의견으로는 앞으로 인류는 다른 요인도 요인이지만 환경 호르몬의 인체 내 축적으로 말미암아 3세대 이후에는 생식 능력을 상실해 버릴 가능성이 크다고 합니다. 거기다가 컴퓨터니 생명공학이니 유전자 조작이니 하는 소위 첨단 기술에 의해서 인간성이 붕괴하고, 인간이라는 개념 자체가 근본적으로 달라질지도 모르게 되었어요. 어디서부터 어디까지가 인간이라고 해야 될지 모르는, 그런 지경에 왔단 말이에요. 그러니 참 한심하죠······ 생명의 본질이 무엇이든, 그리고 고정된 인간성이라는 것이 원래 있을 수 없다고 하더라도, 사람을 포함한 모든 생명은 인위적으로 조작할 수 있는 기계도 상품도 아니고, 하늘로부터 주어진 존귀하고 거룩한 것입니다. 그러한 근본적인 인식 혹은 근본적인 감각이 우리 삶을 건전하게 하고, 우리 삶을 뜻 깊게 만들고, 우리 삶을 어떠한 역경 가운데서도 소중하게 만드는 것인데, 이러한 근본적인 감각이 사라지는 세상이 오고 있다는 것입니다.

그래서 나는 이런 일들을 근본적으로 고민하고, 이런 고민을 같이 나눌 수 있는 단초(端初)를 제공하는 일이 누구보다 시인들의 소임이라고 생각합니다. 시인은 늘 시대의 최첨단에 있는 존재예요. 지금 세상에서 시인이 아무리 세속적인 욕망이 있다고 하더라도 시를 가지고는 그 욕망을 충족시킬 수 없어요. 돈이 되는 게 아니잖아요. 베스트셀러 시인이라고 해 봐야 몇 사람이나 되겠어요? 또한 그들은 돈은 벌 수 있을지는 몰라도 베스트셀러가 되는 순간 이미 시인이라고 할 수는 없어요. 원래 시인은 누가 시켜 되는 것이 아니라, 자기도 어쩔 수 없이 되는 것이에요. 시를 쓰지 않고는 배길 수 없게 하는 내적 충동 때문에 시인이 되는 것 아니에요? 그러니까 그들은 체질적으로, 운명적으로, 왕따당하고(일동 웃음) 고립될 수밖에 없는 사람들이에요. 태어날 때부터의 선천적인 자질인지 아니면 교육이나 환경적인 요인으로 그러한지 모르지만 시인은 본래 보통 사람들과 다르게 사물을 보는 사람입니다. 사람들이 쓸모 있고 좋은 것이라고 탐내는 것을 그건 헛것이라고 말하는 사람이 시인입니다.

그런데 지금은 환경 위기가 문제지만, 우리가 인간이 되어야 환경도 지킬 수 있어요. 나는 꽤 오래 전부터 환경 문제에 대해 생각해 오고 있지만, 환경 문제를 풀기 위해 기술적으로 접근하는 일도 필요하고, 법적 장치나 정책 차원에서의 변화도 필요하지만, 그러나 나는 이런 외면적인 방법만으로는 결코 환경 위기를 극복할 수 없다고 생각합니다. 중요한 것은 우리 자신의 내면적 에콜로지예요. 즉 우리가 얼마나 내면적으로 자유롭고 행복한 인간이 되느냐 하는 것입니다. 환경 위기를 극복하기 위해서 우리가 주어진 틀 속에서 무엇을 하느냐 하는 것도 중요하지만, 그보다 더 근본적인 것은 우리 각자가 사람이 달라져야 한다는 것입니다. 환경이라는 것은 결국 사람이 만들어 가는 것이거든요. 사람 마음이 만드는 것이죠. 그러니 그 마음을 변화시키지 않고 이 세상이 변할 수 없는 것입니다. 그럼 이 마음의 변화에 대하여 가장 민감한 사람이 누구냐, 이게 시인입니다. 시인은 인간의 마음을 창조하는 사람이에요. 그래서 나는 인간의 미래가 어두워질수록 오히려 시의 장래는 더 밝을 수 있다고 생각하는 겁니다. 어쩌면 시의 르네상스가 올지 모릅니다. 그러니 이번에 『시와 생명』이라는 잡지가 나오는 것은 간단한 일이 아닐지도 몰라요. 시대의 기운이 이런 잡지의 창간을 돕고 있다고 볼 수 있을 거예요.

잡지를 시작하면서 어떤 시각에서, 어떤 기본적 방향에서 할 것이냐 하는 것이 중요한데, 시대의 첨단에 설 수 있어야 하겠지요. 미국 MIT 대학 출판부에서 나오는 환경 잡지가 하나 있는데 이름이 『테라 노바』(*Terra Nova*), 즉 '새로운 땅'이에요. 재미있는 것은 환경 잡지라고 하면서 처음부터 끝까지 시 작품과 에세이들과 사진만 실려 있어요. 물론 서양에서 에세이라고 하면 때로는 거의 논문에 가까운 것도 많지만, 하여튼 딱딱한 글보다는 형식적으로 좀더 자유롭고 문학성이 풍부한 글들로 채워져 있어요. 이 잡지가 창간된 건 2, 3년밖에 안 되지만, 나는 꽤 재미있게 보고 있는데, 잡지의 편집자는 이른바 '심층 에콜로지' 쪽의 시각을 가지고 있는 철학자예요. 일반적으로 환경 잡지라면 대개 오존층 문제, 지구 기후 변화, 생물종 멸종, 삼림 훼손, 자원 고갈, 오염 문제 등 전부 과학 기술적 지식을 위주로 하는 게 상식이 되어 있고, 거기서 조금 더 나아가면 환경 윤리나 기술 철학의 문제, 그리고 남북 문제와 지속 가능한 개발 문제 등에 대한 사회과학적 접근이지요. 그런데 『테라 노바』라고 하는 이 잡지는 엉뚱하게 시와 에세이를 중심으로 마치 문학 잡지 같은 성격을 띠고 있단 말입니다. 하기는 그리 인기 있는 잡지는 아니에요. 독자 수도 제한되어 있고, 한국에서는 아마 내가 유일한 독자일지 몰라요.(일동 웃음) 그러나 나는 그 잡지가 의의가 있다고 생각해요. 『녹색평론』도 창간호부터 지금까지 줄곧 시 작품을 실어 왔는데, 언젠가 어떤 분이 사회 운동 관련 잡지에 왜 시가 실리는지 모르겠다고 하시더군요. 그러나 아까도 말한 것처럼 환경이든 사회 문제든 시는 근원적인 효용이 있다고 나는 믿어요. 지금 우리에게 정말 필요한 것은 결국 내면적인 인격의 변화인데, 그것은 마음과 마음의 호소를 통해서만 가능하기 때문입니다. 아무리 땅과 하늘이 썩어 간다고 과학적으로 설명해 본들 우리의 마음이 움직이지 않으면 모든 게 허사예요. 문학이 현실적으로 아무런 힘이 없다고들 하지만, 문학은 세상을 변화시킬 수 있는 사람의 마음을 변화시키는 것입니다. 문학 그 자체가 돈이 되고, 밥이 되는 것은 아니죠. 그러나 밥을 마련하는 사람의 마음에 변화를 일으킬 수 있어요. 그러니까 굉장히 근원적이죠. 나는 시에 대하여 존경심이 많아서 그런지 어설픈 시들을 보면 굉장히 짜증이 나고 보기 싫어요. 그래서 마음 상하지 않으려고 잘 안 봅니다.

생태주의와 토착 문화의 오래된 지혜

구모룡 그런데 선생님께서 시인은 도인이라고 말씀을 해주셨는데, 전통적으로 그러했지요. 그런데 서구에서 기술 시학이 들어오면서 기술 이데올로기가 시의 장에 많이 팽배해 있는 것 같습니다. 재미있는 시를 제작하는 것이 시인이라는 관점도 없지 않습니다. 기술과 자본의 상업주의를 통해 지금 우리 시는 더욱 하락의 길을 걷고 있습니다. 『시와 생명』이라는 제호가 다시 의미심장하게 느껴지는 것은 이 대목입니다. 그러니까 적어도 기술 시학을 극복하자는 생각이 담겨 있는 것이지요. 나아가서는 이에 대하여 도의 시학 또는 생명의 시학을 세워 보자는 것이죠. 그리고 이러한 일을 통해 궁극적으로 선생님께서 아까 말씀하신 인간성의 근본적인 변화를 도모하자는 것이죠. 현재의 우리 삶이 근본적인 인간성의 변화 없이 나아질 가능성은 없다는 비전이 전제되는 것입니다.

그렇다면 앞으로 시를 통해서 혹은 이 잡지를 통해서 생명 운동의 대열에 참여한다고 하면, 어떤 작업들이 제시될 수 있겠습니까?

김종철 그것을 내가 안다면 벌써 평론집을 몇 권도 썼을 텐데.(일동 웃음) 약간 얘기를 우회했으면 좋겠어요. 방금 생태적 위기의 시대에 오히려 시의 중요성이 더 커졌다고 말했는데요. 여기서 좀더 본질적인 문제를 생각해 볼 필요가 있다는 생각이 들어요. 지금 생태주의라는 정신적인 방향성이랄까 철학이랄까 사상이라고 할까 하는 것이 나올 수밖에 없게 되었다는 것은 그 동안 인류 사회를 지배해 온 주도적인 가치가 근본적으로 의심스럽게 되었다는 것을 의미합니다. 그러니까 이제 우리가 생각해야 할 것은 좌파니 우파니 하는 정치적인 스펙트럼을 떠나서, 그 동안 근대 이후의 세계를 지배해 왔던, 또는 근대 이전도 해당된다고 보면 적어도 문명 사회가 시작된 것이 5, 6천 년 된다고 하니까 그 5, 6천 년 동안에 동서양을 막론하고 문명 사회의 전체 역사를 지배해 왔던 기본적인 세계관이나 가치 체계, 욕망의 구조, 심층 심리—이런 것을 이제 완전히 새로운 각도에서 뿌리로부터 물어 보지 않으면 안 되게 되었다는 사실입니다. 왜냐하면 지금까지 계속되어 왔던 문명 사회의 되풀이되는 습관의 귀결이 오늘의 파국적 상황이니까요.

이것은 문학에 있어서도 마찬가지로 얘기할 수 있습니다. 미국에 조셉 미커라는 평론가가 있는데, 이 사람이 재미난 얘기를 했어요. "이 지구상에는 수많은 생물종이 살고 있는데 환경 위기를 일으킨 것은 인간이라는 종 (種)이다. 그런데 인간은 언어를 가지고 문학 생활을 해 온 유일한 종이다. 그러면 인간의 문학 생활과 환경 위기 사이에는 필연적인 관계가 있는 것이 아닌가?' 물론 굉장히 단순화된 질문이죠. 그러나 정신이 번쩍 들게 하는 질문입니다. 우리는 글을 읽고 쓰고 하는 것을 너무나 당연지사로 여기고 있으니까, 문학 생활 자체를 도마 위에 올려 놓고 보는 이런 발상을 하기 어렵지요. 그러나 막상 환경 위기의 원인이 인간의 문학 생활과 관련이 깊을지도 모른다고 하는 발언을 듣고 보면, 이건 꽤 큰 충격이죠. 학교에서 학생들과 함께 책을 보면서 이 구절을 발견하고 토론거리로 삼아 보기도 했는데, 적어도 나한테는 한번 생각해 볼 만한 화두였어요.

그런데 조셉 미커라는 사람의 말이 근본적으로 옳은 것 같은데, 그 사람이 한 가지 고려하지 않은 것이 있어요. 인간이라고 다 환경을 파괴하는 것이 아니거든요. 예를 들어서, 원시 부족 생활을 해 온 아메리카 인디언들이나 아마존의 토착인들, 아프리카의 부시맨들, 호주의 원주민들은 말할 것도 없고, 티베트나 안데스의 농민들은 지금의 환경 위기에 아무런 책임이 없는 사람들이에요. 환경 파괴에 제일 책임이 큰 사람들은 따지자면 산업 문명을 일으키고 그것을 확대해 온 사람들이죠. 그리고 중국이나 중동 또는 지중해의 농업 문명이라는 것도 대대적으로 환경을 파괴해 온 게 사실입니다. 우리는 간단히 지난 몇십 년 동안의 산업화 때문에 생태계가 망가졌다고 생각하고 있지만, 사실은 조선 시대를 통해서도 환경 파괴가 느린 속도로 진행되어 왔다고 할 수 있습니다. 유교의 이념 속에 환경 파괴를 저지하는 논리가 내재해 있는지는 모르지만, 우리가 경험해 온 유교 사회는 중앙 집권적인 가부장제를 바탕으로 한 엄격한 위계 체제의 억압 사회였음이 틀림없는데, 그렇다면 결국 그 문화는 인구가 늘고 자연을 제어하는 기술이 발달하면 언젠가는 대규모의 환경 파괴를 초래할 수밖에 없는 것이 아니었을까 그런 생각이 듭니다. 기독교 문화권을 제외하고 아직까지는 동아시아 유교 문화권에서만 산업화가 대대적으로 실현되었다는 사실도 그냥 지나치기 어려운 문제로 생각되고요.

엄밀한 의미에서 모든 계급 사회, 인간 불평등을 제도화하고 있는 사회는 필연적으로 환경 문제를 일으킬 수밖에 없어요. 인간끼리의 지배와 피지배의 관계는 결국 자연에 대한 인간의 지배를 전제로 하고 있으니까요. 아메리카 인디언과 같은 토착민들의 문화가 기본적으로 환경 친화적일 수 있었던 것과 생명 세계의 평등성에 대한 그들의 철저한 인식 사이에는 깊은 관계가 있다고 할 수 있습니다. 그런데 그러한 토착 문화의 중요한 특징이 문자가 없다는 점이에요. 문자가 없다는 것은 문학 생활이 없다는 얘기가 아니에요. 오히려 구비 문학을 통해서 그런 사회에서는 문학 생활이 훨씬 더 풍요로웠다고 할 수 있어요. 그러니까 조셉 미커라는 평론가는 문학 생활과 문자 생활이 반드시 같은 게 아니라는 사실을 간과했던 것이지요. 환경 파괴에 기여해 온 것은 인간의 문학 생활이 아니라 인간의 문자를 통한 문학 행위라고 했다면 좀더 맞는 얘기가 되었겠지요. 문제 제기는 날카로웠지만, 이른바 문명 사회를 중심으로 해서 생각하다 보니까 풍부한 구비 문학 전통을 가진 토착 문화들의 존재를 간과해 버린 것 같아요.

우리가 잘 몰라서 그렇지 남아메리카의 안데스 농민과 같은 토착민들의 경우에는 참으로 건강하고 행복한 문화를 누려 왔던 것 같아요. 나는 요즘 안데스 농민 문화가 하도 좋아서 말끝마다 안데스, 안데스 하는데, 그들처럼 민주적이고 평등한 사회 관계 속에서 생명력 넘치는 문화 생활을 향유해 온 인간 집단도 드물 거라는 생각이 듭니다. 그 사회에서는 땅이나 자연의 동식물이 타자가 아니라 자기 식구예요. 그게 그들의 일상적인 언어에 드러나 있어요. 가족을 가리키는 낱말 속에 사람과 신들과 땅과 동식물들이 한꺼번에 다 들어 있어요. 그러면서 그들에게는 구비 문학의 전통이 풍부하게 이어지고 있거든요. 안데스에서만 그런 게 아니라 토착 문화에서는 일반적으로 생명의 거룩함과 평등성에 대한 뿌리 깊은 인식이 체질화되어 있고, 게다가 전부 다 생생한 구비 문학이 있어요.

좀 과격한 말인지 모르지만, 내 생각에는 인류의 삶은 문자 생활의 시작과 더불어 타락하기 시작한 것 같아요. 대개 기원전 3천 5백 년쯤에 문자가 쓰여지기 시작하였다고 합니다만, 이 문자라는 것의 기원이 보편적 행복을 위해서라기보다는 노예 장부를 작성하고 백성들에게서 세금을 거두어 들일 필요성 때문에 만들어진 것이라고 하잖아요. 레비-스트로스의 『슬픈 열대』에도 그런 얘기가 나와요. 레비-스트로스가 아마존 밀림으로 가서 원시 부족들과 같이 지내는 동안에 가까이서 지내던 원주민이 한 사람 있었는데, 말하자면 비서 비슷한 역할을 하고 있었어요. 그렇게 지내는 사이에 이 사람이 어느 틈엔가 조금 우쭐해져서 자기 부족 사람들에 대해 뭔가 우월감을 느꼈던 모양이에요. 그런데 가만 보니까 레비-스트로스라는 문명인이 늘 종이에 무엇인가를 쓰고 있거든요. 그래서 자기도 자기 동포들이 보는 앞에서 종이에다가 아무 의미도 없는 낙서, 가령 작대기라든가 동그라미라든가 하는 것을 그려 보이는 거예요. 자기 자신에게도 의미 없는 기호를 그려 놓고는 흐뭇해 하고, 또 그걸 보고 그곳 원주민들도 감탄을 하고 그 사람에게 존경의 눈초리를 보내더라는 겁니다. 이런 장면을 목격하면서 레비-스트로스는 문자라는 게 특권과 관련되었고, 본질적으로 인간간의 차별을 위해서 나온 게 아닌가 하는 생각을 하지요. 이게 전적으로 옳은 얘기인가 하는 것은 별개 문제입니다. 하여간 원시 사회에서 문명 사회로 전환하는 데 문자가 중요한 기여를 하였다면, 그런 기여가 결과적으로 인류사 전체로 볼 때 과연 이익이 되었는지 한번 따져 보아야 할 겁니다. 아마 쉽게 답이 나오지 않을 거예요.

문명 사회라는 건 구비해야 할 조건들이 많지 않습니까. 가부장도 있어야 하고, 지배자와 피지배자, 그리고 군대, 사제 등등 요컨대 위계 질서가 있어야 하지요. 20세기 미국의 학문에서 제일 공헌이 큰 게 인류학이 아닌가 하고 나는 생각합니다만, 그런 인류학자 중에서 스탠리 다이어먼드라는 중요한 사람이 있었어요. 생존시에 『변증법적 인류학』이라는 잡지를 편집하기도 한 급진적 지식인이었지요. 그런데 그 사람의 주저서라고 할 수 있는 『원시적인 것을 찾아서』라는 책을 보면 첫머리에 대뜸 "문명이라는 것은 안으로는 낮은 계층을 억누르고, 밖으로는 다른 민족을 정복하는 것을 의미한다"라고 씌어 있어요. 나는 그러한 시각이 근본적으로 옳다고 믿습니다.

그런데, 그런 문명 사회를 이루는 데 여러 가지 요건이 갖추어져야 하지만, 그 중에서도 빠뜨릴 수 없는 게 바로 문자란 말이에요. 문자가 나옴으로 해서 평등 사회가 무너진 것이에요. 동양에서도 가령 도가 사상은 문자나 지식 행위에 대한 뿌리 깊은 불신과 거부감을 끊임없이 표현해 왔는데, 이것도 그냥 관념적인 문명 비판이라고는 볼 수 없어요. 흔히 도가 사상은 유가 사상에 대한 반대 명제로서 나왔다는 얘기가 있지만, 노자나 장자의 유가 비판이 그냥 단순히 추상적으로 유가 사상을 반대하여 새로운 철학 체계를 내세운 것은 아니거든요. 근본적으로 만인이 평등하게 억압받지 않고 삶을 누리던 무정부적인 토착 사회에서 중앙 집권적인 계급 사회로 넘어가면서 국가와 문명이라는 것이 생기고 가부장제와 남녀 차별이 제도화되었는데, 이러한 체제의 이데올로기로서 기능한 유가 철학을 도가 철학이 반대하고 비판한 것이지요. 그러니까 도가 철학의 정치적 메시지는 굉장히 급진적입니다. 진정으로 평화롭고 행복한 사회는 중앙 집권적인 위계 사회의 질서를 넘어서야 한다는 것을 2천 년 전에 통찰했던 것이죠. 나는 지금 우리가 새로운 문학을 이야기할 때 이러한 점들을 고려할 필요가 있지 않을까 합니다. 지금 우리가 당장 문자 없는 삶을 구상한다는 것은 말도 안 되는 소리이지만, 궁극적으로 생각해 보면 이상적인 인간 질서, 인간 공동체에 있어서 우리가 누릴 수 있는 문학 형태는 아마 문자를 벗어난 문학 생활일 거예요.

인도 사람들은 서구 지식인들이 인도의 문맹률이 높은 것에 대해 걱정을 하면, 아니 인도 사람들이 전부 글자를 깨쳐서 신문을 다 보기를 원한다면 히말라야의 나무가 한 그루인들 살아 남겠느냐고 반문한다고 하잖아요. 이런 이야기는 터무니없는 듯하지만, 앞으로 지구 사회가 나아가야 할 근본적인 방향에 대해 깊이 시사하는 게 있다고 볼 수 있어요. 사실 지금 모든 사람들이 종래의 방식대로 지식 생활을 한다면, 지구가 살아 남을 수 없다는 것은 명백하거든요. 집집마다 책이 수십 권에서 수백 권씩 있고, 매일 몇십 페이지나 되는 신문을 잠깐 보고 버리고, 또 매일같이 수십 장의 종이를 쓰지 않으면 안 된다고 한다면, 지금 인류의 10분의 1이 이렇게 해도 지구가 못 견뎌 하는데, 그런 생활이 얼마나 더 지속될 수 있겠어요? 조만간 생태계가 붕괴될 것은 불을 보듯 뻔해요. 그런 점에서 나는 새로운 차원의 구비 문학에 대해, 지금은 공상에 가까운 생각인지 모르나, 깊이 생각해 볼 필요가 있다고 봅니다. 아까도 말했지만, 생태학적 사고라는 것은 문명화 이후 인류가 당연지사로 여겨온 관습과 가치 전부를 뿌리로부터 다시 검증할 것을 요구합니다. 그렇다면 당연히 문자 중심의 문명 생활의 문제도 근본적인 각도에서 새로이 짚어 보아야 한다는 말입니다.

구비성과 이야기성의 복원

구모룡 선생님께서 말씀하신 구비성을 생각해 보면 요즘의 시는 전혀 이에 어울리는 것이 없습니다. 대부분의 시가 낭송이 안 될 정도이고 보면 본질적으로 따져 시가 아닌 것이죠. 시는 근본적으로 자연의 자발적인 리듬, 생명의 율동을 표현하는 것이니까요. 물론 현대시가 근대의 기계주의에 저항하다 보니 기계적인 리듬을 닮아 가는 것을 어쩔 수 없다고 여길 수도 있습니다. 모더니즘은 이러한 것을 부정의 미학이라고 말하고 있으니까요. 그러나 이러한 부정의 미학이 오늘날의 문명 사회의 폭력적인 얼굴에 다름아닌 것이기도 합니다. 시가 언어의 폭력을 통해 세상의 폭력을 닮아 가는 것이니까요.

이러한 점에서 구비성의 회복이라는 선생님의 테제는 매우 중요하다고 생각합니다. 생명의 고유한 리듬을 시를 통해 회복하는 것이 시의 회복임과 동시에 넓은 의미에서 생명 운동에 관여하는 일도 될 것입니다.

김종철 그렇죠. 그런데 정말 요즘 시들이 그래요? 우리가 학교 다닐 때의 시들도 낭독이 되지 않는 것들이 많았습니다. 그 동안 민중성의 회복 등을 내세우면서 많이 구어체가 되지 않았어요?

내가 보기엔 우리 나라 사람들 중에는 재능 있는 이야기꾼이 많은 것 같아요. 소설도 가만히 보면, 우리의 성공한 소설들은 서양 근대 소설과 닮은 것이 아니고 전통적인 이야기에 가까운 것이라고 할 수 있어요. 『토지』는 물론 큰 이야기라고 보면 되는 것이고, 박완서 선생의 소설들도 엄밀하게 말하면 근대 소설적인 구조라기보다는 친근한 이야기체 소설이에요.

구모룡 이문구 선생도 그렇죠?

김종철 네, 그래요. 그런데 이야기라는 것이 일단 형식에 구애되지 않고 사람들이 살아온 내력 혹은 자기가 경험하고 기억하고 있는 것들을 친근한 분위기 속에서 전달하는 것이라고 할 때, 이게 우리 나라 사람들만 익숙한 게 아니고, 서구화, 산업화가 덜 된 문화에서는 대부분 그런 것 같아요. 본래 이야기를 하고 듣는다는 것은 인간에게 있어서 아주 근원에 있는 심미적·정신적 욕구인 것 같아요. 그러나 오늘의 문명은 이런 욕구나 창조적 능력을 균형 있게 발달시키지 못하고, 도리어 그런 근원적인 욕구를 억압하면서 순전히 두뇌적이고 지적으로 편향된 기능만을 과잉 발달시키는 바람에 인간적인 균형을 잃게 해 왔단 말이에요. 그러다 보니까 서양에서는 지금 소설이 완전히 벽에 부딪쳐 나아가지 못하고 있어요. 전세계적인 차원에서 본다면 남미나 중동 지역, 혹은 동남아시아나 인도 등 요컨대 비서구 지역의 산업화가 덜 된 지역들에서 이야기 형태로 씌어진 소설들이 그나마 지금 소설 문학의 명맥을 잇고 있는 것이 아닌가 싶어요. 우리 나라에도 1990년대 이후에는 뛰어난 재능을 가진 새로운 작가들이 잘 안 보인다고 하는데, 그건 소비 사회 체제가 굳어지고, 기술 사회가 되고, 그러면서 사람들이 생생한 직접적인 경험을 나누는 데 필요한 사회적 조건과 능력들을 갈수록 상실해 가는 것과 깊이 관련된 문제라고 할 수 있겠지요. 그러니 근본적으로 서양의 사정과 비슷하게 닮아 가는 것이죠.

지금은 저널리스트들의 시대예요. 문학적인 재능을 가진 사람들이 성공하는 건 대개 전기 작가가 되든가 다큐멘터리를 쓰든가, 어떻든 넌픽션 쪽에서 읽을 만한 글들이 압도적으로 많아져 가는 것으로 보여요. 이런 현상은 좀더 깊이 있게 분석해 보아야 할 문제지만, 기본적으로는 상품성이 있는 대중적 읽을거리를 찾는 데 혈안이 된 출판 시장의 확대와 전자 매체의 발달 등과 큰 관계가 있겠지만, 한 걸음 더 나아가서, 오늘날 산업 사회의 현실에서 일어나는 일들은 그 자체가 사활적인 문제가 걸린 너무나 긴박한 것이 많아서 그것을 사실적으로 전달하는 것만으로도 매우 충격적인 보고가 되기 때문일 거라고 생각해 볼 수도 있어요.

요즘 나는 국내외를 막론하고 문학평론가의 글은 거의 읽지 않습니다. 너무나 전문화되었어요. 평론가들의 시선은 단순한 문학적인 문제를 넘어 문화와 정치적 주제를 끌어안고, 정치적 입장도 굉장히 급진적인 듯한데, 오히려 읽히지가 않아요. 자기들끼리 주고받는 얘기로 일관하고, 종이 위에서 누가 더 정치적으로 급진적인가 하는 경쟁을 하고 있어요. '아카데믹 맑시즘'이라는 말이 있잖아요. 보통 사람들이 이해할 수 없는 까다로운 전문 용어들을 한없이 늘어놓으면서 스스로는 인간 해방을 위해 투쟁한다고 생각하는 지식인들을 두고 그렇게 불러 왔잖아요. 역설적이게도, 요즘의 급진적 비평이나 문학 이론은 예전에 많이 보던 실제 비평의 '보수주의' 보다도 더 폭이 좁아진 듯하고, 대중적 의사 소통으로부터 폐쇄된 지적 유희로 전락해 버린 느낌이에요. 우리가 이 대중이라는 말에 대해 좀 깊이 생각해야 할 필요가 있을 거예요. 예를 들어, 맑스주의 정치 사상이 진정한 의미를 가지려면 결국 노동 운동 같은 구체적인 사회 세력에 뿌리를 두고 있어야 하는 것처럼, 어떤 진보적인 이론도 그게 진짜가 되려면 어떤 식으로든 대중적 현실과 연계되어 있어야 할 것이란 말입니다. 하기는 요즘 문학 평론이나 문화 이론에서 진보적이라고 하는 게 구체적으로 뭘 말하는지 나는 잘 모르지만요.

나는 예전부터 문학 좋은 게 아무나 볼 수 있는 점이라고 생각해 왔어요. 문학 평론도 궁극적으로는 무식한 우리 어머니, 아버지도 읽을 수 있는 것이라야 된다고 생각했어요. 그런데 점점 갈수록 나 자신도 못 읽겠어요. 이건 결국 문학 평론이 자기 생명을 끊는 거예요. 뿌리 내리고 있는 토양이 없으니 수분도 영양분도 흡수하지 못하니까 결국 죽을 수밖에요. 소위 포스트모더니즘이라는 걸 한번 보세요. 우리 나라만 그런 것이 아니고, 아마 세계적인 현상인 것 같은데, 한때는 포스트모더니즘 모르면 행세할 수 없는 것처럼 대유행이었고, 그것으로 문화 현상을 다 설명할 수 있을 것 같았는데, 어느 새 열기가 식어 버렸잖아요. 불과 몇 년 사이에 이렇게 되어 버렸어요. 한때는 포스트모더니즘 모르면 촌사람 취급당했는데, 지금은 그 얘기 꺼내면 오히려 촌놈 되는 거 아니에요? 물론 포스트모더니즘의 의의가 전혀 없는 건 아니죠. 포스트모더니즘으로 말미암아 문화와 사회 현상을 보는 우리의 시각이 좀더 유연해지고 복합적으로 된 건 사실이죠. 그러나 이게 대중적인 뿌리가 없는 것이었으니까 일부 지식인 사회를 제외하고는 별반 충격이 될 수 없는 거예요.

말이 장황해졌는데, 이런 점들을 고려할 때도 우리가 이야기의 무한한 잠재성에 새롭게 주목할 필요가 있다는 말입니다. 대중성을 떠나서 이야기는 존재할 수 없거든요. 서구에서도 어느 정도의 대중적인 기반을 아직 확보하던 단계에서는 문학이 본질적으로는 이야기였어요. 디킨즈나 발자크 혹은 톨스토이의 소설이 그래요. 이게 19세기 후반을 지나 작가들이 대중으로부터 절연되고 소설의 형식미에 집중하면서 이야기성(性)이 상실되었거든요. 이야기는 결국 모든 문학의 모태라고 할 수 있어요. 아무리 고급 문학이라도 이 모태로부터 절연되면 결국 생명을 잃어버릴 수밖에 없어요.

아까 토착 민족들이 풍부한 구비 문학 생활을 해 왔다고 했는데, 여기서 생각 나는 게 「아프리카의 셰익스피어」라는 어떤 영국 인류학자가 쓴 글이에요. 이 인류학자는 아프리카의 한 토착 마을에 들어가서 몇 년 동안 생활한 경험이 있는데, 그 부족 마을의 언어도 익히고 사람들과도 친숙해진 다음에 마을 사람들과 가끔 모여 앉아 이런저런 얘기들을 주고받으며 보낼 기회가 많았답니다. 그때 그 토착민들은 누구나 다 훌륭한 이야기꾼이었다는 거예요. 그런데 서구에서 최고의 교육을 받은 그 인류학자는 들려 줄 이야기가 없더라는 겁니다. 그래서 어떤 때는 자기가 예전에 본 영화 이야기도 하고 했지만, 그것도 밑천이 다 떨어졌을 때, 궁여지책으로 셰익스피어 작품들의 스토리를 들려 주기 시작했다는 겁니다. 그런데 이 글의 주된 초점은 서구 사회와 현저하게 이질적인 문화를 가진 아프리카 토착 사회의 사람들이 셰익스피어의 비극의 스토리에 대해서 문명 사회에서는 전혀 예상할 수 없는 뜻밖의 반응을 보였다는 사실을 말하는 데 있어요. 가령 햄릿이 혼자서 고통스럽게 번민하는 이야기를 들으면서, 그들은 "왜 그 젊은이가 마을의 경험 많은 어른들과 의논을 하지 않고 혼자 괴로워하는지" 전혀 이해하지 못하겠다는 반응을 보였다는 겁니다. 이런 에피소드는 매우 시사적이라고 할 수 있어요. 그러니까 그 토착 사회는 햄릿의 비극 같은 것이 애당초 성립할 수 없는 인간 공동체라는 뜻이 아니겠어요? 그리고 그러한 공동체야말로 근본적으로는 이른바 문명 사회보다도 훨씬 건강한 사회라는 걸 여기서도 확인할 수 있잖아요. 흔히 셰익스피어의 비극이―혹은 모든 문명 사회의 고전적 작품들이―인간에게 보편적인 호소력을 갖고 있다고 말하지만 따지고 보면 그건 거짓말이에요. 그런 논리는 아프리카 숲 속의 마을 사람들은 인간이라는 범주에서 제외시키고 하는 말이거든요.

　하여간 그건 그렇고, 이러한 토착 사회에서 사람들이 즐기는 이야기들은 대개 굉장히 단순한 구조로 되어 있다는 특성이 있어요. 예를 들어서, 누가 어디서 어디로 가다가 숲에서 짐승을 만났다, 어떻게 어떻게 해서 그 짐승을 다루었다, 그런 다음 또 길을 가다가 또 다른 짐승을 만났다, 또 어떻게 어떻게 했다…… 이런 식으로 단조롭게 반복되는 이야기예요. 우리 같으면 너무 단순하고 싱거워서 도저히 재미있다고 할 수 없는 이야기인데, 거기 사람들은 이런 단순한 이야기에 마음을 뺏기고 좋아하고 즐긴다는 겁니다.

그런데, 요즘 어디서 읽은 내용입니다만, 독일 튀빙겐 대학의 심리학 연구팀이 20년 동안 조사를 하고 연구 결과를 발표한 게 있는데, 그게 뭐냐 하면 연평균 1퍼센트의 비율로 청소년들의 감각 능력이 퇴화해 왔다는 겁니다. 그러니까 지난 20년에 걸쳐 그 이전에 비해 20퍼센트나 감각이 둔화되었다는 거예요. 예전에는 미세한 소리도 잘 들을 수 있었는데, 요즘 세대는 어지간한 고함을 지르지 않으면 대뇌를 뚫고 들어가지 않는다는 것입니다. 뇌간(腦幹)에 망상 구조라는 것이 있는데 그게 외부로부터의 자극에 반응하는 기능을 담당한다고 해요. 예전 청소년들에게는 조그마한 소리도 그 망상 구조에 반응을 일으켰는데, 지금은 작은 소리들은 아예 거기를 뚫고 들어가지 못한다는 겁니다. 충격적인 큰 소리들만 들리는 것이죠. 시각 능력도 그래요. 전에는 가령 붉은 색 계통이라면 360개나 가려 볼 수 있었답니다. 그런데 지금은 붉은 색 중 분간할 수 있는 것은 100개 정도로 줄었다는 거예요. 그러니까 시뻘건 색깔이 아니면 식별하지 못한다는 얘기예요. 이런 보고 내용을 보고 새삼 놀랐습니다. 우리가 우리 아이들이 자라는 모양을 보면서, 전자 오락실의 굉장한 소음에도 아랑곳하지 않는다든지, 늘상 소음에 가까운 음악을 즐겨 듣는 것을 보면서 대충 짐작하고는 있었지만, 이게 과학적으로 증명된 거예요. 이미 감각이 둔화되어 아주 충격적인 것들에만 반응할 수밖에 없게 되었다면, 그 심성은 자연히 거칠지 않을 수 없을 것인데, 사실 이게 제일 문제란 말이죠. 하기는 20년 전의 사람들도 그보다 훨씬 옛날 사람들에 비하면 무척 감각이 둔화되었을 겁니다. 그러나 생각해 보면 지난 20년이 인간 역사 전체를 통해서도 가장 급격하고 가장 심각하게 환경이 변화하고 손상되어 온 시기란 말이에요. 그러니까 그 시기에 아마 감각 능력에 가장 급격한 쇠퇴가 일어났다고 볼 수 있겠지요.

　그러고 보면 고대인들은 참으로 감각이 예민했을 것이라는 생각이 듭니다. 아마 눈도 굉장히 밝아 하늘의 별들도 지금 망원경으로 보듯이 볼 수 있었을지 몰라요. 실제로 아프리카의 부시맨 같은 토착민들에 관한 기록들을 보면, 숲 속에서 10리나 떨어진 곳에서 바스락거리는 소리를 듣는다는 것입니다. 물론 그렇게 훈련된 측면도 있겠지만, 감각 자체가 순수하니까, 인간 본연의 감수성을 잃지 않고 있으니까 가능한 것이 아니겠어요? 나는 가끔 그런 생각을 하곤 해요. 지식과 정보의 양에 있어서는 우리하고 상대가 안 되지만, 그러나 근본적으로 고대인들은 두루두루 우리보다 감각이 뛰어나고 총명한 사람들이었을 거라고요. 예를 들어서, 한방 의학에서 침 놓고 뜸 뜨는 자리 말이에요. 그 경락과 경혈을 천 년 이천 년 전에 어떻게 알아 내었겠어요? 이걸 뭐 실험으로 발견했겠습니까? 생각할수록 감탄할 일이거든요. 그런데 지금은 무슨 전기 장치를 가지고 양도락(良導絡)이라는 걸 확인한다는데, 그래 보았자 기본적으로 옛날 의학보다 한 걸음도 더 진보하는 게 아니에요. 그리고 옛날 사람들은 망원경이니 천문대 같은 것 없이도 별자리 다 알아 냈잖아요. 그래서 달력도 만들고, 기상 관측도 하고 말이죠. 이런 게 가능했다는 것은 옛사람들이 우리가 상상하기 어려울 정도로 명민하고 마음이 맑았기 때문일 거예요. 그러니까 아까 부족 생활을 해 온 토착민들이 즐겨 나누는 이야기들이 굉장히 단순한 구조로 되어 있다고 했는데, 그게 우리가 보기에 재미가 없지 감각이 예민한 그 사람들로서는 더없이 흥미진진한 이야기일 거예요. 우리가 그런 이야기가 싱겁다고 느끼는 것은 우리 자신의 인간성과 생활이 왜곡되고, 복잡해지고, 우리의 감각 능력이 퇴화했기 때문일 거라는 말입니다.

시의 '쓸모 없음', 샤먼으로서의 시인

그러니까 정말 좋은 사회라는 것은 무엇이겠어요? 단순 소박한 사회 아니겠어요? 내가 제일 지겨워하는 것이 뭐냐 하면 누구하고 이야기를 하면서 저 사람이 왜 저런 말을 할까, 저의가 뭘까 하고 의심해야 한다는 겁니다. 지금 한국에서 살면서 제일 피곤한 게 그거예요. 순진하게 액면 그대로 말을 주고받고 살 수 있으면 얼마나 좋겠어요. 그렇게 살면 다들 눈도 맑아지고, 마음도 혼탁하지 않게 살아갈 수 있을 텐데—결국 그게 좋은 세상이고, 행복한 삶이 아니겠습니까? 결국 우리가 그런 세상으로 가야 할 것 같아요. 요즘 문학 전문가들의 글은 골치가 아파 읽지를 못하겠어요. 그럴 만한 까닭은 분명히 있지만, 어떻든 언어를 뒤틀고 비비 꼬고 하는 그런 식의 논문이나 작품 들은 기본적으로 우리의 본래 인간성에 맞지 않는 것 같아요. 그래서 요즘 내가 자연히 많이 보게 되는 것이 생태학적 보고서들이나 저널리스트들이 쓴 글입니다. 그런 글들에는 긴박한 메시지가 있고, 또 그것이 좀더 소박하고 자연스러운 이야기체로 전달되고 있어요. 아까 소설이 죽어간다고 했는데, 그것은 기왕의 소설이 하던 작업을 이제는 이런 분야에서 더욱 효과적으로 해내기 때문인지도 모르지요.

물론 시는 좀 다릅니다. 시에 대한 욕구는 사라지지 않을 겁니다. 시라는 것은 본질적으로 '쓸모 없음'을 특성으로 하고 있고, 이제 갈수록 우리의 내면적 삶에 '쓸모 없음'의 공간이 확보되어야 할 필요성에 대한 깨달음이 높아질 거라고 생각합니다. 우리가 '생산성'이라는 귀신에 홀려서 지금 지옥으로 달려가는 기차를 타고 있다는 사회적 인식이 점점 확산되고 있는 것이 사실이거든요. 이런 인식이 얼마나 빨리 확산될 것인가에 우리의 사활이 걸려 있지만, 하여간 십 년, 이십 년 전에 비해서는 많이 달라진 것은 분명해요. 먼 옛날부터 시가 해 온 주된 역할은 삼라만상의 근원적인 친화력과 생명의 거룩함에 대한 직관적인 인식을 드러내는 것이었습니다. 그러니까 시인은 언제나 본질적으로 샤먼이라고 할 수 있지요. 그래서 우리가 가진 이야기꾼으로서의 잠재력을 토대로 해서 사람과 사람, 그리고 사람과 자연 사이의 내면적인 유대와 교감을 확인시켜 주는 유력한 정신적 기술로서 시의 역할은 더 중요해질 거라고 생각합니다.

구모룡 선생님 말씀 잘 들었습니다. 시 또는 삶이 구술성을 회복해야 한다든가 이야기성을 회복해야 한다는 지적이 중요한 것을 시사하고 있다고 봅니다. 요즘 시 같지 않은 시가 너무 많습니다. 시를 죽이는 시들이 양산되고 있는 것이지요. 이러한 점에서 구술성과 이야기성을 구체적인 창작 방법으로 하는 운동이 필요하다고도 할 것입니다. 『시와 생명』이 해야 될 일이겠지요.

김종철 네. 결국 내가 보기도 그렇고, 다른 사람들도 그동안 지적해 왔지만, 우리 나라에서 그래도 소설이 사회적으로 힘이 있고, 영향력이 있고, 창조적인 에네르기를 가지고 있다고 했을 때, 그 소설은 본질적으로 이야기였습니다. 그리고 그러한 이야기의 모태는 뭐냐 하면 결국 민중의 삶이었죠. 지금 시대가 거의 텔레비전이나 전자 매체의 지배하에 들어갔고, 상품 소비 문화 속에서 대중들의 교양이 떨어질 대로 떨어진 결과로, 엘리트 예술이 대중으로부터 외면을 당하는 이런 상황이 계속되어 왔지만, 그래도 예술이 예술로서 살아 남으려면 대중하고 소통하지 않을 수 없어요. 그리고 인간 평등이라는 이념 자체도 결국은 포기할 수 없는 것이란 말이에요. 그러니까 엘리트 본위의 문학을 항구적인 흐름으로 생각해서는 안 될 것입니다. 물론 지금 당장은 이것이 실현되기 어려운 조건이라 하더라도 문학이나 삶의 건강을 위해서라도 우리가 늘 근본적인 시각을 견지한다는 게 중요하다고 봅니다.

　지금은 인간끼리의 평등한 관계를 회복한다는 수준에 머물러 있을 수도 없는 상황이지요. 가끔 대책 없는 이상주의라는 비난도 듣지만, 나는 우리가 사회적 약자들과 자연에 폭력을 가하지 않고 더불어 사는 진정한 공생의 사회를 이루려면 우리가 모두 고르게 가난하게 살아야 한다고 생각합니다. 전부가 지금 서양 사람이나 일본 사람처럼 살기로 한다면 그날로 지구는 붕괴되고 말 것입니다.

　예전에 좀더 젊었을 적에 나는 미국 흑인에 대해 관심이 꽤 있었어요. 미국 흑인의 운명은 제3세계의 억압받는 모든 민중의 전형이라고 생각했거든요. 그래서 제국주의적 착취, 불평등한 사회적 관계, 자본과 노동의 갈등 같은 문제가 늘 시야의 중심에 들어와 있었어요. 물론 사회 정의나 사회적 억압의 문제는 아직도 중심적인 문제임이 틀림없어요. 그러나 생태적 위기가 걷잡을 수 없이 악화되어 인류 문명 자체의 존속이 의심스럽게 된 지금의 상황에서는 그런 틀을 가지고는 더 나아갈 수 없게 되었어요. 결국 공평한 분배라는 것도 기왕의 산업주의적 테두리 속에서 이루어지는 이상 생태계의 붕괴는 필연적이란 말이에요. 그래서 나는 지금은 미국 흑인보다는 토착 아메리카인, 즉 미국 인디언들의 역사와 문화에 좀더 주목할 필요가 있다고 보는 거지요.

　이들은 그 동안 우리의 시야 밖에 있었어요. 거의 멸종해 가는 불행한 인간 집단이라고만 생각했잖아요. 그러나 그 인디언들이 왜 거의 멸종될 뻔 했는가—지금은 인구도 많이 불어났습니다—하는 점을 좀 생각해 봐야 해요. 흑인들만 하더라도 자기들의 독자적인 문화는 다 잃고 지금은 거의 완전히 백인 문명에 동화되어 버렸지만, 인디언들은 근본적으로 백인 문명과 양립할 수 없는 세계관을 갖고 있기 때문에 백인들의 세계에 절대로 동화될 수가 없었어요. 그들에게는 땅이나 자연 속의 동식물들이 팔고 살 수 있는 물건들이 아니라 거룩한 영혼이 깃들어 있는 생명이란 말입니다. 그러니까 그들은 백인들의 가치를 받아들이기보다는 죽음을 택할 수밖에 없었던 겁니다. 그래서 산업주의적 가치로는 앞이 꽉 막혀 버린 것이 분명해진 지금에 와서는 우리가 아메리카 인디언의 것과 같은, 근본적으로 생명을 중심으로 하는 새로운 삶의 비전을 찾지 않을 수 없다는 것입니다. 구태의연한 경쟁의 논리, 낡은 사고의 틀을 넘어가지 않으면 안 됩니다.

구모룡 시와 생명에서, 시도 그렇지만 생명이란 굉장히 폭이 넓고 그러면서 근본적인 테마입니다. 그렇기 때문에 단순한 관념으로 처리해서는 안 될 것입니다. 보다 구체적인 것을 찾아가는 작업이 뒤따라야 하겠지요. 오늘 선생님의 말씀이 『시와 생명』의 창간과 더불어 상당히 많은 것들을 시사하였다고 봅니다. 하나의 잡지가 제대로 되려면 뚜렷한 지향과 구체적인 실천이 지속되어야 하는 것입니다. 이러한 점에서 창간호를 통해 이 잡지가 선생님과의 만남을 시도한 것은 하나의 사건으로 기록될 것이라고 생각합니다. 바쁘신 가운데 저희 후배들을 위해 시간을 내어 주셔서 감사합니다. 앞으로도 많은 지도와 편달의 말씀을 아끼지 말아 주실 것을 당부 드리면서 귀한 시간들을 접도록 하겠습니다.(1999년)

제2부

용악—민중시의 내면적 진실

한때는 이름조차 들먹이기 힘들었던 납북 혹은 월북 문인들의 옛날 작품들이 부분적으로나마 다시 간행되기 시작하고 있다. 정말 어느 만큼 근본적인 전환을 기대할 수 있는지는 모르지만, 우리가 어떤 형태로든 지금 정치 사회적인 환경에 있어서 괄목할 만한 변화를 경험하고 있는 것은 틀림없는 모양이다. 그러나 이러한 변화의 징표로서 백석(白石)이나 이용악(李庸岳)과 같은 시인들에게 자유롭게 접근할 수 있게 된 것은 매우 반가워해야 할 일이지만, 그것에 앞서서 우리는 그 동안 우리가 겪은 돌이킬 수 없는 상실을 뼈아프게 느껴야 한다. 우리의 회한은, 민족 문학의 중요한 유산의 일부를 정당하게 수용하지 못한 결과로서 해방 이후 오늘에 이르기까지 한국 문학이 경험해 온 왜곡이나 불구화에 한정된 것이 아니다. 무엇보다 1930~1940년대의 뛰어난 민족 시인들의 사십 년 만의 때늦은 복귀는, 그 동안 우리가 끔찍한 냉전 논리의 배타적인 지배 밑에서 살아왔다는 것, 그리하여 우리의 삶이 얼마나 병들어 왔고, 정신적·지적 빈곤으로 우리가 얼마나 시달려 왔으며, 우리들 속에 진리에 대한 습관적인 냉소주의가 얼마나 뿌리 깊이 퍼져 왔는가를 새삼스럽게 되돌아볼 것을 요구한다. 금지

되었던 문인들의 옛날 작품이 다시 간행되는 일은 단순히 문학사의 빈 자리를 메운다는 것보다 훨씬 중요한 의미를 갖는 것임이 분명하다.

　윤영천 교수의 노고 덕분에 우리는 이제 시인 이용악의 전집에 대하게 되었다. 그러나 전집이라고는 하지만, 이 책의 범위는 시인의 6 · 25 이후의 작업(만약 있다면)은 배제된, 일제 말기와 해방 직후의 작품들에 한정되어 있다. 따라서 이것은 한 시인의 전생애에 걸친 업적의 전모라기보다는 대체로 짧은 청년 시대의 국한된 업적일 수밖에 없다. 실제로 이 책을 읽으면서 우리가 받는 두드러진 인상 가운데 지적할 만한 것으로, 이것이 청년다운 감수성과 열정으로 떠받쳐진 시 세계를 이루고 있으면서 동시에 청년기의 작품으로서 불가피하게 어떤 미숙함을 드러내는 듯한 대목을 적지 않게 포함하고 있다는 사실이 있다. 이것은 물론 이용악의 경우에 특유한 현상이 아니다. 아마 만해(萬海)라는 예외가 있기는 하지만, 식민지 시대의 시인들은 거의 모두 청년 시인이라고 해도 좋을 것이다.

　전집이라는 이름이 조금 어색하게 느껴지는 것과 함께, 이 책에 대하여 우리가 정작 기묘한 느낌을 갖는 것은, 이미 사십 년 이상이나 세월이 지난 작품들을 마치 새로운 시인의 신간 시집인 것처럼 대하여야 한다는 상황에서 나온다. 물론 이용악은 기성 세대의 적지 않은 독자들에게는 이미 친숙한 시인일 것이지만, 오늘날의 대다수 시 독자들에게는 새로운 소개가 필요한 시인임이 분명하다. 어떻게 보면, 옛날 시인이면서 동시에 새로운 시인으로도 볼 수 있는 용악의 이 양면적 위치를 함께 고려하는 것이 지금 그의 문학을 생산적으로 읽는 한 가지 방법이 될지도 모른다.

　이용악의 시를 읽고 시집을 가지고 있다는 것만으로도 박해를 받는 구실이 될 수 있는 세월이 있었다. 그 상황에서 그의 시를 읽는 것은 특별한 체험이었다. 휴전 이후, 정치적 문맹을 강요당하던 상황에서 한국 현대시를 지배해 온 큰 흐름―김수영이, 사상은 그만두고라도 우선 의미가 통하는 믿을 수 있는 작품만이라도 보여 달라고 되풀이하여 요구하던, 기교와 난삽한 수사에 골몰해 있던 시 세계에 익숙해 있던 독자들에게, 어쩌다 발견한 이용악의 작품들, 예컨대「낡은 집」,「오랑캐꽃」,「전라도 가시내」는 신선하다기보다 충격적인 느낌을 자아내기에 충분한 것이었다. 그때의 지배적인 상식으로는 그것은 시로서 받아들여지기 어려울 만큼, 식민지 민중의 구체적인 생활상의 세부가 극히 소박한 언어로 이야기되어 있는 것이다. 더구나 그것은 민중의 굶주림과 고난과 유랑의 경험이 단지 일화적(逸話的)으로 스케치되어 있지 않고, 식민지의 현실에 대한 구조적 인식이라고 할 만한 것에 매개되어 생생하게 표현되어 있는 세계인 것이다.

비단 기교파 현대 시인들의 작품에 대조적으로 신선한 감동을 자아낼 뿐만 아니라, 더 나아가 용악의 시는 식민지 시대의 대표적인 민족 시인인 만해나 육사(陸史)의 업적에 비교해 볼 때도 극히 새로운 느낌을 주는 것이다. 우리는 만해나 육사의 작품이 비할 나위 없이 진실하고 깊은 민족 의식에 기초하고 있는 것은 알고 있지만, 그들의 작품이 각별히 민중적인 체취를 풍긴다고 말하기는 어렵다. 그것을 확인할 수 있는 손쉬운 방법이 만해·육사의 시와 용악의 시를 나란히 놓고 읽어 보는 것이다. 민중의 구체적인 삶에 뿌리를 내린, 평민적인 소박성―이것은 용악의 시가 갖는 강력한 호소력의 원천이며, 다른 민족 시인들로부터 그를 구별 짓게 하는 현저한 특성이다.(이런 각도에서 보면, 용악과 가장 비슷한 체질의 식민지 시대의 시인은 소월이 아닌지 모른다.)

그런데, 여기서 중요한 것은, 1980년대 후기 오늘에 있어서 용악의 민중시가 갖는 의미이다. 주지하다시피, 신경림의『농무』(農舞) 이후 한국 시의 흐름은 크게 변화해 왔고, 이른바 민중시의 축적은 엄청난 것이 되었다. 지금은 기교파 시인들의 난해시를 문제삼는 김수영의 1960년대 후반에 씌어진 평론이 아주 낡은 것으로 보일 만큼 상황은 많이 달라졌고, 보기에 따라서는 민중시야말로 한국시의 새로운 진전을 위해 극복하지 않으면 안 될 또 하나의 상투형을 이루고 있다고까지 말하는 것도 가능하다. 이런 분위기에서 이용악을 새로운 시인으로 접하게 되는 독자들의 소감은 어떤 것일까? 이렇게 말하는 것은 용악의 시가 이제는 낡았다고 말하기 위해서가 아니다. 가령 용악의 업적 중에서 가장 중요한 것으로 평가될 만한 유이민(流移民)의 생존 현실을 다룬 작품들은 일제 치하의 핵심적인 민족적 비극을 다루고 있지만, 이 작품들에서 이야기되고 있는 뿌리 뽑혀진 삶의 경험은, 오늘날 이농민이나 수몰민 등의 운명에 집약되어 있는 민중의 체험에 그다지 낯선 것이 아니다. 그러나 개별 작품들의 내용을 떠나서도, 용악이 건드리고 있는 민족·민중 문제가 본질적으로 아직까지 미해결로 남아 있는 역사적 문제인 이상, 용악의 시의 현재성 여부를 논하는 것은 군더더기에 지나지 않을 것이다.

그러나 어떤 동시대 민중 시인 못지않게 용악의 시가 우리들에게 절실한 느낌으로 육박해 오는 면이 많다 하더라도, 사십 년 전의 그의 노력이 오늘의 민중 시인들의 노력과 같은 것일 수는 없다. 용악과 우리들 사이에는 단지 세월의 거리가 아니라 역사적·정치적 상황의 차이가 있고, 그 차이가 빚어 내는 삶과 문학의 존재 방식에 있어서 무시할 수 없는 차이가 있다. 그러나 그러한 차이가 무엇인지, 이용악의 민중시에 비하여 오늘의 민중시가 처한 현실과 과제가 실제로 어떻게 다른 것인지를 여기서 구체적으로 논의하는 것은 불가능하다. 다만 그러한 좀더 본격적인 논의가 있기 위한 예비적 작업에 대한 부분적인 기여의 하나로서 이 글에서 특히 주목해 보려고 하는 것은, 하나의 추상적인 관념이 아니라 실제로 살아 있는 육체를 가지고 한 시대를 체험했던 한 사람의 인간으로서 이용악의 욕망과 좌절의 기록으로 그의 문학을 볼 때 그것은 어떤 내면적 구조를 보여 주고 있는가 하는 것이다.

그의 시집에 수록된 대부분의 작품이 일제 말기의 것이기도 하지만, 여기서 우리가 거론하려고 하는 것은 식민지 시대의 시인으로서의 이용악이다. 일제 치하의 조선 문학의 성과와 그 의미를 검토할 때 어느 경우에나 빠뜨릴 수 없는 기본적 사실은 그것이 식민지 시대였다는 점이다. 사람이 의미 있는 삶을 영위하는 데 불가결하게 요구되는 전제 조건은 스스로 자기 자신의 삶에 주인으로서 책임 질 수 있는, 주체적인 관여가 가능한 바탕—즉 참다운 의미의 시민적 행동이 허용되는 정치적 자유의 공간이다. 식민지 시대, 특히 이용악의 청년기였던 식민 통치 말기는 정치적 자유의 공간이 완벽하게 봉쇄되어 있던 시기이다. 다만 아무리 막혀 있는 상황이라 하더라도 인간은 의미 있는 삶을 향한 근원적인 욕망을 포기할 수 없는 까닭에 어떤 사람들은 식민지에 허용된 최대한의 정치적 행동, 다시 말하여 시작(詩作)에 매달리게 되는 것이다. 식민지 시대의 문학이 비상하게 긴장된 색조로 물들여져 있는 원인도 여기에 있다고 하겠지만, 그러나 철저하게 억압적인 상황 속에서 이루어진 것인 만큼 이 시대의 작품이 허다한 문학적 결함을 포함하게 되는 것은 불가피한 노릇인지 모른다.

소박한 언어의 민중 시인으로 이용악을 기억하고 있는 사람들에게는 아마 좀 뜻밖이다 싶을 정도로 그의 시집에는 객관화가 덜 된, 불투명한, 때로는 개인주의적 사념의 흔적인 듯한 표현이 적지 않게 들어 있다. 이용악을 "조선 시의 가장 난해한 부류"에 속한 것으로 본 1930년대 당시 일부의 평가는 이해할 만한 것이다. 이러한 사정은 위에서 잠깐 언급했듯이 상당

부분은 젊은 시인의 미숙함에 그 원인이 있을 것이 틀림없다. 그러나 미숙함이라는 것도 따지고 보면 단순히 솜씨만의 문제가 아닐 것이다. 그것 역시 다른 결함과 마찬가지로 시인의 사유의 자유로운 움직임에 가해지는 정신적 · 심리적 억압과 관계가 없지 않을 것이다.

이 시집의 해설로 붙여진, 민족 시인으로서의 용악의 업적을 꼼꼼하게 분석하고 있는 글에서 윤영천은 논리성을 결한 관념적 · 추상적 언어로 된 이용악의 시편들을, 당시 문단에 유행하던 모더니즘적 경향에 대한 '일시적 중독'의 결과로 파악하고, 그러한 요소는 용악 자신의 출신이나 민족 시인으로서의 근본적인 지향에 비추어 볼 때 본질적인 중요성을 가질 수 없는 것으로 간주하고 있다. 이 해석은 일면 타당한 것으로 보이지만, 용악 시의 내면을 좀더 자세히 들여다보는 노력에 조금 미흡하게 느껴지는 것도 사실이다. 우선 모더니즘에 대한 일방적인 매도에서부터 문제가 있는 것으로 보인다. 모더니즘이 실제로 "역사 창조에의 신념을 잃은 기득권자들의 정신적 고뇌"(백낙청)의 산물로 인식되는 한, 그것은 마땅히 극복되어야 할 경향이라는 것은 분명하지만, 그러나 그것이 자기 반성 능력이나 언어 의식의 강화, 사실과 경험에 대한 충실성의 강조, 감각적 즐거움의 수용 등을 가르침으로써 문학의 가능성을 확대해 온 점을 인정하는 데 인색할 필요가 없을 것이다. 내 생각으로는, 개인적 우울과 좌절과 고독을 이야기하는 용악의 많은 시편들에서 모더니즘의 영향을 볼 수 있다고 한다면, 그의 기념할 만한 민중시들에 있어서도 모더니즘의 흔적을 찾는 것은 어렵지 않을 듯하다. 누구나 확인할 수 있겠지만 시적 운율에 대한 용악의 세심한 고려는 극히 인상적이다. 그것은 전통적인 민요나 이야기가 제공하는 리듬과는 분명히 다른 것이다. 리듬에 대한 거의 집착이라고도 할 만한 그의 고려는 때로는 시의 전체적인 긴장을 느슨하게 하거나 의미를 모호하게 하는 데까지도 나아간다. 다시 말해 경우에 따라서 용악은 말의 음악성 그 자체에 탐 닉해 있는지도 모른다는 비판도 받을 만한 모더니스트다운 데가 있지만, 이런 면은 보다 리얼리즘적 경향이 농후한 그의 민중시에서도 나타나 있는 것이다.

> 네 두만강을 건너왔다는 석 달 전이면
> 단풍이 물들어 천리 천리 또 천리 산마다 불탔을 겐데
> 그래두 외로워서 슬퍼서 초마폭으로 얼굴을 가렸더냐
> 두 낮 두 밤을 두루미처럼 울어 울어
> 불술기 구름 속을 달리는 양 유리창이 흐리더냐

「전라도 가시내」에서 인용한 위 구절에서 가령 "천리 천리 또 천리", 그 리고 "두 낮 두 밤" 또는 "울어 울어" 같은 대목은 순전히 리듬에 대한 고려 로 인한 것으로 보이는데, 그렇게 보는 것은 여기서 리듬의 효과는 그 기계 적인 반복으로 오히려 이 작품의 이야기의 비극성을 약화시키는 데 기여한 다고 할 수도 있기 때문이다.

> 이윽고 얼음길이 밝으면
> 나는 눈포래 휘감아치는 벌판에 우줄우줄 나설 게다
> 노래도 없이 사라질 게다
> 자욱도 없이 사라질 게다

같은 작품의 마지막 구절이 이렇게 끝날 때, 우리는 여기서 너무나 정연 한 리듬이, 특히 "우줄우줄"과 같은 조금은 해학적인 느낌을 자아내는 말과

더불어, 작품의 형식과 내용 사이에 기묘한 불일치를 초래하고 있음을 느끼는 것이다.

그러나 운율에 대한 용악의 세심한 관심이 늘 부정적인 효과만을 낳는 것은 물론 아니다. 우리는 그것을 일일이 예거할 필요는 없을 것이다. 다만 여기서 강조되어야 할 것은, 단순히 소박한 민족·민중 시인으로 대하는 우리의 어떤 선입관에 반드시 잘 맞아떨어진다고는 할 수 없는 좀더 섬세하고, 예민하고, 복잡한 감수성이 이용악의 작품 세계에 작용하고 있다는 사실이다. 그리고 그러한 감수성은 그의 모든 작품에서 본질적인 구성 요건으로 역할하는 것으로, 결코 그의 본래의 체질이라는 것이 있어서 거기에 부차적인 관련을 맺는 요소가 아니라는 점이 간과되어서는 안 된다. 식민지 시대의 핵심적인 민족 문제의 하나로서 유민(流民)의 현실을 시적으로 생생하게 증언했다는 점이 이용악의 가장 중요한 업적이라면, 이러한 업적의 내면에는 시인 자신의 개인적 생애에 있어서의 좌절에 대한 뼈저린 의식이 있었다. 이 양자를 따로 떼어 놓고 보는 것은 용악 시의 온전한 이해에 별로 도움이 되지 않을 것이다. 이용악은 식민지 시대의 사회적·민중적 현실의 비극적 성격을 무엇보다 자기 자신의 개인적 경험—생활인으로서도, 지식인으로서도 최소한의 인간다운 의미 있는 삶의 가능성이 허용되지 않는—의 내면을 통하여 마음의 뿌리로부터 이해했던 것이다. 그의 민중시는 자기 자신의 개인적 좌절에서 우러나오는 것과 같은 공감의 깊이 없이는 불가능한 절실함을 가지고 있다.

여기서 주의할 것은 이용악의 시 어디에서도 우리는 나라와 민족에 대한 직접적인 언급도, 추상적인 애국심의 표현도 발견할 수 없다는 사실이다. 이것은 식민지 시대의 다른 민족 시인들에 비교하여 주목할 만한 현상이라고 생각된다. "조선 사람은 여덟 살이면 사상가가 된다"라고 말해지던 식민지 시대의 정치 사회적 환경에서 민감한 시인들이 나라와 민족에 대한 정열을 이야기하는 것은 너무나 당연한 일이었을 것이다. 육사나 심훈(沈熏)의 경우는 더 말할 것도 없고, 이런 면에는 그다지 익숙해 보이지 않는 소월의 경우도 가령 두보(杜甫)의 '국파산하재'(國破山河在)를 빌어서 우국지정(憂國之情)이 직설적으로 토로될 때도 있는 것이다. 직접적인 언급은 아니지만 드물게나마 이용악이 민족적 의식을 비교적 분명하게 드러내고 있는 것으로 보이는 작품은 아마 「두만강 너 우리의 강아」일 것이다. 그러나 이 작품에서 주목할 것은 두만강으로 표상되는 민족 공동체의 비극적인 운명이 결코 선험적인 절대적 현실로서 이야기되고 있지는 않다는 점이다. 이용악은 어디까지나 망국민, 유랑민으로서의 자기 자신의 실존적 현실, 거기에 따르는 고통, 부끄러움, 고독을 통하여 민족적 운명을 언급하는 것이다.

나는 죄인처럼 수그리고
나는 코끼리처럼 말이 없다
두만강 너 우리의 강아
너의 언덕을 달리는 찻간에
조고마한 자랑도 자유도 없이 앉았다

……

나의 젊은 넋이
무엇인가 기대리는 듯 얼어붙은 듯 섰으니
욕된 운명은 밤 우에 밤을 마련할 뿐

……

북간도로 간다는 강원도치와 마조앉은

나는 울 줄을 몰라 외롭다

자기 자신의 실존적인 현실이나 민중의 구체적인 삶의 현실에 뿌리를 두고 있는 한, 용악의 시가 민족이라는 추상적인 테두리에 직접 다가들지 않는 것은 당연하다. 실제로 용악은 민족 시인이라기보다 민중 시인이라는 이름이 훨씬 더 잘 어울릴 것 같은 시인이다. 그의 민중시가, 그것이 놓여 있는 식민지라는 상황으로 하여, 본질적으로 민족주의적 차원에 연결된다는 것은 말할 필요가 없다. 그러나 식민지 시대의 여타 민족 시인들과 색다른 이용악의 업적을 보다 충실히 보기 위해서는 민중 시인으로서의 그의 면모가 더 강조될 필요가 있을 것 같다. 널리 알려진 그의 대표작의 하나인 「오랑캐꽃」은 비교적 적절한 예를 제공한다.

아낙도 우두머리도 돌볼 새 없이 갔단다
도래샘도 띳집도 버리고 강건너로 쫓겨갔단다
고려 장군님 무지 무지 쳐들어와
오랑캐는 가랑잎처럼 굴러갔단다

구름이 모여 골짝 골짝을 구름이 흘러
백년이 몇백년이 뒤를 이어 흘러갔다

너는 오랑캐의 피 한 방울 받지 않았건만
오랑캐꽃
너는 돌가마도 털메투리도 모르는 오랑캐꽃
두 팔로 햇빛을 막아줄게
울어보렴 목놓아 울어나 보렴 오랑캐꽃

이 시가 일제하 조선 민중의 상황에 대해 언급하고 있다는 것, 그런 의미에서 궁극적으로 민족적 자의식에 기초해 있다는 것은 긴 설명을 필요로 하지 않는다. 그러나 우리가 이 시의 표현 방법에 공정하자면, 여기에서 민족 의식은 일차적인 중요성을 갖고 있지 않다는 점을 인정해야 한다. 민족주의적 시각을 잣대로 하여 접근할 때 혼란을 일으킬 수 있는 구절 "고려 장군님 무지 무지 쳐들어와"의 의미를 무리하게 굴절시켜 가며 이 시를 읽을 필요는 없는 것이다. 이 시에서 우선적으로 이야기되어 있는 것은 민중의 고난이며, 그 고난에 대하는 시인의 슬픔이다. 이 경우 민중이 반드시 일제하의 조선 민중에 국한될 필요는 없는 것이다.

이용악은 민중 지향적이라기보다도 바로 민중 시인이라고 일컬어져야 마땅한 시인인지 모른다. 할아버지가 소금장수였다든지, 아라사 지방으로의 밀무역 행상이었던 아버지의 객사(客死)를 회고하고 있는 「풀버렛소리 가득 차 있었다」와 같은 작품에서 엿보이는 그의 출신과 가계, 또는 「항구」(港口)에서

부두의 인부꾼들은
흙을 씹고 자라난 듯 꺼머틱틱했고
시금트레한 눈초리는
푸른 하늘을 쳐다본 적이 없는 것 같았다
그 가운데서 나는 너무나 어린
어린 노동자였고—

라고 할 때 짐작할 수 있는, 소년 시절부터의 가혹한 체험, 고학, 노동, 끊임없는 가난, 고달픈 생활인으로서의 고통—이러한 그의 개인적 이력 자체

가 어쩌면 민중 현실에 대한 그의 공감의 강도를 설명하는 데 충분한 것인 지도 모른다. 그러나 그것에 못지않게 중요한 것은 그가 시인이라는 사실, 그것도 식민지의 시인이라는 사실이다. 시인이란 무엇인가. 시인은 시대의 어둠을 자기 자신의 개인적인 고통으로 받아들이는 일을 습관적으로 행하 는, 사심 없는, 민감한 마음의 소유자이다. 남달리 예민한 마음 때문에 사 람은 시인이 된다고 할 수도 있겠지만, 그는 다른 무엇이 아닌 바로 시인이 됨으로써 사물에 대한 이해가 날카롭고 깊어진다고도 할 수 있다. 모든 진 정한 시인이 다 그렇듯이, 이용악은 삶에 대한 그의 느낌을 단순히 시의 형 식을 빌어 표현했다기보다 그가 일찍이 시인이 아니었더라면 소유하지 못 했을 감수성과 이해력을 가지고 인간 생존의 비극에 접근했던 것이다. 그 러나 그의 이러한 시인으로서의 정신적 습관, 즉 시인으로서의 자의식이 골똘해질수록 그의 상황이 아무런 창조적인 활동도 허용하지 않는, 철저하 게 막히고 억눌린 식민지 체제라는 사실에 더욱 고통스럽게 직면하지 않을 수 없었다. 그리하여 그에게 돌아오는 것은 심한 무력감, 자괴심, 욕되게 살고 있다는 느낌에서 오는 수치심, 절망—이러한 감정이다.

우러러 받들 수 없는 하늘
검은 하늘이 쏟아져내린다
왼몸을 굽이치는
병든 흐름도 캄캄히 저물어가는데

예서 아는 이를 만나면 숨어바리지
　　　　　　　　　　　　　　　　　　　—「뒷길로 가자」부분

시인은 그가 지식인에 속하는 이상 노동하는 민중 자신일 수는 없다. 그러나 식민지, 특히 일제 말기에 있어서, 지식인이 지식인다운 역할을 하는 데 불가결하게 필요한 최소한의 시민적 행동의 공간, 즉 정치적 자유가 철저하게 억압되어 있던 시기에 지식인이란 대체 무엇이었겠는가. 이러한 시대에 단순한 기교파 시인으로 만족하거나 또는 친일파 시인으로 탈바꿈하지 않는 한, 양심적인 시인에게 남아 있는 유일한 길은 어두운 시대의 삶의 실감을 증언하는 것이다. 내 생각으로 이상(李箱), 백석, 이용악, 그리고 윤동주는 특히 이러한 각도에서 이해되어야 할 대표적인 시인들인데, 그들 중에서 용악은 누구보다 이상에 가장 가까운 감정의 구조를 소유하고 있는 것으로 보인다. 이상의 작품에 현저하게 드러나 있는 자학의 분위기 같은 것은 용악의 경우에 그대로 통한다고 보기 어렵고, 또 용악의 소박한 서사시적 스타일은 이상에게서 기대하기 어려운 것이라는 점이 있지만, 적어도 시대의 어둠을 자기 자신의 실존의 구체적인 실감으로 느끼는 강도와 방식에 있어서 간과하기 어려운 유사성을 보여 주고 있음이 사실이다. 이러한 유사성은 다만 우연이 아닌 듯하다. 여러 가지 설명이 있을 수 있겠지만, 여기서 주목하고자 하는 것은 두 시인의 문학에서 공통하게 '서울'이 차지하는 중요한 비중이다. 이상은 태어나서 줄곧 서울에서 살았던 사람이니만큼 더 말할 여지가 없지만, 용악은 본래 함경도 경성이 고향이지만 중학을 서울에서 다녔고, 일본 유학을 마치고 귀국해서는 1942년에 일제 탄압으로 글쓰는 일이 완전히 불가능하게 되어 고향으로 돌아갈 때까지 잡지사 기자, 룸펜 따위로 서울에 살면서 시를 쓰고 발표하였다.

식민지 시대에 있어서 서울이라는 곳은, 말할 필요도 없이 일제의 조선에 대한 지배와 수탈의 기지, 그리고 온갖 반민족적·반민중적 매판 문화의 본거지였다. 오장환(吳章煥)의 표현으로 그것은 '병든 서울'이었다. 그러나 다른 한편으로 서울은 시인이 그의 시를 포기하지 않는 한 떠나기 어려운 곳이었다. 아무리 왜곡된 도시라고는 하지만, 서울은 당대 조선에서 문학 활동에 필요한 물질적 토대와 인적 구성을 거의 유일하게 제공할 수 있는 문화적 공간이었다. 우리는 문학의 존재 방식이 본질적으로 대화적인 것이라는 점에 유의해야 한다. 시에 있어서 어조가 누구를 청중으로 상정하느냐에 따라 달라질 수밖에 없는 사실을 기억하면 쉽게 이해할 수 있듯이, 독자의 존재는 단순히 돈을 내고 책을 사 보는 일로 문학적 역할이 끝나는 것이 아니라 문학 창조의 최초의 단계로부터 불가결한 협력자로 기능한다. 귀기울여 줄 청중이 없을 때 시는 창조될 수 없다.

그러나 식민지하 서울이 얼마나 튼튼한 독자 대중을 제공할 수 있었는가 하는 것이 정작 문제이긴 하다. 1949년에 나온 『이용악집』의 발문에서 용악의 어렸을 때부터의 친구였던 시인 이수형은 다음과 같이 말하고 있다.

일제의 야수적인 살육이 날로 우리 문화면에도 그 독아(毒牙)를 뻗칠 때 방황하던 시인들은 더러는 다방 같은 데 모여 원고지를 감아쥐고 열적은 생각들을 토로하며 날을 보내던 이러한 절망 속에서 용악은 이런 다방에도 잘 나타나질 않고, 으레 어스름 저녁 때면 종로 네거리를 초조히 서성거리다가 밤 깊도록 "다시 만나면 알아 못 볼 사람들끼리 비웃이 타는 데서 타래곱과 도루모기와 피 터진 닭의 볏 찌르르 타는 아스라한 연기 속에서 목이랑 껴안고 웃음으로 웃음으로 헤어져야 마음 편쿠나 슬픈 사람들끼리" 이렇게 노래 부르며 취하여 헤매는 것이었다. 그렇게 고래가 되어가다가도 신문 잡지에 발표한 시를 보면 깜짝 놀랄 만치 주옥 같은 맑은 것을 내놓았던 것이다.

용악의 허다한 작품에서 마주칠 수 있는 쓸쓸함, 외로움, 이방인으로서의 느낌 등등은 결국 청년 시인의 낭만적 감성에 그 기원이 있는 것이라기보다는 긍정할 수도 또 완전히 부정할 수도 없는 식민지 서울에서의 그의 주변적인 위치에 연유하고 있음이 분명하다. 그리하여 그가 고향에 대한 그리움을 자주 말하게 되는 것은 자연스러운 일이다.

돌아오라 나의 아들아
까치둥주리 있는
아까시야가 그립지 않느냐
배암장어 구어 먹던 물방앗간이
새잡이하던 버들방천이
너는 그립지 않나
아롱진 꽃 그늘로
나의 아들아 돌아오라

그러나 용악의 리얼리스틱한 현실 감각은 그가 끝없는 향수에 잠기게 허용하지 않는다. 그는 고향의 이미지가 기만적인 것임을 안다.

나는 그리워서 모두 그리워
먼 길을 돌아왔다만
버들방천에도 가고 싶지 않고
물방앗간도 보고 싶지 않고
고향아
가슴에 가로누운 가시덤불
돌아온 마음에 싸늘한 바람이 분다
　　　　　　　　　　—「고향아 꽃은 피지 못했다」 부분

고향에서는 "참나무 불이 이글이글한 오지화로에 감자 두어 개 묻어놓고" 지낼 만하지만, 그러나 시인은 "도포 걸친 어느 조상이 귀양 와서 일삼든 버릇일까" 스스로 반문하면서도 "멀어진 서울을 그리는 것"(「두메산골 3」) 을 그만둘 수 없는 것이다. 이러한 심정은 「등잔 밑」에서 또 다음과 같은 표현으로 토로된다.

모두 벼슬 없는 이웃이래서
은쟁반 아닌
아무렇게나 생긴 그릇이 되려
머루며 다래까지도 나눠 먹기에 정다운 것인데
서울 살다 온 사나인 그저 앞이 흐리어
멀리서 들려오는 파도소리와 함께
모올래 울고 싶은 등잔 밑 차마 흐리어

여기에는 물론, 소박한 공동체적 삶에 대한 정겨운 공감이 들어 있다. 그러나 동시에 이 세계에 완전한 일치를 느끼지 못하는 시인 자신의 소외감이 이야기되어 있는 것이다. 이러한 불일치, 거기에 따르는 소외감은 서울과 같은 도회지의 생활을 이미 알고 있는 지식인에게 있어서 그 공동체적 삶의 따뜻한 느낌에도 불구하고 고향은 창조적인 가능성을 열어 주는 곳이 못 된다는 인식에서 나온다. 보다 넓고, 다양하며, 복합적인 경험과 교육에 접하고, 그것을 통해 인간으로서의 자기 실현을 꿈꾸는 것은 생명의 깊은 충동에 근거를 둔 자연스러운 욕망임이 틀림없을 것이다. 시 「등잔 밑」의 전체적인 뉘앙스는 시골 생활에 대한 단순한 찬미도, 서울에의 일방적인 그리움도 아닌 조금 복잡한 것이라고 생각된다. 그것은 어쩌면 고향도 서

울도 그 어느 곳도 그의 내면적 요구에 합당한 터전이 아니라는 냉정한 인
식을 깔고 있는, 깊은 좌절감이라고 해야 할지 모른다. 이러한 좌절감이 깊
어지면

온 길 갈 길 죄다 잊어버리고
까맣게 쓰러지고 싶다

—「두메산골 2」 부분

고 시인은 말하는 것이다.

식민지 시대, 특히 1930년대 이후의 시인들에게 있어서 '고향'은 보편적
인 이미지였다. 그것은 마치 낭만주의 문학에서의 '자연'의 개념처럼 시대
의 정신적·감정적 경향과 맥박의 전체를 집약하는 중심적인 문화적 개념
이었다. 그것은 강한 정서적 울림을 가진 말이었다. 대부분의 시인들에게
고향은 그들 자신의 뿌리 뽑혀진, 망가뜨려진 삶에 대한 위안으로서 또는
삶의 훼손을 측정하는 잣대로서, 기억을 통하여 환기되는, 지금은 상실되
어 버린 원초적인 통합의 경험이었다. 고향에 대한 가장 따뜻하고 아름다
운 기억의 재생을 우리는 백석의 시집 『사슴』에서 본다. 백석에 있어서 고
향에의 기억은 소박한 인간 공동체의 생활에 대한 단순한 향수라기보다 식
민지 체제에 대한 묵시적인, 그러나 근원적인 거부를 함축하는 것이다. 식
민지 체제는 무엇보다 인간다운 생활의 상실, 민중 공동체의 와해를 의미
하는 것이었기 때문이다. 백석의 경우에 비한다면 용악이 기억해 내는 고
향은 생활 공동체로서의 이미지는 약하다. 이것은 아마 용악이 농민 가계
의 출신이 아니라는 점과도 관계가 있을지 모른다. 더구나 그의 고향 경성
읍은 벌써 농촌이라고 하기 어려운 곳인데다가 그의 가족의 운명은 따뜻한

공동체의 느낌으로 그가 훗날 고향을 기억할 수 있게 하는 것이 아니었다. 고향에 언급하는 용악의 작품에서 불일치와 균열의 느낌이 개입하는 것은 서울에서 그러했던 것과 마찬가지로 고향에서도 그가 주변적인 위치에 있을 수밖에 없었기 때문이다. 바로 이러한, 정착을 용납하지 않는 그의 생존의 개인적 현실이야말로 어쩌면 용악의 민중시편, 특히 유민을 이야기하는 시편에 비상한 감정의 직접성과 호소력이 담기도록 한 중요한 요인인지 모른다.

결국 시인으로서 이용악의 위대한 업적은 식민지 시대의 민중 현실에 대한 생생한 시적 증언을 남겼다는 점에 있지만, 그러나 이러한 증언이 다만 추상적인 열정이나 도덕적인 명령으로써가 아니라 그 자신의 개인적인 내면의 진실을 통하여 이루어졌다는 점에 그의 진정성(眞正性)이 있다고 할 수 있을 것이다. 우리는 그의 시를 전체적으로 물들이고 있는 슬픔의 가락과 침통한 음조를 보면서, 그가 왜 좀더 밝은 역사의 가능성에 대한 낙관적인 믿음을 소유하지 못했던가라고 물어 보고 싶을지 모른다. 그러나 역사에의 믿음이란, 개인의 주관적인 선택 여하에 따라 아무 때나 주어질 수 있는 것이 아닐 것이다. 그것이 있기 위해서는 무엇보다 최소한도의 역사 변혁에의 주체적인 관여의 가능성이 선행되어야 하는 것이 아닌가. 인간의 삶을 최소한도로나마 의미 있는 것으로 만드는 데 필수적인 그러한 역사적·정치적 행동의 공간은, 용악이 고향에 칩거한 지 수 년 후 해방과 함께 열리는 듯하였다.

......
눈보라 치기 전에 고향으로 돌아간다는
남도 사람들과

북어쪼가리 초담배 밀가루떡이랑

나눠서 요기하며 내사 서울이 그리워

고향과는 딴 방향으로 흔들려 간다

총을 안고 뿔가의 노래를 부르던

슬라브의 늙은 병정은 잠이 들었나

바람 속을 달리는 화물열차의 지붕 우에

우리 제각기 드러누워

한결같이 쳐다보는 하나씩의 별

─「하나씩의 별」 부분

해방과 함께 이제부터야말로 인간다운 삶이 가능하리라는 기대 속에서 서울로 향해 온 시인의 모습을 우리는 이 시에서 읽을 수 있다. 그러나 새로운 사회, 새로운 정치에 대한 순진한 기대에 차 있는 이 시의 리듬은, 그 후의 이 땅의 역사의 경과를 알고 있는 우리의 마음을 심히 아프게 한다.(1988년)

신동엽의 도가적 상상력

　민족 시인으로서의 신동엽(申東曄)의 고전적 가치는 아무도 부정할 수 없는 것으로 보인다. 1960년대의 시단 풍토에서 이단적일 수밖에 없었던 그의 민족주의적 지향은, 조금 다른 의미에서 또 한 사람의 이단이었던 김수영과 더불어, 그의 사후 지난 20년간 활기차게 이루어진 민족 문학의 발전에 중요한 밑거름이 되었고, 이것은 그 동안 자주 되풀이하여 언급되어 왔다.

　그러나 민족 문학의 발전에 있어서 김수영·신동엽의 선구적 업적을 논하는 것은 이들의 핵심적인 업적을 충분히 그리고 공정하게 해명하는 일과 반드시 일치하는 일은 아닐 것이다. 오늘날 우리는 냉전 논리가 크게 위세를 떨치던 상황에서는 상상조차 하기 어려웠을 만큼, 허다한 시인들이 본격적인 민족 문제에 자유롭게 접근하는 것을 보고 있다. 그러나 이와 같은 자유로운 접근, 거기에 따르는 민족·민중시의 풍성함이 있다고 해서 이 계열의 시적 노력의 초기 단계를 보여 주는 김수영 또는 신동엽의 문학의 내재적 의미가 줄어드는 것은 아니다. 우리는 문학사에 있어서 계승·극복·발전과 같은 개념이 무엇을 의미하는지 생각해 볼 필요가 있다. 그것은 특정한 문제 의식의 심화 · 확대라는 극히 제한된 의미를 포함하는 것이지, 본질적으로 작품 또는 작가의 총체적 질(質)의 문제와는 일단 상관없는 개념일 것이다. 그러므로 어떤 작가이든 고전적 가치를 소유하고 있는 작가라면, 그의 문학은 뒷세대에 의해 대치될 수 없음이 분명하다.

그의 20주기를 맞이하며 신동엽을 다시 읽어 보는 것은, 오늘의 민족 · 민중시의 상황에 비추어서도 그가 매우 새로운 느낌을 주는, 살아 있는 시인임을 새삼스럽게 확인하는 경험이 된다. 최근에 간행된, 그가 문단에 나오기 전에 써 놓았던 것으로 보이는 미발표의 시와 일기, 편지, 기타 산문을 묶은 책 두 권까지 포함하여 신동엽의 작품 전체를 보면, 초기 문학 청년기로부터 서른 아홉으로 마감되는 그의 생애 마지막까지 이 시인의 마음을 강력하게 사로잡고 있었던 것으로 보이는 일관된 주제가 뚜렷이 드러나는 것을 알아볼 수 있다. 그것은 간단히 말해서 인간 본연의 자연스럽고 생명 있는 문화에 대한 억누를 수 없는 동경이다. 때때로 문제가 없는 것은 아니지만, 대체로 알아듣기 쉬운 간결하고 소박한 언어를 통하여 거의 모든 작품은 이 주제를 이야기하는 데 바쳐져 있다고 해도 과언이 아니다. 아마 오늘날 대부분의 일반 독자들에게 비쳐져 있는 신동엽의 이미지는 비타협적인 민족주의자의 모습에 가까운 것이라고 짐작되는데, 이러한 독자들로서는 좀 뜻밖이다 싶을 정도로 민족 문제에 정면으로 맞서는 작품이 이 시인에게는 사실상 그렇게 흔하지 않은 점도 주목할 만하다.

실제로, 신동엽의 시 세계가 인간 생활의 원초적 형태에 대한 부단한 관심으로 채워져 있다는 것은 기왕에 여러 논자들이 거의 누구나 지적해 온 점이다. 신동엽의 이러한 관심은, 그러나 그의 민족주의적 지향이라는 중심적 주제에 대하여 부차적인 비중을 갖는 것이 아니다. 우리가 보기에 그것은, 신동엽의 민족주의적 주제도 거기로부터 파생되어 나오는 근원적인 모태였다. 사실상, 인간 생활과 문화의 원초적 존재 방식에 대한 그의 일관된 관심으로 인하여 신동엽 문학의 살아 있는 현재성, 다시 말하여, 지난 20년간의 민족 문학의 발전 속에서 결코 소진될 수 없는 그의 새로움을 보증하는 진정한 정신적 원천이 마련될 수 있었던 것으로 생각되는 것이다.

오늘날 우리가 보는 허다한 민족·민중시 계열의 작품들은 민족 문제와 비근한 민중 현실에 보다 자유롭게 다가서는 시적 관행에 훨씬 익숙해진 반면에, 일반적으로 우리의 전인격에 호소하는 힘이 미약하다는 비판에 직면하고 있다. 이것은 편견 없이 볼 때 부인하기 어려운 현실일 것이다. 왜 이러한 딜레마에 부딪치는가? 우리는 적어도 오늘의 민족·민중시가 지향하는 이념적 방향 자체가 본질적으로 공허한 예술, 즉 경직된 사고와 상투화된 언어를 강요하는지도 모른다는 생각에는 동조하기 어렵다. 그러한 관점에는 원시적인 냉전 이데올로기는 아니라 해도, 진정한 인간 해방을 위한 문화와 예술의 창조적 용도에 대한 새로운 자각을 의심스럽게 보는 특권적 문화관의 잔재가 반영되어 있기 쉽다. 그렇다 하더라도, 예술의 참다운 민중적 용도가 예술성과 분리되어 추구될 수 있으리라고 믿는 것도 어리석은 일임이 분명하다. 물론 예술성을 측정하는 항구불변의 고정된, 완전히 객관적인 척도가 있는 것은 아니다. 그러나 예술성이라는 개념의 본질적인 불확실성이 작품의 설득력을 높이려는 노력을 포기하는 구실이 되지는 못한다.

지금까지 민족·민중시들은 민중 생활의 입장에 근거하여 종래의 지배 이데올로기에 맞서는 대항적인 이념을 발전시키는 유력한 수단으로서 문학의 새로운 가능성을 탐색해 왔다고 할 수 있다. 이러한 탐색의 노력 가운데서 기억할 만한, 중요한 작품들이 적지 않게 나왔다는 것은 말할 필요도 없는 사실이다. 실제로, 민중 생존의 현실과 분단 체제, 민족 문제, 제국주의―이러한 것들의 유기적인 상호 관계에 주목하고, 민주주의와 통일에 대한 열망을 어느 때보다도 강한 어조로 이야기하고 있는 점에서 오늘의 시인들은 정치적으로 살아 있는 의식의 소유자들이라고 할 수 있고, 이러한 점은 우리의 삶이나 문학을 위하여 극히 바람직한 현상임에 틀림없을 것이다. 그리고 민족 문학이 더 한층 내용 있는 성과를 거두기 위해서도 시인들의 정치적 의식이 더 깊어지고 넓어져야 할 것이라는 점에 이의가 없을 것이다. 그런데 주의해야 할 것은 여기서 정치라는 개념이 문학적으로 참으로 창조적인 의의를 가지려면 그것이 단순히 현실의 권력 관계의 역학을 의미하는 것이어서는 안 된다는 사실이다. 무엇보다 필요한 것은, 정치의 개념의 본래 의미를 회복하여, 공동체의 생활 방식 전체를 겨냥하는 비판적 사고를 습관화하는 일이다. 우리는 이것을 정치적 상상력이라고 부를 수 있다. 정치적 상상력은 단순히 자유와 정의를 되풀이 말하는 것에 만족하지 않는다. 그것은 기존의 사회나 문화의 본질에 뿌리로부터의 반성을 시도하여 질적으로 전혀 새로운 생활 방식에 대한 전망을 보여 주는 능력이다. 지금 우리들에게 가장 필요한 것은 바로 이런 의미의 상상력이 아닌가. 오늘날 산업 문명의 거대한, 물샐 틈 없는 구조 속에서 생명의 파괴와 비인간화는 일상적인 경험이 되었다. 이것은 부분적인 조정이나 개량 따위의 기술주의적 접근을 통하여 결코 해결될 수 없는 것이다. 산업 문명 자체의 전반적인 재검토가 실현되지 않는 한 파국을 맞이하는 것은 시간 문제일 뿐이다. 어떠한 문제도 산업 문명의 재난을 극복하는 것보다 지금 더 긴급한 것은 없다. 왜냐하면 이 재난은 바야흐로 인간 생존의 자연적인 기초 자체를 파괴하는 데까지 이르렀기 때문이다. 모든 문명이 그렇듯이 산업 문명도 본질적으로는 정치적인 문제이다. 그런 의미에서 기존의 통상적인 정치 문제들도 산업 문명에 직접 간접으로 연결되어 있음이 틀림없다. 그러나 흐트러지기 쉬운 우리의 주의력은 어느 때보다도 통일적으로 조직되어야 할 필요가 있는 것이 아닌가. 이제 우리의 상상력은 종래의 인간 중심적 세계관의 부적절성을 느끼면서 새로운 생물학적 · 생태학적 세계관에 의해 교육되지 않으면 안 된다. 그 어느 때보다도 활발한 정치적 관심을 표명하면서도 오늘의 시인들의 언어가 흔히 생생한 느낌을 주는 데 미흡한 것이 사실이라고 한다면, 그것은 그들의 정치적 관심이 이 시대의 핵심적인 위기의 체험을 향하여 충분히 열려 있지 않기 때문인지 모른다.

성급함 탓인지 타성 탓인지 고통 없이 씌어지는 시들이 적지 않다. 고통 없는 언어가 쉽게 기대는 것은 상투적인 틀일 수밖에 없다. 민족이나 민중에 관해 이야기한다고 해서 늘 진지한 발언이 되는 것은 아닐 것이다. 상투화된 언어의 지루하고 맥빠진 세계에서 우리가 기쁨을 느끼는 것은 정신적도약을 경험하게 하는 시적 언어와 만날 때이다. 신동엽은 이러한 도약을 경험하게 해 주는 흔치 않은 시인 중의 한 사람이다. 그의 시를 통해 우리는 산업 문명과 합리주의의 압력 밑에서 우리 자신이 흔히 망각하고 있는 사실―근대적 문명이라는 것이 얼마나 허구적 · 파멸적인 것이며, 오늘날 우리가 영위하는 삶이 소박하고 자연스러운 생활 방식에 대한 억제할 수 없는 그리움으로써만 견딜 만한 것으로 된다는 사실을 다시 한 번 느끼게 된다.

香아 너의 고운 얼굴 조석으로 우물가에 비취이던 오래지 않은 옛날로 가자

수수럭거리는 수수밭 사이 걸찍스런 웃음들 들려 나오며 호미와 바구니를 든 환한 얼굴 그림처럼 나타나던 夕陽……

구슬처럼 흘러가는 냇물가 맨발을 담그고 늘어앉아 빨래들을 두드리던 傳說 같
은 풍속으로 돌아가자

눈동자를 보아라 香아 회올리는 무지개빛 허울의 눈부심에 넋 빼앗기지 말고
철따라 푸짐히 두레를 먹던 정자나무 마을로 돌아가자 미끈덩한 기생충의 생리
와 허식에 인이 배기기 전으로 눈빛 아침처럼 빛나던 우리들의 故鄕 병들지 않
은 젊음으로 찾아가자꾸나

香아 허물어질까 두렵노라 얼굴 생김새 맞지 않는 발돋움의 흉낼랑 그만 내자
들菊花처럼 소박한 목숨을 가꾸기 위하여 맨발을 벗고 콩바심하던 차라리 그 未
開地로 가자 달이 뜨는 명절밤 비단치마를 나부끼며 떼지어 춤추던 전설 같은
풍속으로 돌아가자 냇물 굽이치는 싱싱한 마음밭으로 돌아가자.

—「香아」 전문

아마도 공리주의가 지배권을 확립하고 있는 오늘날과 같은 산업 기술 시
대에 「香아」에서 보는 바와 같은 유토피아적 환상은 복고적 퇴행 심리를 드
러내는 병리적 증상이며 아무 쓸모 없는 것으로 생각될지 모른다. 실제로
유토피아적 비전에 가해져 온 비판은 늘 그것이 비현실적이고 불가능한 몽
상이라는 것이었다. 그러나 일견 비현실적인 것으로 보이는 그러한 몽상이
야말로 인간이 개인적인 또는 집단적인 자기 초월을 실현할 수 있는 근본
동력으로 기능한다. 유토피아적 구상은 단순히 현재의 연장으로서 미래상
을 그려 보지 않는다. 그것은 현재의 것과는 전혀 이질적인 삶을 소망한다.
현재의 과학 기술 수준의 확대 · 정밀화를 기초로 하여 그려 보여 주는 화
려한 미래상이라는 것은 관료적인 공상일 뿐, 유토피아적 비전과 거리가
멀다. 유토피아적 환상이 현실에 대하여 갖는 관계는 전면적인 비판과 거

부이며, 따라서 그것은 철저히 혁명적인 의미를 갖는 것일 수밖에 없다. 억압적 상황에서 지배 세력이 유토피아적 상상력을 항상 위험시해온 것은 당연하다.

따져 보면, 유토피아적 미래에 대한 희망을 품는다는 것은 비현실적인 몽상이라고만 할 수도 없다. 인식론적으로 볼 때, 인간에게 있어서 현재라는 것은 과거에의 기억과 미래에의 예견으로 구성되는 것이다. 미래에 대한 예측 또는 희망은 이미 현재의 현실 속에 필수불가결한 구성 요소로서 내포되어 있는 것이다. 에른스트 블로흐의 말을 빌면 "현실적인 것은 본래 그 자신 속에 아직 채 실현되지 않은 것과 뒤섞여 있는 것"이다. 따라서 모든 위대한 예술 작품은, 아직 나타나 있지 않은 미래의 내용을 향하여 나아가서 잠재적인 것을 기록함으로써 "오히려 더욱 리얼리스틱하게" 된다.[1] 중요한 것은 주어진 현실이 최종적인 상태라고 보는 것을 거부하는 것이다. 창조적인 상상력에 필수적인 것은 현실을 역사적인 변화의 흐름 가운데서 파악하는 일일 것이다.

전통적으로 미래에 대한 유토피아적 구상은 과거에 존재하였던 또는 존재하였다고 믿어지는 보다 이상적인 공동체에 대한 기억의 형식을 통하여 이루어져 왔다. 17세기 정치 사상가 홉스가 말한 바와 같이 "미래는 아직 실현된 것이 아니기 때문에 아무도 미래를 마음속에 구상할 수는 없다. 우리는 과거에 대한 우리의 개념을 가지고 미래를 만들어" 낼 수밖에 없다. 아닌 게 아니라, 근대 서구 문학 전체를 통하여 아마도 가장 강렬하게 유토피아적 환상에 사로잡혀 있던 시인이라면 블레이크를 들어야 하겠는데, "나의 작품의 본질은 …… 고대인들이 황금 시대라고 부른 것을 회복시키

---

1) Ernst Bloch, *The Principle of Hope*, 제1권 (Oxford, 1986), 98쪽.

려는 노력이다"라고 블레이크는 그 자신의 예술적 목적을 천명했던 것이다. 블레이크는 '황금 시대'에의 기억이야말로 인간을 노예 상태로 묶어 두는 망각의 마비로부터 벗어나오게 하는 무엇보다 관건적인 힘이라고 보는 것이다. 그리하여 기억상실증으로부터 깨어난 인간은 인간적 삶이 본래 자유롭고 평등한 것이었음을 시사하는 고대 사회의 이미지와의 교류를 통하여 숙명론의 순환을 깨뜨릴 수 있게 된다. 그러니까 기억의 소생은 역사 의식의 출발이 되는 셈이다. 다시 말해 절대적인 것으로 받아들여지고 있는 제도와 관습이 기실 역사적 산물일 뿐이며, 따라서 그것은 일시적이고 가변적이라는 인식의 전환이 가능해지고, 거기로부터 구원의 가능성이 열리는 것이다.

기존의 사회 체제를 하나의 전체로서, 가변적인 것으로 보는 역사적 관점은 수구적인 사회 집단 속에서 성장하기 어렵다. 총체적·역사적 인식은 그 인식의 대상을 전면적으로 문제시한다는 것을 의미한다. 그러므로 언제나 현상 타개를 갈망하는 진보적·비판적 사회 집단이 수구적인 세력에 비하여 보다 넓은 인식의 지평, 즉 세계관을 소유하는 것이다. 그렇게 볼 때 어느 시대를 막론하고 민중의 마음에 뿌리 박지 않고는 최고의 세계관이 가능하지 않다고 할 수 있다. 블레이크는 산업 문명이 본격적으로 개시되던 시대의 모순을 실지로 체험하면서, 이기주의와 착취와 차별을 제도화함으로써 인간성과 자연에 반하는 이 문명이 본질적으로는 '유럽 6천 년'의 억압적인 역사의 연장이라는 사실에 주목하였다. 이것은 철저히 민중의 눈으로 본 역사이다. 민중의 입장에서 볼 때 노예제 사회나 봉건 사회나 부르주아 지배 체제나 한결같이 억압적인 체제일 뿐이다. 따지고 보면, '황금 시대'라는 말 자체가 근본적으로 민중적 상상력을 반영하는 개념이다. 실제로 블레이크의 황금 시대의 개념에는 유럽 세계와 영국에 있어서 오랜 세월에 걸친 급진적 민중 운동과 그 사상의 전통이 강력하게 영향을 끼치고 있는 것이다. 민중에게 있어서 영원의 세계는 이 세상 아닌 어떤 곳에 있지 않았다. 그것은 "대지(大地)가 짐승과 새와 물고기와 인간을 보존하기 위해 공유되는 재산"으로 존재하고, "한 무리의 인간이 다른 인간들을 지배하지 않는" 곳에 있는 것이다.[2] 유럽의 민중적 전통에서 '전락(轉落) 신화'는 오랜 옛날의 무정부주의적인 평등한 사회가 국가와 계급이 출현하는 억압적인 사회로 변한 것을 암시하는 알레고리로서 흔히 해석되어 왔다. 억압받는 민중들의 기억 속에 보존되었던 것은 원시 집산주의 사회의 이미지였던 것이다. 그 기억은 흔히 지하로 잠복해 들어가 있었지만 예언자들과 시인들, 유토피아 사상가들, 그리고 급진적 민중 운동 지도자들의 영감을 자극하는 원천으로서 되살아나곤 했다.

블레이크나 또는 그가 뿌리 박은 급진적 민중 사상이 인류학적 조망 가운데로 그 인식의 지평이 열려 있었던 것처럼, 「香아」의 시인 신동엽이 그의 시는 물론 많지 않은 산문의 도처에서 인류학적 사고의 뚜렷한 흔적을 남겨 놓고 있는 것은 놀라운 일이 아니다. 그의 평론 「시인정신론」은 현대 사회에서의 시인의 역할을 논하는 글이지만, 이것은 동시에 독특한 스타일의 문명 비평론이다. 그가 이 글에서 특히 역설하는 것은, 오늘의 문명이 극도의 분업에 기초한 문명이라는 사실, 그리하여 특수한 분야의 전문 기능가들, 단편적 지식의 축적, 그리고 맹목적인 생존 경쟁만이 활개를 칠 뿐 인간다운 삶의 실천도 사상도 찾아보기 어렵게 되었다는 사실이다. 그는 오늘의 인간의 운명이 '소원적(小圓的) 부분품'에 지나지 못한 것을 말하고, '전경인'(全耕人)의 이상이 회복되어야 할 필요에 관해 말한다.

---

2) Gerrard Winstanley, *The Works of Gerrard Winstanley*, ed., G.H. Sabine (Ithaca, 1941), 251쪽.

사실 전경인적으로 생활을 영위하고 전경인적으로 체계를 인식하려는 전경인이란 우리 세기에서 찾아볼 수가 없다. 우리들은 백만 인을 주워모아야 한 사람의 전경인적으로 세계를 표현하며 전경인적인 실천 생활을 대지와 태양 아래서 버젓이 영위하는 전경인, 밭갈고 길쌈하고 아들딸 낳고, 육체의 중량에 합당한 양의 발언, 세계의 철인적·시인적·종합적 인식, 온건한 대지에의 향수적 귀의, 이러한 실천 생활의 통일을 조화적으로 이루었던 완전한 의미에서의 전경인이 있었다면 ……

이러한 통합된, 조화로운 인격으로서의 전경인의 개념은 예컨대 로빈슨 크루소나 '고상한 야만인'의 이미지를 포함하는 것은 아니다. 주지하다시피, 로빈슨 크루소는 자유 기업 정신을 숭상하는 서구 부르주아 계급의 개인주의가 만들어 낸 신화인 반면에, '고상한 야만인'은 부르주아 체제의 비인간성을 고발하면서도 인간 생존의 원초적 형태를 고립된, 원자화된 개인의 이미지로서 상정할 수밖에 없었던 소시민 지식인이 만들어 낸 허구이다. 신동엽이 말하는 전경인은, 말할 것도 없이, 공동체를 전제로 하는 개념이다.

우리들에게도
생활의 時代는 있었다.
……
왕은,
百姓들의 가슴에 단
꽃.

군대는,
백성의 고용한
문지기.

앞마을 뒷마을은
한 식구,
두레로 노동을 교환하고
쌀과 떡, 무명과 꽃밭
아침 저녁 나누었다.

가을이면 迎鼓, 舞天,
겨울이면 씨름, 윷놀이,
오, 지금도 살아있는 그 흥겨운
農樂이여.

시집가고 싶을 때
들국화 꽂고 꽃가마,
장가가고 싶을 때
정히 쓴 이슬마당에서
맨발로 아가씨를 맞았다.
……
서로, 자리를 지켜 피어나는
꽃밭처럼,
햇빛과 바람 양껏 마시고
고실고실한 쌀밥처럼
마을들은 자라났다.

地主도 없었고

官吏도, 銀行主도,

특권층도 없었었다.

—「금강」 제6장 부분

평등하고 조화로운 사회적 관계에 기초하여 협동적 노동과 축제와 건강한 문화가 꽃피었다고 생각되는 '생활의 시대'는 위에서 보듯이 신동엽의 문학에서는 흔히 민족의 상고 시대의 역사에서 발견되는 것이다. 우리는 민족사의 과거에 대한 이 시인의 관심의 초점이 거의 언제나 북부여, 마한, 진한, 백제, 또는 고구려 등등 상고대에 겨냥되어 있고 통일신라, 고려 귀족 사회, 이조 봉건 사회 등은 회복해야 할 '생활의 시대'의 범주로부터 철저히 배제되어 있음을 주목해야 한다. 그러니까 민족 공동체의 과거에 대한 시인의 회상은 단순히 복고적인 것이라 할 수가 없다.

과거를 보는 그의 관점은 매우 선택적이며, 이 선택이 가지는 의미는 다분히 정치적이다. 우리가 상고 시대에 대한 신동엽의 묘사를 두고 그것이 과학적인 고증을 거친 것인가 하고 묻는 것은 초점이 빗나간 질문이 될 것이지만, 역사적·인류학적 관점에서 볼 때 그 묘사는 어느 정도 이상화된 대로 사실에 부합하는 바가 있다는 것은 부정하지 못할 것이다. 사람은 단순히 공상 속에서 이상적인 사회를 그리지 못할 것은 없다. 그리하여 아무런 억압이 없는, 자족적인, 허구의 세계 속에서 위안을 구하는 것도 가능한 것이다. 그것과는 조금 다른 노력이라 하더라도, 예컨대 서정주에게서 신라가 그러한 것처럼, 추상적으로 정신화된 한 세계에 대한 개인적 집착을 통하여 어떤 종류의 마음의 기술을 획득하려는 시도도 무의미한 것은 아닐 것이다. 그러나 신동엽에 있어서 상고 시대에의 회상이 갖는 의미는 단순한 향수나 그리움의 감정 속에 매몰될 수 있는 무해한, 마음의 위무로 될 수 있는 것이 아니다. 신동엽에 있어서 상고 시대의 모습은 단순히 공상적인 것이 아니다. 민족사의 시원(始原)에 존재했던 조화의 경험은 민족의 일부로서 자기 자신의 운명을 자각하는 시인의 정치적 상상력에 불을 지르는 것이다. 상고 시대의 건강하고 조화로운 삶에 대한 회상은 그대로 현실에 대한 뿌리로부터의 비판을 겸한다는 것은 두말 할 필요가 없다. 우리는 상고 사회에 대한 신동엽의 묘사가 이러저러한 구체적인 디테일에 언급하되 반드시 그것들은 삶의 전체적인 모습을 환기하는 데 기여하고 있음을 간과할 수 없다. 요컨대 그의 관심은 총체적인 사회 구조, 삶의 방식을 보는 데 치중해 있는 것이다.

한국 현대시의 공간에서 시인 신동엽이 어떤 독보적인 성격을 보여 준다면, 그것은 그의 비판적 시각이 항상 전체적인 생활 방식으로서의 오늘의 문명 자체를 향해 있다는 점에서 찾을 수 있을 것이다. 협동적 노동, 평등한 분배, 특권 없는 무정부의 마을, 인간과 자연과의 유기적인 관계를 의식하는 문화—이러한 심상들은 좁은 의미의 정치적 비판을 위해서라기보다는 문명에 대한 근본적인 비판에 기여하는 것이라 할 수 있다.

신동엽의 문명 비판에서 핵심적인 개념의 하나는 '알몸' 또는 '알맹이'라는 말이다.

그러나 여기에서 주의해야 할 것은 그들〔위대한 작가들〕이 더듬은 길은 전(前)체제의 부정을 위한 부정에 머문 게 아니고 어디까지나 본연의 인간다운 모습을 찾으려 몸부림 친 것이었다는 것이다. 바꾸어 말하자면 가장 인간다운 인간의 나체(피줄기)를 근저에 두고 그 위에다 문명이라는 축적물을 쌓아올릴 때 그 문명 체계의 난숙기, 즉 축적물의 최고봉에 오르면 근저에 놓여 있는 인간성

은 문명이라는 축적물의 부피로 말미암아 망각당하거나 무시되고 마는 것이
며…… 그리하여 인류사에서 이러한 가치 변동의 현상이 되풀이될 때마다 민감
한 반항아들이 머리를 들고 인간적인 인간의 알몸을 보듬어 보려고 몸부림 친
것이었다.

　　　　　　　　　　　　　—수필 「전환기의 인간성에 대한 소고」(1951) 부분

그러나 새로운 우리 이야기를 새로운 대지 위에 뿌리 박고 새로운 우리의 생각
을, 새로운 우리의 사상을, 새로운 우리의 수목을 가꿔 가려 할 때 세상에 즐비
한 잡담들의 삼림은…… 우리의 작업을 기계적으로 방해할 것이다. 황량한 대지
위에 우리의 터전을 마련하고 우리의 우리스런 정신을 영위하기 위해선 모든 이
미 이루어진 왕궁, 성주, 문명탑 등의 쏟아붓는 습속적인 화살밭을 벗어나 우리
의 어제까지의 의상, 선입견, 인습을 훌훌히 벗어던진 새빨간 알몸으로 돌아와
있을 수 있어야 하는 것이다.

　　　　　　　　　　　　　　　　　—평론 「시인정신론」(1961) 부분

　놀랍게도 10년을 격한 두 개의 산문이 문체는 상당히 변했음에도 불구
하고 발상은 근본적으로 일치되어 있음을 보여 주고 있다. 여기서 우리는
근대 문명으로 인하여 인간이 야만 상태로부터 해방되었다고 믿는 사람들
로서는 도저히 이해하기 어려운, 문명 자체에 대한 거부가 명확하게 표명
되고 있음을 본다. 그러나 이것은 단순히 한 시인의 개인적인 편견이 아니
라는 사실이 중요하다. 그러한 발언의 배후에서 우리는, 동아시아 사회에
뿌리 깊은 전통을 가지고 있는 위대한 사회 사상의 하나, 즉 도가(道家)의
가르침에 깊이 공감하는 정신을 만나는 것이다.
　'도가'는 흔히 무욕(無慾)의 지혜를 가르치고 양생법(養生法)을 가르치

는 무해한 신비주의자들로 이해하기 쉽다. 그러나 그것은 본래 봉건 사회의 지배 윤리를 떠받치고 있던 유교 사상에 반대하는 과정에서 형성된 사상이었다. 유가의 사회 윤리 사상이 남성 중심적 · 합리적 · 공격적이라면 도가는 여성적 · 자발적 · 관용적인 것을 강조하였다. 유가가 완전히 인간 중심주의적인 사상이라면, 도가는 자연의 일부로서 인간의 자연에 대한 합일적 · 순종적 태도의 중요성을 역설하였다. 도가의 사상가들이 품은 것은 탐욕적인 것이 아닌 협동적인 사회 이상이었다. 그들은 이상적인 사회의 모습을 과거를 회상하는 방법을 통해서 보여 주었다. 그리하여 그들이 복원되기를 바랐던 것은, 사유 재산 제도가 출현하기 이전, 청동기 시대 초기의 계급적으로 미분화된 '자연 그대로'의 생활 조건이었다. 그런데 고대 사회에 대한 도가들의 기억은 사실상 "이러한 생활 방식을 따르는 집단이 중국 사회의 외곽 지역에서 봉건 시대 후대까지 존속해 있었던" 사실로 인해 강화되었을 가능성이 크다. 조셉 니담에 의하면, 중국의 봉건 제후가 그렇게 자주 싸웠던 상대들인 '오랑캐'들은 실제 이러한 원시 집산주의 생활 방식을 따르고 있었던 집단이었기가 쉽다.

고대인들은 강제 노동과 봉건 영주들의 명령에 복종하기보다는 그들의 일을 공동적으로, 관습에 따라 수행했다.…… 고대 사회에는 노동의 분화가 거의 필요 없었다.…… 그들은 무기 사용의 필요가 없었는데, 그것은 조직화된 전쟁이 없었기 때문이다.…… 그들의 우두머리는 위에서 억압하기를 즐겼던 봉건 영주와는 달리 반은 타의에 의해 그들 내부에서 통솔력을 발휘했고, 농사 짓고 사냥해서 얻은 물건을 분배하기 위해 제례(祭禮)에서 다투었다. 지시적인 강압 대신 자발적인 협조가 있었다. 마지막으로, 고대 사회는 모권적이었을 가능성이 높다. 이것은 도가에게 그토록 친밀했던 여성적 상징에 잔존하고 있는 태고적 의

미가 아닐까.……[3]

지배와 피지배의 체제가 생겨나기 이전의 고대 사회에 대한 동경에 기초하는 한, 도가 사상은 철두철미 민중적 감수성에 의해 침투되어 있었다. 전통적으로 노장 사상은, 유교와는 대립적으로, 세속적 성공에서 유리된 사람들의 철학이었을 뿐만 아니라 역사상의 수많은 민중 봉기가 어떤 식으로든 도가 사상과 연결되어 있었다. "수놓은 옷을 입고, 날카로운 칼을 차고, 음식에 싫증을 느끼며, 여분의 재산을 가지는 것, 이것은 도적이지 도(道)가 아니다"(『노자』, 제53장)라든가, "부끄러움이 없는 사람이 부자가 되고 훌륭한 웅변가는 고위 관리가 되며…… 작은 도둑은 감옥에 갇히나 큰 도둑은 봉건 영주가 된다"(『장자』, 제29편)고 할 때, 봉건 체제에 대하여 적의를 표시하는 도가들의 말투는 격렬하다.

도가 철학이 결코 은둔자를 위한 것이 아닌 것은, 이 철학의 중심 사상인 '무위'(無爲)의 개념을 살펴보아도 분명하다. 이것은 결코 무활동성을 뜻하지 않는다. '무위'는 본래 자연에 반하는 행위, 즉 '위'(爲)의 반대 개념이다. 그러니까 그것은 자발성, 자연의 순리에 따르는 일을 의미하는 것이다. 이 개념의 의미는 예컨대 "하늘의 뜻에 따르지 않는 일을 추진하는 것은 인간 자신의 본성과 싸우는 일이다"(『淮南子』)라는 말 속에 명확히 나타나 있다. 우리는 여기서 '무위'의 개념에 함축되어 있는 정치적 의미를 놓치지 말아야 한다. 도가의 글 속에 나오는, 가령 나무를 가장 잘 자라게 하는 방법은 가능한 한 사람이 손을 대지 않고 자연에 맡겨 놓는 것이다라고 하는 이야기는, 말할 것도 없이 민중 생활의 행복을 위해서는 국가나 권력

---

3) 조셉 니담, 『중국의 과학과 문명 II』(을유문화사, 1986), 152쪽. 도가 사상의 '급진적' 의미에 관해서는 주로 이 저서의 제10장에 의존한다.

의 간섭이 최소한의 것이어야 한다는 생각을 그 속에 내포하고 있는 것이다. '무위'의 개념의 근원적인 출처의 하나는 아마도 "원시적인 소농민 생활의 무정부주의적인 본성" 속에 있는지도 모른다.[4]

시인 신동엽의 작품 세계가 기본적으로 무위자연이라는 도가의 기본 사상에 깊이 공명하는 마음에 의해 떠받쳐져 있는 사실은 의심의 여지가 없다. 가령,

> 벗이여, 廣漠한 原始林.
> 人間된 거죽 훌훌이 찢어 던지고
> 산돼지 되어 두더지처럼 살아갈 순 없단 말인가.
> ─「이야기하는 쟁기꾼의 大地」 부분

라고 그가 말할 때, 이것은 일견 또 하나의 자연 도피 사상의 과장된 표현으로 여겨질 수 있지만, 여기에는 도가 사상의 핵심적인 관점의 하나인 반인간 중심주의적 태도가 뒷받침되어 있음을 간과할 수 없다. 반인간 중심적 사고는 유가의 인간 중심적 윤리 사상을 비판하는 가운데 도가 사상가들 속에서 발전된 것이다. 그들이 보기에 인간 중심주의적 관점은 인간을 만물의 척도로 삼음으로써 인간에 의한 자연의 착취, 나아가서는 인간에 의한 인간의 지배를 정당화하는 이데올로기였다. 신동엽은 그의 생애의 이른 시기부터 인간 중심주의적 관점에 대한 회의를 품었던 것으로 보인다. 그가 문단에 나오기 전 이십대 초에 쓴 글 「엉뚱한 이론」에서, 그는 인간의 삶의 목적이 무엇인가를 묻고, 그것은 궁극적으로 모든 동물의 경우와 다

---

4) 조셉 니담, 『중국의 과학과 문명 Ⅱ』, 102쪽.

를 것이 없이 '생식'에 있다는 답변에 도달한다. 그는 이것이 자연 법칙이라고 하고, 인간도 자연의 일부임을 강조한다. "유기적인 태양 광선과 지열에 의해 자연 발생적으로 발생한 아메바가 대자연 환경의 작용에 의해서 생물학적으로 생존하여 가듯 인간의 발생, 생존도 이와 조금도 다름없는 자연 법칙의 결과인 것이다." 따라서 인간의 목적은 정치도, 철학도, 예술도 아니고, 다만 '순리'를 따를 뿐이라고 그는 말한다. "문명 시대 이후로…… 구속받고 있는 성적 인간 생활의 자유를 갖기 위하여 이름 좋은 질곡을 벗어 던지기에 인간으로서의 총역량을 경주"해야 하며, "인간의 알몸 위에 축적되어 가고 있는 '불필요한 문명'을 전인류의 생활에서 집어 동댕이 치고" 생명의 법칙에 순응해야 한다는 것이다. 실제로 그의 이런 생각이 나중에 다음과 같은 자연 그대로의 순결한 성(性)에 대한 아름다운 묘사를 가능하게 했음이 분명하다.

너의 눈동자엔
北扶餘 달빛
젖어 떨어지고,

조상쩍 사냥 다니던
太白줄기 옹달샘 물맛,
너의 입술 안에 담기어 있었지.

네 몸냥은 내 안에
보리밭과 함께
살아 움직이고,

맨 몸 채, 뙤약볕 아래
西海바다로 들어가던
넌 칡순 같은 짐승이었지.

—「보리밭」 부분

이런 맥락에서 보면, 그의 유명한 작품 「껍데기는 가라」에 나오는, "껍데기는 가라./ 이곳에선, 두 가슴과 그곳까지 내논/ 아사달 아사녀가/ 중립(中立)의 초례청 앞에 서서/ 부끄럼 빛내며/ 맞절할지니"라는 구절의 의미도 한결 의미심장하다. 여기서 '중립'이 단순한 국제 정치학적 개념을 넘어서는 것임을 조태일 씨가 일찍 주목한 바 있고, 그렇게 함으로써 이 시 전체를 단순한 민족주의적 각도에서 이해하는 일의 부적절성을 시사했지만,[5] 우리는 '중립'의 의미가 여기에서 '무위'의 개념도 내포하고 있다고 추가해서 말해도 될 것이다.

타고난 그대로의 생명에 대한 강한 관심에 있어서 도가적 사고에 대한 신동엽의 친화성은 의심할 수 없는 것이다. 그러나 도가적 전통에 관련하여 신동엽의 현대 시인으로서의 진정한 중요성은, 흔히 잊혀져 온, 도가 원래의 비판적 관점을 자기의 것으로 했다는 점에 있다. 적어도 초기 도가 사상가들 속에 무위의 개념이 가지고 있었던 급진적 성격이 신동엽의 작품에서 고스란히 되살아나 있는 것이다.

내것도,
네것도 없이,

---

5) 구중서 편, 『신동엽―그의 문학과 삶』 (온누리, 1983), 64쪽.

거기 영원의 하늘이
흘러가고 있었다.

—「금강」 제9장 부분

봉건 시대의 관료 지식인들은 관직에 있을 때는 유가가 되고, 관직을 버리면 도가가 되었다는 말이 있듯이, 노장 사상은 전통적으로 많은 지식인들의 교양의 중요한 일부였다. 그러나 봉건 시대의 숱한 귀거래사(歸去來辭)에서 보는 바와 같이, 그 교양은 대체로 심신을 다스리기 위한 개인적 지혜로서 기능했을 뿐이다. 도가에 내재한 급진적인 정치적 의미는 지식인들 사회에서는 거의 희석화되었다. 그러나 대체로 비정치화된 대로 도가 사상은 한국의 인문적 전통의 한 저류로서 전승되어 왔음이 분명하다. 따라서 시인들이나 인문적 지식인들의 교육이 비록 무의식중에라도 부분적으로 도가적 감수성에 영향을 받았을 가능성은 크다고 해야 할 것이다. 이러한 배경 속에서, 민중적 뿌리에 대한 그의 남달리 강한 의식이 작용함으로써 신동엽은 초기 도가 사상가들의 것과 같은 급진적 비판에 도달했던 것이 아닐까. 하여튼 신동엽은 안심입명(安心入命)의 기술로서의 도가 철학에 관심을 기울여 본 흔적은 거의 남겨 놓지 않았다. 일체의 귀거래사와도 그는 인연이 없었고, 그의 관심은 늘 일하면서 사는 사람들에게 있었다. 그가 염원하는 것은,

호미 쥔 손에서
쟁기 미는 姿勢에서
歷史밭을 갈고
뒤엎어서

씨 뿌릴
그래서 그것이 百姓만의 천지가 될……

—「주린 땅의 指導原理」 부분

세상이다. 신동엽이 고등 교육을 받고, 시인으로서 활동하고, 교사의 직업을 가지고 있었던 한에서 그 자신이 노동하는 민중의 삶에 일치되어 있었다고 말하기는 어렵지만, 그러나 그는 자신이 그 속에서 태어났고 성장했던 민중 사회로부터 감정적으로 유리되어 본 적이 없었고, 민중의 생활 현실은 그가 사물을 인식하고 평가하는 데 늘 기본적인 기준이었다. 고통이 크든 작든 민중의 생활을 바라보는 그의 시선은 항상 연민과 동정에 차 있었던 것으로 보인다.

지금도
흰 물 내려다보이는 언덕
무너진 토방가선
시퍼런 풀줄기 우그려넣고 있을
아, 죄 없이 눈만 큰 어린것들.

—「4月은 갈아엎는 달」 부분

상엿집 양달 아래
콧물 흘리며
국수 팔던 할멈.

—「눈 날리는 날」 부분

……두부 한 모 사가지고

종종걸음치는 아낙의 치마자락이

나의 먼 時間 속으로 묻힌다

　　　　　　　　　　　—「창가에서」부분

　민중 생활에 대한 깊은 연민의 마음은 시인으로 하여금 자연스럽게 민족 현실로 나아가게 한다. 신동엽이 분단 상황에 주목하고, 부패한 정치를 질타하고, 외세의 개입에 항의하는 것은 어떤 사회과학적 분석의 결과가 아니다. 그에게 있어 민족 현실이 중요한 것은 그것이 '만백성의 살림마을'이기 때문이며, 그 자신이 '백성과의 연분'을 뗄 수 없는 시인이었기 때문이다. 시인의 사회적 역할은 그에게 있어서 예언자적인 것이었다. 이것은 놀라운 일이 아니다. 극도의 분업화로 떨어진 오늘의 세계에서 시인은 거의 유일하게 통일적인 인식을 표현할 수 있는 존재라고 생각되는 것이다. 여기서 그의 초기의 산문 「발레리의 시를 읽고」는 현대 사회에 있어서 시인의 기능에 관한 그의 관점이 일찍부터 확립되어 있었음을 시사해 준다. 그는 이 글에서 발레리의 시의 난해성에 언급하여, 그것은 '발숙기 자본주의 문명의 잉여물'로 볼 수 있는 것으로서 무거운 현실적인 체험도 책임도 가질 필요가 없다고 느끼는 사람들의 유희 또는 사기 행위라고 규정한다. 따라서 그것에는 사회적 관심이 배제된 극도의 기술적인 세련이 가해져 있을 뿐이다. 그 결과, 그것은 마치 비범한 기술을 가진 요리사가 요리의 묘법에 도취한 나머지 빛깔과 향기와 모양은 훌륭하지만 먹을 수는 없는 요리를 만들어 낸 것과 같다는 것이다. 그래서 "그가 만약에 오늘의 조선 땅에서 살고 있다면은 천치바보가 아닌 이상 언어 나열의 요술법에만 정신을 팔고 있을 여유는 절대 있을 수 없었을 것이다.…… 그도 필연적으로 단어의 옷치장이 아니라 충일하는 현실의 내용을 따 담으려 절규했을 것이다"라고 단정한다. 여기서 신동엽의 이러한 비판이 과연 발레리에 대한 공정한 비판인지 어떤지 묻는 것은 의미 있는 일이 아니다. 발레리의 시가 대중과의 개방적인 교류 위에 기초되어 있지 않은 것은 분명한 사실이며, 그러한 문학이 도가적 감수성으로 볼 때 극히 부자연스럽다는 것도 틀림없는 사실일 것이다. 하여튼 예술을 위한 예술의 추구라는 관념은 신동엽에게는 거의 생리적인 혐오의 대상이 된다. 그것은 시의 본질과도 상관이 없을 뿐만 아니라, '조선의 현실'에 있어서도, '인류 문화가 위대한 실험기에 들어선 현세기'에 있어서도 그것은 우매한 인간 정신의 표현일 뿐이라는 것이다.

우리는 여기 이르러 그 무렵 한국 시단에 지배적인 경향이던 서구 문학에의 관심, 또는 좀더 좁혀서 모더니스트적 포즈가 신동엽에게는 거의 나타나지 않았던 까닭을 짐작하게 된다. 이것을 좀더 구체적으로 이해하기 위해서, 조금 우회적인 방법이긴 하지만, 1960년대에 씌어진 김수영의 평문 한 구절을 인용해 보기로 한다.

> 시인의 스승은 현실이다. 나는 우리의 현실이 시대에 뒤떨어진 것을 부끄럽고 안타깝게 생각하지만, 그보다도 더 안타깝고 부끄러운 것은, 이 뒤떨어진 현실을 직시하지 못하는 시인의 태도이다. 오늘날의 우리의 현대시의 양심과 작업은 이 뒤떨어진 현실에 대한 자각이 모체가 되어야 할 것 같다.…… 세계의 시 시장에 출품된 우리의 현대시가 뒤떨어졌다는 낙인을 받는 것을 두려워하기 전에, 우리들에게는 우선 우리들의 현실에 정직할 수 있는 과단과 결의가 필요하다. 우리의 현대시가 우리의 현실이 뒤떨어진 것만큼 뒤떨어지는 것은 시인의 책임이 아니지만 뒤떨어진 현실에서 뒤떨어지지 않은 것 같은 시를 위조해 내놓는 것은 시인의 책임이다.[6]

---

6) 김수영, 『퓨리턴의 초상』(민음사, 1976), 121쪽.

어떤 시대가 다른 시대에 비해서 문학 · 예술의 창조에 좀더 고무적일 수 있다는 것은 말할 필요가 없다. 그러나 과연 어떤 시대가 예술에 유리하고 또는 예술에 불리한지 미리 판별할 수는 없으며, 또 예술이 꽃피었던 시대가 반드시 행복한 시대였다는 것을 보여 주는 증거도 없다. 김수영이 위에서 말하고자 한 바는 한국의 시인들이 한국의 사회 현실에 충실한, 정직한 작품을 써야 한다는 것이다. 이 생각 자체는 나무랄 데가 없고, 당시로서 절박한 문제를 언급한 것이라고 할 수 있다. 그러나 문제는 이 문맥에 동원된 '후진성'의 개념이다. 더구나 그것은 '세계의 시 시장'이라는 우스꽝스런 개념과 결부되어 있는 것이다. 우리는 여기서, 비록 무의식중이었을는지 모르지만 김수영에게 서구적 근대 문화를 가치 평가의 기준으로 보는 사고가 있다는 점을 간과할 수 없다. 이것은 물론 김수영 개인에 끝나는 문제가 아니다. 김수영과 같은 우수한, 자의식이 강한 시인조차 그 덫에서 해방되기가 어려웠던, 아마도 지금까지 계속되고 있는, 종속적 문화 의식이 문제인 것이다. 아마도 이런 시선으로 보면, 서구 문화에 대해 어떤 열등감도 느끼지 않을 뿐만 아니라 오히려 근대 서구 문명에서 생명의 자연스런 발현을 억누르는 '껍데기'를 보는 신동엽과 같은 시인의 사고 방식은 편협한 민족주의로 비쳐질지도 모른다. 다 같이 민족 문학의 발전에 선구적 역할을 했던 시인들이지만, 이 문제로 김수영과 신동엽 사이의 결정적인 분기점이 마련되는 것으로 보인다. 두 시인의 차이는, 근본적으로, 서구적 교양이나 민족 의식의 유무가 아니라 민족과 인간의 현실을 파악하는 기준의 차이라고 할 수 있다. 신동엽이 민족 현실의 불행에 주목할 때, 그것은 다른 어떤 선진 사회와의 대비를 통해서가 아니었다. 그의 척도는 '영원의 하늘'이라고 그가 종종 일컫는, 고대의 이상 사회의 이미지였다. 이러한 인류학적 관심은 시인으로 하여금 폭 넓은 시야에 도달하게 하고, 그 무렵의 시

인으로서는 드물게 제3세계 민중의 공통한 운명을 보는 능력을 부여하기
도 한다.

> 비 개인 오후 미도파 앞 지나는
> 쓰레기 줍는 소년
> 아프리카 매 맞으며
> 노동하는 검둥이 아이,
> 오늘의 논밭 속에 심궈진
> 그대들의 눈동자여, 높고 높은
> 하눌님이어라.
>
> ―「水雲이 말하기를」부분

> 알제리아 黑人村에서
> 카스피海 바닷가의 村아가씨 마을에서
> 아침 맑은 나라 거리와 거리
> 光化門 앞마당, 孝子洞 終點에서
> 怒濤처럼 일어난 이 새 피 뿜는 불기둥의
> 抗拒……
>
> ―「阿斯女」부분

장시 「금강」을 통해, 우리는 '영원' 의 개념이 신동엽에게는 역사적 투쟁
에 직결되어 있는 개념임을 확인한다. 이 시에서 시인은, 동학농민전쟁과
4 · 19의 경험을 한국 현대사에 '영원의 하늘' 이 잠깐 열렸던 경험으로 이
야기한다. 그가 보는 방식으로는, 반봉건 · 반외세와 반독재 투쟁 사이에,
그것들이 본질적으로 민중의 자기 해방 운동의 표현인 한, 특별히 주목해

야 할 차이는 없었다. 이 시의 중심적 줄거리를 이루는 동학농민전쟁은 결과적으로 성공하지 못한, 민중의 패배로 끝난 혁명 운동이었다. 그러나 시 「금강」이 암암리에 품고 있는 좀더 진정한 주제는, 그것이 비록 실패로 끝난 운동이라 해도, 그것을 통해 '영원의 하늘'을 잠깐 동안이나마 보는 집단적인 체험이 가능했고, 그 경험과 그 경험에의 기억은 우리의 비극적인 현대사에 다른 무엇으로 대치할 수 없는 빛이 되어 왔다는 것이다. 실제로 시인은 이 시의 말미에서 주인공 신하늬의 죽음 뒤에 그의 아들의 출생을 이야기함으로써, 어떠한 좌절에도 불구하고 민중 속에서 끊어지지 않고 지속될 해방 운동을 암시하고 있다.

그러나 투쟁의 지속성을 믿는다 하더라도, 그것이 바로 역사의 진보에 대한 믿음으로 직결되는 것은 아닐 것이다. 이렇게 말하는 것은, 「금강」에서 엿볼 수 있는 시인 신동엽의 역사관이 다분히 반복적·순환론적인 관점이 아닌가 하고 느껴지기 때문이다. 거기에서 동학의 시대와 4·19는 한 평면에서 동일한 사건이 시차를 두고 되풀이되어 일어난 것으로 파악되고 있을 뿐, 그 사이 백 년의 시간에 경험된 변증법적 발전 과정은 전혀 고려되어 있지 않다. 이것은 본질적으로, 신동엽의 상상력의 비변증법적인 특성과 관련이 있을 것이다. 위에서 살펴보았듯이, 그의 상상력의 중심적 움직임은 거의 언제나 '영원의 세계'와 현실의 세계와의 단순한 대비에 기초해 있었다. 이러한 단순한 대비는, 짧은 서정시에서는 안 보일지라도 「금강」과 같은 큰 분량의 장시에서는 금방 문제점으로 드러난다. 이 시는 군데군데 신동엽 특유의 간결한 감명적인 구절들을 만나는 재미를 적지 않게 제공하지만, 하나의 긴 이야기의 조직으로서는 여러 면에서 약점을 노출한다. 그가 이 시에서 제시하는 동학농민전쟁의 배경과 과정에 대한 서술은 표준적인 역사 교과서의 테두리를 별로 넘어서지 못하고 있다. 예를 들어,

역사를 움직이는 것은 민중이라고 할 때 민중의 주체성은 억압 체제하에서 어떻게 성장하는가 하는 문제 같은 것이 충분히 동태적으로 탐구되어 있지 않다. 뿐만 아니라 모순적인 현실이 자기 부정의 계기를 내포하고 있는 점에 대한 충분한 인식도 눈에 뜨이지 않는다. 그 결과, 이 시의 기본 줄거리는 상당히 평면적인 것으로 되고 지루한 것이 되고 만다.

시인으로서 신동엽이 받을 수 있는 좀더 심각한 비판은 그가 늘 구체적인 현실 묘사를 추상적인 본질로 대치하려는 경향에 기울고 있다는 사실이다. 그는 눈앞의 현실을, 자상하게 분석·연구하고 그 구체성 속에서 풍부하게 묘사해야 할 것으로서보다도 단 몇 마디로 그 본질을 개념화하는 대상으로 접근하는 경우가 많다. 그리하여 그의 시에서 많은 경우 현실은 빈곤한 것으로 되고, 때에 따라서는, 예를 들어 "출렁이는 네 가슴만 남겨놓고/ 이 균스러운 부패와 향락의 불야성(不夜城) 갈아엎었으면⋯⋯"과 같은 너무나 안이한 상투어로 떨어지거나, "삼천리 강토를 침략하는 자 누구냐/ 아, 어느 놈이/ 조선을 저의 방패로 삼으려 하는 것이냐⋯⋯"에서 보는 바와 같은 시 이전의 격앙된 감정의 분출이 나타나는 것이다.

그러나 현실에 대한 구체적이고 풍부한 묘사를 기대하는 것은 신동엽의 근본 의도에 어긋나는 주문이 될지도 모른다. 그의 기본적인 관심은 하나의 전체적인 생활 방식으로서 오늘의 문명이 왜 근본적으로 거부되어야 하는가를 말하는 것이었다. 그는 우리에게 인간 본연의 자유롭고 소박한 '흙의 문화'의 가치를 일깨워 주고, 우리의 진정한 활로가 기존의 문명을 넘어 내다볼 줄 아는 우리의 능력에 있음을 시사하였다. 이러한 생각을 그는 확고한 믿음을 가지고 일관되게 그리고 단순하게 말했다. (1989년)

기억의 뿌리를 향하여
—심호택 시집 『최대의 풍경』에 대하여

시인 심호택이 마흔이 훨씬 넘은 나이로 처음 시단에 선보였던 작품들은 그의 어린 시절과 그때의 고향 마을 사람들과 자연에 대한 풍부한 기억에 뿌리를 둔 언어의 세계였다. 그 세계에도 불화와 갈등과 균열이 없을 수 없지만, 그러나 그것은 근본적으로 인간 본연의 천진성이 훼손되지 않고, 인간과 자연 사이의 근원적인 교감이 아직도 어떤 형태로든 살아 있는 세계였다. 그러므로 이러한 세계를 기억하는 시인의 언어가 소박하고 따뜻한 휴머니티를 발산하는 것은 당연한 일이었다.

그러나 별로 큰 소리나 격앙된 어조로 말하는 것은 아니지만, 그의 어린 시절의 행복과 평화의 기억을 통하여 시인이 궁극적으로 드러내고자 하는 것은 말할 것도 없이 오늘의 삶의 이 기막힌 불모성—물질적 생활의 비할 수 없는 향상에도 불구하고 우리의 삶과 영혼이 거의 회복하기 불가능할 정도로 파괴되거나 더럽혀져 있다는 인식이다. 심호택의 이러한 작품들에서 우리가 단지 감미로운 향수가 아니라 어떤 형언하기 어려운 비애를 느낀다면 아마도 그 까닭은 이제 그러한 행복과 조화의 세계가 오직 기억 속에서만 존재할 수밖에 없다는 사실을 우리가 인정해야 하기 때문인지도 모른다.

　이른바 근대화의 과정을 통하여 산업 문화의 배타적인 지배력이 강화되고, 그와 함께 진행되어 온 삶의 전체적인 붕괴 과정에서 우리는 이제 오직 문학과 예술 속에서만 인간다운 삶의 모습이 잔영으로나마 남아 있음을 발견하는 것이다. 그런데 문제는 어느덧 진지한 문학이나 예술 작업에 있어서 지금은 그것이 오로지 '기억 작용'을 통해서만 삶다운 삶의 모습에 다가갈 수밖에 없게 되었다는 점이다. 과학 기술과 지식과 정보의 엄청난 '진보'에 정확히 대응하여 인간과 인간적 삶은 극도의 위축을 강요당해 왔고, 그 결과로 그 편린이나마 예술적으로 반영할 만한 조화의 현실이 사실상 거의 완전히 사라져 버린 것이다. 오늘날 이런 기초적인 현실을 고려하지 않은 모든 문화적 담론은 공허한 잡담에 지나지 않는다.

　그러니까 '기억'은 오늘날 대부분의 지각 있는 사람들에게 있어서 인간다운 삶으로 들어가는 유일한 통로가 되었는지 모른다. 시인들이 기억 작용을 통하여 '삶'의 재생을 꿈꿀 때 그것은 현실에 대한 우회적인 발언을 위해서가 아니라 그들로서는 진정한 작업을 위해서 거의 유일하게 주어져 있는 가능성을 붙잡으려는 노력이라고 할 수 있고, 그것은 무엇보다도 이 기막힌 생산 지상주의, 상품 소비주의 시대에 대한 비판적인 현실 인식을 전제로 하고 있는 작업이라는 것을 이해할 필요가 있다.

　여기서 중요한 것은 기억의 사실성이 아니다. 시인이 보여 주는 회상의 내용이 과연 사실적인 근거에 입각한 것이냐 아니냐를 따지는 것은 무의미한 일이다. 꿈꾸는 사람의 꿈꾸는 방식에는 행복의 경험을 향해 나아가는 특이한 더듬이가 있다. 그러므로 회상의 과정에 생략과 왜곡 또는 과장이 개입되는 것은 피할 수 없는 일이다. 그리고 그러한 생략과 왜곡과 과장이야말로 제거되어야 할 어떤 것이 아니라 사람의 그 어떤 것으로도 대체할 수 없는 독특하고도 신비스러운 생명 활동의 생생한 흔적으로 읽혀져야 옳을 것이다.

그러나 무엇보다도 시적 회상의 가장 큰 특성은 그것이 과거에 대한 개인적인 취미나 열정이 아니라 현재와 미래에 대한 관심과 발언이라는 것이다. 시인은 미학적 조화에 예민한 사람이다. 그는 다른 어떤 고려에 앞서서 사물과 세상과 인심의 아름다움과 추함에 날카롭게 반응하고, 이것이 그 자신의 도덕적인 감수성과 정치적인 상상력의 방향을 규정한다. 시인에게 있어서 심미적 욕구는 그의 도덕적·정신적·정치적 욕구와 분리되어 있는 것이 아니다. 무엇을 아름다운 것으로 기억하느냐 하는 것은 미적 판단이면서 동시에 그렇게 기억하는 사람—그리고 그것을 받아들이는 사람—의 도덕적·정치적 관심을 드러내는 것이다.

그러한 관심은 개인의 일회적이고도 독특한 삶의 반영인 만큼 불가피하게 하나의 편견이 될 수밖에 없을 것이다. 이 편견은 사람의 어쩔 수 없는 한계로서 끊임없는 정치적 조정을 필요로 하는 것이지만, 동시에 인간다운 삶에 없어서는 안 될 영원한 매력과 신비의 원천이라고 할 수 있을지 모른다. 어떻든 시에 있어서 중요한 것은 사실성의 문제도 아니고, 시인의 시적 회상의 내용과 그 암시적인 메시지가 갖는 편향성의 문제도 아니라는 것은 길게 말할 필요가 없다. 우리가 물어 보아야 할 좀더 의미 있는 질문은 시인의 회상이 얼마나 진정한 감정으로 이루어졌느냐 하는 것일 것이다.

심호택의 첫 시집 『하늘밥도둑』(1992년)은 일찍이 시인 백석이 보여 주었던 것과 본질적으로 같은 방식으로 '기억의 미학'을 재현하는 데 성공한 것으로 보인다. 시인 이시영은 이 시집을 예컨대 작가 이문구의 『관촌수필』의 성과에 비교할 만하다고 말하였지만, 이러한 평가가 실제로 가능한 것은 『사슴』이나 『관촌수필』에 못지 않게 심호택의 첫 시집을 떠받치고 있는 근본 감정의 진실성 때문일 것이다.

이미 삶이란 고통이라는 것을 몸으로 체득한 나이 든 사람의 귀향에 새삼스러운 흥분이 수반되기는 어려운 법이다. 더욱이 시인 백석의 시대에서는 상상하기도 어려웠을 물리적·문화적·생태적 파괴가 이 나라의 모든 '고향'을 뿌리로부터 망가뜨린 다음의 세월이 아닌가? 심호택은 그의 첫 시집에서 실제로 물리적인 귀향을 시도하는 몇 편의 작품을 보여 준다. 그러나 그 시도는 참담한 비애와 고통을 낳을 뿐이다. 다만 그것이 우리의 영혼을 들어올릴 수 있는 순간으로 발전하는 것은 그 고통의 귀향 체험이 인간다운 소박한 삶을 불현듯 상기시켜 주는 계기로 작용할 때이다. 요컨대 첫 시집에서 시인 심호택의 진정한 성취는 그의 귀향이 기억 속으로의 귀향이 될 때이고, 그 자신의 현실적 비애와 고통이 크면 클수록 그 기억 작용은 한결 더 집요한 것이 되고 절실한 것이 된다. 사람이 물에 빠지면 살아나기 위해 본능적으로 팔다리를 움직이듯이 시인은 '익사'를 면하기 위하여 본능적으로 기억 속의 유토피아로 들어가는 것인지도 모른다.

그러나 그러한 기억 속의 귀향이 단순한 현실 도피이거나 복고 취미의 발현이 아니라는 것은 말할 필요가 없다. 시인 자신이 "흘러간 시냇물은 물레방아를 돌릴 수 없다고 사람들은 말하지만/ 푸른 하늘 아래 수없는 들판 건너/ 마음의 물레방아를 돌리러/ 오늘도 흘러간 시냇물은 오네"라고 말한다. 여기서 다시 흘러오는 시냇물에 관한 언급은 물론 시적인 공간, 심리적인 시간의 이미지에 기초하고 있다. 이것은 현실을 외면하는 이미지가 아니라 현실을 묻고 비판하는 이미지이다. 그렇다는 것은 여기서 시인은 자기 자신 속에 '갇혀 있는' 온갖 생명과 자연에 주목하고, '짐승들의 안부'에 커다란 궁금증을 드러냄으로써 반생명성을 그 본질로 하고 있는 오늘의 문명 생활에 대하여 근본적인 항의를 표현하기 때문이다. 물론 시인이 기억하는 과거의 어떤 삶의 모습은 굶주림과 억압과 고달픈 노동이 불가피하게 존재하는 어떤 인간 공동체의 이미지이다. 그러나 그것은 본질적으로 인간 그 자체가 제거당하고 있는 불모의 기술 시대의 가공할 현실과는 비교할 수 없이 건강한 인간 공동체의 모습이라고 할 수 있다. 그러니까 고향의 이미지에 바쳐지고 있는 심호택의 첫 시집에서 시도되는 것은 결국 모든 진정한 문학과 예술의 항구적인 주제라고 할 수 있다. 다시 말해 그것은 '빵만으로 살 수 없는' 인간에 대한 관심— '인간이란 무엇인가' 라는 물음을 다시 근본적으로 제기하는 일이었다.

그런데 이번에 나온 심호택의 두 번째 시집은 첫 시집에서 드러나는 것과는 상당히 다른 진행 과정을 보여 주고 있다. 간단히 말하면, 첫 시집이 구조적으로 초점이 있는 세계였다고 한다면, 이번 시집은 구조적인 통일성이 결여되어 있을 뿐만 아니라 상당한 혼란을 드러내고 있는 것으로 보인다. '혼란' 이라고 하였으나, 물론 두 시집 사이에 연속성이 존재하지 않는 것이 아니다. 오히려 단순히 일별하여 얻는 인상으로는 이번 시집은 첫 시집의 연장선에 있는 것으로 볼 수 있을 만큼 시인의 독특한 말씨와 인품과 관심이 변함없이 느껴진다고 할 수 있다. 대개 '겠지', '하였지' 라고 하는 부드러운, 단정을 짓지 않는 어미(語尾)의 사용으로부터 늘 적극적인 자기 주장 대신에 안으로 감추고 삭이려는 태도에 이르기까지 얼핏 보면 달라진 것은 없다고 할 수 있을지 모른다.
게다가 외관상으로는 이번 시집은 여러 다양한 주제에 관계하는 작품들을 포함하고 있기도 하다. 가령 첫 시집에서 그다지 두드러진 것이었다고 할 수 없는 정치적 언급, 현실 참여적인 자세의 암시가 여러 곳에서 나타나고 있을 뿐만 아니라, 시인 자신이 몸담고 있는 대학 사회에 대한 풍자, 지식인으로서의 자의식, 자신의 시와 직분에 대한 염려—이러한 것들에 대한 관심이 많은 작품의 모티프를 이루고 있다. 관심의 다양화와 확대는 물론 좋은 일일 것이다. 그러나 이러한 표면적인 수준에서의 다양화가 무엇을 의미하고, 무엇을 잃고 얻은 것인지를 살펴보는 것이 정말 중요한 일일 것이다.

적어도 내게는 이번 시집에서는 제5부에 실려 있는 작품들이 가장 읽을 만하고, 말하자면 분명한 초점이 있는 작품들로 보인다. 그런데 주목할 것은 바로 이 작품들은 첫 시집 『하늘밥도둑』의 대표적인 작품들과 동일한 상상적 세계에 속한다는 사실이다.

제5부를 제외하고 다른 부분에서 볼 수 있는 작품들은 대체로 주어진 소재를 잘 소화하여 무리 없이 엮어 내는 시인의 평소의 기량에 변함이 없다는 것을 알려 주고 있지만, 그렇다고 괄목할 만한 성취에 이르렀거나 기억할 만한 시적 공간을 창조한 것으로는 보이지 않는다. 이것은 유감스럽지만 인정할 수밖에 없는 사실이다.

물론 첫 시집에서도 심호택은 적극적인 자기 주장을 삼가는 특징적인 태도를 보여 주었다. 그러나 그러한 태도가 거기에서는 구조적 일관성을 지탱하는 정신적 원리로 작용하고 있었다. 그런데 이번 시집에서는 그의 그러한 태도가 오히려 미지근한 정열, 철저하지 못한 물음 같은 것과 연결되어 있다는 암시를 주는 경우가 많은 것이다. 일일이 예를 드는 것이 번거로울 정도로 실제로 이러한 작품은 이번 시집에서는 전형적인 것이 되어 있다는 인상을 준다.

가령, 「김추록선생의 양어장」이라는 작품에서 시인은 '가시수풀' 같은 세상을 살아가고 있는 어떤 지인(知人)의 고단한 삶에 주목하고, 온갖 역경에도 불구하고 '그래도 웃고' 있는 그이의 사람됨에 관해 언급하고 있다.

그런데 여기에서 시인의 시선은 거의 상투적인 수준의 동정심을 벗어나 있지 않고 있을 뿐만 아니라, 마지막 구절, "당신은 그래도 웃고 있더군요"—이 구절 때문에 그나마 이 작품의 극히 산문적인 분위기에 약간의 시적 변용이 주어졌다고 할 수 있지만—에서는 너무나 쉽게 상황을 처리해 버리고 마는 안이한 태도가 느껴지는 것이다. 시인의 시선이 상투성에서 해방되어 있지 못하고, 결론이 너무 쉽게 내려지고 있다고 하는 것은 이 작품에서 새로운 언어를 발견할 수 없다는 뜻이기도 하다. 물론 우리는 여기에 그려진 인간 경험과 그것에 접근하는 시인의 인간적인 마음씨에 공감을 느끼지 못하는 것은 아니다. 그러나 그 공감은 시인 자신의 내면적 언어에 의하여 구체적으로 밀도 있게 포착된 것이 아니기 때문에 단지 피상적으로 일반화된 공감의 수준보다 깊이 있는 것이 되지 못한다.

요컨대 「김추록선생의 양어장」을 포함하여 이번 시집의 많은 부분에서 우리가 느끼는 것은 사물과 경험의 내부로 시인이 들어가지 못하고 밖에서 겉돌고 있다는 인상이다. 번거롭지만 또 하나의 예를 들어 얘기한다면, 가령 「자세히 보아라」에서는 대학 교원이기도 한 시인이 언젠가 학생들을 '이끌고' 계룡산에 갔다가 그곳 여관의 창문을 열었을 때의 경관에 대한 느낌을 표현하고 있다. 그때 시인의 마음에 인상적이었던 것은 겨우내 '바윗덩이와 한통속'이었던 얼음장이 봄기운에 녹아서 물이 되어 흐르는 모습이었다.

무엇인가
쓰러지고서야 봄이 온다
나는 그 순환을 응시한다

대체로 산문적인 본문에 뒤이은 이러한 결론 부분으로 인하여 이 작품이 어느 정도의 시적인 생채를 얻고 있는 것이 사실이다. 그러나 이 결론 부분이 어떤 시적 발견을 드러내고 있기는 하지만, 역시 진부한 표현이라는 것을 우리는 느끼지 않을 수 없는 것이다. 다만 여기에서 새로운 것이 있다면 그것은 '그 순환'이라는 말이다. 시인은 '그 순환'을 응시한다고 말한다. 그러나 이것이 실질적으로 의미 있는 말이 되자면, 이러한 막연한 철학적 뉘앙스를 풍기는 수준에서 멈출 것이 아니라 '그 순환'의 내부로 들어갈 필요가 있지 않은가? 성급한 판단일지 모르지만, 내가 보기에 그러한 좀더 철저한 탐구가 이루어지지 못한 한 가지 이유는 계룡산으로 학생들을 '이끌고' 갔다고 말하는 교수-시인의 언어 표현과 관계가 있는지도 모른다. 우리의 해묵은 언어 습관은 권위주의 사회에서 오래 살아온 우리의 인간 및 세계관을 반영하고, 우리의 도덕적 상상력에 제약을 가하기 쉽다. 그러므로 이러한 언어적 습관을 근원적으로 묻는 노력과 정열이 약할 때 우리의 삶도, 예술도, 문화도 창조적 활력을 회복하기 어려울지도 모른다. (이런 문제를 떠나서 현실적 체험에 대한 충실성이라는 면에서 보더라도 선생이 학생들에게 이끌려 간다는 것이 좀더 맞는 얘기가 아닐까?)

「이광웅의 죽음」이나 「예세닌」과 같은 작품에서도 사정은 본질적으로 마찬가지다. 여기에서도 새로운 시적 발견이나 시적 긴장이 드러나기보다는 단순히 한 사람의 선량한 마음이 별다른 전략 없이 토로되어 있을 뿐이다. 이웃을 위해 헌신하고 조국을 위해 희생한 선배 시인들에 대한 그리움과 추모의 감정이 나쁘다는 것이 아니다. 그러나 그러한 감정의 소박한 확인이 곧바로 인간적 진실의 깊이까지 꿰뚫고 들어갈 수 없는 것은 분명한 일이다. 요컨대 그러기 위해서는 어떤 철저한 물음을 통한 정신적 돌파력이 있어야 하는 것이 아닐까? 어떻든 철저하고 집요한 물음의 노력이 부족한 데에 심호택의 이번 시집의 결정적인 약점의 원인이 놓여 있는지 모르는 것이다. 예를 들어, 몸이 부자유스러운 사람들이 유기농 농사일을 하면서 모여 살고 있는 어느 원불교 기관을 방문한 경험을 그리고 있는 작품 「자선원」에서도 우리는 시인의 상당히 어정쩡한 태도에 마주친다.

원불교 자선원에서
토마토 사갖고 나오는데
모르는 사람이 인사한다.
······
마당 쓸던 빗자루 멈추고
합장하고
머리 조아리며 웃음짓는다

하지만 형제여 나는
발등에 불덩이가 못내 뜨거워서
신도가 아니란다 계율을 잘 몰라서
나팔꽃 벙글어 찬란한
유월의 아침이 부끄러워서
얼른 맞절하고
너희네 마당을 빠져 나온단다

시인이 여기서 '부끄러움'을 느끼는 심리적 곡절은 이해할 만하다. 육신이 멀쩡한 중산층 지식인인 그는 자신의 가족을 위하여 이른바 '무공해 야채'를 구해 볼 요량으로 이곳을 방문하였는데, 느닷없이 여기서 (단순한 고객에 대한 것과는 전혀 다른) 지극한 공경의 표시에 맞닥뜨린 것이다. 우리는 여기서 매우 예민하게 반응하는 시인의 감수성을 읽을 수 있고, 그러한 감수성이 어떤 인간적인 양심에 연결되어 있음을 느낄 수 있다. 그러나 이러한 상황으로부터 '계율을 잘 몰라서'라는 둔사(遁辭)에 의지하면서 서둘러 벗어나오려는 그의 마음의 움직임에는 어딘가 사태를 정직하게 맞대면 하기를 꺼리는 소심한 태도가 엿보이는 것이다. 게다가 마지막 구절의 끝말 '나온단다'가 주는 약간 가벼운 울림은 이 상황에서의 시인의 '부끄러움'의 강도를 약화시키기도 한다. 어떤 점에서 조금 우스꽝스럽게 느껴지는 '계율을 잘 몰라서'라는 말과 함께 이 마지막 구절의 처리 방식은 이 작품이 '자선원'이라는 독특한 인간 공동체와의 만남의 의미를 골똘하게 들여다보는 대신 단지 그것을 빌미로 하여 시인 자신의 개인적인 자의식을 드러내는 수단이 되게 하는 데 오히려 기여하는 것으로 보인다. 이것은 첫 시집에서 이 시인이 일관되게 보여 준 태도와는 상당히 동떨어진 모습이라고 할 수 있다.

아닌 게 아니라 이번 시집에서 두드러진 것은 시인의 개인적 자의식이 시의 표면으로 자주 나타난다는 점이다. 이것은 특히 한 사람의 시인으로서 자기 자신의 사회적 자아를 의식하는 모습을 보여 주는 여러 작품들에서 두드러지게 볼 수 있다. 그러니까 첫 시집을 전체적으로 물들이고 있는 '순진한 의식'이 이번 시집에서는 '사회적 자아 의식'으로 대체되어 있는 셈이다. 그리하여 심호택은 여기저기서 새로운 시를 위한 고민과 운산(運算)에 마음을 쏟기도 하고, 시인됨의 어려움과 책무를 의식하며, 때로는 자기도 모르게 자신의 시적 재능이나 사회적 비중 따위에 마음을 기울이는 것이다. 그 결과 어느덧 이 맑은 시인의 마음에는 구름이 끼기도 하고, 불안과 초조함이 깃들기도 한다.

시인 심호택이 곤혹스러운 마음의 갈등을 내비치는 이유가 구체적으로 무엇이건 그것이 그의 시와 관련된 어떤 종류의 욕망에 관계되어 있다는 암시는 여러 곳에서 보인다. 아마도 「최대의 풍경」이란 시는 이 시인을 지금 괴롭히고 있는 것이 무엇인가를 조금 구체적으로 짐작할 수 있게 하는 작품 중의 하나일 것이다.

> 내가 마음의 스승을 찾아간 날
> 그 마을에도 숨막히는 가을이 와 있었다
> 그는 뜰을 거닐다가 손을 들어 먼 산줄기를 가리켰다
> 보세요, 저기 차령산맥을
> 저와 같이 내달려 마침내 고군산으로 빠지지요
> 거기 몇 개의 섬을 이루지요
> 이십세기 수백 수천의 시인 가운데
> 발레리를 비롯한 몇 사람이나 살아남겠으며
> 그러니 어찌 무서운 일이 아닌가요
> 나이 육십에 나는 문학을 새로 시작하지요
> 그의 말을 잠자코 들으면서
> 나는 부끄러움에 눈을 떨구었다
> 벚나무 잎새가 발등에 와서 닿았다

무엇이 부끄럽다는 말인가? 문학은 언제나 누구에 의해서나 새로 시작되는 것이 아닌가? 그것을 심호택이 모를 리 없다. 그럼에도 불구하고 그가 부끄러움을 느낀다고 고백하는 것은 '수백 수천의 시인 가운데' 살아남기를 꿈꾸는 선배 시인의 말에 그 역시 공감할 수밖에 없기 때문이며, 그러한 공감은 불후의 명성에 이르려는 어떤 욕망에 자기도 모르게 감염되어 있기 때문인지도 모른다. 시인이 시를 쓰는 것이 살아남기 위한 욕망 때문인가

어떤가 하는 것은 우리가 대답할 수 없는 문제이다. 그러나 여기서 주목할 것은 어떻든 이러한 문제에 대한 흥미는 많은 경우 시인으로 하여금 쓸데 없이 복잡한 상념에 시달리게 하고, 순진한 정열과 마음의 강렬성을 잃어 버리게 한다는 점이다. 그러나 '벚나무 잎새가 발등에 와서 닿는' 것을 문 득 느끼는 시선은 아직 이 시인의 영혼이 사회적 명성 같은 것에 대한 유치 한 관심으로 더럽혀질 수는 없다는 것을 암시해 주는지도 모른다.

그의 첫 시집에서 보여 준 약속대로 심호택의 본령은 아무래도 공동체의 유기적인 삶을 환기하는 데 있음이 분명하다. 그것은 이번 시집에서도 그 러한 경험을 다루는 마지막 부분이 가장 기억할 만한 성과를 거두고 있는 점에서도 확인할 수 있다. 무엇보다도 이런 계열의 작품에서 우리는 그의 언어가 가장 자연스러움을 유지하고 있음을 보는데, 이것은 시인이 여기서 가장 큰 자유를 느끼고 있다는 것을 단적으로 말해 준다.

닭들이 뒤척이는 소리가 들리고, 사랑방의 할아버지 글 읽는 소리 들리 던 어린 시절의 평화를 반추하는 작품 「그날의 평화」의 끝이 "그 다음부터 다/ 세월이 소스라치며 달아난 것은"이라고 마무리될 때, "소스라치며"라 는 말 한 마디는 이 작품에 비상한 생기를 단박 불어넣어 주고 있을 뿐만 아니라 지난 수십 년의 우리의 보편적인 체험에 비추어 매우 적절한 느낌 을 주는 것이다. 또, 「남의 살」이라는 작품에서, 가난하던 시절의 회상 속에 "곤쟁이젓 한점/ 그 잘난 것/ 밥숟갈에 얹으며 어머니는 말하였다/ 남의 살 이 뭔지/ 이것도 남의 살이라고/ 밥이 막 담박질하면서 넘어간다야―"라는 어머니의 말투가 고스란히 되살아날 때, 이 진실로 생기 있는 표현은 근본 적으로 소박하고 건강하게 살아 있는 문화의 산물임을 우리는 쉽게 느끼는 것이다. 그리고 이런 대목들을 통해 우리는 특히 심호택의 시인으로서의 진정한 밑천, 즉 그의 말에 대한 살아 있는 지식과 감각은 대부분 여기서 보는 것과 같은 그의 어머니나 할머니 또는 고향 마을 사람들 속에 뿌리를 두고 있는 것임을 쉽게 감지할 수 있다. 나아가서 그러한 고향 마을의 언어는 오랜 세월에 걸친 농업 중심의 '흙의 문화' 속에서 배태되고 발전되어 왔던 것이라는 것은 길게 말할 필요가 없다. (기계와 기술주의에 대하여 인간을 근본적으로 옹호하려는 문학적 노력에 있어서 그 언어가 농업 문화에 기초한다는 것은 따져 보면 당연한 일이며, 실제로 모든 진정한 시인과 작가는 의식하든 않든 농업적 삶에 근거하는 언어에 궁극적으로 의존해 왔음이 확실하다.)

실제로 심호택은 자신의 세계에서 가장 인간다운 부분이 어떤 식으로든 농경 문화에 뿌리를 둔 것임을 잊지 않는다. 철부지 중학생 시절을 회상하는 작품 「군산중학교」의 말미에서 시인은 자신의 사람됨의 원천에 생각이 미치고 그것을 이렇게 표현한다.

나는 믿는다
오늘의 황량한 바람속에
한톨의 사람다움이 내 안에 있다면
그때 거기서 얻은 거라고

여기서 눈에 띄는 것은 사람다움에 관한 언급이 굳이 '한톨' 이라고 하는 농경적 이미지의 뒷받침을 받고 있다는 점이다. 아마도 이런 이미지는 모든 생명체들과 인간의 운명을 동등한 상호 의존 관계로 늘 파악해 온 농업 공동체의 전통을 떠나서 상상하기 어려운 것일 것이다. 사람이 살기 위해 먹는 쌀 한 톨 한 톨은 결국 하늘의 것이며, 그것을 양식으로 함으로써 우리가 늘 하늘의 보살핌 속에서 삶을 영위한다고 할 때, 그러한 근원적인 관계에 대한 인식 능력은 사람됨의 가장 근본적인 전제 조건을 이룬다고 할 수 있다.

삶의 근원적인 존재 방식에 대한 환기는 아마도 오늘날 우리가 시인들에게서 기대할 수 있는 가장 값진 선물일지 모른다. 심호택은 그의 첫 시집에서처럼 이번 시집에서도 이러한 선물을 더러 준비하고 있다. 「나승개밭」이라는 작품은 흥미로운 얘기를 담고 있다.

할머니 말씀은 노상
노다가 목 마르거든 옥순네 집으로 가거라—
물으 한 그릇 청해 주시오 하거라—
그 말씀이 마냥 가소로웠다
해해해
싫어 싫어 청해 주는 게 또 뭐여!

'물으 한 그릇 청해 주시오'라는 말은 이 작품 속의 소년이 생각하듯이 물론 넌센스가 아니다. 여기에는 사람이 물을 제 마음대로 다룰 수 있는 것이 아니라는 깊은 통찰—그러니까 사람이 물을 얻어먹기 위해서는 무엇보다 물의 마음을 헤아려 물을 향하여 삼가 청을 드릴 필요가 있다는 생각이 들어 있는 것이다. 이것은 할머니 한 분의 생각이 물론 아니다. 우리는 이러한 생각을 샤머니즘의 찌꺼기로 간주하고 간단히 넘어가는 어리석음에 너나 없이 빠져 있지만, 실로 어리석은 것은 우리들 자신이지 이 할머니들이 아니다. 생명의 거룩함과 온갖 생명과의 공생 관계에 대한 본능적인 인식, 모든 생명은 마음을 가지고 있다는 통찰—이러한 것은 진정으로 건전한 인간의 삶을 위해 필수적인 전제 조건이라는 것을 이제 우리는 심각한 생태적 위기의 시대에 이르러 간신히 알아보기 시작하고 있는 것이 아닌가? 오늘날 우리가 경험하는 가공할 정도의 도덕적 붕괴 현상은 본질적으로 생태적 파괴와 직결되어 있다. 생존의 기초 중의 기초인 생태적 기반을 끊임없이 허물어뜨리면서 그 대가로 주어지는 낭비와 '풍요'를 발전이며 진보라고 하는 어리석은 믿음이 활개를 치고 있는 세상은 분명 정신 이상의 세계이다. 인간은 자연의 일부이기 때문에 아무리 그것이 진보와 발전이라고 주장하는 논리가 우세하더라도 산업 문화란 본질적으로 인간 본성에 반한다는 것을 우리의 영혼은 예민하게 느끼고 있는 것이다.

이제 사람다운 소박하고 위엄 있는 삶의 사회적 기초라 할 수 있는 '흙의 문화'는 돌이킬 수 없이 사라지고 있지만, 그러나 우리가 사람다운 삶에 대한 근원적인 충동을 제거할 수 없는 한, 어떤 형태로든 새로운 순환적 농업 문화의 복원을 꿈꾸지 않을 수 없을 것이다. 오늘날 참다운 인간적 삶을 옹호하려는 모든 인문적·예술적 노력은 '흙의 문화'의 새로운 가능성을 모색하는 데 그 창조적인 열정을 집중할 수밖에 없게 되었다. 우리의 인간다움의 마지막 근거는 결국 '흙'을 떠나서는 존재하지 않기 때문이다. 시인 심호택의 성공적인 시편은 우리에게 이러한 문제를 다시 근본적으로 생각하게 하는 계기를 제공하고 있다. 인간이란 무엇인가라는 질문이 결코 탕진될 수 있는 물음이 아니듯이, 이러한 문제도 끊임없이 되풀이되어 추구되어야 할 주제이다. 심호택의 작업이 좀더 집중적인 것이 되어 우리의 문화 속에 뜻있는 발언이 되기를 바란다.(1995년)

시의 구원, 삶의 아름다움

―이선관의 시에 대하여

마산의 시인 이선관―누구에게나 고향이라는 것이 있겠지만, 시인 이선관에게는 마산이라는 삶터가 각별한 의미를 지니는 것 같다. 그는 거기서 태어났고 성장했으며, 시인으로서 또 생활인으로서 줄곧 거기서 살아왔을 뿐만 아니라, 아마 그의 이번 생애의 마지막까지 거기에 머물러 있을 가능성이 큰 것으로 보인다. 생각해 보면 단순히 이런 사실만으로도 이선관의 삶은 기억될 만한 가치가 있는 것이 아닌지 모르겠다.

지난 수십 년 동안의 세월이라는 것은 돌이켜보면 너무나 어이없는 방황과 파행의 연속이었다. 작은 지방 도시 출신으로 고등 교육의 기회가 주어진 사람이라면 자기의 고향을 떠나 서울로, 외국으로 또는 다른 큰 도시로 떠나지 않는 경우는 거의 없었다. 이러한 이탈의 경험은 개인들 각자에게 어떤 구체적인 곡절이 있었건 간에 전체적으로 보아 개개인의 주체적인 선택의 결과였다고 말하기는 어렵다. 이른바 근대화 또는 산업화의 커다란 소용돌이 속에서 강요된 선택이었던 것은 길게 말할 필요가 없다.

보다 넓고 다양한 세계에 접하고자 하는 욕망이 인간성에 내재되어 있는 한 산업화의 과정은 그러한 욕망을 부분적으로나마 충족시키는 계기가 되었다는 것은 부정할 필요가 없을 것이다. 그러나 실제로 그 과정에서 대대적으로 이루어진 생활 공간의 확장과 대규모 이동이 참다운 인간 가치의 증대와 풍부화를 맛보게 하는 경험이 될 수 없었다는 것은 이제 와서 우리가 뼈아픈 심정으로 인정하지 않을 수 없게 되었다. 거의 정신 차리기 어려운 급격한 변화 가운데서 대부분의 사람들은 떠돌이가 되었고, 이기심의 노예로 되었으며, 깊은 자기 망각에 빠져 버린 것이다. 우리의 공동체 윤리는 거의 수습하기 어려울 정도로 와해되었고, 자연 생태계는 끔찍하리만큼 파괴되었으며, 우리의 내면은 공허해져 버렸다. 우리 아버지나 할아버지들로서는 꿈도 꾸지 못했을 호화판 아파트에 막상 들어앉아 보니 그것은 우리 자신의 내면과 정신적인 연결이 있는 참다운 집이 아니라 다만 부동산일 뿐인 것이다. 결국 우리는 오랫동안 헛것을 찾아 헤매어 온 셈이다.

뿌리로부터의 절연, 자기 망각, 헛것에의 끊임없는 손짓—이렇게 지난 수십 년 동안 우리들의 삶의 경험을 요약한다는 것은 물론 지나친 단순화이며 일반화일 수 있지만, 그러나 그것이 오늘날 생각 있는 많은 사람들이 갖고 있는 느낌의 핵심을 건드리고 있는 것은 틀림없을 것이다. 그리고 많은 경우에 이러한 느낌은 처음에 그랬듯이 지금도 역시 개인적으로 어떻게 해볼 도리가 없다는 인식에서 오는 무력감으로 인해 더 강화되는 것인지도 모른다.

1960년대 초 이선관이 마산대학의 학생이었을 때 나는 고등학교에 다녔다. 어떤 기회에 알게 되었는지 정확한 기억이 없지만 나는 문학 공부의 선배인 그를 가끔 만나곤 했는데, 그 무렵 우리가 무엇을 읽거나 쓰고 무슨 얘기를 나누었는지 지금 거의 기억해 낼 수는 없음에도 불구하고 아직까지 선명하게 마음에 남아 있는 것은, 이 발음을 제대로 할 수 없고 불균형한 신체를 가진 인간이 지극히 선량한 표정과 웃음을 늘 머금고 있던 모습이다. 마산의 창동 시민극장 옆에 붙은 한 가정집의 어두컴컴한 그의 방에서 이선관 형이 무엇인가를 서툴고 어렵게 그러나 열심히 이야기할 때, 항상 정다운 웃음을 보이곤 하는 그 모습 뒤에 얼마나 큰 좌절과 고통이 감추어져 있는가를 이해할 수 있을 만큼 나는 성숙해 있지 못했다. 다만 나는 그 선량한 인간이 좋았고, 무엇인가 문학에 관해 듣고 생각을 나눈다는 것에 기쁨을 느꼈던 것 같다.

고등학교를 마치고 나는 그 무렵 대개 그랬듯이 곧 서울로 갔고, 그 후 줄곧 객지를 떠돌아다니는 신세가 되었다. 어쩌다가 부모님을 뵈러 고향에 다니러 가지만, 이미 나는 뿌리가 뽑혀져 있었고, 고향 사람이나 고향 땅에 대한 나의 관계는 막연한 감정적 수준에 머무는 것일 뿐 강력한 생활상의 고리가 있을 수 없었다. 이선관 형은 마산의 토박이로 남아 좋은 작품을 쓰는 시인이 되어 있다는 것을 듣고 있으면서도 나는 객지에서의 내 삶을 꾸려나가는 일에 마음을 뺏긴 채 어느덧 그의 존재도 잊고 있었다. 그러다가 어느 해인지 내가 일하고 있던 학교로 조그만 시집이 한 권 부쳐져 왔는데, 그것은 이선관 형의 시집이었다. 보기에 초라한 작은 시집이었으나 그 속에는 매우 건강하고 소박한 언어로 또 매우 당당한 어조로 한 시인의 시민적·공민적 관심이 표명되어 있는 것이 꽤나 인상적이었다.

이선관도 물론 처음 시를 쓰기 시작하던 1960년대에는 자의식에 가득 찬 난해시의 영향을 피할 수는 없었다. 그런데 어떤 계기로 무슨 경로를 통해서인지는 모르지만, 그의 시는 아마 나중에 민중 민족시 계열의 시인들로 알려진 사람들의 대부분보다도 먼저 분명하게 공동체의 사회, 정치, 생태적 관심사를 시적 주제로 선택하는 데 성공하고 있는 것으로 보였다. 더욱이 이선관이 그 무렵 아직 서울의 문학 잡지들에서는 이름이 생소한 시인이었음에도 불구하고, 그의 작품 속에는 지방주의적 편협성이나 안이성이 조금도 느껴지지 않는 것이 내게는 소중하게 여겨졌다. 예를 들어 그가 독수대(毒水帶)의 문제를 언급할 때, 그것은 마산 앞바다의 비참한 생태적 파손을 이야기하는 것이면서 그의 시야는 벌써 산업 문명의 핵심적 모순을 보고 있는 것이었다. 그뿐만 아니라 그의 시적 관심은 통일과 민주화의 문제를 비롯한 우리 시대의 절박한 사회 정치적 과제에 대하여 늘 살아 있는 개인적 아픔의 구체성을 가지고 접근하고 있었다.

나는 그 후 이선관의 시들이 어딘가에 발표되는 대로 눈여겨 보면서 그에 대하여 언젠가 글을 한 번 써야겠다는 생각만 할 뿐 차일피일 미루어 왔다. 그러다가 이제 더는 미룰 수 없는 순간이 왔다. 이선관 형이 그의 새로운 시집인 『살이 살과 닿는다는 것은』을 내놓으면서 시집 발문의 필자로 나를 지목한 것이다. 처음에 나는 교정쇄로 이 시집의 작품들을 읽었다. 그것을 읽으면서 종래에 내가 이선관의 작품 세계에 대하여 가지고 있던 인상이 얼마나 추상적이고 막연한 것이었던가를 깨닫게 되었고, 무엇보다도 이 시집에 실려 있는 시들은 전체가 어우러져서 하나의 감동적인 인간 기록을 이루고 있음을 보게 되었다.

얼핏 볼 때, 이 시집에는 시인 자신의 개인적인 삶의 상황에 관한 언급이 상당히 많이 들어 있는 것으로 생각되지만, 그러나 이것이 결코 사적인 수준의 관심사로 떨어지는 법은 없다. 오히려 이 시집의 여러 작품에 담겨 있는 사연들을 가지고 우리가 엮어 볼 수 있는 이선관이라는 한 시인의 개인사는 본질적으로 우리들 모두에게 통할 수 있는 보편적 차원을 획득하고 있는 것으로 볼 수 있는 것이다. 이선관은 마산이라는 지방 도시의 경계를 떠나 본 일이 없는 사람이지만, 바로 그 도시의 엄청나게 급격한 변화 과정에서 이 시대 전체의 변화의 본질적인 핵심을 포착하고, 그 맥박을 진단함으로써 오늘의 보편적인 인간 상황과 그 위기를 증언하고 있는데, 그러한 시적 증언 가운데서도 그가 살아온 내력에 관한 이야기는 보기 드물게 감동적인 전형성을 이루고 있는 것으로 보인다.

태어나서 불구가 되고, 모욕과 수치의 무지 속에서 자라는 고통을 겪으면서, 간난과 신고(辛苦)의 세월을 살아온 이선관의 개인적 삶의 자취는 어쩌면 우리들 각자가 개인적으로 민족적으로 겪어 온 삶의 공통한, 그러면서 핵심적인 경험이라고 할 수 있는 것에 대한 생생한 상징으로도 생각될 수 있다.

이 시집에 나타나 있는 사연을 정리해 보면, 이선관은 태어난 지 얼마 되지 않아 백일해에 걸렸고, 이것을 치료하기 위해 부모가 지어다 먹인 한약이 잘못되어 급기야 목을 잘 가누지 못하고 말을 제대로 하지 못하는 신체 불구자가 되고 말았다.

백방의 모든 치료도 소용이 없자
자식을 이렇게 만든 건
오로지 당신 죄라고
어머님은 교회에 나가셨고,
아버님 또한 술에 취하신 날은
애비가 잘못해 이렇게 되었다고
용서하라고 우시곤 하였습니다

철모르던 시절에 그는 부모가 왜 그렇게 비탄해 하는지 몰랐다고 한다. 초등학교에 입학하게 되자, 그는 어머니나 할머니의 등에 업혀 얼마 동안 학교를 다녔으나, 학교에서는 놀림감이 되었으므로 공부도 재미가 없었고 학교가 혐오스러운 곳이 되었다. 그래서 극장에서 일하는 아버지 덕분에 이 불구의 소년은 대부분의 시간을 극장에 앉아 영화를 보는 데 보냈다. 그런데 그가 영화 보기를 좋아했던 보다 절실한 이유가 있었다. "몇 시간 동안이라도 제 몸을 남에게 보이지 않기 때문"이라는 기막힌 사연이 있었던 것이다. 더구나 그가 특히 재미를 느꼈던 영화는 서부 영화였다. 백인 총잡이나 기병대가 인디언들을 죽이면 그는 어두운 영화관의 한켠에서 화면을 보며 좋아라고 박수를 쳐 대곤 했다.

소년 이선관은 영화를 보는 동안 그의 기형의 신체를 잊고, 영화 속의 강자와 자기를 일치시키며, 그러한 동일시에서 오는 비현실의 쾌감 속으로 즐겨 빠져들어 간 것이다. 우리는 여기서 미국에서 인디언 소년들이 흔히 서부 영화를 보면서 백인 주인공들에 의해 자기 동포들이 죽어 넘어지는 장면에 통쾌하게 박수 치는 일이 허다했다는 이야기를 새삼스럽게 떠올리지 않을 수 없다. 이것은 이해하기 어려운 이야기가 아니다. 우리는 제국주의의 문화적 침략에 대하여 새삼스럽게 이야기할 필요도 없을 것이다. 기실 서부 영화를 보면서 백인을 위해 박수를 친 것은 이선관의 소년 시절에만 있었던 게 아니다. 우리들 중 대다수가 그렇게 소년 시절을 보냈고, 상징적인 의미에서는, 아직도 그러한 박수 소리는 요란하게 들리고 있다.

따지고 보면, 우리들이 살아온 과정은 대개 자기의 참된 얼굴로부터 고개를 돌리고 '어둠 속으로' 들어가 남의 것을 자기의 것으로 해 보려는 심리적 모방으로 점철되어 왔다고 해도 과언이 아닐 것이다. 이런 의미의 문화적 콤플렉스의 진정한 기원이 어디에 있든지 간에, 그 동안 우리 사회가 전체적으로 경험해 온 근대화 또는 산업화의 소용돌이의 밑바닥에 바로 그러한 집단적인 콤플렉스가 완강히 자리 잡고 있었다는 사실은 부인하기 어려울 것이다. 산업화에 의해 빚어진 근원적인 인간 소외와 공동체 의식의

파괴, 농촌의 황폐화, 뜨내기 삶의 항구화, 생태적 파손—이러한 삶의 근본
적 훼손은 명백한 현실로 나타났으나, 그런 현상들이 오히려 선진화의 징
표로서 받아들여져야 한다는 어처구니없는 이데올로기가 항상 우세해 왔
다는 것은 그러한 집단적인 콤플렉스를 떠나서 설명하기 어려운 것이다.

시인 이선관은 자기 자신의 어린 시절의 불행한 체험을 언급함으로써 결
국 우리들에게 보편적인 문화적 콤플렉스의 기본 구조를 뼈아프게 열어 보
인 셈이다. 우리들 대부분에게 그랬던 것처럼, 이선관에게 미국의 이미지
는 자신의 불행한 현실을 망각하고, 망각 속에서 불행을 견딜 만한 것으로
만들어 주는 환상의 이미지이고 마취제였다. 이렇게 볼 때, 나중에 어떤 식
으로든 어린 시절의 '극장의 마취'를 극복하고, 드디어는 자주적인 사고에
투철한 한 사람의 시인이 되었을 때 이선관이 미국의 의미에 관한 반성의
흔적을 여기저기서 드러내게 된 것은 단순히 우연이라고는 할 수 없다.

> 미국이라는 나라에서 만든
> 현대판 서부영화 람보를 보고
> 옛날 서부영화에서 백인들은
> 동양인(인디언) 죽이드니만
> 이 영화에서도 동양인을 죽이는구나
> 아 언제까지 동양인은 그들의
> 밥이 될 것인가
> 최신식 무기 앞에 추풍낙엽처럼
> 떨어지는 목숨 목숨이여

이선관이 그렇게 어린 시절을 보내고, 어느 덧 "고등학교를 졸업하고, 술
도 마시고, 담배도 피우게" 되면서 그의 열등감은 더욱 심화되었지만, 어떻

게 하여 그것을 극복할 수 있게 되었는지 불분명한 대로 그는 차츰 "자신의 변화가 일어나는 것을" 느끼게 되었다고 한다. 그것은 3·15와 4·19와 5·16을 경험하는 도중에 일어난 변화였다. 아마 이 대목에서의 변화 과정에 대하여 이선관 자신이 객관적인 분석을 한다는 것은 불가능할지도 모른다. 그러나 어떤 식으로든 변화가 일어난 것은 사실이고, 그리하여 그는 어느새 "닥치는 대로 책을 보게" 되었다. 그런 과정에 "들쑥날쑥 감정은 왔다 갔다" 했으나, 그럼에도 불구하고 "한 가닥의 일관된 감정을 가지게 되었다"고 말한다.

> 포기는 하지 말 것이며 어느 정도의 체념을 하는 것이
> 살아가는 데 필요한 것이로구나 하고
> 저의 개똥철학이랄까
> 정립하려고 노력하였습니다.

그리하여 그는 "열등감을 많이 가진 자일수록 자기 발전에 원동력을 준다"는 러셀의 글을 읽고, 마르틴 부버를 통해서 "인간은 누구나 다 동등하다는 것" 또 "인간과 인간과의, 인간과 신의 관계는 수직선 관계가 아니라 수평적 관계"인 것을 깨닫는다. 아마 이 무렵부터 이선관이 시를 쓰기 시작했던 것이 아닐까? 독서와 시는 이선관이 열등감, 자기 모멸의 수렁으로부터 벗어나고, 성숙한 인간으로 자기 자신을 형성하는 데 중요한 공헌을 하였음이 틀림없어 보인다. 시를 읽고 쓴다는 행위가 어떤 신비스러운 정신적 치유 과정을 포함하는 것인지 설명하기는 어렵다 하더라도 그러한 과정이 분명히 존재한다는 것은 부인할 수 없는 것인데, 이선관에게 있어서 그것은 단순히 열등감의 회복이라는 수준을 넘어서 보다 적극적으로 삶과 세

계에 대한 참으로 창조적이고 자주적인 태도로 나아가는 데 결정적인 의미를 갖는 것이었다. 그러므로 시는 그에게 문자 그대로 구원이었던 것이다. 그렇다는 것은 시를 통하여 그가 자기 자신의 삶을 포함하여 모든 소박한 삶의 근원적인 존엄성과 아름다움에 도달할 수 있었기 때문이다.

어쨌든 시와 독서 체험을 통해 조금씩 새로운 의식을 경험하면서, 그는 자신이 성치 않은 몸이었기 때문에 부모에게서 받은 과잉 보호에 대하여 객관적으로 생각할 수 있는 거리를 얻게 되고, 그리하여 스스로의 힘으로 서야 할 필요성을 자각하기에 이른다. 이 깨달음은 훗날 그가 아버지가 되어 자식을 키우는 처지가 되었을 때, 그 자신의 소유물도, '경호원'일 수도 없는, 그리고 "언젠가는 아비의 곁을 떠나 혼자서도 차돌처럼 당당하게 살아야 하는" 자식들에 대한 올바른 사랑이라는 것이 어떠해야 하는 것인가 하는 성찰에 이어지게 되는 것이다.

> 그러나 아가야들이
> 건강하게 커감에 따라
> 내 아이들이 아닌
> 우리들의 아이
> 이 땅의 튼튼한 민주시민으로
> 키워야겠다는
> 생각으로 고쳐 가졌습니다.

자기 자식들을 자기만의 아이라기보다 우리의 아이들로 볼 수 있게 하는 이러한 마음의 넓이는 실제로 시인 자신의 쓰라린 체험으로부터 우러나오는 절실함 없이는 가능한 것이 아닐 것이다. 이선관의 이러한 마음의 근저에는 뭇 생명에 대한 깊은 사랑의 감정이 짙게 깔려 있는 것이지만, 그러나 이러한 정신적 높이에 이르기까지 그는 눈물 겨운 고난을 경험하게 된다.

> 그러나 어머니
> ……
> 저 녀석들의 엄마가 제 울타리를 뛰쳐나간 지가
> 어언 3년째가 됩니다.
> 그 동안 앞으로 그러하겠지만
> 두 아이에게
> 엄한 아버지가 되어야 하고
> 정이 많은 아버지가 되어야 하고
> 모든 것을 알고 있는 스승이 되어야 하고
> 서투른 주방장이 되어야 합니다
> 몇 달 전까지만 하더라도
> 아침 저녁 부엌에 들어갈 때마다
> 우리들 곁을 떠난 그 여자를 향해
> 씨발× 씨발× 하면서
> 미운 감정이 가실 줄 몰랐지만
> ……
> 그러나 시간이 흘러가 버리고
> 건강한 아이를 낳아주었다는
> 그 하나만으로 고마운 마음이
> 일어나게 합니다.
> 어머니

여기서 우리가 보는 것은 우리의 생활 주변에서, 또 오늘날 대세를 이루고 있는 수많은 자기 주장의 문학적 · 비문학적 발언들 속에서 결코 흔하게 만날 수 없는, 인생에 대한 극히 겸허하고 열려 있는 근원적인 긍정의 마음이다. 여기서 우리에게 다가오는 것은 쓰라린 시련을 거쳐 그것을 안으로 보듬으면서 절대적인 삶의 긍정에 도달하는 지극히 부드러운 영혼인 것이다. 그런데 이러한 부드러운 영혼의 목소리는 매우 자연스럽게 그 자신의 인생의 좌절과 고통의 체험을 통하여 얻어지는 것이면서, 동시에 그것은 이선관 자신의 아무도 흉내 낼 수 없는 엄청난 정신적 비약의 경험을 수반하는 것이라는 것을 우리가 알아채지 못한다면 이 작품이 불러일으키는 감동에 옳게 다가갈 수 없을 것이다. 남들과 같은 행복한 부부 생활이 불가능하게 된 상황에서 도리어 인생에 대한 큰 긍정에 이르는, 이러한 전환의 동기는 물론 "건강한 아이를 낳아 주었다"는 사실에 대한 고마움에 있지만, 이러한 고마워하는 마음은 이선관 자신의 오랜 운명이었던 신체적 부자유의 조건을 염두에 둘 때 그것이 얼마나 더 절실한 것일지 짐작하기 어렵지 않다. 육신의 곤란으로 인해 말할 수 없이 큰 고통을 겪어 온 사람으로서 이선관은 생명의 문제에 유난히 민감할 수밖에 없었던 것 같다. 그렇기 때문에, 비록 자기를 버리고 떠났으나 건강한 아이를 낳아 준 여자에게 고마움을 느낄 때, 그는 이 세상에서 가장 근본적인 사실은 어디까지나 생명 그 자체라는 것을 분명하게 직시하는 것이다.

젊은 시절의 이선관에게 독서와 시가 구원이었듯이, 이제 아버지가 되어 혼자 아이들을 기르게 되었을 때, 그 아이들을 기르고 보살피는 경험은 이 시인에게 새로운 정신적 성장의 밑거름이 된 것이다. 시인 이선관은 아무 것도 가지지 못한 사람이고, 철저히 불리한 인생 조건을 갖춘 사람이지만, 아내가 버리고 간 자식들에 대한 보살핌의 경험을 통하여 오히려 어느 누구보다도 인간과 생명에 대한 깊고 진실한 사랑에 도달하였다. 이렇게 하여, 그의 시는 이기심과 자기 중심주의라는 불모의 정신적 상황에 갇혀 아무런 본질적인 깨달음도 없이 살아가는 사람들로서는 상상도 하기 어려운 존재의 내면적 풍부성과 근원적인 밝음 가운데로 우리를 인도하고, 거기서 우리의 가난하고 고단한 삶은 홀연히 아름다운 축제로 꽃피어나는 것이다.

내가 사는 4만원 단칸방은
중국집 가게로 드나드는 대문없는 집이지만
내 작은 녀석 말마따나
이 근방에선 마당이 제일 너른 집이지요
봄이 오면,
목련꽃이 피고 목련꽃이 피고 지면
복사꽃이 피고 복사꽃이 피고 지면
동백꽃이 피고 동백꽃이 피고 지면
앵두꽃이 피고 앵두꽃이 피고 지면
감꽃이 피고

시인이란 본래 생명을 보살피는 사람이다. 그것을 어떻게 말하느냐의 방식의 차이는 있지만, 이선관은 거의 대부분의 작품을 통하여 일관되게 뭇 생명과 살아 있는 것의 거룩함에 대하여 이야기하고 있다. 무엇보다 그것은 그 자신의 개인적인 불운의 역정 속에서 우러나오는 것이기 때문에 비할 수 없는 진정성을 가지는 것이다. 그러한 진정성은 그의 가식이라고는 없는 소박한 스타일에서도 볼 수 있는 것이기도 하지만, 예컨대 다음과 같은 작품에서, 아이들을 보살피는 경험을 통해 생명의 기본 질서에 대한 어떤 깨달음에 이르는 극히 자연스러운 과정에서 분명하게 느낄 수 있는 것이다.

손톱을 깎는다
이 놈의 손톱이 자라나지 않게
할 수 없을까 하다가도
손톱을 깎는다
두 녀석의 손톱도 깎아준다
그러다가 자라나지 않는 손톱은
손톱이 아니라는 걸 알고 만다
생명이 없다는 걸 알고 만다

여기에서, 손톱을 깎아 주는 비근한 일상적 경험 속에서 시인이 발견하는 것은 편의주의의 추구가 흔히는 생명의 질서에 반한다는 것이다. 얼핏 보아서 이러한 성찰은 여기서 무심하게 주어지는 것으로 보이지만, 실제로 이러한 성찰을 얻게 하는 마음의 움직임은 이선관의 작품들에서 일관되게 볼 수 있는 것이기도 하다. 예를 들어, 마산의 3·15 의거 기념탑이 "도로 점유율이 많다는 이유 하나만으로" 변두리로 이전하자는 제의가 나오는 상황에 대하여 그가 울분을 느낄 때, 그것은 단순히 추상적인 정치적 열정 때문이 아니라 모든 것을 편의주의와 기술주의의 척도를 가지고 평가할 뿐인 이 시대의 반생명적·반지성적 경향에 대한 안타까운 저항의 마음 때문인 것이다.

사회 정치적 현실에 대한 보다 직접적인 언급을 담고 있는 이선관의 적지 않은 작품들의 기본 발상은 대개 이런 각도에서 이해하지 않으면 안 된다. 그가 한국의 인권 상황에 대하여 언급하거나 민주주의의 시련에 마음 아파하며, 우리의 정치와 문화 속에 깊숙이 들어와 있는 외세의 압력에 주목하는 것은 결코 그가 정치 지향적이거나 현실 참여적인 시인이고자 하기 때문이 아니다. 그와 같은 진실 속에 살고자 하는 시인의 관점에서 볼 때,

오늘의 정치, 오늘의 산업, 오늘의 문화는 본질적으로 생명에 대하여 크게 위협적이고, 사람살이의 올바른 관계를 끊임없이 어지럽히는 것이다.

> 내일 아침 두 녀석의 도시락 찬을
> 마련하기 위해 밖으로 나왔습니다.
> ……
> 한 20대가 될까말까 한
> 청춘남녀 한 쌍이었습니다.
> 남자의 귀에는 헤드폰을 끼고 있었습니다.
> 헤드폰에서 들리는 음악에 맞추어
> 박자를 맞추느라고 두 다리는
> 신이 나는지 끄덕거리며 걸어오고
> 여자는 남자의 팔짱을 놓칠세라 꼬옥 잡고
> 그런데 남자의 손에는 마치 횐둥이의
> 가운데 다리만한 바나나가
> 껍질이 벗기운 채 여자의 입으로 가져갔습니다.
> 여자는 그것을 만족해 하는 듯
> 날름날름 베어먹고 했습니다.

무심하게 지나치기 십상인 이러한 일상의 조그만 일 속에서도 이선관은 우리 시대의 본질적인 인간 위기를 날카롭게 점검하는 것이다. 여기에 묘사되어 있는 부박한 청춘남녀의 모습을 우리가 간단히 질타한다는 것은 쉬운 일이지만, 그러나 그것은 별로 의미 있는 반응이 아닐 것이다. 중요한 것은, 그런 모습이 본질적으로는 우리들 모두의 자화상이라는 것을 알아채는 일일 것이다. 근대화, 산업화, 서구화라는 시대의 지상 명령 밑에서 우리들이 얻은 것, 또 잃어버린 것은 무엇인지―이선관이 말하려는 것은 결국 이런 문제인 것이다. 소년 시절의 이선관이 영화관의 어둠 속에서 서부 영화를 보면서 강자인 백인 총잡이와의 자기 동일시를 통하여 자기 망각과 비현실의 착각 속에 빠져들던 바로 그 메커니즘에 의해서 우리는 우리의 삶 전체를 남의 문화, 그것도 본질적으로 생명 파괴적인 산업주의 문화를 뒤쫓아 모방하기에 급급해 왔던 것이다.

그 결과 비단 정치나 경제의 영역에서뿐만 아니라 나날의 기초적 생활의 차원에서도(어쩌면 여기서 더욱더) 충분히 책임 있고 자주적인 삶을 선택하고 기획하는 것이 우리에게는 언제나 어려운 일이었다. 이렇게 보면, 민족 통일에 대한 염원을 표현하고 있는 작품이라고 생각되는 이선관의 시 「마산」은 매우 흥미롭게 느껴진다. 그는 여기서 시대의 지상 명제로서의 통일에 대한 인위적인 열정을 말하는 것이 아니다. 그는 그가 지금 살고 있는 삶터의 현장인 마산의 창동 네거리로부터 시작하여 북쪽으로 조금씩조금씩 시선을 옮겨가면서 또 그만큼 시선을 넓혀 가면서 한반도의 지도를 더듬어 간다. 그리하여 마침내 백두산을 넘어 북간도, 다시 시간적으로 역사를 거슬러 올라가 옛 요동벌에까지 생각을 뻗치고 있다. 이것은 그것 자체로 재미있는 발상이지만, 가만히 생각해 보면, 통일 문제에 대한 이선관의 관점으로서는 매우 당연한 것으로 보인다. 우리에게 있어서는 회한 속에 되돌아보는 고향일지 모르지만 그에게는 그런 식의 감상이 허용될 리가 없는, 그의 자식들을 거기서 길러야 하는 그 고장이야말로 단 하나뿐인 생명의 터인 만큼 그곳이 바로 모든 문제의 출발점일 수밖에 없는 것이다. 우리는 여기서 자기 자신의 삶의 중심에 든든하게 뿌리를 내리고 있는 비상하게 자주적인 정신을 느낀다.

그러나 이선관에게는 어려운 고난의 과정을 겪어 나온 사람이 가질 수 있는 어떠한 종류의 자기 만족적 몸짓이나 독선적인 울림도 없다. 그런 태도를 어슴푸레 암시하는 그림자도 그에게는 찾아볼 수 없다. 그는 구체적으로 어떤 곡절을 밟아 왔는지 모르지만, 남들에게 자신을 드러내려거나 또는 높아지고자 하는 권력 욕망으로부터 철저히 해방되어 있는 사람으로 보인다. 이것이 그의 천품에 말미암은 것인지 또는 내적 투쟁의 결과인지 우리는 알 수 없지만, 바로 그의 그러한 가난한 마음으로 인해 그는 이 시대의 어느 누구보다도 정직하고 진실한 삶을 살아왔고, 그 삶의 느낌을 진솔하게 전달할 수 있었던 것이다. 그리하여 그는 이 시집의 제목으로도 되어있는 작품 「살이 살과 닿는다는 것은」에서, 하나의 생명체로서의 인간이 누릴 수 있는 참다운 행복이란 무엇인가를 이렇게 소박하게 말한다.

살이 살과 닿는다는 것은
참 좋은 일이다
가령
손녀가 할아버지 등을 긁어 준다든지
갓난애가 어머니의 젖꼭지를 빤다든지
할머니가 손자 엉덩이를 툭툭 친다든지
지어미가 지아비의 발을 씻어 준다든지
사랑하는 연인끼리 입맞춤을 한다든지
이쪽 사람과 윗쪽 사람이
악수를 오래도록 한다든지

이것은 이선관의 유토피아라 해도 될 것이다. 여기서 우리에게 다가오는 것은 서구적 엘리트 문화 감각의 저변에 깔려 있는 자의식이나 분별심 같은 것으로는 도저히 짐작도 할 수 없는 근원적인 생명 감각이다. 이것은 또

한 원초적인 감각이기에 우리를 가장 깊은 평화 속으로 안내하면서, 동시에 모든 특권적이고 배타적인 사회적 차별을 강력히 거부하는 울림을 가지고 있다. 그리고 그 울림 속에서 우리는 무엇보다 무소유의 소박한 삶을 사심 없이 받아들이는 정말로 자유롭게 해방된 마음을 만나는 것이다. 참으로 자유로운 인간에게만 사람살이의 본래적인 존재 방식을 이렇게 파악할 수 있는 능력이 있는 것이 아닐까?

이선관은 불구와 열등감으로 좌절된 세월을 극복하고, 그 자신의 말대로 "이제는 당당하게 두 녀석의/ 아비가 되어/ 가난하게 살면서도/ 부끄러움 아닌 자신감으로/ 당당하게 글을 쓰고/ 뜨겁게 노래할 수 있는" 순정한 시인이 됨으로써, 그리하여 그의 시를 통하여 가난의 긍정이 얼마나 큰 사랑의 힘이 될 수 있는가를 자신의 경험 속에서 진실되게 증언함으로써, 그보다도 멀쩡한 육신을 가지고 온갖 위선과 거짓과 미혹에 빠져 허우적거리고 있는 우리들을 심히 부끄럽게 한다.(1992년)

제3부

역사, 일상 생활, 욕망
—문학 생산의 사회적 성격

오늘 무엇인가 시작되고 있다.
마치 씨앗이 새싹 속으로 용해되는 것처럼.
창조는 오늘 꽃피어나고 싶어하고
꼭대기 끝까지 스스로를 들어올리고 싶어한다.
우리가 살고, 질식해 죽기를 바라지 않는다면
바로 이날 우리는 전혀 새로운 보다 높은
발걸음을,
동물계로부터 인간계에 이르는 것보다
더 위대한 걸음을 내딛어야 한다.

그것은 그러나 기술이 아니다.
과학도, 경제학도, 조직도, 학식도 아니다.
그 밖에 어떠한 종류의 개혁도, '꾀'도 아니다.
그것은 영원한 원초적 생명이 부르는
하나의 필연이다.
새로운 수준의 삶은

한 개의 물건에도,
한 사람의 개인에도 달려 있지 않다.
그것은 모든 개인주의적 행위를 훨씬 넘어서는
끊임없는 창조 행위이다.

—휴 맥다이어미드

1

훌륭한 예술 작품은 우리에게 기쁨을 준다. 이 기쁨의 출처와 그 구체적인 경과를 자세하게 살펴보는 일은 매우 까다로운 작업을 요구하는 것일는지 모르지만, 우리가 예술 작품의 감상을 통해서 얻는 기쁨이 적어도 단순히 물건의 소유를 통해서 얻을 수 있는 그러한 종류의 만족감과는 전혀 성질을 달리하는 것이라는 것은 쉽사리 인정할 수 있을 것 같다. 간단히 말해서, 예술 작품이 제공하는 기쁨은 우리가 인간으로서 지니고 있는 근원적인 욕망의 하나, 즉 초월에의 욕망이 어느 정도로나마 충족되기 때문에 가능한 체험이라고 일단 말해 볼 수 있을 것이다. 인간은 끊임없이 자기 자신의 주어진 생존의 한계를 넘어가고자 하는 충동에 지배되어 있다. 말할 필요도 없이 이 충동은 때로 매우 파괴적인 형태로 표현되어 물건과 권력에 대한 맹목적이고 광적인 탐욕으로 치닫는 것이 될 수도 있지만, 다른 한편으로 여기에 작용하는 맹목성은 또한 메마르고 편협한 이기주의적 한계를 초월하여 보다 너그러운 상호 관계가 보장되는 자유와 조화의 사회적·심미적 공간에 대한 억제하기 어려운 그리움의 원천이 되기도 한다.

인간 사회는 단지 자기 보존이나 자기 확대의 체제라고 말할 수는 없을 것이다. 사회 속에는 어느 때 어느 곳에서나 다만 자기 보존이나 자기 확대의 욕망만이 아니라 그에 못지 않게 유토피아적 조화에 대한 열망, 즉 보편적 인간 해방에의 동경이라는 또 하나의 근원적인 욕망이 표현되어 왔다. 이것은 자유롭고 평등한 세상에 대한 어떤 도덕적으로 각성된 의식이 항상 작용하여 왔다기보다도 그러한 세상에 대한 억누를 수 없는 욕망이 사람 개개인 속에 이미 거의 리비도적인 충동으로서 자리 잡고 있기 때문일 것이다. 생물학적 · 심리학적 조건으로 인하여 인간은 때때로 이기적인 탐욕의 추구에 열중하는 것도 가능하지만, 바로 그러한 조건은 사람이 그 자신만의 고독한 세계로부터 벗어나와 보다 큰 공동체의 일원이 될 것을 강제한다는 사실도 기억할 필요가 있을 것이다.

되풀이하여 말하면, 이기적인 욕망과 보편적 행복에의 요구가 사회 속에 공존해 있다는 것은 인간이 원래 도덕적으로 고상한 본성을 소유하고 있기 때문이 아니다. 사람이 이 세상에서 살아가자면 그는 필연적으로 혼자만의 폐쇄적인 테두리를 떠나지 않을 수 없는데, 이러한 필연성으로 인하여 초월에의 욕망이 거의 본능적인 욕망의 하나로서 사람 속에 깊이 뿌리 박혀 있는 것이라고 생각해 볼 수 있다. 요컨대, 인간 생존의 구조 자체가 사람으로 하여금 이기적인 태도를 가지게 만들면서 동시에 자기의 이기성을 부정하도록 강요하는 것이다.

사람은 생명을 유지하기 위해서 먹이를 구해야 하고, 먹이를 구하는 활동은 언제나 인간과 자연 사이에 일정한 교섭을 성립시킨다. 그러나 인간과 자연 사이의 관계는 날것 그대로의 직접적 · 기계적인 것이 아니라 어디까지나 문화적인 관계라는 점이 중요하다. 인류학자들이 증언해 왔듯이, 아무리 미개한 종족이라도 인간에게 있어서는 문자 그대로의 자연적 경제는 존재할 수 없다. 그 수준이 아무리 유치하다 해도 인간은 언제나 도구와 언어와 같은 문화적 · 기술적 매개를 통하여 자연에 접근해 왔다. 이것은 인간의 생물학적 조건으로서는 피할 수 없는 일이기도 하였다. 그런데, 여기서 주의해야 할 것은, 이런 경우의 문화적 매개물, 다시 말해 도구라든지 언어라든지 하는 것들은 단순히 테크놀로지이기보다는 이미 일정한 형태의 사회적 조직 또는 사회 관계를 배경으로 해서만 나올 수 있는 것이었다는 점이다. 사람의 자연에 대한 교섭은 처음부터 단독적이고 개인적인 것이 아니라 공동적이고 사회적인 것일 수밖에 없었으며, 이것은 흔히 노동이라는 이름으로 불리게 되었다. 노동이라는 것은 일정한 사회적 관계 속에서만 존재할 수 있는 인간 고유의 현상이라 할 수 있는데, 실제로 여럿이서 하는 협동적인 작업이거나 혼자서 하는 작업이거나를 막론하고 생산 활동으로서의 노동은 반드시 사회적 집단, 사회적 조직의 성립이라는 기초적인 바탕 위에서 성립할 수 있는 것이다.

인간은 다만 생명의 지속적인 연장을 위해서도 일정한 사회적 관계 속에 자리 잡을 수밖에 없고, 그것이 처음부터 어떤 형태로든지 사회적·문화적으로 구성된 틀 속에서만 인간의 노동이 가능하다는 사실은, 인간에게 있어서는 단순한 물질적 생존 수단이 그대로 초월의 수단으로 되어 있다는 것을 말하는 것이다. 우리가 보통 초월이라는 말을 사용할 때 그것은 실제로 물질적 생활의 영위에 필요한 활동으로부터는 일단 벗어난 것을 뜻하기 쉽지만, 그러나 사람이 생존을 영위하기 위해서 남들과 더불어 일하고 사는 일을 익히고, 공동체적 생활의 규율을 받아들이며, 보편적 자유와 행복을 크게 하는 일에 관심을 가지고 헌신도 하는 일이야말로 가장 심오한 의미에 있어서 초월적인 행위라고 해야 할 것이다.(초월이라고 하면 무엇인가 굉장히 고급스럽고 형이상학적·관념적인 것으로 생각하기 쉬운 우리들의 다분히 상습화된 사고 방식은, 따져 보면 역사적 신비화의 한 결과라고 할 수 있다. 이것을 여기서 상론하기는 어렵지만, 가장 간단하게 생각하여, 그러한 신비주의적 사고 방식의 확대는 정신적인 것과 물질적인 것을 각기 다른 사회 집단의 전문적인 일로 파악하게 된 분업의 발달, 그리고 그 분업의 기초로서의 계급 사회의 성장에 말미암은 것이라고 설명하는 것이 가능하다. 우리가 다 아는 것처럼, 동양이나 서양의 전통적인 봉건 계급 사회에서는 육체 노동은 언제나 다수 민중이 하여야 하는 일이었고, 이른바 문화적인 것, 이를테면 정치, 종교, 도덕, 철학, 법률, 예술은 거의 전적으로 극소수 지배 계급이 배타적으로 책임 지거나 즐기는 분야였다. 의심할 바 없이 자본주의의 발전은 이와 같은 전통적 분업의 사회 관계에 커다란 변혁을 초래하였다. 적어도 이론적 · 법률적으로는 이제는 아무도 태어날 때의 신분이 그의 사회적 역할을 자동적으로 결정하지 않는다는 것이 근대 자본주의가 거둔 정치적 승리의 요체이다. 근대 자본주의는 정치적 민주주의 원칙에 입각하여 그 성장을 이룩하였고, 이 원칙에서는 오로지 자유로운 개인의 능력과 의지와 선택만이 그가 사회 속에서 떠맡는 역할과 일의 종류를 결정하는 것이다. 그러나 이러한 원칙이 과연 구체적인 현실의 권력 구조 속에서 그 원칙의 정신에 걸맞는 보편적 자유의 증진에 얼마나 공헌하는 것인가 하는 점과 함께, 무엇보다도 그 원칙은 배타적인 이윤 추구를 근본 목표로 하는 사회 체제의 원리와 어떻게 조화될 수 있는가 하는 점은 물어 볼 만한 것일 것이다. 여기에 대한 대답이 어떤 것이든간에 한 가지 확실한 것은 자본주의의 성장 · 확대와 더불어 물질 생활과 정신 생활 사이의 간극이 점점 더 벌어지고, 그리하여 한편으로 문화적인 행위는 매우 전문적이고 특수한 지적 · 정신적 기능을 요구하는 것이 되면서 동시에 다른 한편으로는 일반적으로 신체적인 활동을 수반하는 노동은 극히 단순하고 기계적인 동작의 되풀이가 되어, 급기야는 로봇이 대신해도 좋은 일로 변하였다는 사실이다. 이와 같이 노동 그것이 사람의 창의성과 정신적인 활동을 처음부터 불필요하고 무의미한 것으로 만들어 버리는 단순 반복의 기계적인 행위밖에 되지 않을 때 그것은 이미 인간적인 노동이라고 할 수는 없다. 하여튼 이러한 의미에서의 노동의 광범위한 비인간화와 함께, 또 노동과 여가 사이가 인위적으로 분리되기에 이르른 점까지도─물론 오늘의 지배적인 산업 문명 속에서는 여가라는 것도 참으로 개인의 주체적인 선택과 책임에 따르는 자유와 너그러움의 공간이라기보다는, 여가 그 자체가 이미 산업 체제의 불가결한 구성 요소로서 구조화되어 있으며, 그 결과 여가야말로 또 하나의 중요한 산업이자 상품이 되어 있다는 것은 더 길게 말할 필요가 없다─정신적이고 초월적인 일체의 인간 행위를 실제의 생활 저편에 속하는 것으로 보게 만드는 데 중요한 요인이 되어 왔음이 분명하다.)

인간에게 있어서 초월이라는 것은, 엄밀하게 보면, 결코 물질적 생산 활동과 별개의 것이 아니며, 또는 적어도 생산 활동과 무관한 것이 아니라는 것은 문학이나 예술이 우리의 생활과 의식에 근본적으로 어떠한 의미를 가지는가를 생각할 때 특히 기억해 둘 만하다. 위에서 우리는 예술 작품이 우리에게 주는 기쁨은 우리의 뿌리 깊은 욕망의 하나인 초월에의 욕망에 어떤 정도의 충족감을 제공하기 때문일 것이라고 말했지만, 이런 경우 초월이라는 것은 단순히 일상 생활의 답답한 테두리를 벗어난다는 따위만을 가리키는 것은 아닐 것이다. 실제, 일상 생활의 한계를 벗어난다는 말은 너무 막연한 이야기이며, 이를테면 하나의 고독한 세계로부터 또 하나의 고독한 세계로의 이동을 초월이라고 이야기한다는 것은 불가능할 것이다. 예술 작품을 통해서 얻을 수 있는 초월의 경험은 근본적으로 개체적인 삶의 근본 조건으로서의 보편적 삶에 대한 감각적인 인식에 의하여 이루어진다고 할 수 있을른지 모른다. 문학이나 예술이 항상 어떤 곳에서나 우리의 삶의 보편적·공동체적 연관을 분명하고 의식적인 방법으로 드러낸다고 말하기는 물론 어렵다. 그러나 시대와 작가에 따라 저마다 다른 강도와 형태를 통해서, 또는 심지어 왜곡을 통해서도, 문학과 예술이 거의 자기도 모르게 겨냥해 온 것은 언제나 인간 생존의 기초로서의 공동체적 연관을 환기하는 일이었음은 틀림없어 보인다. 문학이나 예술은 말할 것도 없이 인간이 소유한 자기 초월의 수단이고 꿈을 추구하는 형식이다. 그러나 예술이 추구하는 꿈이 그야말로 제멋대로의 괴팍한 꿈이 아니라, 그때그때의 역사의 각 단계에 있어서의 삶의 가능성과 제약을 기초로 하여 설계되는 행복의 이미지를 근거로 한다는 것은 말할 필요가 없을 것이다. 그런데 어떠한 역사의 단계에 있어서든지 사람의 생존은 공동체적 바탕을 떠날 수는 없으며, 따라서 문학이나 예술이 구체적으로 무엇을 어떻게 다루든지 간에 그것이 진실되게 감동을 줄 수 있는 작품이라면 근원적인 인간 조건으로서의 공동체적 연관을 직접적으로 또는 간접적으로 비추지 않을 수 없다. 사람은 존재의 필연적인 테두리를 받아들임으로써만 진정한 자유와 행복에 도달할 수 있다고 할 때, 언제나 명확하게 의식하는 것이 아니라고 해도 우리가 예술 작품을 통해서 얻을 수 있는 기쁨은 근본적으로 위와 같은 의미에서의 삶의 근본 테두리에 대한 대면에 기인하는 것일 것이다.

예술이 제공하는 기쁨을 단순히 사람의 심미적 만족감으로서만 생각하는 것은 잘못일 것이다. 하기는 예술 작품은 예술가의 미적 이상의 표현이며, 예술 작품에 대한 우리의 반응이 일차적으로 심미적인 것이라는 것은 틀림없다. 그런데 여기서 주의해야 할 것은 미적 이상, 미적 판단이라는 것이 절대로 형식적이고 관념적인 것만은 아니라는 점이다. 인간의 미적 이상의 산물이 예술이라고 할 때, 이것은 소박하게 말하여 인간이 무엇을 아름다운 것이라고 느끼고 생각하는가에 따라서 예술의 존재가 달라진다고 하는 말이나 같다. 그런데 무엇을 아름답다고 느끼는가 하는 것이야말로 영원하고 절대적인 것이 아니라 시대와 사회에 따라 변하는 것이다. 같은 시대, 같은 사회 집단 속의 사람들이 보여 주는 미적 판단의 차이는 다른 시대, 다른 사회 집단간에 드러나는 차이에 비하면 별로 대수로운 것이 아닐지도 모른다. 하여튼 개인간의 차이에 못지 않게 시대와 사회 집단에 따라 미적 이상, 미적 평가가 달라진다는 것은 심미적 의식이 결국 인간의 물질적 생활에 밀접히 결부되어 있음을 말해 준다. 사람의 미적 인식이 그 자신의 개성에 못지 않게, 아니 그것보다 더 근본적으로 그가 속한 사회 집단이나 시대에 의해 좌우된다는 이야기는 미적 인식의 주관주의나 상대주의를 주장하려고 하는 것이 아니다. 오히려 그것은 아름다움에 대한 지각이 어떤 추상적인 마음의 움직임에 기초하거나 또는 단순히 생리적인 지각의 구조에 달려 있는 것이라기보다는, 본질적으로 물질적인 이해 관계와 결정적인 관련을 맺고 있다는 점을 말하려는 것이다.

인간이 여러 현상을 심미적으로 파악하는 능력은 반드시 선험적인 재능일 뿐만 아니라 오랜 인류 역사를 통해 수행되어 온 인간 자신의 노동의 산물이기도 하다. 사람의 개체적 생존의 영위는 물론이고 사회의 지속과 발달에 있어서 무엇보다 필요한 것은 사회적 생산 활동, 즉 노동이었다. 그런데 노동은 자연과 인간을 다 같이 변화시켜 왔다는 점이 주목되어야 한다. 인간 자신의 생활상의 필요를 충족시키기 위해서 노동은 우선 자연을 인간의 필요에 맞도록 조정하고 변형시키는 일을 의미하였다. 그러나 이러한 조정이 제멋대로 이루어지는 것은 아니다. 인간은 자연이 가진 고유의 법칙을 이해해야 하며, 이 법칙에 인간 자신을 적응시켜야 하는 것이다. 그리하여 인간은 자연과의 교섭을 통하여 자기 스스로를 훈련하고 변화시킨다는 일을 경험하게 된 것이다. 19세기에 어떤 사상가가 지적하였듯이, 가령 사람의 손도 자연과의 오랜 교섭을 통하여 형성되어 나온 진화의 산물이다. 사람의 손은 처음에 돌멩이 정도나 다룰 만한 투박한 것이었으나 오랜 노동의 과정을 거쳐서, 드디어는 가장 섬세한 악기를 연주하고 정교한 조각을 만들어 내는 데까지 이르렀다. 인간은 자연을 길들이고 인간화하는 과정에서, 이러한 온갖 활동의 주체로서의 자기 자신의 능력을 발달시키고 지성과 감정을 도아해 온 것이다. 주관적인 기분이 아니라 객관적 법칙성에 기초하여서만 물질적 생존의 근거를 지속적으로 마련할 수 있었던 탓에, 그러한 법칙성의 수용, 객관적 사실의 존중 등을 요구하는 생산 활동이 그대로 지성과 감정의 훈련에 연결된다는 것은 당연한 것이다.

아름다움을 인식하고 평가하는 능력도 결국 이와 같은 훈련, 진화의 소산이라고 할 수밖에 없다. 물론 아름다움에 대한 인간의 감각은 본능적인 것이다. 이를테면 꿀벌이 집을 짓는 것은 아름다움에 대한 고려에 의해서가 아니라 자연의 명령에 대한 기계적인 복종인 것에 반해서, 인간이 집을 세우는 데는 공리주의적 고려에 못지 않게 끊임없이 심미적 의식이 작용한다. 가장 형편없는 건축가를 가장 우수한 꿀벌과 구별되게 하는 것은 사람의 경우 실제 집을 짓는 일이 착수되기 전에 이미 이상적인 형태의 집의 이미지가 그의 마음속에 구상되어 있다는 점이다―라는 유명한 이야기는 인간의 노동이 가지는 정신적·심미적 특성을 단적으로 알려 준다. 하여튼 그것이 인간적인 노동이라면 이와 같은 특성은 어느 때 어느 곳에서나 존재하는 것이고, 그래서 노동의 전과정을 통해서 심미적 판단은 줄기차게 개입한다고 보겠는데, 그렇다면 노동의 결과로서 이루어진, 가령 한 개의 건축물은 그것 속에 인간 자신의 노동과 심미적 감각이 배어 있기 때문에 인간에게 기쁨을 주는 것이라고도 말할 수 있다.

설사 아름다움에 대한 감각 그 자체는 생득적인 것이라고 해도, 아름다움에 대한 인식이나 판단은 항상 노동, 즉 사회적 생산 활동에 결부하여 성장, 변화해 왔다는 점은 강조되어야 한다. 노동을 통하여 인간은 자연뿐만 아니라 자기 자신, 자기 자신의 소질과 의식을 변화시켜 왔다. 따라서 인간은 사회적 생산 활동의 과정에 대한 관여가 적극적이면 적극적일수록 그 관여의 결과인 노동의 산물 속에서 더 큰 아름다움을 느낄 수 있는 것이라 할 수 있다. 이런 뜻에서 아름다움을 느끼는 것도 결국 습득된 능력이라 할 만한 것이다.

　지금까지 이야기해 온 것처럼, 우리의 심미적 경험은 역사적·사회적 실천과 분리하여 생각할 수 없다. 요컨대 미적 인식과 판단은 인간의 그때그때의 사회적 실천과 사회적 이상의 표현인 것이며, 따라서 가변적인 것이다. 사회적 이상이 사회 발전의 과정이나 단계에 따라 다르듯이 미적 이상도 시대와 사회에 따라 그리고 개인이 속한 사회적 집단에 따라 다를 수밖에 없다. 새로운 미적 이상을 품는다는 것은, 말하자면 새로운 사회 이념을 마음속에 품는다는 것과 조금도 다른 이야기가 아니다. 그리하여 우리가 예술의 역사에서 분명하게 확인하는 것처럼, 새로운 미적 이상의 표현은 보수적인 미적 판단 기준과의 투쟁을 늘 의미하였고, 이 투쟁은 필연적으로 정치적이며 사회적인 투쟁에 연결되는 것이었다. 정치적 차원과 별개로 존재하는 미적 차원은 존재하지 않았고, 또 할 수도 없는 것이다. 예컨대 낭만주의 미학의 고전주의 미학에 대한 도전은 단순히 미학사나 예술사의 형식주의적 양식의 교체를 의미하는 것이 아니라, 그것은 근본적으로 세계관의 변동을 가리키는 것이었고, 그 세계관 속에 함축된 사회적 이념과 실천, 그리고 무엇보다 생산 관계의 변화를 반영하는 것이었다. 오늘날 우리가 고풍스러운 옛날의 건축물 앞에서 느끼는 것은 단지 옛것을 대하는 회고적인 감상만은 아니다. 옛날의 건축물이 우리에게 환기하는 것은 그 건축에 표현된 당대의 생활 방식의 전체성인 것이며, 이것이 건축물을 대하는 사람의 마음속에 어떤 종류의 감흥을 불러일으키는 원인인 것이다.

아름다움은 인간의 의식 바깥에 존재하면서도 그러나 인간의 의식 내부에 관련해서만 인간적인 의의를 지니게 된다. 아름다움을 지각하고 이해하는 것은 인간적 능력이며, 이 능력은 인간의 사회적·역사적 실천 속에서 성장·발달해 왔다. 그러므로 사람의 미적 인식, 미적 판단의 내용 속에는 그때그때의 사회 발전의 단계와 인간 자신의 욕망과 이상이 반영되어 있게 마련이다.

2

우리가 지금까지 말해 온 것은 대체로 다음과 같이 요약할 수 있다. 문학과 예술은, 반드시 의식적인 방법은 아니라고 해도, 인간 생존의 기초로서의 공동체적 연관에 대한 각성을 끊임없이 불러일으키는 정신적·초월적 활동이며, 이러한 활동은 좀더 구체적으로 그때그때의 역사의 각 단계에 있어서의 인간이 가지고 있는 사회적·미적 이상의 추구를 통해서 실현된다고 할 수 있다.

이와 같은 기본적인 인식으로부터 출발하여, 이제 우리는 주로 문학의 이름 밑에서 행해지는 인간의 활동이 어떠한 역사적·사회적 맥락 속에서 어떠한 형태로 존재하는가를 조금 더 구체적으로 생각해 보기로 한다. 가장 포괄적으로 말해서 문학은 언어를 매체로 하여 미적 가치를 실현하려는 활동이라고 정의 내릴 수 있다. 그런데 앞에서 말했듯이, 미적 가치라는 것이 항구불변한 실체를 가지고 있는 것이 아닌 것처럼 문학이 어떤 고정된 본질을 가지고 있다고는 할 수 없다. 말이든 문자이든 그것이 언어에 의해 표현되는 것이라면 어떤 것을 문학으로 인정하느냐 않느냐는 것은 우리 자신이 결정하기 나름이지 결코 미리 주어진 문학의 전범이 있는 것은 아니다. 우리가 항상 염두에 두지 않으면 안 되는 것은 문학도 결국 하나의 관습이며 사회적 제도라는 사실이다.

　오늘날 우리는 문학이라고 하면 거의 자동적으로 시, 소설, 드라마, 평론 등 일정한 격식을 갖춘 글들을 연상하기 쉽다. 이것은 물론 이와 같은 글들을 문학의 주된 것으로 받아들이도록 우리 자신이 교육받고 적응된 결과이다. 문자로 기록된 글들을 주로 문학으로 간주하는 습성도 인류사의 전 기간에 비추어 보면 극히 최근에 형성된 것이다. 문자로 기록되기 이전에 이미 장구한 세월에 걸쳐서 사람들이 향수해 온 것은 구술과 구송에 의한 문학 생활이었다. 말할 것도 없이, 산업화가 크게 진전된 오늘날 구비 전승 문학은 이제 주변적인 위치로 밀려났고 기껏해야 관료적 관심이나 상인적 관심에 의해서 박제화된 형태로 가끔 주목을 받고 있는 정도가 되어 버렸다. 그러나 구비 문학이 산업화 이전의 많은 공동체 사회에서 가장 유력하고 활기찬 문화 형식이었다는 것은 우리가 다 아는 바와 같다. 일부나마 문자 생활이 가능하였던 사람들은 어디까지나 극소수의 특권 계급에 국한되어 있었으며, 이러한 특권 계급의 문학은 그것이 주로 지배 계급의 통치이념의 표현에 바쳐지면서, 광범위한 민중 생활의 필요에 기반을 둔 것이 아니었기 때문에 일반적으로 고답적이며 형식적인 문학이기 쉬웠다. 문자 생활이 특권적인 것이 아닌 사회의 보편적인 현상으로 확대되기 시작한 것은 자본주의의 발달, 산업화, 민주주의적 정치 제도 등과 같은 근대 부르주아 사회의 발전과 그 시기를 같이한다. 그리하여 옛날의 구비 문학 공동체에서 가령 이야기가 차지하던 기능을 이제는 근대적 문학 형식인 소설이 차지하기에 이르렀고, 그 결과 소설은 가장 대중적인 장르가 되었지만, 이 모든 변화에도 불구하고 문자에 의한 표현 방법은 어딘가 아직도 특권적인 성격을 띠고 있는 것으로 보인다. 말할 것도 없이 문자의 광범위한 보급은 최근의 민주주의적 역사 발전의 과정에서 이루어졌다. 그러나 문자를 사용하여 생각과 느낌을 표현하는 데에는 단순히 말을 가지고 할 때와는 달리 일정하게 형식화된 교육과 훈련을 필요로 한다. 이것은 글쓰기의 본질적 성격에 비추어 볼 때 불가피한 것으로 보인다. 일반적으로 이야기를 잘하는 사람들이 교육과 훈련의 결여 때문에 글을 통한 의사 전달에 서툰 것을 보는 것은 드문 일이 아니다. 글쓰기라는 것은 어쩔 수 없이 상당한 수련을 요하는 일이라고 생각되고, 그런 의미에서 그것은 근본적으로 특권적인 것으로 볼 수도 있다. 문자 생활의 광범위한 보급에도 불구하고, 글쓰기가 여전히 대다수 사람들에게는 편하고 자연스러운 전달 수단이 못 되는 것은 틀림없어 보인다. 이러한 현상은 물론 좀더 효과적인 교육에 의해 개선될 여지가 많은 것은 확실하지만, 그와 동시에 글쓰기라는 것이 본래 자연스럽지 못한, 제약이 많은 표현 수단이라는 측면도 크게 작용하고 있다고 보아도 좋을 것이다. 예를 들어, 일상적인 말이 가지는 매우 자연스러운 보조적 수단들, 말과 말 사이의 휴지, 침묵, 탄성, 반복, 강세, 어조의 변화, 표정과 제스처 등등은 글을 통해서 결코 표현할 수 없다. 이러한 제약을 벌충하기 위한 방법으로 대단히 많은 기술적인 고안과 문체상의 실험이 시도되어 왔지만, 이러한 온갖 시도에도 불구하고 글쓰기가 일상적 말이 가지는 자연스러움에 육박할 수 있으리라고 생각하기는 어려운 것이다.

글쓰기가 가진 그와 같은 한계를 보거나 인류사의 대부분의 기간에 걸쳐서 구비 문학이 차지하여 왔던 비중으로 보거나 반드시 문자로 기록된 문학이 인간에게 있어서 전형적이고 보편적인 문학이 되어야 할 이유는 없는 것으로 생각된다. 문자로 된 문학을 문학의 전부인 것처럼 여기는 상습화된 관점이 형성된 것은 주로 봉건적 문화 유산과 서양의 부르주아 문화의 영향 속에서의 일인 것이다. 동양 사회이든 서양 사회이든 봉건적 문화가 특권적 권력의 유지를 정당화하는 이데올로기의 산물이며, 또 그러한 이데올로기를 강화하기 위한 것이었고, 서양의 부르주아 문화가 그 진보적인 경향까지 포함하여 아직은 특권적인 문화라고 해야 할 수밖에 없는 것인 한, 이와 같은 특권적인 문화의 중요한 일부로서의 봉건적 · 부르주아적 문학이 항구불변한 문학적 규범으로 떠받들어질 수 없을 것이다. 다만 종래까지 그러한 문학이 가장 강력한 정치적 · 사회적 · 문화적 권력을 장악하고 있는 사회 집단의 것이었기 때문에 봉건적 · 부르주아 문학의 특징들이 문학의 일반적인 모범으로서 받아들여져 온 것일 뿐이다.

문학의 고유한 특성—언어를 매체로 한다는 점 이외에—은 무엇인가? 이런 문제를 생각할 때 적어도 문자의 사용 여부는 부차적인 것밖에 되지 않는 것이 분명하다. 이른바 문학의 문학성을 발견하고 해명하는 일을 주요한 과제로 삼아 온 문학 이론가들, 특히 러시아 형식주의자들이라고 불린 사람들이 그들의 연구 대상을 문자로 된 문학에 한정하지 않을 뿐더러 오히려 민담과 같은 구전 문학에 더 많은 비중을 두어 온 것과 같은 현상은 문학의 특성이 문자 사용 여부에 달려 있지 않다는 생각에 근거하는 것일 것이다.

우리는 흔히 구전 문학과 문자로 된 문학 사이의 기본적인 차이점으로서 전자가 대개 익명적 · 공동적 창작인 것에 반하여 후자가 거의 반드시 명백한 개인 창작자의 손으로 되어 있다는 점을 든다. 그런데 이것은 반드시 옳은 관찰이라고 할 수는 없다. 구비 문학의 경우에는 작자의 이름이 굳이 밝혀질 필요나 여건이 되어 있지 않을 뿐, 누군가 최초에 작품을 지은 사람이 있는 것은 틀림없는 사실이다. 대개 어느 시대에 있어서나 민요, 민담과 같은 구전 문학의 작가들은 직업적인 문학가들이 아니라 그의 이웃과 함께 일하고 생활하는 사람의 하나였으며, 또 그의 작품은 유별나게 독특한 재능을 요구하는 것이기보다는 그가 속한 공동체의 보편적인 현실 감각과 감정과 희망을 기존의 노래나 이야기의 형식에 기대거나 또는 그 형식에 적절한 변경을 가하여 표현함으로써 얻어지는 것이었다.

작가의 이름을 반드시 명시해야 할 필요가 생기는 것은 그럴 만한 사회적 요구가 있을 때이다. 자기의 위신을 드높이는 일에 문학이 수단으로 이용될 수 있었던 봉건적 위계 사회, 또는 고대 그리스의 경우와 같이 경연 제도에 의해 축제에서 상연될 연극을 선택하던 때, 그리고 무엇보다 상업적 출판 제도에 의해서 문학 작품의 생산과 소비가 규정되기에 이른 현대 자본주의의 시장 제도하에서는 작가의 이름이 명시되고 보존될 필요가 강화되는 것이다. 작가의 이름이 명시될 필요가 증가하면 동시에 작품의 개성이 강조된다는 것은 생각하기 어렵지 않다. 자본주의적 출판 제도하에서는 작품이나 작가의 개별성, 독창성 그 자체가 다른 많은 작품과 작가 들과의 경쟁에서 살아 남을 수 있도록 보장하는 우선적인 요건, 즉 상품으로서의 작품 또는 작가의 가치를 높이는 결정적 요인이다.(스타일상으로 파격적인 실험을 거듭해 왔고, 그 결과 신기한 스타일의 생산 그 자체가 일상적인 과업으로 된 이른바 현대 전위 예술은, 스스로의 원래 의도가 무엇이었든지, 자본주의적 상품 시장의 원리에 가장 부합하는 것이 되었다. 끊임없이 새로운 스타일의 고안에 의해서만 존재 의의를 가지는 전위 예술의 이데올로기는 신기한 스타일의 부단한 공급을 요구하는 상품 소비 체제의 주된 이데올로기에 다름 아닌 것이다.)

그러나 아무리 개성과 독창성이 풍부하다 해도, 작가 자신이 의식하든 아니하든 그 자신의 개인적인 테두리를 훨씬 넘어서는 공동적·익명적 요소가 개인주의적 문학에도 크게 작용하고 있는 것을 주목해야 한다. 구전 문학에 비해서 부르주아 시대의 문학이 작가 개인의 특성을 더 많이 포함하고 있는 것은 확실하지만, 이것은 결국 정도의 차이일 뿐 구전 문학과의 어떤 본질적인 차이를 이야기할 수 있을 만한 그러한 차이를 이루지는 못한다. 부르주아 시대의 개인주의적 인생관에 입각한 많은 소외된 예술에 대하여, 구전 문학의 유기적인 성격에 지나친 강조를 두는 것은 다분히 낭만적인 태도의 결과로 보아야 할 것이다.

한 사람의 작가가 작품을 만들어 내는 과정에서 그 개인이 담당하는 몫의 범위는 어느 정도인가? 무엇보다 문학 생산의 주체가, 개인으로서든지 또는 집단으로서든지, 작품의 제작에 임할 때 그 주체가 먼저 의존하지 않을 수 없는 것은 기성의 문학 체제이다. 조금 거칠게 말하면, 이 세상에 최초의 작가가 누구였든지간에, 모든 작가는 선배 작가가 있기 때문에 작가가 된 것이다.

작가가 사용하는 언어는 그 자신이 마음대로 선택하거나 변경할 수 없는 공동체 전체의 약속이며, 그리고 공동체는 스스로의 언어 속에 단순히 정보를 전달하는 도구로서의 문법 체계가 아니라 공동체의 역사와 현실, 추억과 고통, 온갖 욕망을 내포하고 있는 것이다. 작가는 이와 같은 토대 위에서, 좀 더 직접적으로 그 공동체의 언어가 획득해 온 문학적 언어의 기율과 모범에 대하여 일정한 반응을 보임으로써 작품의 생산에 이르는 것이다.

문학의 문학성을 발견하고 해명하는 데 정열을 바쳐 온 러시아 형식주의의 이론가들이 도달한 결론의 하나는 문학적 언어의 주요한 변별적 특성이 이른바 '낯설게 하기'에 있다는 것이었다. 이것은 문학에 있어서의 새로움 또는 혁신적인 업적을 기존의 문학적 체제와의 관련 속에서 봄으로써 문학적 진화의 의미를 탐구해 보려는 시도 가운데 나오는 이야기이지만, 여기서 문학의 새로움은 기성의 지배적인 문학적 체제에 대한 어떤 변형, 뒤틀림, 수정 또는 재배열을 통해 얻어지는 것이다. 그런데 이런 경우 변형과 갱신의 작업은 구체적으로 어떻게 이루어지는가? 형식주의 이론가들에 의하면, 지금까지 주변적인 위치에 머물러 있었거나 소홀히 되거나 무시되어 왔던 전통이나 기법을 이용함으로써 작가는 새로운 문학을 생산한다는 것이다. 그리하여 문학에 있어서의 진화 과정 또는 영향 관계는 아버지로부터 아들로 이어지지 않고, 할아버지로부터 손자로, 또는 아저씨로부터 조카로 이어지는 계보를 형성한다는 비유가 나온 것이다.

이와 같은 해석은 독창성이나 개성과 같은 요소를 과도하게 강조하는 낭만적 관점에 필요한 수정을 가하는 데 있어서나, 전통과 창조의 관계를 좀 더 깊이 있게 생각하는 데 있어서나 귀담아 들을 만한 것이다. 그러나 형식주의 이론가들이 종종 그렇게 믿고 있는 것처럼, 이런 경우 '낯설게 하기' 와 같은 갱신의 작업이 순전히 형식적이거나 추상적인 활동이 아니라는 점은 강조되어야 할 것 같다. 새로운 문학은 기성의 문학이 상투성으로 떨어진 것에 대한 도전과 부정으로서 출현한다는 생각은 물론 쉽사리 납득할 수 있다. 그러나 이러한 도전과 부정이 단순히 낡은 것에 대한 추상적인 저항인 것만은 아니다. 사실, 문학적 체제라는 것은 그 자신의 내적인 발전 원리에 따라 변하는 자율적인 체제가 결코 아니다. 낡은 문학적 체제를 부정하는 것은 단지 문체나 기법상의 문제가 아니라 낡은 이데올로기와 낡은 세계관에 대한 부정을 의미하는 것이다. 다시 말해서, 문학에 있어서 '낯설게 하기' 의 노력은 다만 새로운 스타일의 추가가 아닌 어디까지나 새로운 사회 의식을 표현하려는, 참다운 뜻에서의 실천적 행동인 것이다.

의식적 · 무의식적으로, 전통에 대한 관계뿐만 아니라 문학 작품의 생산 조건, 용도, 유통 과정과 그 범위를 일반적으로 규정하는 문학적 체제가 어떤 특정 시대의 문학 창조 과정에 크게 개입한다는 것은 말할 필요도 없다. 가령 서양에서 호메로스의 서사시의 모범이 있었기 때문에 나중에 베르길리우스도, 그보다 더 나중에 밀턴의 서사시도 존재할 수 있었던 것은 확실하다. 만일 호메로스라는 선례, 무엇보다 호메로스의 것을 모범적인 선례로서 인정하는 문학적 체제가 성립되어 있지 않았더라면, 지금 보는 것과 같은 그러한 종류의 베르길리우스나 밀턴의 작품이 태어나지 않았을 것이라고 생각하는 것은 무리가 아니다. 그런데 되풀이되는 말이지만, 이와 같은 문학적 체제 그 스스로는 어디까지나 역사적·사회적 발전의 산물인 것이다.

문학적 체제라는 것이 단순히 그 자신의 내적인 논리에 따라 진화하는 것이라고 가정한다면, 도대체 서사시로부터 소설에 이르는 문학적 형식의 변화와 같은 얼른 보아 순전히 형식적인 문학적 체제의 발달 과정도 의미 있게 설명할 수가 없다. 가령 호메로스와 베르길리우스 또는 밀턴의 시대까지는 가능할 수 있었던 영웅적 서사시—에픽이라고 불리는—가 어째서 근대 이후의 문학적 체제에서는 더 이상 가능하지 않은가? 그리고 예전에는 거의 중요한 비중을 차지하지 못했던 소설 형식이 어째서 근대 이후에는 거의 압도적인 위세를 떨치는 장르가 되었는가? 이러한 문제는 세월과 더불어 문학적 체제 내부에서 일어난 자동적 진화의 결과로서 해명할 수 없는 것이다. 에픽으로부터 근대적 소설 형식으로 바뀌게 되는 거대한 문학 체제의 변화는 그러한 체제를 뒷받침하던 생활 방식, 사회 관계 그리고 세계관의 변화에 말미암은 것이다. 에픽이 근대 이후의 사회에서도 지속적으로 힘을 떨치는 지배적인 형식이 될 수 없었던 것은 작가들이 오래 써먹어 온 형식에 단순히 식상해져 버린 결과가 물론 아니고, 그들 개개인의 주관적인 취미나 의도에 상관없이 이미 더 이상 에픽을 성립시킬 수 있는 사회적 조건을 가질 수 없었기 때문이다. 흔히 에픽의 사회적 조건으로 열거되어 온 요소 중에서 우리가 보기에 가장 중요한 것은 삶의 유기적인 전체성이다. 그런데 이와 같은 전체적 조화의 삶은 자본주의의 성장, 부르주아 시대의 출현과 함께 사실상 붕괴되어 버렸다. 특정 천재의 존재 여부 이전에 이와 같은 사회적 기반의 붕괴로 말미암아 에픽이 더 이상 존재할 수 없게 되었던 것이다.

　이야기 전달 형식으로서 옛날의 에픽이 주로 영웅적인 인간의 영웅적인 행동을 그리는 세계였다면, 근대 이후의 소설에서 주로 다루어지게 된 것은 중산 계급의 일상적인 생활이었다. 이러한 점은 에픽으로부터 소설로의 변화가 단순한 형식상의 변화 이상이라는 사실을 다시 한 번 분명하게 알려 주고 있지만, 하여튼 이와 같은 소재상의 변화는 새로운 시대의 지배적인 계급으로 등장하게 되는 부르주아 계급의 사회적 현실과 세계관을 반영하는 것이었다. 문학에서 일상 생활이 그 자체로 주목의 대상이 되는 것은 근대 이후이며, 일상 생활의 디테일로부터 출발하여 생활의 행복과 불행, 가능성과 제약을 점검하는 가장 유효한 예술적 수단으로서 발달해 온 소설 형식이 부르주아 시대에 번창하게 된 것은 당연한 일이다. 소설이 옛날의 에픽의 세계에 비해 볼 때 보다 덜 영웅적인 인간과 행동을 그리게 된 것은 부르주아 시대의 출현 그 자체의 의미와 마찬가지로 진보적이고 민주적인 사회 관계의 발전을 반영하는 것이라고도 할 수 있고, 동시에 유기적인 삶의 상실이라는 현실도 반영하고 있다. 근대 소설은 옛날의 서사시나 이야기에서는 등장하기 어려웠던 이른바 서민들의 일상적 세계를 부각시켰으나, 다른 한편으로는 에픽이 그 존립의 근거로 하였던 전체적 삶에 대한 지각에는 도달할 수 없게 된 것이다. 다시 말해서, 개인주의적인 자유 경쟁을 원리로 하는 새로운 부르주아의 시대에 공동체적 전망과 감각은 점차 상실되고, 더욱 심화되는 분업화와 더불어 삶의 전체성에 대한 전망을 얻는다는 것이 매우 어렵게 되어 왔다. 소설이 옛날의 이야기 형식들—에픽도 포함된—에 비해서 거의 판이한 커뮤니케이션으로, 즉 활자를 통한 개인 대 개인 간의 전달 형식으로 된 점과 부르주아 시대의 전반적인 개인주의적 경향과는 연속적인 관계가 있다고 볼 수 있을 것이다.

소설이 고대의 서사시에 비해서는 물론이고, 근대 부르주아 시대 이전의 또는 부분적으로 그 이후의 민중 사회에서 주요한 문학으로 기능해 왔던 민담, 민요 등 구전 문학 전통에 비해 볼 때, 매우 폐쇄적인 커뮤니케이션 구조를 가지고 있는 점은 역사적 상황의 변화에 따르는 당연한 결과로서 누구에게나 뚜렷하게 보일 수 있는 것이지만, 여기에 추가하여 우리는 근대 소설의 발달 과정 속에서도, 사회의 자본주의적 조직화의 심화·확대의 정도에 따라서, 그러한 커뮤니케이션 구조 안에 또 하나의 간과할 수 없는 변화가 일어나고, 그 변화는 소설의 성격에 큰 영향을 끼쳐 왔음을 주목해 볼 수 있을 것 같다. 간단히 말하면, 18세기의 소설가들은 말할 것 없고 디킨즈, 죠지 엘리어트, 토마스 하디와 같은 19세기의 영국 작가들, 또는 스탕달, 발자크와 같은 프랑스 작가들까지만 하더라도, 그들이 가능한 한 많은 독자들에게 이야기를 전달하려는 욕망을 갖고 있었음을 쉽게 짐작할 수 있는 데 반해서, 그 이후의 작가들 예컨대 플로베르, 제임스 조이스, 카프카와 같은 작가들 쪽으로 올수록 소설의 의사 전달적 성격은 줄어들고 있는 것이다. 어떤 의미에서 비록 근대적 출판 제도, 개인주의적 독서의 제도에 의존하여 성립된 것이라 해도, 디킨즈나 발자크와 같은 작가들에게는 아직도 옛날의 이야기꾼과 같은 모습이 많이 남아 있고, 그래서 그들의 문체는 대체로 청중을 전제로 했을 때 가능한 직접성, 활기, 의사 소통을 원활하게 하기 위한 설명의 반복, 과장 또는 야단스러움 같은 것을 가지고 있다. 이와는 매우 대조적으로 플로베르나 조이스, 카프카 그리고 그 밖의 허다한 20세기의 난해한 작가들의 문체는 거의 대부분 대화를 하기 위한 목적을 가진 것으로는 보기 어려운, 알아듣기 힘든 모놀로그에 가까운 것으로 되어 있는 것이다. 현대 작가들에게 보다 강력한 것은 이야기를 나누고자 하는 정열이 아니라 자기 고유의 스타일을 창조하려는 욕망이다. 이것은 크게 보아 낭만주의 이후 서구 예술사의 일반적인 흐름을 반영하는 것이기는 하지만, 그러나 그러한 과정에서도 프랑스에서는 대개 19세기 중엽, 영국에서는 19세기의 말엽을 분기점으로 하여 독창적인 스타일이 예술 작품의 주요한 평가 기준으로 확립된다고 보아도 좋을 것 같다. 독자적인 스타일에 대한 요구는 말할 것도 없이 청중과의 자연스러운 교감의 바탕이 붕괴됨에 따라 증가한 것이다.

소설에서 점차로 독자적인 스타일이 중시되기에 이르른 것은 넓은 청중과의 사이에 공감을 형성하기 위한 유력한 수단으로서의 문학에 대한 관념이 약화되었다는 것을 의미한다. 소설은 이제 주로 소시민 출신인 작가들의 현실에 대한 불만과 갈등, 괴로운 자의식을 표현하거나 또는 순전히 자기 집중의 수단으로서 큰 의미를 가지게 된 것이다.

이와 같이 서구 현대 소설의 전개 과정은 크게 보아 의사 전달 기능의 퇴화라는 각도에서 조감해 볼 수도 있는 것인데, 이러한 퇴화가 그대로 자본주의적 산업 문명의 발달에 따르는 유기적인 생활의 파괴, 노동의 비인간화, 전문화의 심화, 소외의 과정에 연결된다는 것은 더 말할 필요가 없을 것이다. 대개 그들 자신이 소부르주아 계급 출신이기 쉬웠던 작가들은 삶의 소외와 비속화를 강요하는 사회 체제에서 극도의 반감과 우울을 경험하는 한편으로 이러한 체제를 달리 어찌 해볼 수는 없다는 무기력감과 절망감에 사로잡혔고, 이와 같은 감정에 대한 보상으로서 정교하고 복잡한 미학적 구조물의 건축에 골몰하게 된 것이라고 할 수 있다. 이것이 바로 현대 서구 문학에서 지배적인 경향을 대표하여 온 이른바 모더니즘 문학의 역사적인 배경의 간단한 윤곽이다.

모더니즘이라는 한 마디 용어를 가지고 현대 예술이나 문학의 다양한 경향을 포괄할 수는 없지만, 이 용어가 현대 예술의 중심적인 성격을 묘사하는 데 유효한 것은 사실이다. 일반적으로 새로운 스타일, 새로운 실험 정신의 산물로서 많은 사람들이 언급해 온 예술이 대체로 모더니즘 계열에 서 있는 작품들인 것은 틀림없고, 그런 만큼 모더니즘이라는 포괄적인 용어를 가지고 이른바 전위적 · 실험적인 현대 예술의 경향을 생각해 보는 것은 그다지 무리한 일은 아닐 것이다.

모더니즘적인 예술이나 문학은 대체로 그 비역사적 · 비정치적 사고로 특징 지어진다. 모더니즘 예술의 사회 현실에 대한 인식은 일반적으로 날카롭고, 소외와 비속화에 대한 현상학적 진단은 흔히 매우 실감 나는 것이다. 그리고 종래 금기로 되어 온 인간 경험들을 다룰 때도 모더니즘 예술은 대개 거리낌이 없고, 전통적인 관점과 기법만으로는 성취하기 어려웠을 깊이 있는 내면적 진실을 그려 내는 데에도 크게 기여하였다. 무엇보다 중요한 모더니스트 작가들은 가속적으로 비인간화되어 가는 인간 생존의 현실에 매우 민감한 반응을 보였으며, 이러한 반응은 대체로 엄청나게 상처받고 찌그러진 인간의 모습을 형상화하는 데로 나아갔지만, 이와 같이 찌그러진 모습에 대한 강한 거부를 그들 자신의 주된 메시지로 함으로써 끊임없이 유토피아에 대한 동경을 드러내었다고 할 수 있다. 그런데 이 모든 성취에도 불구하고, 모더니즘 계열의 예술은 거의 반드시 현대적 생존의 위기를 항구적인 위기, 즉 도저히 인간 자신의 힘으로는 변경해 볼 수 없는 절대적인 위기로서 파악하고 있다는 치명적인 약점이 있는 것이다. 19세기 후반 이후 급격히 악화되어 온 인간 생존의 위기를 지난 수세기 동안 끊임없이 성장·확대되어 온 서양의 자본주의 문명의 역사와의 관련에서 인식하는 관점은 특히 모더니즘 예술에서 결여되어 있고, 이러한 결여는 이 계열의 예술이 드러내는 관념성, 형이상학적 태도의 기초를 이루는 것이다. 모더니즘의 문학은 대개 현실에 대한 현상학적 묘사를 보여 주는 데는 뛰어나면서도 그러한 묘사들이 궁극적으로 갖는 역사적 의미를 드러내는 데는 무력한 것으로 보이는데, 이것은 두말 할 것도 없이 역사적 사고의 결여에 기인하는 것이다.

위에서 운위한 모더니즘의 전형적인 예로서 반드시 적합한 것이라고는 생각되지 않는 면이 있긴 하지만, 여기서 모더니즘 예술의 비역사적 사고라는 것이 구체적으로 어떤 것인가를 말하는 데 카뮈의 『페스트』를 생각해 보는 것도 편리하리라고 생각한다. 이 작품은 우리 독자들에게도 상당히 친숙해진 고전적인 작품이라고 해야겠는데, 이것은 파시즘에 대한 강한 반대를 메시지로 하고 있기 때문에 여타의 노골적으로 비정치적인 모더니즘 문학과는 일단 거리를 가지는 것으로 보인다. 그런데 파시즘에 대한 인식이라는 점에 관련해서 이 작품을 냉정히 보면, 명백히 역사적인 원인과 배경을 가진 현대사의 끔찍스러운 재난에 대해서 카뮈의 이 작품은 크게 초점이 빗나간 인식을 보여 주고 있는 것이 주목된다. 카뮈에게 있어서 파시즘은 말하자면 매우 전염성이 강한 질병이다. 그는 언제 우연히 닥칠지 모르는 재난으로서, 피할 수 없는 자연 현상으로서 파시즘의 발생을 보는 것이다. 물론, 이 작품의 진정한 주제는 파시즘을 그 발생, 경과에 걸쳐서 분석하는 것에 있는 것이 아니다. 카뮈의 관심은 희망이 보이지 않는 비극적인 재난의 시대에 인간은 어떻게 살아야 하는가라는 문제였던 것으로 생각된다. 어떤 비평가들에 의해서 현대의 성자로 불린, 이 작품의 주인공 의사

류를 통해서, 카뮈는 아무런 형이상학적인 도그마의 지배 없이 목전에 당면한 재난을 제거하는 일에 묵묵히 헌신하는 삶을 긍정하는 것으로 보인다. 이것은 일면 그럴듯한 처방으로 생각될 수도 있으나, 상황의 성격에 대한 처음부터 빗나간 인식에도 연결되지만, 여기에서 내려지는 처방은 어디까지나 개인주의적인, 실존적인 결단에 지나지 않는 것이다. 카뮈는 사람의 생존은 철두철미 개인적 진실에 입각해야 한다고 말하는 것으로 보인다. 그러나 개개인의 생존의 테두리를 근본적으로 규정하는 것은 개개인의 차원에서의 인간적 성실성 여부로 따질 수 있는 것이 아니다. 물론 개인적인 진실을 강조한다는 것은 개인의 자율성을 배제하는 추상적인 전체성, 도그마의 지배를 경계한다는 의미를 가지는 것은 틀림없다. 그러나 중요한 것은 문제의 근본적인 차원이 어디에 있는가를 헤아려 보는 일이다. 생존의 근본 테두리에 대한 관심의 소홀과 함께 이루어지는 개별적인 진실, 개별적인 수준에서의 성실성의 수호는 무서운 자기 기만으로 떨어지기 쉽고, 전체적인 구조로 볼 때 도리어 엄청난 허위에 봉사할 수 있는 것이다. 알제리 혁명 당시 프랑스 식민지 체제에 대한 알제리 민중의 해방 투쟁에 대하여 카뮈가 보였던 애매모호한 태도는, 그의 소설에서 보는 바 개인적·실존적 성실성의 강조에 무관한 것이라고 말하기 어려울지 모른다.

중요한 것은 철저하게 역사적인 관점을 발전시키는 것이다. 이와 같은 관점을 결여할 때 상업주의적 물질 문명에 대한 그 철저한 거부 반응이나 조화로운 삶에 대한 그 끊임없는 동경에도 불구하고 모더니즘 예술은 잠재적으로 창조적인 스스로의 가능성을 진정으로 힘있는 현실 비판과 새로운 사회 의식의 표현에 연결할 수가 없다. 그렇기는커녕, 근본적으로 역사적인, 따라서 가변적인 특정 현실과 사회 관계를 신비화하고 절대화함으로써 모더니즘은 비인간적인 체제의 지속에 이바지하기 쉽고, 모더니즘 예술의 실험 정신은 그 알맹이는 사라지고 껍데기만 남아서 신기한 스타일의 생산 그 자체를 목적으로 하는 것이 될 것이다.

그런데, 역사적 관점이 중요한 것이라고 하지만, 이러한 관점은 아무 때나 저절로 주어지는 것은 아니다. 위에서 우리는 소설의 발달 과정에서도 좀더 공적인 성격을 가진 소설과 좀더 사적인 성격이 강한 소설이 나누어지는 분기점이 있었다는 점에 언급했지만, 이러한 분기점은 소설에 있어서의 역사적 인식의 강약 또는 유무라는 척도로써도 측정될 수 있는 것이다. 인간이 어느 때 어느 곳에서나 인간으로서 생존을 영위해 오는 동안에는 언제나 그의 생존은 역사적이지만, 그러나 생존의 역사적 성격에 대한 의식이 언제나 분명한 것은 아니고, 오히려 사람은 오랜 기간 숙명이나 팔자 소관이라는 관점으로 자기 자신의 인생을 보아 왔다. 서구에서 역사 의식이 대중적인 차원에서 크게 성장하는 데는 프랑스 혁명과 나폴레옹 전쟁이 획기적인 계기를 이루었다고 루카치는 설명한 바 있지만, 급격한 산업화와 같은 것들과 함께 이러한 역사적인 대사건들은 많은 사람들의 생활 속에 직접적인 영향을 끼치고, 그 결과 사람들은 삶의 역사적 차원에 대한 인식에 쉽게 도달할 수 있게 되는 것이다.

하여튼 디킨즈나 발자크와 같은 19세기 초의 작가들의 작품이 의사 소통으로서의 문학적 기능을 유감없이 발휘하면서 인간 생활의 의의를 개인과 사회, 과거와 미래 사이의 전체적인 관계 속에서 보여 주는 데 성공함으로써 매우 높은 리얼리즘을 성취한 것은 무엇보다 강한 역사 의식에 기인한다고 할 수 있고, 그러한 역사 의식은 두 작가들이 활동했던 시대의 조건에 크게 좌우되었다고 할 수 있다. 그 시대는 아직 완전히 부르주아지의 사회적 지배가 확립되어 있지는 않으면서, 동시에 중세적 질서는 가차없이 부서지고 있던 때이다. 이런 시대가 작가에게 제공할 수 있는 것은, 우선 그 유동적인 사회적 성격에 기인하여 작중 인물의 예측하기 어려운 운명의 진로에 대한 활기 있고 흥미진진한 묘사를 가능케 한다는 점이다. 또 다른 한편으로 그러한 시대는 인간의 운명은 개인과 환경간의 상호 작용으로 결정된다는 것, 그리고 환경이라는 것도 사람의 손으로 만들어진다는 것을 적나라하게 드러내고 있었기 때문에 이 무렵의 뛰어난 리얼리스트들은 무엇보다 인간 운명을 가변적으로 파악할 수 있었던 것이다. 19세기 말엽 이후 전반적인 대세가 비역사적인 인간관에 의해 지배되어 왔다는 점에 대해서는 위에서 말했지만, 이것은 다시 말해, 초기의 리얼리스트들이 가졌던 역사적인 시야의 사회적 조건이 변화하였다는 사실을 의미한다. 확고하게 수립된 새로운 부르주아 시대의 사회적·문화적 체제는 그 체제의 주변적인 위치에 서 있을 수밖에 없는 고립된 작가, 예술가들에게는 거의 움직일 수 없는 부동의 것으로 보이기 때문이다.

3

　인간 경험과 인간의 운명을 역사적 지평 속에서 본다는 것은 어떠한 의의를 가지는가? 인간의 행위와 의식의 직접적이며 구체적인 테두리는 말할 것도 없이 일상적 생활이다. 우리는 대부분 일상 생활이라는 매개를 통해서 자기보다 더 넓은 경험에 다다르게 된다. 그러므로 일상 생활은 쉽사리 삶의 전체적인 테두리를 뜻하는 것으로 지각되는 것이다. 전통적인 사회에서 일상적 삶의 체험은 대체로 부동적인 것으로 특징 지어졌으며, 이렇게 움직임이 별로 없는 세계를 사람은 쉽게 그 자신의 숙명적인 조건으로 받아들였다. 다시 말해서, 일상적인 삶의 테두리는 자연적인 현상에 비슷한 불가변성을 띠는 것으로 보였으며, 따라서 필요한 것은 그러한 테두리에 알맞은 적응을 스스로 부과하는 것이라고 생각되었다.

그런데 일상 생활이라는 테두리는 일정하게 구조화된 것이다. 가령 서양 중세 사회에서 일상 생활을 종국적으로 규정하는 것은 그때까지의 사회 경제적인 발달의 정도와 종교적인 도그마였다. 동서양을 막론하고 중세적인 삶에 있어서의 일상 생활의 지평은, 그 한계 안에서는 신분적 사회 관계, 인간 불평등의 원리, 특권의 세습화와 같은 중세적 교리를 의심 없이 받아들이도록 하는 것이었다. 여기에는 이와 같은 정신적 시야를 규정하고 강화하는 부동성의 이데올로기가 작용하고 있었다. 중세적 윤리와 문화 체제와 형이상학적 도그마는 불평등한 사회 관계를 원리적으로 사변화, 정당화하는 체계를 구성하고 있었으며, 이 체계는 중세적 삶의 일상 생활 속에 구조적으로 수렴 · 육화되어 있었다. 그런 결과로 이따금 이러한 중세적 체제에 반감을 표시하거나 도전적인 태도를 취하는 사람들은 다수의 동시대인에 의해서, 때로는 자기 자신의 '양심'에 의해서 죄의식을 갖도록 강요되었다. 사실, 사람의 양심이라는 것도 따지고 보면 그 자체 하나의 사회적 제도라고 할 만한 것이다. 사람이 양심의 가책을 느낀다고 할 때 가책의 원인을 만드는 것은 흔히 사람이 사회적으로 만들어 낸 윤리 체계인 것이다.

하여튼 역사적 흐름 가운데서 사람이 그의 운명을 본다는 것은 중세의 것과 같은 부동성의 이데올로기의 지배로부터의 해방을 뜻한다. 서양에서 이러한 해방의 최초의 뚜렷하고 의의 깊은 조짐은 르네상스 시대의 인문적 · 예술적 업적에서 두드러지게 나타났지만, 이것이 보다 대중적으로 광범위한 범위로 확대된 것은 위에서 잠깐 말했듯이 프랑스 혁명과 나폴레옹 전쟁이었다고 할 수 있다. 프랑스 혁명이 민중의 역사 의식의 성장에 결정적인 역할을 할 수 있었다는 것은 더 설명할 필요가 없을지 모른다. 이에 못지 않게 루카치가 그의 유명한 역사 소설론에서 역점을 두어 설명하는 것은, 혁명의 성과를 수호하기 위한 목적으로 편성된 새로운 국민 군대와 이 군대가 경험한 전쟁이다. 종래까지의 절대 왕제하에서의 군대는 다분히 용병적인 성격을 가진 것으로, 전쟁이 다수 민중들에게 끼치는 영향의 범위와 강도는 극히 한정되어 있었다. 그러나 나폴레옹 이후의 군대는 국민군이라는 성격을 가졌을 뿐만 아니라 전쟁도 이탈리아로부터 러시아에 이르는 전유럽을 범위로 하였기 때문에, 이 경험은 직접 군대 체험을 한 사람이건 아니건 광범위한 영향을 끼치게 되었다. 전체적으로 혁명과 전쟁은 많은 사람들로 하여금 일상 생활 속에서 보다 큰 역사의 움직임을 실감할 수 있게 하였던 것이다.

민중의 일상 생활 속에 역사가 들어오는 과정은 서구에서는 프랑스 대혁명이 획기적인 전환점을 이루는 것으로 보아야 하겠지만, 비서구 지역에서는 제국주의에 의한 침략, 식민지로의 전락, 해방 투쟁, 그리고 좀더 최근의 경험으로는 대대적인 산업화의 움직임을 통해서 역사 의식이 증가되고 확산되어 온 것으로 볼 수 있을 것 같다.

이와 같은 역사 의식의 성장이 뜻하는 것은 오랫동안 부동성의 이데올로기의 지배 밑에서 당연시되어 온 특권과 차별의 합법성이 흔들리고, 사람이 스스로의 운명을 주체적으로 결정할 수 있는 논리적 근거를 획득한다는 점이다. 근본적으로 인간 해방에 관건적이라 할 수 있는 역사 의식의 이러한 성장이 문학 속에서 가장 분명하게 표현된 것은 리얼리즘과 낭만주의 전통 속의 비판적 · 급진적 요소였다. 블레이크를 위시한 영국의 낭만주의 첫세대 작가들이 보여 주는 가열한 비판적 정열은 이후 자본주의적 산업 문명에 내포된 봉건적 요소와 부르주아적 요소와의 결합에 의한 문화적 모순, 비유기적 삶의 지배, 상품 거래 관계로서의 지배적 사회 관계 등등을 파악하고 비판하는 데 필요한 기본적인 용어와 관점을 제공하였고, 비판적 리얼리즘의 작가들은 낭만주의의 급진적 입장을 발전시켜 새로운 역사의 주체 세력으로 등장하고 있던 시민 계급의 이상을 대변하고, 그 이상에 비추어 이미 그 파멸적인 모순을 드러내기 시작한 부르주아 시대의 지배적인 삶의 현실을 비판적으로 묻는 일에 열중하였다.

그런데 역사 의식의 근대적 개화를 바탕으로 하여 문학이 인간 해방적인 노력에 기여하여 온 진보적 전통 속에서 우리가 간과할 수 없는 것은 르네상스 시대의 문화적 업적이다. 르네상스는 중세적 문화와 세계관에 대한 분명한 도전을 보여 주며, 이러한 도전이 얼마 뒤에 절대 왕제의 확립이라는 중세적 체제의 부활에 의해서 일시 퇴조를 경험하면서도 종국적으로 근대적 문화의 모태가 되었던 것이다. 문학적 업적에 한정하여 나중의 비판적 리얼리즘과 같은 진보적 전통의 선구적인 노력으로서 우리는 세르반테스나 라블레를 생각할 수 있다. 그리고 특히 라블레의 경우는 르네상스의 새로운 세계관을 기반으로 한 새로운 문학이 중세적인 문학 체제를 넘어가는 데 있어서 종래의 민중 문화가 어떻게 창조적인 바탕으로 기능하는가를 보여 주는 본보기를 남겨 주고 있다는 점에서도 주목할 만하다.

러시아의 비평가 바흐찐은 1940년대에 집필된 그의 뛰어난 라블레론에서 중세 사회에서 늘 주변적인 지위밖에 누리지 못하던 민중의 카니발과 해학, 풍자, 과장의 전통이 라블레의 걸작 『가르강튀아와 팡타그뤼엘』 속에서 어떻게 르네상스의 반중세·반봉건적 세계관을 표현하는 데 적절하게 소화되어 있는가를 흥미롭게 분석하였다. 바흐찐에 의하면, 고전적인 중세의 문화는 공식적인 이데올로기의 세계와 해학, 풍자로 지배되는 민중 문화의 세계라는 서로 양립하기 어려운 두 개의 대립적인 세계로 구성되어 있었다. 공식적인 이데올로기의 세계란 기독교의 신과 그 지상의 대리자들을 우주의 중심에 두는 근엄하고 음울한 종말론적 신앙의 세계이며, 여기에 대해서 축제와 사육제, 장터 등에서 민중들 속에서 발달해 온 풍자와 해학의 세계는 전체적으로 볼 때 근엄한 신학적 세계의 위계 질서를 비꼬고 뒤집는 세계였다. 그러므로 민중 문화의 세계는 억압적인 지배 체제 밑에서 민중들에게 가능했던 어느 정도 합법적인 불만 해소의 통로였고, 이 통로를 통해 공식적인 체제를 민중은 의식적(儀式的)으로 전복시켜 왔던 것이다. 그런데 어디까지나 주변적인 것에 지나지 않았던 이와 같은 민중 문화의 기능은 라블레의 작품에서 중세의 공식적인 문화와 체제를 근본적으로 의심해 보는 데 가장 적절한 수단으로서 채택된 것이다. 이제 민중의 해학과 풍자는 일급의 문학의 높이로 격상되었고, 그 문학의 문체와 사상을 깊이 있고 풍부하게 하는 원천으로 된 것이다.

바흐찐은 중세 민중 문화의 특징이며, 라블레의 작품에서 풍부하게 구사되는 민중 문화적 양식을 '그로테스크 리얼리즘'이라고 부르는데, 라블레에 의해서 이 그로테스크 리얼리즘의 기능은 두 가지 방법으로 새로운 문학의 성립에 기여한다. 첫째 방법은, 공식적인 문화에서 종교적인 또는 이념적인 의의가 주어져 있던 대상들을 그러한 이념으로부터 완전히 분리하여 전혀 새로운 각도에서 봄으로써—이를테면 교회의 종탑을 동물의 성기로 본다든지—그 대상을 '격하'시키고, 지금까지 뒷전에서 살아온 민중적 상상력을 전면으로 끌어내는 것이다. 이렇게 함으로써 중세적 이데올로기 전체가 뒤집어지는 것이다. 두 번째 방법은, 지금까지 지배적이었던 신학적 이미지에 대신하여 육체적 이미지를 내세우고, 그럼으로써 새로운 이상, 즉 르네상스 휴머니즘을 표현하는 것이다. 라블레의 그로테스크 리얼리즘이 유감없이 드러나는 유명한 장면의 하나는 가르강튀아가 태어날 때의 장면인데, 어머니인 가르가멜이 엄청나게 많은 양의 동물의 내장을 먹은 뒤에 지독한 냄새를 풍기는 배설물의 분출과 동시에 해산을 시작한다는 기괴하고 소란스러운 상황의 묘사가 그것이지만, 태어나는 아이는 또 온 세상이 다 들을 수 있을 만한 커다란 소리로 마셔라, 마셔라, 마셔라!—라고 외치면서 어머니의 뱃속으로부터 튀어나오는 것이다. 이러한 장면은 우선 종래에 신성한 정신적인 사건이라고 해석되어 온 수태나 탄생에 대한 중세적 관점을 완전히 비웃는 것이다. 다른 한편으로, 바흐찐이 이 장면의 예에서 보는 것은, 동물의 내장과 인간의 내장, 배설물과 태아, 이 모든 것이 한 덩어리로 되어 있을 뿐더러, 이것들이 먹고 배설하고 교접하고 잉태하고 해산하는 온갖 사건들이 동시적으로 발생하면서 서로 눈에 뜨이지 않게 혼융되는 바탕으로 기능하는 거대한 뱃속의 일부를 구성한다는 사실이다. 그 결과 이 장면은 하나의 초개인적인 육체적 활동, 즉 영원히 먹고 먹히면서 언제까지나 계속되고 다시 재생하는 엄청나게 풍요롭고 활력에 넘친 대지(大地)의 이미지를 불러일으키는데, 이러한 이미지야말로 공포와 억압을 제도화하고 있는 중세적 세계에 대한 멈출 수 없고 억누를 수 없는 저항의 에너지를 나타내는 것이다.[1]

라블레의 작품에 대한 바흐찐의 분석은 종래의 문학 전통에서 유례가 없는 혁신적인 문학의 창조가 다만 낡은 것에 대한 형식적이거나 추상적인 반대를 통해서 이루어지는 것이 아니라는 점을 명백히 해 준다. 인습적인 체제에 대한 도전과 그 극복은 무엇보다 새로운 역사 의식의 소산이었으며, 그 역사 의식은 또 르네상스 시대라는 새로운 사회적·문화적 관계를 토양으로 하여 형성되었던 것이다.

그런데, 우리가 여기서 주목하고 싶은 중요한 사실은 라블레의 경우에서 보는 것과 같은 진정으로 해방적인 의식의 성장에 기여하는 문학에 있어서

---

1) M. Bakhtin, *Rabelais and His World* (Cambridge, Mass : MIT Press, 1968), 229쪽.

민중 문화의 전통이 차지하는 의미이다. 중세의 억압적 이데올로기에 대한 대항적인 근거를 마련하는 일에 있어서 라블레와 같은 르네상스 시대 최대의 작가의 한 사람이 중세를 통하여 주변적인 위치에 머물고 그러면서도 부단히 지속되어 온 민중적 상상력을 발견하며 그것을 그의 작품의 창조적인 원리로 변용시킨 것은 다만 우연한 일이었다고만 말할 수 없다. 비록 왜곡되고 비속화되어 있는 점이 없지 않다 하더라도 민중적 상상력과 그 표현에는 근본적으로 보편적인 인간 해방에 필요한 평등주의적이고 민주적인 인생관과 감성이 풍부하게 간직되어 있는 것으로 생각할 수 있다. 이것은 단순한 주장일 수도 있겠지만, 라블레를 위시하여 시민 문화의 진보적인 전통을 형성하는 데 기여한 서구의 유수한 작가들의 많은 작품에서, 그리고 일반적으로 인간의 보편적 자유의 신장에 이바지해 온 여러 사회의 많은 문학에서, 어렵지 않게 확인해 볼 수 있을 것이다.

4

새로운 문학, 역사 의식, 그리고 민중 문화의 전통—이러한 것들이 가지는 상호 관련에 주목하면서 여기서 생각해 보지 않을 수 없는 것은 일반적으로 문학에 있어서 현실은 어떻게 수용되고 표현되는가 하는 점이다. 다시 말해서, 문학이 현실에 관계하는 방식은 여타의 지적인 도구에 의한 현실 파악의 방식과 어떻게 다르고, 그 차이가 가지는 의미는 무엇인가라는 것이다.

말할 것도 없이 문학의 현실 인식은 과학적 현실 인식과 다르다. 문학은 한 마디로 말하면, 구체적이며 감각적인 경험의 직접성을 통하여 일반적이며 보편적인 진실에 이른다. 우리는 이것을 전형화, 또는 더 간단하게는 형상화라고 부를 수 있는데, 어떠한 경향, 어떠한 이념에 입각해 있든지 예술로서 성립하려면 무엇보다 형상화가 이루어지지 않으면 안 되는 것이다. 문학과 예술의 일차적인 요건은 사람의 마음을 움직이는 힘을 가져야 한다는 것이겠지만, 이와 같은 힘은 메마른 추상적 진술로써 절대로 생겨나지 않는다. 그러므로 문학에서 비근한 일상적 체험이 중시되고 사람의 정서적 경험이 주목받게 되는 것은 당연하다. 일상적 체험만이 그런 것은 아니겠지만 일상적인 체험이 가장 보편적으로 직접적이며 감각적인 체험을 구성한다는 것은 사실일 것이며, 어떠한 비일상적인 경험이라 하더라도 문학 속에서 성공적인 형상화에 도달하기 위해서는 그것 역시 우리의 일상적인 체험에 매개되는 것이어야 할 것이다. 이렇게 본다면 일상성은 문학적 형상화의 바탕이라고도 할 수 있다. 따지고 보면 어떠한 역사적인 대격변을 통해서도 인간에게 있어서 먹고, 마시고, 일하고, 이야기하고, 사랑하는 일상적 생활 그 자체가 존재한다는 사실은 변하지 않는다. 극한적인 상황에서의 굶주림이나 추위, 또는 탁월한 영웅들간의 규모가 큰 싸움과 같은 문학 작품 속의 이야기나 묘사에 대해서 우리가 공감을 하게 된다면, 그것은 우리 자신이 그와 같은 극한적이거나 영웅적인 행동을 반드시 실제 체험한 바가 있기 때문이 아니라 우리의 일상 생활 속에서의 배고픔이나 애증의 갈등의 경험에 비추어 일어나는 공감인 것이다.

그런데 일상성이 문학적 형상화의 보편적 근거임이 인정되더라도, 일상성 그 자체만으로는 성공적인 형상화도 사실상 불가능할 뿐더러, 하물며 문학이 그 성공적인 형상화를 통하여 성취하여야 할 보다 중요한 목표라고 생각되는 객관적 진리의 계시는 기대하기 어렵게 된다. 앞서 언급한 것처럼, 우리의 일상 생활은 따지고 보면 구조화되어 있으며, 따라서 일상 생활 속에서 한 시대의 근본 성격을 파악하는 것은 가능한 일이다. 이렇게 보면,

일상적 경험에 대한 천착만으로도 전체적인 구조의 인식 가능성은 열려 있는 셈이다. 그러나 만일 이러한 가능성이 실제로 작품 속에서 실현되어 있다면, 그것은 의식적·무의식적으로 이미 일상적 차원을 넘어서 있는 결과이다.

되풀이 말하지만, 아무리 구체적인 일상적 세부에 대한 묘사가 풍부하다 해도 그것 자체로는 쇄말사에 대한 단순한 호기심을 드러내는 것에 지나지 않는다. 세부 묘사가 문학적으로 의미 있게 되는 것은 오로지 객관적인 진리 또는 작품의 주제에 대한 암시를 드러내는 과정에 유기적으로 참여할 때이다. 한편의 작품은 이러저러한 현실 생활의 경험적인 세부의 단순한 집적이 아닌 의미 있는 조직화에 의해서 성공적인 형상화에 도달한다. 그런데 이러한 의미 있는 조직화의 힘은 어떻게 제공되는가? 그것은 현실의 표면적 현상 밑에 작용하는 근본 동인, 즉 역사적 발전의 진로에 내재하는 합법칙성에 대한 명시적이거나 묵시적인 인식을 유도하는 퍼스펙티브에 의해서 마련되는 것이다.

하여튼 여기서 중요한 것은 문학에 있어서 현실 반영은 주어진 현상을 기계적으로 모사하는 것이 아니라는 사실이다. 아리스토텔레스가 인간 행동에 대한 모방으로서 시를 정의하였을 때, 모방이라고 번역되는 그리스 말 미메시스는 원래 재창조라는 뜻에 더 가까운 말이었다. 아리스토텔레스는 단순한 수동적인 복사, 기계적인 비추어 냄을 지시하기 위해서 미메시스라는 용어를 사용한 흔적이 없다. 예컨대 그가 비극은 있는 그대로보다도 더 우수한 인물을 그리고, 희극은 현실의 인물보다도 더 열등한 인물을 보여주는 것으로 정의하였을 때, 그 정의에는 이미 문학이라는 것이 외부 현실에 대해 단순한 그림자가 아니라 그 자체 주체적인 힘에 의해 현실을 일정하게 선별하고 굴절시키는 능동적인 활동이라는 생각이 들어 있는 것이다.

따지고 보면, 있는 그대로의 현실이라는 것도 성립하기 어려운 개념일 것이다. 사물의 참다운 의미는 그것을 인식하는 인식 주관과의 관계를 배제하고는 성립할 수 없는 것이다. 어떤 사람들이 있는 그대로의 현실을 운위할 때 그것은 사실인즉, 자기들의 주관적인 현실 이해를 마치 객관적인 것으로 보고 싶어하는 욕구를 드러내는 것에 지나지 않는다고 말해도 괜찮을 것이다. 물론 개인이나 집단 또는 시대에 따라서 현실을 인식하는 객관적인 정도에 편차가 있으리라는 것은 생각하기 어렵지 않다. 그러나 사람이 현실을 인식하는 데 완전히 편견을 벗어난다는 것은 인간 생존의 역사성으로 보아서 불가능한 것으로 보인다. 사람은 누구나 그의 자서전적인 배경, 문화, 세계관, 그리고 그와 그의 동시대인을 지배하는 사회 관계, 이러한 요소들의 복합적인 상호 작용에 의해서 사물을 보고 현실을 파악하는 것이다. 그런 만큼 현실 인식에 편견이 수반되는 것은 벌써 인식론적으로 불가피한 것이라고 할 수 있다.

그러나 그것이 불가피할 뿐만 아니라, 생각하기에 따라서는 모든 인식의 기본적인 조건을 이루는 것이라고 볼 수도 있을 것 같다. 해석학에 관한 고전적인 저서의 하나인 『진리와 방법』에서 한스 게오르그 가다머가 중심적으로 말하는 내용의 하나는 독자가 텍스트를 이해하고 해석하는 일이 가능한 것은 무엇보다 편견의 작용 때문이라는 것이다.[2] 편견, 즉 선험적 판단에 의지하여 하나의 주어진 텍스트에서 무엇을 어떻게 기대할 것인가가 결정됨으로써 우리는 텍스트에 접근을 하기 시작한다. 이러한 선입관적인 기대와 판단은 텍스트를 읽어 나가는 전과정에 걸쳐 지속적으로 행해지는 것이다. 그런데 이와 같은 편견, 선입관은 우리 자신 각자가 처하고 있는 실

2) Hans-Georg Gadamer, *Truth and Method* (London : Sheed and Ward, 1979), 235~274쪽.

존적·역사적 상황으로부터 결정되는 것인데, 이러한 편견은 반드시 진실을 왜곡시키는 것이라고만 말할 수는 없고, 오히려 텍스트에 대한 우리의 경험에 일정한 방향을 부여한다고 가다머는 말한다. 편견의 가치에 대한 이와 같은 인식에는 말할 것도 없이 가치 중립적·비역사적 또는 순수히 객관적인 인식 주체와 같은 개념은 사실상 한갓 신화에 불과하다는 생각이 강하게 들어 있다. 그러면 우리는 극히 주관적이거나 상대주의적인 인식밖에는 얻을 수 없다는 말인가? 여기에 대하여 가다머는 편견과 '그릇된 판단'을 구별함으로써 편견의 가치에 대한 그 자신의 적극적인 평가가 바로 인식의 상대주의를 뜻하는 것이 아니라는 점을 명시하였다. 가다머에 의하면, 좋은 독자는 불가피하게 자기 자신의 편견으로부터 출발하면서도 그 편견을 스스로 편견으로서 인정하고 의식함으로써 텍스트에 대한 개방성을 유지하며, 그 결과 처음 그가 품었던 편견은 실제 텍스트에 포함되어 있는 것과의 만남을 통하여 수정을 당하는 것이다. 이른바 '해석학적 순환'이라고 불리는 이러한 편견, 만남, 수정을 통하여 이루어지는 이해와 해석의 과정은 본질적으로 상호 작용의 과정이다. 독자는 선험적인 판단을 텍스트 속에 투사함으로써 미리 텍스트에 관한 이러저러한 의미를 예견한다. 그 다음 단계에서의 실제 텍스트와의 접촉, 만남의 경험은 그의 선입관에 수정을 요구한다. 이러한 과정을 거침으로써 마침내 하나의 텍스트에 대한 만족스러운 이해나 해석이 이루어지는 것이다. 그런데 만일 독자가 텍스트와의 접촉을 통해서도 그의 애초의 편견에 아무런 수정을 가하지 않으려고 고집한다면, 만족스러운 이해는 고사하고 우선 텍스트를 계속적으로 읽어 나가지도 못할 것이다. 독자 자신의 편견은 텍스트와의 대화를 시작하는 실마리이지 텍스트와 상관없이 절대적인 의미를 가지는 것은 아니기 때문이다.

해석학적 순환이라는 가다머의 개념이 우리에게 깨우쳐 주는 것의 하나는, 텍스트의 의미는 반드시 그 저자가 의도했던 의미라고는 할 수 없다는 사실이다. 텍스트가 의미를 생산하기 위해서는 작가도 중요하지만, 그에 못지 않게 독자도 중요한 몫을 하는 것이다. 독자는 단지 수동적으로 이미 주어져 있는 메시지를 받아들이는 것이 아니라 텍스트와의 대화를 통해서 작품의 의미를 생산해 낸다. 작가가 생산자이듯이 독자도 이런 의미에서 생산자라고 할 수 있다. 이와 같은 상호 작용의 결과로서의 의미의 생산, 이해와 해석의 과정은 어떠한 텍스트가 그 자체로 고정불변한 의미를 가지고 있지는 않다는 점도 이야기해 주는 셈이다. 우리는 흔히 텍스트에 숨겨진 의미가 있고 이것을 성숙한 독자가 발견하는 것으로 이야기하곤 하지만, 엄밀히 보면 이것은 바른 관찰이라고 할 수 없다. 숨겨진 의미가 따로 있는 것이 아니라 새로운 의미를 독자가 생산하고 창조해 내는 것이라고 하는 것이 더 정확할 것이다. 텍스트가 그 자신의 독립적인 의미의 구조를 가지고 있다고 생각하는 것은 결국 하나의 미신이며 형이상학일 뿐이다.

텍스트에 대한 독자의 관계가 가지는 이와 같은 적극적인 의의, 즉 의미의 부분적인 생산자로서의 역할은 작품의 해석, 평가를 둘러싸고 개인과 집단과 시대에 따라서 일어나는 불일치, 그리고 그러한 불일치에 따른 의견 대립이 종종 보여 주는 치열성의 근거를 설명해 준다. 위에서 본 바와 같이, 의미를 태어나게 하는 주요한 요소 중의 하나는 독자 자신의 편견이며, 이 편견은 인간 생존의 역사적 구조로부터 나오는 것이다. 이렇다는 것은 달리 말하여 작품의 이해와 해석에는 세계와 인생에 대한 독자 자신의 어떤 입장이나 태도가 이미, 반드시 명시적으로는 아니라 해도, 반영되어 있을 뿐만 아니라, 그러한 태도를 가능한 한 더욱 확산시키고자 하는 욕망이 담겨 있는 것으로 생각할 수 있다. 아무리 관조적인 작품 감상에 있어서도 사람은 본질적으로 그 자신의 욕망이 허용하는 한도 내에서 작품의 의미를 읽는 것이다.

그러나 사람의 욕망이라든지 편견이라든지 하는 요소들이 얼핏 생각하는 것과는 달리 개인적인 차원을 넘어서는 테두리에 의해 제약된다는 중요한 사실이 있다. 사람을 일차적으로 지배하고 있는 것은 생물학적 조건이라고 해야 하겠지만, 사람이란 어디까지나 사회적 관계 속에서만 자연과 교섭할 뿐더러 그의 생물학적 요구를 충족시키는 것도 가능하다고 생각할 때, 우리가 특히 주목하지 않을 수 없는 것은 인간의 욕망이나 편견이 가지는 집단적·사회적 성격이다.

일반적인 과학적 인식이나 예술적 현실 인식을 막론하고, 인간의 고통과 희망에 상관없이 완전히 중립적으로 이루어지는 인식이란 존재할 수 없다. 우리가 무엇을 인식하고 본다는 것은 필연적으로 우리가 가지고 있는 인간적인 관심에 의하여 영향을 받지 않을 수 없는 것이다. 관심이 없다면 대상은 보이지도 인식되지도 않을 것이다. 그런데 관심이라는 것은 어떻게 형성되는 것인가? 사람은 무엇을 바라고 꿈꾸고 희망할 수 있지만, 그러나 그것은 제마음대로 되는 것이 아니라, 일정하게 사회적·역사적으로 제약되지 않을 수 없다. 그러한 제약의―또는 가능성의 원천으로서의―조건 중에서 우리가 보기에 가장 중요한 요소는 개인이 소속하고 있는 사회 집단과 그 집단의 위치를 결정하고 있는 전체적인 사회적 구조이다. 이것을 다른 말로 하자면, 사람의 사고, 인식 또는 태도가 이데올로기적인 요인의 지배를 크게 받는다는 이야기가 될 것이다. 이데올로기적인 성격은 모든 사고 작용에서 공통한 현상이며, 이것은 반드시 우리의 현실 인식을 왜곡하거나 제약하는 것으로만 생각될 것이 아니라 현실 인식 그 자체를 가능하게 하는 주된 조건의 하나로서 생각될 수도 있는 것이다. 필요한 것은 그러한 이데올로기적 성격을 의식적인 것으로 하면서, 보다 보편적인 사고의 지평을 세워 보려고 하는 일일 것이다. 하여튼 우리의 현실 인식에 있어서나 문학 텍스트의 이해에 있어서나 개인과 개인 사이의 편차는 그 개인들이 속하고 있는 사회적 집단의 상이(相異)를 근거로 하여 발생할 수 있는 집단적 편견과 편견 사이의 차이에 비하면 부차적인 것이라 해도 좋을는지 모른다. 앞에서 우리는 잠깐, 르네상스 시대의 대표적인 작가의 하나인 라블레의 문학에 대해 언급하였지만, 라블레의 작품이 언제나 어느 곳에서나 한결 같은 비중을 가지고 그 의의가 인식되어 온 것은 아니라는 사실도 있다. 바흐찐에 의하면, 르네상스 시대의 인간 해방적인 메시지를 강하게 담고 있던 라블레의 작품은 어느 모로 보든지 르네상스의 이념이 퇴조를 보이고 중세적인 이데올로기가 다시 한 번 그 위세를 떨치게 되는 17~18세기의 절대 왕제 체제로 들어오면 그 작품이 표현하고 있는 반중세적 메시지의 의미는 약화되고, 그 대신 단순한 희극적 문학으로 읽히게 된다는 것이다. 이것은 작품의 실제 창작에 있어서뿐만 아니라 그것이 수용되는 과정에 있어서도 그때그때의 사회적 관계와 그 관계가 빚어 내는 사회적 실천의 성격이 얼마나 결정적인 작용을 하는가에 대한 또 하나의 예에 지나지 않는 것이다.

이렇게 볼 때, 작품을 창작하는 행위는 물론이고 작품을 이해하고 해석하는 행위도 결국 정치적인 행위라고 말할 수 있다. 되풀이하여 말하지만 이러한 정치적 성격은 사람이 사물과 현실을 인식하는 일에 근본적으로 작용하는 이데올로기적 요인, 즉 의식적이든 무의식적이든 사람의 사회적 욕망과 실천적 관심의 집단적인 근거에서 비롯하는 것이다. 아메리카 흑인과 백인 사이에 개재하는 어떤 종류의 편견, 그에 따른 갈등은 개개 흑인, 백인의 문제로 그치는 것일 수가 없다. 그러면서도 그것은 특히 이 편견의 희생자인 흑인의 입장에서 볼 때, 흑인 한 사람 한 사람에게는 치명적인 생존

조건을 구성하는 것이다. 흑인에 대한 미국 사회의 뿌리 깊은 편견은 오랜 세월에 걸쳐 누적되어 온 것이지만, 이 편견은 말할 것도 없이 흑인의 희생을 구조적으로 강요해 온 지배적인 사회 체제의 역사적 전개의 부산물이다. 그러나 그 편견은 개인적인 차원에서는 도저히 책임 질 수도 설명할 수도 없는 것임에도 불구하고 모든 흑인 각자에게는 어떠한 개인적인 선택과 패배와도 비교할 수 없는 근원적인 삶의 불리한 여건을 형성하는 것이다. 물론 흑인이라고 해서 자기 자신만의 생활이 없는 것은 아니다. 그러나 가장 핵심적인 조건을 이루는 흑백간의 역사와 그 원리에 대한 인식을 배제하고 이루어지는 어떠한 개별성, 실존적 상황에 대한 강조도 결국 허위로 떨어지고 말 것이다. 이와 같은 논리는 제3세계의 민족주의에 대해서도 적용할 수 있다. 제3세계에 있어서도 사람은 각자 민족이기 이전에 인간이라고 말할 수 있다. 그러나 제3세계에서 적어도 현대사의 전기간에 가장 결정적인 사건은 제국주의의 팽창과 지배로부터 유래하는 것이 분명하다면, 제3세계의 생존의 현실과 그 논리를 파악하는 데 있어서 민족주의적 고려는 중심적인 것이 될 수밖에 없다.

우리는 여기서 문학에 있어서의 전형성이라는 개념에 도달하게 된다. 전형이라는 것은 일정한 시대적 상황에서 현실의 움직임을 역사적인 발전의 흐름 가운데서 포착함으로써 그 시대와 사회의 핵심적인 성격을 요약하는 것이다. 그런데 주의하여야 할 것은 전형은 결코 메마른 추상이 아니고, 현실의 발전 방향을 교조적으로 제시하는 것도 아니라는 점이다. 전형은 어디까지나 갖가지 모순을 포함하고 있는 현실의 경험을 모순 그대로 드러내면서 개별화하고 감각화하여 시대의 전체적인 맥박을 형상화하는 것이다.

그런데, 이것이 구체적·감각적·직접적인 경험을 표현하는 것이라는 점을 강조하면서, 우리가 여기서 전형성의 개념에 관련해 주목하지 않을 수 없는 중요한 문제가 있다. 반드시 명시적으로 드러날 필요가 있는 것은 아니더라도, 전형은 언제나 한 시대의 전체적인 생존의 근본 테두리, 즉 전체성에 대한 참조에 의해 매개된다. 헤겔 철학의 용어를 빌어 말한다면, 문학적 전형성은 구체적 보편이어야 하는 것이다. 즉 현실의 주어진 개별적인 경험들에 대한 직접적인 충실성만으로는 참다운 형상화, 다시 말해서 참다운 전형을 창조해 낼 수 없다. 헤겔에 의하면, 전체성에 매개되지 않는 어떠한 개별적 · 직접적인 것도 모두 추상적인 것이며, 구체성은 오로지 전체성에 대한 참조를 거쳐서만 달성될 수 있는 것이다. 한 사람의 운명의 진의, 그의 행동과 의도를 진실하게 이해하기 위해서는 그의 시대, 민족, 계급, 문화, 가족, 요컨대 전체적인 구조에 대한 인식이 전제되지 않을 수 없는 것이다.

그러나 다른 한편으로 이런 경우 전체성은 반드시 개별적인 것의 구체적 존재 방식과 그 발전의 내면적인 논리를 충분히 고려하는 것이어야 한다. 구체적인 계기, 개체적인 생존의 고유한 논리를 무시하고 들어가는 전체성은 추상적인 전체성이라고 해야 한다. 우리의 전체성에 대한 고려는 이것이 어디까지나 구체적 보편을 지향하는 한도 내에서이다. 이에 반해서 추상적 전체성은 "모든 것의 획일적이며 즉각적인 조화를 겨냥하는"[3] '폭력적인' 파시스트적인 전체성이다. 파시스트적인 추상적 전체성은 얼핏 보면 그것과 대극적인 위치에 서 있는 것으로 생각될 수 있는 원자화된 개인주의, 방임주의와 표리일체의 관계를 이루고 있는 것이다. 전체성에 매개되지 않는 개체적인 것에의 집착이나 개체의 구체적인 역사성을 무시하는 전체성의 강조는 근본적으로 동일한 추상화의 작용에 머물며, 그럼으로써 개

---

3) 김우창, 「구체적 보편성에로—역사와 문학의 관계에 대한 한 고찰」, 『세계의 문학』 (1981년 여름호), 29쪽. 이 논문은 이상신 편, 『문학과 역사』(민음사)에도 실려 있다.

체적 생존의 참다운 자유와 가능성을 부인한다는 점에서는 일치하는 것이다. 개인의 자유를 처음부터 무시하는 추상적 전체성의 체제, 즉 파시즘에 대해서는 더 말할 필요가 없지만, 개체적인 자유를 강조하는 것으로 생각되는 어떤 자유주의 철학도 그것이 전체성에 대한 고려를 무시하는 한, 다시 말해서 인간 자유의 진정한 전제 조건으로서의 보편적 자유의 차원을 외면하는 한, 그것은 극소수 강자의 자유로운 지배를 정당화하는 이데올로기를 형성할 뿐이다. 구체적 보편성의 이념은 언제나 역사 속에서 영위될 수밖에 없는 인간의 생존이 구체적인 것과 보편적인 것의 때로는 긴장되고 때로는 갈등을 일으키는 변증법적 관계 속에서만 존재해 왔다는 인식에 근거하는 것이다. 구체성과 보편성은 상호 배척적인 관계에 있는 것이 아니라 한쪽이 존재할 수 있는 근거를 다른 쪽이 제공하는 그러한 유기적 관계에 있는 것으로 볼 수 있다. 그리하여 적어도 그 이념에 있어서 구체적 보편성은 "개체적 생존의 고유한 역사적 전개를 허용하면서, 그 안에서 일어나는 개체적 역사의 맥락에 늘 삼투하는 고양과 초월의 지평으로서 존재"하는[4] 것이라 할 수 있을 것이다. 이러한 고양과 초월의 지평으로서의 보편성, 전체성은 실제로 성취하는 것은 물론이고, 상상하기도 쉽지 않은 것으로 되었을 만큼, 우리의 역사적 체험은 언제나 빗나간 전체성, 즉 억압과 강제의 테두리로서의 전체성이 강조되는 그러한 상황에 익숙해 온 것이 사실이다. 그러나 참다운 자유의 실현에 대한 그리움을 버릴 수 없는 한 구체적 보편성의 이념을 우리가 포기한다는 것은 불가능하다.

　문학이 참다운 형상화와 전형에 도달하기 위해서는 무엇보다 구체적 보편성을 획득하지 않으면 안 된다고 하는 것이 사실이라면, 이것은 한편으

---

4) 김우창, 같은 글.

로는 추상적 전체성을 합법화하는 파시스트적 사고 방식에 대하여, 다른 한편으로는 세부에 대한 집착에 의하여 또 하나의 허무한 추상에 이를 수 있을 뿐인 모든 기술주의적·실증주의적 현실 인식에 대한 뿌리로부터의 반대를 문학이 그 본질적인 요건으로 가지고 있음을 보여 주는 것으로 해석할 수 있다. 사람은 단순히 추상적인 집단을 구성하는 단위도 아니고, 보편적 생존의 여건에 무관한 원자적인 개체도 아니라는 것에 대한 성숙한 인식이야말로 모든 성공적인 문학적 형상화의 전제 조건인 것이다. 이것은 실제로 오늘날의 지배적인 사회 사상과 예술적 사조에 비추어 매우 중대한 의의를 가지는 것으로 생각된다.

오늘날 자본주의적 산업 문명 속에서의 특징적인 경험의 하나는 기술주의적·실증주의적 현실 인식의 지배라고 할 수 있을 것이다. 주어진 현상, 대상에 집착하면서 그러한 경험이나 대상의 존재 방식을 근원적으로 규정하고 있는 통일적인 조직 원리로서의 전체적인 구조에는 무관심한 이러한 기술주의적 진단과 처방이 결국 부분적이거나 초점이 빗나간 것일 수밖에 없음은 명백하다. 그러나 기술주의, 실증주의는 흔히 가치 중립성이라는 명제 밑에 이루어지는데, 대상에 대한 객관적 인식을 위하여 관찰자 자신의 가치 판단, 즉 편견을 개입시키지 말아야 한다는 주장인 것이다. 이것이 매우 그럴듯해 보이기는 하지만, 그러나 우리가 위에서 말해 온 대로 이것은 실제에 있어서 불가능한 요구이다. 오히려 가치 판단의 보류를 통해 수행되는 관측, 검토, 연구라는 것은 주어진 현상에 대한 과다하게 경험론적인 접근, 이에 결부된 전체성의 무시에 기인하여, 객관적으로는 전체적인 구조에 대하여는 암묵적인 동의를 뜻하는 것으로 되며, 그 결과 기존의 비인간적인 지배 체제의 존속에 협력하게 되는 것이다.

그렇게 하여, 합리주의와 과학이라는 이름 밑에서 많은 경우 활개를 쳐 온 것은 수구적 이데올로기, 다시 말해서 체제의 합법성을 변호하는 수단으로서의 도구적 · 기능적 이성이다. 이러한 도구적 이성의 팽창의 당연한 결과로, 생활과 문화와 정치의 온갖 영역에서 부분적인 합리성의 추구가 바로 전체적인 비합리주의의 확대를 뜻하고, 작은 진실이 그대로 큰 허위를 의미하는 이 시대의 삶의 특징적인 경험이 광범위하게 확산된 것이다. 부분적 합리성이 동시에 전체적인 비이성을 뜻하는 가장 손쉬운 예의 하나는 핵 산업이다. 핵 산업은 문명 생활의 유지 · 확대라는 명분으로 이루어져 오고 있다. 그러나 이것은 인간과 자연에 대한 가공할, 돌이킬 수 없는 손상을 필연적으로 수반하는 산업인 것이다. 도구적 이성의 만연을 종식시키고 비판적 이성의 우위를 확보한다는 문제는, 그러니까 인간이 살아 남느냐 그렇지 않느냐 하는 문제까지 달려 있는 중대한 과제로 보아야 하는 것이다.

가치 중립의 이론은 실현 불가능한 환상이며, 그것의 의도가 무엇이건 현실에 대한 참다운 인식을 가능한 한 차단해 보려는 기도에 연결되는 것일 수밖에 없다. 어떤 대상이든지 보려고 하는 시선, 즉 관심을 가진 인식 주체에 의해서만 지각될 수 있을 뿐이다. 그럼에도 불구하고 가치 중립의 이론이 지배적인 이론으로 군림해 왔고, 도구적 이성이 현실적으로 위세를 떨쳐 왔다. 이것은 그럴 만한 역사적 배경이 없었으면 불가능한 현상임이 분명하지만, 여기서 우리가 주목하지 않을 수 없는 것은 문학과 예술의 영역에서도 경험론적 · 분석적 탐구가 현대 예술의 대세를 지배해 왔으며, 많은 경우 그러한 탐구는 전체성에 대한 지각의 결여를 특징으로 함으로써 궁극적으로 예술 자신의 의도에 상반되는 기능을 해 온 점이 적지 않다는 사실이다. 이러한 점은 앞에서 언급했던 모더니즘 예술의 주된 경향 속에서 찾아볼 수 있는 것인데, 모더니즘 예술의 비역사성, 비정치성, 비관적 전망, 그리고 민중으로부터의 고립이라는 여러 특징은 이 계열의 예술이 흔히 부분적인 디테일에 철저하면서도 현실의 전체적인 흐름과 구조에는 소홀한 점과도 큰 관계가 있는 것으로 보아야 한다. 이렇게 보면, 루카치의 통찰과 같이, 현대 모더니즘 예술은 본질적으로 자연주의의 후계자로 생각될 수도 있는 것이다. 이런 경우 자연주의는 물론 현실의 피상적인 외관에 대한 기능적인 묘사에 골몰하는 경향을 두고 하는 말이지만, 이런 뜻에서의 자연주의나 모더니즘이 겉으로 보이고 만져지는 경험에 충실하면서 움직이는 전체성으로서의 현실의 역사적 진로와 구조에 대하여는 무감각하거나 비뚤어진 인식을 보여 주는 것을 주요 특징으로 하고 있다고 해도 과언은 아닌 듯하다.

이것은 물론 단순히 문학적·미학적 방법상의 문제도 아니고 한두 사람의 예술적 천재들이 책임 져야 할 문제도 아니다. 그것은 무엇보다 창조적인 문학적 형상화, 즉 성숙한 현실 파악을 불가능한 것으로 만드는 어떤 종류의 역사적 경험에 관계되어 있는 것이다. 그리고 이 경험은 비인간적이며 모순적인 사회 체제의 확대, 소시민 출신으로서의 예술가들의 계급적 한계, 거기에 수반하는 소외, 그리하여 역사의 새로운 진보적 세력과의 연대를 발견하는 일에 있어서의 예술가들의 무능력에 연결되어 있다고 일단 말해 볼 수 있다.

한 걸음 더 나아가 설명을 시도해 본다면, 현대 모더니즘 예술의 성장은 여러 가지 요인 중에서 노동자 계급의 정치적 좌절과 체제 내적 수렴화, 이에 결부된 진보적 민주주의 세력의 패배와 같은 결정적인 경험과 보조를 같이해 온 것으로 이해할 수 있다. 물론 더 말할 것도 없이 이러한 패배와 좌절의 경험은 크게 보아 제국주의적 팽창과 지배에 따르는 결과였다. 여기에 또 추가하여 문화적 헤게모니의 작용을 간과할 수가 없다. 막강한 자본과 군사력과 기술 공학의 압도적인 우위에 의해서 물리적인 지배뿐만 아니라 문화적인 패권을 장악하기에 이른 서구적 산업 체제는 이제 더 이상 강압적 수단에 의하지 않고도 밑으로부터의 위협을 효과적으로 방어할 수 있게 되었다. 왜냐하면 온갖 제도와 생활 속에 스며드는 암시 작용에 의해서 지배 세력의 가치들이 대중들의 의식 속에 내면화되고, 그럼으로써 지배 체제에 대한 심리적인 동의가 광범위하게 이루어진다는 현상이 발생하기 때문이다. 물론 이와 같은 내면화의 전제 조건으로 중요한 것은 대중들의 생활 수준의 일반적인 향상이다. 그런데 또 생활 수준의 향상은 이런 경우 비서구 지역에 대한 서구의 약탈적 지배를 떠나서 생각하기 어려운 것이다.

하여튼 당면한 현실이 모순적인 것이라는 것을 인식하면서도 어떻게 달리 변경해 볼 도리가 없는 것으로 생각해 버리는 태도는 현대 모더니즘 예술에서는 거의 상습화되어 있다. 그리하여 어떤 적극적인 대안을 모색하는 예술은 시대에 뒤떨어진 느낌까지 주는 경우도 있게 되었는데, 그러나 현실을 움직일 수 없는 것으로 보는 의식의 보급보다 더 체제의 존속에 기여하는 것도 없는 것이다.

물론 현대 모더니즘 예술의 주된 메시지는 비록 파편화하고 왜곡된 모습으로나마 조화로운 삶에 대한 동경을 말하는 것이다. 그러나 문제는 왜 지금 조화의 이상이 현실 속에 구현될 수 없는가를 구체적인 역사의 맥락 속에서 생각하는 일일 것이다.

현대적 삶의 상황은, T.S. 엘리어트의 표현을 빌어 말하면, "그들을 갈라 놓는 투쟁 속에 결합되어 있는"(united in the strife which divided them)[5] 사람들의 상황으로 묘사될 수 있다. 그러나 중요한 것은 배타적인 경쟁의

---

5) Little Gidding, 제 176행.

싸움만이 사회적 생존의 공통 기반이 되어 버린 이와 같은 상황이 인간성의 근본적인 타락, 원죄에 기인하는 것이라고 보지 않고, 사람이 만든 어떤 종류의 체제가 강제하는 것이라는 것을 바르게 보는 일이다. 생각해 보면, 르네상스 이후 서구 자본주의 문명에 의해 주도되어 온 세계의 운명은 한편으로는 르네상스적 이념의 확산을 기록하는 것이면서, 다른 한편으로는 르네상스의 물질적 기초를 이루었던 부르주아적 체제의 확대와 심화를 통해서는 르네상스의 이상을 실현한다는 것이 불가능하다는 것을 계속적으로 증언해 왔다고 할 수 있다.

간단히 말하여, 서구적 자본주의 문명의 확대는 모든 인간 가치를 상품 가치로 바꾸어 버린 것이다. 여기에는 문학, 예술도 불가피하게 침범당하지 않을 수 없다. 기본적으로 현대 예술의 근본 의도는 상품 체제에 대한 반응으로 구성된다. 어떤 예술가이든 이 체제에 부정적인 반응을 보이지 않는 사람은 없다. 예술사적으로 보면, 낭만주의의 현실 도피적 경향이나 상징주의 또는 모더니즘 예술가들 속에서 보이는 미학주의, 보헤미아니즘은 상품 체제에 대한 소극적 부정의 반응이라 한다면, 리얼리즘은 보다 적극적인 저항을 나타낸다고 말할 수 있을 것이다. 그러나 아무리 적극적인 반대라 한들 상업적 출판 제도 또는 자본에 대한 미디어의 봉사라는 기본적인 여건을 수락하지 않고는 처음부터 예술 작업 자체가 성립할 수도 없는 만큼, 예술은 스스로 반대하는 체제에 순응하고 들어간다는 매우 역설적인 모순에 처해져 있는 것이다. 상품 교환의 체제 내에서는 이 체제에 대한 강력한 도전과 비판마저 상품 교환 시스템을 매개로 해서만 전달될 수밖에 없으며, 이론과 실천이 만나는 곳도 상품 시장일 수밖에 없다. 이것은 결코 피할 수 없는 모순이다. 여기서 생각할 수 있는 적극적인 방책은 어떤 것일까? 우리는 최소한도 작가 개인의 윤리적 결단에 호소하는 일은 어리석고 무의미하다는 것을 알아야 한다. 문제는 예술가 개인의 윤리적·도덕적 선택의 범위를 넘어서 있다.

방책이라기보다 정당한 방법은 모순을 모순으로서 의식하는 일이다. 모순을 모순으로서 의식한다는 것은 결국 이러한 모순적인 현실을 신비화하거나 절대화하는 것에 대한 반대를 뜻하며, 그런 만큼 이 모순을 역사적 극복의 문제로서 파악한다는 것을 뜻하는 것이 될 것이다. 진보적인 예술이건 그렇지 않은 예술이건, 모든 현대 예술의 가장 강력한 메시지는 상품 사회 체제가 인간적으로나 이성적으로 받아들이기 어려운 체제라는 것이었다. 그러나 이 체제는 그것이 포함하는 갖가지 모순과 함께 일거에 초월될 수 있는 관념적 현실이 아니라, 오직 집단적인 역사적 실천에 의해서만 극복될 수 있는 것임을 뚫어보는 것이야말로 더 중요한 일이다.

5

지금까지 우리는 문학이 순전히 개인적인 차원에서만 고려될 수 없는 여러 사정에 관해 산만한 설명을 시도하여 왔다. 위에서 우리가 본 것은 문학의 생산, 유통, 전달에 관련된 거의 모든 상황이 철저하게 역사적·사회적으로 규정된다는 것이었다. 그러면, 우리가 문학의 창조와 감상에 관여하는 주체로서 조금 더 의미 있는 실천적 관심을 가져 보는 것은 과연 가능한 일인가? 모든 것이 우리 자신의 단순한 의지를 넘어서는 보다 큰 맥락 속에서 규정되는 것이라면, 주체적 관여라는 개념 자체가 무의미한 것은 아닌가?

그러나 앞에서 여러 차례 시사하였듯이, 우리의 실천적 관심은 바로 객관적 여건의 한 부분을 구성하며, 객관적인 현실의 의미가 드러나는 것은 오직 우리 자신의 실천적 관심에 의해서이다. 그러한 의미에서, 문학 생산의 사회적 성격을 테마로 하는 모든 이론적 검토와 분석은 이미 그 과정 속에 문학의 실천적 프로그램의 가능성에 대한 탐구를 내포하고 있는 것으로 생각할 수 있다. 우리의 생각으로 생산적인 문학사회학은 모름지기 문학의 정치학일 수밖에 없다.

그런데 문학의 실천적 프로그램이라는 문제에 당면하여, 이것이 문학의 정치적 도구화로부터 어떻게 구별되는가 하는 의문이 당연히 제기될 수 있을 듯하다. 말할 것도 없이 우리는 문학과 프로파간다를 구별해야 한다. 그러나 이런 문제를 생각할 때, 무엇이 문학과 프로파간다를 본질적으로 구별하는 기준이 될 수 있는지 심각하게 물어 보지 않으면 안 된다. 해묵은 시골 풍경에 대한 곱상한 묘사를 보여 주는 하나의 시구가 인간에 대한 야비한 배신을 은폐하는 것일 수도 있고, 감미로운 종교적 위무의 말이 그 배후에 파시즘을 숨겨 가지고 있을 수도 있다.[6] 간단히 말하면, 문학과 프로파간다를 갈라 놓는 절대적인 기준은 존재하지 않으며, 있다면 아마 순수한 프로파간다와 불순한 프로파간다가 있다고 생각할 수 있을지도 모른다. 어떤 비정치적인 입장을 표방하는 문학이라도 그것이 역사 속에 존재하는 인간의 욕망을 비추어 내는 것인 한 정치적인 메시지를 포함하지 않을 수 없다. 비정치적인 입장 바로 그것이 하나의 정치적으로 명백한 입장인 것이다. 우리가 앞에서 누누이 이야기해 온 대로, 과학적 인식이건 예술적 인식이건, 모든 현실 인식에서 완전히 중립적인 입장을 지킨다는 것은 불가능하다. 중요한 것은, 그렇다면 누구의 어떤 입장에서 현실을 파악하는가 하는 문제일 것이다. 그러나 이것은 한 사람의 문학적 주체가 임의로 선택할 수 있는 입장은 아니다. 작가로 하여금 어떤 관점을 취하게 하고, 독자

---

6) T.S. Law and Thurso Berwick, eds., *The Poems of Hugh MacDiarmid* (London : Routledge and Kegan Paul, 1978), 64쪽.

로 하여금 어떤 시각에서 작품의 의미를 읽어 내도록 하는 퍼스펙티브는 대체로 시대와 사회의 객관적인 여건에 의해 마련되는 것으로 생각된다. 그러므로 여기서 다시 한 번 우리는 주체적 의지나 선택이 가지는 한계를 염두에 두어야 하지만, 그러나 주어진 여건 안에서 보다 의미 있는 문학적 생산의 가능성과 방법을 적어도 이론적으로 생각해 볼 수는 있는 것이다.

물론 어떠한 입장에 서느냐 하는 문제가 반드시 문학의 성공 여부를 결정하지는 않는다. 비록 보수적인 정치와 사회 이념을 소유하였던 작가들도 그들의 문학적 실현에 의해서 역사의 진보적인 발전을 드러내어 주고 있는 예는 문학의 역사에서 그다지 드물지 않다. 이런 의미에서 정치적 입장, 이데올로기적 선택은 문학에서 부차적인 것인지도 모른다. 그러나 가만히 생각해 보면, 역사의 진보적이고 민주주의적인 경향을 객관적으로 증언하는 일에 성공하였다면, 아무리 보수적인 정치 이념을 가진 작가라 해도, 그의 가장 깊은 마음의 움직임, 즉 그의 욕망의 근저에서 그는 보편적인 인간 해방에의 요구에 민감했음이 틀림없다. 중요한 것은 단순한 두뇌 작용이 아니라 양심적이고 명석한 작가들이 내심으로 동의하지 않을 수 없는 사회적 · 정치적 · 미적 이상이다. 그런데 이와 같이 내심으로부터의 동의를 얻어 낼 수 있는 이상이라면 그것은 결국 주어진 시대에 있어서 가장 보편적인 객관적 진리에 기초하는 이상이 아닐 수 없다. 우리가 말하는 실천적 관심이란 따지고 보면 이러한 진리에 대한 관심, 그 진리가 구체적인 현실 속에서 스스로를 드러내게 하려는 관심일 뿐이다.

말할 필요도 없지만, 이런 의미에서의 실천적 관심은 개별적인 인간의 관념이나 순수한 의식 속에서 생성되는 것은 아니다. 조금 서둘러 말해 보면 새로운 사회적 의식, 미적 이상 또는 실천적 관심은 근본적으로 새로운 세계관의 원천인 역사적으로 진보인 사회 세력의 움직임에 근거한다. 바로 이것이 고립된 예술가들로 하여금 실천적 관심을 지니기 어렵게 만드는 주된 요인이며, 또 역사적으로 진보적인 역할을 이미 더 이상 해내지 못하는 사회 집단의 사회적 · 정치적 · 미적 이상이 창조적인 예술의 기초가 될 수 없는 핵심적인 이유이다.

현실을 일정한 방향으로 움직이는 전체성으로서 파악하기 위해서는 무엇보다 실지로 현실 가운데 알아볼 만한 구체적인 움직임이 성장하여야 하고, 이것이 비록 잠재적인 형태로나마 갖가지 모순을 포함한 채로 의미 있는 발전의 경로를 지시하고 있다는 최소한의 암시를 가질 수 있어야 할 것이다. 오늘의 지배적인 서구 문학과 일부 제3세계의 매판적인 현대 문학이 가령 19세기 전반기의 서구 문학에 비해 볼 때도 대체로 고립된 개인의 소외의 경험을 그리는 데 열중하면서 현실에 대한 충분한 정도의 구조적 · 역사적 인식에는 크게 부족을 드러낸다고 하는 것이 사실이라면, 그것은 본질적으로 위의 것과 같은 역사적 움직임이 현실 속에서 알아볼 만한 정도로 나타나 있지 않거나, 또한 그러한 움직임이 있는 경우에도 그 움직임에 대한 인식을 둔화시키는 요인이 발달되어 있기 때문이라고 생각된다. 다시 말해서, 현실의 역사적 가변성, 즉 움직이는 전체성을 보지 못하게 하고 그 대신 주어진 현실의 기본틀을 절대화하고 신비화하는 문화적 · 도덕적 체제가 일상 생활, 특히 지배적인 형태의 노동의 존재 방식 속에 구조화되어 있는 것으로 볼 수 있다는 것이다.

일관 공정 작업, 극단적인 분업, 기계적 규칙성, 인간적인 리듬의 철저한 배제, 이러한 요소들로 특징 지어지는 현대적 산업 체제하의 전형적인 노동은 일 자체로부터 일체의 즐거움을 제거하였고, 또 작업의 부분적인 국면과 국면 사이의 연관성과 작업의 전체적 과정을 볼 수 있는 시야의 획득을 불가능하게 만들어 왔다. 이러한 '소외된 노동'은 반드시 공장 노동자들의 생산 과정에 한정되는 경험이 아니다. 이것은 근본적으로 현대적 노동 전체의 특징적인 경향을 구성하는 것이다. 오늘날 미국 사회에서 노동자들이 자신들의 일에 대하여 어떤 태도와 감정을 가지고 있는가 하는 것을 노동자들 자신의 구술을 통하여 보여 주는 스터즈 터클의 흥미로운 보고는 대다수 노동자의 우울과 좌절이 근본적으로 노동의 소외에 기인하고 있음을 확인할 수 있게 한다.[7] 인간으로서 아무것도 성취하는 바가 없다. 로봇이 얼마든지 대신할 수 있는 일이다. 어셈블리 라인은 백치들에게나 적당하다. 아무 생각도 할 필요가 없는 일이다. 누구라도 가치있는 일이 아니라는 걸 금방 알게 될 것이다. 단지 돈 때문에 일하는 것뿐이다. 아무도 자기 인생이 실패라고 생각하고 싶어지는 않는다. 자기가 한 개 나사에 불과하다는 것을 아는 것은 괴로운 일이다. 그러니 그냥 봉급 봉투만 보기로 한다. 그게 마누라와 아이들에게 필요하다는 생각을 가지고. 그 밖에는 이런 일을 해야 할 아무 이유가 없다―이것은 자기의 일에서 아무런 의미를 느끼지 못하는 수많은 노동자들이 단순히 자기의 솔직한 기분을 말한 것이다. 이런 상황에 구원이 있다면 그것은 물론 휴식이다. 그러나 오늘의 상황에서 주어지는 휴식이나 여가가 노동 그것에 못지 않게 산업적으로 조직화되어 있고, 또 하나의 소외의 체험을 강제하는 것임은 더 말할 필요가 없다. 그리고 이와 함께 노동과 휴식이 전혀 별개의 영역으로 분리되어 있다는 점도 소외의 강화에 기여한다. 생각해 보면 인간에게 있어서 노동이 가지는 의의는 반드시 물질적 필요를 생산해 내기 위한 강제적인 활동으로서만 볼 수는 없다. 창조적인 노동은 동시에 삶의 기쁨의 표현이고, 의식의 확장의 경험이다. 이렇게 볼 때, 인간적으로 참기 어려운 비인간적인 노동에 대한 보상과 같은 것으로 주어지는 오늘의 산업화된 휴식과 여가는 노

7) Studs Terkel, *Working* (Harmondsworth : Penguin Books, 1977).

동 과정 그것과 마찬가지로 인간의 유기적인 필요에 근본적으로 어긋나는 것으로 생각된다.

그런데 여기서 주목해야 할 또 하나의 사실은 오늘의 전형적인 노동이 노동자들에게 의미 없는 작업을 강요한다는 점에서 그것은 본질적으로 강제 수용소의 파괴적인 노동과 비슷한 데가 있다는 점이다. 심리학자 브루노 베텔하임은 나치스의 강제 수용소 다하우의 포로였다가 살아 남은 사람이다. 다음과 같은 그의 증언은 나치가 강요한 수용소의 노동이 보통의 '자유로운' 노동과 얼마나 닮은 것인가를 보여 준다.

…… 의미없는 일들, 자기 혼자만의 시간을 가지는 일의 불가능함, 수용소 정책의 변덕스러운 변화 때문에 미리 계획을 짜는 일이 불가능하다는 것—이러한 것들이 가장 깊이 파괴적인 힘을 발휘하였다. 인간이 자발적으로 일하고 자기 행동의 결과를 예측할 수 있는 능력을 파괴함으로써 그들은 포로의 행동이 어떤 목적을 가지고 있다는 느낌을 말살시켰고, 그렇게 됨으로써 많은 포로들은 행동 그 자체를 중지하고 말았다.[8]

소외 노동에도 불구하고, 왜곡된 형태로나마 휴식과 주말이 연장되고 생계비가 보장되는 한에서는 대중은 그들의 일상 생활을 대체로 받아들이고, 관리되고 조직화되어 있는 그들의 삶의 테두리에 대한 근본적인 반성에 도달하지 못하기 쉽다. 여기에는 물론 문화적 헤게모니와 허위 의식도 작용하는 것일 것이다. 하여튼 현대 서구적 예술이 위에서 말한 바 실천적 관심의 퇴조를 보여 온 것은 본질적으로 이러한 대중의 상황에 깊은 관련을 가

---

8) David Craig and Michael Egan, *Extreme Situations: Literature and Crisis from the Great War to the Atomic Bomb* (London: Macmillan Press, 1979), 223쪽에서 재인용.

진 것으로 볼 수 있다. 그러나 이와 같은 이른바 선진 산업 사회의 경험을 부분적으로 답습·모방하는 측면이 있음에도 불구하고, 오늘날 제3세계에 있어서의 전형적인 상황은 기본적으로 다른 것으로 보이며, 이 차이가 가질 수 있는 한 가지 의미는 새로운 제3세계의 진보적인 문학의 비옥한 토양이 그러한 차이에서 마련될 수 있다는 것이다.

다시 말해서, 지역간 다양한 차이가 존재한다는 점을 간과해서는 안 되겠지만, 오늘의 제3세계는 대체로 선진 산업 사회에서 보는 것보다 훨씬 격렬하고 원시적인 생존 투쟁의 상황을 드러내고 있는 것이다. 되돌아 보면 사람들이 나날의 기초적인 생계를 위하여 사납고 힘든 경쟁을 하여야 한다는 것은 오랜 인류사에서 매우 낯설은 관념이었음이 분명하다. 그러나 배타적 경쟁을 사회 원리로 하는 근대 부르주아 체제의 발달, 대규모적인 산업화의 실현은 대다수 사람들에게 나날의 생존 영위 그 자체가 난폭하고 짐승스러운 투쟁을 의미하게 하였다. 물론 위에서 이야기했듯이, 오늘날 서양에서는 그러한 격렬한 투쟁의 상황이 크게 완화된 것이 분명하다. 그런데 대부분의 제3세계 지역에서는 여전히 빈곤이 해결해야 할 가장 일차적인 숙제로 남아 있는 것이 사실이고, 많은 경우 봉건적 요소와 제국주의적 요소와의 결합에 의해 추진되는 것으로 생각되는 산업화, 사회적 개편 과정은 서양의 초기 산업 혁명 때에 못지 않은 긴장과 갈등, 폭력에 의해 특징 지어지고 있는 것으로 보인다. 그러므로 이러한 상황에서는 부르주아지의 진보적 이상의 좌절, 소외의 체험 등 서구 예술의 기본적인 테마가 오히려 주변적·부차적인 것으로 느껴질 수밖에 없다.

현실적인 이해 관계 위에 움직이는 사회 세력들 사이의 긴장과 갈등의 상황, 그것이 움직이는 전체성으로서의 현실의 역사적 성격을 보다 용이하게 파악하는 것을 허용한다고 할 때, 제3세계의 예술이 오늘날 어째서 실천적 관심의 증대를 경험하지 않을 수 없는가 하는 이유는 저절로 해명이 되는 셈이다. 그러나 이러한 상황에 처해 있다고 해서 예술가와 지식인 들에게 자동적으로 실천적 관심이 주어지는 것은 아닐 것이다. 글자 그대로 실천적 관심은 무엇보다 주체적 선택, 주체적 의지에 수반하는 관심이다. 그렇지만 이것이 결코 개인적인 의식의 변화로만 보기 어려운 그러한 의미의 집단적 현상이라는 것을 부인할 수 없다. 이렇게 생각하면, 오늘날 제3세계에 있어서의 진보적 예술 또는 여러 지적 활동 속에 점차로 실천적 관심이 증가하고 있다는 것은 충격적인 사회 변화의 소용돌이를 통해서 억누를 수 없이 자라나는 일하는 민중의 생활상의 요구, 또는 새로운 사회 의식의 성장을 그 근본적인 기반으로 하고 있다고 보아도 괜찮을 것이다. 제3세계의 민중은 지금 인류 전체의 보편적인 자유와 해방의 실현 없이는 자기 자신의 참다운 행복을 기약할 수 없는 그러한 입장에 처해 있는 것이다.

그러나 문제는 이러한 사회적 이상의 필요가 민중 자신의 일상적 생활 속에서 보다 의식적인 것으로 되는 일이다. 왜냐하면 오늘날 제3세계의 민중은, 역사적으로 진보적인 그 자신의 객관적 입장에도 불구하고, 제국주의와 봉건적 억압의 교묘한 결합 작용, 그리고 상품 문화의 확산에 의해 스스로의 주체적 문화의 물질적·정신적 기반을 크게 손상당하고, 그 과정에서 억압적인 소외의 가치들에 끊임없이 노출됨으로써, 어느 때보다도 더 비뚤어진 욕망에 지배된 것으로 보이기 때문이다. 브라질 출신의 교육 사상가 파울로 프레이리에 의하면, 억압적인 사회의 생리에 오래 길들여져 온 사람들은 억압의 구조 자체에 대한 도전보다는 개인적으로 억압의 구조 상부로 진출하고자 하는 욕망을 발전시키는 경향을 더 크게 가지고 있다. 그리하여 여기서 깊이 뿌리 내리는 것은 개인적 성공의 신화인 것이다.

실천적 관심이라는 것이 대다수 사람들의 참다운 행복을 크게 하는 일에 대한 적극적인 관심이라면, 그러한 관심에서 무엇보다 중요하게 고려하지 않을 수 없는 것은 바로 오늘의 왜곡된 욕망의 구조일 것이다.

문학의 실천적 프로그램이라는 문제를 고려할 때 우리가 직면하는 하나의 사실은 모든 참다운 예술은 철저한 자유의 바탕 위에서만 이루어질 수 있다는 완전히 정당한 믿음이다. 우리는 문학 성립의 사회적 제약이 아무리 큰 것이라 해도 예술로서의 문학 작품의 생명은 궁극적으로 그것이 인간의 주체적 자유의 산물이라는 점에 기인한다는 사실을 외면할 수 없다. 문학은 거의 혼돈스러운 자유로움 속에서 잉태되고 태어나는 것일 때만 사람의 마음을 움직인다. 결국 문학 행위는 한 사람의 자유가 다른 사람의 자유에 호소하는 행위라고 할 수밖에 없는 것이다.

그러나 위에서 말했듯이 욕망의 구조, 즉 자유의 심리적 근거가 반드시 자유로운 것만은 아니라는 사실은 중요하다. 우리는 인간의 욕망이 근원적으로 자연적 · 생물학적인 것이라고 생각하기 쉽지만, 따지고 보면 욕망이 어떤 형태와 방법으로 존재하는가를 결정하는 것은 역사적 · 사회적 요인이다. 가령 공기에 대한 요구는 무엇보다 생물학적 요구이지만, 공기의 오염, 환경 문제가 등장하게 될 때 공기에 대한 우리의 욕망은 사회적인 의미를 갖게 되는 것이다. 우리 시대의 지배적인 체제는 각종의 무의식적 설득의 메커니즘을 발전시켜 왔고, 그 결과 우리는 엄청나게 왜곡된 욕망 속에 허우적거리게 되었다. 이러한 상황하의 비뚤어진 욕망의 자유 속에 우리 자신을 내맡기는 것은 참다운 자유의 실현을 무한정 미루는 일이 될 것이다.

우리 시대는 브레히트의 말을 빌어, "지금 웃고 있는 사람은 아직 끔찍한 소식을 듣지 못한 사람일 뿐"이며, 나무의 아름다움에 대한 언급이 그것이 다른 많은 가공할 만한 일들에 대한 침묵을 함축하기 때문에 "거의 범죄적인 행위"가 되는 그러한 시대이다. 이러한 시대에 있어서 문학은 어떠한 일을 해야 하는가? 또 어떤 일을 할 수 있는가? 우리는 실천적 관심이라는 용어를 가지고 새로운 삶의 창조에 대한 문학의 기여를 말하려고 하였다. 새로운 삶에 대한 우리의 구체적인 비전이 어떤 것이건 간에 그것이 물건과 권력에 대한 무한한 탐욕, 배타적 경쟁 위에 기초하는 온갖 덕목에 의해서 교육되는 그러한 욕망을 근거로 해서는 결코 참다운 자유와 행복의 사회적 공간은 성립할 수 없을 것이다.

우리는 보다 많이가 아니라 보다 다르게 욕망하도록 교육되지 않으면 안 된다. 우리들의 왜곡된 욕망의 구조야말로 이 시대의 고통과 비극의 가장 심원하고 핵심적인 원인의 하나를 구성하고 있는 것이다. 단순한 정치적 변화가 새로운 삶을 기약하지는 못한다. 상호 협력, 함께 자유로움, 관용, 정의로움, 명상과 같은 초월적 가치들에 대한 근원적인 욕망이 고조된 결과로서, 또 그러한 근원적인 욕망이 깊이 정착하기 위한 조건으로서, 우리들의 전체적인 생활의 방식에 있어서의 근본적인 변혁이 있어야 하는 것이다. 이러한 일을 성취하는 데 문학은 어떻게 기여할 수 있는가? 결국 문학은 스스로의 고유한 기능과 방법에 의해서 기여하는 길밖에 없다. 우리가 무엇을 어떻게 소망해야 할 것인가를 추상적 · 논리적 언어로 말하는 것은 대체로 용이한 일이고 또 필요한 일이기도 할 것이다. 그러나 정말로 필요한 것은 기존하는 지배적인 욕망의 체제 속에서는 어째서 우리가 인간다운 생활에 도달할 수 없는가를 일상적 생활의 구체적인 경험 속에서 발견하고 실감하는 일이다. 모든 성공적인 문학은 이러한 실감을 우리들에게 제공함으로써 '욕망의 교육'[9]에 이바지한다.(1984년)

---

9) 이 용어는 Edward Thompson, *William Morris* (London : Merlin Press, 1977), 806쪽에서 따온 것임.

생존의 문화, 생명의 선양

문학사로부터 배울 수 있는 중요한 교훈의 하나는 위대한 작품의 창조에는 거대하고 복잡한 협동의 과정이 끊임없이 작용한다는 사실이다.

절대로 한 개인의 천재로만 설명할 수 없는 유기적인 교섭의 과정, 이를테면 동시대인들 사이의 활기찬 인간적 · 정신적 교감, 세대와 세대간의 주고받음, 그리고 인문적 전통—이러한 요소들의 상호 작용을 작가가 그 전 인격 속에 창조적으로 용해시켜 거기로부터 의미 있는 결정을 이루어 낼 때 그는 위대한 작가일 수 있는 것이다. 진실로 고전적인 작품의 본질을 구성하는 이중적인 성격, 즉 가장 개성적이면서 동시에 가장 비개인적인 성격은 결국 위와 같은 창조적 협동에 기인하는 것이 분명하다.

문학이나 예술에서 작가의 개인적인 재능에 배타적인 우위성을 부여하는 습관은 낭만주의적 유산의 일부로서 비교적 완강하게 뿌리 박고 있는 듯하다. 그러나 우리가 분명하게 알아야 할 것은 위대한 문학 · 예술이라는 것이 천재적인 작가가 있으면 아무 곳에서나 가능한 것이 아니라는 사실이다. 엄밀히 말하면 천재적인 작가가 따로 있는 것이 아니다. 천재는 창조적인 시대의 소산이다.

살아 있는 문학이 있기 위해서는 무엇보다 살아 있는 시대의 맥박이 필요하다─라는 조금 진부한 상식을 다시 끄집어 내는 이유가 있다.

제3세계라는 용어를 가지고 오늘날 문학 현실을 생각할 때 우리는 당연히 서양의 선진 산업 사회에 대조하여 제3세계라는 비서구 지역 여러 사회의 형편을 살피게 된다. 그럴 때 두드러지게 눈에 띄는 현상은 적어도 지금 20세기 후반의 인류의 생동하는 문학적 창조의 에너지의 원천은 이른바 선진 산업 세계가 아니라 제3세계 지역에서 나오고 있다는 점이다.

여기서 중요한 것은 살아 있는 창조의 에너지이다. 보는 사람에 따라서 서양 문학은 여전히 인류의 예술 의식과 기량의 첨단을 나타내고 있는지도 모른다. 그러나 문학과 예술의 의의를 어디까지나 공동체적 연관에 있어서의 삶의 가능성을 드높이고 풍부하게 하는 데 있는 것이라고 보는 견지에서는 서양의 부르주아 문화가 이미 오래 전에 창조적 에너지를 잃어버렸다는 것은 여러 모로 분명하다.

무엇보다 문제인 것은 서양 세계에서 문학이 삶의 변혁에 대한 적극적인 믿음을 더 이상 가지고 있지 않다는 점일 것이다. 19세기의 위대한 리얼리스트 작가들이 보여 준 비상한 활력과 대중성, 그리고 서사시적 소박성과 같은 미덕은 결국 삶의 문제에 직면하여 동시대의 독자 대중들과 이야기를 나누어 보고자 하는 책임 있고 성숙한 인간으로서의 정열에 말미암은 것이었다. 이에 반해서 오늘의 서양 문학은 대중적 의사 소통을 부정하며, 고립된 개인의 괴로운 자의식이 토로되는 수준으로 떨어져 버렸다. 서양에 있어서 문학의 이와 같은 무기력화의 근본에는, 말할 것도 없이, 인간의 자율성이 수호될 수 있는 개인적·사회적 공간이 산업 문명의 심화·확대와 더불어 극도로 위축되어 왔다는 사정이 있다. 오늘의 산업 사회는 구조적으로 물샐 틈 없이 짜여진 관리 사회로 특징 지어진다.

이 사회는 물리적인 폭력을 가지고 지배하지 않는다. 기존 체제의 유지를 사람들이 내면으로부터 동의하고 바라는 욕망의 습관화를 유도하는 장치들에 의해서 움직이는 것이다. 오늘날 서양에서 이루어지는 진지한 문학적 노력은 대개 이러한 상품 관리 체제에 의한 인간의 로봇화에 대한 절망적인 반항이라고 할 수 있다. 그러나 이러한 반항은 대중적인 각성이나 사회 변혁 운동에 연결되어 있지 않는 한 처음부터 패배를 안고 들어갈 수밖에 없는 절망적인 몸부림이다. 부르주아적 생활의 안이성에 길들여진 나머지 어떠한 사회 집단도 기존의 비인간적 체제에 대하여 진정하게 도전적인 세력으로 등장하지 못하고 있는 것이 오늘의 실정인 것이다.

어떻게 보면, 서구에서 19세기에 리얼리즘 문학이 하던 역할은 오늘날 진보적인 이념을 소유하고 있는 철학자, 역사가, 사회과학자들에게 승계되었다고 말할 수 있을지도 모른다. 실제로 사회적 삶에 관한 분석이나 설명에 있어서 사회과학적 저술들이 문학 작품보다 더 큰 흥미를 자극하는 것이 사실인 경우가 많다. 그러나 진정하게 살아 있는 문학이 가지고 있는 대중적 호소력, 대중적 기반에 비교하여 볼 때 사회과학의 언어는, 그것이 아무리 급진적인 것이라 해도 극히 미미한 효과밖에 가지지 못하는 것이 분명하다. 뿐만 아니라 오늘날 구미에서 이른바 급진적인 사회 사상은 거의 예외 없이 대학의 존경받는 학문 분야의 하나로서, 상품 체제의 존속에 무해한 정도가 아니라 그 자체 또 하나의 인기있는 상품으로서 체제 속에 통합되어 있는 것이다.

온 세계가 산업 문명의 가공할 만한 소용돌이에 휩쓸려 있는 시대에, 제3세계라고 해서 창조적인 삶과 예술의 조건이 훼손되어 있지 않다고 어리석게 강변할 수는 없다. 오히려 제3세계야말로 최소한도의 인간적 존엄성을 수호하고자 하는 가장 기초적인 욕구조차도 철저하게 부인되고 멸시당하는 극단적인 파괴의 역사를 경험해 온 현장이라는 것은 더 말할 필요가 없는 것이다.

따지고 보면, 오늘날 제3세계의 문학이 상대적으로 생명력을 누리고 있다고 할 때, 그것은 제3세계의 삶의 궁핍, 인적 및 물적 자원의 빈곤으로 설명할 수 있는 측면이 분명히 있다. 개인적으로나 사회적으로나 글을 쓰지 않으면 미쳐 버리고 말 것 같은 상황이 행복한 삶의 공간이라고 생각할 수는 없는 것이다. 이스라엘 군정하 팔레스타인에서 시가 유력한 저항의 무기로 되어 있다고 한다면, 이것은 팔레스타인 사람들의 민족 문화 전통에서의 시의 중요한 위치를 암시하기도 하지만, 다른 한편으로는 그들의 삶의 상황의 혹독함을 말해 주기도 하는 것이다.

팔레스타인뿐만 아니라 제3세계의 어느 지역에서도 시인이나 작가들이 차지하는 사회적 비중은 선진 산업 사회에서의 현실로는 상상하기 어려울 정도로 큰 것으로 보인다. 이러한 현상은 물론 일차적으로 가령 서양의 사회과학 같은 복잡하고 세련된 지적 도구를 발전시키지 못한, 지적 작업의 불비(不備) 또는 미분화의 징후일 수도 있다. 그러나 문학은 어떠한 복잡하고 세련된 사회과학의 언어로도 따를 수 없는 진실성과 총체성 속에서 삶을 증언하는 일을 생명으로 하고 있다는 사실이 중요하다.

다시 말하여, 제3세계는 문학적 언어로써만 손상 없이 포착될 수 있는 갖가지 문제가 있을 뿐만 아니라 그것을 대중적으로 증언하고 함께 이야기하고자 하는 욕망이 살아 있는 곳이라고 할 수 있다. 서양의 불모적인 상황과는 판이하게 풍성한 문학적 생산이 가능하다는 것은, 삶의 고통이나 비극과 같은 차원과는 별개로, 제3세계가 아직 무엇인가 본질적으로 건강한 인간적 기반을 가지고 있음을 말해 주는 것이다.

우리는 그러한 기반이 주로 공동체적 감각이나 의식에 관계되어 있다고 생각한다. 식민지의 경험, 그리고 제국주의 시대의 잔인한 경험을 통해서 제3세계 지역의 민족·민중의 공동체가 엄청나게 훼손되어 왔다는 사실은 우리가 모두 아는 바와 같다. 그러나 이러한 파괴의 과정은 다른 한편으로 삶의 근본적인 존재 방식으로서의 공동체적 연관에 대한 의식을 더욱 강화하는 데 이바지해 왔다고 할 수도 있는 것이다.

오늘날 전세계적으로 인류의 전통적인 삶의 형태나 공동체적 사회 생활이 부분적으로나마 남아 있는 곳도 제3세계이고, 빠른 속도로 붕괴되어 가는 공동체를 목전에서 경험하며, 사라져 가는 공동체에 대한 기억이 가장 날카로운 비판적 사회 사상으로 연결될 수 있는 가능성을 가진 곳도 제3세계이다.

어떤 사람들은 제3세계라는 개념은 식민지에서 독립되었다는 역사적 경험 이외에 아무 공통점이 없는, 천차만별의 사회들을 지칭하는 데 부적합한 형식적인 개념이라고 말한다. 그러나 이것은 제3세계론의 본질을 간과하고 있다. 제3세계를 말하는 것은 자본주의 산업 문명의 범세계적 확대와 지배에 따르는 인간 생존과 온갖 생명에 가해지는 위해(危害)를 바르게 보고, 오늘날의 이 지배적인 문명의 의미를, 지금까지 이 체제의 가장 큰 희생자인 제3세계 민중의 입장으로부터 근원적으로 물어 보려는 노력의 일부이다.

여기서 아마 가장 중요한 것은 제3세계 민중의 입장이다. 이 입장에서 볼 때, 산업 문명의 비인간성, 반생명성 그리고 파괴성은 결코 우발적인 것이 아니라 그 문명의 기본적 논리의 필연적 귀결임이 명백하게 드러나는 것이다. 민중은 억눌리고 모욕당하고 상처받으면서 오로지 살아 남기 위해서라도 그의 생존 자체를 위협하는 체제를 근본적으로 부정하지 않을 수 없는 상황에 노출되어 있는 것이다.

제3세계 민중이 전통적으로 발전시켜 온 '생존의 문화'는 이윤과 기계적 질서에 봉사하는 문화가 아니라 본질적으로 유기적 생명관에 뿌리 박은 문화라고 할 수 있다. 사람을 포함한 모든 생명의 본질이 결국은 상호 관계, 상호 작용에 있으며, 거기에 여하한 존재도 배타적인 우위성을 주장할 수 없다는 평등주의적 인생관은 오랜 옛날부터 흙과 더불어 살아온 노동하는 민중 속에서 친근한 사상이었다. 민중적 감수성으로는, 끊임없이 자기중심주의적 논리를 펼치면서 다른 인간과 생물과 환경에 적대적인 공격을 가해 온 이른바 '진보'의 개념은 받아들일 수 없는 것이다. 발터 벤야민이 말했듯이, 진보는 바로 야만의 기록을 의미하였다. 서구 산업 문명은 이제 인간 자신의 생존의 자연적·생물학적 기초까지 파괴하는 데 이르렀다.

오늘날 인류가 직면하고 있는 갖가지 위기에 대한 올바른 응답은, 생산력의 증대나 기술 혁신 따위와 같은 낡은 기술주의적 처방이 아니라 새로운 사상, 새로운 삶의 방식의 선양에 의해 마련되지 않으면 안 된다. "보다 많이가 아니라 보다 다르게"로 우리들의 욕망의 근본 구조에 변혁이 일어나지 않는 한 인류를 기다리고 있는 것은 파멸뿐이다.

칠레의 민중 시인 파블로 네루다는 그의 시작(詩作)의 의미에 관하여, 그것은 "우리들의 존재의 경계를 확대하고 살아 있는 만물을 결합시키는" 사랑의 행위, 신비스러운 선물 교환과 같은 것이라고 말한 적이 있다. 네루다의 이 발언은 고독한 자의식과의 관련 이외에 시를 생각조차 할 수 없게 된 서구적 감수성으로서는 흉내도 낼 수 없는, 풍요한 민중적 뿌리를 환기시킨다.

오늘날 제3세계의 역사적 현실은, 제3세계의 진지한 문학적 노력이 민족주의적 전망에 매개될 수밖에 없게 강요하고 있다. 그러나 이러한 민족주의가 억압의 정치적·사회적 경제적 구조를 폭로할 뿐만 아니라, 인간과 인간, 인간과 자연 사이의 조화로운 살아 있는 관계를 드높이는 일로 발전하지 않는다면, 참으로 새로운 미학에 대한 기대는 부질없는 것이 될 것이다.(1988년)

제3세계 문화의 가능성

　얼마 전 우리 말로 번역 간행된 『북미(北美) 최후의 석기인—이쉬』라는 책은, 백인과의 전쟁에서 멸망한 어느 인디언 부족의 유일한 생존자로서 '문명' 세계의 바깥에서 홀로 살아가다가 백인들에 의해 발견되어 생애 최후의 마지막 몇 년을 샌프란시스코의 주립 대학 인류학 박물관에서 지내게 되었던 한 인디언에 관한 흥미로운 기록을 보여 준다. 이 책에는 인디언 이쉬(이쉬는 원래 인디언의 말로 사람이라는 뜻인데, 이 사람이 자기의 이름을 말하기를 끝까지 거부하였기 때문에 백인들은 그를 이쉬라고 불렀다)의 특이한 생활 습관, 태도, 의식에 대한 꼼꼼한 관찰이 들어 있는데, 무엇보다 눈에 뜨이는 것은 이쉬가 백인들의 문명에 대해 취하는 태도이다.

　이쉬는 백인들이 인간 능력의 승리라고 자랑하는 20세기 서양 문명에 결코 감명을 받지 않는다. 그의 눈에 비친 백인들의 행동은, 한 마디로 영리하지만 철없는 아이들의 그것이었다.

　이쉬와 같은 태도는 여러 인디언 관계 문헌 속에서 허다하게 볼 수 있는 관점의 하나에 불과하다. 그러나 우리는 이러한 관점을 문명에 대한 '미개인'의 단순한 거부 반응이라고 생각해서는 안 된다. 사실에 있어서, 오늘의 서양 산업 문명은 지구상에서의 인간 생존의 지속적인 가능성 자체를 위협하는 데까지 이르렀고, 이 문명의 압도적인 지배에 편입된 이래 세계 도처에서의 인간과 인간, 인간과 자연 사이의 관계는 투쟁적이고 공격적이며 긴장된 것으로 바뀌어져 왔다.

자기 자신의 근거 자체의 파괴를 무릅쓰면서까지 목전의 이익에만 열중해 온 '문명' 의 전개를 두고 철없는 아이들의 행위라고 파악하는 인디언의 생각이 과연 그릇되다고 할 수 있을 것인가? 그러나 말할 필요도 없이 과학 기술 그 자체가 오늘날 보는 바와 같은 인간과 자연의 위기를 초래하였다고 생각할 수는 없다. 문제는 과학 기술이 실지로 인간의 삶 속에 작용하는 방식이며, 과학 기술의 존재 방식을 근본적으로 결정하는 사회적 체제이다. 현대 서양 문명은 본질적으로 유한 체계 속에 살고 있는 인간의 조건을 무시하고, 끊임없는 확대 재생산과 소비를 추구하는 생활 원리를 기반으로 발전하여 왔다.

그러나 이러한 원리가 본래부터 인간에게 고유한 생존의 원리가 아니라, 오히려 극히 예외적인 것이었다는 사실이 중요하다. 즉 서양의 제국주의적 침략을 받기 이전의 이 세계의 대부분의 인간 공동체에서 그리고 산업 자본주의 체제가 확립되기 이전의 서구에서도 이윤 추구 그 자체를 목적으로 한 생산과 교환 또는 소비를 위한 소비는 낯선 관념이었다. 인류사의 대부분의 시기에 걸쳐 인간의 경제 생활을 지배해 온 관념은 필요에 의해 생산하고 노동하며 교환한다는 것, 그리고 이 필요는 사람의 생물학적 요구뿐만 아니라 윤리적 체계에 종속된다는 것이었다. 다시 말해서 인간은 그 자신이 유한한 생명을 가진 존재일 뿐만 아니라 그의 생존의 토대인 자연도 역시 유한한 것임을 통찰하면서 살았던 것이다.

하이데거는 인간이 이 세상에 거주하고 산다는 것의 의미에 관해 언급하면서 "대지와 하늘, 신성(神性)과 죽는 존재로서의 인간"의 원초적인 합일의 관계를 이야기하였다. 현대 산업주의 문명의 발전과 확대는 바로 이러한 인간 생존의 근원적인 관계에 대한 파괴를 의미해 왔다.

우리는 여기에 이르러, 과학 기술의 '평화적 이용' 운운하는 공리주의적·개량주의적 사고 방식만으로는 오늘의 당면한 위기를 극복할 수 없으리라는 것을 짐작한다. 필요한 것은 또 하나의 기술적 처방을 내리는 것이 아니라, 인간과 인간, 인간과 자연 사이의 근원적인 관계에 대한 인식을 회복하는 것이다.

18세기 이후 급속도로 진전된 서양의 산업 자본주의 체제는, 그 자신의 어김없는 내적 논리에 따라, 인간과 자연에 대한 공격적인 태도를 강화해 왔다. 서구 사회는 특히 민중의 전통적인 생활 공동체의 와해와 도시 문명의 발달, 심각한 사회적 계층화를 조장하면서, 상품 소비 사회로 발전하여 왔다. 서구 사회 내부의 이러한 변화는 밖으로 세계 도처의 비서구 지역에 대한 식민주의적·제국주의적 지배를 동반하였고, 그 결과 세계의 수많은 민족 공동체의 자율성이 유린당하여 왔다.

서양 산업 문명의 이러한 확대를 통하여, 비서구 지역 민족 공동체들은 정치·군사·경제적인 차원에서 뿐만 아니라 전체적인 생활 방식과 문화의 차원에서 심각한 자기 소외, 서구적 '합리주의'에 대한 종속적 관계를 경험하게 되었다.

바로 여기에서 오늘날 많은 제3세계 사회에 있어서의 문화의 위기가 비롯한다. 제3세계, 특히 제3세계 내부에서 서구적 근대 교육 제도를 통해 교육을 받은 계층들 속에서는 서구 산업 문명의 가치들에 대한 끊임없는 선망이 나타나고, 또 실제로 이러한 가치들을 빨리 자기 자신의 것으로 체득한 사람들이 일부 제3세계에서 사회적 권력을 차지하게 되었다. 그러나 무엇보다 중요한 것은 제3세계의 민중이 옛날부터 그들 자신의 삶에 대한 풍부하고 생생한 인식과 꿈을 표현해 왔던 민중 문화가 파괴되기에 이른다는 사실이다. 민중 문화의 파괴는 민중 문화 자신의 물질적 토대인 민중의 생활 공동체의 와해에 수반하는 것이다. 이것은 특히 제3세계 중에서도 서구 산업주의의 원리에 입각하여 산업화가 추진되는 상황에서 두드러지게 된다.

그것은 여러 곳에서, 기존하는 종속적 관계의 심화를 가져 오는 것이라고 분석되어 왔지만, 보다 구체적인 민중 생활의 관련에서는 전통적인 마을 문화의 파괴, 그리고 많은 민중들이 그들 자신의 생활 공동체로부터 유리되어 뿌리 뽑혀진 존재로 되는 것을 의미한다. 한편으로는 서구적 '합리주의' 가치의 범람, 다른 한편으로는 전통적인 민족·민중 문화로부터의 소외—여기로부터 여러 제3세계 사회에서 오늘의 문화적 위기가 초래된 것이다.

그러나, 또 바로 이러한 위기가 제3세계의 새로운 문화적 가능성을 잉태하고 있는 것이라고 생각해 볼 수 있다. 문화는 한 시대의 물질적 조건과 밀접히 관련되어 있고, 문화의 근본적 에너지와 건강성은 궁극적으로 민중 사회 전체의 생생하고 인간적인 가치에 의존한다. 오늘날의 세계에서, 서양 산업주의 문명이 내포하는 본질적인 비합리주의(그 부분적인 합리성에도 불구하고)와 비인간성을 가장 확연하게, 심각하게 생활 속의 구체적인 경험 속에서 느끼고 있는 것은 바로 제3세계의 민중이다.

서양 산업 사회는 대내외적인 요인에 말미암아 적어도 많은 사람들의 일상 생활만은 비교적 평온하고 갈등이 적은 것으로 되었다. 그러나 이 사회가 근본적으로 불평등한 관계와 비인간적 가치를 구조적으로 확산하는 원칙에 입각한 것이라는 것은 서양 사회 내부의 인종 문제, 소수 민족에 가해지는 억압, 원천적인 남녀 차별 등에 흔히 나타난다. 그럼에도 불구하고 제도화된 상품 생산 및 소비의 체제는 이 사회들에 살고 있는 수많은 일상인들로 하여금 자기 사회와 생활의 근본적 연관을 보는 것을 매우 어렵게 한다. 오늘날 서양 산업 사회에서의 문학과 예술이, 주로 소수 지식인들의 소외의 경험을 다루고 공동체로부터 유리되어 있는 다른 한편으로 일반 대중은 제도화되고 산업화된 각종 오락을 제공받고 있다는 것은 주지하는 바와 같다.

물론 서양 사회가 옛날부터 이러했던 것은 아니다. 적어도 19세기의 전반기까지 서구 문학은 그 사회적 총체적인 통찰과 분석, 생생한 인간 가치의 옹호와 사회 비판의 깊이에 있어서 세계 문학사상에서도 매우 드문 위대한 순간을 기록하였다.

그러나 산업주의 체제의 확대와 자본주의적 분업화의 심화에 따라, 서구의 문학과 예술은 총체적인 관점을 상실하고, 정치로부터, 공동체로부터 점점 고립되기에 이르렀다. 다른 한편 민요, 설화, 축제를 포함하는 일반 민중 문화는 19세기 중엽을 고비로 거의 사라지게 되었다. 산업주의의 공장제 기계 생산은 여기에 맞는 사회적 규율과 규칙성을 강화시켰고, 그러는 동안 민중 문화의 자발적이고 충동적이며 연희적인 요소는 거세를 강제당한 것이다.

생각해 보면 19세기 서구 리얼리즘 예술의 위대성은 그 예술이 당대에 아직 살아 있던 민중 문화와 유기적인 관계를 맺고 있었기 때문에 가능해진 것이라고 할 수도 있다. 하여튼 서구에 있어서 예술의 고립, 소외는 민중 문화가 사라지는 것에 거의 일치하는 것이었다.

제3세계의 문화를 말할 때, 우리가 가장 크게 주목해야 하는 것은 제3세계에 있어서의 민중의 생활과 문화이다. 오늘날 제3세계의 문화적 가능성은 역설적이지만, 제3세계 민중이 경험하는 일상적인 삶의 고통에 있고 그리고 아직 제3세계 민중의 생활의 일부에서 또는 민중의 마음속에서 생생하게 살아 있는 민중 문화의 가치들 속에 있다. 제3세계의 민중은 그들에게 가해지는 생활상의 압력과 고통으로 인하여 이러한 압력의 배경과 원인에 대해 생각하지 않을 수 없고, 서양 산업주의 문명의 논리가 가진 근본적인 허구에 대한 인식에 자기 자신들의 생활상의 곤경을 통해 도달할 수밖에 없다. 그리고 무엇보다도 이러한 인식을 유도하는 데 결정적인 것은 제3세계 민중이 오랫동안 그 속에 길들여지고 익숙해 온 민중 문화의 세계관과 감수성이다. 전체적인 생활 방식이건, 또는 각종의 노래, 이야기, 연희, 축제의 형태로 나타나는 표현 문화이건, 옛날부터 민중 문화를 특징지어 온 것은 그것이 내포하고 있는 극히 민주적이고 평등주의적인 인생관과 감수성이었다. 다시 말해서 민중 문화는 공동체의 생활과 의식을 반영하고 억압에 저항하면서 보다 순진하고 밝은 삶의 세계에 대한 끊임없는 열망을 드러낸 것이다.

　오늘날의 세계는 서구 산업주의 문명에 패권이 주어짐으로써 인간과 인간, 인간과 자연의 조화로운 관계가 깨어지고, 온갖 사회적 갈등과 긴장을 초래하여, 드디어는 인류 자신의 계속적인 생존마저 위협받기에 이르렀다. 이러한 산업 문명의 확대에 지금까지 가장 큰 고통을 당하여 온 것은 말할 것도 없이 제3세계의 민중이었다. 제3세계의 민중은 날로 서양 상품 사회의 대중들과 같이 끊임없는 소비 욕망을 제도적으로 부채질하는 왜곡된 문화 속으로도 편입될 수 있으나, 그러나 본질적으로 자기 자신의 생활상의 필요에 의하여, 자기를 지배해 온 산업주의 문명의 원리와 운용 방법을 문제삼지 않을 수 없게 된다. 그리고 이러한 근본적 물음에 있어서, 제3세계 민중의 새로운 문화는 그 자신의 풍부한 민중 문화 전통과 서구 리얼리즘의 창조적 유산을 밑천으로 하지 않을 수 없을 것이다. 그렇게 함으로써 제3세계의 민중은 이 세계를 지배하는 그릇된 생활 방식과 억압에 대해서 맞서고, 순진하고 평화로운 인간 생존의 근원적인 관계의 회복에 대해 말할 수 있는 오늘날에 있어서 가장 긴급한 새로운 문화의 거의 유일한 원천으로 된다.(1982년)

제3세계의 문학과 리얼리즘

1

　지난 몇 해 사이에 우리의 문화적 노력과 사회 인식에 일어난 새롭고 중요한 현상으로서 우리는 제3세계적 관점의 대두와 성장을 주목할 수 있을 것이다. 물론 아직 이 관점은 충분히 널리 그리고 올바르게 받아들여졌다고는 말할 수 없겠지만, 그것이 우리 시대의 가장 창조적인 문화와 사회 의식의 주요한 바탕을 이루고 있음은 사실일 것이다. 이런 현상은 물론 우연이 아니다. 무엇보다도 우리의 시대적 및 사회적 현실이 제기하는 온갖 문제와 모순에 대한 바른 인식과 그 문제들의 바른 해결을 위한 노력은 우리가 살아온 현대사 전체를 편견 없이 반성할 것을 요구하고, 이것은 또 불가피하게 지난 수세기 동안 세계를 지배해 온 서양 산업 문명의 전개와 그에 따른 범세계적인 역학의 논리와 진상을 제3세계 민중 일반의 입장에서 보아야 할 것을 강력하게 요구하기 때문이다. 제3세계적 관점은 몇몇 개인의 자의적인 생각이 아니라 시대의 불가피한 요구에 의해서 형성된 것이기 때문에, 이러한 관점이 우리 시대의 핵심적인 문제를 올바르게 인식하고 수

많은 민중의 생활상의 욕구를 정직하게 반영하려는 노력에 가장 큰 보편성과 진실성을 부여하게 되리라는 것은 의심할 수 없다.

제3세계적 관점이 우리 사회에 있어서는 물론 다른 여러 민족 사회에 있어서도 당연한 역사적 요청이며 또 가장 창조적인 관점이라고 할 수 있는 객관적인 증거의 하나는, 오늘날 세계를 통틀어서 가장 생생한 인간적 가치를 보여 주며 활력에 넘쳐 있는 문화·예술은 서양이 아니라 (또는 서양 문화의 원리에 입각한 활동이 아니라) 제3세계적 인식에 충실한 세계 도처의 여러 민중과 지식인들의 활동에서 볼 수 있다는 점이다. 소수 지식인의 괴로운 자의식의 반영 또는 소외 의식의 표현으로 시종하면서 극히 폐쇄적인 공간이 되어 버린 현대 서양 문학에서 보는 바와 같은 예술과 민중 생활 사이의 절연이라는 현상은 적어도 제3세계적 관점에 기초한 예술에서는 상상조차 할 수 없는 것이다. 물론 특정한 관점이 자동적으로 창조적인 예술을 생산하는 것은 아니다. 그리고 서양 현대 예술의 불모성은 예술가 개개인의 주관적인 입장 이전에 본질적으로 서구적 산업 문명의 발전에 내재하는 모순에 기인하는 것이다.

서구적 산업 사회의 발전에 관련하여 예술의 운명을 생각할 때, 우리가 맨 먼저 생각하지 않을 수 없는 것은 그것이 '상품 소비 사회'라고 일컬어질 수 있는 사회 체제로 발전하여 왔다는 점이다. 따라서 이러한 사회 발전 과정에서 본질적으로 상품 가치와 양립하기 어려운 예술이 점점 고립되고 주변적인 위치로 떨어져 나올 수밖에 없는 것은 당연한 현상이다. 본격적인 예술이 점차로 고립되어 가는 일방에서 이른바 대중 문화가 크게 활개를 치게 되는 현상도 현대 서양의 특징적인 문화적 상황이라고 할 수 있을 것이다. 그런데 이런 경우 대중 문화라는 것은 문자 그대로 대중 자신의 주체적인 문화가 아니라는 사실을 우리는 주의해야 한다. 발달한 기술공학의 성과에 크게 힘입은 대중 문화는 대중이 가진 진정한 인간적 욕구를 반영하기는커녕, 오히려 소비 사회의 생활 방식을 항구화하는 데 필요한 소비 심리와 거짓 욕망을 대중적으로 확산하기 위해서 만들어진 것이다. 그러니까 대중 문화는 그것이 비인간적인 경쟁 사회와 물질 숭배의 생활 방식에서 배태된 저열한 욕망과 낭비적인 심성을 자극하고 부채질하는 것인 한, 상품 소비 사회 체제의 존속과 확대에 불가결한 구성 요소로 기능하는 셈이다.

이러한 의미에서의 대중 문화가 크게 위세를 떨치고 또 대중 문화의 사회적 기반인 소비 사회 체제가 점점 굳어져 가는 상황에서, 본격 예술이 사회로부터 고립되고 예술가의 소외감이 점차로 깊어져 간다는 것은 충분히 이해할 수 있는 일이며, 또 어떤 의미에서는 고립화의 경향 자체는 자기가 지지할 수 없는 사회에 대한 예술의 저항을 표시하는 것이라고 할 수도 있을 것이다. 그러나 우리는 어떤 일이 이해할 수 있는 현상이라고 해서 그것을 받아들일 수 있는 것은 아니다. 그리고 더 중요한 문제는 그러한 고립된 예술이 예술가들 사이에 주요한 관습으로 되면서 드디어 고립과 소외 자체를 이론적으로 정당화하는 미학이 성립되었다는 데 있다. 이러한 미학을 우리는 모더니즘이라고 부를 수도 있겠지만, 중요한 것은 명칭이 아니라 그러한 미학 속에 포함된 역사와 인간 그리고 예술에 대한 기본적 태도이다. 서양의 전위 예술 또는 모더니즘의 미학은 공동체 생활의 정치적 · 윤리적 관심으로부터 예술을 절연시키고 사람과 사람 사이의 의사 소통의 수단으로서의 예술의 기능을 배제한다. 공리주의적 가치만이 만연하는 상품 사회 속에서 예술의 공리성을 부정하는 일은 그러한 사회에 동화 · 흡수되지 않으려는 비타협적 저항의 하나로 생각될 수 있다. 그리고 이러한 저항이야말로 인간적 가치를 방어하는 유일하게 남은 가능성이라고 생각되고 있는지도 모른다. 그러나 이러한 모더니즘 예술의 비타협성과 저항의 결과는 자연스러운 소박성의 상실, 다수 민중과의 공감의 유대의 파괴, 끊임없는 신기한 실험의 되풀이의 강조, 해소할 길 없는 괴로운 자의식의 집중 등만 낳았을 뿐 그 저항은 체제에 대한 어떠한 근본적인 도전으로 나아갈 수는 없었다. 역설적인 것은 그러한 저항이 결과적으로는 소비 사회의 또 하나의 인기있는 상품으로 되었다는 사실이다. 모더니즘의 이러한 운명에 대하여 어느 비평가는 다음과 같이 지적한다.

이 새로운 그리고 따져 보면 다시 한 번 반정치적인 모더니즘 이념의 부활에 궁극적으로 치명적인 것은…… 소비 사회 그 자체 속에서의 모더니즘의 운명이다. 금세기 초에 한때 저항적이었으며 반사회적이었던 것은 오늘날 상품 생산의 지배적인 스타일이 되었고, 소비 사회의 끊임없이 확대되는 생산과 재생산 구조의 불가결한 한 구성 요소로 되었다. 쉔베르그의 헐리우드 제자들이 영화 음악을 쓰기 위해서 전위적인 기법을 사용하고, 미국의 최신의 미술 유파의 걸작들이 대보험회사와 다국적 은행들의 새롭고 화려한 구조물(그 자체 가장 재능있고 전위적인 건축가들의 작품인데)을 장식하기 위해서 찾아지고 있다는 사실 등은 이 상황의 외면적인 징후일 뿐이다. 한때 소란스러웠던 전위 예술은 현재의 소비 사회에 필수적인 스타일상의 변화를 공급하는 일에 하나의 사회적 · 경제적 기능을 발견하였다.[1]

위에서 예로 든 것은 주로 음악과 미술의 경우지만, 이 예에서 보는 현대 서양 예술의 비극적인 경험은 문학의 경우에도 해당되는 것이라고 할 수 있다. 모더니즘적 미학에 기초하는 많은 시 · 소설 · 희곡 가운데서 이른바

---

1) Frederic Jameson, "Reflections in Conclusion," *Aesthetics and Politics* (London, 1977), 209쪽.

소외의 체험을 다루고 있지 않은 문학 작품을 보는 것은 어려울 정도인데, 이 때 이러한 주제는 서양의 산업 문명의 발전에 내재하는 본질적으로 역사적인 모순과 한계에 의하여 발생한 인간 관계의 왜곡이라는 측면에서 다루어지기보다는, 소외의 경험이라는 것이 마치 항구적인 인간 조건을 이루는 것처럼 취급되기가 쉬운 것이다. 이러한 비역사적인 접근은 현대 서양 문학에서는 실로 압도적인 세력을 이루고 있는 것으로 보이는데, 많은 작가들이 허무주의적인 세계관을 보여 주는 것과는 달리 이른바 인간성에 대한 '긍정적 관점'을 가지고 있는 작가로서 평가되는 쏠 벨로우의 경우에도 근본적으로 비역사적인 관점이 우세하게 나타난다는 사실은 모더니즘 미학의 신봉 여부에 상관없이 오늘의 서양 문학의 대세가 어떤 것인가를 말해 준다고 할 수 있다. 벨로우의 소설 『비의 왕 핸더슨』은 자기 사회의 비인간성과 소외의 체험에 시달리는 한 미국인에 의한 조화된 삶의 추구를 묘사하는데, 갖가지 모험 끝에 그가 도달하는 조화의 경지는 아프리카의 어느 왕국에서 힘들게 얻은 지혜, 즉 사자와 같은 맹수와 스스럼없이 친근하게 지낼 수 있는 삶의 지혜가 시사하는 어떤 종류의 경지이다. 이것은 시적 암시로서 받아들일 수 있는 생각일지는 모르지만, 현대 사회의 중심적 체험의 일부인 소외 의식에 대한 역사적인 탐구는 아니며 또 문학적으로도 올바른 접근이라고 보기 어려운 것이다.

어떤 형태로든지 또 어떤 주관적인 의도와 동기에 의해서였든지 간에, 현대 서양 예술이 비역사적인 접근 방법에 충실하고 인간 현실을 형이상학적인 차원에서 주로 보는 한, 그러한 예술은 비인간적인 사회에 대한 의미 있는 통찰과 도전으로 발전할 수 없으며, 오히려 궁극적으로는 체제에 대한 순응으로 떨어질 수밖에 없는 것이다.

지금까지 장황하게 현대 서양 예술의 지배적인 성격을 운위한 것은 그것이 제3세계의 예술과도 중요한 관련이 있기 때문이다. 제3세계라고 지칭할 수 있는 많은 사회는 서구적 문명과 문화에 대한 근본적으로 다른 대안이 마련되어야 한다는 강한 요구를 느끼고 있는 현장이지만, 다른 한편으로 부정되어야 할 서구적 가치와 신념이 '내면화' 되어 있는 곳이기도 한 것이다. 이러한 현상은 물론 긴 세월에 걸친 서양 문명에 의한 지배의 당연한 결과이지만, 이것을 그대로 두고는 제3세계적 관점이 무의미하다는 것은 말할 필요가 없다. 물론 예컨대 모더니즘의 미학이 제공할 수 있는 진보적인 계기를 완전히 배제할 수는 없을 것이다. 가령 오늘날 제3세계적 인식이 가장 첨예하게 나타나 있는 지역의 하나인 라틴아메리카의 현대 예술사는 서구 모더니즘 예술의 영향에 기인하여 제3세계의 예술이 자기 발견에 도달하는 하나의 모범적인 예를 보여 준다. 라틴아메리카의 현대 예술가들에게는 서구 모더니즘 예술의 기본적 메시지의 하나인, 산업주의와 소비 문화에 대한 뿌리로부터의 반감이 그들의 사회가 그 세력권에 지배당해 온 북미의 물질 문명의 비인간성을 본질적으로 물어 볼 수 있는 시각을 제공하였다.[2]

이러한 물음은 필연적으로 라틴아메리카의 역사적 운명을 되돌아보지 않을 수 없게 하였고, 라틴아메리카 사회와 대륙이 풍부하게 간직하고 있는 생생한 인간적 가치에 예술가들을 주목하게 하는 요인의 하나가 되었다.

그러나 라틴아메리카의 경우는 특수한 문화적 상황에 기인하였다는 점을 지적할 필요가 있다. 그곳의 예술가들은 전통적으로 구대륙의 문화를 그들의 예술적 모태로 하였고, 정작 중남미의 원주민인 인디오의 민중 문화의 전통으로부터는 절연된 채로 존재해 온 것이다. 그렇다면 라틴아메리

---

2) 쟈크 조세, 『라틴아메리카 문학사』(일역판, 白水社, 1975), 54~58쪽 참조.

카 예술의 자기 발견이라는 것은 이제 비로소 시작의 단계라고 할 수 있고, 이 시작의 단계에 부분적인 계기를 제공한 서구 모더니즘은 보다 본격적으로 이 지역의 예술이 민중 문화와의 접합을 꾀할 때 극복하지 않으면 안 될 요소로 등장할지도 모른다. 이렇게 말하는 것은, 현대 중남미의 진보적인 문학을 대변하는 네루다와 같은 시인의 뛰어난 '초현실주의' 예술이 기실은 그것이 민중 생활의 실감을 보다 깊이 호흡하는 결과로서 나온 것이지 단순한 서구 예술의 모방의 결과가 아니라는 점을 주목하기 때문이기도 하지만,[3] 네루다 같은 민중적인 시인이 있는가 하면, 중남미 예술은 또 보르헤스 같은 극단적으로 서구화된 시인이 존재한다는 착잡한 문화적 상황을 가지고 있다는 점에 생각이 미치기 때문이기도 하다.

그러나 서구 미학이 경우에 따라서는 창조적인 계기로 작용할 수 있다는 것을 부인하지 않으면서도, 그것이 어디까지나 하나의 계기이지 비판 없이 받아들여질 수 있는 미학이 아니라는 것은 말할 필요가 없다. 생각해 보면 현대 서구 미학이 정치와 예술의 분리, 공동체로부터의 예술의 고립을 정당화하는 것은 부분적으로는 서구 지식인의 역사적인 절망에 기인한다. 사회 변혁의 주된 세력으로 오랫동안 생각되어 온 대중이 소비 사회 체제에 전반적으로 동화되어 버렸다는 판단, 또 대중과의 유대 발견의 실패, 이런 것은 적어도 양심적이고 진지한 예술가들의 좌절감을 심화시키는 것이라 할 수 있다. 이런 배경에서 생각해 보면, 현대 서구 미학은 우리가 좋아할 수 없는 것이라 해도 자기 나름의 일정한 역사적 근거는 가지고 있는 셈이다. 그러나 일단 제3세계적 상황으로 들어오면 그러한 근거는 전혀 있을

---

3) 네루다의 초현실주의가 갖는 이러한 민중적 성격에 주목하여, 백낙청은 '네루다에게는 초현실주의라는 것이 사실주의의 한 수단으로 되어 있다고까지 말할 수 있다'라고 말한다. 『인간해방의 논리를 찾아서』(시인사, 1979), 204쪽.

수가 없는 것이다. 제3세계 예술가들의 일부가 서구 현대 예술의 근본인 가정과 체험을 자기의 것으로 한다는 일이 일어날 때, 이런 경우 그들은 서구인들의 현실 의식을 관념적으로 모방하고 있는 셈이다. 그런데 실제 이런 일이 흔하게 일어나는 것이 또한 제3세계의 현실이며, 바로 이 점은 오늘날 전형적인 제3세계적 상황을 특징 짓는 주요한 요소이기도 하다.

정치나 경제의 차원만이 아니라 문화의 차원에서도, 아니 여기서는 더욱더 제3세계적 관점이 필요한 것은 제3세계의 주민들 속에 적지 않은 규모로 서구의 지배적인 가치가 정착되어 있고 이것에 대한 근본적인 반성 없이는 제3세계의 참다운 독립은 불가능하기 때문이다. 미국의 흑인 시인 래리 닐의 말을 빌면, "제3세계와 미국 흑인이 직면하는 많은 억압은 구미적인 문화적 감수성에 직접적으로 연결되어 있다. 본질적으로 반인간적인 이 감수성은 최근까지 대부분의 흑인 예술가와 지식인들의 심리를 지배해 왔다. 이것이 파괴되어야 비로소 창조적인 흑인 예술가가 사회 변혁에 의미있는 역할을 할 수 있는 것이다."[4] 그런데 이와 같이 서구적 문화 가치와 감수성으로부터의 해방을 주장하는 것은 단순히 자기 방어적인 의미만을 가지는 것이 아니라는 점이 주목되어야 할 것이다. 다시 래리 닐은 말한다.

새로운 현대 흑인 작가들의 주된 과업은 서구 인종주의 사회 속에서 흑인이 겪는 경험으로부터 나오는 모순에 직면하는 것이다. 현재 이러한 작가들은 서구 미학과 작가의 전통적 역할, 그리고 예술의 사회적 기능을 재평가하고 있다. 이 재평가에 함축되어 있는 것은 하나의 '흑인 미학'을 발전시켜야 한다는 요구이다. 서구 미학이 이제 효력을 상실했고, 서구 미학의 쇠퇴해 가는 구조 속에서

---

4) Larry Neal, "The Black Arts Movement," *The Black American Writer*, vol. Ⅱ, ed. C.W.E. Bigsby (Baltimore, 1971), 189쪽.

여하한 의미있는 것도 건설하는 것이 불가능하다는 것은, 나도 그들 중 한 사람인 많은 흑인 작가의 의견이다. 우리는 예술과 사상에 있어서 하나의 문화적 혁명을 주창한다. 서구 역사에 내재하는 문화적 가치들은 혁신되거나 파괴되어야 하지만, 우리는 아마 혁신조차도 불가능함을 보게 될 것이다. 실제 필요한 것은 하나의 전체적인 새로운 사상 체계이다.[5]

제3세계적 관점이라는 것은 지금까지 세계를 지배하고 낮은 계층의 사람들을 억압해 온 지배자의 입장이 아닌, 억압당해 온 사람들의 입장에서 세계와 인간 현실을 보려는 것이다. 그러니까 이러한 입장에서 보면, 그릇된 생활 방식의 끝없는 확대 재생산을 강요하는 서양식의 문명과 그 문명을 합리화하거나 변호하는 온갖 신념 체계·사상·이데올로기는 비단 제3세계뿐만 아니라 세계 전체의 장래를 위해서 근본적인 탈바꿈을 거치지 않으면 안 되는 것이다.(서구 문명의 공식적 신념에 대한 반대로서 나온 급진적 사상이나 이념도 만일 그것이 서양 중심적 또는 강대국의 현실에 한정된 시각에 그친다면 그 한계가 분명한 부분적인 사상 체계일 수밖에 없다. 제3세계적 입장은 제3세계 민중의 목표가 인류 자신의 목표에 일치하는 것이라는 것을 의식하는 입장일 것이다.)

서구 미학이 아니라 제3세계의 독자적인 미학을 발전시켜야 한다는 요구는 그 자체로 완전히 정당하다는 것은 구구하게 말할 필요가 없을 것이다. 대부분의 서구 현대 예술이 형이상학적 관심의 우세를 보여 준다든지, 새로운 낭만주의나 도피주의로의 경향을 드러낸다든지 하는 현상들은,[6] 예술이 자기의 객관적 현실을 편견 없이 있는 그대로 바라볼 수 있는 용기와

---

5) 같은 책, 188쪽.

능력을 잃어버린 사실을 가리켜 주는 것이다. 그런 의미에서 서구 사회의 본질에 대한 가장 의미심장한 발언은 이미 서구 자신이 아니라 제3세계로부터 나올 수 있다는 짐작도 가능하다. 단순히 자기 자신의 용어를 가지고 현실을 정의해야 할 필요성 때문만이 아니라, 이제 서양의 어떠한 공식적 · 비공식적 사상과 이데올로기만으로는 인류의 평화로운 생존과 진정한 행복을 더 이상 기약할 수 없게 되었다는 점에서, 제3세계적 관점은 현단계에서의 역사적으로 가장 진보적인 세계관을 이루는 것이라 해도 좋을 것이다.

2

제3세계적 관점에 선 문화적 노력이 자기 자신의 독자적인 이념과 방법을 발전시켜야 한다는 일반적인 원칙에 있어서는 방금 이야기한 대로이지만, 여기서 좀더 구체적으로 생각해 보아야 할 문제의 하나는 서구 시민 문화의 진보적 전통과 제3세계 문화의 관계라는 점이다. 물론 이러한 문제 제기 속에는, 서구 시민 문화의 전개 속에는 그 목표가 인류 자신의 목표와 일치하는 진보적 전통이 존재한다는 것, 그리고 이러한 전통은 이제 서구의 테두리를 넘어 보편적인 인류 사회의 공동 유산이 되었다는 사실에 대한 인식이 들어 있으며, 다른 한편으로는 이러한 진보적 전통은 현대 서양

---

6) 현대 프랑스 문학에 있어서의 도피적 · 낭만적 경향에 언급하여 뤼시앙 골드만은 다음과 같이 말하였다. 오늘날 프랑스에서는 몽떼를랑 같은 보수적 작가만이 낭만적일 뿐만 아니라 마르그리뜨 뒤라스 같은 중요한 전위 작가도 완전히 낭만적인 성격의 작품을 보여 준다. 『코뿔소』 이래 이오네스꼬는 거의 교훈주의적인 도덕주의로써 급진적 비평을 대치시켜 왔다. 사르트르와 로브-그리예는 그들의 마지막 작품을 자살로 끝내고 있다. 『불멸의 인간』 속에서 로브-그리예는 세상과 상상적인 것, 도피와 낭만주의 사이의 선택의 문제를 제기한다. 이 선택은 처음에는 고대의, 다음에는 기독교의, 마지막으로 부르주아 및 세속적 휴머니즘의 기반 위에서 발전해 온 리얼리즘과 고전적 문학의 위대한 전통이 오늘날 얼마나 결정적인 위기에 처해 있는가를 드러낸다. Lucien Goldmann, *Cultural Creation in Modern Society* (Saint Louis, 1976), 88쪽.

문화 속에 계승되기보다는 제3세계적 문화 속에 창조적으로 계승될 이유를 더 많이 가지고 있을 뿐더러 실제로 계승되고 있다는 생각이 포함되어 있다.

말할 필요도 없이 제3세계의 문화는 그 자신이 독자적인 세계관에 의지해야 하는 이상, 그것이 아무리 진보적이라 해도 서구 문화의 전통에 전적으로 기댈 수는 없다. 오히려 제3세계의 문학과 예술의 당면한 가장 긴급한 문제는 자기 민족 사회의 민중 문화의 전통을 발견하고 계승하는 일일 것이다. 민중 문화는 오랜 세월에 걸친 봉건 체제와 외세의 지배 밑에서 억압과 고난을 강요당해 온 민중의 삶의 기쁨과 슬픔, 자유를 위한 투쟁의 기억과 희망, 좌절과 꿈이 풍부하게 담겨 있는 공동체적 유산이다. 민중 문화야말로 모두 민중이 자기들의 공동적 운명과 공동적 생활을 확인하는 지적 · 감정적 모태를 이루는 것이다. 제3세계의 문학과 예술의 근본 임무는 바로 이러한 민중 문화의 전통에 대하여 살아 있는 관계를 맺는 일일 것이다.

여기서 중요한 것은 '살아 있는' 관계를 맺는 일이다. 우리는 이른바 민족 문화의 보존과 창달이라는 이름 밑에서 실제로 행해지는 것이 봉건적 문화 유산의 유지와 온존을 꾀하려는 시도로 나타나고 있음을 허다하게 보아 왔지만, 이러한 빗나간 노력은 민족 문화의 계승이라는 이름으로 지나간 시대의 민중의 것이면 무엇이든지 떠받들려는 시도에도 나타나는 것이다. 이러한 현상은 민족주의적 노력이 쉽사리 빠질 수 있는 함정일지도 모른다. 그렇기 때문에 민족주의적 노력이 진정하게 민주적이고 진보적인 것으로 작용할 수 있도록 하기 위해서도 제3세계적 관점이 필요하다. 제3세계적 관점은 그 자체의 본질적인 요소로서 민족주의적 차원을 반드시 지닐 수밖에 없으나, 이러한 민족주의가 자기 폐쇄적인 것이 아니라 다른 민족 사회와의 개방적인 연대 속에 있다는 것을 의식하고 있는 관점인 것이다.

제3세계 사회에서의 민족주의가 제3세계적 관점을 자기의 것으로 함으로써 얻는 결정적으로 중요한 것은, 그것이 그러한 민족주의의 구체적인 내용이 충분히 민주적인 것이 되지 않으면 안 된다는 것을 명확히 한다는 사실이다. 옛날의 봉건적 문화 유산의 재건이 어째서 진정한 민족주의적 문화 건설로부터 거리가 먼 것인가 하는 것은 더 이야기할 필요도 없지만, 지난 시대의 하층 민중 사회의 문화적 유산의 단순한 복원도 의미가 없다는 것은 그것이 민중 생활의 끊임없는 진보를 도외시하기 때문이다. 봉건적 문화의 재건이나 민속 문화의 단순한 복원을 위한 노력이나 민중이 이미 그곳으로부터 벗어나려고 필사적인 노력을 한 과거의 질곡 속으로 민중을 되돌려 놓으려는 시도라는 것은 올바른 지적일 것이다.

민중 문화와의 생생하고 의미있는 접합은 과거의 민중 문화 속에 내재되어 있는 민중의 편견과 미신을 포착하고 그것을 극복할 것을 요구한다. 민중 문화는 그것이 억압자의 문화가 아니란 점에서 봉건적 문화 유산에 비해 훨씬 인간적이고 창조적인 요소를 더 많이 가지고 있음이 틀림없으나, 또한 억압의 환경 속에서 자라온 것이기 때문에 억압자 자신의 세계관과 이데올로기에 의해 일정한 정도로 오염되고 중독되어 있기도 한 것이다. 그럼에도 불구하고 민중 문화의 전통은 오늘의 예술가들에게 창조적인 표현 형식과 내용을 공급하는 영감의 주요한 원천이라는 것도 사실이다. 민중 문화는 그것이 어떠한 모순과 왜곡을 포함하든지 간에 또 어떠한 우여곡절을 거치건 간에, 민중 생활의 절실한 필요를 반영하는 것이기 때문에 민중 속의 창조적인 잠재력을 내포하고 있는 세계인 것이다. 그리고 제3세계 예술의 근본적인 존재 방식이 무엇보다 공동체와의 유대를 전제로 하는 것인 한, 제3세계의 예술가는 자기 사회의 민중을 향해서 이야기하지 않을 수 없고, 또 이것을 가능하게 하기 위해서는 많은 사람들이 전통적으로 그들 자신의 예술 충동과 표현 욕구를 담고 전달하는 데 길들여져 온 민중 문화의 표현 양식과 그 양식이 갖는 가능성을 진지하게 숙고하지 않을 수 없는 것이다. 그러나 이 모든 문제는 결국 오늘의 예술가가 자기 시대와 사회의 민중 현실에 대해서 어떠한 입장에 서느냐 하는 것이 관건이 된다. 온갖 모순을 포함한 채로 민중 생활이 역사의 진보에 주된 동력이며 일견 한계로 보이는 것도 보다 긴 역사 과정 속에서 보면 진보의 한 계기를 이루는 것이라는 것을 생각하면, 왜곡된 민중 문화 또는 심지어 상업주의에 타락한 대중 문화도 진정하게 민중적인 문화를 위한 계기로서 작용할 수 있을 것이다.

민중 문화에 뿌리를 두어야 한다는 점에서 제3세계의 문학과 예술은, 본질적으로 개인주의적인 소시민 지식인의 관점에 크게 의존해 왔다고 해도 과언이 아닐 서구 시민 문학과 예술의 전통과는 뚜렷이 구별될 수밖에 없다. 그러나 이러한 시민 문화의 전통 일반에 속하고 있으면서도 이 전통에 포함된 부정적 한계를 뛰어넘기 위한 끊임없는 노력을 기울인 중요한 흐름을 우리가 간과하기 어려운데, 이것을 우리는 리얼리즘의 전통이라는 각도에서 보아도 좋을 것이다. 리얼리즘이라는 용어가 매우 다의적으로 애매하게 사용되어 왔다는 흔한 지적은 우리가 리얼리즘이라는 개념을 가지고 서구 시민 문화의 진보적 요소를 보려고 하는 노력을 가로막을 수 없다. 우리에게 정말 관심있는 문제는 리얼리즘이라는 용어를 둘러싼 여러 주장과 오해 또는 편견을 살펴보는 일이 아니고, 리얼리즘이라는 용어를 사용함으로써 시민 문화의 어떤 요소를 적절하게 특징 짓는 일이 가능하다는 사실이다. 이미 유럽 문학의 흐름에 대하여 일정하게 역사적인 이해와 평가를 시도한 여러 중요한 비평 속에서 리얼리즘이라는 용어는 적어도 그것이 시민 문학의 진보적 경향을 대변하는 문학을 가리킨다는 점에서는 큰 오해의 여지를 남겨 두지 않을 만큼 충분히 분명하게 사용되어 온 셈이다.

제3세계의 독자적인 미학을 발전시키는 일에 리얼리즘으로 대변될 수 있는 서구 시민 문화의 진보적 전통은 어떤 연관성을 가질 수 있는가?[7] 이것은 물론 단순한 이론이 아닌, 실제의 작품 창작 과정을 통하여 그때그때마다 새롭게 정해질 수밖에 없을 것이다. 예술에 어떤 주어진 이론과 법칙이 있는 것이 아닌 이상, 예술가 자신의 주관적 및 객관적 조건이 모든 것을 결정하는 것이다.

그런 점에서 여기서 우리가 논의하려는 것은 매우 일반적이고 원칙적인 것일 수밖에 없다. 그러나 아무리 일반적인 것이라 해도 조금이라도 실속 있는 내용을 가지기 위해서는 어느 정도까지는 경험적 사실에 입각하지 않을 수 없는데, 실제로 오늘날 제3세계 문학 중 정말 의미있는 것이라고 생각되는 작품들은 리얼리즘적 요소를 다분히 자기의 본질의 일부로 하고 있다는 것이 우리의 판단이다. 이러한 사실은 비단 경험적으로 확인할 수 있는 일일 뿐만 아니라 논리적으로도 결코 우연한 것이라고 할 수 없다. 제3세계적 관점이 지금 단계에서 있을 수 있는 가장 진보적이고 보편적인 세계관을 이루는 것이 사실이라면, 여러 가지 모순에도 불구하고 역사의 진보적 경향에 대한 봉사를 그 주요한 본질로 하여 온 리얼리즘의 전통이 제3세계의 가장 민감한 예술 속에서 자기 자신을 새롭게 발견한다는 것은 놀라운 일이 아니다.

리얼리즘이 본래 서구 예술 전통에서 나온 것이면서도 이와 같이 제3세계적 관점 속에 창조적으로 살아 남는 일이 가능한 것은, 그것이 이미 서구

---

7) 이 문제는 이미 여러 해 전부터 우리 문학 비평에서 간접적으로나마 주요한 테마로 인식되어 왔는데, 좀더 직접적인 최근의 언급으로는 제3세계 문학론으로서 중요한 업적인 「제3세계와 민중문학」, 『인간해방의 논리를 찾아서』, 168~224쪽에서 찾아볼 수 있다.

라는 제한된 한계를 벗어나 인류 전체의 이익에 합치될 수 있는 정신과 방법을 가지고 있기 때문일 것이다. 이렇게 말하는 것은 물론 서구 시민 문학 속의 리얼리즘이 아무런 한계를 가지고 있지 않다는 이야기가 아니라, 그 시대적·세계관적 제약으로부터 발생하는 명백한 한계가 있음에도 불구하고 그것이 또한 현실 인식과 예술적 실천의 유용하고 필요한 원리와 수단으로서 지속적인 생명력을 가지고 있다는 점을 지적하려는 것이다. 우리가 리얼리즘의 근본 성격을 객관적 세계 인식에 근거하여 인간다운 삶에 대한 강한 정열을 보여 주는 것을 큰 특징으로 하는 예술적 경향이라고 잠정적으로 정의할 수 있다면, 실제로 이러한 경향이 근대 서구 시민 문학 속에서 얼마나 철저한 수준으로까지 전개되었는가라는 점과는 일단 별도로 그러한 경향이 존재해 왔다는 것은 틀림없는 사실이며, 따라서 그 경향은 오늘의 제3세계 문학의 가장 근본적인 요구에 부합하는 것이라 할 수 있다. 생각하면 제3세계의 과제는 충분히 자율적이고 민주적인 사회 공동체를 건설하는 것이라고 하겠지만, 이러한 공동체에 도달하는 길은 외부로부터의 위협을 극복하면서 동시에 자기 자신 속의 비민주적·봉건적 요소를 부정하는 노력을 동반하는 것일 것이다. 그러므로 이러한 노력에는 반드시 엄밀하고 객관적인 현실 인식이 필요하고, 미신과 편견을 거부하는 합리적인 관점이 크게 요구될 수밖에 없을 것이다.

우리는 제3세계적 관점에는 불가피하게 민족주의적 차원이 그 본질적인 구성 요소의 하나를 차지한다는 점을 언급하였지만, 이 민족주의라는 것은 그 속에 자기 방어적인 동기와 목표를 지니고 있다는 점도 인정해야 할 것이다. 그 결과로 민족주의적 자기 방어의 노력은, 그것이 자기 사회 내부에 어떤 효과적인 물질적 수단을 가지고 있지 않다는 이유로 해서 흔히 열광적 민중주의를 불러일으키는 원인이 되고 낭만주의적 문화를 조장하게 된

다는 지적이 어느 정도까지 타당하다는 점을 부인할 수 없을 것이다.[8]

이러한 지적은 민족주의라는 현상을 자본주의의 불균등 발전의 산물이라고 해석하는 이론 가운데서 나오는 것이다. 말할 것도 없이 제3세계의 민족주의도 그것이 민족주의인 한에서는 민족주의 일반에 해당되는 특징을 내포하고 있을 수밖에 없다. 그런데 여기서 강조되어야 할 것은 제3세계적 관점의 의의이다. 제3세계적 관점은 만일 그것이 진정한 것이라면, 자기 속에 가지고 있는 민족주의에 대하여 맹목적인 충성을 보이는 것이 아니고 스스로의 민족주의가 뜻하는 바 역사적 의의와 한계를 아울러 의식하는 관점이 되지 않으면 안 된다. 제3세계적 관점은 끊임 없이 자기를 되돌아보는 긴장된 의식을 요구하며, 신성불가침한 초역사적인 실체로서의 민족을 인정하지 않는다. 민족이라는 신화적인 실체를 때때로 확인해야 할 필요성 때문에 민족주의가 나오는 것이 아니라, 한 사회 집단으로서 특히 나쁜 운명을 공동으로 겪어 온 역사적 체험이 바탕이 되어 그 운명을 타개하기 위한 노력 가운데서 민족주의라는 개념이 불가피하게 도입된다는 것은 제3세계적 관점에서 볼 때 훨씬 쉽게 이해될 수 있다. 제3세계적 관점은 특정 민족 사회에만 국한될 수 없는 시각인 만큼 무엇보다 자기 객관화를 가능하게 하는 것이다.

그러므로 제3세계 민족주의의 궁극적 목표는 민족주의의 극복에 있는 것이라는 말을 해도 좋은 것이다. 여기서 우리는 민족주의의 극복 자체가 당면한 목적이 되어 현시점에서 민족주의가 가지는 현실적인 유효성을 부정하는 태도를 생각할 수 있는데, 그러한 태도야말로 매우 관념적인 비역사적 사고의 산물이라고 말하지 않을 수 없다. 중요한 것은 민족주의의 한계를 의식

---

8) 톰 네언, 「민족주의의 양면성」, 『민족주의란 무엇인가』(창작과비평사, 1981), 234쪽.

하면서 어째서 오늘의 세계에서 민족주의가 제3세계의 주요한 이념이 될 수밖에 없는가를 보는 리얼리스틱한 역사 감각을 가지는 것일 것이다.

지금까지 민족주의에 관한 간단한 언급은, 제3세계 민족주의적 노력의 일부로서의 민족 문화가 그것이 정당한 것이 되려면 결코 낭만주의적 문화로 발전되어서는 안 된다는 것, 그러한 민족 문화는 자기 속에 세계사의 움직임에 대한 넓은 시각을 포함함으로써 비로소 창조적인 것으로 될 수 있다는 사실을 말하기 위해서였다. 이런 연관에서 생각할 때 제3세계 예술에 대한 리얼리즘의 관계는 단지 형식적인 것이 아닌 보다 깊은 본질적 차원에서 맺어지게 된다는 사실이 뚜렷이 드러난다.

리얼리즘이라는 것은 예술의 피상적 수법이나 스타일만을 가리키는 것이 아니고, 또 공식적 문학·예술사에서 규정하듯이 단순한 문예 사조사의 한 항목을 차지하는 것이 아니다. 물론 우리는 리얼리즘이라는 용어를 사용할 때, 자연주의적 기법이라든지 당대의 구체적인 생활 현실에 대한 각별한 관심이라든지 하는 리얼리즘의 형식적·외면적 특성을 염두에 두는 것이 사실이다. 그러나 이러한 외면적인 특성은 리얼리즘의 보다 본질적인 성격, 역사와 인간에 대한 일정한 태도의 자연스러운 반영이라는 점이 간과되지 말아야 할 것이다.

주지하는 것처럼 리얼리즘은 르네상스 이래 서구 시민 문화의 전개 과정에서 가장 창조적이고 또 진보적인 예술 경향을 대변해 왔다. 이것은 이 경향에 속하는 대표적인 작가들, 셰익스피어·블레이크·괴테·발자크·디킨즈·톨스토이 등과 같은 사람들의 예술이 서구 시민 문화의 정점을 이루는 업적이라는 점만으로도 쉽게 납득된다. 그런데 우리는 여기서 이 위대한 리얼리스트들이 어떠한 역사적 상황에서 어떠한 목적을 가지고 예술에 임했던가를 확실히 보지 않으면 안 된다. 물론 여기서 이들 작가들을 개별적으로 상론할 수는 없지만, 한 가지 분명한 사실로 거론하지 않을 수 없는 것은 그들이 시민 사회의 발전 과정의 다양한 단계 중 어떤 특정 상황을 몸소 경험하고 이 상황이 뜻하는 바 인간적인 가능성과 제약을 역사적인 관점에서 정열적으로 탐구하였다는 사실이다. 따라서 저마다 처한 역사적인 단계에 따라 그들 각자는 때로는 봉건적 가치에 대한 시민적 가치의 열렬한 옹호자가 되고, 때로는 시민적 가치의 왜곡에 대한 엄격한 비판자가 되며, 경우에 따라 이 양자를 동시적으로 포괄하기도 하였다. 그리고 이 때 리얼리즘의 작가가 시민적 가치의 옹호자로 되거나 그 가치의 왜곡에 대한 비판자로 되는 경우, 그것은 그가 시민 사회 자체에 대한 어떤 변명론적 입장 때문이 아니라, 시민적 가치가 내포하는 보편적인 인간 해방의 가능성을 민감하게 받아들였기 때문이라는 사실을 아는 것이 중요하다. 다시 말해서 이들을 참다운 리얼리스트로 만든 가장 중요한 요인은 그들 각자가 그때그때에 주어진 시대적 한계 내에서나마 인간다운 삶의 현실적 및 잠재적 가능성을 최대한 모색하였다는 점이다. 리얼리스트들은 그들 자신이 대체로 시민 계급 출신이었으나, 적어도 작품상으로 또 거의 대부분은 인간적으로도 자기 자신의 계급적 입장을 초월하였다.

서구 시민 문학 속의 리얼리즘 전통은 이 전통을 확립하는 데 기여한 작가 자신들이 구체적인 현실에 살았던 사람들인 만큼 주어진 시대의 제약을 완전히 벗어날 수 없었고, 따라서 일정한 사상적·세계관적 한계를 가지게 되는 것은 불가피했다. 그러나 그러한 한계 내에서 리얼리스트의 문학은 그때그때의 역사적 단계에서 존재할 수 있는 최고의 세계관을 보여 준다. 이것은 저 위대한 리얼리스트들의 예술이 항상 자기 시대의 가장 근본적이고 핵심적인 인간 문제를 강렬하게 반영하고 있다는 점에 기인하는 것일 것이다.

르네상스 이래 서구 사회의 근본적인 문제는 시민 계급의 상승에 의한 새로운 경제 생활, 사회 조직 그리고 사회 관계의 변혁에 따른 인간 운명의 변화에 관계하는 것이었다. 오랜 세월 동안 사람의 운명과 공동체의 존재 방식을 규정해 왔던 봉건주의적 사회 경제 조직은 자본주의의 성장과 발달에 의해서 점차로 붕괴되고, 시민 계급이 주도하는 새로운 사회 형태와 신념과 풍속이 인간 생활을 지배하게 되는 것이 가장 간단하게 파악된 서구 근대사의 윤곽이라는 점은 우리가 아는 바와 같다. 말할 것도 없이 봉건주의라는 것이 대다수의 인간에게 가장 본질적인 질곡이었던 이상 이러한 질곡으로부터의 해방을 성취시킨 자본주의는 역사적으로 볼 때 진보적인 역할을 수행한 것이라 할 수 있다. 그리고 봉건주의의 타파라는 역사적 과업도 일시에 또는 단시일에 이루어진 것도 아니었다. 서구 사회가 봉건주의와 봉건 잔재를 완전히는 아니라 하더라도 적어도 제도상으로라도 청산하기 위해서는 여러 세기에 걸친 자본주의 경제의 성장, 또 이와 관련하여 몇 차례의 혁명에 의한 정치적 타결이 필요했다. 르네상스로부터 적어도 19세기 전반기까지의 서구 역사는 봉건주의에 대한 투쟁으로 점철된 시민 혁명의 역사였던 셈이다.

봉건적 질곡으로부터 실제로 인간을 해방시키는 측면이 있을 뿐만 아니라 봉건주의와의 오랜 투쟁의 과정에서 나오는 정당한 자기 주장으로서 자본주의의 주역인 시민 계급은 인간과 사회에 대한 독자적인 이념을 형성하였다. 어느 모로 보나 근대 시민 사회의 단초라 할 수 있는 르네상스 시대에 이미 전인적인 인간 이상이 뚜렷이 표명되었고, 프랑스 대혁명 속에서 명확히 공식화된 자유 · 평등 · 우애의 이념은 혁명에 앞선 수세기 동안 서구의 뛰어난 휴머니스트들, 특히 18세기 계몽주의 철학자들에 의해서 준비되거나 정리된 세계관의 표명이었다. 그런데 이러한 이념은 비록 그것이 시민 계급의 등장에 의해서 형성된 것이면서도 이미 그 내용의 보편성으로 해서 어느 특정 계급만의 이상일 수는 없었다. 실제로 여러 차례의 시민 혁명은 시민 계급만의 힘에 의해서 이루어진 것은 아니었고, 시민적 인간 이상을 자기의 것으로 받아들인 대다수 민중의 힘이 원동력이 되었던 것이다. 봉건주의에 대한 대항이라는 점에서 시민 계급의 이익과 민중의 요구는 일치하였던 것인데, 이런 일치가 지속되었던 한에 있어서 시민 계급은 역사의 선진적인 입장을 대변할 수 있었으며, 자기 자신의 이념의 실질적인 구현을 도모하는 것이 가능하리라고 기대되었다.

그러나 시민 계급이 자신의 이념에 스스로 반하는 날이 온다. 프랑스에서는 이른바 시민 계급의 영웅적인 시대라고 하는 대혁명기와 나폴레옹 시대가 끝나는 왕정 복고로부터, 영국에서는 1832년의 선거법 개정에 의해서 중산 계급이 경제적으로뿐만 아니라 사실상의 정치적 주도 세력으로 등장하면서부터 시민 계급은 지금까지 상승하는 사회 세력으로서의 진보적인 입장을 버리고 기왕에 획득한 자신의 정치적·사회적 특권을 배타적으로 향유하고 확대하기를 기도하는 가운데 보편적 인간 해방이라는 자기 자신의 본래의 이상을 배반하는 세력으로 변신하기 시작한다. 여태까지 전체적으로 볼 때 시민 계급은 봉건 세력에 대한 투쟁 속에서 다수 민중과 생활상의 요구와 이념을 함께 나눈다는 측면이 우세하였고, 따라서 민중과 손을 잡고 싸워 왔음에 반하여, 지금부터는 오히려 시민적 이념의 실질적인 구현을 요구하는 밑으로부터의 압력에 대항하기 위하여 봉건 잔재 세력과 제휴하는 일도 가능하게 된 것이다. 프랑스를 포함한 대륙 여러 국가에서는 1848년의 민중 혁명에 대한 성공적인 진압과 더불어, 그리고 영국에서는 산업 혁명의 불가피한 결과로 나타난 차티스트 운동으로 대변되는 대규모의 노동 운동이 19세기의 중엽을 고비로 좌절되는 것과 더불어, 서구 시민 계급의 초기의 이상은 완전히 허구적인 것으로 되고 마는 것이다. 그리고 그 이후의 서양 사회의 발전은 발전하면 할수록 이상과 현실이 점점 더 크게 벌어지게 되는 것이었다는 것은 주지하는 바와 같다. 시민 계급에 의해 주도되어 온 산업 혁명과 경제 조직이 자기 자신을 확대할수록 인간적 위기와 사회적 모순을 증대시키고, 드디어는 세계 도처의 수많은 사회 집단의 자율성을 유린하고 무수한 인간적 희생을 강요하는 것으로 되었다는 사실보다 더 결정적으로 시민 사회의 자기 배반을 보여 주는 증거는 없다.

그런데 생각해 보면 시민적 이상의 발전과 그 이상에 대한 자기 배반이라는 이러한 모순적인 관계는 무엇보다 시민 사회 전개 자체의 기본적인 논리에 내재되어 있는 피할 수 없는 귀결이라는 점을 주목하지 않을 수 없다. 우리는 이 점을 시민 사회의 기초인 사회 조직의 원리 속에서 찾아볼 수 있으리라고 믿지만, 여기서는 르네상스의 역사적인 의미를 간단히 살펴보는 것으로써도 어느 정도 짐작이 가능할 것 같다. 르네상스는 고대 그리스의 폴리스와 더불어 서양 근대 사회의 사회철학자·예술가 들에게 전인적인 인간, 조화된 삶이 비교적 풍부하게 실현되었던 하나의 이상적인 삶의 공간으로 인식되었고, 그들의 사회가 도달해야 할 규범으로 여겨져 왔다. 물론 실제 어느 정도까지 그러한 조화의 삶이 보편적이었는가 하는 의문은 있지만, 르네상스 시대가 드물게 보는 행복한 순간이었다는 것은 인정하기 어렵지 않다. 그런데 르네상스적 조화라는 것은 사실상 하나의 특이한 사회 경제적 조건을 그 자신의 물질적 기초로 하였다는 사실이 주목된다. 다시 말해 봉건주의로부터 자본주의로 이행하는 과정에서 나타난 부르주아적 생산의 최초의 형태가 르네상스의 기반이었던 것이다.[9] (우리는

---

9) 르네상스의 역사적 성격에 대한 해석은 Agnes Heller, *Renaissance Man* (London, 1978) 중 특히 서론 부분을 참조.

르네상스가 유럽 전역이 아닌 일부 특정 지역에 한정되었고, 그나마 이 지역들에 있어서도 르네상스는 조만간 봉건 체제의 재건에 의해서 퇴조를 보였다는 사실을 간과해서는 안 될 것이다. 봉건주의의 극복이냐 부활이냐가 역사적으로 판가름 나지 않았던 시대 상황은 봉건 체제로부터의 해방이 뜻하는 바 의의를 자각한 르네상스인들의 활동에 비상히 강렬한 혁명적 에너지를 부여하는 근원적인 분위기를 조성하는 것이었는지도 모른다. 그러나 온갖 우여곡절에도 불구하고 부르주아적 생산은 끝내 지배적인 것으로 되었고, 르네상스가 그 초기 형태를 보여 주는 것이라는 점은 의문의 여지가 없다.)

르네상스의 인간이 역동적이고 다면적인 자기 실현을 추구할 수 있었던 것은 우선 봉건적 제약으로부터 벗어날 수 있게 한 부르주아적 경제 덕분이지만, 다른 한편으로 바로 이 경제가 아직 미분화된 원시적 형태로 존재하였다는 점이 또한 르네상스인의 전인적 삶의 중요한 전제였던 것이다. 부르주아 경제의 나중의 발전 과정에 필연적으로 수반된 극단적 분업과 소외는 르네상스 시대에는 아직 낯선 것이었다. 따라서 르네상스는 새로운 경제 사회의 초기 형태에서 희망적인 약속을 보고 낙관적인 신념을 갖는 일이 가능했지만, 그러한 희망이나 신념은 르네상스 자신의 기초 자체가 더욱 성장하고 확대됨에 따라서 무너질 수밖에 없는 것이었다.

실제로 르네상스적 인간 이념은 시민 사회의 발달에 따라 점점 협소한 것이 되었는데, 가령 17세기의 부르주아 정치사상가 홉스에게 이르면 전인적 조화의 인간 이념은 완전히 사라지고, 그 대신 현실에 존재하는 이기적인 인간이 자연스럽고 정상적인 인간으로서 그의 정치철학의 기준이 되는 것이다. 자연 상태의 인간 관계를 만인의 만인에 대한 전쟁 관계라고 묘사한 홉스의 눈에는 사람이란 누구든지 이기적인 동기에 의해 행동하는 것으로 보인 것이지만, 그는 이러한 인간형이 기실은 항구적인 인간성이 아니라 배타적 이윤 추구가 활개를 치는 상황 속에서 발전된 것임을 도외시하는 것이다. 홉스와 같은 인간 이해는 시민 사회의 나중의 발전 단계에서 보다 더 일반적인 것으로 되는데, 그것은 시민 사회가 르네상스적 인간 이념을 실현할 수 있는 가능성으로부터 점점 더 멀어지는 것에 대응하는 것이다. 때때로 르네상스적 이상을 아쉽게 생각하는 사람들은 자기들의 시대를 이상과 현실 사이의 괴리라는 추상적 용어를 가지고 설명하려 했다. 그리하여 이상과 현실은 양립할 수 없다든지, 이상적인 세계는 개인의 내면이나 예술작품 속에서만 존재할 수밖에 없다든지 하는 관념주의가 뿌리를 내리는 것이지만, 이러한 관념화 또는 르네상스적 이념의 형식화는 그것이 자기 시대의 특정한 현실을 절대화하고 변경 불가능한 것이라고 생각하기 때문에 가능한 것이다.

시민 사회가 르네상스적 이념을 방기하거나 순전히 형식화하는 가운데서 여기에 반발하고 르네상스적 조화의 이상을 역사 속에서 재건하려는 움직임도 계속되었다. 우리는 그러한 노력의 최초의 뜻깊은 예로 루소를 잠깐 생각하지 않을 수 없다. 루소는 "역사적 인간 개념, 역사 속의 인간에 대한 개념을 발전시키고 인간과 부르주아적 인간과의 동일시를 극복하려고 한 최초의 중요한 기도를" 한 사람이다. 루소의 이러한 기도는 관념적 철학의 산물이 아니었다. 그것은 "루소가 자기 시대의 진보를 바라보는 데 가지고 있던 특수한 평민적 태도와 관점에 뿌리 박고 있었다."

현재와 현재 속에 숨어 있는 미래(부르주아적 미래)의 씨앗을 다같이 거부하고 봉건적 가치 체계와 부르주아적 가치 체계 및 그들의 실제 도덕에 필사적으로 반항하면서 루소는 한 사람의 혁명적 정신으로서의 그 자신이 요구하는 인간 이상을 건져 내고, 인간들은 항상 이와 같았던가, 어떻게 그리고 어째서 인간들이 이렇게 되었는가라고 물음으로써 쓰라린 마음과 함께 있는 그대로의 인간들을 볼 수 있게 되었다. 이런 방식으로, 즉 역사적인 용어로 물음을 제기함으로써 그는 인간 개념과 인간 이상의 재통일에 대한 열쇠를 발견하였는데, 이제는 '보다 가치있는' 이상적인 인간 공동체가 아직 또는 완전히 타락하지 않은 인간 공동체들로부터 진화하는 것이 가능하게 생각된 것이다. 그러나 아직 이 열쇠는 자물쇠를 열 수 없는 것이었다. 우리가 말한 대로 루소에게는 아직 과거만이 역사로 비친 것이다. 인간 개념과 인간 이상이 다시 통일되기 위해서는 현재와 미래도 역사로서 인식될 수 있어야 했던 것이다.[10]

루소 자신이 시민 사회의 성장 없이는 존재할 수 없었던 사람이고, 또 그가 적대한 계몽주의자들에 대한 관계에 있어서도 그 자신이 누구보다 철저한 계몽주의자의 한 사람이었다는 점을 반드시 고려해야 하는 것처럼, 우리는 루소의 평민적 관점이라는 것도 시민 사회의 근본적인 한계를 벗어나지 않는 것이라는 점, 따라서 그의 역사적 관점도 시민 사회보다 본질적으로 다른 인간 공동체를 내다볼 수 있는 데까지 미치는 것은 아니었다는 점을 주목해야 한다. 루소가 흔히 낭만주의에 연상되어 이야기되어 온 것도 실상 이런 점에 근거하는 것일 것이다. 그러나 비록 그것이 한계가 있는 것이지만, 시민 사회의 틀 속에서 시민 사회의 진보성과 근본적인 제약성을 동시에 보았다는 점은 중대한 의미를 가지는 것이다.

루소의 경우는 반드시 루소 자신처럼 분명하게 의식적인 용어로 표명되는 것은 아니라고 해도, 서구의 리얼리스트 예술가들에게 주어졌던 기본적인 과제를 요약하는 것이라 할 수 있다. 앞서 이야기한 대로 리얼리즘 문학

---

10) 같은 책, 21쪽.

은 시민 사회의 발전과 함께 성장했지만, 시민 사회에 대한 리얼리즘 문학의 관계는 단순한 거부도 단순한 옹호도 아니었다. 대체로 보아 리얼리즘 문학의 시민 사회에 대한 입장은 물론 시민 사회 발전의 정도에 따라 다르지만, 시민 사회가 봉건 체제를 넘어섰다는 점에서는 긍정적이면서 동시에 시민 사회의 모순적인 삶에 대하여는 크게 비판적이다. 시민 사회의 모순을 특히 역사적인 관점에서 파악한다는 점에서, 다시 말해서 그들이 자기 자신의 시대를 역사적인 진화의 연장으로서 인식한다는 점에서, 루소나 뛰어난 리얼리스트들은 다른 많은 관념론적 사상가들과 거리가 멀다. 우리가 셰익스피어나 발자크의 문학 속에서 흔히 경험하는 생생한 활력과 인간적인 체취의 풍성함 같은 것은 이들 리얼리스트가 자기 시대의 현실을 사람이 만들어 온 또 사람에 의해서 다시 만들어져 갈 역사적인 경험으로 파악한다는 점에 크게 유래하는 것이라 할 수 있다.

리얼리즘의 이러한 역사적 현실 인식은, 봉건 제도에서는 상상도 할 수 없을 정도로 근대 시민 사회의 사회 관계가 유동적으로 되었기 때문에 가능해진 것이다. 그러니까 이미 고정화된 사회 관계가 더 이상 지탱될 수 없는 탓에 중세적인 형이상학적 인간관 및 가치 체계는 더 이상 효력을 가질 수 없게 된 것이다. 그러니까 인간 운명의 변경 가능성이야말로 역사적 세계 인식의 전제인 셈이라 하겠는데, 이러한 인식이 그 내용으로 가지는 또 하나의 중요한 면은 인간의 정신 생활과 물질 생활의 불가분리적 관계에 대한 인식이다. 실제로 의식의 존재 피구속성이라는 지식사회학의 명제나 사유의 이데올로기적 성격에 대한 엄밀한 반성이 학문적으로 이야기되기 이미 오래 전에 리얼리즘 문학은 인간의 정신적·관념적 활동의 물질적 기초를 주목하였고, 이것은 인간 경험의 탁월한 형상화에 반영된 것이다. 우리가 익히 보아왔듯이 리얼리스트 작가들의 실감 넘치는 형상화는 그들의 예술이 관념적인 차원이 아닌 물질적 이해 관계에서 유발되는 인간의 정열과 소망과 갈등을 그린다는 데 기인하는 것이다. 시민 사회라는 것이 어떤 정신적 관념의 산물이 아니라 어디까지나 경제적 생활에 일어난 커다란 변화의 결과이고, 시민 사회에서의 사회적 이동과 삶의 역동성을 지배하는 원천적인 요인이 인간의 물질적 이해 관계의 변화에 있는 것이지만, 이러한 변화의 움직임이 개인적으로 사회적으로 현저하게 눈에 띄는 시대에 살고 있었다는 점이 저 리얼리스트들로 하여금 인간 행동과 의식의 물질적 차원을 본능적으로 포착하게 한 중요한 요인이었을 것이다. 다 같은 시민 문학의 범주에 속하면서도, 특히 독일 문학이 영국이나 프랑스의 리얼리즘에 비하여 일반적으로 리얼리티가 부족하고 관념적이며 때로는 지나치게 내면 지향적인 것은 독일에 있어서의 자본주의 경제의 뒤늦은 발전, 시민 계급의 허약한 입장에 그 가장 큰 이유가 있는 것으로 보인다. 요컨대 물질적 변화의 낮은 정도는 그것을 보다 많이 경험한 사회의 작가들이 인간 경험에 대한 보다 동적이며 전체적인 관점에로 나아가는 것이 가능했음에 비하여 독일에서는 보다 추상적이고 관념적인 현실 인식이 우세하도록 만든 것이다. 세익스피어의 연극이 철저하게 현실적인 이해 관계와 열정에 얽매인 인간 행동을 구체적인 상황 속에 보여 주는 것에 비하여, 쉴러의 극을 전개시키는 주요한 원리가 대부분 현실에 뿌리 박지 않은 사상이나 이념으로 구성되어 있다는 것은[11] 단순히 두 예술가의 개인적인 차이가 아닌 두 예술가가 속한 시대와 사회의 차이에서 나오는 현상이다.

예술에 있어서의 리얼리스틱한 형상화는 단순한 기법상의 문제가 아니라 근본적으로 일정한 역사적 경험의 산물이라는 것은 방금 말한 대로이지

---

11) Sánchez Vazquez, *Art and Society* (London, 1973), 132쪽.

만, 이러한 연관에서 우리는 리얼리즘이 인간의 사회적 삶에 대한 원숙한 관점의 표현이라는 생각[12]에 쉽게 동의할 수 있을 것이다. 개인의 삶은 근본적으로 공동체의 성격에 좌우된다는 것, 공동체의 성격은 다시 역사적으로 규정되며, 역사는 궁극적으로 인간의 물질적 생활 방식과 거기 수반하는 이해 관계에 따라 전개된다는 것을 리얼리즘 문학은 그 형상화의 제일의적인 원리로 삼고 있는 것이다. 문학이 옛날부터 개별적인 인간 경험의 보편적인 의의를 추구해 온 것은 사실이지만, 특히 리얼리즘 문학은 인간 경험의 관념적인 측면에 국한되지 않는 총체적인 관련 — 개성의 발달과 환경과의 관련, 정신 생활과 물질적 이해 관계와의 긴밀한 상호 작용 등등 — 에 주목함으로써 한 시대의 전체적 삶 속에서 갖는 바 개별적인 경험의 진실한 의의를 포착하는 데 성공하였다. 발자크의 작품 『잃어버린 환상』의 주인공인 뤼시앙의 출세의 욕망과 좌절의 경험을 우리는 우선 한 개인의 진실하고 실감나는 삶의 이야기로서 읽을 수 있지만, 또 동시에 우리는 뤼시앙의 포부와 실패를 왕정 복고 시대 프랑스 시민 사회의 자기 모순을 보여 주는 전형적인 이야기로서 읽을 수 있는 것이다. 혁명기의 시민 사회는 뤼시앙과 같은 낮은 계급 출신의 재능있는 젊은이들에게 사회적 성공의 가능성을 약속하였고, 여기에 고무된 젊은 사람들이 정작 그러한 시민 사회의 약속에 따라 사회적 상승을 실지로 기도했을 때는 이미 혁명기의 이상을 배반하기 시작한 사회, 상층 부르주아지의 배타적인 지배 체제로 굳어져 가고 있던 사회는 그들의 기도를 용납할 수 없었던 것이다. 발자크와 같은 작가의 뛰어난 리얼리즘은 이와 같이 한 개인의 운명 속에 일반적인 시대의 성격을 전형적으로 드러내는 점에만 있지 않다. 그는 이러한 전형성을

---

12) Raymond Williams, "Realism and the Contemporary Novel," *The Long Revolution* (Harmondsworth, 1973), 305쪽.

형상화하는 데 있어서 무엇보다 당대 사회의 핵심적인 역사적 성격을 붙잡는 것이다. 예컨대 다시 『잃어버린 환상』을 가지고 말하면, 뤼시앙이 출세하려고 하는 것은 시인으로서 명성을 얻고 안정된 생활을 누리려는 것인데, 그가 시인으로서 출세하려고 하는 사회는 철저히 돈이 지배하는 사회, 다시 말해서 예술도 단지 상품으로밖에 그 가치가 저울되지 않게 된 사회인 것이다. 돈의 위력은 봉건 체제의 몰락을 초래하였으나, 그것은 또한 인간의 온갖 정신적·지적 활동을 상품화한 것이다. 따라서 이러한 사회에서 출판업자의 주된 고려가 문학 작품의 예술적 가치가 아니라 그것의 상업성·수익성으로 되는 것은 지극히 당연하다. 뤼시앙의 실패는 궁극적으로 그 자신의 시인적 재능에 관계 없이 상품 사회의 권력 구조에 도달하는 일에 있어서의 실패에 기인하는 것이다.

위에서 간단히 살펴본 것처럼, 리얼리즘 문학에 있어서 '전형성'이라는 것은 사회 생활의 평균치를 말하는 것도 아니고 또 남달리 기괴한 경험을 그린다는 것도 의미하지 않는다. 발자크의 예나 다른 리얼리스트들의 경우에 풍부하게 볼 수 있는 것처럼, 전형성은 한 시대와 사회의 삶의 가능성과 한계를 본질적으로 자기 자신의 개인적인 삶의 가능성과 한계로서 경험하는 인물을 창조하는 것을 말하는 것이라 할 수 있다. 그러니까 리얼리즘에 있어서의 전형성의 창조는 개인과 사회의 유기적인 관련에 대한 총체적인 인식의 반영일 뿐만 아니라 한 시대의 본질적인 성격에 대한 통찰을 보여주는 것이다. 인간적 삶의 가능성과 한계를 핵심적으로 규정하는 본질적인 요소와 다른 나머지 부차적인 요소들을 분별해서 가리는 일은 리얼리즘의 불가결한 요소일 것이다. 바로 이 점 때문에 우리는 당대 사회 현실의 어떤 측면을 꼼꼼하게 그린다고 해서 어느 것이나 리얼리즘 문학으로 간주하지 못하는 것이다. 또 현대 서양 문학을 우리가 리얼리즘으로부터 후퇴한 것이라고 하는 것은, 그것이 가진 까다로운 실험적 기법 때문이 아니라 근본적으로는 현대 서양 문학이 본질적인 요소와 비본질적인 요소를 구별해 보는 능력을 상실하고 있다는 판단에 기인하는 것이다.

만사를 상대주의적 관점에서 보고, 진리에 대한 회의적인 태도를 보이며, 그 결과 인간과 역사에 대한 허무주의적 자세를 취하는 오늘날 크게 유행하고 있는 지적·예술적 경향에서와는 달리, 리얼리즘이 아직 튼튼하게 살아 있던 시대의 위대한 작가들은 무엇이 자기 시대의 본질적인 문제인가를 분명히 느끼고 있었다. 이러한 현상은 부분적으로 예술이 아직 공동체의 문제를 대변하고 있다는 느낌이 살아 있었다는 사실에 말미암는다고 할 수 있겠는데, 실제로 위대한 리얼리즘 작가들이 현대 작가들에 비해 가지는 가장 큰 특징 중의 하나는 설사 그들이 돈을 버는 일에 적지 않은 흥미를 가졌다 하더라도 결코 직업적인 예술가로서의 전문적 관심에 열중하지 않았다는 사실이다. 그들은 무엇보다 어떤 전문가이기 이전에 다른 사람들과 근본적으로 같은 관심을 가진 한 사람의 인간이나 시민으로서 공동체의 보편적 관심사에 충실한 사람들이었다. (이런 근본적 입장은 리얼리즘의 자연주의적 서술 방법을 해명해 주는 열쇠라 할 수 있다. 예술 형식의 실험과 혁신의 노력이 가지는 가치를 부정할 사람은 없을 것이다. 그러나 현실의 복잡성을 효과적으로 표현하기 위해서라는 부적절한 이유를 가지고 인간적으로 견디기 어려울 정도의 과도하게 긴장되고 뒤틀린 문체를 구사하는 것은 예술의 제일의적 기능인 의사 소통을 불가능하게 한다는 점은 말할 것도 없고, 그것이 흔한 경우 자기 폐쇄적 미학에 입각한 순전히 전문가들의 인공적인 세계라는 데 문제가 있다. 오늘날 서양 문학에서는 통속 오락 소설을 제외하고는 자연주의적 문체를 거의 구경하기 어렵게 되었는데, 이것은 흔히 주장되듯이 자연주의적 기법이 그 효력을 다한 때문이라기보다는 현대 서구 문학이 진정하게 진보적인 문학 전통으로부터 소외되어 있기 때문이라고 보는 것이 타당하다. 리얼리즘의 소박하고 자연스러운 언어는 결코 손쉽게 얻어질 수 있는 것이 아니라 오랜 역사적 경험과 투쟁을 거쳐서 가능해진 것이라는 것도 기억해야 할 것이다. 리얼리즘은 일반적인 인간 해방의 한 계기를 성취한 초기 시민 계급의 인간 및 사회 이상의 철저한 추구자로서, 시민 계급 자신의 좁은 이해 관계의 테두리를 넘어 정치와 문화의 과두 지배 체제를 반대하는 과정에서 자연주의적 문체를 익혔던 것이다. 그러므로 리얼리즘의 소박한 언어는 현대 서구 미학에서 주장되는 것처럼 부르주아적 세계관의 산물이고 부르주아적 관점에 갇혀 있는 언어라고 보기 어렵다. 오히려 현대 서구 문학이 그 대세에 있어서 보여 주는 반자연주의적 문체상의 경향은 진정하게 민중적인 예술과 사회에 대한 열망으로부터 오늘의 문학이 크게 후퇴했음을 알려 주는 증거가 될 수 있을 법하다.)

  리얼리스트들이 본질적으로 전문가적 의식에 투철한 사람들이 아닌 책임 있는 시민으로서 자기들의 시대를 보았다는 사실은, 아직 철저한 분업화가 덜 이루어져 있던 점에 부분적으로 관련되면서, 그들의 문학이 공동체의 정치적·사회적 변화에 대한 정열적인 관심으로 가득 차 있게 하는 주요한 원인이었다. 리얼리즘에 관해 생각할 때 우리가 가장 중요하게 받아들여야 하는 것은 바로 이 정열적인 관심일 것이다. 이것으로 말미암아 리얼리즘 문학은 현실 도피적이거나 허무주의적으로 발전하지 않고 역사에 대한 적극적 자세를 보여 주는 것이다. 그런데 중요한 것은 리얼리스트들의 정열적인 사회적 관심을 가능하게 한 것은 무엇인가 하는 점이다. 그것의 주관적인 요인은 방금 말한 대로 그들의 책임 있는 인간으로서의 태도라 하겠지만, 이러한 주관적인 조건까지 포함하는 보다 본질적인 객관적 요인은 초기 시민 계급의 이상이 왜곡된 형태로나마 보존될 수 있었던 상황 속에 리얼리스트들이 활동했다는 사실일 것이다. 『적과 흑』은 혁명기의 이상을 망각한 왕정 복고 시대의 시민 사회에 대한 가차없는 탄핵을 담고 있는데, 이러한 가열한 비판의 음조라든지 줄리앙 쏘렐이 소설의 마지막에 당대 지배 계급을 향하여 보내는 격렬한 반항의 소리 같은 것이 존재한다는 사실은, 적어도 스탕달에게는 비록 타락하고 왜곡되었을망정 시민적 이상을 실현할 수 있는 가능성이 아직은 존재하는 것으로 느껴졌기 때문이다.[13] 그러나 시민 사회가 새로운 또 하나의 지배 체제로 발전하면 할수록 작가들의 정열적인 관심은 점점 약화되는데, 이것은 벌써 디킨즈나 발자크와 같은 리얼리스트들이 작가 생활의 말기에 이르면서 점점 깊이 환멸을 느낀다는 사실에 그 첫 징후를 드러내었다. 그리고 그 후 대략 19세기의 후반으로부터 오늘에 이르기까지, 몇몇 소수의 중요한 예외가 존재하기는 하지만, 일반적으로 서구 문학은 그 발전 과정에 있어서 전반기 시민 문학의 리얼리스트들이 보여 준 정열과 원숙한 관점으로부터의 퇴화를 기록해 왔다는 것은 익히 알려진 바와 같다.

리얼리즘의 이와 같은 쇠퇴는 서구 리얼리즘 자신이 가지고 있는 내재적인 한계와도 관련이 없지 않으리라고 생각된다. 앞서 루소의 경우를 두고 언급한 것처럼, 리얼리스트들은 시민 사회의 진보성과 제약을 동시에 간파한다는 점에서 다른 체제 옹호론적 또는 낭만주의적 저항의 문학과는 달리 진정하게 진보적인 전통을 형성하였고, 그 결과 그 전통은 서구 시민 사회라는 한정된 공간을 넘어 지속적인 생명력을 가질 수 있게 되었다. 그런데 다시 루소의 경우처럼, 리얼리스트들은 시민 사회의 모순을 변경 가능한

---

13) 하우저, 『문학과 예술의 사회사—현대편』 중 '1830년대의 세대' 참조.

것으로 보면서도 그것을 시민 사회의 근본적 틀 내부에서 일어날 수 있는 변화보다 본질적으로 다른 삶의 방식에 대한 비전으로까지 발전시키는 일에 무능력을 드러낸다. 이것은 아마 리얼리스트들 자신의 개인적인 한계이기 이전에 시대의 한계였는지도 모른다. 리얼리스트들은 대개 개인적으로는 평민적인 관점을 가지고 있거나, 적어도 작품상으로 민주적 인간관을 드러내었다. 디킨즈와 같은 민중 사회의 감수성에 친숙한 작가와 발자크와 같은 귀족주의자를 다 같이 평민적 관점이라는 용어로 포괄한다는 것은 무리한 일이긴 하지만, 발자크가 실제 작품의 실현 속에 자기 자신의 세계관에 반하여 반귀족주의를 드러내는 것이 사실이라면, 그의 경우도 특수한 뜻으로나마 민주적 관점의 하나로 이해할 수 있는 것이다. 그런데 정말 문제는 발자크나 스탕달이나 심지어 디킨즈에게 있어서도 평민적 관점은 충분한 정도로까지 철저한 것은 아니라는 점이다. 당대의 다른 작가들과 비교가 안 될 정도로 민중 문화의 전통에 든든하게 뿌리 박고 있었던 디킨즈가 하층민의 문제를 궁극적으로 인도주의적 관점에서 생각한다든지, 당시 이미 큰 규모로 성장해 있던 노동 운동의 본질에 대해 뿌리 깊은 편견을 보여 준다든지 하는 것은 서구 리얼리즘에 있어서의 '민주적' 관점의 한계를 넉넉히 짐작게 하는 것이다.

3

제3세계적 관점에서 볼 때 서구 리얼리즘이 드러내는 한계는 그것이 충분히 민주적·민중적이지 못하다는 점에 있지만, 이러한 한계를 좀더 생각해 보기 위해서 우리가 잠깐 언급하려는 것은 유명한 '리얼리즘의 승리'라는 개념이다. 널리 알려져 있듯이 이 개념은 원래 발자크의 예를 들어서 이야기된 것이다. 정치적 이념상으로 왕통주의자이며, 각성된 귀족에 의한 지배 체제의 확립이 자기 시대의 모순을 해결하는 길이라고 믿었던 (소부르주아지 출신의) 발자크는 실지로 이루어진 그의 작품 속에서는 그 자신이 그토록 지지하던 귀족 계급의 역사적 몰락의 필연성을 가차 없이 증언하고 있다. 발자크의 예에서 보는, 작가가 그 자신의 개인적인 소망, 편견에 상관 없이 객관적 진실을 뛰어나게 형상화하는 것을 '리얼리즘의 승리'라고 하는 것이지만, 실제로 이 개념은 그것이 처음 사용된 이래 문학 비평에 있어서 거의 혁명적인 의의를 갖게 되었다. 이것은 역사의 진보에 대한 문학의 봉사라는 것이 작가의 언표된 신념이나 이데올로기에 의해서가 아니라 작품 그 자체가 얼마나 진리를 드러내는가에 의해서 이루어진다는 사실을 명확히 하였다.

그런데 여기서 주의해야 할 것은 리얼리즘의 승리라는 개념을 강조하고 예술 작품의 의도와 실현의 있을 수 있는 불일치를 지나치게 강조하는 나머지 예술 창조 과정에 있어서의 비의도적·무의식적 측면을 불필요하게 중시하게 될 가능성이 있다는 점이다. 이런 방식으로 확대되기 시작하면, 이미 리얼리즘의 승리라는 개념이 포괄하는 범위를 훨씬 넘어 예술이란 무의식적·신비적 요소를 많이 포함하면 할수록 좋아진다고 하는 등의 속악한 사이비 비평도 나오는 것이다.

이런 종류의 사이비 비평과는 전혀 다른 경우이지만, 리얼리즘의 승리를 주요한 이론적 무기로 하고 있는, 가령 루카치의 비평에서 짐작되는 어떤 한계는 바로 이 개념에 대한 완고한 집착에도 부분적인 관련이 있는 듯이 보인다. 물론 이 개념에 의해서 작가 자신들의 언명된 정치적 진보주의에도 불구하고 피상적인 현실 인식을 넘어서지 못한다고 생각되는 현대의 많은 서구 및 동구 문학의 한계를 명확히 밝히는 것이 가능하였다. 이 비평적 무기는 루카치에게 현대 서구 문학의 구조를 검토하는 유효한 분석 수단을 제공하였고, 또 비록 간접적이고 우회적인 것이긴 하나 미학적 스탈린주의에 대한 저항을 할 수 있게 하였다.[14] 설사 허위 의식을 가진 작가라 하더라도 작품상에서 역사의 추진 방향을 진실되게 그려 낸다면 인류 진보에 공헌하는 것이라는 생각은 여하한 교조적 미학 원칙에 향해질 수 있는 가장 심각한 비판이라 할 만하다. 리얼리즘의 승리라는 개념은 예술적 현실 인식이 가질 수 있는 독자적인 성격을 생각하는 데 중요한 단서가 될 수 있는 것이다. 졸라류의 자연주의와 모더니즘 사이에 있는 내면적 연속성에 대한 루카치의 통찰은 현대 문학 비평의 중요한 발견의 하나를 이루고 있지만, 이러한 발견이 가능할 수 있었던 것은 자연주의의 사진 복사적 현실 재현이나 모더니즘의 상징적 수법이나 다 같이 현실의 본질적인 구조에 대한 총체적인 관점을 결여한 채 단편적인 현실의 디테일에 철저한 나머지 피상적인 현실 파악을 넘어서지 못하는 것으로 판단되었기 때문이다. 참다운 리얼리즘이 요구하는 것은 전체와 부분과의 생생한 관련이며, 이 관련을 올바르게 드러내는 과정에는 여하한 허위 의식이나 편견도 용납되지 않고 오직 진리에 대한 살아 있는 감각만이 지배한다는 것이 아마 '리얼리즘의 승리'가 말하는 내용일 것인데, 이런 입장에서 보면 어떤 경험적 사실들에만 집착하는 현실 인식보다도 예술적 현실 인식이 갖는 높은 가치가 인정될 수 있는 것이다. 실제로 루카치는 르포르타지나 몽타지 수법과 같은 현대 문학에 있어서의 형식상의 실험에 동조하지 않았는데, 그의 생각으로는 이러한 실험적 형식은 경험의 세부에 대한 천착이나 일반적인 상황에 대한 추상적인 개관을 가능하게 하지만 고전적 리얼리즘 소설 형식에서 가능했

---

14) *Writer and Critic* (1970)에 붙인 루카치 자신의 「서문」 참조.

던 '구체적 전체성'에 도달할 수는 없는 것이다. 그는 예컨대 르포르타지의 필요성을 무시하지는 않지만 아무리 좋은 르포르타지일지라도, 다시 말해서 전체와 부분 사이의 관련을 어느 정도 보여 주는 경우에도, 거기에 취급되는 개별적인 경험은 어디까지나 일반적인 것에 대한 하나의 예증 또는 도해 이상의 의미를 갖지 않는다. 그러니까 개인과 사회, 또는 부분과 전체가 상호 의존적인 관계에 있으면서 동시에 양자는 각기의 독자성에 따라 존재하고 있는 진실한 현실을 드러내는 리얼리즘에서 보는 것과 같은 '전형성'에 르포르타지는 절대로 도달하지 못한다. 그리고 르포르타지와 같은 외면적 객관성에 치중하는 방법과는 반대로 현대 문학의 큰 유행에 속하는 이른바 심리주의적 경향 역시 삶의 진실한 현실에 대한 균형된 감각을 드러내는 것으로부터 크게 떨어져 있다는 판단도 리얼리즘의 창조적 모범이라는 기준에 의해 내려질 수 있는 것이다.[15]

여기에 이르러, 루카치 자신의 의도와 무관하게 우리는 한 가지 의문을 가지게 된다. 물론 리얼리즘의 가치에 동의하면서도 우리는 리얼리즘의 표현 형식이라는 것이 무슨 마술의 지팡이 같은 것이길래 이렇게 작가의 주관적인 선택을 초월하여 객관적인 진리에 다다르는 힘이 있는가 하고 물어보지 않을 수 없다. 1930년대의 유명한 리얼리즘 논쟁 중에 브레히트가 루카치의 비평을 두고 형식주의적이라고 비판한 것은 바로 이러한 의문에 근거했던 것이라 할 수 있다.[16]

리얼리즘의 승리라는 개념으로 이야기될 수 있는 문학상의 흥미로운 현상이 실지로 존재한다는 것, 그리고 이런 현상이 일어날 수 있는 것은 리얼

---

15) Georg Lukács, "Reportage or Portrayal?," *Essays on Realism* (London, 1980), 45~75쪽.
16) Bertolt Brecht, "On the Formalistic Character of the Theory of Realism," *Aesthetics and Politics*, 70~76쪽.

리즘의 표현 형식(루카치의 경우에는 주로 소설 형식)에 크게 연유하는 것이라는 것을 우리는 인정하지 않을 수 없다. 그런데 좀더 곰곰이 생각해 보면 이런 현상이 일어나는 것은 보다 원천적으로 시민 사회의 발전 방식의 특수성에 큰 원인이 있는 것이 아닌가 하는 짐작도 가능하다. 다시 말해서 서구에 있어서 시민 사회의 전개는 자본주의라는 새로운 생산 방식을 주도하는 부르주아지에 의해서 거의 맹목적으로 추진되어 온 면이 강한 것이다. 때때로 혁명적인 방법에 의해서 사회적 갈등을 해결해야 할 필요가 있었으나, 그러한 갈등도 따져 보면 시민 계급 자신의 점진적이되 맹목적인 성장의 결과로서 발생했던 것이라고 할 수 있는 만큼, 시민 사회가 성립하고 확대·팽창하여 온 과정은 다분히 경험적이고 자동적이며 맹목적이라 할 수 있는 것이다.[17]

요컨대 시민 계급은 자기 자신의 의식적인 기도에 따르거나, 자기 자신의 역사적 역할에 대한 투철한 자각에 의해 시민 사회를 건설한 것은 아니다. 이와 같은, 스스로 그 의미를 자각하지 못하는 가운데 역사적으로는 (봉건주의에 대해서) 진보적인 계급으로 되어 온 시민 계급의 발전 과정은, 가령 발자크류의 '리얼리즘의 승리'가 가능해질 수 있는 주요한 객관적 조건이었다고 볼 수 없을까? 만일 시민 계급이 명확한 목표를 의식하고 있었더라면 발자크와 같은 뛰어난 개인이 반동적인 정치 이념을 가진다는 것은 어려운 일이었을 것으로 짐작되며, 다른 한편 수구적 세계관을 가지고도 역사의 진실을 그릴 수 있었던 것은, 작가적 성실성이나 표현 매체의 작용 이전에 현실의 시민 계급이 실지로 상승하는 계급으로 존재하고 있었기 때문일 것이다. 그리고 자기의 편견에 상관 없이 발자크가 이 계급을 역

---

17) R. Blackburn ed., *Ideology in Social Sciences* (Fontana, 1972), 200쪽.

사의 새로운 주도 세력으로 거짓 없이 형상화할 수 있었던 무엇보다 중요한 이유는 이 계급이 단순한 이름만의 상승 집단이 아니라 물질적인 세력과 영향력에 있어서 압도적이었던 데 있지 않을까? 그래서 사회 생활의 구석구석까지 이미 자본주의화가 강력히 진행되어 있는 상황에서 시민 계급의 역사적 승리를 보지 않는다는 것이 성실한 작가로서는 도리어 불가능한 일이 아니었을까?

　이렇게 생각해 볼 때 리얼리즘의 승리라는 개념은 부르주아 리얼리즘의 위대성과 함께 어떤 한계도 말하여 주는 것이라 믿어진다. 가령 발자크는 잘못된 세계관을 가지고도 위대한 문학을 창조하였지만, 그것은 방금 시사한 바와 같이 서구 시민 사회의―그것도 어느 특정 시기의―상황 속에서 특히 가능할 만한 까닭이 있었던 만큼, 그러한 현상이 오늘의 제3세계적 상황에서도 자동적으로 되풀이된다는 것은 기대하기 어렵다. (작가의 의도와 작품의 실현 사이에 있을 수 있는 불일치라는 현상은 어디에서나, 언제나 가능하다는 것은 말할 필요가 없다. 여기서 이야기하는 것은 발자크적인 리얼리즘의 승리로서 작가의 허위 의식에 상관 없이 진리를 드러내고 역사의 진보에 공헌하는 문학이 나올 수 있다는 현상이 제3세계적 상황에서도 가능하느냐 하는 문제이다.) 발자크적인 현상이 제3세계 문학에서는 일어나기 어려우리라고 생각되는 제일 주된 이유는 제3세계는 서구 시민 사회와는 달리 물질적 세력의 맹목적인 자기 전개가 아닌 자신의 세계사적 역할에 대한 투철하게 각성된 의식을 그 발전의 원동력으로 하기 때문이다. 물질적 힘의 확산이 아니라 무엇보다 의식의 결정화가 제3세계의 진정한 발전의 요체가 된다는 것은, 물질적 힘의 빈곤을 애매한 도덕적 다짐으로 대치할 수 있다는 이야기와는 대단히 거리가 멀다. 여기서 말하는 것은 인간 생활에 있어서의 물질적 차원의 중요함 그 자체에 대한 경시가 물론 아니고, 어떤 종류의 비이성적인 물질 생활에 대한 제3세계의 관계이다. 자연과 인간에 대한 무자비한 공격을 수반하고, 물질의 낭비적인 소모를 그 존립의 기초로 해 온 서구 산업 문명의 공식을 끊임 없이 받아들이는 한 제3세계 자신의 운명이 언제까지나 종속적인 위치를 벗어날 수 없을 뿐더러 인류 자체의 생존마저 위태롭게 될 수밖에 없다는 객관적인 현실이 제3세계로 하여금 이성적인 삶의 원리를 모색하게 만드는 것이다. 경제적으로 뒤떨어지고 정치적으로 불안정할 뿐더러 때로는 상호 분열적이며 문화적으로는 심각한 자기 상실에 빠져 있는 것으로 보이는 제3세계의 일반적 상황을 생각할 때, 인류사적으로 새로운 뜻을 갖는 인간 공동체의 이성적인 원리가 제3세계로부터 모색되어질 것이라는 이야기는 매우 낭만적인 생각으로 여겨질 것이다. 또 오늘의 제3세계의 적지 않은 부분이 자기 속에 갖가지의 미신 · 편견 · 열등감 · 구조적 모순을 포함하고 있음을 상기하면, 제3세계가 이성적인 사회 원리의 발전은커녕 아마 가장 바람직하지 않은 비인간적인 사회로 떨어질 가능성도 없지 않다고 할 것이다.

그런데 제3세계의 창조적인 자기 실현이 의식화에 달려 있는 것이라고 할 때, 그 의식화의 모태는 역시 민중의 생활 현실이고, 민중의 생활 현실이라는 것이 일견 무정형하고 정의하기 어려운 것이긴 하나 동시에 이것처럼 확실하고 어김없는 현실이 달리 없는 이상, 설사 제3세계 속의 의식의 결정화가 지체되거나 퇴조를 보이는 일이 있더라도 그것은 결국 일시적인 현상일 뿐 역사의 큰 요구를 막을 수는 없음이 분명하다.

중요한 것은 국지적이고 개별적인 현상을 이러한 역사의 커다란 흐름 가운데서 관찰하는 일일 것이다. 서구 시민 문학의 진보적 전통을 이루는 리얼리즘은 경험의 세부와 그것의 전체적 관련에 대한 부단한 통찰을 보여주었지만, 오늘의 제3세계 문학은 훨씬 더 철저하고 의식적인 통찰을 필요로 한다. 왜냐하면 서구의 상황에서는 사회적 진화의 원동력이 자기 사회 내부에서 형성된 물질적 세력의 맹목적인 확장에 기초하고 그것이 그대로 구체적인 생활 경험에 반영되는 측면이 강했던 것에 비해서, 오늘의 제3세계에서는 제3세계다운 특징적인 상황을 이루는 온갖 경험과 현상이 본질적으로 자기 사회 내부만이 아닌 외부적인 원인에 의해 유발되었으며, 이것은 얼른 눈에 보이지 않는 복잡한 중간 과정과 매개를 거쳐서 작용하고 있기 때문이다. 따라서 제3세계의 경험의 진실을 붙잡기 위해서는 자기 사회 속에서의 현상적인 생활 실감에 대한 충실만으로는 부족한 것이다. 이것은 물론 서구 리얼리즘 문학의 경우에도 마찬가지로 해당되는 것이라 하겠지만, 특히 제3세계 문학에서 더 그러하다는 것은, 제3세계적 경험의 본질적 차원이 외부적 기원을 갖는다는 일반적인 현상과 함께 또 그러한 일반적인 현상의 일부로 제3세계의 지식인과 예술가 들이 쉽사리 자기 망각으로 빠져들 가능성이 매우 높기 때문이기도 하다. 이반 일리치는 라틴아메리카의 교육받은 지식인들의 일반적인 행태에 대해 언급하면서, 그들이 자기네 사회의 민중보다 유럽 또는 북미의 중산층이 가지고 있는 의식과 감수성에 더 친근감을 느낀다는 점을 지적하였지만, 이와 같은 일은 일반적으로 제3세계의 지식인들이 경험하는 전형적인 함정의 하나를 말하는 것이라 할 만하다.

제3세계의 문학이 진정한 것으로 되려면, 서구 리얼리즘의 창조적인 선례를 계승하되 보다 더 철저한 의식화가 필요하다고 우리는 말하고 있는데, 이것은 달리 말하여 제3세계 문학의 생명은 제3세계적 관점의 철저화, 즉 민중 생활의 입장에 기초한다는 것을 뜻하는 것이다. 위에서 이야기한 대로 오늘의 제3세계적 상황을 규정하는 복잡한 관련은 어느 때보다도 더 의식적이고 통찰력 있는 관점을 필요로 하는데, 이러한 관점 또는 퍼스펙티브라는 것은 궁극적으로 작가가 자기 민중에 대하여 취하는 태도에 달려 있는 것이라 할 수 있다. 퍼스펙티브의 중요성과 그 민중적 기반에 대해서 리차드 라이트는 다음과 같이 말한다.

> 퍼스펙티브는 작가가 종이 위에 직접적으로 갖다 놓지 않는 시나 소설이나 연극의 한 부분이다. 그것은 거기에 서서 작가가 자기 민중의 투쟁과 희망과 고통을 보는 지적 공간 속의 한 고정된 지점이다. 그가 너무 가까이 근접한 결과로 흐릿한 비전이 되는 경우도 있으며, 너무 멀찌감치 떨어져 선 결과로 중요한 것들을 소홀히 하게 되는 경우도 있다. 세계적인 움직임에 제휴하지 않는 작가들이 직면하는 온갖 문제 중에서 가장 성취하기 어려운 것은 퍼스펙티브이다. 어느 스페인 작가는 최근에 자기 시대의 절정에서 사는 일에 관해 말했는데, 퍼스펙티브가 뜻하는 바는 바로 그것이다. 그것은 흑인 작가가 뉴욕의 할렘이나 시카고 남부 지역에서의 흑인의 삶을 지표의 육분지 일이 근로 계층에 속하고 있다는 의식을 가지고 보는 것을 배워야 한다는 것을 의미한다. 그것은 남부에서 목화밭을 일구는 흑인 여자와 월스트리트의 회전의자에 앉아 빈둥거리는 남자들 사이의 관계를 흑인 작가가 독자들의 마음 속에 창조해야 한다는 것을 의미한다. 흑인 작가들이 퍼스펙티브를 얻게 되는 것은, 그들이 자기 동족의 고통스러운 운명에 대하여 오랫동안 심각하게 보고 생각하며, 그것을 세계 도처에서의 약소민족의 희망과 투쟁에 비교해 볼 때이다.[18]

아메리카 흑인 작가가 가져야 할 퍼스펙티브에 대한 라이트의 위와 같은 정의는 바로 제3세계 작가로서의 흑인 작가의 역할을 염두에 둔 것이 분명하지만, 라이트의 이 발언에는 진정한 제3세계 문학이 갖추어야 할 최소한

---

18) Richard Wright, "Blueprint for Negro Writing," *Richard Wright Reader*, ed., Ellen Wright and Michel Fabre (New York, 1978), 45~46쪽.

의 근본적 요건이 간명하게 함축되어 있다. 우선 라이트는 제3세계 문학이 문학인 한 단순한 프로파간더 같은 수준이어서는 안 된다는 것을, 작품 속에 '직접적으로' 개입하지 않는 퍼스펙티브에 대한 정의를 통해서 말하고 있다. "현대 사회의 의미와 구조와 방향에 대한 이론을 결여한 사람은 누구든지 자기가 이해할 수 없거나 통어할 수 없는 세계 속에서 길을 잃은 희생자가 된다"라고 말하면서도, 라이트는 문학이 어떤 이론에 대한 직접적인 도해가 아니라는 점을 강조한다. 라이트는 가장 내밀하고 도식적으로 포착하기 어려운 인간 마음의 심부와 인간 경험을 '훔쳐' 볼 수 있는 '잠재적인 교지(狡智)'를 문학이 가지고 있음을 주목한다. 이와 같은 라이트의 생각은 문학적 형상화가 가지는 본질적인 의의를 말하는 것이며, 문학의 인간 생활에 대한 기여는 무엇보다 문학적 형상화의 성공에 의해서 이루어진다는 점을 강조한 것이라 할 수 있다. 그러나 단순한 이론이나 이데올로기에 충실함으로써 문학적 성공이 이루어지지 않는다는 것은 분명하지만, 문학이 아무런 관점 없이 존재할 수 없다는 것도 분명하다. 이러한 문학의 눈에 보이지 않는 구성 원리를 라이트는 퍼스펙티브라고 일컫고 있는데, 이것은 경험의 본질적 차원과 피상적인 차원을 구별케 하는 요소이다. 그런데 원근법적 원리는 작가 개인의 주관적인 선택에 의해 제공되는 것이 아니라는 것이 중요하다. 경험의 본질적인 차원과 비본질적인 차원이 구별되는 것도 작가 개인의 임의적인 판단에 의존하는 것이 아닌 것이다. 오늘의 제3세계 문학의 진정한 원근법은, 작가가 자기의 민중의 현실을 자기 사회 전체와 세계적인 움직임 전체에 관련하여 파악하는 것이 가능할 때 얻어질 수 있다고 라이트는 이야기한다. 라이트의 이와 같은 생각은 흑인 작가로서의 자기 자신의 체험과 입장에 기초하여 이루어진 것이지만, 우리는 여기서 전기 시민 문학의 리얼리즘의 입장과 근본적인 유사성을 발견한다. 이것은 리얼리즘의 전통이나 오늘의 제3세계 문학이 다 같이 정치와 예술의 분리를 거부하고 인간의 보편적 행복의 증진이라는 역사적 대의에 봉사하는, 말의 참다운 뜻에서의 윤리적 행동으로 기능하는 것이라는 점에서 나오는 친화성임을 인식한다면 조금도 이상스러운 현상이 아니다. 그런데 앞에서 되풀이 이야기되었듯이 제3세계 문학의 입장은 서구 리얼리즘 문학의 한계를 넘어서려는 점에서 리얼리즘 전통과는 조금 다른 입장, 즉 철저하게 민중적인 바탕에 서는 것이다. 이러한 바탕에 확고하게 서는 것이야말로 오늘의 제3세계 작가에게 있어 '자기 시대의 절정에서' 사는 일인 것이다.

라이트를 빌어 이미 이야기한 김에 우리는 여기서 라이트 자신의 문학적인 업적을 간단하게 살펴봄으로써 리얼리즘의 제3세계적 전개에 대한 하나의 구체적인 본보기를 보고자 한다. 리차드 라이트는 미국 남부의 농촌 태생으로 소년 시절과 청년 시절의 초기를 남부 소도시에서 보내고, 북부 시카고로 이주하여 흑인 게토 생활의 온갖 곤경을 경험하고, 1930~40년대를 통하여 작가 생활을 한 뒤 프랑스 파리로 건너가 창작과 흑인 문제에 대한 정치적 운동에 참여하면서 일생을 보냈다. 라이트의 문학은 종래에 흑인 작가들의 문학 일반이 그렇게 취급되었듯이 미국 문학사의 일부, 즉 좀 색다른 변종이긴 하나 본질적으로는 미국적 경험의 한 측면을 대변하는 것으로 이해될 수 있는지도 모른다. 그러나 기성의 백인 비평 라이트와 같은 흑인 작가에 대하여 보이는 무지나 편견을 볼 때,[19] 그와 같은 접근은 미국 문학이라는 것의 정의가 재조정되지 않는 한 부적절한 것으로 보인다. 흔히 백인 비평이 흑인 문학에 대하여 이해력의 부족을 드러내는 것은 무엇보다 라이트의 것과 같은 흑인 문학 이 기성의 백인 문학과는 본질적으

---

19) Richard Gilman, "White Standards and Negro Writing," *The Black American Writer*, vol. I., 35~50쪽.

로 다른 미학적 원칙과 세계관에 기초해 있기 때문이다. 한 마디로 라이트나 또 다른 본격적인 흑인 작가들의 예술은 흑인 민족 문화의 일부 즉 제3세계 예술의 하나로서 자기 자신을 의식하고 있는 것이다.

그러니까 라이트를 포함한 현대 흑인 작가들의 업적을 올바르게 보고 평가하기 위해서는 그것들을, 좁게는 노예 제도 폐기 이후에 성장해 온 각성된 흑인들의 인간적 기록과 증언의 전통 속에서, 보다 넓게는 초기 노예 시절부터 흑인 사회가 간직해 온 구비 문학과 민속 전통 속에서 보는 것이 필요하다. 물론 19세기 후반의 초기 흑인 작가들이나 현대 작가들의 문학적 노력 속에 백인 문학이나 서양 문화 일반의 영향이 크게 작용하고 있다는 것은 사실이다. 라이트를 두고 말하더라도 그의 문학 수업에 직접적인 영향을 끼친 것은 드라이저나 멩켄과 같은 백인 작가와 비평가였다. 라이트의 자전적 소설인 『검둥이 소년』을 보면 소년 라이트가 불우한 성장 과정을 겪는 도중에, 글자를 익히고 문학의 세계에 접하면서 여러 백인 작가들의 책을 읽는 경험이 그의 개인적인 삶이나 나중에 작가로서 성장하는 데 있어서 얼마나 결정적인 사건이었던가를 알 수 있다. 그러나 라이트가 단순히 재능있는 작가가 아니고 흑인 문학의 제3세계적 성격을 명확하게 하는 데 중요한 공헌을 한 작가로서 성장한 것은, 흑인으로서의 그 자신의 직접적인 고통의 체험 이외에 자신의 운명을 미국 흑인 전체의 운명 가운데서 보고 또 이것을 세계 도처의 억압받는 사람들의 운명의 일부로서 파악하는 데 성공하였기 때문이다. 그러한 과정에서 라이트의 노력은 객관적으로 볼 때, 두보이스나 랭스턴 휴즈와 같은 앞선 세대의 흑인 작가들이 이룩한 흑인 문학의 진보적인 전통을 창조적으로 계승하였던 것이다.

라이트는 흑인 자신의 정체성에 눈을 뜬 초기 흑인 문학 이래의 전통을 계승하면서, 초기 흑인 문학에 따라다니던 자기 방어적 입장을 새로운 차원으로 끌어올렸다. 흑인 문학 이 라이트 이전에 다 그런 것이었다고는 할 수 없겠지만, 초기 흑인 문학은 대체로 백인 사회에 대한 도덕적 항변이나 '검둥이도 인간이다'라는 식의 발상에 머물거나, 또는 흑인 및 아프리카적 가치를 강조하고 미화함으로써 한편으로는 흑인의 주체적인 자기 발견에 어느 정도 기여한 것이 사실이나 근본적으로는 여전히 백인 문화에 대한 지적ㆍ정서적 종속 관계를 벗어나지 못했다. 흑인 문학의 진정한 독립이 있기 위해서는 백인 문화에 대한 이러저러한 감정적ㆍ부분적 반발이 아닌 백인 문화의 본질에 대한 검토, 다시 말해서 흑인 노예 제도와 흑인 차별을 그 발전의 불가결한 구성 요소로 해 온 미국 및 서구 문명의 근본적 존재 방식에 대한 철저한 깨달음이 선행되어야 하는 것이었다. 라이트는 이러한 깨달음을 그의 문학적 노력 속에 명확한 용어로 표현하고 그것을 그 자신의 이론적 및 실천적 행동의 바탕으로 삼은 최초의 그리고 아직까지 가장 중요한 흑인 작가라 할 수 있다.

그런데 여기서 흥미로운 것은, 흑인 문학의 제3세계적 관점을 확립하는 데 크게 기여한 라이트의 문학은 현대 서구 문학에서 찾아보기 어려운 리얼리즘의 정신과 방법이 생생하게 살아 있는 세계라는 사실이다. 그렇다는 것은 그의 문체가 자연주의적 문체의 서사시적 소박성으로 되어 있다는 점뿐만 아니라, 그러한 문체는 라이트의 작중 주인공의 개인적 운명의 진실을 그가 속한 사회의 구조적 본질에 관련해서 유기적으로 박진하게 형상화하는 일에 연결되어 있기 때문이다.

그의 주요 소설 『토박이』(1940)에서 라이트는 비거 토마스라는 교육받지 못하고 일정한 직업도 없는 한 흑인 청년의 의식과 경험을 통해서 미국인이되 미국인으로 사는 것이 허용되지 않는 일반적인 흑인의 운명을 극적으로 그리고 있다. 소설의 처음 부분에서 토마스의 일상 생활이 그려져 있는데, 이것은 그가 그의 가족이나 친구들에 대하여 극히 부조화적이고 난폭한 관계를 가지고 있는 것으로 특징 지어져 있다. 이러한 관계는 물론 그 자신의 개인적인 결함이라기보다는 자기 자신의 환경 속에 뿌리를 내리지 못한 일반적인 소외의 한 결과라는 측면이 강하다. 이러한 기본적인 맥락 가운데서 이 소설의 중심적인 드라마를 구성하는 사건, 즉 토마스가 백인 처녀를 살해하는 일이 갖는 단순한 범죄 소설 이상의 의미가 밝혀진다. 이 사건에서 주목할 만한 것은 살인이 전혀 우발적인 계기와 경과를 거쳐서 이루어진다는 점인데, 이러한 우발성이야말로 비거 토마스가 한 사람의 흑인으로서 그의 내부에 끊임없이 쌓아 온 신경증적 긴장, 공포, 균형의 상실의 강도를 말해 주는 것이다. 그러니까 이것은 그야말로 동기 없는 우발적인 사건이라기보다 그 진정한 원인이 단지 한 사람의 개인적인 성격 결함에 그치지 않는 매우 깊고 큰 문맥에 관련되어 있는 것이다. 따져 보면 토마스의 살인 행위는 그 자신의 일상적 생활에서의 부조화의 극적 표현일 뿐이다.

그리하여 비거 토마스는 그 자신이 의식하지 못하는 사이에 백인 지배에서 비단 물질적 희생만이 아니라 막대한 인간적 손상까지 경험해 온 흑인의 일반적인 운명을 그 본질적인 사회적 및 심리적 구조 속에서 명료하게 드러내는 하나의 전형으로 기능하고 있다. 비거 토마스를 두고 지나치게 극단적인 경우라고 백인 비평가들과 일부 흑인들은 생각하는 모양이지만, 그것은 이 소설이 갖는 리얼리즘적 성격과 리얼리즘에서의 전형성의 개념에 대한 인식의 부족에서 기인한다. 전형이라는 것은 흔하게 볼 수 있는 일상적 경험을 말하는 것이 아니라, 개인들의 운명을 결정적으로 좌우하는 시대와 사회의 본질적인 차원이 명료하게 드러날 수 있는 인물의 경험을 말하는 것이다.

비거 토마스가 하나의 성공적인 전형이라 할 만한 또 다른 이유는 그 인물이 자기 자신의 행동의 의미에 관한 무지로부터 마침내 어떤 종류의 사회적 인식에 이른다는 사실에 있다. 이런 인식은 이 소설 속에서 반드시 명확한 용어로 표현되어 있지 않은데, 그것은 토마스 자신이 그의 제한된 지성의 테두리 안에서 자기 자신의 느낌을 표현해야 하기 때문이라는 점에 주로 연유하는 것일 것이다. 그러나 비록 명료한 언어로 표현되지는 않고 있으나 비거 토마스가 자기 나름의 인식에 도달했다는 것은 이 소설의 마지막에서 사형 집행을 앞두고 가진 변호사와의 최후의 면담에서 확인된다. 급진적 사상을 가지고 있는 백인 변호사는 토마스로 하여금 그의 범죄가 갖는 뜻을 주로 경제적 지배와 피지배에 따른 사회적 관계의 한 부산물이라는 각도에서 보게 하려고 하지만, 토마스는 그러한 해석이 자신의 진실과는 꼭 맞아떨어지지 않는다는 느낌을 가진다. 어떤 명분이 자신의 범죄와 죽음에 있다는 생각은 낯설게 여겨지는 것이다. "살인은 옳지 않은 일이고 또 내가 정말 사람을 죽이고 싶었던 것도 아니라고 생각해요. 그렇지만 어째서 죽였는가 생각하면, 난 내가 원했던 게 무엇이었던가를 느끼게 돼요. 난 살인을 원한 게 아니에요. 그렇지만 내가 살인한 것은 바로 나 자신 때문이에요. 내 속 깊은 곳에서 내가 사람을 죽이도록 시켰어요. 살인을 할 만큼 무슨 실감을 느끼기 전에는 난 이 세상에 정말 살아 있는 것 같지 않았어요. 이건 진실이에요"라고[20] 토마스는 당황해 하는 변호사에게 말한다. 토마스의 이러한 느낌은 백인 변호사의 이해의 한계를 넘는 것이다. 이러한 점은 토마스의 살해의 희생자인 처녀가 흑인들에게 동정적인 입장을 가지고 있는 진보적인 백인 서클의 한 멤버였다는 점과 함께 의미심장하다.

---

20) Richard Wright, *Native Son* (Harmondsworth, 1977), 461쪽.

다시 말해서 비거 토마스의 진실은 서구적 급진 사상만으로는 온전하게 붙잡기 어려운 차원을 가지고 있다는 것이다. 라이트는 『토박이』에 붙인 서문에서, 토마스의 민족주의적 콤플렉스야말로 어떤 다른 방식으로보다도 그의 삶의 '총체적 의미를' 포착할 수 있는 개념이라고 말하였다.[21] 물론 비거 토마스의 민족주의적 감정은 혼란되고 착잡한 것이며 또 충분히 민족주의적인 것도 아니다. 그러나 그를 궁지에 몰린 야생의 짐승과 같은 처지에 빠지도록 만들어서 살인을 범하게 한, 백인에 대한 그의 공포와 미움은 의식적이거나 충분한 것은 아니지만 민족주의적 감정에 근거하는 것임이 틀림없다.

비거 토마스의 이와 같은 민족주의적 콤플렉스는 말할 것도 없이 미국 사회 내에서의 흑인 민중의 소외된 위치에서 비롯된 것이다. 서구의 산업 문명의 발전 과정에서 그 제도의 필요한 구성 요소가 되어 일찍이 노예가 되고 또 차별을 당하는 사회 집단으로 되는 동안 흑인 민중이 백인 문화에 완전히 편입된다는 것은 불가능했다. 그들은 자기들이 아프리카 대륙으로부터 강제적으로 떨어져 나왔다는 기억을 가지고 있었을 뿐더러, 무엇보다 억압받아 온 공동 운명체로서의 경험으로 인하여 그들을 억압해 온 사회 체제와 그 문화에 대한 국외자적인 위치에 머무를 수밖에 없었다. 그러나 다른 한편으로 그들의 생활을 좌우해 온 서구적 사회 및 문화 체제로부터 완전히 이탈된 독자적인 영역을 가진다는 것도 불가능한 일이었다. 이와 같이 서구적 체제의 안에 있으면서 동시에 바깥에 있는 흑인 민중의 상황[22]은 그대로 제3세계 민중 일반의 상황으로 볼 수 있는데, 라이트와 같은 작가가 흑인 문학의 제3세계적 성격을 확립할 수 있었던 것은 바로 이러한

---

21) 같은 책, 27쪽.

객관적인 근거 위에서 가능했던 것이다. 따라서 비거 토마스라는 한 무지한 흑인 청년의 비극적인 인생을 초래한 민족주의적 감정은 그것의 제3세계적 차원을 배경으로 해서만 정당하게 포착될 수 있는 것으로, 이 소설 속에서 서구적 진보주의를 대변하는 변호사의 서구 중심적 시각만으로는 그 진의가 쉽게 헤아려질 수 없는 것은 당연하다. 더구나 그러한 민족주의적 요소가 명석한 용어로 언명되어지는 것이 아니라, 한 무지몽매한 인물의 맹목적인 행동의 주요 동기를 이룬다는 사실이야말로 그것이 제3세계 민중의 삶에 있어서 자리 잡고 있는 심도와 강렬성을 분명하게 말하여 주는 것이다.

그런데 여기서 생각해 보아야 할 것은 흑인 문학 또는 제3세계 문학에서 하나의 전형으로서 역할하는 비거 토마스 같은 무지한 주인공과 작가와의 관계이다. 우리는 위에서 비거 토마스가 자신의 행동의 진실을 제대로 이해하지 못하는 무지몽매한 인물이지만, 온갖 우여곡절 끝에 드디어 매우 가냘프나마 어떤 종류의 의식화에 도달한다는 점을 언급하였다. 라이트의 소설이 프로파간더가 아니라 문학 작품인 한 작가 자신의 권위 있는 해설에 의해서 비거 토마스의 의식화가 유도될 수는 없는 일이고, 그 결과 주인공의 각성이 극히 막연한 언어로 표현될 수밖에 없음은 당연한 일이다. 또

---

22) 이와 같이 "안에 있으면서 동시에 바깥에 있는" 제3세계 민중의 위치는 서구의 상황에서 발달되어 온 예술 표현 형식과 예술의 사회적 존재 방식만으로는 제3세계 민중의 실감과 예술적 욕구를 온전하게 반영할 수 없는 중요한 요인이다. 소설이나 현대의 여러 시청각 매체는 물론 인간 경험의 역동성과 다차원성을 포착하는 유력한 수단으로 성장해 왔다. 그런데 제3세계 민중의 생활은 외로운 독서 행위나 수동적인 관객으로서보다도 공동체의 축제적 체험으로서의 미학적 경험에 더 친근성을 느끼는 것이다. 이 점은 제3세계가 아직 서구적 발전의 단계에 미치지 못한 결과의 역사적 미분화의 한 징후라고 볼 수도 있으며, 다른 한편으로는 서구적 문명 속에서는 찾아보기 어려운, 본질적으로 건강하고 소박한 인간 가치를 제3세계가 더 풍부하게 가지고 있음을 알려 주는 현상이라고 할 수 있다. 이것을 여하히 생산적으로 발전시킬 것인가는 제3세계의 정치와 문화가 해결해야 할 과제라 하겠지만, 참다운 발전이라는 것은 민중 자신이 자기 문화의 주체적인 역할을 담당할 수 있는 경우를 말하는 것이라는 것은 다시 말할 필요가 없다.

생각하면 라이트의 세대에 이와 같은 수준 이상으로 비거 토마스와 같은 무지한 흑인의 의식화를 기도한다는 것은 리얼리즘 문학으로서는 무리한 일이었을 것이다. 아마 이만한 정도의 의식도 주어진 상황에서 얻을 수 있는 최대한의 수준이었을 것이다. 그리고 그것이 가능했던 것은 시대의 객관적인 여건에 못지 않게, 무엇보다 라이트라는 한 흑인 작가의 인간으로서 또 예술가로서의 성숙이 있었기 때문이라는 점은 주의할 만한 점이다. 실제 비거 토마스의 행동과 의식의 발전은 그것을 충분히 의식적으로 따져볼 줄 아는 작가의 퍼스펙티브에 의해 통일적으로 조직되고 형상화됨으로써 하나의 의미 있는 인간적 증언이 된 것이다.

그러나 이와 같은 일반적 의미에서의 작가와 주인공과의 관계를 여기서 생각하려고 하는 것은 아니다. 제3세계 문학은 그것이 참다운 것인 한, 본질적으로 다수 민중의 생활 경험에 기초하지 않을 수 없고, 거기 수반하여 작가 자신의 지성에 미치지 못하는 주인공들이 자주 등장한다는 것은 당연한 일이다. 그렇지만 이러한 현상은 제3세계 문학만이 아니라 다소간 모든 시대, 어떠한 경향의 문학에서도 있을 수 있는 것이다. 우리가 특히 제3세계 문학에서 작가와 그의 무지한 주인공과의 관계를 주목하는 것은, 이 관계가 다른 여하한 문학에 있어서보다도 한층 친밀하고 또는 일체화된 관계로 나타난다는 사실이 있기 때문이다. 이 점은 서구 리얼리즘 문학 속에 나오는 평민적 인물들과 비교해 볼 때도 확인될 수 있다. 가령 어느 누구보다도 당대의 하층 빈민 출신의 인물을 그의 주요한 작중 인물로 즐겨 다룬 디킨즈의 경우, 이런 인물들에 대한 디킨즈 자신의 동정적 관심의 진정성을 우리는 조금도 의심할 수 없지만, 객관적으로 보아 그러한 인물들에 대한 디킨즈의 궁극적 입장은 후견인의 보호주의적 관심이라는 테두리를 크게 벗어나지 않는다. 디킨즈는 당대의 다른 작가의 경우와는 달리 소년시절의 한때를 공장 노동자로서 체험하였고, 그 자신의 개인적인 행운과 작가로서의 재능이 없었더라면 그때 함께 일하던 소년들이 걸어간 길을 갔을 것이라는 것을 그 자신 누구보다 잘 알고 있었던 만큼, 빈민 계층의 생활 현실에 남다른 관심과 이해를 가지고 있었다. 또 디킨즈의 시대는 산업 혁명으로 인하여 크게 불어난 산업 노동자와 도시 빈민들이 극단적인 곤경을 경험하고 있던 때였다. 시대의 객관적인 상황과 그 자신의 개인적인 체험 그리고 거의 기질적이라고 할 만한 그의 평민적 성향은 디킨즈로 하여금 아마 시민 문학 전체에 걸쳐 가장 급진적인 작가의 한 사람이 되게 하였다. 그러나 이러한 디킨즈의 문학 속에서 하층민 출신의 인물들이 부유한 사람들로부터의 시혜나 우연적인 행운에 의해서만 그들의 운명의 개선이 기도되어 있다는 사실은, 디킨즈의 문학이 근본적으로 뛰어넘지 못하는 한계를 말하여 주는 것이다.

이와 같은 한계에 대한 올바른 극복은 오늘의 제3세계 문학 속에서만 가능한 것인지도 모른다. 리차드 라이트는 『토박이』의 서문에서 비거 토마스의 콤플렉스는 그대로 자기 자신의 것이었다는 뜻의 말을 하였다. 그 자신은 작가가 되어 비거 토마스에게는 불가능했던 퍼스펙티브를 얻었으나, 그 인물의 실존적 상황은 흑인으로 태어나 살아오면서 겪은 작가 자신의 체험에 근본적으로 일치한 것이다. 바로 이와 같은 일체화야말로 제3세계 문학이 리얼리즘을 새로운 차원에서 발전시킬 수 있는 원천이라고도 할 수 있다. 왜냐하면 그 자신이 억압당하는 사회 집단의 한 사람으로서 억압의 내용을 속속들이 경험하고, 억압으로부터 벗어나려는 강한 인간적 동기를 자기 자신의 것으로 하면서 작가는 그 동기에 의해 자연스럽게 억압의 구조 전체를 조감할 수 있게 되기 때문이다. 그리고 이러한 구조에 대한 통찰은, 자신의 문제가 개인적인 해결을 허용하지 않는 자기 민중 전체의 운명에 관련되어 있는 것임을 인식하게 하고, 그 결과 여하한 개인적인 차원에서의 불행의 극복도 참다운 해결이 아니고 오직 전체적인 구조의 변혁만이 올바른 해결이라는 인식에 도달하게 하는 것이다. 그렇게 하여 제3세계 문학은 특정한 개인, 특정한 사회 집단에 한정되지 않는 보편적인 인간 해방을 자신의 궁극적 목표로 이해하게 되며, 여기에서 서구 시민 문학의 리얼리즘의 도덕적 정열을 계승하면서 그것을 한층 철저하게 강화하는 것이다. 우리가 현대 서구 문학의 이념으로는 진정한 리얼리즘에 이를 수 없다고 말하는 것은, 결국 그러한 이념이 광범위한 민중적 기반으로부터 유리되어 있다는 사실 때문이다.

서구 리얼리스트들이 충분히 철저하게 민중적 관점에 설 수 없었던 것은, 그들의 과제가 오늘의 제3세계 예술가들의 것과는 다른 것이었기 때문이다. 그들에게 있어서 긴급한 과제는 시민적 이상의 실현이었다. 그들의 한계는 시민적 이상이 시민 사회의 테두리 속에서는 완전히 실현될 수 없다는 사실에 대한 인식이 철저하지 못했다는 점에 있지만, 역사적으로 볼 때 그들이 철저한 인식에 성공적으로 도달한다는 것은 불가능한 일이었는지 모른다. 괴테는 그의 『빌헬름 마이스터』 속에서 봉건적 경제 생활이 점차로 후퇴하고 새로운 부르주아적 생산과 사회 관계가 증대하여가는 시대에 조화된 삶의 이상이라는 르네상스적 인간 이상이 어떻게 실현될 수 있을 것인가를 탐구하였다. 괴테에게 있어서 '아름다운 영혼'으로 일컬어지는 르네상스적 인간 이상은 의식과 자연 발생성, 세속적 활동과 조화로운 내면적 생활과의 일체화를 의미한다. 그런데 현실에 있어서의 시민적 생활은 이와 같은 조화 또는 일체화를 극히 어렵게 하는 것이었다. 귀족과는 달리 "시민은 쓸모 있게 되기 위해서 단 한 가지의 재능만을 계발하지 않으면 안된다. 한 가지 점에 쓸모 있게 되기 위해서 다른 모든 것을 도외시해야 하기 때문에 그의 인간성의 다양한 부분들간에 여하한 조화도 있을 수 없고 있어서도 안 된다는 것이 당연시된다."[23] 그러나 괴테는 교육을 통해서 어느 정도의 조화가 가능하리라고 생각한다. 괴테는 그의 교육 사상을 한 작중 인물의 입을 빌어 다음과 같이 말한다.

인류를 형성하는 것은 오직 모든 인간이 어울려졌을 때이며, 세계는 모든 힘이 어울려짐으로써 형성된다. 이들은 흔히 서로 갈등을 일으키고 상호 파괴하려고 하지만, 자연은 그들을 통합하고 재생시킨다. 가장 저급한 본능으로부터 가장 고도의 지성에 이르기까지 가장 소박한 감각적인 느낌으로부터 가장 심원한 정신적인 활동에 이르기까지 이 모든 것은 인간들 속에 있으며 계발되지 않으면 안 된다. 그리고 한 사람 속이 아니라 많은 사람들 속에서 계발되어야 한다. 어떠한 소질도 중요한 것이며 발전되지 않으면 안 된다. 하나의 힘은 다른 힘을 지배하지만, 어떠한 힘도 다른 힘을 형성할 수는 없다. 모든 소질 하나하나에만 스스로를 완성하는 힘이 존재한다.[24]

인간성의 자유로운 발전이 개성의 발달과 인간들 상호간의 조화된 협력을 초래할 것이라는 이러한 관념은, 실지로 시민 사회의 발전과 봉건적 체제의 해체에 의해서 부분적으로 실현된다는 측면이 있었던 것은 사실이다. 그러나 시민 사회의 발전에 따라서 이 이상과 이 이상을 낳은 기초인 사회 경제적 기초와의 모순은 점점 더 분명하게 드러나게 되었던 것이다. 괴테보다 나중 세대에 속하는 발자크나 스탕달에 있어서 이러한 모순이 주요한 테마로서 취급될 수 있었다는 사실은, 괴테의 시대가 아직 이 모순을 분명

23) 『빌헬름 마이스터의 수업시대』, 제5권 제3장.
24) 같은 책, 제8권 제5장.

하게 느낄 만큼 시민 사회의 성숙이 충분히 이루어지지 않았다는 점을 시사한다. 그렇기는 하나 낮은 강도로나마 괴테가 이러한 모순을 느낀 것은 사실이며, 그것은 『빌헬름 마이스터』에서 아름다운 영혼의 삶이 실제로는 매우 특출한 소수인의 써클이라는 한정된 공간, 즉 일반적인 사회적 세계로부터 일정하게 고립된 공간에서만 가능한 것으로 그려져 있다는 점으로 짐작하게 되는 것이다. 조화된 삶의 추구를 위한 빌헬름 마이스터의 교육과정이 마침내 도달한 것은 부분적인 조화일 수밖에 없었다.

괴테의 이 소설이 성장 소설의 시민 문학적 고전이라면, 리차드 라이트의 자전적 소설 『검둥이 소년』(1945)은 제3세계 문학에 있어서 성장 소설의 고전적인 업적이라 할 수 있다. 이 작품은 라이트의 유년 및 소년 시절을 중심으로 북부로 이주하기 직전까지의 남부에서의 경험을 다루고 있다. 이 작품에서 우리는 한 흑인 소년이 흑인으로 태어나 자란다는 사실 때문에 겪는 갖가지의 고통·곤경·억압을 보며, 오로지 그 자신의 자존심과 보다 떳떳한 삶에 대한 열망에 의해서 이러한 억압을 견뎌 내는 한 소년의 성장 과정을 본다. 여기에 그려진 흑인 소년의 환경은 다른 조건이 없었더라면, 라이트 역시 비거 토마스와 같은 운명을 겪었을 것이라는 추측을 가능하게 한다. 그러므로 이것은 또 다른 측면에서 접근된 비거 토마스의 이야기, 즉 흑인 민중의 이야기라 해도 좋은 것이다.

『검둥이 소년』에서 특히 주목할 만한 것은, 소년 라이트가 문학의 세계에 눈을 뜨고 여러 유럽 및 미국 작가들을 읽으면서 마침내 작가가 되어 보겠다는 결심으로까지 이르는 일련의 과정이다. 어린아이 때 어른들이 들려주는 옛날 이야기에 크게 매혹되면서 이야기의 세계에 대한 민감한 마음을 나타내는 것을 시초로 하여, 신문 배달을 하는 동안 우연히 연재 소설을 발견하고 그것을 탐독함으로써 문학의 세계에 관심을 가지게 된 소년 라이트는 점차로 본격적인 문학을 접하게 되는데, 문학에 대한 그의 정열은 위안거리를 거기서 발견하였기 때문이 아니라 문학의 세계 속에서 자기 자신의 인생에 대한 새로운 객관적인 관점을 얻을 수 있었기 때문이다. 그리고 독서를 통해서 그는 점차로 자기와 자기 주변 사람들을 그 전까지와는 전연 다른 각도에서 볼 수 있게 된 것이다.

독서는 정열이 되어 버렸다. 내가 처음 읽은 진지한 소설은 싱클레어 루이스의 『메인 스트리트』였다. 그것은 나에게 우리 사장 제럴드 씨를 미국적인 전형으로 보게 하였다. 그가 골프 가방을 끌고 사무실에 들어오는 걸 보면 웃음이 나왔다. 나는 항상 사장과의 사이에 먼 거리가 가로놓여 있는 것을 느꼈는데 이제 아직 멀기는 했지만 좀 친근하게 느껴졌다. 이제 나는 그를 알고 그의 제한된 삶의 한계를 알 수 있는 느낌이었다. 이것은 내가 조지 배비트라는 신비로운 인물에 관한 소설을 읽었기 때문에 일어난 일이었다. 소설의 구상이나 줄거리보다 거기에 나타난 관점에 더 흥미가 있었다 소설이 내게 만들어 준 기분은 여러 날씩 지속되었다. 그러나 나는 죄책감을, 내 주위의 백인들이 내가 변하고 있으며 그들을 다른 눈으로 보기 시작했다는 것을 알고 있다는 느낌을 버릴 수가 없었다. 나는 말이 없어지고 내 주위의 삶에 대해 생각을 많이 하게 되었다. 누구에게라도 내가 이 소설들에서 얻어 낸 것을 말하기란 불가능했을 것이다. 그것은 바로 삶에 대한 느낌이었기 때문이다. 내가 살아온 삶은 나를 사실주의와 현대 소설의 자연주의에 기울게 했고, 나는 아무리 읽어도 만족하지를 못했다.[25]

그리하여 흑인 소년은 "남부의 전 교육 제도가 말살시켜 버리려고 준비해온" 꿈, 즉 "어디엔가 가서 내가 살아 있다는 것을 의미있게 하기 위해 무

---

25) 리차드 라이트, 『검둥이 소년』, 김태언 역(홍성사, 1979), 306쪽.

엇인가를 해야 한다"는 꿈을 키우면서 북부로 갈 계획을 세우는 것이다. 그러나 나중의 리차드 라이트 자신의 생애에서 분명하게 드러나지만, 이와 같은 꿈은 결코 개인적인 입신 출세로 연결될 수 없는 것이었다. 물론 작가가 되기 훨씬 이전까지의 기록인 『검둥이 소년』 속에서 라이트의 후년의 경력을 찾아낼 수는 없다. 그러나 작가로서의 성숙기에 집필된 이 소년 시절에 대한 기록은 라이트의 전체 생애에 관련해서 읽어야 될 뿐만 아니라, 이미 이 자전적 기록 속에는 후년 라이트가 걸어갈 경력을 암시하는 일정한 방향이 포함되어 있기도 한 것이다. 호텔 보이로 일했던 경험을 이야기하면서 라이트는 당시의 그의 동료 흑인 소년들의 도벽에 관해 이렇게 언급하고 있다.

흑인과 백인 관계의 본성이 바로 이 끊임없는 도둑질을 키우고 있다는 것을 나는 알고 있었다. 내 주위에 있는 흑인은 아무도 어떤 질서 체계로든 조직을 만들어 백인 고용주에게 임금 인상을 탄원할 생각을 해 보는 사람은 없었다. 그런 생각조차도 그들에겐 끔찍한 일이었으며 백인들이 즉각 보복을 가해 올 것을 알고 있었다. 그래서 백인들의 법률에 순응하는 척하며 히죽이 웃고 절을 하면서 닥치는 대로 훔치는 것이다. 백인들은 그것을 좋아하는 것 같았다. 남부의 백인들은 아무리 희미하게라도 자신의 인간성의 가치를 아는 흑인보다는 도둑질을 하는 흑인을 고용하고 싶어했다. 그들은 무책임을 장려했다. 내가 도둑질을 반대하는 것은 도덕적인 이유에서가 아니었다. 내가 그것을 찬성하지 않은 것은 그것이 결국 무익하다는 것, 사람이 자기의 환경과의 관계를 변경시키는 효과적인 방법이 되지 못한다는 것을 알고 있기 때문이었다.[26]

---

26) 같은 책, 245쪽.

실지로 라이트와 같은 환경에서 성장한 흑인 소년이 살아갈 수 있는 길은 노예적인 생활을 받아들이든가, 원시적인 반항을 통하여 린치를 당하든가 범죄자가 되든가, "섹스와 술에서 초조감과 불안으로부터의 해방을" 찾든가 하는 것이 일반적인 삶의 기회였다고 라이트는 말한다. 드물게 무엇이거나 전문적인 직업인이 되어 흑인 중산층으로 상승하는 것도 가능한 일이나, 라이트는 "내가 그런 것을 바라도록 생겨먹지도 않았거니와 그러한 야심의 성취는 내 능력이 미치지 못하는 것이었다. 부유한 흑인들은 내게는 백인들이 살고 있는 세계와 다름 없이 낯선 세계에 살고 있었다"[27]라고 말한다.

『검둥이 소년』은 자기 민중의 보편적인 경험을 그대로 자신의 체험으로 겪은 작가가, 자신의 문학을 그 자신과 민중의 온전한 삶의 실현을 위한 투쟁에 바친 사람이 민중의 작가로 되기까지의 그의 내면적 성장 과정의 시원적인 단계를 회상해 보이고 있는 세계이다. 우리가 이 작품을 성장 소설의 하나로 볼 수 있다면, 이 작품은 고전적 성장 소설의 한 모범이라 할 만한 『빌헬름 마이스터』와 같은 시민적 리얼리즘의 전통을 현대의 어떠한 다른 문학 경향에 있어서보다도 더 깊은 친화력을 가지고 계승하면서, 동시에 시민적 성장 소설이 부닥쳤던 딜레마를 넘어서는 세계를 보여 준다고 할 수 있을 것이다. 괴테에 있어서도 이미 빌헬름 마이스터가 그 마지막 단계에 '체념'에 도달함으로써, 모순적인 사회에 대한 일종의 타협으로 나아갔거니와 괴테 이후 여러 시민적 성장 문학에서의 주된 흐름은 기존하는 체제에 대한 순응 또는 동화의 과정을 보여 주는 것으로 되었던 것이다. 인간성의 온전한 발현을 위한 탐구 수단으로서의 성장 문학 그리고 리얼리즘

---

27) 같은 책, 310쪽.

문학이 그 본래의 성격을 회복하기 위해서는 비인간적인 가치의 만연에 의해 오랫동안 망각되어 온, 역사와 인간 및 예술에 대한 적극적으로 살아 있는 태도가 새로운 차원에서 성숙하는 것이 필요했던 것이다. 그리고 그러한 태도는 다음과 같은 한 흑인 시인의 발언에 명료하게 표명되어 있다.

진실이란 무엇인가? 좀더 정확이 말하여 우리는 누구의 진실을 표현해야 하는가? 압박받아 온 사람들의 진실인가, 아니면 압박해 온 사람들의 진실인가? 이것은 기초적인 문제이다. 또 오늘의 국내적 · 국제적 사건들은 우리들이 우리들 자신의 이해 관계에 입각하여 평가할 것을 요구하고 있다. 인간이 살아 남느냐 하는 문제는 현대적 경험의 핵을 이루고 있음이 분명하다. 흑인 예술가는 가능한 한 가장 강력한 용어로 이와 같은 현실에 스스로 발언하지 않으면 안 된다. 세계 위기라는 문맥 속에서 윤리와 미학은 적극적으로 상호 작용하여야 하며, 보다 더 정신적인 세계에 대한 인간의 요구에 일치하여야 한다. 그러므로 우리들의 예술 운동은 윤리적인 운동이다. 즉 압박받아 온 사람들의 관점에서 볼 때 윤리적이라는 것이다.[28]

(1982년)

---

28) Larry Neal (1971), 위의 책, 189쪽.

산업화와 문학

—1970년대 문학을 보는 한 관점

1

    1970년대의 우리 문학이 걸어온 길을 되돌아보면서 새로운 시대의 문학적 가능성을 전망해 보려는 일에는 여러 가지의 접근 방법이 있을 것이다. 그러한 접근 방법의 하나로서 우리는 특히 근년에 이르러 한국 사회의 가장 핵심적인 문제의 하나로 등장한 노동 현실에 관련하여 이루어진 문학적 노력에 주목하는 방법도 가능하리라고 생각한다. 지금까지 나온 이 방면의 문학적 노력이 그다지 많은 것이라고는 할 수 없으나 문제의 중요성에 비추어 볼 때, 그러한 노력은 1970년대의 우리 문학이 거둔 전체적 업적의 중요한 일부를 차지하는 것으로 보인다. 그리고 산업화의 진전에 따라, 또 사회 진화의 불가피한 내적 논리에 따라, 노동 현실과 여기에 관련된 문학적 노력은 앞으로 보다 본격적인 차원으로 발전할 가능성이 크다는 것은 예상하기 어렵지 않다.

    돌이켜 볼 때, 지난 십여 년에 걸쳐 우리는 급격한 산업화의 소용돌이를 경험하였고, 그러한 과정에서 갖가지 인간적 · 사회적 문제에 직면하여야 했다. 그러나 사회 전체적으로 볼 때, 산업화에 의한 충격은 농촌과 도시의 노동자들의 생활 현실에 가장 집약적으로 표현되었다. 산업화는 대대적인 사회적 이동을 강요하였고, 그 과정에서 수많은 농촌 사람들이 도시의 공장 노동자로 탈바꿈하였으며, 농촌에 잔류한 영세 농민들은 많은 경우 농업 노동자로 전락하게 되었다. 농촌 및 도시의 노동자들이야말로 우리 사회의 기층(基層)을 구성하는 대다수 민중인 한, 이들의 생활 현실의 건강 여부는 사회 자체의 존속과 발전에 결정적인 것이다. 따라서 급격한 변화를 경험하게 된 이러한 노동자들의 운명에 대하여 문학적 상상력이 민감하게 반응한다는 것은 당연한 일이었다.

그러나 유감스럽게도 산업화의 실제적 상황은 노동 현실에 대한 공개적이고 구체적이며 충분한 검토를 어렵게 하였으며, 문학의 경우도 이러한 일반적인 제약에서 벗어날 수는 없었다. 1970년대의 문학을 평가함에 있어서 우리가 제일 먼저 고려해야 할 것은 아마 그러한 제약일지도 모른다. 지난 십여 년의 세월을 겪어 온 수많은 사람들의 경험으로는 노동 현실에 대하여 공개적인 관심을 표시하거나 문학적인 접근을 기도한다는 사실 자체가 비상한 도덕적 용기를 필요로 하는 일이었던 것이다. 그러나 이런 제약을 떠나서도 적어도 문학에 관한 한 노동 현실에 대한 접근을 어렵게 만드는 보다 집요한 제약이 있어 왔다는 사실을 상기하지 않을 수 없다.

우리들에게 있어서 문학은(그리고 일반적으로 문화도) 오랫동안 일하는 사람들의 생활 현실로부터 유리되어 왔다. 간단히 말하여, 이렇게 된 근본적인 이유는 문학에 종사하는 사람들이나 문학의 일반적인 수요 계층이 실제로 일하는 사람들이 아니었기 때문이다. 우리 나라에 신문학이 나타나기 시작한 이후 지금까지 문학의 성립과 존속에 기초가 되어 온 사회 계층은 사회 전체의 구조로 볼 때 대단히 애매한 위치에 있는 사람들로 이루어져 왔다. 이 계층은 예컨대 서구에 있어서 근대 문학이 기초해 온 시민 계급과 본질적으로 전혀 다른 사회적 성격을 가지고 있다. 서구 근대 문학이 시민 계급의 형성과 더불어 본격화되고, 시민 계급의 운명을 고스란히 반영하면서 전개되어 왔음에 반하여, 우리의 경우는 처음부터 그러한 시민 계급에 대응할 만한 근대적 사회 계층 자체가 성립되지 않았던 것이다. 이것은 어떤 점에서 한국 자본주의 형성의 역사에 관련되는 현상이라고 할 수 있겠는데, 이 땅에 있어서 자본주의 발달의 역사는 서구의 역사에서 보는 바와 같은 자주적이고 진보적이며 민주적 이상을 소유한 시민 계급의 역사가 아니라 오히려 봉건적 잔재 세력과 이해 관계를 같이하는 식민지 중산층이 제국주의적 외세에 의존하여 자기의 특권적인 이익을 추구하고 확대하여 온 역사라고 말할 수 있을 것이다. 따라서 이 땅에 있어서의 식민지 중산층 또는 자본 계층은 대외적으로 민족의 자주성을 확보하고 대내적으로 민주적 사회 관계의 확립을 도모하는 역사의 진보적 주체 세력으로 역할한다는 것은 불가능하였다. 이것은 한국 현대사의 전개에 있어서의 기본적인 모순의 하나이지만, 따져 보면 불가피한 현상이었다고 할 수 있을지도 모른다. 왜냐하면 식민지 또는 반식민지적 상황에 있어서 자본 계층의 성장은 식민지 또는 반식민지 지배 세력이 자기의 제국주의적 착취의 도구로서 마련한 제도적 장치의 부산물이기 때문이다.

여하튼 신문학 이후의 우리 문학은 전반적으로 이러한 파행적인 자본 계층의 성장에 크게 의존하여 온 것이다. 따라서 이러한 사회 기반 위에서 우리 문학이 가령 초창기의 서구 근대 문학에서 보는 바와 같은 민주적 이념에 대한 헌신이나 투쟁적인 정열을 가질 것을 기대하기란 불가능한 일이었다. 어느 면으로 보든지 당대의 다수 민중의 이해 관계에 상충적일 수밖에 없는 특권적 소수 계층의 지원에 의해서 존립이 가능했던 문학이 민주적

이상을 위하여 투쟁한다는 일은 생각하기 어려운 것이다.

식민지 중산층 자신의 존립 근거 자체는 이 계층의 사회적 성격을 처음부터 규정하는 것이었으며, 그 결과 민족적 의식과 민주적 이념을 결여한 이 계층이 현실에 안주하여 현상 체제에 순응할 수밖에 없었던 것은 당연한 일이다. 그리고 문학의 편에서도, 그것의 사회 기반이 식민지 중산층이라는 한정된 계층에 있었던 한, 그것이 소시민적 노선을 취할 수밖에 없었던 것도 불가피한 일이다. 생각해 보면, 비록 취약한 기반이긴 하지만, 식민지 상황에서 근대적 문학의 성립을 위해서 최소한도나마 사회적 근거를 제공할 수 있었던 것은 중산층밖에 없었는지 모른다. 대다수 민중의 생활 현실이 문학을 실제로 향유할 수 없는 형편에서 현실적으로 문학이 취할 수 있는 다른 노선이 있기 어려웠을 것이기 때문이다. 사실 역사적으로 일단 이루어진 일은 그렇게밖에 될 수 없었던 그 나름의 합리적인 근거를 내포하고 있는 법이다. 그러나 이런 경우, 결정적인 것은 문학이라는 것을 우리가 어떻게 정의하느냐 하는 문제이다. 문학이 자본주의적 체제 속의 상품의 일부라면 그것은 일정한 구매력을 가진 수요 계층을 전제로 할 수밖에 없을 것이다. 실제, 서구 근대 문학의 역사는 봉건적 질곡으로부터의 해방의 역사이지만, 다른 한편으로 이러한 해방은 문학이 자본주의 경제 시장의 상품의 하나가 됨으로써 가능해졌던 것이다. 적어도 초기 단계에 있어서 서구 자본주의는 낡은 사회 관계를 타파하는 해방적인 기능을 가졌던 것이다. 그러나 우리 문학의 딜레마는 서구적인 의미에서의 진보적인 자본주의의 주체 세력이 결여된 상태에서 문학이 하나의 상품 구실을 하여야 한다는 점에 있었다. 이러한 딜레마에서 벗어나는 길이 어떤 것일 수 있었는지 지금 대답하기는 어렵다. 그러나 분명한 것은 식민지 중산층이라는, 왜곡된 자본 세력에 의해 파생된 사회 계층에 의존함으로써 문학은 결과적으로 역사의 진보적인 흐름에 참여하기 어렵게 되었다는 사실이다.

어차피 역사적 전개 과정이 서구의 경우와 다른 만큼, 우리에게 있어 봉건적 사회 관계의 청산은 동시에 식민지 지배 세력의 타파를 의미하였다. 우리의 역사적 조건 자체가 한국 현대사의 진보적 가능성을 민중 지향적이면서 동시에 민족주의적인 노선 속에서 찾게 하는 것이다. 이런 점을 염두에 둘 때 우리 문학이 설 자리는 당연히 민중 사회 속이었다.

민중 사회와 관련하여 문학의 존재 방식에 생각이 미칠 때, 무엇보다 이런 경우의 문학이 서구 근대 문학이 정립한 개념만으로는 접근하기 어렵다는 생각을 하지 않을 수 없다. 다시 말해, 여기에서는 개인주의적 세계관에 입각한 문학, 폐쇄적인 지적 엘리트의 문학, 심지어는 문자로만 씌어진 문학이 문학의 전부라고 고집할 수 없다는 것이다. 민중 지향적 문학에 대한 요청을 필연적인 것으로 하는 역사적 조건은 문학으로 하여금 민중 사회 속에서 전승되어 온 갖가지 문학적 잠재력을 활기 있게 동원할 것을 요구한다. 그리하여 문자로 씌어진 것만이 아니라 구비 문학의 풍부한 전통이 중요한 문학 활동의 일부로 계승되고 재창조되기를 기다리는 것이다.

그러나 우리 문학의 상황은 이러한 민중적 문학의 성립을 어렵게 하였다. 무엇보다도, 식민지 시대와 그 이후에도 민중 문화의 사회 경제적 기반인 민중의 생활 공동체 자체가 파괴되어 왔던 것이다. 전통적으로 농촌이 중심이 되어 온 민중의 생활 공동체가 파괴됨으로써 민중 문화의 가능성은 말살되었으며, 다른 한편으로는 도시를 중심으로 하여 소비 문화가 번창하게 되었다. 애당초 식민지 상황에 있어서의 도시의 존재는 민족 생활 전체와 유기적 연관을 갖는 것이 아니라 식민 세력의 식민지 수탈을 보다 효과적으로 하기 위한 수단으로 출현하는 것이지만, 도시의 소비 문화는 거의 전적으로 수입된 외래 문화를 바탕으로 한 것이다. 소비 문화가 크게 활개를 치는 것과 병행하여 도시 속에서 소비 문화의 저질화에 대한 반동으로 보다 세련되고 고급스러운 문화에 대한 요구가 일어나는데, 이것은 주로 고등 교육을 받은 지적 엘리트들의 문화를 이루게 되는 것이다. 신문학 이후 지금까지 우리 나라에 있어서 문학은 아마 이러한 '고급 문화'의 중심적인 부분을 차지해 온 것인지도 모른다. 그것이 비록 소비 문화에 대한 반동이라는 의미를 가진다고는 하지만, '고급 문화'는 결국 소비 문화와 공생관계에 있음이 분명하다. 왜냐하면 우리가 신문학 이후의 한국 문학의 일반적인 상황에서 엿볼 수 있듯이 고급 문화의 사회적 기반은 소비 문화의 사회적 기반과 본질적으로는 동일한 것이기 때문이다.

문학이나 예술과 같은 고급 문화가 대중적 소비 문화에 대하여 반감을 표시한다고 하여 고급 문화의 기능이 대중 사회의 기성 체제를 거부하는 부정적 힘을 소유하고 있다고 믿는 사람들이 더러 있는 것 같다. 그러나 이런 경우 그러한 부정적 힘의 한계가 어떤 것인지 생각해 보지 않을 수 없다. 무엇보다도 고급 문화에 담겨 있는 문화관 또는 문화 의식은 지극히 소시민적인 것이라는 점에 주목하여야 한다. 이미 대중적 소비 문화에 대한 대립 의식에 함축되어 있듯이, 고급 문화가 내포하는 문화관은 문화를 사회 생활의 현실로부터 일정하게 분리된 영역으로 간주하고 있다. 그러니까 그것은 문화라는 것이 사람의 기초적인 물질 생활 및 이에 관련된 활동들, 즉 정치적·역사적 행동과는 관계가 적은 독립적인 것으로 보는 것이다. 그 결과 문화는 교육 수준이 높은 지식인들의 개인적인 교양으로서 더 큰 의미를 가질 뿐이다.

우리는 이러한 문화 의식이 19세기 후반 이후 서구의 자유주의적 지식인들 사이에서 팽배해 왔음을 보지만, 우리 사회에서도 낯선 현상은 아니다. 이들은 대중적 소비 문화에 반감을 표시하고 대중 사회를 비판하지만,

그러한 비판은 그들 자신의 이론적·실천적 입각점이 사회 구조적으로 극히 제한된 영역을 바탕으로 한 것인 한, 부분적이거나 빗나간 비판이기 쉽다. 간단히 말하여, 고급 문화의 사회에 대한 저항은 대중 산업 사회에 대한 보헤미안들의 저항과 같은 것이라고 할 수 있다. 보헤미안들은 자기네가 기성 사회를 부정하는 요소라고 생각하지만, 기실은 보헤미안이라는 생활 방식 자체가 대중 산업 사회가 없이는 존재할 수 없는 것이다. 부정을 하되 부정되는 대상 자체가 없어지기를 바라지는 못하는 부정이 무슨 근본적인 부정이겠는가. 많은 경우에 있어서 고급 문화의 사회적 저항은 정치적·경제적으로 무력하고, 민중의 역량에 대해서 신뢰감을 갖지 못하는 소외된 지식인들의 비관주의의 표현이기 쉽다. 따라서 그러한 저항은 거기에 담겨 있는 부정적인 음조에도 불구하고 결과적으로는 도리어 순응주의에 연결될 수밖에 없는 것이다.

필요한 것은, 좁은 소시민적 입장에서 나오는 부분적인 저항이 아니라 민중 전체의 운명을 염두에 두는 보다 넓고 보다 큰 기획 가운데서 나오는 근본적이고 전면적인 비판일 것이다. 이것을 하자면 대담한 역사적 상상력이 필요하겠지만, 그와 병행하여 문화에 대한 재정의가 필요할 것이다. 문화는 세련된 개인주의적 교양도 아니고 관념적이거나 정신주의적인 것도 아니라는 것, 오히려 문화는 오랜 옛날부터 사람들이 사회적인 삶을 유지하고 발전시키기 위하여 소유해 온 활기 찬 생활 수단의 하나라는 것을 확인해야 할 것이다.

지금까지 우리는 민중 생활에 관련하여 우리 문학이 취해 온 길과 여기에서 빚어진 왜곡에 대해서 이야기하였다. 어떤 방식으로든지 민족 해방 운동에 연결되어야 했던 우리 문학은 전반적으로 그러한 근본적인 입장을 취하지 못하였고, 그 대신 식민지 체제에 일부 타협하면서 문학으로서의 존립을 도모한다는 방법을 채택하였다. 그 결과 민족 생활의 기간(其幹)과의 유기적인 연대가 끊어지고, 겉모습으로는 근대 서양 문학과 닮은, 그러나 본질적으로는 서양 근대 문학의 활력과 정열을 잃어버린 문학이 식민지 한국 문학의 대세를 이루어 왔다. 문학에 종사하는 사람들이나 문학을 일상적으로 즐기는 독자층은 민족 전체로 볼 때 극히 한정된 소시민 계층이었으며, 그들의 생활 근거는 다수 민중의 편에서 볼 때 적대적인 식민지 체제와 이해 관계를 같이하였다. 해방 후에도 이러한 문학적 상황에 근본적인 변혁은 일어나지 않았다. 도리어 남북 분단은 치명적인 민족적 손실이 되었고, 이에 관련된 역사적 모순의 누적은 문학의 소시민적 성격을 부채질하는 결과가 되었다. 그리하여 어느 덧 소시민적 문학관은 하나의 고정 불변한 뿌리 같은 기준이 되어 버린 것이다. 1970년대의 문학이 노동 현실에 접근하는 데 큰 제약으로 작용했던 것의 하나는 바로 이러한 문학적 관습이었던 것이다. 되돌아 보면, 이러한 관습으로부터의 탈피는 사회 상황으로 보나 문학의 건강한 발전을 위해서나 필연적이었지만 탈피의 과정은 점진적으로 이루어질 수밖에 없었다.

2

1970년대의 노동 현실에 관련하여 이 방면의 문학적 성과 가운데 최초로 주목을 끈 작품이 황석영의 「객지」(客地)라는 것은 잘 알려져 있다. 이 작품은 한국 문단으로서는 아마 노동 현장에 대한 본격적인 접근을 시도한 동란 이후 최초의 것이라고도 할 수 있겠는데, 본격적이라고 하는 것은 일하는 사람들의 현장의 문제가 그 자체로 문학의 주제로 파악되고 있다는 이야기이다. 노동자에 관한 소설이 그 이전에 없었던 것은 아니지만, 대체로 노동자의 가난한 생활이나 이에 연관된 갖가지 인간적인 문제가 취급되면서도 정작 노동 현장에서 어떤 일이 일어나고 있는가 하는 문제는 부차적인 것으로 처리되곤 하였다. 그리하여 그러한 작품에서 우리가 보아 온 것은 일하는 사람들의 가난한 생활을 중심으로 하여 이루어지는 인간적인 드라마였다. 그러나 대부분의 경우에 이런 작품들은 일하는 사람들의 가난에 대해서 충분히 과학적이고 철저한 인식을 보여 주기보다, 인간성의 문제를 부각시키거나 아니면 사회적 부정과 비리에 대한 고발의 수준에 머물기 쉬웠다. 물론 이런 작품들 중에는 단순한 사회 고발을 훨씬 넘어서서 사회 구조적인 모순에 대한 심각한 통찰을 보여 주는 것이 전혀 없었던 것은 아니다. 그리고 어떤 점에서 이러한 소설들은 1960년대 말에서 1970년대 전반에 걸쳐 자주 볼 수 있었던 도시 변두리의 현실을 다룬 작품들과 함께 좀더 본격적인 노동 현실을 다룬 작품들이 나오게 되는 문학적 배경을 이루었다고 할 수 있다.

도시 변두리의 현실이나 나중에 노동 현장의 문제가 중요한 문학적 관심사로 등장하게 되는 것은 1960년대 후반에 시작된 경제 개발 정책에 의하여 빈곤한 계층의 생활 문제가 사회적 문제로 크게 부각되었기 때문이다. 아다시피 그 동안의 경제 개발의 주요한 전략은 외국 자본을 끌어들이면서 국내의 값싼 노동력을 동원하여 수출 산업을 육성함으로써 공업화와 고용 기회의 확대를 도모한다는 것이었다. 이러한 경제 개발의 전략에 대해서는 이미 여러 사람들이 비판적으로 검토한 바 있지만, 그것이 지닌 민족 경제적 문제에도 불구하고 이 경제 정책은 경제 개발을 주도한 정치 세력의 존립 문제와도 연관되어 있었기 때문에 근본적인 방향 전환이나 수정 없이 지속되었다. 그 결과 이른바 고도 경제 성장이라는 명분에 가려진 채, 실질적으로 타격을 입게 된 것은 농촌과 도시의 노동자들이었다. 선진 자본주

의 사회의 공업화 과정의 경험으로도 공업화의 진전에 따라 농업 생산자들
이 가장 먼저 피해를 입는 것이지만, 한국 공업화의 주요한 밑천이었던 저
임금 노동은 불가피하게 저곡가 정책을 수반하였으며, 그 결과 광범위한
이농이 초래되었다. 농촌을 떠난 영세 농민들이나 그들의 아이들은 도시
변두리로 몰려들었고, 처음에는 떠돌이 노동자들로서 나중에는 공장 노동
자로서 새로운 운명에 직면하여야 하였다.

「객지」에 등장하는 노동자들은 떠돌이 노동자들이다. 따라서 이 작품은
1960년대 후반 이후 한국 사회 변화의 중간 단계의 노동 현실에 관계하고
있다고 할 수 있다. 그러나 이 작품의 결정적인 기여는 그것이 비록 떠돌
이 노동자들의 노동 현장을 다루고 있음에도 불구하고, 이 노동 현장에서
일어난 노동 쟁의의 문제를 정면으로 취급하고 있다는 점에서 나온다. 간
척 공사장의 인부들이 임금 지불 방식의 개선을 둘러싸고 단체 행동을 벌
이는 이야기가 사건의 자세한 경과에 대한 보고와 함께 주제로 등장한 것
이다.

우리 나라 현대사에 일찍이 노동 운동이나 노동 쟁의의 경험이 없었던
것은 아니고, 그것을 취급한 문학 작품이 물론 없지도 않았다. 일제하 특히
1920년대에는 그러한 경험이 풍부하게 기록된 시대이고, 많은 경우 그것
은 민족 운동의 역할을 겸하고 있었다. 그리고 1945년 해방 이후 몇 년간은
식민지의 질곡에서 벗어난 농촌 및 노동 사회가 자기들의 운명의 개선을
위하여 극히 활발하게 움직이던 시기였다. 그러나 외세의 작용에 의한 남
북 분단의 강요, 여기에 편승한 식민지 잔재 세력의 득세라는 모순적인 역
사의 전개로 인하여 또 동란으로 인하여 민중의 자주적 역량의 발휘라는
모처럼의 기회가 봉쇄되지 않을 수 없었다. 그리하여 일하는 민중의 발언
이 오랫동안 침묵을 강요당하는 상황이 계속되었던 것이다. 그러나 언제까

지나 이런 상황이 지속될 수는 없는 법이다. 역사의 논리가 그것을 허용하지 않을 뿐만 아니라 민중의 단순한 생활상의 욕구가 상황의 변혁을 강력하게 요구하게 되는 것이다.

황석영의 「객지」는 이러한 상황 변화에 따른 현실의 어떤 징후를 포착하였다. 이 작품의 의의는 단순히 노동 쟁의의 현장을 처음으로 구체적으로 묘사하고 있다는 점을 넘어서 있다. 그것은 더 나아가 일하는 민중이 그들의 생활상의 문제를 정면으로 노동 현실의 조건에 결부시켜 그 문제의 해결을 위하여 단결하는 과정을 세세하게 점검함으로써 민중의 의식의 성장을 구체적으로 증언하고 있다는 점에도 있다. 가난한 사람들이 그들의 가난의 원인을 숙명적인 것으로 돌리거나 막연한 사회적 의분을 터뜨리는 것으로 주저앉는 종래의 많은 사회 소설의 수준으로부터 이것은 크게 괄목할 만한 진전이었다.

말할 필요도 없는 일이지만, 생산에 종사하고 있는 사람들의 생활 현실은 민주적 사회 발전에 관건적인 요소이다. 그러나 중요한 것은 민중의 생활 현실이 위로부터의 시혜에 의해서는 결코 근본적으로 개선되지 못하고, 설사 부분적인 개선이 가능하다고 하더라도 그것은 진정으로 민주적인 사회 관계의 신장을 위해서는 도리어 해악이 된다는 점이다. 만일 그렇게 된다면, 거기서 나오는 약간의 물질적 생활 조건의 개선은 마취제가 되기 쉽다. 필요한 것은 보다 근본적인 해결, 다시 말해 사람이 일방적인 억압과 순종의 대상으로부터 주체적인 인간으로 변모하는 것이다. 어떤 경우에나 중요한 것은 인간 회복의 문제이다. 「객지」가 민중 현실에 관련하여 획기적인 작품이었다고 하는 것은 이러한 인간 회복을 위한 과정의 한 단면을 충분히 의식적인 관점에서 드러내었기 때문이다.

그러나 역시 「객지」는 한 징후에 대한 관찰의 기록이었다. 생각해 보면,

떠돌이 인부들이라는 비조직 노동자들의 노동 쟁의라는 현상 자체가 현실적으로 매우 예외적인 것이다. 역사적인 논리로 볼 때, 「객지」의 무대가 산업 노동자들의 현실로 옮겨가는 것은 필연적인 일이다. 황석영 자신은 「객지」 이후에 이 작품의 논리로서는 당연히 기대할 만한 산업 노동자들의 현실에 본격적인 관심을 기울인 흔적을 보여 주지는 않지만, 어느 작가에 의해서든지 「객지」의 주제는 계승될 수밖에 없는 것이었다.

그러나 「객지」만큼 알려지지는 않았으나 황석영이 이러한 주제에 관련된 작품 한 편을 발표하였다는 사실은 주목을 끈다. 작품 제작의 정확한 연대는 확인되지 않으나 「객지」 이후의 것임이 분명한 「야근」이라는 단편 소설에서 황석영은 공장 노동자들의 특이한 노동 쟁의의 한 장면을 묘사하고 있다. 초보적인 부당 노동 행위의 개선을 요구하던 공장 종업원들이 일제히 약속된 시각에 작업을 중지하기로 결의하였으나 그 결의를 어긴 일부 종업원에 의해 단체 행동이 좌절되자 한 사람이 고압 동력선을 꺼 버리고 자기는 감전사를 당한다. 이 사람의 시체를 공장 창고에 들여 놓고 노동자들은 밤을 새워 그들의 요구 조건의 관철을 위하여 싸운다. 서술적인 설명을 일체 배제하고 긴장된 문체의 간명한 묘사와 등장 인물들의 대화로 엮어진, 분량이 그다지 많지 않은 이 소설에는 산업 노동자의 노동 현실의 일부가 압축되어 있다. 여기에는 지나치게 값싼 노동력의 문제가 있고, 어용화한 노동조합이 있고, 힘을 가진 자의 힘없는 자들에 대한 무시와 횡포가 있다. 그리고 무엇보다 노동자들 사이를 갈라놓는 억압적 메커니즘에 대한 예리한 인식이 들어 있다. 똑같은 노동자들이면서도 약간의 직책상의 구별도 사태를 보는 시각에 차이를 짓게 하는 것이다.

"어쨌든, 그런 얘기보다 구체적으루 어떻게 할 작정인가."

최종반 사람이 좌중을 둘러보며 물었다. 직장이 말했다.

"끝까지 밀구 나갈 생각이지."

"저쪽의 최종타협안을 수락하구, 죽은 친구 보상금이나 타게 해주지."

공급실 사람이 말하자, 납품반장이 그 의견에 찬성했다. 기능공 한 사람이 벌떡 일어났다.

"누구 맘대루. 당신네하구 우린 입장이 또 틀려. 그 친구는 기능공이었어."

공급실 쪽과 납품반장이 그의 손을 잡아 억지로 끌어 앉혔다.

"너무 흥분하지 말라구. 우린 다만…… 관에서 개입하지 않는 방향으루 온건하게 해결하구 싶어."

"그건 온건한 게 아니야. 비겁한 거야. 누구보다두 당신네가 당신들 조건을 잘 알잖나."

생존의 문제가 걸려 있을 때 입장의 차이란 결정적인 것이다. 한편의 입장에서는 온건한 방책이 다른 한편의 입장에서는 타협주의적 방책으로 보이는 것이다. 중요한 것은 이러한 입장의 차이를 그럴듯한 말을 가지고 호도하는 것이 아니라 입장의 차이가 존재한다는 사실을 인정하는 일일 것이다. 이것을 인정하지 않으려는 것은 무엇인가 속임수가 개입되어 있다는 것을 뜻하며, 여기로부터 온갖 인간성의 타락과 왜곡이 비롯된다. 「야근」에서 노동자들의 처음 약속이 깨어진 것은 그들 중의 한 사람이 회사측으로부터 승진의 언질을 받고 동료들의 일을 미리 밀고함으로써 일어난 일이었다. 이러한 배신은 억압적인 사회에서 흔한 것이지만, 이것이 흔하다고 하는 것은 힘을 가진 세력이 자기의 이기적인 목적을 달성하기 위하여 힘없는 자들을 교묘하게 분열시키는 수단을 갖가지로 동원하기 때문이다. 개인적인 차원에서 볼 때, 억눌림을 당하는 사람은 그의 동료들과의 유대를 통하여 억압의 구조 자체의 철폐를 위한 힘든 투쟁에 참여하기보다는 어떤 비인간적인 방법으로든지 개인적으로 억압의 상황에서 벗어나는 길을 선택하기가 쉽다. 「야근」에서 죽은 사람의 누이동생이며, 고통스러운 공장 종업원의 생활을 견디다 못하여 양색시가 된 여자는 동료들을 배반한 남자 노동자에게 "누구두 당신을 비난 안해요. 용서할 권리두 없구요"라고 말한다. 이러한 착잡한 표현 방식은 억압적인 삶의 상황에 있어서의 개인적 행복의 추구가(또는 불행의 모면에 대한 시도가) 가지는 의미에 대한 간단하지 않은 인식을 보여 주는 것이다. 그러나,

> 직장은…… 생각했다. 사람이 여럿이 모이면 책임이 생기는 것은 당연한 일이 아닌가. 친구의 죽음, 비슷한 처지에 있는 사람들끼리의 동등한 이익, 불행을 함께 나눠서 감수하는 용기, 하는 모든 것들은 비겁하고 나약해진 친구에게까지도 끝까지 책임을 요구하고 보여 주어야만 한다.

라고 작중 인물을 통하여 작가가 이렇게 말하는 것을 들으면, 문제는 다시 한번 근본적인 인간 회복의 문제라는 것이 분명해진다. 「야근」은 작품의 말미가 매우 급작스럽고 불분명하게 처리되어 있는 대로, 노동 현실이 제기하는 핵심적인 문제의 일부를 검토하고 있다. 그러나 단편 소설이라는 제약에 기인하기도 하겠지만, 여러 가지 문제에 대한 조명을 던지면서도 그러한 문제들에 대한 충분한 정도의 검증은 없다. 그런 이유로 하여, 이 작품에서 사건들이 지나치게 빨리 진행되고 끝나 버린다는 인상을 주기도 하는 것이다. 여하튼 불충분한 대로나마 「야근」은 「객지」의 주제의 연장선상에서 1970년대 우리 노동 현실의 어떤 전반적인 경향에 대한 하나의 진단을 보여 준다는 점에서 평가될 만하다.

3

　「야근」에서도 얼핏 암시되고 있지만, 1970년대 전기간을 통하여 특히 산업 노동자들은 그들의 권리를 정당하게 주장할 수 있는 충분한 법적인 보장을 받지 못하였다. 근로기준법이 엄연히 존재하였음에도 불구하고 준수되지 않았고, 노동 삼권의 행사가 특별 조치법으로 제한되었다. 이러한 현상은 국가 안보와 고도 경제 성장이라는 명분으로 정당화되었으나, 본질적으로 그러한 현상이 가능했던 것은 지난 십여 년의 경제 성장 과정이 한국 현대사의 모순의 반영이면서 동시에 그 모순을 심화시키는 과정이었기 때문이다. 우리는 1970년대의 산업화를 서구적인 산업화 이론으로 이해하려는 노력은 잘못된 것이라고 생각한다. 물론 그것이 어떤 방식의 산업화이건 산업화의 과정이었기 때문에 서구적인 산업 사회의 이론이 적용될 수 있는 면도 있을 것이다. 특히 도시 주민의 입장을 염두에 둘 때, 과밀한 생활 환경에서 오는 심리적·사회적 압박, 공동체적 생활과 의식의 상실, 생태학적 위기, 대중 문화 현상 등등 극히 중요한 문제들에 대한 이해를 위하여 서구적 이론이 많은 도움이 되리라는 것은 틀림없다. 그러나 이런 도움을 받으면서도 우리는 서구적 이론의 적용 한계를 의식하지 않을 수 없다. 왜냐하면 1970년대 우리 사회의 변화는 단순히 산업화로 설명될 수 있는 것이 아니고, 시간적으로 근 백여 년을 포괄하는 한국 현대사의 누적된 모순 위에서 이루어진 변화였기 때문이다.

　한국 현대사의 모순은 기본적으로 제3세계의 일부로서 겪어 온 경험에 기인하는 것이다. 제3세계의 공통된 운명이 그러한 것처럼 우리의 현대사의 전개는 제국주의의 침략에 의해서 왜곡되어 왔다. 일제 식민 통치 기간은 말할 것도 없고, 그 이후에도 계속적으로 우리의 역사는 강대 세력들에

의하여 정상적인 발전을 저지당하여 온 것이다. 식민 통치에서 벗어나자 국토의 분단이 강요되었으며, 식민지 잔재 세력이 고스란히 독립된 나라의 지배 세력을 형성함으로써 진정으로 자주적이고 민주적인 사회의 건설이라는 현대사의 기본 과제가 다시금 미결 상태로 연장되었다. 1970년대의 산업화를 정확히 보려고 한다면, 적어도 이러한 역사적 문맥를 고려하지 않으면 안 된다.

산업화에서 빚어지는 부작용을, 가령 서양 자본주의 사회들이 백여 년 이상의 세월에 걸쳐 이룩했던 변화를 우리가 단기간에 성취하려고 하기 때문에 일어나는 불가피한 부작용이라고 해석하는 것은 잘못일 것이다. 부작용의 근본 원인은 시간 폭에 있지 않고 역사적 조건과 사회적 구조에 있다. 물론 시차가 중요하지 않은 것은 아니다. 가령 지구상에서 최초의 산업화를 경험한 영국은 최초의 산업화라는 점에서 오는 숱한 부작용에 직면하였으나, 또 최초였기 때문에 큰 이득을 보기도 한 것이 사실이다. 영국의 초기 산업화 과정에 대한 여러 기록들은 어떻게 전통적인 농촌 사회가 뿌리로부터 해체되고 노동자들이 극히 비인간적이고 참담한 생활 환경에서 살아야 했던가를 생생하게 보여 준다. 그러나 이러한 문제들은 영국 사회 내부의 사회적 조정을 통해서 또 무엇보다도 해외 식민지 경영을 통해서 점차적으로 완화되었다. 되돌아 보면, 영국에 있어서 산업 사회의 성장은 한편에 있어서는 노동 운동을 포함한 갖가지 사회 운동을 통하여 사회의 민주적 기반이 확대되는 것을 의미하였다. 그러나 여기서 우리가 제3세계 민중의 입장에서 주목하지 않을 수 없는 것은, 영국을 위시한 선진 자본주의 사회의 산업화의 역사는 제3세계 민중에 대한 억압과 착취의 역사라는 것이다. 선진 산업 사회에 있어서 산업 문제나 격렬한 사회적 갈등이 부분적으로나마 완화될 수 있었던 것은 본질적으로 식민지에 대한 지배나 세계의 여러 저개발 지역에 대한 경제적 지배에서 나오는 이득에 말미암은 것이다. 이렇게 본다면, 선진 산업 사회는 결코 저개발 사회들이 모방해야 할 모범일 수는 없다. 제3세계 민중의 관점에서 볼 때 선진 산업 사회가 모순 투성이의 비인간적인 사회라는 것은 훨씬 분명해진다.

강자에 의한 약자의 지배라는 국제간의 관계에 어떤 결정적이고 근본적인 변화가 없는 상황에서 저개발 사회의 일부가 기성의 선진 산업 사회를 모방한 산업화를 시도하는 경우가 물론 있을 것이다. 그러나 그러한 시도는, 기성의 선진 산업 사회에 대하여 제3세계 지역의 일부로서 저개발 사회가 지니는 도덕적 정당성을 잃어버린다는 문제를 떠나서도, 그 사회의 경제를 보다 깊이 제국주의적 경제에 예속시키게 되며, 무엇보다도 자기 사회 내부의 힘이 약한 계층에 대하여 막대한 희생을 강요하게 된다. 서구 자본주의 사회가 산업화의 갈등을 대외적 지배를 통하여 완화할 수 있었음에 반하여, 저개발 사회는 사회적 갈등에 대처할 수 있는 방법으로 대내적 억압을 선택하기가 쉬운 것이다.

1976년부터 3년에 걸쳐 연작으로 발표된 작품들을 모은 조세희의 『난장이가 쏘아올린 작은 공』은 산업화의 충격 속에 일하는 사람의 삶에 어떤 일이 일어났는가에 대한 가장 끈덕지고 섬세한 분석을 보여 준다. 이 연작 소설의 중요성은 주로 그러한 분석이 일관된 기획하에 이루어져 있다는 점에 있다. 이 소설은 1970년대의 사회 변화에 연관하여 낮은 계층의 사람들이 직면하였던 생존의 전형적인 상황을 끈덕지게 추적함으로써 이러한 상황이 내포하는 인간적 · 사회적 의미를 질서 정연한 논리적인 구조 속에 파악하게 해 준다. 말할 필요도 없는 일이지만, 작품의 이러한 논리적 구조는 사회 변화의 논리에 대응하는 것이다. 난장이인 아버지가 도시 변두리의 자유 노동자로 설정되었다는 사실 자체는 그의 자식들이 공장 노동자로서의 현실에 직면하리라는 것을 사회 변화의 논리가 이미 요구하는 것이었다.

소설 전개의 논리적 발전은, 난장이 일가를 둘러싼 소설 속의 여러 사건과 디테일이 극히 전형적인 이야기라는 사실과 대응된다. 아파트 입주 능력이 없는 철거민들의 입주권을 싸게 가로채어 부정한 치부를 하는 사람들, 사회적 특권 계층의 일상적인 비행과 비인간성 그리고 그 아이들의 왜곡된 성장 과정과 소외, 자연과 인간의 파괴라는 대가를 서슴없이 치르면서 재산 축적에 여념이 없는 기업 경영자들, 힘없는 노동자들의 고통과 꿈, 가난한 사람들의 삶의 개선을 위한 지식 청년의 헌신, 그리고 가족간의 사랑—이러한 것들이 조세희의 특징적인 문체와 기법에 의하여 소설을 구성하고 있는 주된 요소들이지만, 이것들은 또 노동하는 사람들의 전형적인 환경의 일부를 이루는 것이라고 할 만한 것이다.

조세희의 소설은 1970년대 벽두에 「객지」가 보여 준 문학적 성과를 포괄하면서 적어도 1970년대 후반까지 우리의 노동 현실이 겪어 온 경험에 대한 총체적인 인식의 하나를 보여 주는 것이라고 할 수 있다. 이 소설을 단순히 하나의 독자적인 문학적 성과로서만이 아니라 한국 현대사의 문맥에 연관하여, 그리고 「객지」나 「야근」과 같은 작품에 연관하여 고려할 때, 우리가 마땅히 주목하게 되는 것은 후반부, 특히 산업 노동 문제에 관련된 부분이다. 난장이의 아들 둘과 딸은 그들의 집과 아버지를 잃고 은강이라는 공장 도시로 와서 노동자가 되는데, 그들이 일하고 생활하는 은강이라는 도시는 극도의 생물학적 악조건 속에 시달리고 있고, 그들의 노동 현장은 "이상한 습성, 감시, 비능률, 위험 들로 가득 차 있었다." 대부분의 노동자들은 거의 절망적인 상태에서 자기들 자신의 운명의 개선이 가능하리라고 생각하지도 못한다. 기업주는 노동력에 대한 정당한 보상을 외면하고, 노조를 교묘하게 조종하여 노조 본래의 성격을 변질시킨다. 사용자와 노동자 사이에는 건널 수 없는 심연이 있다.

우리는 사랑이 없는 세계에서 살았다. 배운 사람들이 우리를 괴롭혔다. 그들은 책상 앞에 앉아 싼 임금으로 기계를 돌릴 방법만 생각했다. 필요하다면 우리의 밥에 서슴없이 모래를 섞을 사람들이었다. 폐수 집수장 바닥에 구멍을 뚫어 정수장을 거치지 않은 폐수를 바다로 흘러넣는 사람들이 그들이었다.…… 그들은 우리와 전혀 다른 배를 탄 사람으로 행동했다. 그들은 우리의 열 배 이상의 돈을 받았다. 저녁 때 그들은 공업지역에서 먼 깨끗한 주택가, 행복한 가정으로 돌아갔다. 그들은 따뜻한 집에서 살았다.

난장이의 아이들이 일하는 곳은 '은강그룹'이라는 이름의 재벌에 속한 기업들 중 몇몇 공장인데, 이 재벌은 노동자들에 대한 정당한 대우는 외면하면서 '불우한' 사람들을 돕기 위해 복지 재단을 만들어 거액의 돈을 사회에 희사하겠다는 것이다. 그러나 의미심장한 것은 정당하게도 그 돈은 '우리들의 것'이라고 노동자들이 말할 줄 안다는 것이다. 온갖 악조건 속에서 어린 노동자들은 "전혀 새로운 모습으로 움터" 가는 것이다. "아무도 얼굴을 들지 않아" 이러한 변화를 사용자측에서는 좀처럼 알 수 없지만, 노동자들은 '권위'에 대해 아주 회의적으로 되는 것이다. 그리하여 그들은 자기들끼리 서로 만나 이야기하며 배우고 자신들의 공동의 이익을 위해 행동할 방법을 강구하게 된다. 그러나 한 번도 주체적인 인간으로서의 노동자를 진지하게 생각해 본 적이 없는 사람들은 이러한 노동자들의 성장을 성장으로서 받아들일 이해의 능력이 없다.

근로자1 : "저희 요구사항에 대한 회사측 답변은 언제 주시겠습니까?"

사용자1 : "기다리지 말아요. 모든 걸 부정적인 눈으로 보는 사람들에게는 줄 것이 없어요. 여러분이 왜 우리의 발전을 부정하는지 알 수가 없어요."

근로자1 : "그렇지 않습니다. 산업전선에서 일하는 사람들이 바로 저희 근로자들이에요. 다만 그 혜택을 우리에게도 돌려야 된다는 거죠. 건강한 경제를 위해 왜 저희들은 약해져야 됩니까?"

사용자1 : "시간이 지나면 다 해결이 돼요."

근로자1 : "근로자들은 이미 오랫동안 기다려 왔습니다."

사용자5 : "감옥에나 가야 될 아이들야."

사용자3 : "제발 가만히 앉아 계세요."

사용자1 : "아뇨. 그 말이 맞습니다. 밤반, 오후반 아이들이 밖에 몰려 있습니다. 얘들이 조합원을 선동하여 단체행동을 하겠다는 게 분명해요. 얘들은 이미 법을 어기고 있어요."

근로자1 : "아녜요. 궁금해서 모여 서 있는 거예요. 설혹 무슨 일이 일어난다고 해도 저희들은 하나를 잘못하게 되는 겁니다. 그러나 사용자는 달라요. 저희가 어쩌다 하나인데 비해 사용자는 날마다 열 조항의 법을 어기고 있습니다."

사용자1 : "문을 닫으세요."

사용자2 : "양쪽 문을 다 닫으십시오. 얘들을 내보내면 안 돼요."

여기까지가 노동 현장의 움직임에 대한 조세희 소설의 사실상의 객관적인 분석과 보고의 전부라고 할 수 있다. 난장이의 큰아들이 사회적 모순에 항거하는 마지막 수단으로 경영주로 오인된 한 사람을 살해하게 된다는 소설의 보다 뒷부분은 소설 속의 논리로서는 있을 법한 진행이라고 할 수 있을지 모르겠다. 그러나 그것은 우선 객관적으로 설득력이 약하고, 노동 현실에 대한 보다 충실하고 엄격한 분석이라는 기준에서 본다면 도리어 훼손이 될 법도 하다. 차라리 소설로서의 짜임새나 완결성에 약간의 미진한 구석을 남겨 두더라도 객관적인 일반 정세에 보다 밀착되기를 기도하는 편이 작품의 생기를 유지하는 데에도 효과적이지 않았을까?

여하튼, 조세희의 소설은 우리의 역사에서는 최초의 현상인 대규모적인 산업화의 핵심적 국면인 산업 노동 현실에 대한 본격적이고 과학적인 진단으로서 지금까지 거의 유일한 문학적 업적이다. 그의 소설은 비조직 노동의 세계로부터의 자연스러운 발전으로서 조직 노동을 파악하고, 그러한 발전의 논리적 연장선상에서 조직 노동자들의 의식의 성장의 궤적을 보여 준다. 일하는 사람들이 겪어 온 수난의 역사는 다른 한편으로 그들이 주체적인 인간으로 성장하는 과정이기도 한 것이다. 그러나 『난장이가 쏘아올린 작은 공』은 이러한 주체적 인간 회복이 아직은 하나의 가능성으로서 남아 있음을 말하고 있다. 아직은 이러한 인간 회복이 뜻하는 바 진정한 역사적 의미를 보지도 못하고 보려고도 하지 않는 특권적인 사람들의 세력은 막강하고, 그들과 억눌려 온 사람들 사이에는 두꺼운 의사 소통의 벽이 가로놓여 있는 것이다. 이 소설 속에서 노사대표회의를 보여 주는 대목이 일체의 설명과 묘사를 생략하고 오직 기호로 표시된 발언자들의 발언들로만 엮어져 있는 것은, 주고받는 말들이 하나도 제대로 소통되지 않는 기막힌 현실을 오히려 극적으로 부각시키고 있다. 난장이의 아들은 이곳이 사랑이 없는 세계라고 진단하였다. 그들이 사람과 자연이 사랑하는 관계 속에 평화롭게 사귀는 세계를 생각하는 것은 당연하다.

아버지가 그린 세상에서는 지나친 부의 축적을 사랑의 상실로 공인하고, 사랑을 갖지 않은 사람집에 내리는 햇빛을 가려버리고, 바람도 막아버리고, 전기줄도 잘라버리고, 수도선도 끊어버린다. 그 세상 사람들은 사랑으로 일하고, 사랑으로 자식을 키운다. 비도 사랑으로 내리게 하고 사랑으로 평형을 이루고, 사랑으로 바람을 불러 작은 미나리아재비 꽃줄기에까지 머물게 한다.

그러나 이러한 사랑의 세계를 이루기 위해서 힘있는 사람의 시혜에 의존할 수는 없다. 사랑의 세계를 실현하는 유일한 길은 힘없는 사람들이 먼저 자기들끼리 단결하는 수밖에 없다. 그리고 이 단결된 행동은 불가피하게 대립과 시련을 수반하지 않을 수 없는 것이다. 조세희의 소설은 이러한 단결된 행동의 의의에 대한 충분할 정도의 관찰을 보여 주지 않는다. 이러한 면은 이 소설의 주요한 약점의 하나를 이루는 것인데, 이런 각도에서 보자면 황석영의 「객지」나 「야근」의 세계가 보여 준 수준에 오히려 미흡하다고 할 수도 있을 것이다.

전체적으로 볼 때, 조세희의 소설은 사회 변화나 노동 현실의 논리에 충실하게 접근하고 있음에도 불구하고, 현실 문제를 타개하려는 기도에 있어서 현실 자체보다도 미약한 의지를 드러내고 있다는 인상을 준다. 난장이라는 인물 설정이 이미 가리키듯이, 이 소설의 주요한 동기는 힘없고 작은 사람들의 운명에 대한 동정적 관심에서 나오고 있지만, 그러한 관심에 비해 이들의 운명을 타개하려는 적극성은 조금 모자라게 느껴진다. 이 소설의 감동은 우선 일차적으로 작은 것들에 대한 작가의 깊은 사랑에서 나온다. 그리고 이러한 사랑을 통하여 막강한 세력을 가진 자들의 폭력이 예민하게 포착되고 있는 것이다. 그러나 이 사랑이 폭력의 지배로부터 벗어나기 위한 보다 적극적인 의지로 이어지기를 기대하는 것은 매우 당연하다. 조세희의 소설에 그려진 노동 쟁의를 시사하는 대목이 다분히 추상적이라는 인상을 주며, 소설의 마지막에 난장이의 아들이 살인이라는 수단에 호소한다는 것은 보다 적극적인 의지를 소유하는 일에 있어서의 실패를 반영하는 것이라고 할 수 있다. 물론 억센 의지만으로 사태를 해결할 수는 없다. 그러나 적어도 적극적인 의지나 신념은 사람으로 하여금 비관하거나 좌절하는 것을 막아 주며, 나아가서 역사적 가능성을 열어 주는 주된 밑천이 된다. 그러니까 이 문제는 역사 의식과 세계관의 문제에 직결되는 것이다.

조세희의 소설이 충분히 철저하게 역사적인 관점을 취하지 않고 있다는 것은 이야기할 필요가 있을 것이다. 우리는 이 소설이 구조적으로 매우 단단하다는 점에 대해서 언급하였지만, 1970년대의 산업화의 과정을 다룬 작품으로서는 조금 지나치게 일반화되어 있고 그런 만큼 추상화되어 있다는 점을 간과하기도 어렵다. 다시 말해서, 이 글의 앞에서 누누이 이야기하였듯이, 우리에게 있어서 1970년대의 사회 변화는 산업화의 일반 이론으로써는 설명되기 어려운 우리 현대사 자체의 모순을 배경으로 하고 있는 것인데, 이러한 역사적 연관에 있어서의 고려가 이 소설에서는 부족하다는 것이다. 예컨대, 난장이 일가의 역사적 계보, 즉 출신을 과거의 노비의 자손으로 파악하고 있는 점 같은 데서 전형적으로 엿보이듯이 이 소설이 고려하는 역사적 차원은 지나치게 형식적인 듯하다. 이러한 접근 방식은 결과적으로 작중 인물들이 역사적 깊이를 가진 살아 있는 구체적 인물들이 되게 하지 못하고, 상징적인 역할을 맡은 기호로 존재하게 만든다.

역사적 고려의 불철저는 이 소설의 단단한 구조도 기실은 다분히 형식적인 것이 아닌가 하는 의구를 불러일으키기도 한다. 난장이 일가와 대척적인 입장에 있는 기업 경영자와 같은 인물들의 사회적 성격에 대해서도 이 소설은 역사적 이해를 보여 주지 않는다. 가령 서양의 산업화의 주도 세력이었던 초기 자본가들이 자주적이고 근면하며 기업 윤리에 투철한 사람들이었던 것에 반하여, 한국의 전형적인 자본가나 경영자 들은 이러한 요소

산업화와 문학─1970년대 문학을 보는 한 관점 373

를 결핍하였고, 그 결과 산업화에 특이한 왜곡이 수반되어 온 사실이라든지, 또는 외국 자본의 역할이라든지 하는, 산업화를 진지하게 평가할 때 결코 빠뜨릴 수 없는 요소들이 간과되어 있는 것이다.

『난장이가 쏘아올린 작은 공』은 이러한 역사적 고려의 부족으로 인하여 현실에 대한 충분한 분석과 철저한 비판이 되기 어려운 것 같다. 한 작가에게 모든 것을 기대할 수는 없는 것일지도 모른다. 그리고 조세희 자신의 목적이 이런 데 있지 않은 것이었는지도 모른다. 어떤 점에서, 조세희의 소설은 소설이라는 형식을 빈 시라고도 할 수 있을 법하다. 시의 세계에서는 현실에 대한 객관적 분석·비판보다 초월의 세계에 대한 동경이 보다 일반적인 것이라고 한다면, 조세희의 소설은 이러한 동경에 보다 많이 기울고 있기 때문이다. 앞에서 현실 타개의 실제적인 고려를 이 소설이 미흡하게 드러내고 있음을 지적하였지만, 이것은 주인공들이 가령 달나라로 가서 그곳 천문대에서 일하는 꿈을 가지고 있다든지, 도도새라는 날개를 움직이지 않아 퇴화한 새에 마음이 끌린다든지 하는 것과 무관하지 않을 것이다.

이렇게 볼 때, 이 소설의 전체적인 성격은 작가 자신의 감수성에 의해서 크게 규정되고 있는 것 같다. 작품집의 제목이나 부드럽고 간결한 문체에서도 볼 수 있고, 현실의 노동자들이라기에는 너무나 예쁘고 단정한 난장이네 아이들의 모습에서도 볼 수 있듯이 작가의 감수성은 교육받은 선량한 소시민의 감수성이다. 조세희의 소설은 노동 현실에 관한 소설이면서 그에 못지 않게 반공해(反公害) 소설이라고 할 수 있겠는데, 흘러가는 폐수에 팬지꽃을 던지는 것과 같은 매우 인상적인 장면이나 자연 파괴와 생태학적 위기에 관한 부단한 주의 환기는 이 소설에서 반드시 부차적인 중요성만 갖는 것이 아니다. 난장이 일가와 작가가 바라는 것은 인간과 인간, 자연과 인간이 사랑 속에서 맺어지는 세계이다. 그러나 다시 한 번, 이러한 세계의 실현에는 세련된 소시민적 지식인의 감수성만으로는 부족하다는 사실을 생각하지 않을 수 없다.

몇 가지 약점에도 불구하고, 조세희의 소설이 중요한 문학적 업적이라는 것은 틀림없다. 무엇보다도 1970년대의 우리 사회의 가장 중대한 국면에 이 소설은 거의 유일하게 맞선 것이다. 그리고 이 소설의 또 하나의 중요한 문학사적 기여는 집단적 주인공을 등장시켰다는 점에 있다. 이것은 이 소설의 논리로 필연적이기도 하지만, 종래의 대부분의 소설이 한 사람의 주인공을 채택하고 그에게 작중의 다른 인물들에 비하여 배타적인 중요성을 부여하여 온 것에 비하면 커다란 진전이라고 하지 않을 수 없다. 비슷한 주제에 관계하고 있는 황석영의 「객지」나 조금 강도는 약하지만 「야근」의 경우에 있어서도 특정 주인공이 존재하였고, 그 결과 특히 행동적인 사건에 관련하여 영웅주의적 요소가 암시되었던 것이다. 조세희의 소설에서도 난장이와 그의 아이들이라는 주인공격의 인물이 없는 것은 아니지만, 보다 방계적인 인물들도 그들에 못지 않은 조명을 받고 있다. 여하튼 우리는 이 소설에서 특정 개인을 주인공으로 뽑아 놓을 수 없는 것이다.

우리가 조세희의 노동 현실에 관련한 소설 속에서 집단적 주인공을 만나게 된다는 것은 매우 의미심장하다. 이것은 노동 현실의 건강한 발전이 새로운 역사적 가능성에 관건적인 것이라고 할 때, 새로운 역사는 개인주의적 노력에 의해서가 아니라 오직 집단적 연대에 의해서만 창조될 수 있다는 점을 뜻 깊게 암시하는 것이 아닐까? 조세희의 소설이 이것에 대한 아직 충분한 증거는 아닐지라도 가냘프게나마 그러한 징후를 표현한 것이라고 볼 수는 있을 것이다.

4

노동 현실에 연관하여 1970년대의 문학적 성과를 생각해 보는 마당에서, 우리는 특히 1970년대 후반부터 간헐적으로 발표되었던 노동자들 자신의 체험 수기를 언급하지 않을 수 없다. 이 체험 수기들은 그것 자체로 노동 현장의 생생한 증언으로서도 가치를 갖는 것이지만, 문학의 입장에서 볼 때 하나의 강력한 도전으로서 받아들이지 않을 수 없는 중요한 의미를 갖는 것으로 보인다. 노동 수기들의 어떤 것은 이미 본격적인 문학에 못지않은 문학성을 지니고 있지만, 여기서 중요한 것은 이러한 수기들을 문학에 포함시킬 수 있느냐 없느냐 하는 문제가 아니다. 여러 노동자들의 체험 수기를 문학적 도전으로 받아들여야 한다는 것은 무엇보다도 우리 문학이 내적·외적 제약에 기인하여 충분히 노동 현실에 접근하지 못하고 있는 동안 노동자들 자신은 그들의 당면한 생존상의 문제와 피 나는 투쟁을 해 왔고 또 그러한 투쟁의 기록을 남겼다는 사실에 있다.

물론 우리는 상상적인 문학 작품과 체험 수기의 근본적인 차이를 혼동하지는 말아야 한다. 체험 수기는 그것이 아무리 객관적이고 보편적인 기록이려고 하여도 문학 작품이 갖는 객관성과 보편성에 미흡할 수밖에 없다. 또 문학에 있어서는 체험만이 전부일 수는 없다. 문학의 본질은 체험의 충실한 기록에 있지 않고, 체험이 가지는 바 인간적이고 사회적인 의미를 논리적으로 드러내는 데 있는 것이다. 따라서 문학에서 중요한 것은 체험이나 사건 자체가 아니라 이러한 것들을 통해 어떤 진리를 드러내는 일이다.

그렇다고는 하더라도, 체험 수기들이 경시될 수는 없다. 노동자들의 수기들은 우선 현장의 생생함과 직접성을 보여 줄 뿐만 아니라 어떤 것들은 심지어 문학 작품들이 도달하고 있지 못한 심각한 통찰을 드러내고 있는 것이다. 이렇게 되는 것은, 노동 현실에 관한 한 작가들에게 직접적인 현장 체험이 없기 때문일 것이다. 설사 체험이 있다고 하더라도 누구의 입장에서 보느냐 하는 것이 아마 결정적일 것이다. 요컨대 노동 수기들은 노동 현실을 취급한 그나마 얼마 되지 않은 문학 작품들이 관념적인 경향으로 되기 쉬운 것에 반하여 철저하게 현실적이다. 지식인의 양심의 문제는 일하는 사람의 생존의 문제와 같은 것일 수 없는 것이다. 생존의 문제는 관념적인 접근을 허용하지 않는다. 『비바람 속에 피어난 꽃』(청년사)이라는 십대 근로자들의 글을 모은 책에서 한 노동자는 이렇게 말하고 있다.

　　우리 선생님〔야학의〕 말씀은 노동이 신성하며 건전한 직업이다라고 말씀하였는데 나는 그렇게 생각을 안한다. 내가 직접 노동을 하니까 노동에 대해서는 누구 못지않게 잘 알고 있다. 노동은 제일 무능력한 남자들만 하는 것 같다.

노동은 신성하다는 것은 진리일 것이다. 그러나 실제에 있어서 가난하고 교육받지 못한 사람들이 노동에 종사하고 있는 것이 현실인 한, 이러한 현실을 두고 노동의 신성함을 말한다는 것은 일종의 허위 의식일지도 모른다. 중요한 것은 노동이 신성한 것이 될 수 있는 사회 관계를 실현하는 것이다. 십대 노동자의 한 사람이 자기 자신의 단순한 체험을 가지고 노동의 신성함을 간단히 부인할 때, 그는 상투적인 말에 의지하는 어떤 관념적인 지혜보다도 더 잘 현실을 꿰뚫어보고 있는 것이다.

『비바람 속에 피어난 꽃』은 여러 모로 흥미로운 책이다. 대부분 일기로 이루어져 있는 이 책은 몹시 심한 빈곤에 시달리면서 생존을 위하여 일하지 않을 수 없는 어린 노동자들의 생활과 의식을 생생하게 보여 준다. 그들은 대개 농촌 출신이며, 초등학교를 나왔거나 중간에 그만둔 정도의 학력을 가지고 있다. 그들의 일반적인 소망은 공부를 더 계속하는 것이다. 이것은 교육받은 계층과 그렇지 않은 계층 사이에 과도한 사회적 불평등이 존재하고 있는 사회 현실로 미루어 보아 너무나 당연한 소망이다. 그들은 나쁜 노동 조건에 시달리고, 같은 또래의 학교 다니는 학생들에 비교하여 심한 열등감으로 괴로워하기도 한다.

언제인가 나랑 같은 일을 하는 사람에게 『어느 돌멩이의 외침』이란 책을 읽어보라고 가져다 준 일이 있다. 그 책을 읽으면 같은 처지이므로 쉽게 이해할 수 있을 것 같았고, 배울 것도 많을 것 같기에 권해보았던 것이다. 다음날,
"그 책 어떤 것 같아요?"
라고 물으니까 그 사람은 씁쓸한 웃음을 지으며,
"그 책을 보니 나 자신이 더욱 초라해지는 것 같고 처량해지는 것 같애 읽지 않기로 했어."
라고 했다.

그러나 정도의 차이는 있겠지만, 이런 생활을 통해서 그들은 현실에 대한 비판적인 의식을 가지게 된다. 그들의 일기 가운데는 텔레비전과 같은 대중 전달 매체가 순전히 소비 오락적인 대중 문화를 양산하고 있는 것에 대한 날카로운 비판이 들어 있기도 하고, 또 다음과 같은 비판도 있다.

지난 9월 15일자 신문에는 신문 한 장을 다 차지하다시피 한 시퍼런 들판이 찍힌 사진과 함께 '대풍을 지키는 마지막 농약 살포'라는 제목 아래 사상 유례없는 풍년으로 기록된 지난해의 수확보다 더 많은 수확을 예상한다는 기사다. 이런 건 이렇다 치더라도 이번 추석 휴가에 시골에 다녀온 사람들의 말을 듣자면

한결같이 흉년이라는 말뿐이다. 그리고 시골사람들이 입을 모아 하고 있는 말은, "농사짓는 사람이 어련히 알아서 할려구 이것 심어라, 저것 심어라 하며 심지어 올해 심을려고 재래종 볍씨 물에 담그어 감추어놓은 것까지 찾아내서 발로 짓밟아놓았다"는 원망조의 말들뿐이란다.······ 추석도 지났고 어느 새 9월도 중순이 지나고 하순에 접어드는 이때 시퍼런 들판보단 누런 벼가 고개를 숙이고 있어야 정상이라 할 텐데 시퍼런 들판을 보고 대풍이라니 어리벙벙하다.

『비바람 속에 피어난 꽃』에는 이러한, 현실에 대한 거침없이 솔직한 판단이 풍부하게 들어 있다. 그리고 특히 문학에 관련해서, 지나치게 세련된 소시민적 감수성으로는 민중 현실에 밀착된 작품을 형상화하기가 어렵다는 생각을 하게 하는 대목이 허다하다. 예를 들어, 어느 남자 노동자의 일기에는 너무나 곤히 잠들어서 탁상 시계의 종소리를 듣지 못하고 아침 일찍 일어나지 못한 일을 기록하고 있는데, 이 일에 관련해서 그는 다음과 같이 해결책을 강구한다.

아무리 생각해도 안 되겠다. 탁상시계 1나 가지고는 안 되니 1나를 더 사야겠다. 탁상시계 2개면 종소리가 들리겠지. 그러면 일찍 일어날 수 있지 않을까. 2개 가지고 안 되면 3개, 그래도 안 되면 이것은 무엇인가 잘못된 것이고, 아무리 잠보라도 시계 3개가 한꺼번에 종소리를 내는데 못 듣고 그냥 잔다는 것은 있을 수 없는 일이다.

1970년대 전기간을 통하여 발표될 수 있었던 체험 수기 중에서 가장 중요한 기록은 유동우의 『어느 돌멩이의 외침』일 것 같다. 이것은 분량의 면에서나 다루어진 내용의 면에서나 가장 비중이 큰 수기이기도 하지만, 글의 짜임새나 이야기의 전개 과정을 고려하면 하나의 당당한 문학 작품으로서 대접받을 만한 것이다. 어떤 점에서, 이 글은 오늘날 우리 사회에서 이루어질 수 있는 가장 높은 형태의 성장 소설의 하나로 생각할 수도 있다.

『어느 돌멩이의 외침』 속에서 우리는 한 가난한 시골 농사꾼의 아들이 농촌을 떠나 서울의 공장 노동자로서 생활을 영위하면서 갖가지 곤경을 거쳐, 바로 그러한 곤경 이외에는 어떠한 도움도 입지 않고 한 사람의 탁월한 노동 운동가로 성장하는 과정을 생생하게 볼 수 있다. 이 글은 한 개인의 성장의 기록이지만, 동시대의 수많은 젊은 노동자들이 살아온 현실을 전형적으로 보여 준다. 그러나 1970년대의 문학을 말하는 일과 관련해서, 유동우의 이 수기가 결정적인 중요성을 갖는 것은 그것이 노동 운동의 현장에 대한 상세한 보고를 포함하고 있을 뿐만 아니라 그러한 운동의 과정에서 일어나는 인간적 변화에 대해서 깊은 관심을 드러내고 있다는 점에 있다. 분량으로 보아 이 수기 전체의 대부분을 차지하는 노동 운동에 관한 대목은 유동우의 글의 중심적인 내용을 이루지만, 여기에서 감명적인 것은 갖가지 불리한 상황에도 불구하고 '현실적인 길'이라는 편리한 명분을 내세워 타협주의를 받아들이지 않고 노동 운동의 본래적 이념에 충실하려는 그의 태도이다. 그는 그의 일이 단순한 경제적 투쟁만이 아니라는 것을 노동 조합 운동의 처음부터 인식하고 있다. 그의 생각에 의하면, "같이 더불어서 싸우는 경험을 갖지 못한 채 소수의 사람이 조용히 노동조합을 결성한 곳에서나, 조합이 결성된 이후에도 간부 몇 명만이 조합일을 독점하고 조합원들에게는 그 간부들이 활동해서 얻은 성과만을 베풀어 주는 곳에서는 좀처럼 조합원들간에 진정한 조합 정신을 기대하기 어렵다." 따라서 "임금 문제를 예를 들어 간부 몇 명만이 노력하여 40퍼센트를 인상한 것과 전조합원이 더불어 같이 노력해 30퍼센트를 인상한 것 간에는 전자가 후자에 도저히 미칠 수 없는 차이가 있다."

　유동우의 이 수기는 단순히 부당 노동 행위의 시정을 위해서만 노동 운동이 뜻이 있는 것이 아니라 그러한 시정을 위한 공동적 투쟁과 단결의 경험을 통해서 사람이 진정으로 민주적이며 주체적인 인간으로 다시 태어날 수 있음을 말하고 있는 것이다. 『어느 돌멩이의 외침』에는, 이런 종류의 기록에서 우리가 흔히 보듯이, 같은 처지에 있으면서도 동료들의 일에 참여하지 않는 사람들의 배신적이거나 비겁한 행동에 관한 언급도 있다. 유동우는 이것이 그럴 수밖에 없는 일이라고 생각한다. 왜냐하면 "단돈 10원이라도 더 받을 수 있는 곳으로 옮기고 싶어하는 절박한 생활상의 요구에 직면해 있는 근로자들에겐 자기들 나름대로의 민감한 자기 보호의 감정이 앞설 수밖에" 없기 때문이다. 그러므로 이런 사람들에게 무작정 조합을 만들고 단결하자고 해서 조합 의식이 싹트는 것이 아니다. 중요한 것은 개개인으로서가 아니라 그들이 "서로 뭉쳐서 함께 운명에 대처해 나가는 길만이 개인뿐 아니라 모두의 문제를 해결하는 바른 길이라는 사실을" 깨닫는 것이다. 공동의 목적을 위해 어깨를 나란히 하여 싸움으로써, 이 투쟁의 체험은 여기에 참여하는 사람들의 인간 관계와 인간성에 근본적인 변혁을 가져온다.

　이러는 사이 우리들 사이에는 무언가 새로운 인간적·사회적 관계가 싹트고 있다는 기분이 들었다. 어느 새 우리는 어느 누구도 뗄래야 뗄 수 없는 우애와 신뢰로 뭉쳐진 하나의 견고한 운명공동체로 발전하고 있었다.…… 같이 자고 같이 고락을 나누며 함께 공동으로 운명에 대처해 나간다는 깊은 연대감을 서로 나눌 수 있었던 것이다. 이와 더불어 체념, 자포자기, 동료에 대한 시기나 질투심, 상사에 대한 눈치보기 등과 같은 우리들이 예전에 갖고 있던 부정적 측면들이 하나씩 사라지기 시작하였다. 또한 비록 못살고 어려운 처지에 있지만 일하지 않고 떵떵거리며 사는 무위도식자를 부러워할 것이 하나도 없고 일하는 우리야말로 세상에서 가장 소중한 존재라는 근로자로서의 긍지감과 자부심을 아울러 가지는 것이었다.

이것이 노동 운동이나 모든 민주적 사회 운동의 궁극적 목표일 것이다. 이러한 공동적 연대의 체험을 통하여서만 사람은 그의 개인주의적이고 편협한 이해 관계의 테두리를 벗어날 수 있을 것이다. 오늘날 현대 사회의 가장 큰 병폐로서 누구나 드는 공동체 의식의 상실은 어떠한 개인적 심리 요법이나 도덕적 모험을 통해서도 극복될 수 있는 것이 아니다. 그것은 본질적으로 사회 구성원들이 그들 사회의 근본적인 인간화를 위해 공동적인 유대 속에 투쟁한다는 경험을 통해서만 극복될 수 있을 것이다.

오늘날 우리 사회의 근본적인 인간화는 어떤 방향에서 이루어져야 하는가? 여러 가지 답변이 있겠지만, 그 어떤 것도 일하는 민중의 생활상의 요구를 중시하는 것이 되지 않으면 안 될 것이라는 것은 매우 분명하다. 그리고 이런 방향에서의 인간화에는 누구보다 일하는 민중 자신이 주체적인 역할을 할 수밖에 없다는 것을 역사의 논리는 말하고 있다. 우리가 지향하는 인간화는 무엇보다 사회 관계의 민주화를 뜻하는 것이기 때문이다. (1980년)

이야기꾼의 소멸

우리들 사이에서 이야기꾼들이 급격히 사라져 가고 있다. 사라져 가고 있다는 것은 알맞은 표현이 아닐지도 모른다. 오늘날 도시나 농촌을 막론하고 이야기를 제대로 할 수 있는 재간을 지닌 사람들이 다만 얼마만큼이라도 존재하고 있는지 대단히 의심스럽다. 하나의 단적인 예에 불과하지만 아직도 할머니나 어머니가 들려 주는 '이야기'의 세계 속에서 자라고 있는 아이들이 과연 얼마나 될까? 아이들의 마음을 사로잡는 보다 다양하고 자극적인 수단들이 마련되어 있는 판에, 그까짓 옛날 이야기가 대수로운 것인가—이런 식으로 생각할 사람들도 있을 법하다. 여하간에 이야기를 할 줄 아는 능력이 일반적으로 퇴화하고, 이야기를 듣고 싶어하는 욕망이 줄어들었거나 다른 형태로 변화하였다는 것은 틀림없다.

이야기꾼의 능력도 필경 하나의 재능일 것이다. 그러나 이 재능이 순전히 개인적인 것만이 아니라는 사실에 주의할 필요가 있다. 이야기를 잘하고 못하는 능력의 개인적인 차이란 실제 대단한 것이 아닐 것이다. 보다 중요한 것은 이야기꾼의 존재를 근본적으로 가능하게 하는(또는 불가능하게 하는) 사회적 조건일 것이다.

간단한 생각으로도, 오늘날 이야기꾼이 사라지는 현상은 당연하다. 이야기꾼이 존재하기 위해서는 너그러운 삶의 분위기가 필요하다. 너그러움이라고 하는 것이 조금 막연한 말이기는 하지만 한 가지 분명한 것은 여하한 경우에도 강제적인 심리와 행동의 세계로부터 자유로운 상황을 말하는 것일 것이다. 이것이 확보되어 있지 않을 때 거기서 이야기 또는 이야기꾼이 번성하리라고 상상하기는 어려운 일이다. 이야기는 무엇보다 강제되어 나오는 것이 아니고 생활 속으로부터 자연스럽게 우러나오는 것이다. 전설이나 동화나 민담을 포함한 구전되는 이야기들은 대체로 도덕적이거나 실제 생활상의 필요에 적절한 용도를 가지고 있다. 그러한 용도는 때로는 교훈, 때로는 생활에 대한 정보라는 형태로 나타나지만, 여하튼 사람들의 입에서 입으로 전해지는 동안 이야기 속에 삶의 지혜가 내포된다는 것은 틀림없다. 그렇다고는 하더라도 이야기는 그 자체 생활이 아니라 어디까지나 이야기인 한에서 객관적인 사회적 분위기나 사람의 마음에 다소나마 여유가 있지 않으면 성립할 수 없는 것이다.

그러니까, 이야기꾼의 소멸이라는 현상은 광범위한 산업화에 수반하는 부산물의 하나이다. 산업화는 사람들로부터 물리적·정신적 에너지를 남김없이 갖다 바치기를 강요하기도 하지만, 산업화의(또는 산업화를 주도하는 사회 세력의) 원리 자체가 이미 이야기꾼의 존재를 용납하기 어렵게 하는 것이다. 산업화는 많은 부작용을 낳았지만, 아마도 가장 크게 명기할 것은 산업화의 과정에 삶의 너그러운 분위기가 박탈당했다는 사실일 것이다. 사람들은 소득의 경쟁 속에 모든 에너지를 쏟아넣지 않으면 안 되게 되었고 사회적 인간 관계는 냉담하고 무관심한 것이 되어 버렸다. 이야기꾼의 소멸은 결국 사람들 사이에 서로의 경험을 교환하는 일이 불가능하게 되었다는 현실을 반영하는 것이다. 저마다 낱낱으로 흩어진 채, 말없이 또는 소란스럽게 물질에 대한 이기적인 탐욕에만 끝없이 이끌리는 사람들―이것이 오늘날 우리들의 모습이 아닌가?

어떤 의미에서는, 오늘날처럼 이야깃거리가 풍부한 때가 없었다고 할 만하다. 우리는 매일 아침부터 밤까지 끊임없는 정보의 홍수 속에 살고 있다. 각종의 매스미디어가 보도나 광고나 픽션의 형식으로 내보내고 있는 이야기들은 참으로 다채롭고 풍부하다. 그러나 문제는 이러한 엄청난 정보가 과연 어떤 종류의 이야기이냐 하는 것이다.

참된 뜻에서의 이야기란 그것이 이야기꾼에게나 이야기를 듣는 사람에게나 살아 있는 경험의 일부가 되는 것이다. 이야기꾼이 들려 주는 이야기들은 생활에서 자연스럽게 우러나오는 것이기 때문에, 이야기와 생활 사이에는 항상 유기적인 관련이 존재한다. 그러나 현대적 매스미디어에서 나오는 정보는 그것과 사람들의 생활 사이에 여하한 종류의 뜻있는 관련도 사실상 어렵게 하는 것이다. 이미 여러 지식인들이 지적하였듯이, 현대 매스미디어의 정보 제공 원칙의 하나는 전체적 상황으로부터 정보를 유리시키는 것이다. 활개를 치는 것은 단편적인 낱낱의 정보이며, 사람들로 하여금 이러한 정보들이 구체적인 생활에 관련하여 가질 수 있는 의미를 헤아려 보는 대신에 단지 흥밋거리로 정보를 소비하도록 촉구하는 것이다. 매스미디어에 의한 정보가 대부분 일회적으로 소모하고 버리는 소비품으로 기능하고 있다는 사실은 "내 독자들에게는 마드리드의 혁명보다 라틴 구에 있는 한 다락방의 화재가 훨씬 중요하다"라고 했다는 『피가로』지 창설자의 말에 간단하게 요약되어 있다.

정보는 그것이 소비품이라는 사실 이외에 또, 완전히 일방적인 커뮤니케이션이라는 점에서 전통적인 이야기와 전혀 다른 것이다. 이야기의 세계는 거기에 관계하는 사람 모두의 주체적이고 능동적인 참여에 의하여 성립되는 것이었다고 할 수 있다. 이야기꾼 자신은 말할 것도 없고, 이야기에 귀를 기울이는 사람들도 모두 잠재적인 이야기꾼이었던 셈이다. 이야기는 입에서 입으로 전해지는 것이고, 특정 인물이 이야기를 독점할 수는 없었다. 이야기꾼 자신도 어디선가 들은 이야기를 할 수밖에 없는 것이다. 그러니까 이야기의 세계에서는 엄밀한 의미에서 누구나가 평등한 관계로 만난다고 할 수 있다.

그러나 현대적 정보의 전달 방식은 따져 보면 극히 권위주의적이고 억압적이다. 무엇보다 지금까지 사용되어 온 방식대로라면 매스미디어는 대중에게는 한갓 수신기에 불과하다. 다시 말하여, 정보 전달은 순전히 일방적이고, 받는 사람은 완전히 피동적인 입장에 머물 수밖에 없다. 주목하여야 할 것은, 오늘날 매스미디어는 순전히 소비적인 정보를 내보내기도 하지만 또한 그것은 노골적이거나 음성적인 정치적 설득수단의 하나라는 점이다. 노골적인 경우는 누구나 간단하게 알 수 있지만, 음성적인 경우는 한결 교묘하고 복잡하다. 그러나 간단하게 생각하여, 가령 매스미디어가 밤낮없이 내보내는 상품 선전 광고라는 것이 기본적으로 소비 욕망을 과다하게 자극하기 위한 것이고, 그렇게 함으로써 소비자 경제 체제를 강화하는 데 기여하는 한 그것이 결국 어떤 특정한 사회 구조나 사회 체제에 대한 은밀하고도 무의식적인 지지를 사람들에게 요구하는 것이라는 것은 틀림없다.(전세계적으로 인기있는 미국산 대중 문화의 하나인 디즈니 만화가, 많은 사람들이 순수하고 무해한 오락물이라고 생각하는 것과는 달리 뜻밖에도, 억압적인 사회의 여러 이데올로기—차별적 인간관, 남성 지배 원칙, 백인 우월주의 등등—를 교묘하게 은폐하고 있다는 사실이 분석된 바도 있다.)

어떠한 경우에도 정보는 참다운 이야기가 될 수 없다. 정보는 사람의 관심을 지리멸렬하게 하고 주의를 산만하게 하며, 사람들로 하여금 조건 반사적으로 반응하게끔 강요하는 자극물이다.

매스미디어에 의한 정보 이외에 현대적 이야기의 중요한 전달 수단의 하나는 소설일 것이다. 소설은 흔히 이야기의 발달된 형태로 이해되고 있고, 작가는 현대적 이야기꾼으로 생각되고 있다. 이것은 부분적으로는 맞는 관찰이지만, 반드시 전면적인 진실이라고 하기는 어렵다. 우선 소설을 이야기의 발달된 형태로 보는 것에 문제가 있을 것이다. 소설이란 근대적 합리주의의 산물로서 물론 이야기보다 훨씬 나중에 형성된 형식이다. 그리고 이야기가 지니고 있었던 여러 요소를 가감하고 종합함으로써 소설이라는 새로운 장르가 개척되었으리라는 것도 이론의 여지가 없다. 그러나 단지 시간적인 선후만을 말하는 것이 아니라면 소설을 이야기의 진화된 형태로만 보는 것은 곤란한 점이 있다. 소설은 이야기에 비하여 형식이나 내용의 면에서 훨씬 합리적이며 세련된 것은 분명하다. 그러나 다른 한편으로 이야기가 소설로 전환되는 가운데 무엇이 상실되었는가도 생각하여야 한다. 이야기꾼이 존재하기 위해서는 너그러운 분위기가 필요하다는 말은 앞에서 했다. 너그러운 분위기라는 것은 이야기꾼이 이야기꾼으로서 존재하는 사회적 기반이 인간적인 공동체라는 것을 뜻하는 것이다. 이 공동체에서는 개인과 사회와의 관계가 긴장이나 알력으로 느껴지지 않는다. 그리고 무엇보다도 이야기는 공동의 작품이며 공동체 전체의 향유물이다. 여기에 특정인이 저작권을 주장할 수도 주장할 필요도 없는 것이다.

이에 반하여 소설은 극히 개인주의적인 작업이라고 할 수 있다. 소설의 형성 자체가 자본주의적 시장 경제와의 상호 작용 속에서 이루어진 것이라고 할 수 있지만, 여하튼 근대 이후의 소설의 사회적 조건은 경제적인 관련을 떠날 수 없다. 소설은 무엇보다 하나의 상품인 것이다. 그리고 이 상품의 생산자로서의 작가는 이야기꾼들의 상황이 공동체적 기반 위에 서 있었던 것과는 달리 지극히 고립되어 있으며, 완전한 고독 속에서 소설을 쓴다. 18세기 이후의 근대적 소설들이 대부분 개인과 사회와의 긴장 관계를 다루고 있다는 점은 우연이 아니다. 근대 소설의 효시인 『돈키호테』의 주인공이 보여 주는 희극적인 행동은 전통적인 질서가 무너진 세계에서의 삶의 당혹감에 대한 표현이었다.

현대 사회에서 이야기꾼이 없어져 가는 현상에 주목하여 「이야기꾼과 장인 문화」라는 흥미로운 에세이를 남긴 발터 벤야민은 전통적인 이야기가 꽃을 피울 수 있었던 조건으로 한곳에 오랫동안 뿌리를 내리고 사는 삶과 여기에 때때로 주어지는 외부 세계와의 교섭을 들었다. 벤야민에 의하면, 중세 장인 계층이 누렸던 삶의 상황이 바로 이러한 이상적인 조건을 이루고 있었다. 장인들의 일터는 마스터와 직인들로 구성되는데, 직인들은 외부 세계로부터 들어온 사람들이거나 장기간의 여행 경험을 가진 사람들이며, 그 자신 한때 직인의 신분이었던 마스터는 한곳에 정착하여 사는 사람이다. 직인들의 경험은 이 세계에 사는 이야기꾼들의 이야기들을 풍부하게 하고, 또 그러한 이야기들의 감추어진 진의는 오로지 한곳에 오래 사는 사람들에게만 알려지는 것이다.(오늘날 이야기가 불가능하다는 것은 현대적인 여행이라는 것이 하나의 임시적인 죽음의 상태에 근사하다는 사실과도 관계가 있다.)

우리가 중세 사회로 되돌아간다는 것은 물론 불가능하다. 그리고 이야기꾼도 그것이 이제 사라져 가는 것이기 때문에 아름답게 보이는 것인지도 모른다. 그러나 이야기꾼의 존재가 내포하는 너그러운 삶의 분위기에 대한 그리움이 단지 복고적인 것이라고만 할 수는 없다. 그것은 사람의 삶이 있어야 할 방식에 대하여, 그리고 지금 우리들의 삶을 규정하는 산업화가 여하히 인간화해야 할 것인가에 대하여 생각하게 한다.

"말이 끄는 전차를 타고 학교에 다녔던 세대가 지금은 변하지 않은 것이라고는 구름밖에 없는 시골 하늘 아래 서 있다. 이 구름 아래로, 파괴와 폭발의 싸움터에, 조그맣고 여린 인간의 육체가 있다."(발터 벤야민)

(1977년)

대중 문화론의 반성

최근 수년 동안 우리 사회에서도 대중 문화에 관한 논의가 비교적 자주 있어 왔고 이런 논의는 앞으로 더 많아질 것이 거의 틀림없어 보인다. 그러나 대중 문화에 관한 논의가 비교적 자주 있는 셈 치고는 그러한 논의가 우리 문화나 현실에 연관하여 본격적인 토론의 수준으로까지 이르렀다고는 보기 어렵다. 이것은 지금까지 대부분의 대중 문화론이 주로 서구적인 경험에 입각한 개념과 관점에 기초하였다는 점에 일단의 이유가 있을 것이다. 실제 대중 문화라는 개념은 서구적인 기원을 가지는 것으로 자본주의 체제의 최근의 형태인 대중 산업 사회의 사회적·실존적 상황을 문화적인 측면에서 묘사하기 위하여 동원된 개념인 것이다.

근본적으로 서구적 경험의 산물인 대중 문화라는 개념을 가지고 우리의 현실을 다루려는 시도에는 얼마간의 억지나 무리가 따르게 마련일 것이다. 그러나 대중 문화라는 개념에 기초한 일련의 지적 작업이 오늘날 우리 사회의 적지 않은 사람들의 생활 체험을 묘사하는 데 부분적으로나마 성공하고 있다면 대중 문화라는 개념은 그것의 서구적인 기원에도 불구하고 우리 사회에 적용될 수 있는 현실적 근거를 가지고 있음이 분명하다. 주지하다시피 우리는 1960년대 후반부터 급격한 산업화의 소용돌이를 겪어 왔고, 이 산업화의 과정에 수반하는 갖가지 대중 사회적 체험에 직면하여 왔다. 우리가 겪어 온 산업화의 구체적 진상이 어떤 것인가 하는 점은 일단 접어 두고, 적어도 우리들의 일상적 생활의 상당 부분이 이른바 산업 사회에 공통된 현상에 상응하고 있다는 것은 사실일 것이다.

지난 10여 년의 세월 동안 대다수의 한국 사람들이 경험한 것은 급속한 공업화와 경제 규모의 팽창에 따른 대대적인 사회적 이동이었다. 농촌의 인구는 도시로 몰렸고, 한국의 수도는 세계에서 가장 과밀화한 도시의 하나로 변하였으며, 산업 노동자와 서비스업에 종사하는 사람들의 수요가 크게 증가하였다. 급속하고 광범위한 사회적 이동에 따르는 당연한 결과이겠지만, 많은 사람들에게 있어서 산업화의 경험은 공동체적 유대의 상실을 의미하였다. 비좁은 도시의 공간에서 남들과 경쟁하며 살아야 하는 생존의 상황이 많은 사람들의 일상 생활을 긴장과 적의에 가득 찬 것으로 만들었다. 사람과 사람 사이는 친밀하고 따뜻한 관계 대신에 극히 냉담하고 비인격적인 관계가 지배적인 것이 되었다.

다른 한편으로 그 동안의 사회 변화는 물량의 엄청난 증가를 가져 왔다. 대량 생산 및 소비 체제가 확립되고 거대 기업과 방대한 관료 기구가 출현하였다. 이 시기의 가장 핵심적인 사회적 동력이었던 경제 성장의 이데올로기는 물량의 절대적인 확대를 배타적인 관심사로 삼았기 때문에 경제 규모가 양적으로 팽창한 것은 당연한 일이다. 그 결과 적어도 외형상으로 그리고 부분적으로나마 우리 사회는 서구 사회와 비슷한 소비 사회적 요소를 드러내었다. 여하튼 선진 산업 사회라는 서구적 모범에 따라 풍요한 복지 소비 사회를 실현한다는 것이 한국 사회의 공식적인 이념이었다는 것은 주지하는 바와 같다.

부분적으로는 현실 속에서 부분적으로는 이념상으로 우리 사회가 대중 산업 사회의 제도와 관습을 나타내기 시작한 것은 틀림없는 사실이며, 따라서 여기에 대중 문화라는 서구적 개념을 적용한다는 것이 전혀 의미 없는 일은 아닐 것이다.

서구적 개념이라고 하지만 대중 문화를 보는 관점은 실제 하나만이 아니다. 오늘날 서구의 지식인들이 ─서구적 이론에 입각한 한국의 지식인들도─ 대중 문화에 대하여 취하는 태도는 한편으로 호의적인 것에서 다른 한편으로는 적대적인 것에 이르기까지 실로 다양하지만, 우리가 대중 문화라는 개념으로부터 얻을 수 있는 가장 보람있는 것은 그것을 통해서 문화의 민주화라는 문제를 심각하게 반성해 볼 수 있게 된다는 점일 것이다. 실제로 대중 문화에 대하여 적대적이든 호의적이든 대부분의 대중 문화론이 핵심적으로 문제삼고 있는 것은 오늘의 대중 문화가 민주적인 문화이냐 아니냐 하는 것이다. 여기에 대한 답변은 민주적 문화의 정의에 대한 해석의 차이에 따라 달라지고, 이 해석은 또한 역사와 사회에 대한 근본적인 관점에 달려 있는 것이라고 할 수 있다.

만일 민주적인 문화가 다만 양적인 차원에서 다수의 사람들이 향수하는 문화를 의미하는 것이라면, 오늘의 대중 문화는 과거 어느 때보다도 민주적인 문화일 것이다. 민주적인 문화란 어떤 경우에나 문화에 대한 특권적이고 배타적인 독점을 배제하는 것일 것이기 때문이다. 사회적으로 신분이 높은 사람이나 낮은 사람이나 가릴 것 없이 모두 같은 텔레비전 프로그램을 보고, 같은 스포츠를 즐기며, 같은 아파트에 거주하는 일이 실제적으로 또는 원칙적으로 가능하다고 할 때, 이것은 분명히 민주적인 문화의 공간이라고 할 수 있음직하다. 그러나 민주적인 문화라는 것을 단순히 양적인 개념이 아니라 질적인 개념, 다시 말하여 전통적인 신분 사회 또는 계급 사회의 표현인 기존의 문화에 대하여 질적으로 전혀 다른 새로운 사회의 표현인 문화로서 이해하는 한, 오늘의 대중 문화는 결코 민주적인 문화일 수 없다.

엄격한 의미에 있어서 민주적 문화는 평준화된 문화를 뜻하는 것일 수가 없는 것이다. 진정으로 민주적인 문화는 어떤 형태로든지 강자에 의한 약자의 지배라는 억압적 원리에 기초하여 온 전통적인 사회를 질적으로 넘어선 자유롭고 평등한 사회의 자기 표현일 수밖에 없을 것이다.

진정한 의미에서의 민주적 문화라는 각도에서 보자면 오늘의 대중 문화는 많은 부정적인 요소를 포함하고 있다. 그것은 이미 '대중'이라는 뜻의 서양말이 가리키듯이 실제로 민감하게 살아 있는 사람의 문화이기보다는 사람들을 하나의 물건덩어리로 파악하는 비인격적인 소외의 문화라고 할 수 있다. 대중 문화의 여러 품목은 그것 자체 소비 상품이며, 사람의 사고와 감정을 윤택하게 한다든지 고양시킨다든지 하는 문화의 본질적인 기능과는 상관없이 오히려 사람의 이성적인 마음을 둔화시키고 감각을 마비시키는 데 이바지하는 것이다.

그런데 여기서 잊지 말아야 할 것은, 대중 문화 자체는 사람들에게 어떤 영향을 끼치려는 아무런 의도도 가지고 있지 않다는 사실이다. 중요한 것은 대중 문화를 통하여 자기 자신의 의도를 실현하려는 은밀하게 숨어 있는 세력이 있다는 사실을 아는 것이다.

오늘날 대중 문화의 사이비 민주적 성격에 대하여 언급하는 서구 지식인들이 한결같이 지적하는 것은 대중 문화가 일종의 산업이며 정치적 통제 수단의 하나라는 것이다. 이러한 주장 속에는 대중 문화가 판을 치는 오늘의 산업 사회를 실질적으로 지배하고 통제하는 세력은 대자본가들이며, 그들이 대중 문화 매체의 직접적인 소유를 통해서든 간접적인 영향력의 행사를 통해서든 거의 절대적으로 대중 문화를 좌우하고 있다는 분석이 들어 있다.

그리하여, 예컨대 사람들은 대중 문화를 통하여 인간적으로 불필요한 그러나 과다한 소비 욕망을 자극받음으로써 소비 사회의 충실한 고객이 되며, 어떤 특정한 생활 양식이나 취미 또는 가치관에 끊임없이 접하게 됨으로써 특정한 정치·문화 체제에 대한 지지나 자기 동화의 노력을 부지불식간에 하도록 유도되는 것이다. 그러나 산업 사회의 주도 세력이 대중 문화를 통한 이러한 조작을 반드시 고의적으로 행하는 것은 아니다. 대중 문화라는 수단을 사회 경제적으로 장악하고 있는 그들의 위치는 대중 문화 속에 거의 자동적으로 그들 자신의 이해 관계가 반영되게 하는 것이다. 하여튼 결정적인 것은 오늘의 대중 문화가 실제로는 대중 자신의 것이 아니라는 사실이며, 이렇게 되는 것은 대중 문화 현상을 근본적으로 규정하는 것이 다름 아닌 정치 경제 체제이기 때문이라는 것을 아는 일이다.

지금까지 이야기한 것은 서구적 기준이 우리의 상황에도 어느 정도까지는 적용될 수 있으리라는 가정하에 서구적 대중 문화론의 극히 개괄적인 윤곽을 그려 본 것에 불과하지만, 여기서 새삼 깨치게 되는 것은 대중 문화의 진상은 어디까지나 현실의 역사적 배경과 사회적 구조에 대한 바른 인식 위에서만 가능하다는 사실이다.

따라서 그것이 적지 않은 도움이 된다고 하더라도 서구적 대중 문화론만으로는 우리의 대중 문화적 현상을 정당하게 분석하는 데 미흡하다는 생각을 하지 않을 수 없다. 이것은 지난 십여 년에 걸친 한국 사회의 산업화를 서구의 산업화와 동일시할 수 없는 것과 마찬가지의 이유 때문이다.

산업화가 그러하듯이 우리 사회의 대중 문화적 현상은 한국 현대사의 비서구적인 전개 원리에 따른 것이다. 오늘날 우리가 대중 문화 현상에 대해 말하면서 무엇보다 먼저 생각하지 않을 수 없는 것은 우리의 전통적인 민중 문화의 운명이다.

우리는 우리의 현대사 자체가 그랬던 것처럼 전통적인 민중 문화도 제국주의 세력의 침략에 의해서 파괴되어 버렸다는 명백한 사실로부터 출발하지 않을 수 없다. 어디서나 제국주의는 식민지 민족의 전통적인 문화와 예술을 조롱하고 경멸함으로써 자기 자신의 침략 행위를 정당화하는 법이지만, 일본 제국주의는 조직적이고 지속적인 수탈 정책을 실시하여 한국의 농촌 공동체를 파괴함으로써 전통적인 민중 문화의 사회 경제적 기반 자체를 박탈하였던 것이다.

문화는 물질적 생활의 표현이며, 물질적 기반이 붕괴되는 한 문화의 생명 있는 지속과 확충을 기대할 수 없는 법이다. 오늘날 우리는 한국의 전통적인 민중 문화가 당대의 고급 문화의 이데올로기와는 달리 매우 민주적이고 평등주의적인 인생관에 입각해 있었다는 사실을 암시하는 많은 증거를 보고 있지만, 이러한 민주적이며 평등주의적인 인생관은 예컨대 두레와 같은 전통적인 농민 생활의 협동주의적 생활 체험에 기초하였던 것이라고 할 수 있다. 그러나 식민지 현실에서 이러한 전통은 온전하게 지켜질 수 없었다. 무엇보다도 농촌 자체가 피폐해져 버렸다는 사실이 있지만, 그와 동시에 일제는 봉건적 인습과 봉건적 사회 관계를 인위적으로 확대·심화시킴으로써 한국 사회의 민주적 기반을 철저하게 파괴하려고 기도하였던 것이다.

농촌 공동체가 파괴되고, 그렇게 됨으로써 민중 문화의 기반이 무너져 버린 다른 한편으로, 식민지의 현실은 도시의 증가와 확대를 보게 되었다. 그러나 도시들은 민족 생활과의 진정하고 생생한 유대를 가진 도시가 아니라 제국주의가 식민지를 효과적으로 수탈하기 위한 전진 기지로서, 그리고 파괴된 농촌으로부터의 유랑민들이 흘러 들어오는 빈민 지대로서 형성되고 확장되었던 것이다. 이러한 도시에 일본 문화 또는 일본에 의해 중계된 서양 문화가 수입되었고, 민족 생활의 민중적 기반으로부터 완전히 유리되었음에도 불구하고 이 수입된 문화는 식민지 자본 계층과 지식인들의 인위적인 열정에 의하여 크게 번창하였다. 이렇게 하여 '문화의 비정치화'가 이루어지고, 문화는 본질적으로 물질 생활에 무관한 순수히 정신적 교양이라는 식민지적 문화관이 뿌리를 내린 것이다.

이러한 사정은 해방 후에도 별로 달라지지 않았다. 식민지 시대에 길들여진 '문화의 비정치화'는 동란과 냉전 시대를 거치면서 더욱 심화되었고, 전통적인 민중 문화의 민주적 요소를 회복하고 갱신하기 위한 사회 경제적 여건은 마련되지 않았다. 오히려 희미하게나마 명맥을 유지하여 오던 마지막 민중 문화의 유산도 외래 문화의 압도적인 세력 앞에서 자취를 감추었다. 이 외래 문화는 한국의 대중 문화를 구성하는 주된 밑천이 되었다.

잊지 말아야 할 것은 오늘날 우리의 대중 문화가 그 기원을 식민지 시대에 두고 있다는 사실이다. 이것은 중요하다. 이 사실을 간과할 때 우리는 피상적인 유사성만을 보고 서구의 대중 문화와 우리의 것을 동일시하게 된다는 어리석은 짓을 범하기 쉽고, 무엇보다도 우리의 대중 문화의 진상에 눈멀게 된다는 사실이 있다.

그리고 대중 문화의 기원을 식민지 시대에서 찾아보는 일의 한 가지 이점은 이것이 우리에게만 특수한 현상이 아니고 제3세계 전체에 공통한 현상임을 발견하게 해 준다는 점이다. 실제로 정도의 차이는 있다손 치더라도 오늘날 제3세계 지역에 있어서 보이는 대중 문화 현상은 제3세계의 정치적·경제적 입장이 그러한 것처럼 근본적으로는 제국주의와의 관계 속에서 형성된 것임에 틀림없다. 식민지로 전락하였던 사회 어디에서나 전통적인 문화는 열등시되었고, 식민 사회 고유의 민중 문화가 자연스럽게 발전할 수 있는 기회는 박탈되었다. 그 결과 식민지이거나 한때 식민지였던 사회는 지배자의 의지를 자기도 모르게 내면화하게 됨에 따라 자기 자신의 문화를 경멸하고 지배자의 문화를 선망하게 된다.

이렇게 하여 세계 도처의 비서구 지역 민중들 대다수가 인종적·민족적 열등 의식에 시달리며, 만성적인 자기 비하의 버릇을 기르고, 서구적 생활 스타일을 모방하기에 급급하는 사태가 벌어지는 것이다. 이러한 열등감과 모방의 메커니즘은 저개발 사회 내부의 사회 관계 속에서도 나타난다. 제3세계 지역의 농촌 사람들은 도시의 사람들을 부러워하고 상대적으로 열등감을 느끼며, 가난한 사람들은 부유한 계층에 대하여, 낮은 신분의 사람들은 높은 신분에 대하여 비슷한 감정적 체험을 갖는 것이다. 이러한 현상은 정확히 강대국과 저개발국 사이의, 그리고 저개발국 내부의 여러 계층과 민중 사이의 정치 경제적 힘의 관계를 반영하고 있다. 그리고 이러는 사이에 제3세계의 민중은 그들 자신의 문화를 잃어버린 것이다.

앞에서 대중 문화의 참된 가치는 그것이 민주적 문화가 되는 때라고 말하였지만, 우리는 이 민주적 문화의 내용을 조금 더 구체화시킬 수 있게 되었다. 민주적 문화는 제3세계의 민중이 주체적인 존재가 되는 문화이다. 이렇게 말하는 것은 민주적 문화라는 것이 제3세계의 민중을 제외한 다른 사람들에 대하여는 배타적인 것이 된다는 말이 아니다. 그것은 지금까지 세계사의 전개 과정이 철저하게 풀뿌리 민중을 희생시키고 이루어진 것이라는 인식을 새로이 하자는 것이며, 진정하게 자유롭고 평등한 사회에의 의지와 비전은 결국 풀뿌리 민중의 삶을 토대로 해서 나올 수밖에 없다는 사실을 인정하자는 것이다. 그리고 제3세계 전체에 대하여 시야를 열어 놓고 보자는 것은, 이 문제가 결코 국지적인 차원에서 연유된 것도 아니고 해결될 것도 아니라는 이유 때문이다.

한국을 포함한 제3세계의 대중 문화 현상의 문제점은 근본적으로 범세계적인 역학 관계의 산물인 것이다.

구미 열강에 의한 제3세계에 대한 영향력이 대중 문화의 전파를 통하여 침투하는 과정은 사실상 복잡한 것이지만, 근본적으로 그것이 경제적인 동기에 의해 움직여진다는 것은 쉽사리 알아볼 수 있다. 1977년에 발간된 대중 문화에 관한 한 연구서의 저자가 보고하는 바에 의하면, "최근 수년간 약 서른 개의 나라에 방문하는 동안, 네 개의 대륙에서 찰슨 브론슨이 주인공으로 나오는 영화를" 볼 수 있었다고 한다. 이 저자의 설명에 의하면, 제3세계의 영화관들은 활극, 코미디, 섹스물, 뮤지컬 같은 값싼 수입품을 전문적으로 들여 오고, 텔레비전은 「보난자」와 만화극들을 방영한다는 것이다.

그런데 이러한 흥행물들이 한결같이 보여 주는 것은 개인주의적이며 경쟁적인 행동 원리와 신화적인 영웅 숭배이다. 이것은 다시 말하여 구미 자본주의 체제의 일상적 행동 원리인 것이다. "미국과 제3세계에서 인기있는 대부분의 영화는 개인주의적인 영웅적 행동과 폭력을 미화한다. 그것은 동정심과 개인적 감정 또는 건설적인 사회적 인식을 묘사하지 않으며, 그것이 묘사하는 기성 제도에 대한 어떠한 분석도 보여 주지 않는다." [1]

위에서 시사하였듯이 대중 문화 현상을 결정 짓는 것은 근본적으로 정치 경제적 차원이다. 대중 문화는 오늘날 그것이 갖고 있는 막강한 대중 전달력에 기인하여 실제로 많은 사람들의 상상력을 사로잡고 있는 것이 사실이지만, 대중 문화가 자기 자신의 힘만으로 설 수 없다는 것은 명백하다. 대중 문화는 반드시 누군가에 의하여 통제당하며, 누군가의 이익을 대변하고 있는 것이다.

---

1) Michael R. Real, Mass-Mediated Culture (Prentice-Hall, Inc., 1977), 225~226쪽.

그러므로 우리는 통제당하지 않는 대중 문화와 공평무사한 대중 문화라는 실제로 있을 수 없는 것을 요구할 수는 없다. 우리가 이 글에서 대중 문화론의 기준으로 삼아 온 민주적 문화란 아무에게도 조종되지 않는 문화를 말하는 것이 아니다. 그것은 민중에 의해 통제당하고 민중의 이익을 대변하는 문화를 말하는 것이라고 해야 옳을 것이다. 문화가 정치적으로 중립적이어야 하고 중립적일 수 있다고 믿는다면, 그것은 식민지적 문화관에 너무나 깊이 세뇌된 결과일 것이다. 특권적인 소수의 지배 세력은 민중을 향하여 문화의 비정치성을 선전함으로써 민중의 자기 해방을 위한 문화적 행동을 거세하려고 하는 것이다. 문화는 오랜 옛날부터 사람들이 자기네의 생활을 계획하기 위하여 사용하여 온 주요한 수단의 하나이다.

프란츠 파농은 제3세계에 있어서 대중 문화가 진정한 민주적 문화로 전환할 수 있는 뜻깊은 예를 보여 주었다. 알제리 민족 해방 투쟁의 한가운데서 집필된 그의 『몰락하는 식민주의』에는 알제리 사람들의 라디오에 대한 태도 변화를 묘사하고 있는 글이 나오는데, 우리는 이것을 진정한 대중 문화의 본보기의 하나로서 읽을 수 있다. 전통적으로 알제리에는 프랑스 인들을 제외하고는 아무도 라디오를 달가워하지 않았다. 대다수 알제리 인들에게 라디오는 점령자의 것이었기 때문에 경원당하였던 것이다. 그러나 알제리 민족 해방 전쟁이 발발한 뒤 혁명 지도부는 그들과 알제리 민중이 연결될 수 있는 통신 수단으로 라디오가 가장 효과적임을 인식하였고, 그리하여 '투쟁하는 알제리의 소리'를 방송하기 시작하였다.

알제리 민중은 곧 이 방송에 응답하였고, 여태까지 경원하던 라디오를 소중하게 다루기 시작하였다. 알제리 민중이 방송에 귀를 기울이게 됨으로써 그들은 혁명을 존재하게 만들고 혁명에 생기를 불어넣어 주게 된 셈이었다. 이렇게 하여 전파 방해를 받아 가면서도 '투쟁하는 알제리의 소리'는 알제리의 농촌과 도시 구석구석에서 혁명의 진전에 예민한 마음으로 응답하는 알제리 인 동포들을 찾아갔고, 알제리 인들은 그들의 운명을 바꾸어 놓을 민족 해방 투쟁의 진전 상황을 듣기 위하여 잡음투성이의 라디오에 오랫동안 귀를 기울이곤 하였다.

파농이 이야기하고 있는 상황은 극단적인 상황인지도 모른다. 그러나 그것은 라디오라는 대중 전달 매체가 가장 창조적으로 사용될 수 있는 예의 하나를 보여 주는 것이 틀림없고, 그런 의미에서 여기서 파농은 대중 전달 매체의 바른 용도에 대한 기준을 제시하였다고 해도 괜찮을 것이다. 파농은 『대지의 저주받은 자들』 중에서, 제3세계에 있어서 스포츠의 의의에 관해서도 이야기하고 있다. 파농의 원칙에 입각하면, 제3세계는 직업적이고 전문적인 선수를 양성하지 말아야 하고 과시적인 체육관을 건설하지 말아야 한다. 중요한 것은 운동도 할 줄 아는 의식 있는 인간을 교육하는 것이며, 농경지가 그들의 체육관이 되어야 한다는 것이다.

이것은 명쾌한 논리이지만, 이러한 일관되고 명료한 논리가 가능한 것은 파농이 철저하게 제3세계 민중의 관점에서 현실을 보고 미래를 설계하였기 때문이다. 사실상, 제3세계 민중의 입장은 현단계의 세계 역사에 있어서 아마 가장 진보적인 입장일 것이다. 왜냐하면 제3세계의 민중은 그들의 생존의 상황에 연유하여 자기 자신들의 현재 처지를 부정할 수밖에 없는 입장이며, 이것은 결국 지배와 피지배라는 재래적인 사회 관계를 초월한 전혀 새로운 사회의 출현을 꾀할 수밖에 없는 입장이기 때문이다. 다시 말하여, 제3세계 민중이 진보적인 세력이 된다는 것은 그들이 지닌 어떤 도덕적 자질 때문이 아니라 인간답게 살겠다는 극히 단순한 생활상의 요구가 어차피 새로운 민주적 사회를 꿈꿀 수밖에 없게 하는 것이다.

1970년대의 한국 사회는 급속한 경제 규모의 팽창에 기인하여 많은 종류의 대중 전달 매체가 광범위하게 보급되고, 유례없이 풍요한 대중 문화 현상이 나타나기 시작한 시기였다. 그러나 위에서 여러 차례 시사하였듯이, 이러한 풍요성은 다만 물량적인 의미 이외 다른 뜻을 가지지 못하였다. 우리의 대중 문화는 대부분 서구적 문화에 대한 겉치레 모방이기 일쑤였다. 한국에 있어서 처음에 대중 문화 현상을 규정하였던 역사적 요인은 비록 형태를 달리하였을는지는 모르지만 고스란히 남아 있었던 셈이라고 할 수 있다. 1970년대 한국의 대중 문화는 이전 세대의 지배적인 문화, 즉 대중을 억압하고 소외시키는 문화의 연장선상에 위치하였고, 엄청난 양적 확대에도 불구하고 질적인 변화는 수반되지 않았다. 그리고 그러한 변화의 근본 동력은 대중 문화 자신의 한계를 훨씬 넘는 곳에 있는 것이다.

그 동안의 경제 성장은 많은 사회적 · 인간적 문제를 야기시켰다. 어떤 사람들은 '정신 문화'의 진작을 통하여 이러한 부작용을 개선할 수 있으리라고 믿는 것처럼 보인다. 그러나 문화와 물질 생활은 별개의 것이 아니며, 문화는 한 사회의 물질적 생활의 정확한 반영임을 알아야 한다. 물질적 생활 자체의 왜곡에 대한 근본적인 수정이 없는 한 정신 문화로써 문제를 해결한다는 것은 어림도 없는 일이다.(1979년)

시적 인간과 자연의 정치

김우창(문학평론가)

1

　민음사의 새 잡지 『포에티카』에서 김종철 교수와의 대담을 싣겠다는 계획이 있어, 며칠 전에 김종철 교수가 대구로부터 먼길을 올라와, 민음사의 이영준 주간과 우찬제 교수와 함께 우리 집에서 자리를 같이하게 되었다. 원래부터 김 교수가 뚱뚱한 사람은 아니었지만, 오랜 만에 만나니 체중이 더 줄고 수척한 인상이었다. 대담도 조금 더 일찍 계획된 것이었는데, 그의 건강상의 이유로 미루어진 것이었다. 김 교수는 최근 여러 해 동안 건강이 좋지 않았다. 그러나 그의 건강 상태가 어떠한 것이든 간에, 그 전보다 그가 여위었다고 해서, 그의 모습이 병약한 인상을 주는 것은 아니다. 곱슬머리와 갸름하고 탄탄한 얼굴은 이상(李箱)의 어떤 사진을 연상케 한다. 그러나 그와는 달리 김 교수의 깡마르고 꼿꼿한 체격은 오히려 강인한 느낌을 준다.

이 글은 원래 『오늘의 문예비평』, 1997년 봄호(통권 24호)에 실렸던 것임.

시적 인간과 자연의 정치　403

다음에 다시 이야기하겠지만, 나는 그를 신념의 인간이라고 생각한다. 이러한 생각이 나에게 그의 마른 인상을 단단함의 표현으로 받아들이게 하는 것인지 모른다. 강인함을 말한다고 하여, 그가 무서운 느낌을 주는 지사적 인간이라는 말은 아니다. 그에게는 늘 수줍음의 느낌이 있다. 그것은 근원적 수줍음이다. 자아로부터 세상으로 나아가는 것은 언제나 어색한 일이다. 사람은 그가 세상의 안에 있는 존재이면서 동시에 그 밖에 있는 자기를 발견하고 그 사실에 스스로 놀라는 순간이 있다. 밖에 있음이 사람으로 하여금 세상의 경이를 느끼게 하지만, 동시에 그것은 세상의 안을 끊임없이 그리워하게 한다. 섬세한 느낌의 김종철 교수는 머리에 백발이 비치는 지금에도 안과 밖의 교차의 어색함을 느끼는 것일 것이다. 그의 수줍음은 그의 꿋꿋함과는 관계가 없는 것이다.

김종철 교수와의 대화는 잡답식으로 이런저런 이야기를 풀어 나가다 보니, 시간이 짧았던 것도 아닌데 별다른 주제들을 들추어 내지도 못한 채, 김종철 교수는 기차 시간이 되어 일어서야 했다. 이야기가 뚜렷한 모양을 갖추지 못한 것은, 대담이라고 하지만 주로 내가 말을 많이 해 버리고, 김 교수에게 말할 시간을 별로 남겨 주지 않은 때문이기도 했다. 여기에는 내 사려 부족도 작용했지만, 김 교수의 평소의 과묵도 작용한 것일 것이다. 아마 그에게 주제를 놓고 논쟁적인 말을 주고받는 것은 성미에 맞지 아니하는 것일 것이다. 그는, 힘센 사람들이 곧잘 하듯이, "그 점에 대해서는 내 생각은 조금 다른데……" 하고 나의 말을 중단하는 것이 싫었을 것이다. 또 우리 사회의 관행도 대담의 실패의 한 요인일 것이다. 모든 해방의 부르짖음과 요구에도 불구하고, 풀리지 않는 장유유서의 질서, 부자, 사제, 선후배, 노소의 위계적 질서는 우리 사회의 모든 인간 관계를 경직한 것이 되게 한다. 우리는 어떤 만남에서든지 한시도 관직의 상하나 사회적 신분의 상하가 아니면, 이 위계 질서, 즉 이 가장 일반적인 권력의 질서를 의식하지 않는 때가 없다. 우리는 늘 사람과 사람 사이에 있는 힘의 차이를 재면서 사는 것이다. 이 잠재적인 힘과 힘의 마찰에 대한 의식이 자연스러운 상호성으로 대체될 때까지, 모든 사람은 독백 속에서 살고, 자신의 밖으로 또는 자신의 동년배의 테두리 밖으로 나가는 순간 적의에 찬, 힘재기의 세계에 대결해야 한다. 그러니까 문제 중의 하나는 나이의 차이인 것이다.

아니면 그냥 나이 때문일까? 로버트 로월에게는 만년에 정신 병원에 있던 에즈라 파운드에 관해서 엘리오트가 전한 말을 적어 놓은 시가 있다. "많이 나아졌다고/ 하는 것은 맞지 않아…… 그래도 낫기는 하지. 금년은/ 예루살렘의 유태사원 재건 이야기는 하지 않으니/ 낫기는 나아졌어. 두 시간을 줄창 이야기를 하더니, 이제 자네 말 좀 해, 하더군./ 그때 가서는 나는 아무 할 말이 없었지." 엘리오트의 말은 말밖에 남지 않은 늙고 병든 파운드의 모습을 잘 전달해 준다. 그러나 이러한 말을 로월에게 전하는 엘리오트도 파운드처럼 계속 독백처럼 말을 하고 있었음에 틀림이 없다. 늙어 간다는 것은 말밖에 남지 않는다는 것을 의미하는 것일까? 사람과 사람이 말을 한다는 것은 무엇인가? 그것은 동물 형태학자가 동물 사이에서 관찰하는 서로서로의 털을 빗질하는 것과 비슷하다. 물론 말은 의견을 전달하는 일을 한다. 지적인 주제를 말하는 것은 사물에 대한 일정한 관점을 표명하는 것이다. 이러한 의사 소통의 수단으로서 또는 생각의 표현으로서의 말은 털 빗어 주기의 말에 우월한 것처럼 생각할 수 있다. 그러나 반드시 그럴까? 그것도 빗질은 존재의 상호 확인 행위이다. 말이 그에 비슷한 성격을 가지고 있다면, 그러한 기능이 반드시 지적인 소통의 기능에 뒤지는 일일까? 사실 말을 주고받으면서 말의 주제의 문

제는 말의 더 근원적인 있음에 비하여 별로 중요한 것은 아니라고 할 수
도 있다.

　사사로운 교환과는 달리 공적인 언어는 조금 더 소통의 내용이 중요해
지는 경우이다. 그러나 그것도 간단히 말할 수 있는 것은 아니다. 김 교수
가 자리를 뜬 다음에도 이야기에 마감이 있어야겠다고 느낀 우찬제 교수
가 말을 이었다. 우 교수가 나에게 물은 말 가운데는 나의 정치 논설에 대
한 것이 있었다. 나의 정치 논설이 현실에 어떠한 영향을 주었다고 생각
하는가? 이것은 나 자신 더러 생각하는 물음인데, 그 물음에 대한 답변은
부정적인 것일 수밖에 없다. 내가 쓴 글이란 대개 그때그때의 상황에 부
딪쳐서 그것을 정치적으로 분석해 보려는 것이었지만, 그러한 분석이 맞
고 아니 맞고를 떠나서, 정치의 현장에서 영향을 갖는 말이 아닐 것이다.
영향력을 갖는 것은 분석의 언어가 아니라 확신의 언어이다. 정치 지도자
를 정치 지도자가 되게 하는 것 가운데 가장 중요한 것은 카리스마이다.
그에게 필요한 것은 마술적인 강력한 힘을 보여 주는 것 또는 힘의 인상
을 보여 주는 것이다. 언어에도 카리스마의 언어가 있다. 무엇이 사람으
로 하여금 행동의 모험으로 나아가게 하는가? 사람의 행동에 있어서 결정
적인 것은 현실의 여러 가능성에 대한 분석적 검토와 일정한 가능성에 대
한 이성적 선택이 아니다. 행동은 선택의 절대화로부터만 시작한다. 선택
의 정당성은 합리적 이유보다 선택에 대한 확신과 이 확신이 강화해 주는
결단력과 결단의 현실적 결과에 있다. 말은 이러한 행동의 회로에서 확신
을 보강하는 역할을 할 뿐이다. 적어도 정치적 영향력을 가진 말이란 이
러한 것이다. 분석적 언어가 전혀 현실적 의미를 갖지 않는다고 할 수는
없지만, 거기에 의미가 있다면 그 의미는 직접적이라기보다는 간접적이
고, 단기적이라기보다는 장기적이다. 그러나 장기적으로 볼 때 어떤 상황

안에서의 해명을 시도한 말은 이미 그 의미를 상실하고 잊혀지는 것일 수밖에 없다. 그것의 기회는 가고 없는 것이다.

2

김종철 교수가 1970년대에 평론을 발표하기 시작하였을 때, 김 교수는 드물게 보는 꼼꼼한 논리적인 이론가였다. 주어진 대상의 여러 가지 가능성을 철저하게 검토함으로써 어떠한 결론에 이르려는 그의 논리의 끈기는 당대에 달리 찾아보기 어려운 것이었다. 앞으로의 큰 활동이 기대되는 평론가라는 것에 많은 사람들이 의견을 같이했다. 그러나 내가 아는한, 1980년대 이후에 그의 평론가로서의 활동은 조금 뜸한 것이 되었다. 그 대신 그는 지금 그가 창립한 『녹색평론』의 편집자로서 더 중요한 자리를 차지하게 되었다. 『녹색평론』은 단순한 지적인 활동의 기록을 남기는 잡지가 아니라 중요한 사회 운동 그리고 사상 운동, 현실의 한가운데 있는 잡지이다. 『녹색평론』이 대표하고 있는 현실은 물론 오늘에 있어서 가장 주목되어야 할 현실임에 틀림이 없지만, 적어도 우리 나라에서 이 현실에 형태를 주고 초점을 제공한 것은 『녹색평론』이다. 그리하여 이 중요한 현실은 김종철 교수에 의해서 창조되었다고 할 수 있다. 달리 말하면, 그가 『녹색평론』을 통해서 그것에 형태를 주기까지는 그것은 분명한 이슈로 또는 다면적인 각도에서 틀림없이 존재하는 실체로서 감지되는 것은 아니었다고 할 수도 있다. 구체적으로 잡지라는 면에서만 볼 때, 김종철 교수는 이미 존재하는 잡지를 맡고 들어간 것도 아니고, 비슷한 잡지가 있어서 또 하나의 비슷한 잡지를 모방적으로 만든 것도 아니다. 그는 이러한 잡지를 만들어야 할 직업적인 필요를 가졌던 것도 아니고, 또 그가 이러한 잡지를 만들 수 있는 재정적 토대를 가진 것도 아니었다. 또 『녹색평론』이 표방하는 목표의 성질상 그것이 어떠한 현실적 힘-정치적 힘, 대중적 영향력 또는 지도자-추종자를 만들어 내는 집단의 형성을 약속해 주는 것도 아니었다. 그러므로 『녹색평론』의 창립은 현실 창조의 행위이면서도, 완전한 신념의 행위로 생각된다. 물론 김종철 교수는 이것을 창립한 것만이 아니고, 그것을 계속되는 기관으로서, 현실로 존재하게 하기 위하여 온갖 노력을 기울이고 있다. 그의 글이 뜸해진 이유 중의 하나는, 그의 말로 미루어 보건대, 『녹색평론』이 그의 에너지를 너무 흡수하기 때문이다. 그는 학교의 의무가 있는 시간 외에는 거의 전적으로 『녹색평론』의 사무실에서 시간을 보낸다. 그것에 관계된 많은 잔일들이 그의 시간을 다 빼앗는 것이다. 그리고 그 점에 대해서 그는 별로 유감이 없어 보인다. 하여튼 『녹색평론』 이후의 김종철 교수를 말한다면, 그는 초기 평론의 이론가라기보다는 현실 속에 확실한 자리를 가지고 있는 확신의 인간이다.

대부분의 확신가는 위험한 인간이다. 확신은 권력 의지의 표현이며, 권력 의지는 일차적으로는 물질 세계에 대한 지배 의지이다. 그러나 이 지배 의지의 작용은 같은 의지의 대사회적인 작용과는 다르다. 적어도 일단은 그렇게 강한 힘의 행사로는 보이지 않는 것이다. 그것은 오랫동안 일방적이거나 또는 폭력적이 되기는 어렵다. 그것은 곧 물질 세계의 저항에 부딪치게 되고, 이 저항은 그러한 지배 의지의 행사자 자신의 생명 조건의 손상으로 되돌아온다.(과학 기술에 들어 있는 지배 의지는 자연에 순응함으로써 자연을 복종하게 하는 복합적 작용 속에 움직인다. 그러니까 그것은 자연을 따르면서 자연을 부리는 것이지만, 그것도 궁극적으로는 자연의 총체적인 저항을 계산하여야 한다. 오늘의 문제의 하나는 이 저항의 총체적인 결과가 사람의 삶 자체를 위협하게 된 데에 있다.) 물질에 비하여 사람은 유연한 존재이다. 그는 강한 의지에 따라서 마음대로 부려질수 있는 존재처럼 보인다. 그것은 공교롭게도 사람이 스스로의 의지로 움직이는 존재이기 때문이다. 그리하여 사람을 움직이는 데에는 많은 물리적 힘이 필요하지 않다. 사람이 약한 것은 힘의 암시에 대해서이다. 암시라는 것은 그 힘이 적어도 당장에는 현실적인 힘일 필요는 없다는 말이다. 그것은 단순히 확신의 언어로서 비쳐지는 현실 장악의 암시로서 족하다. 이 힘은, 마치 마술적인 전염을 통해서인 듯 우리 자신의 힘의 증가를약속해 주는 것으로 보인다. 힘의 암시로서 생기는 힘의 집단적 조직이이러한 가능성을 현실화해 준다. 확신의 인간은 우리를 외적인 힘으로서만이 아니라 이러한 내적인 암시로서 부릴 가능성을 가진 사람이다. 그러나 김종철 교수가 확신의 인간이라고 할 때, 그는 그러한 위험한 인간이란 말은 아니다. 그가 가진 확신은 자기 자신을 위한 깨우침의 경험에서나오는 것으로서, 다른 사람에게 힘의 암시를 주거나 도덕적 의무를 환기시키거나 하기 전에, 동조 여부에 관계 없이 그 내적 경험의 진실성을 존중하게 하는 그런 종류의 확신이다. 그것은 다른 사람으로 향하는 의지의표현이기 이전에 스스로를 확인하고 있을 뿐이다.

그리하여 그의 확신은 조용하다. 조용함은 그의 확신이 약하다거나 오늘의 현실에 대하여 순응적이라거나 하는 데에서 오는 것이 아니고, 그의확신의 깊이를 나타낸다. 자신의 삶의 깊이로부터 나오는 확신은 본래 조용한 것일 것이다. 그러면서도 그것은 커다란 힘을 가지고 있는 인상을준다. 김종철 교수의 확신의 조용한 힘은 그것이 자연에 관한 것이라는것에 관련되어 있다. 자연은 거대한 힘이지만, 우리에게 억압적으로 느껴지는 힘은 아니다. 그것은 언제나 우리의 마음을 안으로부터 사로잡는다.

예부터 신비가, 시인 또는 단순한 자연 애호자들이 자연에 매료되는 것은 그것이 그들에게 어떤 강제력을 사용해서가 아니라 그 감각적인 아름다움과 조화 또는 그 냉혹하면서 틀림없는 필연성, 그 거대하고 말없는 있음으로 그들을 안으로부터 사로잡았기 때문이다.(자연에서 피나는 생존 경쟁을 읽어 낸 자연주의가 없는 것은 아니지만, 자연의 교훈은 냉혹한 질서에 관한 것이라기보다는 조화된 삶에 대한 것이다. 자연이 인간에 가하는 냉혹한 한계까지도, 사람이 결국은 죽어야 한다는 것이 연민과 유대의 근거가 될 수 있듯이, 조화로운 삶의 바탕으로서 작용하는 것이다.) 김종철 교수가 이러한 의미에서 자연의 경이를 말하는 낭만적 사상가라는 말은 아니다. 그가 가르치는 것은 말할 것도 없이 사회적인 것이다. 그는 오늘날 우리가 살고 있는 것과 같은 삶—산업 사회의 물질적 삶, 그것이 조성하는 적의와 경쟁과 욕심의 삶을 고치라고 말한다. 그리고 이것은 단순히 마음만을 고치라는 것이 아니라, 오늘의 사악한 마음에 깊이 연루되어 있는 사회와 산업의 조직도 근본으로부터 고치라는 것이다. 그러나 그의 이러한 가르침은 강제력이나 엄숙한 도덕적 명령을 통해서가 아니라, 사람의 자연과의 내적인 친화를 통해서 작용한다.

김종철 교수의 자연에 대한 깨우침은 인간의 내면에 대한 깨우침으로서 처음부터 준비되었던 것으로 보인다. 결국 사람의 밖에 있는 자연은 안에 있는 자연과 일치한다. 안으로 가는 길은 밖으로 가는 길이고, 밖으로 가는 길은 안으로 가는 길이다. 위에서 김종철 교수가 이론가에서 시작하여 확신가가 되었다고 하지만, 이 둘은 그에게서 하나이다. 이것이 그의 독특함이다.

그의 초기의 평문에서 볼 수 있는 꼼꼼한 논리는 이미 그가 마음의 움직임 깊이에 잠겨 있음을 나타내는 것이다. 그러나 이 꼼꼼함은 동시에 마음으로 하여금 경험과 더불어 움직이게 하려는 것이다. 그의 초기 평론들의 특징 가운데 하나는 작품의 정독이다. 이것은 작품 자체의 형식적 독자성을 중요시하는 태도이지만, 동시에 그것은 경험의 구체성에 가까이 가는 방법이기 때문에 중요하다. '경험에의 충실성'은 그의 평론에서 시금석의 자리에 있다. 그것은 우선 개별적 경험의 내용, 거기에 관계되는 세부적 감각, 느낌, 생각을 있는 그대로 존중하는 것이다. 이러한 존중이 저절로 주어지는 것은 아니다. 그렇게 하기 위해서는 경험을 상투적인 눈으로가 아니라 늘 새로운 것으로 볼 수 있어야 한다. 또 필요한 것은 사심 없이 공정하고 초연한 마음을 갖는 것이다. 이것은 비평의 기율이기도 하고, 비평이 읽어 내는 작품의 내용이기도 하다. 비평은 공정한 눈으로 선입견과 상투성 없이 직관된 경험의 표현을, 같은 공정함을 가지고 식별해 내는 작업이다.

　이렇게 말하면, 김종철 교수의 비평적 입장은 신비평이나 또는 영국풍의 교양주의에 가까운 것으로 보인다. 그의 비평에 신비평의 뜯어 읽기에 비슷한 꼼꼼함이 있었던 것은 사실이다. 그리고 그것이 그의 비평의 강점이었다. 자세한 뜯어 읽기 없는 비평은 허황한 독단에 불과하다. 그러나 신비평적 텍스트 존중은 그의 비평의 시작에 불과하다. 사실 김종철 교수의 비평의 특징은 처음부터, 경험의 충실에 대한 관심에 못지 않게 강하게 드러나는 정치적 관심이었다.(그는, 정치적 좌파의 입장을 견지하면서, 신비평을 옹호한 몇 안 되는 이론가의 한 사람이다.「시와 형식」참조) 그에게는 개별적 경험은 개별적인 것으로 독자적으로 성립하는 것이 아니라, 시대적인 조건에 의하여 규정되는 것이었다. 그리고 어떻게 보면, 그는 이 시대적 규정을 더 중요시하였다. "문화의 본질적 기능은…… 한 시대의 문화적·정치적·사회적 그리고 도덕적 성격이 구체적인 경험의 세부에 어떻게 반영되고 있는가를 생생하게 드러내는 것"이라는 초기 평론(『30년대의 시인들』)의 발언은 그를 사실 구체적 경험보다는 정치적 요인을 중시하는 평론가로 보이게 한다. 사실 그에게, '시적 구체성'에 대한 관심에도 불구하고, 이러한 연역적 문학론에 기우는 순간들이 없었던 것은 아니다. 그것은 문학의 정치적 요인의 의식은 사실 문학의 정치적 사명의 의식으로부터 구분되기 어려운 것이고, 그러는 한 때때로 정치적 명제의 우위는 불가피한 것이라고 할 수도 있다. 김종철 교수에게 일제하의 문학의 지평은 일제라는 상황과 그것의 극복에 의하여 결정된다. 그러나 그에게 더 긴급한 정치적 테제는, 그가 평론 활동을 시작한 무렵으로부터는, 자유와 평등의 이상이다. 그 중에도 실현되어야 할 가장 중요한 정치적 가치는 평등이다. 다만 그는 이러한 정치적 가치가 그의 사고의 논리를 왜곡하는 것을 허용하지는 아니하였다. 정치적 가치는, 통속적 오해에서 생각되는 것처럼 작품이나 비평이 선전해야 하는 내용이 아니라, 현실 묘사와 분석의 인식론적 전제였다. 정치적 가치는 그것을 근거로 하여 현실을 인식하는 보편적 사고의 바탕이 되었다. 하여튼 그의 정치적 사명 의식은 그로 하여금 오랫동안 글로나 행동으로나 상당히 급진적인 입장을 견지하게 하였다. 1978년의 말콤 엑스의 자전에 관한 에세이는, 비록 미국의 흑인 지도자의 입장을 해설하는 형식을 취한 글이지만, 김종철 교수의 정치적 입장이 얼마나 가차없는 급진성까지를 보여 줄 수 있는 것인가를 예시해 준다.

『녹색평론』으로 분명해진 환경에 대한 관심은 그의 정치적 관심의 연장선상에서 발견된 것이라고 할 수 있다. 그가 가졌던 구체적 경험의 중요성에 대한 신념, 그리고 그 경험의 변증법적 구조에 대한 깨우침이 그의 정치적 관심과 결부된 결과가 생태론적 정치 철학인 것으로 생각되는 것이다.

그가 사회의 정치적 조건을 절대적인 것으로 받아들이고, 이것을 일정한 목표의 관점에서 비판적으로 분석하려고 한다고 하더라도, 그는 이 목표가 현실의 변증법을 떠나 단순한 추상적 명분이 되는 것을 경계하였다. 정치적 이념은 단순히 자기 주장의 한 수단일 수 있는 것이다. 이육사는 뛰어난 애국자이고 시인이지만, 그의 한계는 그가 현실보다는 선비적 자세의 확인에 관심을 더 기울였다는 것이었다. "육사에 있어서 시는 그것으로 삶의 진상을 밝혀 보려는 발견적인 노력이라기보다는 기왕에 확고하게 지닌 자기 자신의 이념을 확인하는 수단이었다고 할 수 있다."(「육사 시의 의의와 한계」)(나는 육사가 김종철 교수가 말하는 것보다는 현실적인 시인이었다고 생각한다. 이것은 육사의 사회주의와의 관계를 흔히 생각하는 것보다 심각하게 검토함으로써 드러날 것으로 생각한다. 그러나 이념이 현실에 봉사하는 것이 아니라 자기 주장의 수단이 될 수 있다는 김 교수의 지적은 정당한 것이다.) 특히 도덕의 경우, 그것은 인간적 우위를 주장하기 위한 수단이 되는 것이 그 반대의 경우보다 많은 것이 보통이다. 도덕은 단순한 권력 의지의 사회적 형태라는 면을 강하게 가지고 있는 것이다. 도덕이 중요하지 않다는 것은 아니다. 김종철 교수의 생각으로, 필요한 것은 "도덕적 감정을 자기 반성적인 노력"으로 현실 속으로 투입하는 일이다.(『30년대의 시인들』) 가장 중요한 것은 이 자기 반성을 철저하게 하는 것이었다. 반성의 철저함은 대상적 경험에 충실하는 방법이다. 왜냐하면 대상에의 충실은, 위에서 말한 것처럼 바로 상투적인 개념으로부터 그것을 해방시키는 것을 의미하기 때문이다. 세잔느가 사과를 있는 그대로 그리는 것은 그것을 규정하고 있는 "기존하는 관습과 도덕률과 세계관, 예컨대 주어진 삶 자체를 거부"함으로써 가능해진다.(「견고한 것들의 의미」)

기존의 도덕률이나 세계관을 거부한다고 할 때, 그 자리를 차지하고 들어가는 것은 무엇인가? 김종철 교수에게 이것은 두 가지 것으로 생각된다. 하나는 물론 기존의 관념으로 왜곡되지 않은, 있는 그대로의 세계이다. 그러나 다른 한쪽으로 그것은, 아마 사과를 사과로 있게 하는 것이 그러한 세계라는 전제하에 새로운 도덕률과 세계관—보다 정의로운 세계의 가능성이다. 이 양면적 답변은 김 교수의 독특한 입장을 생각하는 데에 매우 중요하다. 주어진 대로의 삶은 보다 정의로운 미래에 의하여 대체되어야 한다. 그러나 정의롭다는 것은, 흔히 그 자체로서 정당성을 갖는다고 주장되는 도덕적 당위성에 의하여 정의된다. 정의를 규정하는 것은 착취 없는 사회의 이상일 수도 있고, 또는—우리 사회의 가장 강력한 도덕성의 언어를 사용하여—민족일 수도 있다. 이에 대하여 사과가 사과로 있어야 한다는 것, 하나의 사물이 그 본래의 모습대로 있을 수 있어야 한다는 것은 새로운 세계에 대한 요구를 존재론적인 주장에 근거하게 하려는 것이다. 물론 여기에 도덕적 주장이 들어 있는 것은 사실이다. 그러나 그것은 도덕률이 추상적 명제로서 정당하게 생각되어야 한다고 말하는 것이 아니라, 그것이 구체적으로 개체적인 존재에까지 적용될 수 있어야 한다는 것을 요구하는 것이다. 김종철 교수에게 주어진 삶을 대신하는 삶은 반드시 엄숙한 도덕적 명령에 복무하는 삶이 아니라, 낱낱의 사물이—또 사람이 온전한 제모습으로 있을 수 있는 삶의 질서인 것이다. 그가, 강한 정치적 관심에도 불구하고 민족주의를 크게 말한 일이 없는 것은 이러한 그의 도덕적 구체성에 대한 관심에 관계되는 일로 생각된다. 그에게, 정치적 이상은 그 자체로 정당화되는 도덕적 또는 집단적 이상이 아니라, 구체적인 인간의 삶에 대한 언급을 포함하는 이상이어야 한다. 그것은 아마 말콤 엑스의 정치적 이상이었다고 그가 말한 바 있는, "사람의 생존이 차별 없이 누구나 존엄하게 영위될 수 있는 진정하게 민주적인 사회"와 같은 말로 제일 잘 표현될 것이다.(「흑인 혁명과 인간 혁명」)

그의 구체적 존재론은 다음 단계에서 김 교수를 쉽게 생태학적 사고로 나아가게 한다. 존재론적 평형이라는 관점에서 정치적 민주주의의 이상은 충분한 것일 수 없다. 그가 반드시 이러한 맥락을 따라 그 사고를 진행한 것이 아닐는지도 모르지만, 민주주의는 서양의 근대 정치 사상의 이념의 하나이다. 그것은 다시 말하여 서양 근대사의 일부이다. 그렇다는 것은 그것이 역사의 진보를 뿌리로 하여 생겨난 사상이고, 진보는 물질적 진보, 산업의 진보를 포함하는 것이다. 그러나 근년에 와서 세계는 이 진보의 복합적인 결과를 너무 많이 보게 되었다. 제국주의와 자연 파괴가 그 산물의 하나이다. 이것은 모두 한국 사회가 직접적으로 경험한 것이지만, 자연 파괴는, 조금은 과거의 역사에 속하는 제국주의와는 달리, 특히 지난 삼십 년간의 근대화를 통하여 절실한 것이 되었다. 여기에서 자연 파괴는 단순히 물리적 의미에서의 자연만이 아니라 인간성의 파괴를 의미한다. 김 교수의 생각에 이 산업의 사려 없는 진보야말로 현대 세계의 악의 근본이다. "GNP와 같은 단순한 수량적 척도로써 사회 발전을 가늠하는 산업 문화 속에서 인간은 끊임없이 경멸당할 뿐이고, 살아 남기 위해서는 자신의 이웃과 자연에 대하여 폭력을 행사하지 않을 수 없게 된다."(『오래된 미래』, 「옮긴이의 말」) 그것이 원래 그렇게 되어 있는 것이든 아니면 그것이 자본주의와 결합되어 있어서 그러한 것이든, 서양의 자유주의적 민주 사회는 반드시 사람과 사물로 하여금 제모습으로 존재할 수 있게 하는 사회 체제라고 말하기 어려운 점을 가지고 있다. 민주적 사회의 이상 자체가 잘못된 것은 아닐는지는 모르지만, 그것이 참으로 존재론적 균형을 가진 것이 되려면, 그것은 사람 사회에 있어서는 경쟁적 개인이 아니라 협동적 공동체의 이념으로, 자연과의 관계에서는 착취적 개발이 아니라 존중과 공존의 관계로 보충되어야 한다. 그러나 이것은 어쩌면 현대적 사회에서 실현될 수 없는 이상이다. 궁극적으로는 사람과 사물, 모든 생명체, 모든 존재하는 것이 제모습으로 있어야 한다는 이상을 실현해 주는 것은, 헬레나 노르베지 호지가 라다크에서 경험한 전근대적인 농촌 경제의 사회이든지, 앞으로 실현되어야 할 전적으로 새로운 생태학적 사회일 것이다.

3

　김종철 교수의 사회적 · 정치적 관심이 사물의 있음에 대한 관심에 깊이 연결되어 있으며, 이것이 그의 정치적 입장을 독특한 것이 되게 하고, 또 생태학적 사회에 대한 비전의 밑에 가로놓인 철학적 토대가 되는 것이라는 점을 나는 위에서 지적하였다. 이미 조금 비친 바와 같이 이것은 김 교수의 문학적 사유의 근본이 시에 있는 것에 관계된다. 말할 것도 없이 좋은 시는 도덕적 명령을 말하는 시가 아니라, 사물과 삶의 있음의 신비―어떤 특권적 순간에서의 그 성스러운 변모를 보여 주는 시이다. 그리하여 '시의 구체성'은 도덕적 관점은 물론 전적으로 정치적인 관점에서의 모든 발상에 영원한 난문을 던지는 존재가 된다.

　시는 간단하게 말하면, 감각적 체험으로부터 시작하여, 그것의 새로운 의미 속에서의 갱생에 대한 에피파니로 끝난다. 그것이 가능한 것은 감각이, 세계의 모든 것이 매개 응집되는 현장이기 때문이다. 김종철 교수가 초기에 가장 심혈을 기울여 연구하였던 블레이크의 말, "지각의 문(감각을 세계 인식의 종합적 작용의 일부로 파악한 것이 지각이다)이 깨끗하게 되면 인간에게 모든 것이 있는 그대로, 무한한 것으로 나타난다" —이것은 감각적 체험에 드러나는 세계에 대한 시적인 믿음의 근본을 표현한 것으로 읽을 수 있다. 김종철 교수는 블레이크의 이 점을 설명하여, "현실에 있어서 '동굴의 좁은 틈 사이'를 통해서만 밖의 사물을 볼 수 없게 된 인간이 그의 인식의 한계를 확대하기 위해서는 일차적으로 인간 자신의 감각 기관 전체를 발전시키고 즐겨야 한다는 것이 블레이크의 생각이었다"고 말한다.(「낭만주의의 이념」) 지각이 세계가 현존하는 장소라면, 감각은 다른 한편으로 오관의 끝에 존재하는 것이 아니라 사람의 모든 능력—정열과 이성과 상상력을 집약적으로 반영하는 장소이다. 사람이 무엇을 하든지 간에 거기에는 이러한 인간 능력의 모든 것이 동시에 작용하게 마련이다. 다만 감각은 거기에서 사람의 종합적인 능력과 세계의 맞부딪침 속에서 사물이 구체적 현존으로 나타나는 장소이기 때문에 시적 인식에서 특권적 위치에 있다. 다시 말하여 사물의 있는 그대로의 모습이 감각 또는 지각 작용에서 구체화하는 것이다. 그리하여 다시 김 교수가 말하듯이, 시인은 "지각과 존재의 떼어 놓을 수 없는 관계"(「견고한 것들의 의미」)에 매달리는 것이다.

이러한 시적 태도는 사람의 삶에 결정적 의미를 갖는다. 시인 또는 시적 태도의 인간에게, 동어반복 같지만, 진리의 시험 기준은 감각적 현실, 아니면 적어도 구체적 경험의 현실이다. 그에게 관념이나 이념이 의미가 없는 것은 아니지만, 그것은 구체적 현실에 의하여 시험됨으로써만 의미를 갖는다. 그에게 구체적 경험의 지평에 나타나는 모든 구체적인 사물은 그것에 관한 추상적 명제보다 중요하다. 그가 추상적 명제에 관심을 가지고 있다면, 그 진리됨은 이 구체적 사물 또는 인간의 있는 그대로의 모습에로의 복구, 보다 분명한 존재로의 변용과 고양을 통하여 증명되어야 한다. 그리하여 시적 태도의 인간은 추상적 명제와 체계로 표현되는 도덕이나 종교 또는 정치적 이념에 자신을 완전히 내맡기기가 힘들게 된다. 그렇다고 그가 그러한 정열에 빈약하다는 것은 아니다. 개별적 사물과 인간의 있는 대로의 있음, 그리하여 그 손상되지 아니한 모습에 대한 열렬한 비전은 이를 말살하려는 모든 사상과 현실의 조작에 대하여 가장 강력한 저항의 근본이 될 수 있다. 그러니까 시적 인간은 가장 정치적일 수도 있다. 그러나 그는 구호와 조직으로 이루어지는 세상의 정치적 입장으로부터는 가장 믿을 수 없는 사람으로 생각될 수 있다. 김종철 교수가 그의 강한 정치적 관심과 또 신념에도 불구하고 특정한 정치 이데올로기를 따르지 않은 것으로 보이는 것도 이러한 관계에서 설명할 수 있는 것이 아닌가 한다.

물론 환경 문제에 대한 일정한 입장도 정치적 입장인 것임에는 틀림이 없으나, 위에서도 비친 바와 같이, 인간의 삶에 있어서의 자연이 차지하는 특별한 의미가 자연 강조의 정치를 다른 정치적 비전과는 다른 것이 되게 한다.(이것은 조선조의 정치에도 어느 정도 해당되는 것이다. 그것의 많은 억압적 특성은 그 자연에 대한 강조와 관련시켜 평가되어야 한다.) 자연은 삶을 에워싸고 있는 전체이면서, 오늘 이 시점에 인간의 감각에 언제나 현존하는 것이다. 그것은 사람의 밖에 있으면서 또 안에 있다. 그것은 편재하며 동시에 나 자신의 감각과 나의 체감(coenaesthesia) 안에 있다. 그러면서도 그것은 나의 인식의 능력으로 완전히 포착될 수 없는 어떤 것이다. 아마 자연의 특징 가운데 정치적 관점에서 가장 중요한 것은, 그것이 추상적인 명제로 쉽게 환원되지 아니한다는 것일 것이다.

집단적 행동의 강령이 되고 명령 계통으로 전달될 수 있는 것은 추상화할 수 있는 명제이다.(물론 이론적 명제만이 아니라 감정도 추상화될 수 있다.) 자연 경험이 쉽게 추상적으로 환원되지 않는다는 것은, 그것이 조종의 계획에 포착될 수 없다는 것을 뜻한다. 따라서 자연의 정치는 권력과 동원의 계획으로 번역될 수 없고, 모든 것을 재단하여 설명하는 사회의 관념 통제의 기제가 되기도 어렵다. 자연에 대한 상투적인 명제들이 있을 수 없는 것은 아니다. 그러나 공허한 슬로건은 적어도 감각적 현실에 의하여 시험될 수 있고, 그것으로 시험되지 않는 한 곧 허위로 떨어질 수밖에 없다. 행동의 관점에서, 자연의 정치에 지침과 계획이 없는 것은 아니다. 그러나 그것은 대체로 자연에 대한 일정한 금지 사항을 강조하는 데에서도 볼 수 있듯이, 권력을 집중하고 노동의 잉여를 착취 집약하는 쪽으로 진전되기 어렵다. 권력의 집중은 사회의 조직화에서 가능하다. 이것은 자연과의 직접적인 교섭이 아니라 조직 사회의 가치화—위계적 사회 윤리, 관료적 등급화, 추상적 수행 목표 등과 병행한다. 자연의 구체적 현장에서 멀어지는 사회 조직은 자연 속에서의 노동이 만들어 내는, 궁극적으로 산업 노동이 만들어 내는 생산의 잉여에 의해서 지탱되어야 한다. 생산의 이데올로기화는 불가피하다. 자연의 정치—주로 자연에 대한 존중, 그것에 대한 절제와 조화를 강조하는 정치는 적어도, 오늘날의 환경의 정치에서는, 권력과 생산 잉여의 특권적 수용을 지향하지 아니할 수 없는 정치와 같은 종류의 정치는 아닌 것이다.

자연의 정치의 특성은 그 보상의 특이성에서도 온다. 정치 행동의 의미가 반드시 보상에 있다고 하는 것은 잘못이지만, 보상이 중요한 역할을 하는 것은 부정할 수 없다. 정치 행동의 보상은 권력일 수도, 부일 수도 있고, 사회적 명성일 수도 있으며, 정의감의 실현 또는 양심의 만족일 수도 있다. 자연의 정치에도 이러한 보상들은 따르는 것일 것이다. 그러나 이 보상의 추구는 근본적인 전제에 의하여 상당히 완화되는 것일 수밖에 없다. 자연과의 조화 속에 있는 삶이 가장 좋은 삶이라고 한다면, 그 자연은 언제나 사람에게 직접적으로 열려 있는 것으로서 사회적 통로를 경유하여 얻을 필요가 있는 것이 아니다. 사회적인 보상을 바라기보다는 감각의 문을 깨끗이 함이 궁극적인 보상에의 길이다. 정치가 할 수 있는 것은 따라서 자연과의 적절한 관계를 유지하는 데에 방해가 되는 요인들에 대한 방어적 행동에 한정된다.

궁극적으로 자연 내의 삶의 보상은 그것이 주는 기쁨이며, 진리의 깨달음이다. 이것은, 사회적 인정이 아니라, 우리의 감각 또는 우리의 깊은 내적 안정감에 의하여 정당화된다. 모든 것의 중심은 바로 이 직접적이고 내적인 호소에 놓여 있다. 결국 그것이 진리와 세계에 통하는 유일한 통로이기 때문이다. 사람이 이러한 구체적인 삶의 근본에 집착하고 있는 한, 많은 세상의 계획들—주의와 제도와 슬로건은 증명의 근거가 아니라 증명되어야 하는 어떤 것이다. 사람을 움직이는 것은 참으로 그를 감각으로, 몸과 마음의 깊이로부터 움직이는 것이라야 한다.

이러한 여러 요소들이 자연의 정치를 다른 종류의 정치와 다르게 한다. 그것은 자연이 삶에 대하여 갖는 특별한 현존의 방식에도 관계되지만, 그것에 대한 사람의 응답 방식의 감각적 또는 감상적 성격으로 인한 것이다. 이 응답의 방식은 시인이 가장 잘 예시해 준다. 그러나 이 시적인 태도는 모든 사람이 공유하고 있는 것이다. 하이데거가 말하듯이, 이런 의미에서도 사람은 지구에 시적으로 거주한다.

4

예부터 시인이란 조금 미친 사람으로도 생각되고, 또는 적어도 격보다는 파격을 좋아하는 사람으로 생각되었다. 위에서 말한 것으로는 이것은 그가 추상적으로 굳어진 것에 의하여 쉽게 설득되지 않는다는 것을 뜻하는 것으로 취할 수 있다. 달리 말하면 시적인 인간은 제멋대로의 사람, 고집이 센 사람일 수 있다는 말이다. 그가 이기적인 사람이거나 자기 중심적인 사람이라는 것은 아니다. 그는 삶의 모든 것에 열려 있기 때문에 바로 공허한 수사나 격식에 쉽게 끌리지 않는 것이다. 그러한 것들은 모두 시적인 인간에게는 경험적으로—그것도 자신이 받아들일 수 있는 경험적 내용을 가진 것으로 증명되어야 한다.

김종철 교수는 얼른 보아 수줍고 부드러운 사람이다. 그러나 동시에 그가 유창한 말이 많은 사람이 아니기 때문에, 그의 속마음을 짐작하기는 쉽지 않으나, 적어도 외적인 증거를 통해 나는 그가 고집이 센 사람인 것을 알고 있다. 김 교수는, 연보를 맞추어 보면, 내가 서울대학교 문리과대학에 재직하고 있을 때 학생이었지만, 그를 학생으로서 접할 기회는 갖지 못하였다.(또 설사 그랬더라도 그것이 그에게 큰 의미를 갖지는 못했을 것이다.) 내가 그를 알게 된 것은 그가 평론가로 이름을 내기 시작한 후였는데, 내가 그의 삶의 몇 번의 기회에 사회적 선배로서 약간의 개입을 시도하려던 일이 있었던 것은 사실이다. 그러나 번번이 그는 이 개입의 가능성을 피해 가 버리고 말았다.

한 번은 그도 세상의 풍습에 따르려고 했었던지, 대학원 박사 과정에 들어갈 생각을 했다. 그는 비교 문학 과정을 공부할까 하여 내가 마침 옮겨 앉아 있던 고려대학교의 비교 문학 과정에 들어왔다. 그러나 그는 한번 등록한 다음에는 다시 등록하지 아니하였다. 사실 학위라는, 세상이 원하는 증명서를 위해서라면 몰라도 그가 고려대의 비교 문학 과정에서 배울 것은 별로 없었을 것이다. 그 후 그는 미국과 같은 나라에서의 해외 견문이 필요하다는 생각을 표명하였다. 그리하여 나는 그를 미국 뉴욕 주 버팔로의 뉴욕주립대학에 소개하였다. 그러나 그는 일 년이 채 안 되어 버팔로 체재를 마감하겠다는 편지를 보내 왔다. 그리고 그 대신 스코틀랜드의 에딘버러의 인문 연구소로 가고 싶다는 것이었다. 그러나 그는 에딘버러도 그만두고 귀국하였다. 그가 외국에 가는 것과 관련하여 내가 은근히 바랐던 것은, 본격적인 의미의 외국 경험도 권하고 싶었지만, 그 외에 그가 그럭저럭 그곳의 학위 과정에 들어가 박사 학위 하나라도 얻어 왔으면 하는 것이었다. 박사 학위의 의의가 순전히 대외 과시나 설득용에 불과하다는 것을 나도 모르는 바는 아니었지만, 나는 그가 세상 사는 데에 그러한 것이 필요할 것이라고 생각하였던 것이다.

그러나 그는 내가 생각한 것보다는 더 철저하게 신념으로 사는 사람이었다. 마음 깊이로부터 의의 있다고 믿을 수 있는 것이 아닌 일을 하기에는 진정성이 그에게는 너무나 중요한 것이었던 것으로 보인다.(이번의 대담에서 버팔로에서 무엇을 얻었는가 하고 질문하였더니, 그는 거기에서 인디언에 대한 관심을 얻었다고 답하였다. 그의 생태학적 관심의 한 뿌리는 여기에 소급하는 것인지도 모르겠다. 하여튼 나의 소개로 갔던 곳에서 조금이라도 얻은 것이 있었다는 말을 듣고 나는 기쁘게 생각하였다.) 학위 문제에 있어서 보인 고집스러움은 그의 학교의 이력에서도 볼 수 있다. 그는 한국의 대학 교수의 관례로는 근무처를 여러 번 옮겼다. 그것은 그가 세속적인 의미에서의 적응을 삶의 방책으로 삼지 않는다는 것과 관계되는 것일 것이다. 그는 서울보다는 지방의 대학에 많이 있었는데, 그것은 그 자신의 말에 따르면 그의 의도적인 선택이었다.

김종철 교수의 이러한 고집 또는 사고와 감정의 독자성을 나는 그가 근본적으로 시적인 인간이라는 점에서 이해한다. 그러나 이것은 시적 태도의 다른 면과 연결되어 생각될 필요가 있다. 위에서 나는 시의 정치가 조직적 권력의 정치가 되기 어렵다고 말하고, 그것은 시적인 인간에게 진리란 추상적 당위가 아니라는 관찰에 관계시켰다. 대체로 시적인 인간이란 종잡을 수 없는 사람이란 인상을 준다. 시인이 범상한 약속과 계약의 인간이 아니라는 것은 우리가 다 아는 일이다. 시는 감각과 감정에 서리는 것이고, 또 이 감각 감정은, 그것에 계시되는 진리나 마찬가지로 불확실한 것이다. 그것은 불확실한 상태에 있다가 구체적인 상황 속에서 결정화한다. 그러나 다른 한편으로 시적인 인간의 불확실성은 그가 반드시 변덕스러운 기분파이기 때문이 아니다. 조금 전에 말한 바와 같이, 그는 고집이 센 사람이기도 하다. 이 고집의 근거는 그 나름으로 변덕이 아니라 확신이다. 시인이 변덕스러운 것처럼 보인다면, 그것은 그가 내적인 믿음에 충실하기 때문이다. 그러나 시인이 그 마음속에 간직하고 있는 것은 삶 자체, 또는 자연과 세계를 안으로부터 움직이고 있는 근본을 직관하는 힘이다. 그에게, 위에서 말했듯이, 안으로 가는 길은 동시에 밖으로 가는 길이다. 그렇다면 시인의 내면의 확신은 외면의 현상—자연과 사회와 역사의 현상과도 일치할 수가 있다. 이 일치가 이루어질 때, 그의 확신은 개인적인 고집이나 변덕이 아니라 객관적인 현상의 진리가 된다. 김종철 교수가 자기 주관으로 사는 고집의 인간이라고 한다면, 그것은 『녹색평론』의 생태계 정치에서 객관적 사태를 분명히 하는 명증성의 원리가 된다. 어느 때에나 김 교수가 현실주의자가 아니었던 것은 아니었다. 위에서 말한 바와 같이 그의 가장 중요한 신조는 경험에 충실해야 한다는 것이었다. 또 이것은 정확히 느끼고 생각하는 것을 통하여 가능해지는 것이었다. 정확히 느끼고 생각하는 것은 보편성의 지평 안에서만 가능하다. 이 보편성의 지평은, 국부적 가치 지향을 초월하지만, 동시에 여러 가지 보편 가치적 태도—엄정한 사고, 과학과 이성에 대한 비판적 긍정, 인간성의 전면적 가능성에 대한 낙관적 신조, 자유, 평등, 사회 정의 그리고 공동체적 유대 등을 포용하는 것이기도 하다. 그러나 보편성의 요구는 바로 인식과 가치의 태도를 유동적인 상태에 유지할 것을 요구한다. 내적 외적 경험을 정확히 인지한다는 것은 바로 경험과 경험의 개념화의 유동성을 인지하는 것이다. 정치적으로 김종철 교수는 정치적 가치와 이상을 확실하게 가지고 있었다. 그리고 그가 옹호할 수 있는 정치적 움직임이 있었다. 그러나 그는 그러한 것들을 독단적인 정치 프로그램으로 고정할 수 있다고 생각하지는 아니한 것으로 보인다. 그러나 그의 생태학의 정치는 분명한 정치적 이상과 구체적인 실천 프로그램을 가진 것이다. 여기에서 경험적 현실의 유동성의 원리였던 시적 직관은 확실한 믿음이 되고, 확실한 현실에 대응하고, 일정한 프로그램으로 풀려 나갈 수 있는 것이 된다.

생태계의 문제는 말할 것도 없이 오늘의 세계에서—한국에서, 선진 산업국에서, 또 제3세계에서 가장 중요한 문제이다. 또 그것은, 위에서도 말한 바와 같이, 인간의 생활 환경을 황폐화한다는 점에서만이 아니라, 인간성을 비인간화하고, 협동적 삶의 터전으로서의 사회 조직을 적의와 폭력과 착취의 공간으로 변하게 하고, 인간과 더불어 생명의 경이를 구성하고 있는 수많은 생명 형태와 현상을 소멸케 하고, 삶으로부터 삶의 진정한 기쁨을 앗아가는—이 모든 파괴 작업에 깊이 연루되어 있다. 그러나 인류가 이러한 자기 손상, 자기 파멸을 가져 오는 산업 체제와 사회 체제의 자동 과정으로부터 어떻게 벗어 나갈 수 있을는지는 전혀 분명치 않다. 환경의 문제는 오랫동안—아마 사람들이 여러 가지 생태계의 재난을 통해서 경악할 만한 교훈을 배울 때까지, 그러한 것으로 남아 있을 것이다. 그러나 지금 할 수 있는 일의 하나는 김종철 교수가 하고 있는 것처럼 오늘의 체제에 대신하는 인간의 미래에 대한 비전을 계속 구체화하는 일이다. 이 미래는, 김 교수가 부인과 공역으로 번역한 노르베리 호지의 책 제목이 말하고 있는 것처럼, 오래된 것이기 때문에, 이 오래된 문화와 사회—그리고 가장 오래된 미래인 모든 지구상의 생명 형태와 지형에서 배우고 그것을 옹호하는 일이다. 이 책이 말하고 있듯이, 사람이 유구한 역사 속에 발전시켜 온 자연과의 조화 속에서 사는 여러 갈래의 길, 오래된 미래는 급격히 사라져 가고 있다. 물론 실천적으로, 최근 국내 국외 환경 단체들이 두드러지게 보여 준 것처럼, 구체적으로 벌어지는 반환경, 반자연, 반인간적인 이들에 항의하고 저항하는 것이 중요한 것임은 말할 것도 없다.

김종철 교수는 블레이크를 논하면서 주어진 현실을 지나치게 넘어가는 예언자의 외로운 비전을 비판한 바 있다. 나는 김종철 교수의 생태학적 관심이 그 절대적인 현실성에도 불구하고 예언자적 비전의 외로움 속에 있을 것으로 생각했다. 그러나 『녹색평론』의 의의를 인식하는 사람이 증가하고 있다는 증거를 나는 여러 군데에서 본다. 이번에 나는 김종철 교수에게 『녹색평론』의 재정 형편에 대해서 물었다. 그는 『오래된 미래』가 의외로 많이 팔려 크게 도움을 받고 있다고 했다. 그리고 그는 녹색평론사의 일반적 상황을 이야기하면서 잡지를 통해서—특히 농민들 사이에—많은 새로운 친구와 친지를 가지게 되었다고 말하였다. 많은 사람들이 환경 문제를 의식하고, 또 우리가 열렬하게 받아들이고 있는 소비와 과시의 사회가 비인간성과 자기 파멸에의 길이라는 것을 의식하고 있는 것은 의심할 수 없다. 그러나 우리는 오늘의 사회의 관성으로부터, 그것의 편리한 유혹으로부터 빠져 나갈 방도도 모르고 또 그럴 만한 용기도 없는 것처럼 보인다. 그러나 그것이 이야기의 전부가 아님이 분명하다. 김종철 교수가 외로울 필요는 없는 것일 것이다.